米拉蒂

严歌苓

米拉蒂

严歌苓

New Song Media GmbH
2023

米拉蒂 *Milati*
严歌苓著
by Geling Yan 2021
版权所有翻印必究
Copyright © 2021 by Geling Yan
U.S. Copyright registration number TXu002260428 / 2021-05-17
出版社：新歌出版社
Published by New Song Media, GmbH, Berlin, Germany
联系电邮：info@newsongmedia.de
网站：http://www.newsongmedia.de
www.yangeling.com

All characters in this publication are fictitious and any resemblance to real persons, living or dead, is purely coincidental. All rights reserved. No part of this publication may be reproduced, stored in a retrieval system or transmitted in any form or by any means electronic, mechanical, audio, visual or otherwise, without prior permission of the copyright owner. Nor can it be circulated in any form of binding or cover other than that in which it is published and without similar conditions including this condition being imposed on the subsequent purchaser.

米拉救人

米拉今年二十岁。营救一个准犯人，这事一个礼拜前她想都不敢想。

出军区第三招待所大门，往右，也就是往西，倒拐九十度，豁然一条大马路，路面比人行道高出一米。沿人行道走，马路上的自行车轮子，在她胯的高度滚动。矮于马路的人行道，排开一溜店面铺板房。一家老酱坊，远远就闻到它陈年的咸辣气，漆黑店堂，却偶然冒出巧克力，形态像甜面酱结晶，要用一把砍刀砍着卖，砍下来，怪石嶙峋的就用废报纸包给你。这是偶然发生的好事，但米拉蒂总有内部消息，不用在抢购巧克力的暴民中拥挤。酱坊此刻代售散装啤酒，一早就有十几个人排队打啤酒，手里都拿着饭盒，因为打一升啤酒，必须混搭半斤酱坊自制的麻辣大头菜。

米拉全名叫米拉蒂，业余小提琴手的父亲米潇给她三个音节做名字。人们省事，叫她米拉。跟酱坊隔两个门，开的是一家鞋铺，修鞋、上鞋，也卖鞋。几年前米拉蒂跳舞，把穿烂的足尖鞋送到这里来修，开始人家不收，大中小年龄的三个师傅，不晓得如何下手。老师傅端起鞋里外看，烧掉两根烟，晓得了。米拉蒂给鞋铺带来几年好生意，歌舞团的烂舞鞋一来一堆，最兴旺的时候，满墙的钉子上都挂着足尖鞋，红颜色和灰颜色最多。现在小师傅长成大师傅了，见了米拉也不招呼"走大院去是哦？"米兰这半年发胖，脸大出一平方厘米,头发也改了样,盘在脑壳顶上,把发胖造成的脖子缩短弥补回来一点,因此半熟人都把她看成了生人。再隔几个门脸,是个街道针织作坊,车间昏暗深深,八台手摇针织机嗡嗡响,八个妇女穿蓝工装,戴蓝布帽子,坐在机器前摇袜筒,摇袖管。作坊是为插队落户病退的女知青开的。女知青如今二十大几,都阴沉脸,撅着嘴,跟社会或者其他什么赌着气。作坊生产自己货品。货品县份气十足,红的绿的黄的,艳得命都没了。作坊也来料加工,一斤晴纶细毛线给你织一件对襟开衫。米拉在作坊里订制过一件套头短袖衫,黑色,她自己的设计,胸前五根线,上面三个银色音符:米-拉-蒂,领口挖成大V,V字的底部深入乳沟起端。可是做成了一试,V字成了小写,底部只到达两块锁骨之间的小凹荡。米拉蒂找车间主任返工。主任是个富态妇女,说解放军露这么大一块胸脯子,不挡风不挡雨不挡子弹!米拉说她早就不是解放军了,退伍都一年了。车间主任说,退伍解放军,也要给社会风化带好头嘛。米拉争辩,马上都要八十年代了,街上跛腿子都穿喇叭裤!车间主任说,管他啥子年代,退伍解放军的胸脯子,少给老百姓看点儿为好。

没有做店铺的门板房大多数关着,个别开了两三块门板,几个少年男女蹲在门口刷牙,"咣当咣当"地在搪瓷缸子里涮牙刷,满街都听得见,都晓得他们是刷牙的文明人。米拉的朋友一开始就窃窃私语教给她,某某、某某是住街上板板房的,地道街娃儿。这些面朝大街刷牙的,街娃儿也,卫生习惯都不私密。大院,街上,两个社会，两个阶级。

过了针织作坊，米拉右边，也就是南边，出现一个小路口，而左边这条马路突然开阔，融汇了东西向的马路，也融汇了南边的小路，如同入海口的江面。开阔地对面，矗立着四根方形水泥大柱子，中间两根高，两边两根矮，形成一个威武的大门户。中间的大门走车，两个小门走人。首长的轿车，中层干部的吉普，运送食品煤炭的大卡车，都在门前开阔地上舒舒服服转个大弯，开进大门。其实西边的小门常年封闭，作用就是对称，好看。米拉来到东边的小门，站岗战士腿抖了一下，吃不准是不是给她立个正，行个持枪礼，米拉已经混进门了。米拉上身白底蓝点的短袖衫，搭配一条军装制服裙，混进大院不难。裙子底边给她剪了又剪，比正常军裙短两寸。

军营大门直对着一条宽大甬道，三四百米，跟所有军队大院一样，甬道尽头必定是巨人的主席招手雕像。招手的主席背后，是大院最早的营房，两排破烂二层楼，一些住户没地方储藏东西，窗台外吊着裹了尿素袋的棉花胎，废旧儿童自行车，木头澡盆，整个楼看去都在逃荒。要是没有高大的主席招手，不知拿什么遮挡逃荒的破楼。

甬道的右边，有个操场，当篮球场也当排球场，归警卫连专用。警卫连住在操场那一岸，一排低矮的红砖平房，每早被哨音赶出密密麻麻五百多个穿绿军服的年轻汉子。据说这是个加强连，超编的部分埋伏着一个篮球队，一个排球队，一个演唱小组。米拉正是去警卫连的看守所救人。

　　米拉是到卧龙的第四天接到电话的。那时候，人已经关进去三天了。米拉的新单位是电影剧本杂志，叫"西蜀电影"。编辑部向主任要她编一个保护熊猫的剧本，电影厂有个导演想拍这个题材。军分区在卧龙山下盖了招待所，米拉就在那里接到了警卫连电话。警卫连副连长问她，有没有个小姑叫李真巧。米拉说，她确实有个叫李真巧的表姑。副连长说，现在她在我们的看守室关着呢。她怎么了？副连长说，你回来就晓得了。米拉赶紧登上长途车，路上辗转两天。两天中她把李真巧可能犯的罪行都想了一遍，最后她确定李真巧什么罪行都可能犯。真巧小姑第一次给米拉讲解她二人的血缘关系时，米拉等于听了一道函数题解，听进去了，但听不明白。真巧小姑那么厚脸皮一个女人，解释到那地步，自己都羞得脸红。那是两年前，表姑从云南农场刚回来。

　　十多天前，李真巧带一个香港男人来成都，找米拉投宿。米拉自己没地方住，转业前租下一间第三招待所的客房，每月付五块钱。转业后，招待所月月催她搬家，她说杂志社分了房就立刻搬。可现在她已经转业一年多，还让军人招待所忍耐着她。李真巧给米拉带了一块瑞士坤表，宝蓝表面，很俊俏，还带来五条她自裁自缝的连衣裙，式样各异，都是香港杂志上套来的当红款式。应该说，真巧小姑付的借宿费不菲。她告诉米拉，等她和香港人找到像样的宾馆就搬走。招待所的房间很大，二十二平米，李真巧跟招待所的服务员要了两条双人床单，在房子中央拉了根绳子，把床单用晾衣夹子夹上去，一间房就这样隔成了两间。米拉睡里间自己的床上，表姑和香港人睡外间。跟招待所借来一张单人床棕绷，直接搁在地板上。每天晚上米拉在外面外交完了，跟一伙人摆美国戏剧的龙门阵，聊摆田纳西·威廉姆、尤金·奥尼尔、阿瑟·米勒的轶事，回到家都是下半夜了，外间的一对男女已经睡熟。米拉不禁想到，在她回来前，香港人在地铺上给她米拉做过几回姑父？每天早上见真巧表姑洗小毛巾，十来块小毛巾一色一样，洗得雪白透亮，看来香港人一夜要做好几回姑夫。香港人文弱雅静，戴金丝眼镜，凉粉一般的面皮，几乎没有汗毛孔，几乎半透明，不像一夜能给她米拉当好几回姑夫的男人。

这天是礼拜天，上午十点了警卫连还在补觉。执勤排长查了一番米拉作废的军官证，然后手一挥，叫她跟着走。米拉不胖的时候，男人们对她态度好很多。米拉见到的副连长一条腿蹬着洗衣台刷鞋。副连长姓谢，主管连队风纪。米拉从他的身高判断，他更重要的职务是潜伏在篮球队当前锋。米拉绕到洗衣台对面说，谢连长，我来接我小姑。副连长，谢副连长更正道。他的意思是，别以为所有人被你口头提拔半级就心里美。谢连副抬头看看她，说，你咋有这么个亲戚？远房的，米拉企图撇清。那你让她住到你家里？米拉心想，不是我家，是招待所。言下之意是，招待所人人住得，我表姑住不得？招待所常常住过路的首长哦，谢连副警告。到现在还不晓得真巧表姑犯罪的辽阔可能性中，具体犯下的是哪宗罪。谢连副拿起球鞋，对着太阳光细看，李真巧的案底就在鞋壳里似的。

谢连副说,你晓不晓得,她跟那个港澳同胞不是夫妻。米拉说,他们很快要结婚了。谢连副说,多快?米拉说,马上。谢连副说,马上有多快?涉外婚姻民政局批证件就要好几个月。米拉说,哦。这她不知道。他打开水龙头,冲鞋子上丰富的肥皂泡沫,泡沫飞到米拉这边来了。米拉等着。她想到父亲的那次午宴,作客的每个朋友都想跟真巧小姑动手动脚。真巧小姑比米拉年长八岁,很多事情小姑都无法跟她说,只说,等你结了婚再来问我。谢连副又开口了,说招待所的保卫干事看出米拉未来的姑夫不是中国人,要求检查他的证件,他说证件让一个朋友拿去买飞机票了,当晚拿回来一定上交长官查验。等到晚上,米拉房间里就剩了一个表姑,只好把表姑抓起来。晓得不,他们为啥子不去住宾馆?米拉说,他们看不上成都的宾馆。谢连副说,你听他们诓你。因为所有宾馆都要结婚证,男女才能住一间房。米拉说,哦。她觉得有点受骗了。军事要地,咋敢窝藏外国人?米拉说,他不是外国人。谢连副说,你姑姑都承认了。是表姑。你表姑带个外国人到军事重地搞腐化,还了得哦。谢连副的四川话不纯,很多发音是北方人的。谢连副刷完了鞋,米拉陪着他去晒鞋。鞋有一尺长,他把鞋带系在晾衣绳上,转过身说,你表姑多大了?连副有点私人谈话的口气了。米拉说,不清楚。谢连副说,长得还不错。米拉笑笑。谢连副也是男人。谢连副又说,那个跳"夜护"的是你吧。米拉说,嗯。有点发福喽,谢连副含蓄地揭露。米拉笑笑,这位干部越来越体己。谢连副说,肯定跑哪儿开会去了,会议伙食吃多了。米拉说,春天参加了一个全军电影剧本写作班，在济南。

禁闭室在红砖房后面，三间废旧车库改造的。夏天三间房不够用，抓到在大院果园偷桃子杏子的少年就能客满。房前一个全副武装的警卫连士兵在慢慢巡逻，见了谢连副，知道是提审，从口袋掏出钥匙，打头往三间房中间那间走。还没走到门口，就听见屋里传来女人哼的歌，谢连副看看米拉，对士兵打了个"且慢"的手势。这时女人又在数节奏：一二三，二二三，三二三，男娃娃转，女娃娃跟到！表姑的嗓音。士兵开了锁头，谢连副敲了三下门，李真巧欢声应道："请进！"

门一打开，米拉倒吸一口气：李真巧一头汗，领着六个人跳快三步。表姑做了这儿的女主人，叫谢连副和米拉"进来进来！"接下去她向米拉解释，头天关在这儿的几个偷桃子少年跟她学了快三步，慢四步，释放出去他们就满大院做她真巧的广告，说警卫连关了一个交谊舞专家。这几个是大院干部家的娃娃，一早就来挂号学舞，这一班跳完，下一班十二点开课。真巧说：我关在这儿几天，都跳瘦了。谢连副说，哪个批准你在看守室里跳舞？李真巧说，问你们连长嘛；连长的上司叫人开锁，把这些学生送进来的。谢连副说，今天就教到这儿吧。学舞的人散开，米拉看清，三男三女，都二十岁左右。谢连副对李真巧说，你侄女验明了你的身份，你可以跟她走了。李真巧说，那不行，不给个说法，不走。谢连副笑笑。

米拉想，一万个女人里都挑不出一个李真巧。就看她现在看谢连副的眼光，没人的话，谢连副多半会扑上去。八十年代第一年，米拉发现敢扑的男人一下子多起来。很多男女之间的事，看看麻烦，一扑就简单了。扑错了也没事，似乎一进入这个年代，大家的容错率都大有提高。李真巧的样子很艳，拔得细细的眉毛，有十多种飞法，朝谢连副飞去了热辣的仇恨，谢连副眼睛都辣疼了，慌忙垂下眼皮。等学舞的人走了，谢连副说，晓不晓得，招待所里头住的有离休的后勤部副部长哦，你就在人家眼皮下跟个外籍男士非法同居。米拉见谢连副说到非法同居时嘴巴挣扎了一下，从另一个词挣扎回来。另一个词汇一定更狠，比如"奸宿"。李真巧说，我住我侄女家，住不得？谢连副说，你侄女外碰巧住在军事重地，碰巧跟离休部长前后院。李真巧笑笑说，我要晓得后院住了个啥子离休部长，我就找老头儿串门子去喽，肯定不得抓我了讪。表姑把脸转向表侄女，你都不晓得，他们肮脏得很，抓人就抓人，还非要三更半夜破门而入，想抓一双光咚咚。就让我带了根牙刷，内裤都不让带，抓到这关起，四五天，连内裤都没得换。不给个说法我咋个走？

　　谢连副掏出烟盒。李真巧伸出巴掌，谢连副给了她一根，她叼在嘴上。谢连副点着他的烟，再把烟递给李真巧，李真巧接过烟，兑在自己的烟上，眼睛就那么有仇似的看着连副。米拉不知道表姑会抽烟，而且抽得这么好看。

　　谢连副问，你要啥样的说法？

　　真巧表姑说，白纸黑字的说法。

　　谢连副掏出一个小本子，从上衣口袋抽出钢笔，写下几个字：

"释放证明",想想,又写了一行潦草花哨的字。写完递给表姨,表姨的手势是抢的,细眉一横。花哨的草字说:李真巧同志拘留期间表现优良,故提前释放。经办人:谢宏。电话:xxxxx。

谢连副把李真巧和米拉送到球场对岸,说了一声"慢走",就掉头走了。

真巧表姑对米拉说,好难过哟,内裤几天不换,裤裆跟膏药一样,磨得好疼。米拉恶心地瞪她一眼。

当晚李真巧带着米拉下馆子,逛夜市,始终不见香港人出现。米拉好奇了,说,怎么不见你未婚夫啊,表姑说,不要蹋屑我,我要这种人当未婚夫?,当马夫都不要。米拉于是说,马夫失踪了。表姑说,吓得缩回香港了。表姑你跟他到底什么关系。莫得关系的,表姑说,他在大陆做生意,想要个女人陪,我反正闲到在,莫得事干。米拉知道表姑在单位征服了一位厂领导,批准她休病假,每个月回厂一次,拿二十几块钱的半薪,剩下的,就是做个自由的社会闲杂人员。她陪香港人在重庆成都收字画,香港人在上海租下个洋楼,专为典藏字画精品。

真巧从一个摊子上拎起一条墨绿喇叭裤,提在手上仔细看,一面问价。摊主是个长发小青年,发式跟米拉的几个画家朋友差不多,嬉皮笑脸,也不回答价钱,眼睛把李真巧上下一扫,马上量出尺码来,说:这条裤子嘛,只有你这个身材穿得,太瘦了不好看,像这个妹儿呢,小青年眼睛一扫米拉,穿起也不好看。暗示米拉胖,并且是一笼统地胖,大娃娃式的胖,曲线一律混过去,胖得不性感，胖得冤枉。米拉跟表姑一并排时，米拉是最佳女配角。终于问出了价钱，李真巧错愕地大喊，二十五，我一个月工资哦，穿了裤儿嘴巴就要扎起裤腰带，一碗凉粉儿钱都没得剩！长发小青年说，真正的港货哦。表姑说，真正的香港破烂。她转脸对米拉说，听到没得，旧货卖二十五，崔老板给你买的都是新货哦。崔老板是那个香港人，原来连衣裙是香港人给米拉买的。米拉问表姑，不是你自裁自缝的吗？我宰冤大头，叫他帮我在香港准备行头，顺便帮你宰一刀。米拉马上对香港人满心亏欠，表姑都不让人家当准姑夫，自己无意间敲人家那么大一记竹杠。真巧小姑又说，你问你爸，我这辈子拿过针没有？我做一手好菜，你爸都服气得很，你妈都服气，不信你问问你妈看。米拉不敢问母亲有关真巧表姑的任何事，因为米拉的妈妈一开始就说，不准跟这个不要脸的女人来往。米拉的妈妈直觉到，丈夫米潇就是在结交这个女人之后，开始看到离婚的曙光的。李真巧被米潇介绍给自己的名流朋友们，米潇眼看着所有名流们对她如何欲火中烧，于是开始憧憬一种风险，感情上的大风险。在中年还能遇到令自己欲火中烧的女人，还能冒巨大风险去斩获，真好。

吴可初遇李真巧

听了这个女人的身世之后,他的欲火渐渐熄灭。也不知怎么一来,他色眯眯的眼光也熄了。吴可四十岁,头发却已青少白多,灰头发理成板寸,两个嘴角由于常常在心里骂恶毒话而过早出现下行纹。恶狠狠的情绪是要燃烧许多热卡的,因此吴可虽然在劳改农场伙食不坏,还常常偷摸水田里的泥鳅,荷塘里的蚌壳,偷偷滋补自己,因而在他被光荣释放时,出落出二三十岁的形体。他摸摸跨栏背心下面的身板,学大寨修梯田修水库十来年,一分力气都没费掉,全在斜方肌、二头肌、三角肌里头。 改造简直就是米开朗琪罗,鬼斧神工雕成一个东方版、中年版的大卫。不久前到北京跟港澳文艺工作者开交流会,一个香港导演带了儿子来,十岁男孩童言无忌,对他说,吴先生可以到香港来当脱星哦。吴可继续看镜子,镜子里这个人,十八写诗出小名,十九岁写剧本出大名,好运气坏运气都因为他出名太早,太大。

那天老米潇为庆祝老婆同意离婚,请了表妹李真巧到吴可家做菜。吴可家的房子是文革后退还的,楼下还住着抢占房的若干家住户,楼上一间五十米的屋做客厅,一间十二米的卧室,还有一间小房,窗子朝后院,给他当书房。客厅外,是一个大露台。厨房就是个棚子,借客厅外一小片墙壁,搭在露台上。米潇的表妹一直不出现,老米潇里外端菜。到了开席的时候,一个屁股热腾腾坐在了吴可身边。吴可扭头一看，长波浪大卷花头发下面，一个深肤色的脸，眼睛和肤色是印尼姑娘的，酒窝深深，腮帮圆圆，又出来一种敦厚感，像北方人或鲜族人。米潇介绍，这就是今晚的厨娘，李真巧，他老米最小的表妹。一共五个菜，四个可以忽略不计，中间一个大瓦盆，菜装得过满，趵突泉似的，凸出盆沿，李真巧招呼，大家吃嘛，麻婆草鱼烧豆腐。谁都没见过这样的搭配，一吃，醇厚香辣滑嫩，大家都美得没话说。吃掉一瓦盆，客人里的画院博士生梁多开始逗厨娘李真巧说，问她，你自己咋不吃？真巧说，看到你们就饱了。吴可抿着啤酒，眼睛一秒钟都不闲着，观察这个不太年轻的女人。他忽然想明白了，站起身说，我露台上还用井水镇了啤酒，老米你帮我搭把手，搬进来。一出门吴可就问米潇，你是为她闹离婚吧？米潇说，我造的孽还不够？吴可说，为她造孽还值。米潇说，那米拉更不认我了。吴可把米潇逼迫到露台栏杆，说，你老实点儿，到底是不是为了她？自古以来，表哥搞表妹不算太丑的事。米潇说，你不用开导我，我女朋友在重庆，在电视台主持少儿节目。吴可还是逼迫，米潇举起两只手投降，真不是她，真不是……吴可说，那你发给我算了。米潇笑笑说，可以啊，只要你招架得住她。米潇比吴可大八岁，两人说起女人来一样油爆。吴可老婆在他劳动改造头一年就带着离婚协议书去探班，吴可立刻签名，一劳永逸，老婆从此再不用探准劳改犯的班了。其实吴可老婆不知实情，实情是吴可巴不得离婚，他在劳教农场附近发展了好几个女崇拜者，约会就在橘子林的看果棚里，给看果的一斤烟丝，果棚就归他用。女崇拜者都是下放到周边生产队的知青，火热缠绵的崇拜者对诗歌，对文学的焦渴，对产生诗歌和文学的这个肉体的焦渴，吴可就是消渴丸。她们密集来访时，果棚后门送出去一个，前门就迎进来一个。此刻吴可说，好，你答应发给我了哦。米潇说，我答应有什么用，真把她当玩物呢，她可不好玩。米潇少年时野，辍学到远洋货轮上当水手。投奔革命前，他是一个十九岁的二副。水手生涯让他逛了不少西洋城市，因此他音乐绘画都玩几手，英文也装够了半瓶子醋，尤其水手的粗话，他就是一本活字典。在他身边，所有人都本色不少，因此朋友都喜欢跟他混。米潇此时嗓子低一个调，说，小吴，她真不是玩物哦。六七十年代，米潇叫吴可小吴，现在依然。

　　吴可想，自从知道了李真巧当知青的遭际，这个女人从玩物、猎物变成了尤物。她不算漂亮，吴可见过的漂亮女人海了，漂亮女人不是尤物，漂亮只构成尤物小小一部分。初遇李真巧那晚，她用筷子夹起一块鱼背肉，放在瓷勺子里，掏出一副眼镜戴上，用筷子尖剔鱼肉的刺。吴可说，还戴上老花镜了？真巧说，散光厉害得很。她一根刺都不放过，眼珠都要斗鸡了。吴可又逗她说话，说，会烧鱼不会吃鱼？还用得着这么认真挑刺。她说你放心，我不是给你挑的。她把剔干净刺的鱼肉放在老米潇碟子里。美院博士　梁多说，嗷，我们就不能享受头等服务？真巧说，他是我表哥，你是我哪个？梁多说，你有没有妹娃儿？我当你妹夫。李真巧不动声色地用筷子尾巴在他披着披头士长发的脑壳顶上轻敲一下。老米潇那天晚上在露台上简要告诉吴可，小吴你别惹她，她被男人搞坏掉了。吴可问，是什么种类的"坏掉"。米潇说，嗯，你慢慢看嘛。吴可回到餐桌上，啤酒劲儿正好，他侧过脸，把李真巧好好地看，怎么看也看不出这是个被"搞坏掉"的女人，胸部弹力十足，臀部紧绷绷，小腰是从芭蕾舞者身上借来的，细瘦得似乎不能承上启下，她这一身青春是要爆炸出来了。当晚他留下她的电话号码，第二天给她打，对方说这是毛巾厂传达室，李真巧每月五号上班一天。

　　从来不计日子，不用闹钟的吴可，记住了一个半礼拜之后的五号。这一个半礼拜，吴可的心熬得慌。早上八点，他骑自行车到达毛巾厂大门口。他把自行车停在小马路对过，一脚撑地，半个屁股坐在车座上，等了近四个小时，骄阳从厂房下面转到厂房顶上，李真巧咬着一根冰棍过来了。怎么样的一个李真巧哦，弹力面料衬衫，两片前襟上，紫红淡黄浅粉条纹从两肩射向胸部，腹部，重复呈现V字，强调她的宽肩高胸细腰，一看是港澳的当下流行。下着乳白喇叭裤，也是弹力面料，一分宽裕面料都不肯要，身上沟沟坎坎都给你看去，搔挠你内里的秘密渴望。吴可叫了一声真巧，她回过头。今天长波浪系在脑后，额头原本是高大的，贵气的，配得上那副名贵的太阳镜。

　　当然吴可不能说是专门来此地等她，但愿满脸满脖子汗水别出卖他。一叫，她居然兴高采烈，手举在头上挥了挥。她身上的败笔是这双手臂，太短了，是小女娃的手臂，举起来不高过头顶多少。吴可穿过马路，来到厂门口，她还是笑眯眯的，说，你在这儿等我一会儿，我拿了工资请你吃豆花儿面。

又是等。这回她转眼便回来了。不问自答，从包里抽出劣质公文信封，上面写着"李真巧，25元零3分。"你看嘛，病休工资，只够请你吃豆花儿。街角就有豆花儿店，一个工业用的大电扇哄哄响，吴可就是在哄哄响里听完李真巧的故事的。

当然不能用她病休的工资吃豆花儿，当然也不能只吃豆花儿。店里还是有几样体面菜肴的，芙蓉蛋，盐煎肉，麻辣豆筋，吴可点了三个菜，两碗豆花。菜没怎么动，两人都明白，菜都是幌子。吴可说，到家坐一会吧。李真巧吓一跳，看着他，意思是，你不怕？！我怕。吴可笑笑，说，想跟你多聊几句，不过下午我儿子会来，也是领工资。我一号领工资，他妈二号就来拿，这都五号了，今天是一定要来拿了。李真巧说她吃了饭有事。吴可知道她不想马上跟他太近，她收着尤物的网，还不着急向他撒。

午饭后他一个人回家。跟老婆住处的传呼电话通知，不必来领他的工资了，他已经寄出了。他满心的李真巧，没力气理会儿子。儿子学会苦肉计，见面就说母亲这里痛那里不舒服。钱总是能晚一点寄出。他躺在凉席上睡午觉，却是一下午醒着。

二十四岁的李真巧，什么样？被搞坏掉之前，她有这么妙不可言吗？二十四岁的李真巧，开始被轮奸。等于轮奸。

五年前，李真巧跟所有农场知青一样，头等第一的愿望是回城。那时她在场部演出队，队里的女生一个个悄没声消失了。黎明割胶的灯火越来越稀。这天她不出工，装病躺在大通铺自己的铺位上，听见隔壁嗡嗡的嗓音，男人的嗓音。隔壁白天是广播室，晚上住女广播员和女赤脚医生。屋子里靠墙摆三张竹床，跟李真巧宿舍只隔一片墙的那张床空着，给人吊盐水、听心肺，或者分场来了客人，玩晚了回不去，借宿用。李真巧听见隔壁开门，偷儿一样，就开了自己门，伸出头去。一个男人趿拉着一只鞋，光着一只脚，窜得飞快。李真巧马上找个由头去隔壁看赤脚医生，明知赤脚医生跟着割胶的人上山了。女广播员坐在第三张竹床上，两个大黑眼圈。她挪开屁股，露出一只男人的解放鞋，跟李真巧说，我也不瞒你，你反正都偷听了。他不给我办回城文件，我就让他光一只脚回他老婆那儿去。第三张竹床原先是有主的，属于乐队的女队长。一次发山洪，她领导演出队打快板敲锣鼓，鼓舞抗洪，让大水冲走了，就此失踪。活不见人死不见尸，方脸盘大眼睛的女队长是北京知青，听见成都知青说谁和谁耍朋友就笑，笑这个说法好轻佻，最神圣的青春爱情说成"耍"。一场洪水退去，她连个渣渣都没留下。

　　李真巧跟吴可说，先跟你讲个插曲哈。去年在北京我见了鬼。我跟我男朋友崔先生去西单侨汇商场，想给米拉买一块瑞士表。人多得很，有几个混混围上来，想跟崔先生换侨汇券。我拉着老崔突围，眼睛一瞟，看到一个女的在柜台上看一块浪琴表，我的位置在柜台拐弯的地方，离她有四五米远。我身上汗毛嗖一下就竖起了，见了鬼了，那女的烧成灰我都认识，她不就是抗洪光荣牺牲的烈士吗？烈士把脸转向我，借着灯光，把腕子转来转去，欣赏戴在手腕上的表。一点儿错都没有，就是那个姓史的乐队队长。我吓得拉紧老崔，老崔问我怎么了，我说那个女的是个鬼。老崔顺着我眼睛看过去，史队长正在离开柜台，试戴一下名贵手表，过足瘾了，对女营业员风凉话很大度。女营业员说：知道你买不起，还看个没完！我丢下老崔就跑，跑到她前面去堵路。我堵住她说，哎，史彤彤，你认得到我不？她看到我，迷糊糊的，直摇头。我说，王家栋你晓得不？她瞪着两个大眼，就是批林批孔指着王家栋王教导员揭发他让孩子背三字经的那同一双冒电光的大眼，说，您谁呀？咱见过吗？我说，装得跟真的一样，当真抗洪牺牲了。你认不到我是哪个？我，成都知青，李真巧，六八年下放兵团，你在一分场三连，我在二连，你在你们宿舍门口拉二胡，我在我们宿舍门口乘凉，都听得见。后来场部成立演出队儿，我们都抽调到到演出队儿，住两隔壁。你以为你穿上这身洋货我就认不出你原形了？她抽身就走，我又上去拦住，跟她说，你当真投了胎，又回来害人了？史队长对周围的人笑着说，这个人有病，认错人了。又要走，老崔不知道什么时候赶到了，一把扯住她胳膊，对我说，她跑不脱的，你去叫警察。女队长史彤彤说，你他妈别松手，就这么抓着，大家看见了啊，这个香港老流氓动手动脚，他还喊警察呢！老崔一听，赶紧松手，女队长黄鳝一样，滑溜走了。我说，抓住她！北京人向着北京人，抓住的是我，把我又推又搡，从侨汇商场的地下室推到楼梯口。我一身稀脏，都是他们吐的口水。

　　吴可说，你肯定没看错人？她懒得多话。吴可明白，朝夕相处好几年，就是认错了脸，那声音，那神态，那姿态呢？

吴可躺在凉席上遭遇午睡失眠，推测着女队长史彤彤是怎么回事。那场失踪肯定是她蓄谋已久的。云南知青很多越过国境，帮缅甸解放军打仗，也有极少数做买卖阔了。那是花了好几年孵化出的一个预谋，跟越境到缅甸的熟人打好了招呼，只等一个大事件爆发，山火或者山洪，反正能毁尸灭迹的大灾难。路线也早就勘探好了，从那个农场到边境线不过几十里路，过境之后，再转道去马来西亚，或者印度尼西亚，那些国家有的是中国人，有的是愿意娶年轻女学生的华侨男人，然后身份就混到了。现在看看祖国风平浪静了，摇身一变，一个归国华侨回来了，爱叫什么名就叫什么名，爱多大岁数就多大岁数。慢着，还有没有另一种可能？史彤彤确实落了水，水性和运气都不错的她给人救起来了。给一个男人救了。那男人或许有点权，有点门路，也有点真正的悲悯情怀，露水夫妻一场，又成全她的夙愿，把她送走了。走？到哪去了？在缅甸倒腾几年鸦片，赚了些脏钱，脱胎换骨回到北京，砍断建设兵团所有关系，大隐于市。八十年代是个好时代，到处在恢复名誉、退还财产，某某复职，某某复出，复出的人们若发现自己编年史的衔接有问题，缺页不少，尽管杜撰虚构，虚构的都像真的，真的更像虚构。李真巧在北京侨汇商场见的那个鬼，只说明一个现象：知青的逃离心情有多急切，逃离又是多么不择手段。等李真巧发现所有手段都被不择手段逃离的人用完，用成了老花招，老掉了牙，她也只能用老掉牙的老花招了。李真巧在二十四岁这年开始找一个"关紧的人"帮忙。一个供销社主任。在缺吃少穿、正当门路买不到必需品的地方，供销社干部是上下通吃的人物，等于一个脚踏黑白两道的老大。李真巧是偶然来了灵感，找到这个老大。她问他，你们供销社有没有红糖卖？老大说，有，也没有，看是哪个买。李真巧说，我买呢？老大笑笑说，没有也要有。李真巧说，你有多少嘛？老大说，你想买多少嘛？李真巧说，买不了多少，也就买个五斤。老大一点不吃惊，不做声地看着她笑。李真巧给他看得顿时明白不少事。她说，在哪儿？老大说，什么在哪儿？红糖啊。不在这儿，在这儿还得了，我供销社的墙还不给挤塌了。那你走哪儿去把糖秤给我？把你地址门牌写到这儿，等到货了我派人给你送去。李真巧就真掏起裤兜来：多少钱？老大说，急哪样嘛？到时一手交钱，一手交货。

　　吴可插嘴：这个龟孙把你地址门牌骗到了。李真巧说，他才犯不着骗，多少知青娃想给他写地址，他还不收呢。吴可说，后来呢？他派人给你送红糖了？李真巧说，他派他自己送货上门。那天镇上逢墟，演出队的人都赶墟去了，就我一个在宿舍。他敲门，我开门一看，他在锁自行车，车子货架上真驮着一大包红糖。我赶紧开抽屉找钱，他拦住我，一来二往，我就到他怀里了。那天他跟我没走多远，忙的就是他那两个爪爪，我摁到这儿，他去摸那儿，到处给他摸得稀脏。第二年，一个女知青生娃娃死了，知青们抬着尸首游行，喊口号要回城。我又去找他，这回我没得跑了。演出队的人越来越少，偶尔演出，哪个有心思看啊，上台唱："同志哥，请喝一杯茶呀，"台下就起哄："喝你妈啥子茶哦，茶都凉喽！"就唱不下去了。演出队有个小男孩,文革一开始爸爸就给打倒,妈上吊,他十三岁就投奔兵团了。他会吹笛子,吹箫,会拉手风琴,嗓子还高得很,台上哪个人唱不上去,他就在天幕后面帮腔,跟台上唱的人演双簧,叫他自己上台唱,他打死不肯,好像上台的人都贱,他不屑。小家伙长得清秀白静,戴副黑边眼镜,小塌鼻子担着大眼镜,担不动,一讲话就往上推眼镜,怪头怪脑,讨喜得很。他老穿一件家织布白衬衫,扣子一律扣到喉结,出了汗衬衫上都是黄圈圈,隔近了身上一股甜醪糟味道。人家笑他从来不换衣服,他第二天就把五件一模一样的家织布白衬衫晒到宿舍外绳子上。有一回我到河边洗衣服,笑他身上醪糟发过头了,成大曲了,要他把衬衫脱了,我顺手给他搓了,他一脱,我看他可怜,一身排骨。他上身打光东东,站在河水里陪我说话。他说他到兵团就有个理想,就是参加演出队,演出队有宵夜吃,天天早上不必起早割胶。那天他叫我真姐,我也从此就把他当个小弟。到演出队的人走了一半的时候,他笛子吹得凄惨,问我,真姐不会也走吧。我说我没门路,走哪去。那天我跟他交底:父亲在我还没出生就不见了,我是私生女,遗腹女,刚解放才三年,我妈改嫁继父,继父老实巴交,人家武斗了他还照常到厂里上班,给两帮武斗的人马夹在中间,莫名其妙打死了。没有爹老汉儿在城里给钱给好处,在兵团这头又没有关紧的人开后门,走投无路。他跟我说,他参加演出队的理想是起源于另一个理想,真正的理想,就是能天天跟我在一起,住一排房子。他说这几句话都出汗了,塌鼻梁就像滑滑梯,眼镜滑下来,他

24

马上推上去，马上又滑下来。那天他给我一本英文书，说人人都急着走，回北京上海成都干啥呢？多少年在这里当野人，回去了不都是一伙废物。他说，我才不急，学了本领，有朝一日真回到社会上，机会都是本事人的。

说到这里，真巧停了。

吴可问，男娃叫什么？真巧说，告诉你有啥子用。吴可说，听起来你要跟他恋爱了，名字总要晓得吧。李真巧默默然好久。吴可放弃了，权当他是个过场男孩。王汉铎，真巧忽然轻声说，就像男孩在她眼前。

接着一个大冷场，吴可预感李真巧在准备大戏开锣。两人点上烟，吴可看着她的脸，她肚子里的故事在往她眼睛里涌。她把烟往碟子里一摁，时候到了。她仰起头，看他一眼，笑笑。吴可也不自然地笑笑。奇怪，他吴可紧张什么。李真巧说，七七年春天，广播员也走了。她是昆明知青，爸爸复职了，帮她办了病退。临走她推荐我当广播员，搬到隔壁的单间。现在广播室三张床空了两张，女赤脚医生也走了，场部医院走了不少人，急着抓壮丁，穿鞋的医务人员不够，赤脚的去填空。广播员一样要出工，只是中午回到广播室放唱片，广播好人好事，通知下午的学习内容。就那一小时，李真巧笑笑。

那一个小时对供销社主任好用得很。电唱机上放一张红灯记唱片，李铁梅的"爹爹留下无价宝"，一板二眼，主任不急不忙，公就办完了。她问他，病退快办成了吧。他说，说得轻巧，吃根灯草。她又问，那目前啥眉目了。主任说，要打点的人多得很，这个干部要自行车票，那个要上海松紧口鞋，都要先给点儿甜头让他们吃，才能再提要求。过几天供销社主任说，成了！她问，怎么成了？关系搭成了！一个有关部门的人要来见她了，亲聆她的苦情。她一转头跟男孩说，成了，有关部门要给我办事了！有关部门那个人终于造访广播室，认真记下她家里的困难：继父死亡多年，单亲母亲多病，弟弟羊癫疯，妹妹年纪小。过几天，那个有关部门的干部来告知她，事情大有进展，上报给上一级部门审批。于是这个有关部门干部也跟李真巧大大进展，一步到位办了公。再过一阵，更上一级、更具体的有关人员来审核她的"困难"。有关人员越来越多，供销社主任告诉她，一碗水端平哦，不端平碗都给你打烂。有关部门越来越大，胃口也见长，中午吃不饱，晚上还要吃。她就是一只凤凰，毛多美对猎人都是浪费，就为了把它打来吃。她想得开，他们反正无所谓羽毛多美，多稀有，他们就冲肉来，那就来吧，这身肉是足够结实经吃的，吃了又吃反正吃不少她一块。她每次问有关人员，什么时候办得成。他们都摸摸她的脸蛋，要么捏捏她的胸口，拍拍她的屁股蛋，说，正办着呢，哪有这么快？城里方面你鬼都没得一个，单一头帮你使劲儿，就慢。

那个男孩发觉了此事。大部分人都发现了此事。不过此事不是大不了的事，大家的反应也就笑笑，翻眼去看看老天。一日在食堂打饭，王汉铎排在真巧身后，手指尖轻轻拉一下她的辫梢，她回过头，男孩就那么看着她，眼泪汪汪，嘴唇抖抖，就像他哪里在剧痛而他又难以启口诉说。就这一眼,她明白他对她是怎么回事。两人打了饭,默契地一同走到一棵老凤凰树下,蹲在树下吃。凤凰花盛开的月份,给他们撑了一顶火红的阳伞在头顶。饭吃下去一大半,两人一声不吭。这么丑的事,一丝美丽,一丝诗意都拣不出来,男孩单纯,启不了齿劝说。王汉铎还是开口了,说,留在这里,就这么可怕?那些老职工,当年也是知识青年,五八年到这里开垦,人家不也活着,还要活下去,还娶老婆生娃娃,照样养鸡养猪做饵块。李真巧恶声恶气说,要像他们那样活下去,还不如现在就死了。那也不能靠出卖……他不说了。你懂啥子?!男孩眼睛看着前方,不说话,他是不懂啥子。那天晚上,她在念一篇长稿子,男孩轻轻推开门,走进来,坐在她左边一张床上,能把她四十五度角度的脸尽收眼底。那个角度的她迷死人,分场宣传部的美术干事对她讲过。吴可从纯审美立场出发,额头、颧骨、眼睫毛、酒窝,一个个细节研究,哪个细节不美?还有深色皮肤又亮又细腻,不是好看到什么程度,是不同寻常,是妙。她一边广播,一边用眼睛余光扫到他捧着的一捧书。她在念稿间歇端起茶缸喝水,疑问地看着那堆书,他眼睛和手势表示,书是给她拿来的。一堆破烂课本,中文,英文,语文,数学,历史。她心里恨得想咬他,已经给人弄成破烂了,学了这些破烂课本,就算考取学校,这破烂的肉身又怎么办?那篇稿子实在是长,她却巴不得它永无终结,男孩总不会一直等下去。她怕稿子念完,他又要说教,读书啊,学知识啊。男孩的语言好是好的,有一点儿酸腐:真姐,也许你是最后一个被命运眷顾的人，但你也笑在最后。她读完了稿子，不能给男孩的说教以可乘之机。她甜美地看他一眼，男孩和她之间永远甜美，永远整不脏。她埋头喝了一大口水，他走到她身边，她气紧了，妈呀，他要开口了，他要开口说，不晚不晚，就是给那帮畜生整成破烂，也拾掇得起来，命运之神就在路上。不能给他说话的机会，她转向麦克风清唱起来。　唱的是歌剧"红岩"，江姐被处死之前，给狱中孤儿唱的一首摇篮曲。

真巧的歌喉，吴可享过一次耳福。那晚庆祝米潇启动离婚程序，客人们喝了三箱啤酒，李真巧行酒令很凶，句句都是荤的。罚她酒时老米潇说，不如让真巧唱首歌。唱歌不在她话下，五分醉时，不让她唱都难。真巧唱"吐鲁番的葡萄"，用嗓子很巧，三分唱，七分哼。吴可找出一个微型麦克风来。他父亲留的洋楼被强占十几年，给军区干部的子孙当幼儿园，退还房产后，高级别干部的孩子们都大了，进了学校，剩下的教职人员就被合并到地方幼儿园去了。吴可从各屋堆的垃圾里找到不少有用的东西，断腿的小板凳，（可接腿）跌扁的浇水壶（可敲打复原），长长短短的断电缆，还有一个微型麦克风（他用来吓鸽子，对着乌压压落在露台上的鸽子，朝麦克风猛吹几口气）。那天晚上真巧就拿着微型麦克风唱，麦克风的便宜她占尽了，嗓音中的戏给麦克风扩充出来，强调出来。因此吴可能想象几年前的五月夜晚，她如何在那个男孩身边，对着几十排宿舍的空窗子清唱，对着空窗子里一顶顶飘动的白蚊帐唱。那个夜晚没人入睡，到处在密谋回城大游行，到处在割舍孽缘，秘密善后，到处都有秘密的讨论，如何谋杀不合时宜到来的胎儿。吴可想象真巧怎样吻着麦克风，把嘴唇直接贴在听众耳朵上。唱的是歌剧"红岩"，江姐临刑前给那个狱中婴儿唱的催眠曲，"别忘了哦别忘了，别忘了你的爹妈，是他们用鲜血染红了红旗……"吴可知道，真巧那种唱法那几年走私舶来，自台湾通过地下，在中国大陆流行得飞快。"红岩"的革命女圣徒就那么娓娓唱来，缠绵悱恻，舔着人耳朵眼里的毫毛。吴可完全能想象，圣徒江姐的托孤遗言给李真巧唱成"小城故事"，"甜蜜蜜"，叫王汉铎的男孩酥了半边。

等她唱完三首歌，远近响起熄灯哨音。男孩站起身往门口走，两人至此手指尖都不曾碰过。他在门口站住，她说，快去睡了。他那样看着她，塌鼻梁从来挂不住眼镜，这时要不是微上翘的鼻头接着，镜片一定会掉地打碎。他眼神变了，什么意思呢？他在看一块绝好的丝绸大大方方地尽人泼污，什么坏下水都可以往上涂鸦，多粗粝的爪爪都能上手，而那丝质之细之光润，粗粝爪爪一触即拉丝，现在都拉成什么了？破烂一摊。

男孩从那晚离开后，再也不来了。她倒是开始一本本看他留下的书，看到最后，露出一张便笺：我的爱，从爱真巧姐开始，到诅咒娼妓这古老残忍的营生结束；他们毁了真姐，真姐毁了我的爱。

男孩停止骚扰她之后，她还会在食堂、宿舍前的过道碰到他，两人就像阴阳两界相隔，谁也看不见谁。又过了一个月，盛夏来临。反正夜里有人来，她索性就开着门睡，只有纱门上门栓，但每个有关人员都知道秘径，纱门上开了个小口子，够手指头伸入，顺着口子，手指头轻拨门闩，纱门便哑然敞开，鬼都不会知道。她有一点特别棒，就是瞌睡好，多大的事，她瞌睡一来，全都让位给瞌睡。她给瞌睡弄成一团面，任揉任揣，一时身上重了，一时身上又轻了，她哼哼两声，表示活着。

　　吴可从老米潇那里知道，他恢复了文化局文艺副科长的职位后，帮李真巧从兵团调回了成都。进厂头一个月，她织了一条毛巾一百零四米又三十分，因为她离开机器六个多小时。各个厂家都开始正规生产，出这样严重的事故还了得，要重办的。不过人们在厂房角落里找到昏迷不醒的李真巧，车间主任犯难了。人家是真昏迷，有本事你证明她装假。昏迷这毛病神秘得很，神经官能性、心理精神性、耳神经不平衡、颈椎骨压迫，都会造成昏迷。一位副厂长对群众说，小李同志在兵团十年，这里，他指指脑子，受了点儿刺激。从此她再不用看机器，获得了全面自由。

　　叫王汉铎的男孩跟李真巧从精神到感情上断绝了来往。偶然李真巧碰到他，他都是头一埋，或脸一调，避开她。避开就避开，还微皱眉头，把她当一滩污物，一泡粪便。夏天去了，秋天来了，她纱门上的缝隙给一根根手指头捅成窟窿，蚊子苍蝇飞蛾都自由进出，巨大的蜘蛛进来，在她懒得及时洗涤的衣物上攀织出完整的网，网住飞蛾蚊虫苍蝇。她感到自己也是蜘蛛，好东西都不会给她网住，网住的尽是害虫。这天夜里一个人走了，居然又来一个。后一个在纱门上摸摸索索，寻找破绽。她瞌睡中有些奇怪，熟门熟路，咋就迷失了。最终那手指头找到秘径，捅入纱门，拨开常常来回游走、磨得滑溜无比的门拴。她还是瞌睡虫一只，随他自己招呼自己。这个来犯者比谁都劲大，衣服本不碍他事，非要撕烂而后快。她嗯嗯两声，意思是，至于不至于啊？又不是渴急了饿急了，从来也没欠着你们这帮龟儿子嘛。来客把脸放在她胸口，长长吸一口气，真是渴急了，一口畅饮之后活过来的意思。她瞌睡浅下去，把那帮有关人员挨个在脑子里摆了摆，不像有这一位啊。她伸出手，摸了摸身上这位的身体，又细又滑的皮肉，凉阴阴的，我的妈，一身排骨！用力过度，他身上的甜醪糟味又出来了。她不知道为什么流出眼泪，眼泪顺着她的脸颊迅猛地流到枕席上，这个人间，竟然一点想头都不给她留。她一动不动，在他从她身上滑下去后，手指甲变了利爪，朝那细滑柔嫩尚属于孩子的皮肉上死命一抠。他疼得哑声叫起来，条件反应地给了她一拳。那一拳打得好啊，真的是不给她留一丝念想了，这个人间。从那之后，她拆掉了纱门，又加钉一个门闩，每天晚上睡前栓紧门。她是一只凤凰，对她羽毛有多美谁都瞎着眼，打了她来就是图那一口肉，他也只当她是肉。他们吃到那天夜里，她给吃出疼来了。被人间最后一个男孩子吃疼了。

男孩一夜成了个恶棍，再相逢时，他狞笑，她疼痛地避开。她发呆时梦一般笑了，想想着第二天早晨她广播时，看见自己指甲里留着暗色的血，稠厚的，连带一层薄薄的皮肉。男孩的皮肉原本那么薄，那么细，她称心地笑着，不知他带着四道爪痕如何过日子。

爪痕从他可怜的喉头下延向他可怜的右侧胸大肌，之后是否溃烂？是否烂成个永远纪念？她称心地笑着，眼泪流下来。

　　吴可听到这里觉得够了：真是丑啊！他突然想起四岁的米拉，由他拉着手，去书店买小人书，同行的还有轿车司机的儿子。吴可那时的剧本，全国话剧团都在演，红遍全国。他常到大学讲课，也常去工人文化宫、群艺馆指导业余话剧团排演，话剧院给他派一辆车，他到处跑能省时间，也安全。司机六岁的儿子常常随行。那天司机开车送他们去了市里最大的少儿书店，他让米拉和司机的儿子自己选连环画。可是米拉选中的书，司机的儿子非要先看。米拉于是跟他交换一本，刚开始看，司机的儿子又要换回。吴可跟男孩开玩笑："你不够意思吧？吃着别人碗里的，还霸着自己锅里的。"男孩居然哭起来，说自己选的都不好看，一定要吴可给他换。吴可拿着书回到收银柜台，书店的人说，书都翻得卷毛了，不能换。男孩一听，立刻倒在地上，向两侧滚翻，腿蹬地板、搓地板，手也拍打地板，一张小脸上，只剩一张嚎啕的大嘴，其他五关都给嘴挤没了。米拉的脑袋依着手足无措小吴叔叔，慢慢发声："好丑哦！"

　　后来吴可把这事告诉米潇，老米笑笑：这孩子古怪，看不惯的，恶心她的，在她看对的事和错的事，都简单，就是一个"丑"。

　　此刻他想，那个叫王汉铎的年轻男子，可是极致之"丑"；先前一彪男人在李真巧身上实施的丑行，被那塌鼻子娃娃脸，终于推至极致。

沉默一会，真巧笑笑说，在她离开云南时，王汉铎还在那里读书，求学若渴，跟真的一样。后来听人说，他成了分场的王指导员，上大学是带职的。

吴可那天下午的午睡被这个故事搅了，一直不来瞌睡。起床后他跑到老米潇家，正好碰到他女儿米拉探望她爹。米拉和米潇刚吵完架，老的气喘不匀，小的泪眼浮肿。

子教三娘

说到哪一句米拉开始痛哭的？对，就是那句："你多大了？快五十了！你还有资格讲爱情？！该我讲爱情了！"

米潇也奇怪，这是个什么鬼年头——爹跟女儿都正当年搞恋爱？米拉撞见了父亲的情人，情人挺知趣，马上走了。之后老米潇孙子一样乖，给女儿做了晚饭，呛炒苦瓜辣椒丁，糖醋田鸡配绿豆芽，又到街上斩了半只缠丝兔。米拉一个人差不多吃了一斤三两兔子肉。老米潇跟米拉一样，住房处于过度期，在纺织学校单身楼里过度。女儿吃饭，米潇一杯杯地喝散装啤酒，清喝，就着烟，女儿吃得美，他看着就能下酒。他边喝边抽边环顾屋子里，看是否有不雅痕迹。没有。大床的床幔光明正大地敞开，夏被叠得一丝不苟。这个单身宿舍原来四张上下铺，给抬出去后，放进这张老式大床来。床的雕花极为精致，是他下放期间从深山老村收来的。那地方好玩，不知有汉，啥子解放，啥子土改，晓不得。据说有一回一队解放军拉练从镇上经过，村民都去看热闹，孩子们看得那么专注，都忘了吸溜绿色浓鼻涕，相互传说，大军要去打日本。解放牌大卡车被他们称为车妈妈，吉普车他们叫车娃娃。米潇常常溜出干校，潜行百里山路，去那一带的村子里收老物。一回他想调度村干部协助，问一伙晒太阳老人，干部哪去了，老人们告诉他，恐怕走县党部去了。这张老床是米潇收来的零部件，找镇上一个老木匠兑到一块，缺损的雕花，木匠补雕，不细看浑然一体。除了大床，屋里还有另外几件老物，一个脸盆架，一个梳妆台。屋子最占地方的是一张巨大的案子，由四张古老高凳加一张大木板搭成的，米潇用他自制的橡皮胶固定。大案子可写可画可吃饭。　窗子两边放了两个不伦不类的座位，可做沙发或旋转躺椅，那是两口超大铁锅改制的。铁锅底下安装了能旋转的座子，锅里垫上厚垫子，也用他的自制胶固定，坐上去锅底可旋转可晃悠。女儿吃得闷声不响，老米潇知道狂吃是她心情恶劣的症候。烹饪方面，老米潇是巧妇，米拉小时吃的蛋糕都是父亲自制，嘴巴从小给父亲的厨艺惯馋了。米潇常说，李真巧不跟我沾亲都见鬼，有厨艺为证。他和李真巧的厨艺有一共性，俩人都即兴发挥，凭灵感搭配食材，任意发明食谱，有着高度的偶然性和不可重复性，谁也学不去，他们自己想留个方子都难。

　　为什么讲到爱情米拉要哭，做爹的明白，是女儿的恋爱不顺，当爹的恋爱又太顺。米潇几年前就情事缠身，这不怪他，怪只怪本来安稳的社会，突然就从干校劳改营放出一批他们这样的中老年男人；老米潇，吴可，都给放出来，进入好端端的城市。这批中老年男人突然从坏人变了好人，被冤成坏人的男人一旦被恢复成好人，女人们加倍地爱。何况这些被冤枉成坏人的男人都是有趣的，身怀才华技艺的，譬如吴可，譬如米潇。社会在缺乏了这些有趣有才有技艺的男人整整一个时代，很是乏味了一阵，女人们的美丽都白白流逝了一阵，这些男人们总算给放回来了。女人们于是穿衣梳头都有了奔头，终于有在行的目光跟随了。米拉看见父亲的情妇好苗条好单薄，正是她发胖前的线条，于是她明白父亲嘴里没实话，天天跟她说，吃吧，胖点好，我家米拉还是胖点儿好看。米拉有理由怀疑，这种误导出于无良用心，吃胖女儿，好凸显他情妇的苗条。就像米潇情妇夺了她米拉那份苗条似的，愤愤，委屈，一分仇成了多份。本来米拉答应要跟母亲去谈判，让妈别把老米潇当不甜的瓜强扭在手。撞见了情妇之后，她闷了有一个钟头。情妇姓甄，叫茵莉，老米称她小甄。小甄一袭白裙，鲜红的嘴唇，峨眉山峰般的英武眉毛，五四短发，长腿细腰，好的她都占了，还要占孙霖露的丈夫。孙霖露是米拉的母亲，花布设计师。

其实米潇是把女儿始终当知己的。一开始跟女主播甄茵莉要好，他就跟米拉坦白了，爸爸也是人啊。那时米潇还没完全被"解放"，工资没恢复，关系还在干校，只是临时抽调到重庆，帮助电影制片厂的导演做美工顾问。父亲当水手的时候去过法国，电影厂厂长熟识米潇，把米潇从挖河泥工地直接调去了重庆。米潇郑重地给米拉写了一封信，说自己在干枯的婚姻中苦够了，也撒谎撒够了。从米拉十岁，米潇就感到爱情在他跟孙霖露的婚姻里稀薄得令他窒息。那时他念米拉小，碰到喜爱的女人都忍痛错开眼睛，有那实在错不过去的，就在人民公园，百花山动物园，杜甫草堂约会几场，下小馆子时在肮脏的桌下捏捏手，拍拍腿，那时他心里悲壮，想着自己牺牲了一个个合宜的女人，只求女儿能正常长大，心灵健康，在孩子里不受歧视。米潇调解过孩子们的官司。一群孩子指着本来很霸王的一对弟兄大声揭露："你爸妈离婚了！"霸王弟兄二人似乎真被揭了短,立刻灰溜溜,不战自败。父母双全的家庭,孩子们是社会阳面,是正面力量,是优越阶级,米拉当时与孩子们共享这种优越。他不能因为一个心爱的女人把女儿划分到孩子的少数阶级中,让米拉和那个离异家庭的弟兄一样自卑,不战自败。米潇给米拉写的这封信里,坦言他跟那些销魂女子失之交臂之后,与孙霖露每一次性生活,每一个示爱的笑容,每一句枕边话都是撒谎。米潇可以很不堪,但撒谎最为他不耻。米拉当时的驻地在郊区,她正在玩命练功玩命冲厕所争取入团,接到爹的六页纸的挂号信,站在邮局门口就流泪了。她不知是可怜父亲还是可怜母亲,甚至可怜她自己。她是年轻军人,二八年华,过着禁欲的生活,老爹心里倒是一直偷偷豢养一头猛兽;爱和情欲在那年代难道不是猛兽?夜里,她躲在库房,用一个电筒,给老爹回信。她没有表示震惊,也没有表示悲哀,尽管泪水融化了不少字迹。库房靠墙放着木头架子,一共四层,所有官兵们多余行李都存放在这里。有人拥有木箱,有人拥有旅行袋,也有人拥有着一堆留之无用弃之可惜的东西:两把包花布的旧椅子,一个空空的鸟笼,一把没有弦的吉他。所有箱子袋子都锁着锁头,库房钥匙归每个宿舍的舍长掌握,谁需要进库房存放或提取物事,可以跟舍长拿钥匙。库房二十多平米,充满广柑的香味。有人要了钥匙不为存取东西,而是到此地来吃私粮。广柑上市,干部战士都分得十斤。十斤柑子不经吃,刚吃开胃口,半熟的果实刚刚放熟,就已经成了回味。干部们吃完公家发的广柑,可以去服务社买品质更好的,他们月月有工资可领,身边碰到那个士兵顺眼顺心，赏一两个。米拉有天得到一枚袖珍钥匙，给她钥匙的人悄声说，库房里某号架子的某层，那个藤编箱子里有给你的东西，打开锁吧。米拉好奇，打开锁，发现满满一箱金灿灿的广柑。米拉的嘴馋有人是发觉了并愿意去宠的。她想着那人的脸，那人的身材，似乎是熟识的，可从来没有发现他喜欢自己。在大家偷吃私粮的静默中，他一下给她这么多熟透的果实。她一个也没拿，愣愣地在广柑面前站了一会，领取了的，是偷偷为她存放在此的独一份关爱。第二天她奉还钥匙，那人说，放你那儿吧，以后方便点。从此她知道有一份喜欢是她的私粮，想取，总是在那里。她把小钥匙上拴了根绳儿，套在脖子上，想要取，就有，那感觉好，但不必取，这更好。她再没有打开那个藤箱。这夜她给老爹写信，嗅着柑子微苦的清香，流的泪也为了这把钥匙；难道十六岁的米拉应该熬住寂寞吗？难道米潇一个大男人熬不过那点依恋吗？她在信里写她的生活，写她担任的新角色，写她在悄悄练手的诗歌；她的诗，都是凌云壮志，父亲，你可以高大一些吗？十六岁的米拉都不这么小儿女气。最后她只问他，我妈哪一点不好呢，让你这么多年来必须以谎言对待之。米潇回信倒是快，可找到能倾诉风月秘闻的一副心扉了。米潇说，你母亲很好，没一点不好，可爱情有它自己的生命；它的活力也许来自罪恶，而非美德，相反，与美德居多的孙霖露同床共枕，可爱情它说死就死了，对此他毫无办法。

　　米潇此刻喝完了军用水壶里所有的散装啤酒，回肠荡气地打嗝。米拉觉得下放回来的父亲，常常是没出息的样子。

四年前她接到米潇的挂号信。那个周末米拉带着信回家，想跟母亲吹风。信放在帆布旅行包里。包里还装着她省下的舞蹈演员补助白糖，省下的草纸和军用肥皂，还有一件穿旧的军用绒衣。妈让她把不穿的东西都带回家，妈不嫌弃，妈穿。每个舞蹈演员都有一件心爱的羊毛衫，极薄的，前开襟，天冷练功的时候套上，练热了系在腰间，米拉是最后一个买得起羊毛衫的。而且四川没有这种好东西，必须托那些家在北京上海的人买。米拉好不容易存够了三十块，却买了一件四十块的羊毛衫，玫瑰红，腰部收得一把，她拿到宿舍，每个同屋都试穿了一遍，惊艳了一遍。欠的十元钱，米拉要分两个月才还得清，她一月才十元钱士兵津贴，还是超期服役老兵的待遇。于是部队发放的臃肿绒衣就此退伍，现在归了母亲孙霖露。妈套上褪色的军用绒衣，跑到镜子前，拉拉这里，拽拽那里，说，你的尺码我穿正合适！米拉看着母亲在缺吃少穿的年月长出的虚肉，眼泪又要流出来。苦日子会让一部分人胖起来，米拉的母亲就属于这不幸的一部分。孙霖露在一人四两肉的年月排队买肉，跟卖肉的人吵架，说一样的肉票，你给他切的都是肥的，给我切的这么瘦！米拉看着妈妈，她自认为跟女儿同一尺码，明明身上一道道横线，她却宣布正合身。多可怜的妈。米拉感到母亲变成这么朴实，这么粗糙一个女人，跟米潇下放有关。孙霖露自丈夫下放被迫搬出原先的房子，搬到一套两间的小单元里，大间住一对夫妇，带一个五岁女孩，母亲住七平米小屋，还要把碗柜、米柜搬到小屋里上锁。母亲每次打开碗柜，拿出半碗八宝饭，或者两块叶儿粑总是挤眉弄眼,手指放在嘴唇上,动作神态都是贼的:嘘!别让外头女娃娃听到,听到了不给她吃不好意思讪。妈穿上军用绒衣,裤子也是米拉带回来的。每年交旧领新,米拉跟别人换号码大的,拿到家里,妈就跟分了土豪细软的贫农一样欢天喜地。此刻妈看见米拉吃完了白糖糕,就跑过去打开门,叫着女邻居的名字,小赵,看我们女儿的绒衣,我穿正合适!门厅两家共用,孙霖露的镜子是大门上的玻璃。妈的步态和身姿还是少女的,她最初就是这样小蹦小跳地进入了青年米潇的视野。女邻居小赵在外面走廊做饭,这时伸着头看孙霖露,说,光荣军属硬是安逸哦,穿的都是真军装,街上超妹儿超哥穿的啥子?狗屎黄,一看就是假的。孙霖露的优越感虚荣心还不满足,说,米拉一年发两次新军装,旧的都够我穿一辈子。女邻居又捧场说,啥子衣服都没得军装精神。米拉看到母亲因为军用品拾荒兴头正高,想趁机提父亲挂号信的事。但孙霖露站在大门玻璃前,就跟女邻居说起探亲计划来。她说,我米拉八一节演出过后,要放几天假讪,我们去老米那儿,全家团聚一下。米拉心想,她幸亏没提信的事,至少让妈蒙在鼓里,无辜地去做一次电影美术顾问米潇的家属。过去妈都是作为反动文人的家属去米潇劳动改造的农场探亲。米拉当兵后,还跟母亲去过。农场招待所只给一间小房,三人同睡一张单人床,米潇在床外接了块木板,三人横躺。十四岁的女兵米拉头朝外睡,两条腿却睡在父母之间。夜里两夫妻的枕边话是这样的:米拉越长越像我吧?像,不过脖子比你长。我现在胖了嘛,脖子当然短了,你认识我的时候,我脖子不短吧?

嗯……反正米拉的脖子不是你的，是她奶奶的，我娘脖子长，四肢都长。女方沉默一会，默认男方是正确的，然后又热烈地说，米拉洗澡的时候才好看，混身跟玉石一样，就是个小玉人！女方由衷骄傲，不管自己脖子如何，从她身子里出来的这个可是玉人！男方不语，分享这份骄傲。然后女方邀请男方从米拉的腿跨越过去，男方推脱，说累了，做不动。女方就说，你咋回事？上次来探亲，你不也累吗，照样做得动。男方叹口气，说，劳动改造你以为呢？一年到头做和尚，一点女色不见，慢慢就给改造成这样了。眼下的孙霖露对着门玻璃，那就是她的穿衣镜，好处是照出的人形马虎，皱纹是看不见的，身上的横肉也是看不清的，照着照着，她眼神就年轻起来，酒窝也深了。孙霖露说，米拉她爸现在调到重庆拍电影去了。

　　米潇站起身，打开电灯，屋里黑了有一阵了。米拉在突然白亮的光线里直眨眼。她看到这个老爹身穿洗污的白汗衫，腋下烂成鱼网，领口塌陷，露出赤红一段胸脯。他现在可以是马萨乔（意大利语：邋遢鬼之意）。米潇不止一次地告诉米拉，他最崇拜的画家，并不是达芬奇，而是马萨乔和米开朗基罗。因为马萨乔是第一位把雕塑的三维空间感带到平面的绘画里的艺术家，从他开始，科学中算学使绘画发生了颠覆性革命。米潇也告诉女儿，米开朗基罗在梵蒂冈西斯廷礼拜堂五百多平方米的天顶画，需要十个他那样的天才画师才能在短短四年时间完成。天顶画的气势、力量、动态，远超达芬奇的"最后晚餐"。　米拉想，米开朗基罗的不修边幅和马萨乔的邋遢，深远影响了米潇此刻时尚。挂在蚊帐杆的深蓝布衬衫是见情妇的行头，要省着穿，女儿只配看他穿渔网，做"邋遢鬼马萨乔"。母亲连如此一个"邋遢鬼"的米潇都不配看。

米拉想到五年前，母亲带她去重庆探亲。孙霖露那时屁股已经沉甸甸的，胸脯也沉甸甸的，胸罩在背上勒出两道肉棱，的确良衬衫压根挡不住。要是一般布料会好些，比如说府绸。可她偏偏制定五年计划，只在泡菜坛子里捞下饭菜，终于捞出一块的确良面料。淡蓝色，街上十个人穿的确良，八个人是那种蓝，男女皆宜。裁缝做成之后，孙霖露穿上，狐疑地说，一点料子没得剩哦。裁缝说，将将够。孙霖露又说，我还以为能套裁一件背心给我女儿呢。裁缝说：领子下头都是我用碎布拼的。孙霖露说，布店的人满打满算卖给我的哦。米拉陪在一边，看到裁缝铺镜子里孙霖露的脸，都是找茬儿的尖刻。苦难把孙霖露变成了这么个人。到重庆那天，父亲在招待所留了条子，让母女俩用他的饭卡吃食堂，到管理员那里领干净毛巾，领蚊烟，有事找姓许的副所长，他表示遗憾，必须到巫山出席个会议，五六天才得回重庆。重庆八月，人间炼狱，招待所房间里一台摇头电扇吹出滚烫的风，娘儿俩等了五六天，不见米潇踪影。米拉发现电影摄制组就住在他们楼上，便找上去，问什么差事把美工顾问支派到巫山去了。电影厂的人说，老米去巫山是出席重庆文化局的会，跟摄制组突然请的假。米拉隐隐悟到，爸是为了躲妈临时逃跑的。她回到房间，妈把淡蓝的确良穿上了，脸上抹了点粉，跟米拉说她想好了，不如全家就在巫山团聚。巫山风景好，就算一家子旅游一趟！好久没有游山玩水了，还是结婚后跟米潇度蜜月坐了几天江轮，到武汉住了几天。她已经托招待所许副所长买好了船票。米拉极想阻止四十多岁的母亲当孟姜女，但她看见孙霖露已经进入了蜜月，整个人都忽然好看起来，又于心不忍。也许孟姜女的壮举能感化父亲也难说。江轮的三等舱里，妈讲的都是十七年前的蜜月，因为米潇跟港务局熟，说是带着写生任务上船，港务局给一对新人安排了个头等舱房。妈说，哪像这个三等舱，简直是收容所。妈嫌船上伙食贵，一天只舍得吃两个从朝天门码头上买来的烧饼和榨菜，开水泡一碗炒米花当汤，但心情是蜜月的。晚上，三等舱很昏暗，妈突然有了诉说秘密的勇气。她说，米拉，晓得不，你就是妈在船上怀上的，一等舱。那时你爸还动不动脸红，跟我说句亲热话脸就红了，每天晚上关灯之前，他问我，关灯了哦，我知道他脸又红了。关了灯他胆子就大了。说不定就在巫山，也说不定在宜昌，怀上了你，米拉。就是说，长江是米拉生命的生产线。能见证游览自己被孕育的地点和过程，倒是怪诞的。

　　到了巫山，碰上雨天。候船室阴湿阴冷，地面让过客踩得一层泥浆。孙霖露说什么也不去找旅店。她说，等找到你爸自然就有住处了嘛，何必浪费一夜房钱。米拉说，万一今天找不到爸呢？孙霖露说，那就在这里坐坐，一夜还不好将就。米拉把妈留在候船室，自己去找开会地址。雨天雨地，米拉买了份人民日报顶在头上，找到了那个地址。传达室的人说，米潇？走了有三四天咯。米拉问，五天前给他拍了电报，要我爸等的。人家说，反正人走了。米拉问，请问开的是啥子会议？人家说，没听说啊，这里好久没举办会议了。米拉不知道怎么回候船室跟妈回话，孟姜女哭长城，到了地方发现根本没筑长城。妈是带着米拉一路游览过来，重游蜜月之旅，重游米拉孕育之旅，对孙霖露来说，甜蜜浓似当年。米拉现在要告诉她实话，米潇就是这个蜜月的谋杀者。人家看她是个娃娃女兵，又是个浑身淋湿的娃娃女兵，请她进到传达室里面坐，客气地说，你要是想打听你爸去了哪里，我能帮你打听到，问负责订车票船票的人就晓得了。打听的结果是，米潇订的是回重庆的船票，并且订的是两张。有人跟米潇一块来一块走的。米拉想，妈真苦啊。她含着泪回到候船室，孙霖露看见她马上把目光投向她身后；女儿身后没跟着她的男人。妈说，没找到你爸。米拉说，开会地址搞错了。妈说，那咋办？米拉说，回去吧。妈不吭气。过一会儿说，三十四块多钱呢。她指的是船票。米拉说，不回去话，住旅店还要花钱。妈说，找邮局，打长途电话，问问文化局，在巫山开的会，会址到底在哪儿。孙霖露寻夫寻惯了，经验丰富。她心里想说，妈，不要找了，你找到哪儿，米潇就从哪儿逃跑。米拉怎么也说不出这句话。孙霖露让女儿在候船室歇着，让身上衣服干一干，自己去找邮局。米拉把妈拉住。电话打到重庆市文化局，马上就能发现真相。巫山没有召开任何会议，米潇到这里是跑反，跑老婆反。米拉说她去打电话，邮局万一排队，解放军受优待，免排。米拉当然不会傻到真去邮局。雨很有后劲，稳稳地下。沿街一家家小店，她进到小店里，绕个圈又出来，这样可以少淋点雨。她口袋里有十一块七毛五，八月份的津贴，一分钱还没动。在一个小店里，她用七毛五例假草纸钱买了一顶竹斗笠。给母亲挡挡雨吧。她的解放鞋泡透了，军裤湿到大腿，整个人都肮脏窝囊，整个人都该扔掉。最窝囊是无处可去，连到底要去哪里的念头都没有。不远处飘来一股热乎乎的甜味，抬头看，一个铺子在卖热面包，牌子上写，一角一个，免收粮票。面包铺楼上是一家电影院，广告上有一男一女，穿灰军装，片名叫"我们是八路军"。她又拿出五毛钱，买了两张晚上七点的票，电影院里至少干爽。

米拉再次回到候船室，告诉母亲长途电话通了，重庆文化局说，会议改地址了，改到了大足。母亲脸亮了，说，我们赶明天上午的船，先回重庆，再去大足。米拉心想，大足她和妈都没去过，至少能看看石刻，车船花费和感情消耗也不算完全白搭。当晚米拉对母亲百依百顺，不知陪了多少真假笑脸。"我们是八路军"放完，妈说，真好看，面包也好吃，再看一遍电影，吃一个面包。米拉觉得这是个绝无仅有的难看电影，但一句话不说，到门口又买了两张票，两个面包。孙霖露无非是觉得电影院的座位比候船室舒服，电影院里打发时间也比候船室容易。第二场电影看完，天还在下雨，母女俩回到候船室等天亮。米拉头靠墙，刚睡着，妈推醒她，说，起来走走，这么凉，睡着肯定要生病。放在平常日子，谁吵了米拉的觉，米拉脾气大得吓死人，父母都怕米拉的下床气，这天夜里，米拉刚要闹忽地想起，闹的配额还是留给妈吧；不久就要真相大白，妈还不定怎么闹。

她们到大足之后，居然雨也跟来了。母亲终于下决心，花了五块多钱,买了一把大雨伞。母女俩挤在一把伞下面,完成任务似的在所有石刻前面站一会。碰到遭红卫兵砍了头,或挖了脸的佛像,两人遗憾两句,也是完成任务。米拉和孙霖露坐在汽车站的棚子下等车时,妈说,你爸现在就在重庆的招待所里,假装出差。米拉不吱声,揭露的是她米拉似的。孙霖露可怕地笑笑,说,开你妈啥子会哟,开两个人的会。米拉等着,等着,总爆发在倒计时。等了好几分钟,孙霖露居然不闹,不哭。米拉斜着眼看妈一眼,她眼睛干干的,朝着前方,前方不需要她再看见什么,于是就是一双瞎子的眼睛。米拉一路上都在把自己准备好,为一个哭闹的孙霖露把自己准备得强壮一些,心硬一些,但一个不哭不闹的孙霖露,是她毫无准备的。她为母亲哭泣起来。妈伸出虚胖的胳膊,把女儿抱进怀里。孙霖露决定直接回成都。米拉设想,回到重庆那个招待所,面对整个电影摄制组,面对所有米潇的合谋者,让他们看巫山、大足寻夫归来的孙霖露,该是多凄惨的闹剧。回到成都,在火车站母亲犹豫地说,我能去你们团宿舍住几天吗?文工团院子里倒总留几间空房,做来团探亲家属的客房用。米拉奇怪的神色母亲看懂了,解释道,我跟单位请了二十天假,跟邻居都说,我们一家在重庆团聚,要二十天才能回来,现在才出门十多天,回去邻居和同事都要笑话。米拉带着母亲回到文工团驻地,好比带着没人管的孩子上班一样。妈在客房住下来,就像欠了米拉一大笔人情债,期艾地说,你忙你的,不要管我,我住到探亲假满就走。妈叫米拉借个煤油炉,她到粮店买来切面,又到菜市买来豌豆尖,菠菜,要米拉去炊事班讨点酱油醋,红油花椒,三餐吃面条。她嘱咐米拉,人家问起来,你就说,家里修房子,我妈沾几天解放军的光,房子修好就走。米拉说,人家才不问。妈说,万一问起来。米拉摆出个很烦的脸。母亲看到米拉的脸,哼哼冷笑,说,一个女人,丈夫不要了,连自己女儿都看不起。

后来米拉想,母亲从到重庆的第一天,就明白米潇是怎么回事。最晚最晚,娘儿俩到了巫山,也就全明白了,但母亲需要把一个虚拟的探亲假度完,虚拟的丈夫,虚拟的美满家庭,对母亲来说,比没有要好得多。

米拉收拾着一脑子的散碎记忆,转过身看父亲,这个孙霖露宁愿以虚拟来拥有的丈夫。米拉说,你跟那个女人,打算结婚是吧。米潇说,跟你妈先要离婚啊。米拉沉默。米潇又加一句,还要一个人同意才行啊。米拉说,谁?米潇说,我的宝贝千金米拉要同意,我跟孙霖露才离得成婚。米拉白他一眼。米潇明白女儿没说出的话,少来这一套。米拉说,她多大了?米潇说,三十八。米拉心里又是一痛,才三十八,我妈怎么熬得过她。妈趴在木盆边上搓被单的样子,米拉想着泪就涌到鼻腔。搓衣板抵住妈厚厚的小腹,搓得那么认真,那么卖命。米潇总算平反了,回家了,能给他洗洗被子被单,母亲都惜福。晾晒被单在公共的院子里,母亲给丈夫做广告,我们老米七七年就彻底解放了,今年子就要补发工资,利息都要补,上级还要给他批房子,不得比我们过去的房子小哦!等搬了新房子,老米就接我过去住喽。母亲满怀希望,等父亲邀请她搬进新分的房子里，哪怕是这个二十多米的过渡宿舍。母亲空等了。回到城里的第二年，米潇几乎不在孙霖露的半套单元里露面了。偶然见面，米潇都安排在路边小馆子里，还要拉着米拉做电灯泡。孙霖露若问，你现在到底住在哪？米潇回答，过渡时期，到处住。孙霖露还不知难而退，说，哪天我给你去收拾打扫一下嘛。米潇说，过渡完了，正式分了房子再说。他让"过渡"听上去就是一两个月的事。孙霖露进一步打探，估计下个月就能过渡完了吧？米潇转起大眼珠子，望望上天，天晓得。孙霖露仍然上杆，说，你那些书总要看吧？现在还都在我单位库房里头，啥子时候给你送去呢？还有四个书柜，都在库房。米潇说，不急，那些书，都看到我脑子里了；真正读书人，书是不摆在外面的。孙霖露又说，那我要找你，到哪儿去找呢？米潇说，你找我干什么？孙霖露吃了一口风，猛一噎。米潇心是软的，这时把手搭在糟糠之妻的手背上，轻轻拍拍说，要是能分到两间一套的单元，就像我们家过去那种，我马上就告诉你。孙霖露本来垂死的希望，又蠢蠢复活，说，我啥子时候在乎居住条件，你劳动改造的地方，芦席棚我不是也住了吗？我还在芦席棚外面种了豌豆、胡豆。米潇笑笑。米拉坐在餐桌旁边，胳膊肘捣了父亲一下，同时横了他一眼。这又何苦，女人本来要认命了，伸头缩头都是一刀，那就砍吧，可男人又给一个渺茫的选择，让钝刀在肉上来回锯，痛的是两头。对妈来说，痛便是活着，锯断皮肉还有骨头，骨头断了还连着筋，只要血脉纤毫相连，便是值的。

　　米拉拿起碗筷，到水池边洗。当兵的习惯，洗自己一副餐具。

父亲把剩下的食物放进他自制的纱橱。米潇是个过日子好手，什么鬼点子都有，趁隔壁是公共厕所，他在墙上打了个洞，接一截管子到公共水管上，就此有了私家水池。米拉觉得，米潇挺享受这个过渡时期。似乎这个时期在他生命里是额外赚的，不会从他命定享年的日子里克扣出去的。并且这楼里住了不少像米潇这样的过度人，于是这里成了三不管地带，借居在别人的单位，所以无组织管，左邻右舍不相往来，因此没有同事的小报告。再说，常常有结束过渡搬走的人，由新的过渡人接替，换人不换地，等于原地流转，这楼等于一个静止的大篷车，居住于此等于不用游走的流浪。过渡在这楼里的人，谁都不值得别人关注，从而搭建口舌是非网络，谁也都不浪费感情，把信赖给予很可能明天就告别的人。一个四五十岁的老男人米潇，只要他在这楼里不杀人放火抢东西，不摘走廊的公共电灯泡，不捞错泡菜坛里的菜，不抢占人家扩充到走廊上作为厨房或储藏间的空间，他就是一份无形无嗅无害无益的存在。对于被管制了近十年的米潇，这种过渡非常受用，你看他多么津津有味地布置他的过渡空间，补发的工资一半给了孙霖露，另一半投资组合立体声音响，从早到晚拉赫玛尼诺夫，布拉姆斯，德彪西，肖斯塔科维奇，米潇的过渡比绝大多数人的永久要奢华多了。擦大案子的时候，米拉注意到那一搭稿纸，还是每页五百个空格。每次吃饭把稿纸推开，吃完饭擦净台面又推回来。米拉说，爸，你是打算写什么吗？米潇笑笑说，妈的我们搞运动，人家美国一下出那么多大作家，比苏联人写得好多了。一说美国人，以为不就是杰克伦敦，马克吐温，德莱塞嘛，不是，人家有福克纳，海明威，塞林格，索尔贝娄，奥康纳，那小说写的！还有比美国人写得好的呢，加缪，卡夫卡，我们还写什么写？！米潇很难看地笑着。米拉说，所以你们更要抓紧时间，做出作品来呀。米潇说，谁们？米拉说，你，吴可叔叔。米潇说，做什么作品？米拉说，你下放的时候画的漫画多好。米潇笑笑说，不画的话，就派去挖河泥，要不就挑石头垒大寨田。米拉说，你发表在报纸上那几幅，不是挺好的？米潇笑笑，不语。米拉说，还可以写剧本啊，下放的时候，你写信说故事太多了，能写好几个电影，写呀。米潇说，你看完那些内部电影，美国的，英国的，法国的，看完了你还有劲写吗？脑筋老了。米拉目光刷地照过去，说，讲起爱情不老。米潇说，有没有爱情，都会老，只不过呢，有了爱情，老没那么可怕。米拉说，你多大了？快五十了！你一口一个爱情？！爱情是我的事了！

　　米拉哭了。父亲的神志似乎给打了一棒子，给打青了。

　　米拉抽泣着嘟哝：承认老了，还离婚，不嫌丑。

　　米潇笑笑，又来了，"丑"。

　　门给推开，吴可到。

　　吴可看看父亲，看看女儿。来的不是时候，走也不是时候。米潇笑笑说，没走错门，站在门口干什么。吴可手脚都多余，走到米拉旁边，手里已经有了一块格子手绢。吴可说，老东西教育你了？吴可是北方人，口音怪味。米拉不接手绢。吴可说，来，叔叔给你擦擦。他笨笨的把手绢在米拉脸蛋上使劲蹭两下，米拉的脸给擦得一烫。米潇说，我怎么敢教育退伍军代表，刚才是子教三娘。

米拉想等眼泪干了，鼻头退红了，就走。天已经黑透，米潇问吴可，吃晚饭了没有。吴可说，没有。米潇说，碗柜里有剩菜。吴可开了纱橱看看，说，缺点素菜。他对米拉说，走，闺女儿，我们搞点菜去。米拉是喜欢跟吴可混的。两人来到楼下，风吹在米拉眼泪泡过的皮肤，冰凉。吴可领头向学校宿舍的深处走。米拉说，大门在那边，里面哪有卖菜的。吴可说，别说话，跟着就是。路灯渐渐稀少，两人渐渐走进一片黑暗。吴可可是叔叔，他想什么呢。吴可问，你那个小姑姑，李真巧，现在住哪里。米拉放心了，吴可还是叔叔。米拉说，她的香港男朋友给她在上海租了一栋小洋房，在成都也要给她租一套房子。现在她还在过渡。吴可说，哦。一股粪肥气味扑面而来，两人已经进入了菜地。纺织学校教职员每人分二分地，随便种什么。吴可说，拔吧。米拉说，什么？吴可用脚指了指地面说，这家种的是莴笋。米拉说，你要我偷？吴可自己蹲下来，一阵悉悉索索声音，再站起，两手各握着一根莴笋。他指着右边，那边是西红柿，总要烧个汤吧。米拉笑了，说，你偷菜。吴可说，谁说的。来，你从我兜里掏一块钱，放在这，你们解放军的光荣传统。米拉伸手到吴可裤兜里，掏出一张两元钞票。吴可说，没了？米拉说，就两块。吴可说，那再多拔几棵。米拉现在放心了，把两块钱搁在拔出莴笋的坑里，一口气拔了六根莴笋，摘了十多个西红柿。吴可说，你小姑姑在哪里过渡？米拉说，干啥子？吴可说，这你还不明白？我想找她呀。米拉说，她在成都的时候，就住在我那。

私生女

　　弟弟和妹妹，混身上下没有一个细节跟她相像。弟弟小眼睛，苍白脸，两根眉毛在眉心暗中勾连，其实是一根眉。娘胎里他就想不开，想到一对眉毛打结。妹妹方脸大耳，白里透粉，大大的下巴，痘痘摞痘痘，天长日久，成了粉紫色。再看妹妹的脚，五个脚趾差不多一样长，搁在旧社会，裹足都裹不出形。李真巧是一双什么脚？香港佬崔达逊说，像一对剥干净的茭白笋。于是真巧更相信，自己是母亲跟另一个男人生的。一个深色皮肤的男人，长一双与真巧一模一样的大眼睛。现在看上去老实巴交的母亲，曾是他私藏的宝，是他背着家庭，背着社会私藏的。而真巧又是私藏里的私藏。从小真巧就觉得她属于一个大家族，暗暗地属于，大家族不属于本地，而流散在遥远的地方。她怎么可能属于这个门板房里的世界，地板就是黑黝黝的泥土，蚂蚁做窝，百脚也做窝。小时的弟弟往泥土地面上撒尿，一会儿就被泥土吸收了。她不可能有这样的弟弟妹妹，蹲在马路牙子上，对着下水道的入口吐漱口水牙膏沫。自从看过一张照片之后，她就深信自己来历不明，血缘神秘，不属于这个门板户，不属于弟弟妹妹那样的纯种街娃儿阶层，不属于这个闭塞的内地都市，她的神秘血缘在遥远未知的地域操控她，让她无缘无故地躁动，莫名地不甘心，不安分。照片上一个年轻女人，脸是标致的，衣着华贵，但是交际花的衣着，双手交握腹前，眼神干干净净。照片上的女人也不属于黑泥土地面上的生活，更不属于给工厂看门的继父。照片上的女人有着母亲丰厚的胸部和手掌，那些体征后来成为母亲劳动妇女形象的底板。十五岁时真巧拿着照片问母亲，我爸是谁？母亲破口大骂，狗日贱皮，生到我家屈了你了？你老子是袍哥大爷，江洋大盗，日下你没跑得成台湾，挨了人民政府一百多颗枪子，还有八十两金条留到给你的！真巧觉得母亲的咒骂中透露几分真相。江洋大盗比工厂小门房来劲得多。母亲跟米潇沾亲，这一点也说明自己混乱的身世。米潇家除了他自己，都在世界各地。真巧情愿自己的出处不明，被世俗认为乌七八糟，她喜欢一个野性的爱情故事做自己的生命之源。米潇是在台上挨斗的时候被真巧母亲认亲的。母亲带着真巧当批斗会观众，等米潇谢幕之后，跟其他挨斗的角色一块卸台，正在米潇登上梯子摘横幅的时候，真巧妈走上去，仰起头说，三三，好久不走动了。米潇转头，看着梯子下的劳动妇女，半天才说，七孃是哦。米潇从梯子上下来，胸前的牌牌上，黑墨写了他大名和罪名，打了红叉叉，人家整他，木牌用的是好木头，死硬死沉，拴一根细铁丝套在脖子上，米潇槽头肉没多厚，勒得成了一条长长的口子。真巧妈说，肉都勒烂了，我帮你扛一下嘛。米潇哈哈笑，说，这个你扛不得。真巧妈叫女儿，真真过来，叫人讪，叫三哥哥。真巧叫了一声，三哥哥。真巧妈又说，真真搭把手，帮三哥哥把牌牌托到一点。真巧一只手伸到米潇肚皮上，使劲托住牌牌的底边，让母亲和三哥哥谈话。她就近打量这个远房表哥的脸，再落魄，贵气是在那里的，两根又弯又细的眉毛，再笑都是哀愁的，有闲人的闲愁。晚辈米潇和长辈七孃岁数不差太多。一个戴红袖章的男人过来，手指点着真巧托住的木牌，马上要骂人了，真巧记得，她对他那么一笑。十六岁的真巧看到自己的笑多么好用，那人顿时忘记了赶过来的目的是什么，骂人的话也忘了，掉头又走开。米潇说，七孃，上回我们见面，真真才这么点儿，他一只脏手在真巧胯部比一下。真巧妈说，真真两岁，五二年腊月二十九。年月日，都记到，真巧看看母亲，鼻子周围的毛孔粗大，一个个装满白粉，看来妈是重视这场重逢的，给三哥哥的批斗会捧人场，痱子粉当香粉搽。母亲说，你看嘛，眼睛一眨，真真都这么大了。米潇说，真对不起你哦七孃，那回我们真没钱。真巧妈说，不提咯。米潇说，你们难，我们没帮上，对你不住。真巧妈说，不存在。见真巧托木牌费力，真巧妈也伸出一只手，吃进米潇肉里的铁丝浮到皮子上。真巧跟妈就这样一边一个把米潇送上了卡车。真巧记得，那是一辆翻斗车，米潇的同类货色装满一车皮，她当时想，司机万一碰到那个按钮，一车皮跟三哥哥一样不吃香的"货"就给手足颠倒地卸货了。那之后的年节，真巧妈就从自己上班的代销店买一条东海烟，或一瓶尖桩酒，装在牛皮纸口袋里，放在米潇单位的传达室。米潇下放改造，那些烟酒都还是给他转送过去的。有年冬天，煤球紧缺，真巧妈跟真巧推了一架鸡公车，装一车煤球，搁在传达室门口，上面写了米潇的名字，给米拉母亲孙霖露缓解了燃眉之急。还有一次，全市抢购过期冻肉，免肉票，真巧妈抢到五斤，在院子里拿烟熏成腊肉，给孙霖露送了两斤，纸条上说明给下放的米潇吃。米潇受不得人好，怕死了欠人情，回到成都就到真巧妈店里走亲戚，偷偷塞了四十块钱在台秤下面，走出一个街口，打传呼电话给真巧妈，让她查看台秤下面，说刚才店里顾客多，为这点小钱两双手推挡起来，不好看。真巧妈惊呼，三三你！……米潇说，才补发了工资，小发一笔财，给真巧三姐弟扯点布料，做几身衣服。后来真巧从她三哥哥口中知道实情，补发工资发生在1979年，为情份上清债，米潇跟公家预支了两年后才补发的工资。当时真巧妈就跟在传呼电话上摆阔的三三说，穿啥子新衣服哦，人都回不来，兵团的烂军装还不晓得要穿到哪一年！

这就接上了米潇插手帮李真巧回城那段。1978年最后几天，一个中午，晨雾才散，太阳从桉树顶上照下来，米潇看见一个年轻女人站在文化局招待所院子的桉树下，东张西望。那时米潇给人叫成了老米；老米还没分到纺织学院的过渡房，还在招待所里跟另一人搭伙住一间屋。米潇惊呼，认不出真真了！他眼神也告诉她，他不记得她这么黑，这么丰乳翘臀，一千个女人拉出来，站在这排桉树下，她必是最打眼那个。她笑笑，叫，三哥哥。她叫得直白，有一点勉强，意思是，我也是叫不来的，有啥法子呢，就是有这层八杆子打着了的关系嘛。

真巧和米潇突然亲近，是米拉促的。米拉也不清楚她做了什么，让这门八杆子才打着亲戚走热了。简直火热。真巧看见米拉头一眼，从沙发上站起来，长叹一声，哎，然后摇摇头。接下去，她人很放弃地么往下一跌，把自己扔回沙发里。真巧晓得自己相貌是轻易把米拉比下去的,但米拉身上有种东西,她是没有的,一开始就没有,从王汉铎胸口收回带着王汉铎皮肉血污的指甲之后,就离那东西远隔九重天了。她当时没想出那东西是啥东西,只是盯着米拉看,看了很久,从老米招待所的房间里出来,才想起,那东西就是"清"。李真巧落败地从三哥哥的招待所走开,一路都是逃。招待所住得满满的,大部分能摆四张上下铺的大房间都住了个大家庭,男主人们都不年轻了,平均四十五六岁,都是在等某事发生,等复职,等平反,等着在这里过渡结束,抢回自家房子,过渡结束后假如等来的不是自己想要的结果,就给某干部下跪或者用砖头拍某干部后脑勺拍他一地脑花子。这些眼下以等以过渡为生的人,暂时忘了他们等什么,好像等的就是这道从北向南移动的肉身奇观——他们看着李真巧挎个草编拎包,胸部冲锋,臀部撤退,长发鼓浪,走过院子中央两米半宽的路,走过填满垃圾的假山喷池,出了月亮门。男主人们的儿子都是十五六、十七八的小伙子,胆子大的居然跟她出了月亮门,跟得紧得很,想在真巧把签了"米潇"二字的会客单交给传达室时撵上她,凑近看看她的正面,看看敢跟内部电影里洋娘儿们长一样胸和屁股的女子,搭配了什么样的脸蛋儿。小伙子们眼睛放出带热度的目光,真巧都能感到她的晴纶半袖毛衣给扫得嗖嗖响,直起静电。她把会客单交到传达室的窗口里,转过身来,面前已是一面目光火力网。她对着一群王汉铎说,看啥子嘛看?我有的你们妈都有。小伙子们到底嫩,脸立刻烧起来。她拿出老娘的笑,倒吃小伙子们的嫩豆腐。她从小伙子的阵仗前检阅过去，一群小鸡公一个推搡一个，脚底下暗暗地踹，咕咕嘎嘎地笑，散了。

斗败他们她更是心酸；换了米拉，他们是不会看的，看也是清风拂过，不忍用看她真巧那样油爆目光看清水一汪的米拉。她心酸地想着米拉推开门，逆着光直溜溜地站在米潇门口，走进来时，白色半透明凉鞋露出她干净的粉粉的脚趾头。她又想到米拉的藏蓝军裙，剪短了起码两寸，吊在离膝盖一寸的位置，那一对膝盖头儿小得像儿童，均匀地包着一层干净的皮肉，虽然两条长腿一丝不挂，那也不招惹小伙子们看她真巧那样看。对，就是不忍；小伙子们替她护住她的"清"，护住她以免受他们自己的污损。

见了米拉第二天，李真巧在家里翻天覆地，多年不收拾的破烂给她扔在纸板箱里，拖到阁楼上去。泥土地倒是头一年给水泥盖上了，但下雨从街沿上进来的泥浆似乎从来就没干透过，在水泥地面上画地图，深一块浅一块。她跟自己冷笑，从这种地面上能走出什么干净人。挑来井水泼上去，用把粗鬃毛大刷子刷，母亲下班的时候，地面干净了不少，高档不起来，是升级的低档。就像母亲去见米潇，脸上搽点痱子粉，多少是个补救。真巧妈虎起脸，用鼻子说，又作怪了。妈的意思是，头一年把黑土地耕翻，铲出去，铺上水泥，是作怪，此为"又作怪"。上回铲除泥巴地面时，妈问她作啥子怪，真巧以同样的风凉话回答：挖金条讪。母亲心情好的时候，比如代销点内部分打烂的鸡蛋，分受潮的烟丝，或者来了印错花的棉布，以便宜到近乎白给的价钱卖给店内员工和熟人，成年黑着脸的母亲会给她娃娃们一点笑意。真巧也会趁机开销妈一句：海外来信了？要不就是：金条兑到好价钱了？有一次一个打传呼电话的顾客给了五毛钱，着急慌忙地来去，忘了拿找零，真巧妈一巴掌摁住那四毛五分，环顾左右，趁同事不注意，把钱顺进她的工作服大围裙口袋里。她狠狠心，往四毛五分里添了三毛，买了三个茶蛋，三个孩子分三个蛋黄，蛋白都归自己。细看蛋白浅褐色表面，一层深褐色碎瓷纹路，看着是贵重的。一人一月才半斤鸡蛋票的1979年的成都，二毛五一个的茶蛋，实质上也是贵重的。妈把它们切成细牙牙，装了个难得上桌的细瓷盘，又找出一小串银器——一个银环套着五件小玩意，一根剔牙棒，一把挖耳勺，一只捏眉毛的镊子，一个微型西餐叉（据说是吃切块水果用的），最后一个小东西，铲子不铲子，镢头不镢头，是吃螃蟹用的。母亲独自坐在后门口，倒一盅红苕酒，用那根纯银剔牙棒挑起细细一牙儿茶色蛋白，搁在两排还算整齐还算白的门齿间，抿着嘴细嚼，端起酒盅轻呷。她此时眼神很呆，看风景看迷了那种呆，而"风景"是靠别人家墙搭的芦席棚，当中打了隔断，一边是厨房，另一边搁个大马桶。这种时候，真巧绝对相信自己是个达官贵人的私生女，而母亲绝不是生来就这么糙皮横肉，也娇滴滴过，也曾是依人小鸟。那一串银器就是物证：下江人才吃螃蟹，巴蜀的水是不养螃蟹的。重庆当年云集多少四海才俊，五湖枭雄，真巧宁可做某个伟岸枭雄一夜风流的后果。

再见到米拉，是个礼拜日。老米到不远的公园下棋去了，米拉在给父亲洗卡其外套。老米春天穿脏的外套，现在洗洗干净过秋天。米拉坐个小板凳，衣服比盆还大，又厚又重，跟她两只细白的手直扯皮。她看着这个十八岁女孩，裹在改窄的军裤里的两条腿向外撇，快要撇成一字线，像在舞台上扮演洗衣班。那额头白白的，那眉眼淡淡的，那个清啊！真巧忍不住在她脸蛋上摸了一下，说，当兵的，是衣服洗你吧？米拉笑笑。她把她从板凳上扯起来，对她说，当兵的，看好，我们兵团战士咋个洗衣服。她从床下拖出一个木盆，连水带衣服，兜底倒进木盆，然后脱下上衣，卷起裤腿，再蹬掉鞋，跨进盆里，在衣服上踩得咕吱响，一会儿把半盆水踩黑了。

米拉拿起真巧脱在床上的外衣，一件深蓝丝绒旧货，腰收得黄蜂一样。真巧说，穿下我看嘛。米拉眼睛亮了。穿老百姓的衣服，当兵的觉得刺激。真巧看当兵的把衣服套在白衬衫上，胸部有点空，袖子有点短，但是米拉肤色干净得出奇，显出深蓝的高贵来。给你喽，真巧说。米拉眼睛瞪大，脸皮跟着就通红，简直是一份艳福！她真巧的时尚全四川省找不出第二家，这一点小当兵的是留意到的。真巧把米拉往后推一把，严肃地上下看，然后严肃地说，啥子衣服穿在两条草绿色灰面口袋上都看不得。说完伸手到腰间，解开纽扣，那条黑色直筒裤被蜕皮一样蜕下，又给扔在米拉身上：二天穿小姑这件衣服，不准穿你的绿色灰面口袋。

招待所的门厅里有个穿衣镜，米拉跑到那里去照。直筒裤和丝绒上衣让米拉又抽条一截。镜子里，她笔直的腿给镜子下面贴的一道肮脏胶布歪曲了。必定是给哪个服务员甩拖把摔烂的。真巧穿着绿色面口袋跑来，上身除了乳罩什么也没有。米拉说，你怎么不穿衣服就跑出来了？！真巧说，这不是衣服？她蹲下来给米拉抻裤脚。米拉说，你快回去！真巧笑了，是我的，我都不怕看，你怕啥？外国人上大街还没我穿得多。米拉扭头跑回去，在米潇房间门口，她探出头来喊：大家都来看！李真巧左右看，一个房门响了，她两手抱住头脸就往回跑。

进到房里，真巧把手才挪开。米拉问她，胸前那么大两坨，怎么不把它们捂住，脸有什么捂头？真巧说，捂住头脸，人家不晓得身子是哪个的。她坏笑。米拉瞪着她，慢慢意识到小姑有多坏。文化局招待所，穿军裤的只有老米女儿。米拉跺脚，原地打转：解放军的脸都丢完了——人家以为解放军阿姨长两个那么大的奶奶！

后来老米的过度期延长，从招待所过度到纺织学院筒子楼，真巧常常直接去文工团找米拉。几乎每天都带一饭盒菜，让米拉请客，不是麻辣这个，就是怪味那个，菜市场捡的垃圾她李真巧都能烧成招牌菜。米拉十九岁发福，真巧是要负一部分责的。不久小姑就成了全团的小姑，连五十多岁的刘团长见到李真巧，老远看见她拎着饭盒来了，也呵呵地打招呼，小姑来啦。真巧不是回回奉献，也会索取，有次带来两个女孩，叫米拉给她们上舞蹈课。米拉跟她鬼脸耳语，两个女娃都缺一样东西。真巧问，缺啥子。米拉说，缺脖子。真巧说她们是她厂子的领导家属，米拉有义务帮她走通并维持上层门路。这就保障了她真巧活蹦乱跳地休病假，保留免费医疗和二十五元零三分的病休工资。

米拉的领导不幸发现,米拉的脑子比手脚好用,决定派她去艺术学院走读,学舞蹈编导。编舞剧必须写文学大纲,领导又不幸发现,他们究竟打不过米拉的父系基因;培养她跳舞多少年,那么吃力,一夜之间就被那基因抢夺回去了。于是领导们让她不要惦记舞台了,老老实实做个笔杆子。没了"四人帮",笔杆子吃香了,到处都缺笔杆子。米拉的文章在报刊上登出来之后,领导们再次不幸发现,那些文章是不适合穿军装的笔杆子写的。她的父系基因太厉害,早就在米拉生命里布局,暗中把着米拉的手,因此米拉注定写不出部队需要的英雄故事,英雄人物。米拉在一个私人创办的杂志发表了一篇一千多字的小小说之后,米拉的领导被领导的领导找去谈话。办这种杂志的人,刚劳改过,估计不久还要送回去劳改,领导的领导说。米拉的领导想说,孩子才二十岁,可以教育嘛。但首长一个手势让他闭了嘴。手势很轻,中指和拇指往杂志上一弹,劣质纸张的杂志又薄又轻,给弹出去一尺,接着在玻璃板的滑溜,落在地上。这个米拉蒂,可以让她走人了,部队不能养这样的笔杆子。

被首长接见的米拉的领导,就是刘导演。刘导演兼刘团长,一百八十斤的体重,一百六十斤是刘导演,只有二十斤是刘团长。比重大得多的那部分刘存信作为导演是舍不得米拉的,冰雪聪明的女孩,却很好养,事儿特少,过去傻乎乎的一天到晚练功、跳舞,后来编舞也编得不错。这天刘团长迎头撞上拎着饭盒走进大门的李真巧,他一挥手,小姑你来一下。真巧笑笑,心想,解放军团长也是人,也是男人。再一想,也好,米拉给无脖子女娃上舞蹈课,搞定了她的厂领导,她没有理由不帮她心爱的侄女搞定她的领导。刘团长前头带路,李真巧后面跟随,也不问去哪里搞定。只见米拉的领导边走边脱下军帽,走走,又脱下军装,剩在身上的就是一件洗乌了的老爷们汗衫。李真巧心里笑,路上就脱起来了。两人来到团干部宿舍,没进门就听见刘家孩子在练钢琴,于是真巧给带进了厨房,一个正做饭的胖老太太被介绍说是"我母亲"。真巧赶紧"刘伯母好。"再看此刻的米拉领导,导演和团长都消失了,消失进一个痛心疾首的老汉,用河南乡音佐料的普通话说,她小姑啊,你要劝劝米拉这个孩子,笔杆子咱就不当了,还回去跳舞吧。真巧一问,刘团长把他上司的训话说了一遍,末了说,米拉差不多就是我看着长大的,一直以为她比人家少点心眼子,不成想她长的是不一样的心眼子!这不一样的心眼子,跳舞没事儿,耍笔杆子,那就是立场问题,思想意识问题。真巧说,啥子问题嘛?刘导演此刻让位给刘团长了,一百八十斤都是解放军长官。他用一根烟熏黄的食指比划说,笔杆子,分红的黑的白的。米拉她爸米潇,文革的时候,罪名不就是黑笔杆子吗?真巧笑笑,很荣耀的样子;黑笔杆子,你们一般人当一个试试。她小姑,我知道你笑啥;米拉不至于是黑笔杆子,不过她也不是部队需要的红笔杆子,只能算个白笔杆子,最多是灰笔杆子。文工团领导的色谱让"她小姑"眼睛瞪得多大的,说,我三哥哥说,米拉出手不低哦。刘存信看了一眼真巧,意思是，看来要费点事才能跟米拉家的人讲清。他点了一根烟。真巧也从自己的小包里拿出一盒烟，抽出一支细长烟卷，夹在她尖尖的手指间，跟刘团长伸出手。刘团长恍惚一下才明白，她这是向他申请对火。刘存信顿时就是个壮年男人，猛吸一口烟，把大半个烟屁股递给真巧。真巧对了火，把烟屁股还给壮年汉子刘存信，扬起下巴，喷一口带薄荷味的云雾，晓得壮年汉子正对面前的女特务目瞪口呆。烟夹在她左手食指和中指尖，手指短粗，但指甲留得长，修得尖，也让那手妖冶。真巧笑笑：进口的。她抽出五根烟卷，往刘团长面前一放，尝下嘛，抽起好耍的。团首长没有推辞，在一旁切面叶子的首长母亲眼睛凉凉地在真巧脸上一刮。去年开始，真巧要所有熟人给她介绍对象，坚决嫁到国外去，除了老挝越南柬埔寨，哪国都行。最多的是港澳同胞，其中一个姓崔的老板，白面书生的，还顺真巧的眼。洋烟是崔老板付的浅层肌肤接触代价。

部队不能让她写那种东西，她小姑，明白了吧。真巧见刘团长说此话时，眼睛盯着她搁在小桌上的烟盒。团长口中的"东西"，是米拉写的，跟这盒烟，似乎是一种"东西"，异己，另类，都不能称谓文章，而是"东西"。她小姑，你劝劝米拉，笔杆子咱不当了，咱还跳咱的舞，米拉才二十岁，脑子也好使，当编导也是有前途的。此刻刘团长退居幕后，说话的是刘导演了，话很真情，真巧爱听。一眨眼，刘导演又让位给了刘团长。刘团长说：我一直以为米拉是个心地单纯的好孩子。最后这句话不好听，真巧有些不高兴了，好像米拉的"好孩子"是个大骗局，她从少年到青年在布这个局。

真巧转达了刘导演的话，但没有劝的意味。米拉马上抓住纲领：留在部队，只能跳舞，要想写，走人。届时米拉的窗口走过几个男舞蹈队演员，挺拔俊逸，一条条修长健硕的美腿，从全国上亿条腿里被选拔出来，他们说着最傻的笑话，用小本搜集豪言壮语，同样的豪言壮语出现在他们的批判稿和情书里。但他们躯壳完美，走过去像一群移动的雕像。米拉说，再回去，跟他们一样？真巧小姑懂侄女的意思：现在我米拉脑子开发出来了，再回去，那就要假装没脑子。米拉老了似的，慢慢摇头：再说我现在这么胖。真巧对胖了的米拉毫无歧视，反而更能在她身上辨认出老米潇。她不知自己咋回事，是因为喜爱米潇而钟情米拉，还是反之。假如她对米潇真的怀有爱，那也只是因为米潇可能是她那个四散在世界各地的父系大家庭的一小部分，稀释了很多很多的一小部分。而她对米拉的亲，是因为她不能把这份亲给米潇。米潇和米拉，都是真巧非血统街娃儿的人证。

刚才走过去那几个，其中有一个，过去一直对我好，米拉忽然说。真巧问，哪一个？现在看，哪一个都无所谓。那时候，他给我一把钥匙。房门钥匙？米拉瞪了真巧一眼；你以为男女间就那一桩事。一把钥匙，开了锁，箱子里放的东西，想吃就能拿。那你跟他好了吗？"好"字在真巧嘴里，是个动词，少男少女几年下来，他能不"好"你几次，算白做一场男人。米拉叹口气，反正怎么说真巧小姑都不会信。那个人后来把女朋友带到团里来了，米拉就把钥匙还给了他。还的时候，是冬天，米拉独自走进库房，他那个箱子还在，打开后，发现里面空空的，就放着几件旧练功服。她把钥匙扔在箱子里，锁上了锁。再后来呢？他跟那个女朋友结婚了。妈哟，咋能想象那个位置原来是空给我的！米拉两手把自己一抱，做个打寒噤的动作，幸免于难，后怕。

阿富汗人

米拉急不可待地脱了军装，做了个胖乎乎城市女青年。那正是崔老板第一次到成都来省亲的时候。崔老板跟真巧小姑借宿米拉房间，遭到夜袭，吓出病来，很多日子不敢来成都，怕见了真巧干上火，做不了实事。半年后崔老板在成都租了房。房是一个老干部的。老干部的后代全部寄生在家，几代人，相互比拼揩老爹的油，吃老干部不需肉票特供的肉，厨子做多少饭菜就下去多少饭菜，一个个还瞪着饥饿的眼。老干部年轻的续弦给吃怕了，跟老干部搬了出去，过二人小日子。后代们没爹可揩油了，合伙当了房东，把爹的房租给香港大老板，房租要得恶，但香港人只杀了一口价，就签了合约。现在这一窝革命后代们月月赚侨汇，侨汇在黑市高价换人民币，还是白吃老干部爹的好伙食。

入冬后一个晚上，米拉跟一群人神侃，回到家十一点多了。刚进门，真巧小姑来了。米拉说，崔先生走了是哦？你咋晓得？！崔先生住了两个多月，才走的。问我咋晓得，他要是没走，米拉就成了没小姑的人。真巧说，港佬是来了，不过还没走。她走到脸盆架子前，照着上面一片绿塑料框的椭圆镜子。我刚才跟他打了一架，看，血都没擦。米拉看她指着下巴一侧，是有血。他把你打出血来了？！他敢！是我咬他咬出的血。咬他哪里？！咬他手。真巧家常口吻，天天咬人似的。

她用盆里的水洗了洗，取下镜子走到写字台前面，打开台灯。

他现在人呢？米拉问。在家，狗日的。她"狗日的"骂得懒洋洋的。米拉看着她，讥笑，意思是小姑不像她自己说的那么狠。香港人给米拉做姑父次数多了，肌肤之亲不会不反过来加固感情。没感情的人不打。米潇和孙霖露越接近离婚越客气，红脸都不红了。真巧从包里拿出一个小钳子，开始仔细捏眉毛。他说我弟弟跟他借钱！说到李凯元（真巧弟弟），就像说街上一个叫花子。那崔姑夫借钱给你弟弟了吗？头一次借了两百。米拉说，哦，还借了几次啊？真巧手腕狠毒一抖，一根眉毛连根拔了，她摸了摸那个肉眼看不见的小洞说，你说我那个妈，叫我弟弟跑去找老崔，说我家穷得连洗手肥皂都莫得。也不晓得她咋晓得我给你爸给你买东西。谁让你买的？！米拉恶声道。真巧笑笑，继续拔眉。买个自行车，我又不会骑，给我爸买那么贵的钢笔，他一个字都不写。真巧又是笑笑，我还给吴可买了呢。我就是喜欢有才又倒霉的人。等我找到亲爸爸留给我的那八十两黄金，我要把吴可喜欢的那辆吉普买下来。你跟小吴叔叔好啦？米拉的"好"不是动词。真巧不吱声。别拔了，像个老鸹，米拉很解气地说。真巧认真照镜子，以判断米拉说的对不对。你见过老鸹？米拉说，你家连一块洗手肥皂都用不起？我那狗妈藏了八十两金子，还是不买洗手的肥皂，怪哪个嘛。真巧开始处理另一边的眉毛。接下去她宣布，她要跟米拉通腿睡，睡到老崔离开成都，滚回香港。

凌晨三点多，崔先生来了。招待所的值班员来叫门，说姓崔的找姓李的；姓崔的就在门口轿车上等，姓李的不上车，姓崔的就誓死等下去。姓李的翻一个身，继续呼噜。米拉不忍了，套上军大衣，光着两条腿跑出去。招待所大门口，风吹起枯叶，一个没魂的崔先生来回走，笼子里的老虎那个步法。米拉心想，她小姑是个妖，老崔手上裹着绷带还一副负荆请罪的姿态。崔先生任凭米拉怎么劝，就是要坚持等他的真真，说他今天伤了真真的自尊心，很不该，活该受她那么一顿脾气。崔先生的面皮在灯光下像果冻，荔枝冻，粉红的眼皮在金丝眼镜后面怯生生地看着米拉。米拉都不忍了，告诉老崔，等她小姑睡醒，她一定转告他的由衷歉意。崔先生问，真真还在睡？他意思是，我到来这么大的事都没打扰她睡觉，看来她没怎么赌他的气。让她睡，让她睡吧。老崔如释重负，钻进轿车后门，车开跑了。第二天，崔先生飞香港，真巧带着米拉一块回去。一进门，就看见茶几上搁着一大摞钞票和一张字条。米拉看不清字条内容，只对字迹的丑怪留下深刻印象。内容显然是香甜的，真巧团掉字条就唱起歌来。

　　开个舞会，庆祝老崔滚蛋，真巧宣布。这天倒是周日，米拉无事生非的朋友们大概都在"无事"中等待"生非"。真巧叫米拉去找年轻舞伴，她自己负责勾搭中老年朋友。米拉给梁多打了个电话。梁多是个辐射点，一把能抓来七八个人。开舞会只能吃冷食就啤酒。真巧自己主厨，做金针发菜冷面，派遣米拉出去买油淋鸭、缠丝兔。这个小姑有趣，金针和发菜是她突发奇想的点子，从来没人吃过。下午三点，米拉打算步行到一家卫生有把握的大馆子。只要真巧小姑拿到崔姑夫的钱，她就尽快、尽量糟蹋在吴可、米潇这种又穷又有才的人身上。她有一次对米拉感叹，世界上最好的东西都应该属于吴可和她三哥哥。走出巷子不久，她觉得有人跟上了她。人民北路上人多，但她没看到一张熟脸。第三次回头，看见一个穿花格衬衫蓝牛仔裤的外国人，跟她只一步之遥。外国人年轻，微胖，高个子，眉眼黝黑，异常俊美。外国人对米拉笑了。跟踪者就是他。外国人见米拉不反感被跟踪，就上来与她肩并肩。他一开口，中国话，口音不差。他来自北京，北京之前是伊朗。伊朗人？不，阿富汗人。一个阿富汗青年，浑身香水味，从敞开的衬衫领口冒出黑黑的胸毛。米拉说，你来成都做什么？来旅游。他在北京就读语言学院。米拉想问，你跟踪我干嘛？但米拉心性敦厚，从不愿意戳穿人家。她轻微激动地意识到，胖，在阿富汗人眼里，不影响姑娘的好看。让她纳闷的一点是，难道我像那种跟一跟就能跟到手的姑娘？前年去北京参加全军汇演，米拉学了句北京流氓语言"拍婆儿"，指的正是眼下这个局面。到了餐馆门口，她问阿富汗人去哪？阿富汗人要去的地方是杜甫草堂，早就过了他该等车的公共汽车站。米拉经过汽车站时他就看见了她，那时他等车已经等了三十多分钟，成都的公共汽车跟阿富汗一样没谱。等了三十多分钟汽车的他看着米拉不紧不慢走来，从他面前走过去，全神贯注于她心里一个思路，一世界人物事物都给她忽略了。米拉给他的形容逗笑了。就在汽车靠站的刹那，他决定跟米拉走而不跟汽车走。米拉又是激动，虚荣心在她胖起来之后一直很饥渴。米潇一说他女儿胖好看，米拉就生他闷气。好像苗条的资格只属于他的情妇，更阴险的是，老米暗中在让胖乎乎的女儿反衬挺拔纤细的女朋友，有了米拉的胖呼呼，他情妇的苗条才更有保障，美人儿的位置才更能颠扑不破。老米每次给米拉做好吃的，米拉心里也会出现个阴险闪念：又把我往他情妇的陪衬人位置上推了一把。看来这个外国男人是真诚欣赏米拉的，看他那双眼睛，里面全是实话。就是说，他受米拉包括胖在内的整体形象吸引。吸引力多强啊，那么大个块头给吸引了一里路，原本计划好搭乘的车都拉不住。米拉指指饭店的大门说，我到了。阿富汗人一笑，牙齿漂亮。米拉进了光线暗淡的餐厅，发现这里下午出租给人办茶会，一个女声在学唱邓丽君。她感觉身边还矗着一个高大身影，阿富汗人跟到这里来了！他作为虚荣心抚慰者的角色已经完成了，该谢幕了呀。

米拉假装没看见他，往餐厅纵深移动。餐桌被推到墙边，扩开的空间里，一对对人影晃悠着慢四步。这是某个大厂子的工会举办的。她举目四望，看看该找谁买鸭和兔。跳舞的人开始留意她，以为跟在她身边的异国男人是她找的外国舞搭子。这一年大学里出现了新形势：外国留学生和中国女学生相好，各地都抓了一些女败类。人们把米拉看成了此类年轻轻不学好的败类。但米拉又不忍心叫阿富汗人停止跟踪。阿富汗人只是跟着，笑眯眯地看着她。一个端点心的女人擦身而过，白制服稀脏。米拉上前打问何处外销冷菜，女服务员剜一眼黏在一边的阿富汗人，说，跟我来嘛。这个女服务员跟绝大部分成都人一样，认为阿富汗人跟美国人法国人没区别,都是老外,都有钱,送给女人的礼物都是洋货。米拉跟着女服务员走。阿富汗人跟着米拉走。到了餐厅跟厨房的接壤处,女服务员问,买几个?三个鸭,三个兔儿,二十个兔脑壳。女服务员说,在这儿等到。她进去之后,阿富汗人和米拉就不声不响地站着。米拉想,他此刻一定在盼望我起个头,好搭讪。不过她不想起头。阿富汗人开口了,说,我们在这里等什么?米拉看看他。这个人,跟她"我们"起来了。正好女服务员回来,一手提着三只鸭的脖子,一手提着三只兔儿的后腿,猎来的是熟猎物,可也杀气腾腾。在阿富汗人面前,米拉有点为中国人感到难为情;动物肉身如此完好无缺,就这么给扯了唁。女服务员把动物们扔在油纸上,粗略包两个大包,又回去取兔脑壳。她刚转身,阿富汗人便伸出一条胳膊,松松地揽住米拉的腰。米拉身体绷着,脸发高烧,不知怎样逃出这条胳膊而不令胳膊的主人难堪。阿富汗人说,你很美。米拉不想要他这条胳膊,不过很想要他这句话。米拉不吱声,脸上温度还在急升。服务员去哪了?女服务员端一个铝盆,盛着二十个兔脑壳。她把旅盆往案子上一顿,二十个眼珠暴突的兔头攒动,相互磕碰,济济一盆,多么恐怖的佳肴,米拉护短地想,最好这个把胳膊搁在她腰上的外族人看不见。

此刻一个女子的声音圆润地进入了米拉的知觉:"米拉蒂。"

米拉几乎一蹦,转过身;叫她的瘦高女郎身穿及地长裙,裙子上缀满亮片,鞋跟赛高跷,上身被纱绸裹得紧紧,像裹一根受伤的手指头,透出里面同样缀满亮片的背心。再往上看,小小脸盘,油彩一毫米厚，假睫毛，长发垂腰。用了半秒钟，米拉才认出浓妆后高跟上的真人："黄晶苹！"米拉复员两年，没跟文工团任何人联系过。此刻她忽然想起，进来时看到的那个仿冒邓丽君就穿这身行头，原来女歌手是她同吃同住六七年的舞蹈队旧部。晶苹你怎么在这？黄晶苹告诉她，自己改行有半年多了，从舞蹈改唱歌，现在市内各个歌厅餐厅巡演，忙的时候一天要演三场。为啥子改行？挣钱讪！那……刘团长不管你？管，都是偷偷的。反正现在演出少得很，演出也没啥人看得。

米拉心想，什么世道了，解放军歌女？

黄晶苹炫耀地伸出两个手指头：唱一场……。米拉问，二十？黄晶苹笑笑，两百！米拉吓死了，她一个月工资才九十多块。米拉错过了什么？错过了人们从羞于提钱到贪恋挣钱的转折点。

米拉拿出预先放在军用挎包里的网兜，把三大包肉食放进去。阿富汗人伸手，意思是拎包的苦力天经地义由他充当。米拉不理会，自己拎起沉重的网兜。

黄晶苹直盯着阿富汗人看，一边看一边小动作，米拉大臂上厚起来的肉给她捏得生痛。她以为阿富汗人不懂中文，喜洋洋咋呼，哎，你男朋友好帅哟！米拉大红一张脸，使劲摇头。阿富汗人吃进了这句恭维，沉默微笑，简直像个王子。你们怎么认识的？米拉更有口难辩；她是被阿富汗人拍了婆儿了。一个中年女人跑来，叫：小黄，又要开始了哦！黄晶苹对阿富汗人笑笑，转向米拉说，下面两个歌是压轴的，你们找个位子，去听嘛。

音乐响起来，黄晶萍是一条直立的蛇，随节奏扭腰转胯拧颈子，眼睛水波粼粼。阿富汗人看得入神，今天中国姑娘让他开了眼。米拉想，是时候了。她对他说，你在这儿坐，我还有事，先走了。她刚走出餐厅大门，发现还是未能断后，阿富汗人仍然尾随。那么美丽苗条的黄晶萍都不能转移他的注意力，看来他说米拉"很美"是由衷的，这个"美"包括了米拉的胖呼呼，包括了米拉的素颜素装，包括了米拉永远忽略满世界人物事物的心不在焉。站在白菜心儿一般的黄晶萍身边，米拉自感是萝卜，萝卜白菜，各有所爱，阿富汗人恰恰爱萝卜。米拉的虚荣心又一次大满足。阿富汗人说，你现在去哪里？米拉说，去参加一个舞会。我可以被邀请吗？米拉心里一使劲，终于，残忍地摇摇头。阿富汗人脸上的笑凝固成蜡。他说，那我送你到舞会门口。米拉不语，两人又接着往前走。你是要跟你男朋友跳，对吗？米拉轻声说，我没有男朋友。他想知道，那为什么不能邀请他。迎着他渴望的眼睛，米拉歉意地缓缓摇头。急速下坠的目光扫到那个敞开领口里的黑胸毛，跟他头发一样浓黑打卷，一个身躯的毛发只有三分之一长在他脑袋上，这个小总结让米拉犯了罪似的，心咚咚响。

分手前两人互换了联络信息。阿富汗人给了米拉一张名片，上面印了中英两种文字：阿卜杜·萨伊德。米拉毫不担心他按照她写的地址找上门，她有军区招待所持枪的警卫战士保卫，他进不了门的。阿卜杜在成都的住所是民族学院招待所，他还有两天就要回北京，希望走前能请米拉吃晚餐。米拉心想，晚饭容易生发说不清的事端，会产生一千种可能性，便谎称她每天晚餐必须陪父母吃。阿卜杜立马改成午餐邀请。米拉问午餐地址，他说由米拉定，因为他不熟习这个城市的好餐馆。米拉想了想，告诉他在今天那个公共汽车站等她。就在小姑家巷子口，米拉与阿富汗人阿卜杜·萨伊德挥别。让我记住这个俊美小伙的模样吧，他可是她的第一个异国追求者。她往巷子里走了几步，突然产生了地下工作者的多心，一闪，进了一个门楼子。门楼子可以供五六个人躲雨，他会以为那就是她今天的终点站。还没定下神，阿卜杜居然随后到达。米拉有点恼了，他满足了她的虚荣心，没错，但他也不能不要自尊心吧？阿卜杜扑进门楼，抱住她，嘴唇抵拢她的嘴，香水味如同一口深井，把她淹没其中。她听见某种怪声，嗯嗯嗯……等他放开她，她才悟到那是自己发出的声音，是人快给闷死时从喉咙里挤出来的非人之声。阿卜杜急匆匆走了，好像这个绝命之举也吓破了他自己的胆。米拉怨恨地抹着嘴巴，那些细密坚硬的胡茬，让她的嘴唇和脸的下半部体验了一次滚钉板。她记得很清楚，自己的嘴唇牙齿在关键时刻筑起街垒，保卫她的纯洁。她也记得，他并没有攻破她"街垒"的企图，协助她保卫了她的纯洁。

这之后的两个小时，米拉半昏迷似的，感觉留在嘴唇上的压力、温度、刺痛。米拉同时感到被冒犯和受爱抚。

舞会

梁多跟她跳华尔滋时，突然问，米米身上撒了什么香水？米拉吓一跳，阿卜杜的香味渗到她衬衫的纤维里了，渗到她肌肤里了。就那么一抱一吻，把她投入了那浓香的深井，浑身浸透。我小姑的……似乎有了点艳史，米拉随口撒谎。艳史始于对外撒谎。不对吧？梁多给所有女人起名字，而且坚持以他的命名称呼她们，不对哦，米米瞒到梁哥哥啥子事哦。二十九岁的艳情老手弯下细细的脖子对米拉说，明明是男人香水！梁多披头士发型，汗酸气的港衫，深棕色喇叭裤，非常非常脏。他的腿特别长，但裤腿更长，扫在地上的那半圈磨成流苏，流苏扫刷街上、巷子里、郊区林间的灰垢泥土，再趟过淤积的雨水，终于铸成一圈土陶。米拉不能想象这么肮脏一个人她会喜欢。细看梁多的五官是很精美的，但铺排在不洁的苍白脸庞上被埋没掉了。他的皮肤带病色、烟色，不按钟点睡觉，吃了上顿没下顿的枯色。总之一个活不长的模样，更给了米拉危机感：不抓紧时间喜欢他，就来不及了。一想到这么个怪物也会结婚，也有跟他共一张床一间卧房的妻子，有个"爸爸、爸爸"叫他的女儿，米拉就觉得不可思议。梁多此刻说，是个外国人吧？米拉一惊，舞步错了，都在梁多的监控下。他笑得坏起来，说，现在这种香型，在外国男人里很流行。梁多眼睛半眯，色眯眯的。米拉笑起来，说，骗你的！我偷偷撒了崔老板的香水，崔老板的香水剩了个瓶底子，我喷了一下。香水还分男女？米拉早知道香水分男女。梁多不再盘问，一心一意跳舞。米拉的谎言很合逻辑。

真巧陪吴可坐着，梁多趁一曲结束的间隙去邀请她，她看一眼吴可，吴可点头鼓励，真巧才把自己短短的手指给了梁多。梁多把她从沙发里拔出来，用力太猛，真巧直接投怀入抱，脸颊进入了梁多的颈窝。米拉看见，微微一笑。梁多故意的，让自己色狼面具挡住他对真巧的真正痴迷。米拉觉得所有年龄层的男人都对真巧痴迷，不同形式不同动机的痴迷。不痴迷真巧的不是男人。她坐在了真巧的位置上。老沙发了，弹簧疲惫不堪，吱吱发怨声，谁坐上去都是一个坑，现在米拉滑进了吴可坐出的坑里。闺女！吴可伸出胳膊搭在米拉肩膀上。出汗了？他看看米拉，很慈祥一个叔叔。正式进攻啦？米拉跟吴可说普通话。嗯？真巧跟梁多才子佳人地舞过去，真巧的左胯紧贴梁多右大腿。圣桑的"天鹅之死"在空气里颤抖，揉着人们最敏感那根筋。有人暗下光线，只留两盏蜡烛。舞伴们都退下了，都甘愿做才子佳人的观众。梁多这才真实发挥他的舞技，刚才是逗米拉玩儿的。慢三步就是为梁多的大长腿发明的，他的舞跟他的画一样古典、浪漫，米拉看得心微微作疼。问你呐，米拉在慈爱的小吴叔叔腿上打一巴掌。她从小叫吴可"小吴叔叔"，没大没小惯了。嗯？！吴可心都在双人舞上，糊里糊涂看着"闺女"，你说什么？正式进攻我小姑啦？吴可笑笑，手拍拍米拉的脑袋顶，手心好柔软。

小吴叔叔请闺女跳个舞吧？吴可站起来，手一直摸着米拉头顶，这是贯穿了二十年的一摸。米拉赖赖地站起。她想跟梁多跳，拿出自己十几年舞蹈训练的看家本领，逼出梁多的极限水平。但小吴叔叔的眼睛太慈祥了，米拉忍不下心。吴可的香港脱星身材是优越的，虽然舞步老式，也老实，但很快让米拉进入状态。米拉右侧脸颊不时在小吴叔叔的胸口擦一下，那是一块岩石般的胸大肌，劳动改造者的胸大肌，剥下这层衬衫，就是米开朗基罗的大卫胸脯。小吴叔叔坚硬的手臂搂住米拉欠缺曲线的腰，好在还足够柔软，舞功还没废。小吴叔叔忽然眼睛一闪。那是怎样的一闪，米拉不完全懂。

为什么我要进攻？小吴叔叔的提问在米拉耳朵眼里，是一小团一小团热云。敢说我小姑不是这里的女王？吴可说，你是说真巧？那我闹错了。有种失望从吴可舞姿里出来。懈怠了一点。那你说我在说谁？我…….你还有一截子才能长大。这话像个叔叔说的，又不完全像。小吴叔叔把米拉抱紧了。米拉喜欢这感觉，她是个需要人抱抱的孩子。父亲老米很久以前就不再抱她。母亲的抱抱其实是索取抱抱。吴可辨认出她的需求。这个叔叔的抱是父辈的，也是男人的，全是担当，把危险和风浪给你遮挡完了。她被抱成一棵嫩豆芽，尽其所能地娇嫩，周围有座坚实牢固热烘烘的城堡护着呢。为什么你要说我还有一大截子才能长大。你长大了才能明白。你给我说明白了我就长大了。吴可笑笑。好熟悉的笑。对于吴可，米拉从小就崇拜。六岁认得了足够的字，米拉就开始读书。有次从爸爸书架上翻到一本杂志，封面上毛笔字写着"米潇兄指正——吴可"，米拉明白，吴可就是常到家里来，也常带她去看戏的小吴叔叔。作品叫《家宴》，是个讽刺独幕喜剧。剧中主人公是个四十多岁的犯人，因为他哥哥在欧洲，是个石化专家，到国内帮着修建石油化工厂。劳改营接到北京方面的命令，把此犯人外借一礼拜，举办一场家宴，接待探亲的哥哥。犯人被两个干部押送回家，路上给他戴了个发套，掩盖囚犯的光头。犯人回到家，发现所有物件都是陌生的，老婆孩子都穿着发硬的新衣，头发都是理发店发硬的发型，他想拍拍孩子们的脑袋，孩子们都捂着头躲开。泥瓦匠在粉刷墙壁，堵老鼠洞，老婆从邻居家借来书桌、书架，又由油漆匠刷新漆，全家忙得不亦乐乎。接下去，是借茶具和餐具。犯人说他哥哥非常在意餐具瓷品，家里祖传景德镇贵和堂的瓷器，茶具一律是名匠人手绘青花，餐具绝大部分是贵和轩的骨白瓷，间或几个朱红釉彩小碟点缀。可是一个大杂院的邻居，连一套颜色、式样搭配的餐具，都凑不出来。于是干部向全市发告示，征借所有景德镇贵和堂青花茶具，贵和轩的骨白瓷盘、碗，终于在哥哥到达前，所有家具、服装、餐具、茶具到位。家宴刚开始，一个邻居男孩闯进来，直奔书桌，要拿他的作业本。过了一会儿，又来了个老太太，说她的老花镜不见了，保准又是打盹儿时落进沙发垫子缝里了。 犯人怕她说漏馅儿，让老婆把她挡出去。老太太直跳脚，说她的茶几怎么给漆成五香豆腐干颜色了？米拉到现在还记得，小时侯的她读到"五香豆腐干颜色"，笑出了声。最后一个到访者是个老头，被个干部死死堵在门外。老头说自己的儿孙败家，把他收藏的茶壶给偷了，他出钱雇了探子，才打探出来，全市的茶壶茶杯都让这家给窝了赃……动乱之间，犯人的发套掉进汤盆，哥哥这才明白，一切都是借的，连做东接待他的弟弟，都是从监狱里临时借出来的。童年的米拉问小吴叔叔，"那后来呢？"小吴叔叔说，后来，大幕就落下了呗。

音乐早换了另一支，钢琴独奏，米拉不熟，小吴叔叔说，是肖邦的夜曲之一。那年我和你爸爸要分开了，你爸爸请我听了几首肖邦的夜曲。那时候我在哪？你在我膝盖上，坐着。

慢着，这正是梦里或者前世发生过的，现在重复而已。我多大？吴可回想，你十岁，十一？他想起来了，你十岁。你十岁那年，我走了，劳动改造去了。米拉头晕了，记忆昏暗，昏暗深深，是的，是有一双眼睛，就这么看着十岁的米拉。就是现在看着米拉的眼睛。然后这双眼睛下的嘴慢慢降落，落在米拉十岁的脸上，吻了吻小姑娘鼻梁上方，双眉之间，那个危险区。记忆的昏暗中，那张脸属于年轻的小吴叔叔。米拉觉得害怕，那么小，就被小吴叔叔用这样的目光凝视过。那个吻，是她的臆想？不对，它存在，额头下，鼻梁上的危险区有记忆。两片轻落轻起的成熟嘴唇，连胡茬的刺痒都还留在那；那是没有人碰过的地方，父母的吻从不落在那里。

多可怕呀，小吴叔叔和米拉，怎么了？算恋童吗？罪过吗？为什么米拉此刻不推开这个男人？并且身体毫无廉耻地唆吸着这男人的体热、力量，跟在场的其他男性比，小吴叔叔是提纯了的男性，这么多年的苦难，把男性中无关紧要和文不对题的成分都过滤出去了。但米拉一转念，认为吴可的男性是最庞杂的，也最丰富，把雄性、父性、兄性、夫性，甚至还有母性，全都乱七八糟搅在一起，苦难使它们发酵，弄不好是毒，弄得好是酒，并度数惊人。

门口出现一个身影，杨柳依依的一个身影。米拉想起来，她顺口邀请了黄晶苹晚上来，把地址飞快给她写在一张粉红色点菜单上。

黄晶苹一进来就说，米拉蒂，你那个外国男朋友咋没来？

梁多给米拉一个鬼脸。

吴可看一眼米拉。四十岁的吴可，很少识错人。他说，闺女，不简单啊！说完他出去了。这个老院子一共七间大房间，中间的客堂最大。院子里种了四棵石榴树，挂了小果子。米拉追到石榴树下，跟抽烟的吴可解释，那个阿富汗人我根本不认识，跟着我到蓉城餐厅，又跟我走到巷子口。傻闺女，你就让他跟啊？小吴叔叔对米拉这个经历是意外的。那我怎么办？总不能叫警察。米拉狡辩，但心里很虚。小吴叔叔现在是舞蹈队教导员老盛，在米拉面前一站，米拉什么错事没做都会理屈。老盛是舞蹈前辈，米拉是在老盛的手中长大的，从十二岁就由老盛手把手教侧身翻、前桥、后桥，再往后教单腿挥鞭转，老盛把着米拉的手、腿、腰，米拉从一米五七长成一米六六，老盛教了三十多个米拉这样的女孩，一旦看见其他男兵也往他的女弟子身上瞎插手，他就横眉立目。有个男兵不服，说，你摸得我摸不得？老盛回答，才晓得？就是我摸得你摸不得。

后来呢？现在是小吴叔叔想知道后来。后来我就回到这来了，他还想自己邀请自己，我坚决把他挡在门外。吴可抽完了第二锅烟。米拉说，你爱信不信，不理你了。她转身往屋里去，一只手被捉住。吴可说，我没下课呢。米拉只好回来，往他面前一戳。你爸跟你说过我差点死在劳改农场吗？没说过。一九五八年年底，我差点死掉。肚子疼，刀绞一样，农场的二把刀医生查不出问题。一个女孩子从附近老乡家找到一点点鸦片，冲水让我喝下去。我也听说鸦片止疼，不过从来没见过那玩意。女孩是头一年到农场的，为了照顾她生重病的父亲。她父亲去世之后，她留在农场食堂打杂。女孩子弹钢琴，念诗歌，读英文原文诗歌。在劳改农场，她活她的。米拉你啊，就让我想到她，那个不跟全世界一般见识的样儿。后来呢？这次是米拉想知道后来。后来疼又回来了。疼得更凶，还发高烧，两个难友用板车把我拉了几十里路，送到广安附近一个军队油库，油库又开吉普，送我到野战医院。到了野战医院，军医说，明显是阑尾炎症状，怎么敢吃鸦片？疼是压住了，盲肠在里头继续烂，说不定穿孔了。马上开肠破肚，还真是盲肠穿孔。清洗了一夜，人总算没死在手术台上。不死不活一个月，才脱险。就是那个给你吃鸦片膏的人害的你，差点杀了你，军医说。我康复之后，回农场找到那个女孩子，谢她救命大恩。

米拉不明白，小吴叔叔此刻是不是酒精作怪，说起这么个文不对题的事。你是不是在想，女孩差点害死我，我为啥还谢她救命之恩。十八岁的女孩，就是认为她在救我的命。她在当地住了一年多，听说了一个镇上过去开过几家鸦片烟馆，解放后禁烟，满大街都是烟瘾犯了到处窜的老鼠。她走村串乡，打听那个开过烟馆的镇子。最后还真让她找到一点鸦片，是个老中药店的存货。我从解放军医院出院，带着五尺花布去谢这个女孩子。米拉心里着急，叔叔他倒是快往正题上说呀。

他俩斜对面，是一棵石榴树，此刻簌簌发抖，青果给抖落了几颗，砸在老花砖上。树后藏了一对男女，跳舞跳起了兴，找石榴树做掩体。那一对人不解恨不解馋地动作着，石榴树还年轻，不知见过这羞人事物没有。挤压感和滚烫的热度又回到米拉嘴唇上，她从石榴树方向转身，树后情急的一对，似乎是阿富汗人和她自己。小吴叔叔看着忸怩不安的石榴树，无动于衷，过来人了。他终于又开口，说，你知道这个女孩子是谁吗？米拉摇头，希望小吴叔叔看不见阿富汗人加盖在她嘴唇上那个印章似的吻。吴可看着远方：同样是这个女孩子，在十几年之后，到我第二次劳改的农场来，带了一个信封，里面装着一份离婚协议书。米拉明白了，原来那是他和她儿子母亲的青春之歌。五九年初，领导念我年轻，认为当时对我处罚得过重了，让我回到原单位，恢复原职，戴帽子立功。我带着葛丽亚，青春作伴好还乡。吴可脸上一个讥笑，意思是，你以为呢？一切就像童话故事最后那句结束语：从此后两人过上了幸福美满的生活？

米拉对葛丽亚有点记忆，娇小的个子，急促的步态，眼睛大而无神，可以被看成童稚的无想法，也可以被看成高度近视。

所以我说，米拉，特殊年代会把你最不该碰到的人推到你面前。你以为这就是一见钟情，这就是天公作美，结果一场误会。我第二次劳改碰到的个个女人，都能成为葛丽亚，只要我足够傻，忘性足够强。不少女人年轻时候是浪漫的冒险家，以献身落难贵族为傲，不幸那个年龄段很快过去了，残局怎么收？落难公子也误会这种献身，以为这就是永恒，你应当应分永远献身下去，因此自己惯自己公子脾气，称王称霸，对人家的献身挥霍无度，很快挥霍完了，透支了，其实逼走葛丽亚的不是我的再次落难，而是透支。她的感情早就给我花光了。我不断写出的新作品，不断挣来的稿费，还有越来越大的名气，都蓄不够那个亏空。所以我劝你，闺女啊，不要昏头，特殊年代特殊环境最骗人，把一个人突然推倒你面前，嗬，他就是显得特殊，上辈子就安排好了似的。

米拉想，她的妈妈孙霖露就不是葛丽亚那样的女人。孙霖露那么专一，得意的老米和失意的老米都是她的心头肉。米潇最不堪的那些年，孙霖露照样到处骄傲，开口闭口都是"我们老米"。孙霖露年轻时也漂亮，两条大辫子，五官标致得像画出来的，屁股后面一群追求者。南京艺术学院的一个学长跟人对调了分配单位，出让了上海的接受单位，调到成都，就为了始于校园内的追求得以继续。米拉记得，学长姓周。孙霖露遇到米潇，行星遇到了恒星，自转公转不是她能做主的，姓周的学长搁浅在川西盆地。米拉问吴可，现在怎么就是特殊年代了？小吴叔叔说，闭关锁国三十年，女孩子们见到的外国男人都是南斯拉夫、罗马尼亚，阿尔巴尼亚电影上的，突然一个肉身外国人来到你面前，你觉得他奇异，奇异的长相、语言、手势，都把你们新鲜坏了，所以北京上海出现了一批没出息的中国姑娘。那些姑娘里一小部分是无偿献身，就图一场短暂奇异的恋爱，一大部分对国外做梦，吃好的穿美的，天天洗泡沫浴，夜生活香艳肉感。葛莉娅这么大岁数，还嫁了个中央广播电台法语频道编辑，一个法国老头，老头死穷，死抠，还死自私，挣那点钱，跑友谊商店买进口食品都不够，才不跟葛莉娅和儿子分享。葛莉娅受不了了，才两年就跑回成都来。还是我那点稿费工资靠得住。我用我的老掉牙故事开导你，就是让你醒醒。你写得不赖。你爸把你写的小玩意给我看了，说不定将来成气候，别跟那些没出息的姑娘掉一个坑里。

米拉心想，孙霖露才掉在坑里了呢，一个自己给自己挖的大坑，一辈子不够她爬上来。她可不要做孙霖露。上周母亲打电话到军区三所，让米拉回家吃饭。孙霖露做了一大桌菜，汗从厚厚的脊背湿到备胎型的腰杆。六点钟光景，来了个客人，男人，不，严格说是个小老头。母亲换了一口川味普通话，叫米拉称他"周叔叔"，她自己叫他"砍哥"，（三十分钟后搞清楚是"侃哥"——孙霖露介绍他名字叫周世侃）。周叔叔（侃哥）眉清目秀，刷齐的牙齿，（后来明白是假的），举止带民国风情，要不是成了小老头，可以当他五四青年。侃哥吃饭整整花了俩小时，一大半时间是跟米拉聊。得知米拉也知道塞尚、梵高、马蒂斯，小老头把母亲扔在一边，只转过身跟米拉一人"侃"。米拉心里憋坏，想这个侃哥名字真取对了。侃哥侃完，告辞时手指头点点米拉说，这个孩子好，我喜欢。米拉想，你的"喜欢"毫无意义，因为你的"不喜欢"早被否决了。不过周世侃给她的印象总体是好的，那股民国斯文，不是装的，是骨子里的。母亲送了客回来，脸上笑吟吟，说，哼，拍你马屁。米拉问为什么要拍孩子她的马屁。孙霖露笑笑，不做声。米拉洗完了碗筷，母亲说，我只爱你爸爸一个人。你爸爸就是一堆砖渣子，也是一座宫殿拆下来的，别人就是完整一座房，也就是普通民房，满大街都是。米拉想着孙霖露，眼睛看着小吴叔叔，什么人都能做，就是不能做孙霖露。她本来决定明天不跟阿富汗人吃午饭了，现在她是一定要去的。米拉既不属于那一小部分没出息姑娘，也不属于那一大部分没出息姑娘。

石榴树后面跑出一个男人，是梁多带来的朋友。屋内灯光邪性，米拉都没看清一个个客人长什么样。月光下，面目反而清楚。男人个头小小，头发蓬了老大，胸口校徽一闪。好像一棵鸡纵菌，米拉小声对吴可说。小个子跟米拉和吴可陪笑一下，窜进屋里。树后还剩一个同案，此刻肯定巴望米拉和吴可赶紧回屋里去，她好伺机混入人群。院子门口热闹了，涌进来三个人，两男一女，经过那颗石榴树，变成了两男两女。现在米拉有眼难辨谁是跟小个子树后作案的那个。

米拉觉得吴可在乎她，是父辈的在乎，就像教导员老盛。此刻真巧出来了，换了一身黑纱裙，背部全光。真巧问，你们叔侄俩在这讲啥子悄悄话哟？吴可厚颜一笑，在讲你的悄悄话哟。他把烟斗往嘴上一叼，呜呜地说，来嘛，跳舞。他猛地扯住真巧的胳膊，真巧无防备，高跟鞋掉一只，趔趄到他怀里，咯咯咯，笑得骨头二两重。黄晶苹也出来了，一只手掌给脸扇风。今天的舞会公主，真巧回头说。晶苹身子一拧，好看的一个推辞：我啥子公主吗？你才是公主！她倒是会做人，看不见摸不着的桂冠，索性大方推掉。吴可跟真巧跳了两圈，大半个舞会都搬到院子里，人们都甘心当观众。吴可是大名人，来赴会时并不知道有他，于是他对参加今晚活动的人，是一份额外红包。真巧跳得懒散，边跳边招呼新到的客人，自己吃东西，倒酒哈。不要客气哦，梁多的朋友就是我的朋友哦。

男人们上来邀请黄晶苹。黄晶苹对米拉小声说，好累人哦。

米拉已经从配角降级为龙套。黄晶苹感觉到了，说自己扭了脚，要休息一会，让刚刚上前邀请她的男舞伴陪米拉跳。米拉一看，此人好面熟。对方倒是直白，说，不穿军装你就不认识？米拉一呆，谢连副啊！没有军装的连副不那么醒目，大大的个头，显得有点蠢。谢连副带着米拉转圈，地方上的老百姓都跳了两年了，家庭都不知道跳散了多少，谢连副说。米拉知道连副跟她跳，一是不好意思推脱，而是混时间，混满一支舞曲，或者去截获李真巧，或者就跟黄晶苹瘸着跳。人家瘸着都比我动人，米拉这一想，更加坚定她明天赴阿卜杜午餐的决心。不管怎样，阿富汗人阿卜杜是由衷欣赏她的，一城红粉，独钟米拉。果然谢连副耗到了跟真巧搭档。黄晶苹被梁多拉起来。米拉走进房门，去了趟洗手间，发现第二卧室里传出窃窃私语。房子大了,哪个旮旯都可以做计时旅店,哪一团昏暗里都能进行一次短暂私奔。

米拉走进第一卧室,一个该放书的柜子放满了真巧的照片。大部分是崔老板带她各地旅游时给她照的,张张绝代。门后挂着两件起居袍,一雄一雌,料子都是最上乘的丝绸。不管真巧小姑想让老崔给米拉做多久姑夫,还是老崔何时觅得新欢某日一去不返,这两件袍子像是盟誓过,又那么随意寻常,似乎夫妻了大半辈子,如影随形,形影相吊。米拉又想到米潇和他的情妇,现在过得不就是真巧和崔老板这样的日子?孙霖露同意离婚,是为米拉一句话,妈你不离婚,爸爸那就算搞腐化,我是转业军人,刚到一个新单位,背老子的臭名声你觉得公道吗?你就忍心我做一个腐化分子的女儿?!五雷轰顶下的母亲,停止眨眼,忘了抿嘴,一口气憋住好久,足有半分钟,身子终于软下来,倒在女儿怀里。孙霖露的眼泪那个多呀,扑簌簌落得如同夏日的雨。好残忍的话,无论什么时候,米拉想到母亲那半分钟的"休克"和后来那几乎引起脱水的落泪,就觉得自己对妈太残忍,妈也是太爱女儿了,哭完就答应离婚。于是,签字画押去街道办事处,一个礼拜之内搞定。在父母去街道办事处之前的晚上,米潇把女儿叫到自己的"过渡"住房,问她,你老娘真的想开了?废话!不想开又能怎样?!米拉悲怒交加,就是这个五十岁还追求激情、老脸皮厚扬言没有爱活不了的为人之父,把米拉逼成铁石心肠,见母亲那么多泪都不动心。就是这个一把岁数还贪恋男女欢爱的老男人,让米拉残忍地把母亲变成了弃妇！老男人有多可恶，他贪占得多过分啊，连女儿恋爱的份额都出让给他，而他毫无感觉！米拉面对这一对相濡以沫的丝绸袍子吊唁父母的婚姻，吊唁多年前他们给米拉的那个最好的家。父母不也可以活成这一对袍子吗？心不在，形相随，也是一种亲，可就是残忍得非要连形也毁灭。她还想到，不晓得多久以后，老崔仓皇逃走，把这件袍子遗留下来，房子易主，沧海桑田，也不知真巧调换了多少情侣，雄性袍子包裹了多少不同于老崔的男身，只要不失火，不遭劫，这一对袍子都还会彼此忠贞。相对于老米和孙霖露，相对于吴可和葛莉娅，物是人非，人不如物。老男人米潇说过，宁愿独身，也不要残破的婚姻，谁又能保证老男人跟电视台女主播哪一天不残破？有人晕高，有人晕血，老米潇晕爱。但愿他一直晕下去。离婚前夕的晚上，父亲问女儿，那爸妈就真的分开了哦？米拉看着他，老男人怎么有警告的意味？米拉是这"分开"的牺牲者，以后只有半个娘家，倒是警醒我先别落子以形成无法悔改的棋局？米拉跟这个晕爱的老男人说不清楚，呜呜地哭起来。父亲拉起女儿的手。米拉哭，米潇静默。假如米拉不同意，要跟爸爸直说。静默了十几分钟之后，父亲这么轻声说。然后他轻轻放开女儿的手，起身站到窗口，米拉见他掏出手绢，先擦自己的手背，那上面撒着女儿的泪，然后又擦自己的脸。原来米潇给女儿哭难受了，心作痛了。米拉知道心痛也是没用的，好像他还能三思，好像他这临门一脚还收得回，其实他只是怕疼，这是给他自己和女儿找的鸦片，暂时止疼，溃烂该怎么烂还怎么烂，照样朝着危险无救的方向烂。假如女儿直说,爸爸,我要你回家,我需要一个完整的双亲俱全的家,他马上就会为他给女儿这个"直说"机会悔死。假如她直说,我从来没同意过,什么时候你们长辈的事需要我同意?我十六岁那年你开始跟女主播搞腐化,来问过我同意不同意吗?!他更是要悔,给了一个"直说"机会,就是给了她一张审判席。那老脸真是要不得了。

纱窗外进来小风,米拉感到袍子轻动起来。还是袍子好,一只袖子牵着另一个袖子,边角摩挲边角,藕欲断,丝相连。

米拉喜欢这一刹那的静谧、孤独,遐想往往就在这时发生。遐想很曼妙,想到明年这个时候,米拉是否发生恋爱了,是否失身了,那个人是否今晚舞会的与会者。

她回到院子里,整个舞会搬到户外了。很多人从大门口回来,不知他们去大门外何干。她脱口便问,小吴叔叔呢?梁多说,你跑哪去了?吴可一直在找你,没找到,刚才走了。哦,原来所有人在门口送别大名人。米拉一听,赶紧跑出大门。吴可是骑摩托来的,米拉要拿出出操的步伐追赶。她看见吴可骑车的身影,在一盏盏昏暗路灯下,明一下,暗一下。她扯开喉咙喊,小吴叔叔!吴可听见了,摩托耍车技地划了个"U",动作很飘,一侧车身倾斜得厉害,他的左腿几乎擦地面,像是"翔",翔到了米拉面前。吴可一条腿支着车和他自己,掏出烟斗,点上,巷子中间会客,要跟闺女好聊一阵。米拉说,都说你在找我,找得着急。吴可说,你跑哪儿去了?米拉笑了,说,这还要问,到石榴树后面去了。吴可也笑,我就知道嘛。希望不是跟鸡纵菌。米拉哈哈的，笑傻了。阿富汗人也不行，国家太穷，又打仗。伊斯兰男权主义，娶一堆老婆是合法的。米拉只是笑。她完全知道吴可担忧的理由。他的确怕米拉被鸡纵菌之类拐带到什么物什后面，刹那地私奔一下。他的在乎，是父亲的，是教导员老盛的，可又不止这些，米拉不愿看清那"不止"的一点是什么。闺女要想远嫁，小吴叔叔给你张罗一个美国人。美国男人适合做丈夫，不适合做情人。要是米拉只想要情人，小吴叔叔可以介绍法国男人，法国男人不适合做丈夫，特适合做情人。吴可虽是讲笑话，却有正经成分。他看米拉比爸爸米潇看得紧。

米拉回到真巧的院子里，几个中年男女气哼哼地正在离开。黄晶苹跟米拉说，是隔壁的邻居来吵架，说我们闹麻了，音乐吵了人家的瞌睡。梁多凑到米拉身边，说，小女娃子，你神秘得很哦！真巧站在客厅门口拿个银叉敲水晶杯子，召集大家吃夜餐：东西摆起了哈，自己照顾自己哈。夜餐是咖啡冰淇凌配雪梨酒，冰淇凌居然也是真巧自己出品。有人打碎一个威尼斯玻璃盏，梁多用英文说，there goes another three hundred Hong Kong dollars！打开大灯清扫玻璃碎片，闯祸的女孩哭着脸向真巧赔罪，真巧大咧咧摆手，指间的摩尔烟香味散开，她七分醉的豪迈，说，新的不去，新的不来。米拉说，醉了，旧的不去……真巧说，是新的！这次老崔才从香港带来的，你问梁多，他识货，说至少三百港币一个。女孩又要哭脸，真巧说，不存在不存在，钱能买到的都不值钱。米拉看着她笑，不把崔先生的钱糟蹋完，她报不了仇似的。真巧又是一身不同的行头，白底重缎，上面印浅粉大团花，似乎就是一块被面上掏三个洞，放出她的脖子和双手，腰里一根黑色缎带，两头拖流苏。这种奇装，她穿竟也是好看的。晚会进入了下半场，真巧脸上补了妆。音乐变了，都是慢板，音量也开到最低，男女间，悄悄语。真巧跟梁多面颊蹭面颊，她对米拉眨眨眼，小声说，嘴巴花了，照下镜子嘛。

在卫生间里，米拉看到唇膏跑到唇线外了。被谁的肩膀蹭的。她看到小姑的化妆盒紧挨着一排剃须用品，一律象牙柄，也像是夫妻一生的男女，透着随意和凌乱。此刻她听见真巧的高跟鞋一溜儿走来，在老花砖上敲着急急风板鼓，回头看，见她进了卧室，急匆匆用钥匙开抽屉。米拉走到卧室门口，依着门框说，小姑，你就是死不认账，其实崔姑夫跟你过得幸福得很！没来头的这句话把真巧吓一大跳，然后鼻子喷一下，哼，我又能咋样呢，好男人又不要我。她从一个抽屉里拿出一摞钞票。这么晚你拿钱做啥子？米拉问。梁多借的。他们一伙人要到北京去，看啥子画展。其实米拉也想去，但她的一个小作品被评上了一个小小奖，杂志社长要给她大大庆祝，就跟她中了状元一样，先要在社里聚餐庆祝，颁奖后又要带她去见省委什么首长。

米拉见小姑把钱往一个用过的信封里塞，说，你不数一下？真巧说，数啥子数？他说借，你还指望他还啊？小姑这是嫌老崔的钱糟践得不够快，拉人来帮忙加速糟践。真巧说过，老崔这种人有钱有啥子意思嘛？又没趣，又没品。米拉试想，要是老崔连钱都没了,小姑眼里,恐怕就够挨杀了。真巧说到哪个她不屑的人,轻轻一挥她的尖尖手指,笨(或者丑)成那个样子,活啥子活哟,死得了。

这天夜里米拉留宿在真巧家。准确地说,是老崔家。凌晨醒来,她听见地板上细细嗦嗦的声音。她支起身体,越过躺在她右边轻酣的真巧小姑,看见丝地毯上躺着一个人,胯骨高耸在丝绵被下面。她头一个判断是,黄晶苹喝醉了,临时打地铺。不对啊,黄晶苹没有这样尺寸的一条身长。丝绵被下的人耸着胯,几乎对折,身长看去有一百八十多厘米。她有一点恶心和恐惧,轻轻躺回去,突然意识到借宿者是谁。那群人里身长最长的,又最瘦削的有妇之夫,梁多。跟着,她想到了借宿者不得不借宿的理由。米拉脚底板不一会就出来汗了,这是她十分不适的症状。她对身边这个轻酣的女子生出嫌恶来。对米拉来说,借宿者就是入侵者,她此生除了父亲,从未跟异性同睡在同一顶天花板下,身边的女子居然让米拉无意中跟一个男人同屋共寝。还是那么个脏男人,成都的污泥浊水都在他从来不换的喇叭裤上,裤脚都滚成土陶的边了。他居然呼吸着她的呼吸,聆听着她的梦吃,嗅着她在深睡和闺梦里发散的体嗅……米拉简直怒不可遏。她一手搭在胸口,安抚她窜跳的心脏。她本来弧度不大的胸部,由于平躺更流散了些弧度。这弧度也是最私密的,多半被借宿者窥见了。借宿者跟身边这个女子干了什么,想都懒得去想。况且,就是他们欢喜一场,也该把撵他到第二卧室去睡,用不着对处子米拉公然摊牌。他们究竟是否狗男女,米拉可以去猜，但他们对狗男女之事公然摊牌，对她一个涉世不深的二十岁女孩，简直混蛋。她提着身体分量，挪到床边，让一条腿滑下去，脚尖碰到凉冰冰的花砖地，连地都比人干净。米拉大可不必用轻功，叫真巧的女人，无论别人对她干下多不齿的事，还是她对别人干下多不堪的事，都挡不住她的大好睡眠。听听，她睡得嘘嘘直响，蒸熟一笼肉包子那样"嘘嘘嘘"，她怎么是身家千万、拥有六个工厂的崔老板的外室？完全像个搬了一整天麻包的重劳力。

她看着镜子，里面一个浮肿的年轻面孔，眼睫毛下面一圈乌黑。也是那个女人的过错，给米拉涂了那么多睫毛膏。这么年轻，样貌已经龌里龌龊。

从第二卧室也传出声响。米拉伸头看，对过房门洞开，微弱的晨光中，可以朦胧辨别出大床上冲着门的方向仰面朝天的四个脑壳。四个雄性脑壳。看来米拉昨夜睡着后，这帮人还久久不散，喝倒了。就是说，在她床下的地毯上留宿的梁多，也是喝倒的，也许他清白无辜，夜里并没有给米拉当临时小姑父。

过渡人

他瞪着稿子上的红字，瞪得一支烟烧掉大半。红字是出版社主编的，红牌示警，到此为止，不可恣意，不然就撞上枪口了。米潇从农场回到城里，好几篇作品中的大段华彩文字让这样的枪口毙掉。或者毙掉他最偏爱的那些字，增补上一些隔靴挠痒的字。任何往透彻的方向、纵深方向写去的文字，都是这枪口的射杀目标。似乎他和主编们的审美趣味完全两极，凡是他认为的精彩段落，定然死在他们的枪口下。看着这些难看的红字，他火透，王国宏（王主编）你也太老三老四了，直接就在我手稿上用红墨水发表意见！你怎么知道我就只有你一棵树上吊？我不会抽出手稿，原样装进一个崭新牛皮纸信封，填上另一个出版社地址，五毛钱邮票贴两张，盖上印刷品章子，直接扔邮筒里？米潇常这么干，这个出版社提的意见惹他讨厌，他就把稿件换一个信封，投寄另一个出版社。你的毒药不一定是另一个人的毒药，你的补品，倒可能是另一个人的毒药。可是你（老王）红字到处给我写，我就没法换个门户去投靠了。他看着这一行红字更是有气，"老兄想象力过于发达，此段形容未免夸张过头"……他最得意的描写，总是王主编的眼中钉，肉中刺，非剔出不可。上一次让他改，是两人面对面谈的，后来修改时他假装遗漏，想让被质疑处混过王主编的法眼。可是第二次，王主编竟然落下红墨，再假装就愚蠢了。红字写在五百格稿纸右边的空白处，竖版，于是字就越加难看；字难看的人写竖版更不遮丑。这行红字针对的是这段描写："他轰隆隆地呕吐，胃成了翻斗车，倾倒出的呕吐物在他脚前先是一小堆，又迅速摊散开，液体漫过他磨穿了底的布鞋，他不得不迅速移步，再去一块新地面上倾倒、堆积酸臭的半固体，吐着，他惊异着，怎有这许多可吐？！只不过偷吃了几块霉玉米蒸的馍，这胃咋能在一小时后多倍地供出赃物？并且已经吐得人都快翻个了，肛门要从食道口翻出来了，因为他明明闻到快气化的宿粪臭。他觉得自己的肠胃活像被清洗的鸡嗦子，里子翻成面子，却还遗留角角落落，不尽地涌入嗓子眼，喷出口腔……渐渐的，他感到腔膛吐出亏空来了，自身已是负数，污物仍在地上堆积、摊散，似乎吐出的不止是上一顿的霉烂玉米饼，而是他四十五年的饮食史。"王主编要他删去整整这一段。他抵抗，说就剩这一段是米潇的真性情。

两天后，他请王主编到自己家吃饭，米拉作陪。他做了一桌菜，拿出崔先生送的名贵酒品。米拉进屋时，两人已经酒过三巡。她在桌边坐下，静静吃了一阵，不时看着两个长辈，忽然跟自己笑了。米潇问她笑什么。米拉笑着，眉头微蹙。做父亲的懂了，她又是看出"丑"来。做东的动机这么不纯，吃请的也动机也不纯，两人谈话吃力，不时出现互吹互捧，这一个在讲，那个根本不听，不等对方说完，另一个已经抢过话头，但讲出的，又被吞半句，整个气场乱得一塌糊涂。王主编说，老兄你就改改吧，又不伤筋动骨！他脸转向米拉：劝劝你爸，现在谁发表作品，是由着你性子勇敢诚实?他再转向老米:你先要把各个杂志的头条位置占住,慢慢的,读者那里,你的位置就牢了。位置牢了,再把你想说的话,一点点,润物无声地塞给他们,这是攻略。你的位置牢牢的,那对我们杂志,就是功臣,功臣都是可以享受优惠的。他笑眯眯看一眼小米:老米成了我们杂志的功臣,以后小米的作品,我们也会优先考虑。

米拉笑笑说:爸,你是散装啤酒,我是凉拌菜。王主编问什么意思。老米说,现在啤酒难买,店家给你打啤酒,就强迫给你搭凉菜,腐竹拌黄瓜,木耳拌折耳根,都还不错,比早些年买大米搭红苕粉、包谷粉,强多了。米拉笑笑,起身告辞了。

老米追到走廊。米拉说,好丑哦,二天这么丑的饭,不要拉到我来吃哈。她转身飞快地走了。

米潇在走廊里点了一根烟,一边烧开水,打算给王主编和他自己沏茶。他在想这个"丑"。女儿七岁那年,从学校顶着一头浆糊和垃圾回到家,哭已经在路上哭完了,米潇见到她的时候,她表情全无,坐在家门口发呆。米潇是从牛棚赶回去的,看棚的工宣队员喊,老米,有人看到你女儿浑身稀脏的,在学校门口哭,一路哭回来喽!那个工宣队看守仁义,准许他回家看看女儿出了什么祸事。他见到的米拉,头发已经在公共水台用冷水冲过,但浆糊和垃圾没完全冲掉。女孩两眼空空,像刚刚从深睡里浮出。他抱住她七岁的小身体,连垃圾浆糊一块抱得紧紧。从那以后,米潇把一把前门钥匙系在链子上,给女儿当项链,一旦遇到这类欺辱,她可以最快速度躲回家。那时孙霖露的单位接受许多设计活儿，全是各种革命图案，要印在枕巾、毛巾、床单、布匹上。幼儿园小朋友的围兜，都要设计祖国花朵、革命儿童图案，新人的枕巾，要象征"为了一个共同的革命目的走到一起来了"，所以她总是忙到晚饭后才能回家。那晚她回到家，听说了米拉在学校的遭遇，立刻表示不要活了，这样欺负人哪天是个头？！她要全家跟着她服用敌敌畏，要不跟着她跳百花潭。米拉坐在对面的小板凳上，看着母亲哭天喊地，有点难为情，却又颇局外，然后她站起走了。等米拉回来时，手里一块毛巾，一把梳子，毛巾塞给母亲，梳子留在自己手里，一下下替母亲梳理哭乱的头发，梳着，她没头没脑来一句：妈，你好丑哦。从此米潇发现，米拉做事做人，看事看人，从不做是非道德裁判，而以美、丑区分，美和丑是她的裁决标准，无度的，过分的，令她难为情的，为她不齿的，都被她以"丑"概括。她九岁时和邻居女孩们爱上刻剪纸。有次女孩们在学校的墙报上贴剪纸，几个高年级男生指控她们，剪纸剽窃了他们的原创，是从他们原版剪纸上托下来的。所有女孩扔下剪纸逃走，但一个大个子抓住米拉的书包，要搜查包里的所有物事，米拉死拉住书包带不放，男孩抽下自己的腰带威胁，不放就抽她的手。米拉安静地看着他，毫无放松的意思。男孩说到做到，皮带落在豆芽菜一般的米拉身上。最后是男孩们放弃了，因为其他男孩看不下去，同时被那么沉默的执拗吓坏了，怕她就那样一声不响地被抽死，因而先跑散。最终大个男孩看到他被男孩集体孤立，便留下米拉和她被抽花了的肩膀、手臂，溃败撤退。晚上米潇和孙霖露看到米拉身上一棱棱的红肿，也听了米拉小女伴儿们的叙述，心痛地告诫她，以后碰上这种情况，宁可不要书包，也不能让皮肉经受如此惨烈的暴行。米潇强调，爸爸虽然被停发工资，新书包总是买得起。米拉说，我就把他看到，看他晓不晓得丑。暴行欺弱，在她看，还是一个"丑"。

他端着两杯热茶进屋，发现王主编在端详他的巨型组合立体声音箱。听见老米进来，他说："小提琴的声音，真是好听！那个'红太阳把炉台照亮'，你听过没有？"

米潇说没有。其实农场大喇叭一天到晚播放。王主编说，听说你偶尔拉小提琴，又精通音乐，那只曲子你可不应该漏掉。对它，我总结了七个字：如歌容易如泣难。你听了，就知道我的总结是否准确。米潇心里反驳王主编：音乐就是音乐，不需"如歌"，更不必"如泣"。但他没说话，也没有表情，急于扭转话题。他点了一根烟，说起农场一个难友，女儿在部队文工团。76年除夕之前，恰好女儿的文工团到附近部队演出，女儿的母亲提前写信告诉了他。还告诉他，女儿的演出小分队正好要在那个部队驻地过一个礼拜天，有半天休假，会到他农场芦席棚里，陪父亲两小时。他想两小时能干嘛？什么话题刚打开就要离别。他决定要让女儿吃上她久违的父亲厨艺。这个难友做得一手好菜，苦在十冬腊月的农场没有食材，只能去河里炸鱼。他跟爆破组长关系不错，求来一点炸药，折腾一黄昏，炸翻十几条小鱼。阴历年前，河水多冷啊，难友他半瓶红苕白酒灌下去，跳到水里。鱼是捉起来了，但两三个小时之后，他冻紫的脸色变得极白。同屋的人都说，这脸咋就白了呢？他的上下牙一直相互磕，磕得大通铺上的邻居们都嫌吵。一直到第二天早晨出工，他的白脸恢复了，找回了他正常的黄黑脸。捉来小鱼十五条，都跟他的手指一般长短（不过这难友有十根罕见的长手指，因为他是业余小提琴家）。礼拜天上午，太阳好，他给一条条小鱼刮鳞，开膛破肚，所有闲着的同类分子都围着看，看他喜洋洋地忙，都知道他是为女儿来探亲忙，也都知道他虽然在此地监督劳动，却是个光荣军属。有人把他掏出来的鱼杂碎拿走了，说吃不上鱼就低一个档次，煮鱼杂碎汤喝。喜洋洋的父亲向伙房要到几滴菜籽油，一块姜，一大块榨菜。没有好佐料，榨菜很提鲜。他在田埂上挖了个土灶，玉米芯子当柴，脸盆当锅，这位军属父亲在太阳转到正南时把鱼炖好了，又用余火烤了几个土豆。他把炖小鱼和土豆都塞在被子里，就到长途车站接女儿去了。等到天黑透了，也没接来女儿。回到芦席棚宿舍，他打开被窝，那锅炖小鱼还热着。他记错日子了？还是女儿记错日子了？也许女儿的到达时间是下一天？一个屋的难友都怂恿他请客，把炖小鱼给大家分了，但他生怕女儿明天到了只能陪他吃食堂的红苕粥，下饭菜只一样：泡菜坛捞出的带有皮革质感的老菜帮。第二天女儿没来。第三天也没来。第四天，就更没来了。炖小鱼在冰冷的房间角落结成坚冰。又过了一阵，天暖起来，鱼汤化了，小鱼破烂的身体挤在泡发的榨菜片旁边，从来没见过死得那么难看的鱼。

聊到这里，米潇笑笑，静了。王主编大概觉得老米笑得怪相，开口道，老米，那个难友也是文化系统的？老米说，是吧。他叫什么名字？老米说，谁记得。后来知道他女儿爽约的原因了吗？米潇说，谁顾得上去问；原因嘛，左不过是当兵的女儿，不愿意到准劳改犯的人群里来。她来过几次的，我们都认识那个解放军小女兵，我们挨训话挨臭骂，她也见过的，事后她说，你们挨骂的时候，样子好丑哦。恐怕就是怕看父亲和难友们被骂的丑样，她临时爽约了。王主编说，我们五七干校也有类似的事。三大队有个老右派，老婆叫金艳，你晓得的汕。老米不晓得。是杂技团蹬伞的，两条名腿，走路打雷一样，蹬起伞就像云里飘。杂技团到干校附近的县城巡回演出，他赶二十多里地，到后台找老婆。你猜咋样？老米说，老婆叫民兵把他撵出去了。王主编说，咦，我就晓得你晓得！老米笑笑，心想，这种情节那时代都撞脸。王主编接着说，民兵跟老右派说，你婆娘说了，她的腿要留到蹬伞，蹬扇子，莫要浪费在蹬你上，叫我们来请你出去。老右派老脸挂不住，跟民兵掰扯起来，被民兵打掉两颗牙，老婆面都没露。他肿着脸，豁着牙回到干校，还说自己摔得。王国宏张着嘴笑，米潇看见他一嘴黢黑老烟牙，有两颗比较白，突然想起他也是老右派。王主编就是悲惨笑话中的主角，但他的枪口就是不肯抬高一寸，见到米潇这样的文字就往死里打。几个回合，米潇明白，有些事是只能发生，不可以写下来。比如导致孩子出生那件人类大好事，断然不让你写，但绝对让你天天夜夜发生，到处发生，一场文革芸芸众生没球好事干，就这一件好事，十年把人口干上去一倍。

送走了王主编，甄茵莉播完晚间气象报告，回来了。他听见她在走廊里跟女邻居说话。那一家住老米对门子，一间房只有十二平米，三个十几岁的大男孩，一个十岁女孩，还有个外婆，怎么能装进一间房，老米脑子里勾不出平面图。因此这家装不下的家当，都浦出来，浦了半走廊。女当家很会做人，包了抄手各家送几个，大哥大嫂，伯伯大爷，尝下子嘛！过渡户们于是不计较她把公共走廊当储物间、厨房、兑换票证的市场。她经常拦住过路的邻居，悄悄问，一斤蛋票能否换四斤豆腐票，或者，一条肥皂票换五斤粮票。她的炉子上常炖皂角，一个椭圆形木盆也永久搁在走廊上，炖好的皂角呼啦啦倒进木盆，所有人都见她两腿大大叉开，骑着搓衣板，呼哧呼哧地搓衣服，肥皂就那样换成了粮食。女人舌头有点大，但长相甜美，尤其嘴甜得要死，管老米叫伯伯。老米于是成了那一屋子大男孩的爷爷，跟外婆一辈人。终于一天甄茵莉从重庆省亲来了，在走廊里做饭，跟大舌头屁股抵屁股，总算把老米提拔的一辈儿，在小甄这里勾销了。那时小甄也处在过渡期，省电视台准备让她试播气象。米潇算着她彻底调来的日子，焦虑地计划，手头几部开了头的作品一定要在那日子之前完成。不然激情被打断，存在内心的故事蓝图会乱掉，作品会小产。至少要把王主编红笔标出的修改之处，改停当。忽然他一个激灵，怎么跟末日来临一样迎接小甄的正式进驻？以后就在一个空间过日子，难道就不写了？跟孙霖露一个家的时候，每次他作画或写作，他都不知孙霖露隐身何处，总是在他收工时，她才静静显形。会隐身并懂得何时隐身的女人很难得,尤其对米潇,此为重大美德。孙霖露讨厌的地方不少,但这项重大美德,米潇深深怀念。门被推开,甄茵莉进来,他赶紧提起蘸水钢笔,在稿纸上划拉,堵住她满嘴的从大舌头那里听来的胡扯。笔尖在纸上刷拉拉响,只要把这响声进行下去,无形书房就形成了。不能惯小甄毛病,她一来他就停止所有进行时的工作。米拉"子教三娘",教育了父亲他几次,他要做乖爸爸,认真考虑余生的正经事。总要给米拉留点东西下来,在她没爸爸的余生中,让她引以为傲。米拉从来不知道父亲爱她的程度,从来不知道那次她的爽约,留下那一盆灰暗残破的小鱼尸体,给父亲造成的创痛。米拉那次爽约,孙霖露后来补充说明:病了个女主角,B角米拉要顶上去。不知真假,米潇从来没有向女儿求证。

　　小甄以为他写得大顺,吃零食的声音比老鼠还轻。大概三颗话梅吃完了,他画完了一整张纸的圈圈。万一这一两年都解决不了住房,都要在此地过渡,给小甄做出规矩是必要的:只要他坐在书桌前,他脊梁就是书房关闭的门,非请莫入。希望她对这致命重要的一点会懂事,懂得这二十多米的居住空间与他脑子里的空间实际是没有边际线的,进入这里就等于进入了他的脑壳内,脑壳里进行什么,她只能服从。进入了四堵墙的思维空间,她的思维必须被自我漠视,自我忽略,没有条件像孙霖露那样隐身,只能创造条件模拟隐身。小甄搞出一些响动,想招引他回头,他装聋,笔尖在稿纸上划拉得更响。一张稿纸被很响地翻过去。他眼睛余光里,一只手入画,白嫩如藕尖,真配最温柔的亲吻,但他心里起毛,屏住气看着那手到底要干嘛。手拾走一个纸团,扔进字纸篓,又拿起他半满的茶杯,终于出画。他听见暖壶塞子被拔起,倒水的声音……那只嫩藕似的白手再次入画,把蓄满的茶放到他眼前。他犹豫刹那,是否要道谢?决定是:否。原则上不鼓励她此类殷勤。只要她的殷勤被鼓励了,接下去她或许会盛来一碗汤,静悄悄送过来,你若接着鼓励,她便再进一步,用勺子舀起一勺汤,喂到你嘴里。她一边做这些,一边会轻声说,你写你的,我不打搅你。结果会是什么?几小时积累的思索成果,归为零。他发现蘸水钢笔一个字也写不出,心里线索早断了头,简直就是一场打赌,赌她能憋多久出声,赌他自己能晾她多久,赌谁先沉不住气。

　　她无趣一会,开门出去了。米潇也累死了。他气她不读书,没什么更好的球事干,宁愿听大舌头嚼邻居的舌根,也不读书。不读书,为什么当年那么奋勇地扎进一个写书人怀里?本来他住在这里最惬意一点,就是人人过渡,他可以谁也不认识,可以谁的事都不过问,屋里接来水管,也是为了不到公共水房回答邻居们招呼的"吃了?"他是这个过渡住所里第一个买电视的,十四寸彩色电视被送来那天,整个楼上的孩子们都跟着电视跑,看电视最终落户谁家。他们眼巴巴看着电视到了二楼水房隔壁那家,当天晚上都涌在那家门口,等着那扇门打开,让他们哪怕看一眼中央电视台新闻,但门从来不开。由于米潇对一切人的漠视和忽略,他让二十多米的空间似乎阔展,整个楼都是他的,他想听音乐,半夜两点打开立体声,调小音量便可。

他赌输了，不忍再把小甄晾下去。其实他不仅心浮了，气都喘乱了。他平时写作那种入定感觉，荡然无存，再坐下去是折磨。但这种打断无比难受，他的整个精神正在勃起，充血，胀得挺挺的，生生地叫停，一次精神发情戛然而止。他站起来，听着小甄跟大舌头搭完了讪在告别，又听她的脚步在门口放慢，放轻，他转过身，替她把门打开。她马上像幼儿园终于放学的孩子，乐得眉毛扬起。这样的日子怎么长久往下过，他关着自己，憋坏的是她。她的一个拥抱，米潇又觉得什么都值了。忘了你答应的事了？小甄把嘴唇从他嘴唇上撤出，撅起。什么事？你女儿呀。米潇说，哦。他想起来了。米拉始终不肯与甄茵莉正面建立交往关系。甄茵莉眼下被借调省电视台，一个礼拜三晚，播报晚间天气预报，米拉来看父亲，就插那个空。米潇跟女儿提了几次，说小甄阿姨很想吃一餐三人的晚餐，家里外面由你挑。米拉不给爸爸硬钉子碰，推说最近赶稿子，过一阵再说。前两天跟吴可喝小酒，说起真巧办的舞会，他在舞会上碰到了米拉。米拉告诉小吴叔叔，她正在两个写作时段之间赋闲，刚得了个小破奖，她要玩一阵犒劳自己。吴可还告诉米潇一件要紧事：米拉跟一个阿富汗小伙子在轧马路。米潇呵呵一笑，回答吴可，我女儿可以跟五大洲四大洋任何一国的小伙子轧马路，该轧马路的岁数不轧马路，当爸爸的才该操心。这些外国男孩子尽占中国女孩子的便宜，再给你抱个二毛子外孙回来……米拉？不会！她是多有数的孩子？文工团是什么地方？整天跟一群英俊少年在一个练功房里，穿着小裤头摩肩接踵，都没让她走过神。是，闺女一般不走神，一走神就走心了。这话让米潇沉默了。之后他给米拉的招待所打电话，留言让她务必来一趟，他有重要事情跟她谈。吴可答应，米潇出席的晚餐他将到场，万一米拉跟小甄别扭，他将会尽责打圆场。

你让你女儿几点来？小甄问。六点，米潇回答。接着他边想边说，四点钟我出去买菜，买几条鲶鱼，五点到家杀鱼，米拉到了鱼就下锅。大蒜爆鲶鱼块，十分钟搞定。别人感觉米潇的日子过得颠三倒四，夜里也会抽风跳下床，听音乐，画油画，但他的时间安排起来就像军营，一个个军事项目必须按点发生。晓得了，小甄说。小甄会做饭，但做不出席，米潇安排她切洗，拌凉菜。顺便把你表妹也喊来嘛，小甄说，你不是说吴可在追她，我们也该给两个人提供机会。米潇认可这个主意。小甄马上又说，我去打电话。甄茵莉跟李真巧见过两面，崔先生掏钱，真巧做东，在锦江宾馆宴请米潇和甄茵莉。那时米潇婚还没离脱，两对情妇情夫，相互认同不三不四的身份。

小甄打电话回来，说也给米拉的招待所留了言，让她没事早点过来。米潇问，你要她几点来？四点半。四点半？！当爸的心想，他在外购物，这个家里只有小甄，米拉连个打圆场的人都没有，顶撞起来如何了得？四点半她来了，就你一个人在家，那不尴尬？我就是想跟她单独谈谈，小甄笑笑。你想跟她谈什么？小甄还笑笑，这是我和米拉之间的事。你不知道我女儿……小甄打断他，我晓得怎么谈——你才是呢，咸吃萝卜淡操心！她嗲起来，朝老米怀里一

105

靠。我女儿敏感得很,你想策反,她马上就会抵抗,以后反而再也没有机会建立正常外交了。去买你的东西吧!甄茵莉嗲得可以做老米第二个女儿。老米拿起网兜,拔上鞋跟,用手指头点点她,不要到时候说我没提醒你,米拉心里明镜一样,为了你,差点连我这个爸爸一块儿不要了。她不可能同情你小甄,为了她亲妈,不可能的,你说什么她也不会信。

等到米潇买了东西回来,大女人小女人对坐垂泪,甄茵莉的淡绿镂花手绢在米拉手里。米潇感到自己反而是个外人,冒闯了俩闺蜜的闺中谈话。米拉见到父亲,有些不好意思地一笑,站起身,走到脸盆架前面,埋下头,撩水洗脸。米潇盯着甄茵莉的眼睛,她眼圈粉红,也害羞一笑。老米瞪了女朋友一分钟,五官用着一股力,他的潜台词是,你简直是个巫婆,跟我女儿施了什么巫术,把我几年没谈通的话,一个小时就谈通了?在此之前,米拉见过甄茵莉几次。有次是剧场巧遇,米拉跟米潇看同一场话剧。米潇指着身边的美人介绍,这是小甄阿姨,米拉眼睛不朝她看,冷淡地对父亲说,专门到电视看过一次。另一次在筒子楼的楼梯上,大女人和小女人撞见,据甄茵莉控诉,米拉居然连招呼都没打。当时米拉上楼,小甄下楼,楼梯不宽,米拉扭过脸,侧过身,蹭着扶手过去,各走半边的态度明确。米潇离婚后,甄茵莉在米潇的社交圈子里公开露面,米潇开画展,记者采访,也跟"米夫人"访谈两句,就只有米拉挂着一张不战不降不谈的脸,米潇一提小甄阿姨云云,米拉就把这张脸挂起,苦死米潇了。两个女子都是他的至爱,少了谁他米潇都会死一半。

晚上气氛很好,米拉坐在米潇和甄茵莉之间,享受两边给她夹的菜。吴可悄悄问米潇,好像一夜间米拉就认了这个小妈哎。老米你怎么敲开米拉这块顽石的?米潇正在筒子楼走廊厨房烧汤,对他说,你问小甄去,今天她俩谈了一小时,中美建交。吴可说,那你跟"真阴险"通往幸福婚姻的路,就畅通无阻了?吴可背地把甄茵莉叫成"真阴险"。有一次米潇问他,小甄怎么阴险。吴可说,他是听说的,此女离婚多年,一直都是让介绍人向军队干部撒网,企图打捞级别高的军事光棍汉,军队工资高,什么都免费,保姆都免费,叫做勤务兵。据说还真的给她介绍了一位矮胖子团长,工资一月一百五,甄茵莉下来对介绍人说,可惜就是太像胡传魁了。那之后,小甄跟介绍人说,也不非要军队干部,地方干部工资在一百五之上的,都可以考虑。米潇那次有点生吴可的气,问他从哪里听到的是非。吴可说,光棍女的情况谁最清楚,你知道吗老米?光棍汉最清楚。介绍人忙来忙去,就这几条光棍候选人,我不也是光棍汉吗?

饭后李真巧帮着收拾厨具,甄茵莉跟在她身边赞扬:你这身裙子真好看!越看越高级!真巧跟她贫嘴:嫂子意思是,裙子里头这个人不好看?主要是人好看!小甄笑着搂住她。其实背后小甄死看不起真巧,说笑话:这女人,两腿夹着个银行!这晚上当小甄第三次夸裙子,真巧说,主要是原材料好汕,裙子里头的人呢,原材料就不咋样。李真巧开销自己时,一点不笑。米潇也承认料子上乘,宝蓝底色乔其纱，上面一丝丝的云纹，淡蓝粉红白色绿色黄色，像是让一阵风吹上去的。连衣裙高腰，后摆比前襟长，从后脖梗直接撒开，成一个披风样，走路扬帆。在这个筒子楼里绝对是穿错了的晚装，风帆扬到别家锅台上去了。真巧麻溜快地拖地板，把大舌头家的地段也拖得净光，一面与在擦案子的甄茵莉说，料子是限量的，你挑好设计，人家印色，出几身衣服的料，就把版毁了，所以市面上就那几身衣服，保证不得撞脸。几身呢？我一身，老崔姐姐一身，老崔太太做了一件上衣，一条宽腿裤。然后她扔下拖把，用手比划，上衣和裤子的彩条要拼对的，用的料子多，再说她是个胖子，光料子就花了好几万港币。说到老崔太太，真巧大方得很。甄茵莉意味深长地看了一眼米潇。米潇心里想，这个李真巧，不晓得她是真坦荡，还是真皮厚。

等大家进了房间，真巧问米潇，三哥哥，出啥子事了？米潇问，出啥子事了？此刻米拉正好出来，真巧拖她到身边，两个大眼又大一圈，在米拉脸上探照，小女娃子，你出啥子事了？米拉也问，我出啥子事了？认她小妈啦？米拉将她一推。米潇也说，什么说法？难听死了！这个小女子，真巧指着米拉，比拨乱反正还快！到底出啥事了？说！今天跟我谈了一个多小时。一个多小时就谈拢了？米拉笑笑，很认输的样子。你小甄阿姨都跟你谈了些什么呀？米潇问。米拉还是笑笑。还把你谈哭了。米拉低下头，错了似的。真巧转向米潇，那我能叫三嫂子喽？米潇嫌烦地嘘了一声，进屋了。真巧扬起嗓子，一声"三嫂子哎！"跟他进去。小甄脸红透了。真巧粗人那样笑起来。过一会，她不知到哪里把那身裙装换了下来，自己穿的是米拉的旧军服裙和洗白的战士黄衬衫，米拉留在父亲家帮忙干活时穿的。她将纱质裙装捧到甄茵莉面前：三嫂子笑纳。小甄跟躲火苗似的窜开，怎么说风就是雨的？！真巧说，你跟三哥哥好了这些年，我没得啥子贡献的，今天你们八年抗战，终于打赢了，我借花献佛讪！小甄吓得躲到吴可身后。吴可说，收了收了，真巧是诚心的。真巧说，难得我有件东西，三嫂子眼皮夹得进，我十二分诚心的哦。那我怎么过意得去？甄茵莉伸手接下，手微微抖，怕如云似梦的一捧轻纱化在手里。真巧说，我这种游手好闲的人，穿好衣服是活浪费，二天三嫂子穿到电视上去，我也光荣讪。老崔会不会不高兴？他敢！狗日那么多钱，买这么好的东西，给他那个胖婆娘，不是暴殄天物是啥子？三嫂子穿起，就是老崔对中国电视事业做贡献，他也配做贡献？那是给他脸！吴可说，巧巧，你过来。真巧似乎没听见。小甄推她，小吴叫你。真巧左右前后看一圈，他叫巧巧，巧巧是哪个？大家都笑。吴可把私下里叫她的名字，公开来叫。米拉看看吴可，发现吴可闪电地和自己对视一下。真巧斜着眼睛觑吴可，酒窝很深：你叫哪个哦？吴可说，我看巧巧穿这一身最好看。大家都去看真巧的"这一身"。米拉比巧巧高，被剪短的深蓝军服裙在米拉身上是军用超短裙，在真巧腿上，裙摆恰好垂抵膝盖，战士衬衫给真巧圆鼓鼓的胸撑得满满，显得腰细欲断。米拉抱着两条胳膊说，解放军里要有这么个妖人，自毁长城哦。米潇搂一下女儿肩膀，这个小丫头，难得开口，开口就是好玩的话。吴可娘娘腔地来一句,以为巧巧靠衣装,错了吧?朴素的巧巧更漂亮!米拉看一眼吴可,被恶心着了的"看"。

人散了后,老米骑车子送米拉回招待所。米拉,小甄阿姨跟你谈什么了?米拉不说话。米拉的不说话最厉害,小说、散文,都从她的不说话里出来。她还会做布娃娃,不说话几个时辰,一个逗死人的布娃娃就产生了。米潇又说,去年那次庆祝酒会,让你妈哭了好几天。米拉又是不说话。你妈是个好女人,我不该那样的,离婚就离婚,其实是两败俱伤的事,搞哪门子庆祝酒会。送到招待所大门口,父亲从口袋掏出一个信封,信封鼓一个包:我用稿费买了两条金项链,一条给小甄,一条给你妈。米拉说,你以后对小甄阿姨好一点吧,不要事后才想起,干了不该干的事。老米又问,你俩到底都谈了什么?米拉说,爸爸再见,向招待所大门内跑去。

吴可无不可

吴可感到自己放不下李真巧了。不是他这个人放不下她，而是他的肌肤；原来人的肌肤也会饿，也害馋痨，真巧的肌肤近了，他自己的肌肤伸出无数条无形的舌头一般，已经舔了上去。那味道，也像唇齿留香，留在他皮上，皮下，肌肉里，筋络里，骨髓里。一个惊人光滑的她，微凉的表层，就像初秋夜晚本身。从米潇家离开后，她坐在他摩托车后座上，两个手掌搁在他腰部靠下的部位，直截了当地问，去你那，还是去我那？在她的手掌摸上来之前，他还清醒，认为他不能跟她混账下去。偷一个香港老头的外包，太不堪了。他吴可又不是没人爱。去年北京的话剧院排他的新戏，女主角AB两人都到他房间里探访，说是探讨人物内心设计，其实要探讨什么，双方都明白。他的作品名声在外，风流名声也在外，目前打光棍，门一关，偷尝一口甜头，大家什么都少不了。文革十年，终于解放，真是大解放，女人们疯狂地献身于他们这样有名的半老男人。吴可要是撒开来，漂亮女人是供大于求的。不过他在一刹那间失去了胃口，也不知怎么了，探讨完了就把她们送出门。他不知道自己是伪善还是怕麻烦。突破一个女人，就是打开了一千个麻烦。唯有这个李真巧一点麻烦也没有，从来不谈长远的事，从来都是今天做今天了（Liao）。因此直到遇见这个李真巧，他跟女人都是胡调情，不启动最后一个实质项目。认识真巧后，他还跟自己说，她已经给人那么残酷地伤过，不能添上我的伤了。但他的皮囊不管啊，还有半尺间距就不行了，触角就伸出去。她是尤物，没错，她那么真诚地享受他的肉体，有时让吴可心里冒出一个极俗的闪念：怎么是她在占有我？这不亏了？！时间久了，真巧让男人戒不掉她的肉体了。肉体无罪，相反，肉体最最天真。可他有罪。吴可觉得，在他为两个人的肉体设想出归宿时，就把一切交给肉体自己去办，是罪过的。他知道这很傻，不过对此他没办法。他不会爱上她，这是他不可能为两具肉体想出归宿的根本原因。当年爱上葛丽亚，是为她那种精灵般的存在。精灵的属性，似乎仅存在于十几岁的少女，少女长大，就成了葛丽亚。倘若他再娶，他的妻子必须是最灵性的，即使去贪恋她的肉体，也会是因为那是她"灵"的寄放处，因此那肉体的唯一性和不可复制性，就像世界上只有一幅真迹蒙娜丽莎。吴可把摩托往她家方向骑，后座上的女人两手把着他的腰，实际是在骑他，因为那两只手其实在把着舵盘。马路上没有人了，他像匹老马，被她骑着，用欲望的鞭子抽着。她在说什么？在说米拉。米拉给灌了迷魂汤了，简直变了个人，那个女人，太厉害了，让小米拉一个小时倒戈。米拉的模样在吴可脑子里一闪。那个胖乎乎的米拉，不管谁唤她，她都一怔，似乎刚才在梦里。吴可讨厌胖女人，但他喜欢米拉。米拉是所有概念之外的一个姑娘。胖瘦的概念，好看不好看的概念，用来形容或评价米拉，都文不对题；米拉是独立于那些概念之外的存在。现在开化、解放、自由，社会复仇一样在疯狂地讲着这些概念，以身试法地实施这些概念，米拉跟这些都不搭界。米拉是个小小的孤岛，谁也别想泅渡过去。在他无救地被真巧驾驭，被他肉体的爱欲驾驭，唯一可逆转的这一切就是路前方突然出现个米拉。假如米拉一股清流一般拦截在前方，吴可会蓦然酒醒，一阵清凉。

秋风比一周前硬了些，街上最后的乘凉人都消失了。夏天的夜晚是个巨大的晚会，人们的竹床、躺椅相互摩肩接踵。烟酒老荫茶不分家，暗地里，别家女人也成了自家，不成体统的汗衫短裤，非君子们嗅到了私密的肉体气味，干柴挨着烈火，不安分一秒间就会爆炸，不知暗地里无声爆炸了多少枚"不安分"，不尽兴也莫法，现在都要收心归家，窝囊日子还要过下去。摩托在小街上开过，不必减速，因此响得惊心动魄。陋巷尽头，别有洞天地缩着两扇黑漆铁门，这就到了李真巧家。不，老崔给真巧这只金丝雀编织的笼子。

停下车，吴可腰上的两只手掌离去，他叫了声，巧巧。崔老板叫她真真，吴可叫她巧巧，都是私藏的一份宝。正在找钥匙的真巧"嗯"了一声。我还是回家睡吧，明天早上我儿子要来。真巧说，一会儿再回去嘛。吴可心想，那个"一会儿"就是他要躲的。那个"一会儿"发生了，睡哪儿都是睡。真巧走到哪里都挎着个大包，常常是精美绝伦的草编，是老崔从广交会给她买的。老崔第一次送真巧法国货皮包，叫"香奈儿"，真巧要他退货去，她包里什么都装，那种姨太太小包她受用不了。假如把她包里的货物装进去，那要买一个小皮箱大的"香奈儿"，那又如何背得动？这是她爱蒲草编织包的原因。她的大包是个杂货店，从卫生巾到风油精，从米拉可能会需要的头发卡子到米潇可能会需要的日本胃药。因此要在这个包里找到钥匙，手必须穿过整个杂乱无章的微型杂货店。她翻杂货的手势越来越急，想让那个"一会儿"快点发生？吴可锁了车，来到她身边，理屈地说，我不能住在这儿，安眠药没带。真巧说，你上次丢了半包在这里，没得人动过。她眼睛在半明暗中是两个深潭，只微浪一下，吴可便静了。然后就只剩她的戒指和玉镯跟草包里各种杂货相碰撞相摩擦的声音。他轻搂她肩膀，米拉的战士衬衣够旧，棉布质地给洗毛了，触在手心温暖实诚。他的下一个动作，吴可自己都吓一跳：他俯下脸，在真巧毛茸茸的鬓角轻吻了一下。在他俯下脸的时候，丝毫没有准备：这个属于他年轻时代的吻，会被嘴唇叩印出来。二十多年前，他把同样重拿轻放的吻，印在葛丽亚的腮上。他这样吻葛丽亚，吻了几年，直到她变得重、浊，变成一个实实在在的老婆。这么说，自己是爱这个女人的？或者，自己是能够爱上这个女人的。真巧打开了大门，侧身让他先进，她走在他后面。他像个战俘一样垂着头，穿过院子，来到房子门前。他被自己战败。你是个什么操蛋东西，以为她不给你麻烦，事情就不会麻烦，结果麻烦是你自己生出来的！原来他给出去的不仅仅是肉体；给了真巧的，远比肉体多，可他就偏偏对那多给出去的部分瞎着，聋着！人家掩耳盗铃，而在他和真巧关系里，他是掩耳铃被盗。铃早已被这女人盗去，他一直恪守的，虚无一物。

真巧进了厨房，他站在客厅，六神无主。现在逃是不逃？逃来得及不？逃了女人会被得罪，不逃麻烦会越来越大。原来他自己是个麻烦精。真巧不知在厨房里鼓捣什么，还不快出来斩断他逃生之路？四十岁，吴可跟自己发生了怎样的误会？以为麻烦都是女人给他的，他常常在看到麻烦冒出胚芽时逃走。

真巧在厨房叫，来嘛，帮我端一下嘛。吴可赶紧往厨房去，自己都看得见自己屁颠颠的背影。真巧端着个托盘，上面搁了两个汤盅，两把瓷勺子。他赶紧接过托盘，自己都看得见自己的巴结样儿。托盘被放在客厅茶几上，真巧跟过来，一边说：炖的花胶，五点就炖起了。丁点儿大的火炖的，这会儿正到火候。尝下嘛。她递了一盅给吴可，自己端起一盅，仿佛用完了最后的气力，歪在沙发里，跟炖到了火候一样软糯。沙发是搜集古董的老崔不知从那个抄家仓库里搜集来的，金丝绒面，老旧但贵气，幽暗的绿，陆地上的一蓬藻类。她身陷其中，像是她为它而生，它为她而成形。这个遭苦难之火炙烤烹炖的女人，火候一分不多，一分不少，最可贵的是她明白昭示自己的火候：再不享用，就过了。苦难让她不装纯，她的不洁，正是她的什锦美味之一。

汤羹真是太美味了，吴可一小口一小口地抿进。老崔六十岁，长着二三十岁的皮肤，而又失去了一些年轻皮肤的实质感，于是形成那种近乎透明、近乎流质的面皮，跟盅内半融的胶质类似。真巧跟吴可和其他客人说，老崔从小到老，一天都没有离开过这样的汤羹。他创业者的父亲赚足了崔家姐弟俩的一生荣华，赚足了崔家姐弟下一代，下下一代，代代荣华，只要老崔不胡闹投资，不包养太多个李真巧,这样鲜美的膏怡崔家祖祖辈辈是可以吃它个万代不变的。她不止一次愤愤地说,那么个无用之人,要用这么好的东西去补,凭啥子?!老崔一件棉布衬衫花几千港币,攥起来只一小把,能搁到火柴盒里,说是要把棉花纺成丝一样细的纱,织成的布也就薄如绡绢。真巧认为,好东西要给有志之士,有用之才去吃,去穿,老天爷勾子(屁股)才坐正了讪。吴可说,没用的,老天爷勾子一贯都是坐偏的,歪起坐的。真巧说,那我来帮他搬勾子,搬正它。吴可说,没用的,就算你搬正了他勾子,他心是偏的,要不,屈原就不会投江了,李广就不会自刎了,帮李广嫡孙李陵向汉武帝求情的司马迁,就不会受腐刑,岳飞就不会给赵构秦桧害死。真巧笑道,老天爷的勾子,我搬一次是一次,搬得动的,一定要搬,你等到嘛。送吴可好东西,好表,好钢笔,好皮带,都是她实现"搬勾子"使命,从老崔那里榨取的钱,转化为吴可、米潇、米拉的拥有。真巧蹬掉拖鞋,在海绵和弹簧的沼泽里蠕动一番,往不可自拔的深度又陷进一点。吴可心里可怜自己,四十岁的人,给二十九岁的真巧做了小白脸。一个堂堂正正的著名剧作家,做了老崔外妾的小白脸。吴可的矛盾和自相矛盾是出于看透,没活透,因此做不绝,真巧坦荡、舒畅,在于她都透了。

两人一直在谈。谈得散漫,酒意还在。吴可半心半意陪她聊,一半心思还在琢磨她和他这两个人类成员,以后究竟怎样处。假如真巧从老崔这里闹独立,飞出金丝笼,他能娶她吗?心里一点答案都没有。多半是不会娶她的。那么就从目前的临时即兴狗男女变成长期固定狗男女,而已。而已?是,而已。忽然听她在讲梁多。梁多跟美院那帮小伙子,买了最便宜的车票,转车好几趟,才到达北京。因为只有梁多趁钱,身上装了几百块,还是真巧捐助的。那其他五个人,小韩装了十斤锅盔,两斤榨菜,几包灯影牛肉,曹志杰装着八块多钱硬币,还是仰面躺在床上两小时,用根头发卡子,从他十二岁的妹娃儿存钱瓦罐里抠出来的。吴可问,小韩是哪个?梁多的学生讪,个子跟我差不多,头上顶个大鸟窝,就是那个男娃子。哦,知道了,吴可笑起来。不过他坐在大台灯底下,灯下黑,真巧没看见他笑得多坏。鸡纵菌,雅号是他跟米拉为小韩私人订制的,他不想告诉别人,包括李真巧。吴可说,巧巧,梁多喜欢你吧?真巧笑笑。笑是什么意思?笑还有点悲惨呢。意思是,不都跟你吴可一样吗?看我肥肥的一只锦鸡,在身边绕,不打来吃了白做男人。多绚烂的羽毛,打来吃肉是不足惜的。所有男人,包括老米潇,包括你吴可,到末了不都是图那一口肉?哪天老崔肉吃腻了,或者又好上另一口肉了,也就再不来此地了。巧巧让梁多得手没有?吴可问得嬉皮笑脸,心是提紧的。该死的,她又那么一笑。你给他得手了,这句话不带问号,是吴可的结论。放你的狗屁,真巧说。吴可成名早,给人当偶像二十年,几乎没人对他这么说话。刚到劳教农场那两年,看守的年轻民兵对他跟其他劳教犯态度差不多,到了第二年,就常常有人把他单独带到某处"工作",带到一个众人看不见的树林或者麦秸垛后,对他说,老吴你就在这歇着,帮我写一篇批判稿(或者,写一篇学习心得,或者,一篇国庆贺诗,或者,一首情诗,一封情书,或者……)。这样的年轻监督员越来越多,吴可帮他们写的文章只要调换一下段落,更替几个名词,旧物回收,毫不费力地挣得一下午的打盹。再后来,写稿子这种"工作"也不分派给他了,就是让他多歇,到了最后两年,干脆把对吴可的特殊待遇公开化,固定化,让他去住果园里那间草棚,帮着看果园的人照看果子,(半年是没有果子可照看的)他爱什么时候歇,就什么时候歇,除了在农场外没有自由,农场内什么自由都有,包括接待女崇拜者的自由。那些年轻民兵从没对吴可用过真巧刚才的语言。对那些民兵,吴可是敌人,但是个高等级敌人,要对这个等级的敌人说凶话狠话,也是自己阵营中同样高等级的人来说。于是,真巧那句"放你的狗屁",就新鲜感十足,美味里加了点辣。吴可啊,你怎么这么贱?居然听得周身麻酥酥,似乎跟她下贱到了同一个层次,形骸更放浪了一点,情话多了一种更达意的语言。还有她说此话时显得那么自然,不打情骂俏,也不斗狠逞凶,一开口,就出来了,跟平常语言一样,没有被加以歧视,甚至没被加以区别。他嬉着脸,让她"再说一遍",说啥子?!她从沙发深处,米拉的蓝军裙下出腿,在他腿上轻轻一踢。五个脚趾上的鲜红蔻丹,幽暗中的五滴血,在他腿肚子上划过五道湿热。

不行了,他整个被燎着了,站起身,也扑进那个沙发。可怜老沙发受不住他这份额外体重,咕吱吱叫,筋骨疼了。吴可耳语,老实交代,让梁多喜欢了几次?她脸转向一边去,再放屁我要撵人了啊。她仍然平素口气,嘴唇熟果子一样。吴可从来不知道自己会喜欢这种偏厚的嘴唇，看来他对女人的见识还短。你坐好，她说，我有话跟你说。吴可问，这会儿说话？你坐回去。他见她扣上米拉的士兵衬衫胸前刚被他扯开的纽扣。他笑着问，干嘛呀？她的表情把他接着亲热的前途断了。他坐回原先的位置，有一点窘。等了几秒钟，等她开始"有话跟你说"，却把一根根发卡卡好，表情是，你急你的。然后他却等来了一句："锅头还有花胶哦，再吃一盅嘛。"他说他吃不下。那么粘腻的膏脂，他确实吃不下了。那你就回去吧。什么？！早点回，早点睡，你儿子明天上午不是要来吗？他懵懂地看着她。她站起来，拿起她的蛋壳一样薄的空盅子，毫不怜惜地往他的空盅子里一墩，再拖来漆器托盘，似乎累了一天，这会刚觉出来。

他拉住她一条胳膊。怎么回事？！他心里羞愤，撩着了她不管了？！她回头一笑，酒窝深了：那帮我洗了碗再走。

他不放她，她一扭，鳗鱼似地滑出去。他跟她到了厨房，看她把两个汤盅放在水池里，打开龙头，手用劲大了，龙头喷出的水，溅的水花让她往后猛退一步，他顺势从后面搂住她。她又滑出去，今晚属鳗鱼了。她转过脸说，咋舍得让你洗碗，还是快走吧。巧巧你干嘛？她学他的北方话，没干嘛呀！她转过身，双手背在身后，扶着白瓷水池边沿，微微歪头，似乎说，你干的"嘛"你自己不记得？快走啊。吴可知道她在给他用刑，折磨他，羞辱他。她知道他明白那没吐出口的话：怎么样？我晓得你被我撩着了，火势压不住，不过我只能对不起。电话铃在客厅里响了。真巧推了他一下，

119

小跑着去接听。吴可站在厨房蓝底白花的瓷砖地上，竖着耳朵。客厅传来低低的笑声。他向厨房门外移步，步子是脚跟、脚尖、再脚跟，窃听者的步子。一定是梁多。客厅的玻璃门居然被掩上了！他发现自己的额角触在玻璃上，经典的听壁脚身姿。现在真巧在一层玻璃、一层白色纱绸的那边，实践着不幸被他"放狗屁"言中的事物。他推开玻璃门，真巧背对着他，一只脚从拖鞋里拿出，搁在另一只脚的脚背上。她所有动作都是真巧式样，都写着色欲。那边的人在讲什么好玩的事，引出她一串母鸡般的咕咕咕笑声。这倒是他退场的好时机。彻底退场。他走到刚才坐的长沙发前，拿起茶几上的摩托车钥匙，动作粗重，真巧回过头，眉头轻蹙，竖着的食指跟撅起的嘴唇打了个十字叉。那嘴唇，更是弹指欲破的熟浆果。她意思是要他静默，别让他的响动顺着电话线爬进遥远的耳朵眼，因为他吴可是被偷养的汉。那只遥远的耳朵不可能属于梁多，只可能属于崔老板。她并非像自己显摆的那样，对老崔无所畏惧，还是在争取做一只好金丝鸟。转而他又想，你鄙夷什么？就算她飞出金丝笼，你的木头笼也未必合适装她。不过他心情好起来。不是梁多，他感到事情摆平了；人家崔先生在先嘛，凡事先来后到，这点江湖法则还是要讲的。真巧开口了，慢悠悠的，讲了几句广东话。聪明女人，跟老崔过了一年多，广东话讲得七七八八。

吴可来到街上，小街上只有一个门户还有动静：那个公共厕所。公共厕所里有人在练歌，男高音，夜半歌声。他骑摩托车开过去，微带臭味的歌声很快远了。他想李真巧此刻大概结束电话了，独上牙床。他在头盔下的脸异动一下，也许脸发出了一个狞笑。这个女人，嘴上不拿老崔当根葱，一通长途电话打来，不就把她屁颠屁颠地召唤了去？居然对他吴可横了一下眉毛，竖了一下食指，要他禁声。怕什么？！还不是怕从金丝笼里被撵出去？以为她看透活透，远不如他一个多小时前认为的透彻。这么一想，吴可心里真摆平了。这一年来，最开始是他招惹的她，后来她劲头上来了，每天约晚饭，一身解数都使出来，做极品菜式，做床上柔术，她是慢慢长进了他的肉体，渐渐的，五脏六腑都是她。他想，这一夜，好极了，她自己开始摘除，把她伸进他脏腑的根根须须往外摘，疼是疼的，不过也是好事情。绝好的事！劳教农场把他放出来，不是为了让她生擒的，是释放他给他的大业。回味在他口中和体内的，是她的美食，美丽酮体，美是绝美，不过天降大任于斯，真巧只能给吴可的大任绊脚，正愁怎么逾越绕道，她自己挪开了。绝好的事。

吴可骑着摩托过了母亲现在居住的巷子。他的大弟弟在贵州插队时，娶了贵州姑娘，从此做了贵州人。小弟弟和妹妹现在还住在母亲家，图免费房住，免费三餐，免费保姆使唤。他想到父亲在世时，那座小楼里的气氛多么冷峻可怕。吴可这名字是父亲取的。父亲和母亲从北方征战到西南，随大军征服了这座享乐无罪志在无为的城市，把吴可从寄养的北方农村接来。那是一九五零年，吴可十岁。担任省政府大干部的父亲，给予已经长成陌生人的儿子一个学名，吴可，有也可，无也可，可有可无的儿子，无可无不可的战火中偷欢偶得。正如绝大部分高层干部一样，父亲参加革命其实是为了逃婚，把一个将守一辈子活寡的新娘留在身后。父亲在战争中娶了当年十七岁的母亲，母亲在十七岁时一定不是后来的八分男相的女人。父亲在六四年去世后，母亲就彻底雌雄同体，一半是严父，一半是女校长，他的三个比他年少许多的弟弟、妹妹，由于成长期间严重缺爱而长成了准木头人。与他们相比，吴可认为他的感情营养比较全面：收养他的农家，那股余温一直留在他身上。他一闭眼，就能感受那个长他三岁的女孩把他拢在被窝里的感觉，棉被的边在他胸口交叉，像件棉袈裟。冬天的每个早晨，女孩就这样给他保暖，一面叫他，我的小罗汉哎。他们把那一口河北口音永远留在他的舌尖上，笔尖上。他想到母亲最像母亲的时候，是她醉酒的时候。她会说几句跟父亲初识时的细节，比方，你爸的军裤比里面的棉裤短，露一大截黑棉裤。她最体现母爱的话，是讲到她去接吴可那一天的情景：她和四个警卫员翻过一座开满槐花的山……前一年收成好，所以槐花没人打。去接你的时候，两个警卫员骑马先进村，把消息告诉那家老乡，一大家老乡带你到村口，你屁股一个劲往后坐，哭的跟吹唢呐似的，我眼泪一下子就下来了。我哭得呀，马鞍都坐不住啊。这时的母亲，眼睛又会潮一潮。九岁之前，他不叫吴可，叫疙瘩，意思是八路长官留下的宝贝疙瘩。母亲是否醉酒，他的判断标准，就是她何时开始絮叨这段旧事。一旦她说起，哎呀，那一路都是槐花，白白的，可香！他便把酒瓶悄悄拿走，母亲醉了。不醉，她羞于承认她也有赏花的弱点，也有见到久别的儿子痛哭的没出息时刻。

米拉扯皮条

冬至那天，米拉在杂志社走廊上，碰到吴可。走廊阴暗潮湿，吴可瑟缩地站在那儿，像跟家长走丢了。米拉迎上去，发现小吴叔叔瘦了不少，原先一个头上白了三分一的头发，把那俊朗的板寸头定色成铁灰，而现在是一种邋遢的灰，某种鼠类皮毛似的。小吴叔叔，你屈就来投稿呀？米拉上来就拉起他戴了羊皮手套的手。见到他，她感觉自己的喜悦照亮了一条阴暗走廊。我来看看咱闺女，吴可说。那，到我屋里坐吧。米拉直接牵着羊皮手套里的大手往走廊一头拽。进了米拉的屋，吴可一见拥挤不堪的六张书桌，六把椅子上都坐着埋头读写的人，掉头就出去，手还在米拉手里。米拉转身，也觉得这个屋实在拿不出手请小吴叔叔坐，便随吴可到了走廊里。现在，我知道小米拉怎么上班了。米拉傻笑。小吴叔叔来看她上班，太让她喜出望外。丫头瘦了。米拉又笑。请你出去吃饭吧？吴可说。米拉说，还在上班呢。什么时候下班？五点。那好，下班别走，我来接你。米拉犹豫地说，不吃饭好吗？我减肥三个月了，小姑家，我爸家，我都不敢去，怕他们给我弄好吃的，我管不住嘴。吴可说，不吃饭你吃什么？米拉说，黄瓜、番茄、盐水煮四季豆、瓢儿白。吴可说，胡闹，这么减肥要死人的！米拉笑，说，死半天还这么一大块！

傍晚六点半，成都开始见夜色。同事都走光了，吴可在楼下喊米拉。米拉大声应着：来啦！一面背起包就跑出去。（第二天被编辑组长骂了，门都没锁！）米拉看到两腿跨在摩托车上的吴可，上身一件黑色皮夹克，膝盖两个黑皮护膝，头脸给头盔围巾遮盖大半，刚抢了银行一样，匪气十足，但比白天年轻多了。吴可指着后座上的一件棉袄，让米拉穿上，车开快了会冷。米拉穿上棉袄，立刻给小吴叔叔的体嗅环抱。然后她一骗腿坐上了后座，摩托原地一蹦，冲出去。冷不冷？吴可大声问。米拉穿着布鞋，大声回答，脚有点冷！那就忍着吧，吴可说，本来想给你带双靴子来，不过小吴叔叔鞋太大，靴子给你穿，米拉成米老鼠了。

到了餐馆门口，米拉跳下车，看吴可把车推进自行车群落里，不耐烦地等着看车老头给他开票。

进了餐馆，烟气辣眼睛，吴可伸手指了一下窗子边上的餐桌，两人走过去。桌上桌下扔满骨头，米拉想，下一桌食客应该是狗。一个年轻服务员小跑过来，叫他们到另一张刚打整干净的小桌去，吴可用卷舌的四川话说，就坐这儿，你赶紧打整！服务员一看这位客人是土匪下山，从腰后抽出一个竹刷子，把骨头全部扫到地上。吴可对米拉解释，这儿当然不如锦江宾馆卫生，不过菜地道。一眨眼功夫，地面上的骨头也给扫走。吴可摘下头盔，围巾，撕开皮夹克的拉链，褪下皮护膝，喘一口粗气。喘出的那口气闻着也是父辈的，挂着几十年烟油的老肺里出来的味道。他重重地往板凳上一坐，问：最近怎么样，丫头？米拉笑笑，坐在他对面。问这句话是意思意思的关怀，不用回答的。吴可看看她，也笑笑，手掌上来，拍拍她脸蛋，丫头减肥，大见成效。这是明摆着的，米拉也不用接茬。这样就像我头一次看你跳舞的样子了。米潇住在招待所的时候，米拉暗地建立了一种父母间的政治，平衡对等，不偏不倚，一个周末陪父亲住，另一个周末必定住母亲家。吴可周末去招待所老米家串门，有时会见到米拉。米拉那时还暗存跳主角的野心，不分场合地练软度，把自己的脚翘在门框上，两腿撕成一字，手里拿个笔记本画画写写。有那么两次，米潇房里聚一堆朋友，聊爽了，喝爽了，吴可吼喊，我们欢迎米拉跳个舞。米拉不推辞，不扭捏，但也不热情，走到屋子中间就开始自哼自跳。跳完，观众鼓掌喝彩，她也不得意，不羞涩，没什么表情地退下去。吴可有次悄悄对米拉说，我闺女就是与众不同。米拉从来不懂她不同的是什么。点完菜，米拉一杯热茶喝完了，身上暖起来。你最近在忙什么？上班，下班，晚上写点东西，克制饥饿感。减了多少斤？十五斤。吴可做了个吃惊的怪样，说，看上去不像掉了十五斤肉啊！米拉说，你什么意思？指控我瞒体重？吴可笑了：不是指控，我看你脸蛋还圆呼呼的。叔叔辈儿的手又要上来，米拉头一让。小跑堂回来了，吴可一口气默诵出五个菜：拌莴笋、盐煎肉、幺娘鸡、炝腰花、连锅汤。然后他点上烟锅，叹出头一口喷香的烟，说：我剧本开了个不错的头，就是写不下去。为什么？吴可眼皮子一直眨，漫不经心，又心烦意乱。他说：我也不知道，从来没发生过的情况。吐纳了几口烟，烟味开始变臭，但烟把身体捋舒坦了，表情和关节较着的劲，也消失了。他看着米拉笑笑，难以启齿的笑。米拉不说话，看着他。很多人在被米拉这样不说话的平视下,话越来越多。父亲米潇就这样,不经米拉看。米拉坐在父亲对面,平视父亲正因为苍老而生动和深刻的脸,父亲必定会对她打开话匣:他谈自己的绝望,对写作的绝望——无论想法如何图新,出手总是陈旧;稍微有一点突破,又被思维更陈旧的编辑、主编们强迫改掉。对王国宏这样的主编,他真是绝望啊,一面可以拿约瑟夫.康拉德、詹姆斯.乔伊斯、卡夫卡给你做榜样,一面对你作品里的任何探索都砍杀。老米也会跟米拉谈他的女人,谈他对甄茵莉的迷恋、欣赏,也谈他对她的厌烦、幻灭。父亲对他的女人极容易发生幻灭,但幻灭感一闪即逝,女人一出场,他又晕爱了。这点米拉特清楚,因此从不当真。随着离婚时间的推移,父亲反而对孙霖露越来越欣赏。这种欣赏也是不能当真的,一旦甄茵莉把他退货给孙霖露,他肯定又要"跑反"。十六岁那年陪母亲到重庆跟父亲团圆,米潇的"跑反"给米拉落下创伤性记忆,心想将来哪个男人也跑她米拉的反,她必定自杀或他杀。对米潇的幻灭,米拉只是当歌听。就像母亲说没了米潇,活着一点也没意思,不是想等到女儿嫁个好人,把女儿放心交托出去,她早就投锦江了。米拉听着就皱眉撇嘴,表情是"又来了,又来了"。米拉有时为自己的发现错愕:怎么她老是见证上辈人的哭闹,笑闹,自我折磨?她好像老是被他们拉来评理,拉来仲裁。这些长辈的一生都被打乱过,天地颠倒的乱,乱了一二十年,终于找回秩序,他们似乎都发现,他们的一部分人格或天性,已丢失在乱中,再也找不回来了。他们离开城市和生活原来的轨迹,多年后回来，再也接不到断面上，对茬的地方磨损了，移位了，一些整块的段落碎裂成粉末，随风逝去。

她不问吴可，今天找她来为了什么事。一定出了什么事。他那么凄惶地出现在杂志社走廊里，她就知道有事。她闷头吃菜。减肥是苦行，吃了三个月西红柿、黄瓜、清水煮豆角，现在对着一桌好菜，咀嚼都有点笨拙，似乎胃里长出闸来，每一口下咽的食物通过，都要用力顶开那两面闸，刚通过，它们就立刻合拢。吴可抽到第四锅烟，开口了。他问米拉是否常见李真巧。米拉说她有一个多月没见了。吴可说，他自己有三个月没见她。米拉说不会吧。她轻蔑地笑笑，你俩熬得住？是那笑的潜台词。吴可是米拉的姑父候选人之一，对此他和她都用不着装。十月份老崔到上海，李真巧去上海住了一个月，回来给米拉带了一条羊毛裙，给米潇带了两桶进口咖啡。那次小姑问米拉，你看出我哪儿变了？米拉没看出来。她咧丌嘴，脸从左慢慢向右转，在米拉脸前面放映她的一口白牙：老崔让我把牙齿给整了下容。米拉说，有点吓人。她说，过一阵就自然了，抽烟喝茶的人。她自己摸出粉盒，边照边说：狗日老崔说我周身都好，就是牙长得贱。

米拉咽下一大口盐煎肉，问吴可，有没有见到小姑的新牙？吴可问什么新牙？米拉笑笑，不吱声，证实了他和真巧小姑确实阔别三月。吴可无心打听，又说，那次在你爸家吃晚饭，就是吃大蒜爆鲶鱼那次，我送她回家，崔老板来了电话，我就没打招呼走了。第二天她打来电话，我没接。后来几天，她打电话我都没接。米拉问他为什么不接。他用手指抓抓板刷头毛刺,说他当时想,就那么断掉算了,挺好。米拉想知道为什么断了挺好。吴可说,跟她,又不能结婚,偷老崔几口嘴,人不人鬼不鬼的,小吴叔叔是大丈夫对不对,米拉?做不得那样的事。米拉认为好办,炒掉老崔,真巧小姑一家伙搬进吴宅,把小吴叔叔一家伙提拔成米拉的姑父。吴可愣怔,好像没在听。他问,现在你小姑怎样?好得很,米拉说。吴可出来一张失望长脸。米拉赶紧在心里核实,真巧小姑是好得很吗?答案是,的确好得很。吴可哼了一声,嫉恨真巧的"好得很",他明显不好,她敢"好得很"。

  米拉想,看这十年乱的,这帮中年人恋爱期错乱,海棠二度花。她说,我的小姑父,也不该是个资本家小老头嘛!她拍拍吴可的皮夹克肩膀,起码应该跟我家老米有共同话题才对。她拍吴可的肩其实心里沉了沉,吴可瘦了不止十多斤。还是小吴叔叔比较像米拉的姑夫。吴可让米拉的玩笑掠过去,又说,后来我受不了了,背弃了自己跟自己做的承诺,又去她那里找她,她门都不开。也可能不在家吧。米拉揭露,在家。吴可说,那就是老崔来了。米拉接着戳穿,没有,他现在从香港过来,就把真巧叫到上海去,他在上海买了个快塌了的老洋房。现在吴可只能面对一个残忍事实,真巧安了心给他吃闭门羹。沉默一阵,吴可说,我写不下去了。可是话剧院在催稿子,《戏剧》杂志也等着。米拉说,你要我找她?吴可飞快看米拉一眼,目光又落在桌子上,不好意思了。小吴叔叔只能求你,求别人人家笑话。米拉没说话。这么大的人了,自己跟自己过不去，一段爱情或情爱，要就好好要，断就干脆断，偏不，就这样沤，把正常日子都给沤坏了。丫头答应了？米拉当然答应，心里觉得潇洒伟岸的吴可，实在不真实，写不下去就写不下去，非要归咎到女人身上。事情似乎落实了一半，吴可眉头松开。他在抽饭后一锅烟的时候，问起阿富汗人后来怎样。回北京啦。米拉说。轧马路轧了几次？三次。还带他去了一趟青城山。光爬山？……嗯。还干什么了？练英文。吴可慢慢点头。米拉能看到他脑子里升起一行字幕：你指望我相信？然后话头拐到大蒜爆鱼块那晚，吴可想知道，甄茵莉到底跟米拉谈了什么。谈她自己的前半生。她前半生咋了？比较惨。咋个惨？你问她自己。老米晓得不？我不晓得老米晓得不。一个小时，前半生就谈完了？关键段落也就十分钟。老米都不晓得的前半生？不晓得老米晓不晓得。你打算跟你爸说吗？米拉摇摇头。她的前半生事关你爸下半生的幸福哎！我爸要的就是现在这个小甄阿姨，现在的小甄阿姨是她前半生的苦难不幸沉淀下来的总效果。我爸得到的，就是这个沉淀和淤积塑造的小甄阿姨，讨他喜欢的部分，从沉淀里来的，不讨他喜欢的，也从沉淀里来的，他不能要这一部分，不要那部分。吴可看她半天，说：厉害啊，丫头。怪不得你爸你妈都爱跟你谈心。

　　餐后米拉借用了餐馆的电话，打到李真巧家。真巧妹妹李芳元接的。（李芳元现在给真巧做清洁工，厨房杂役，当门房，一月得两百元薪水，金项链金戒指都买上了）一听是米拉，马上说自己是小小姑，她小姑在家打麻将，要打到明天早上了。

吴可挎上摩托又回过头,你小姑真没跟你提我俩生分的事?米拉摇头。

米拉了解真巧,经事儿太多,心里很能装事儿,反而一天到晚是个没事儿人。有关她和吴可的裂隙,她一字没跟米拉吐露,每次做了好吃的,欢欢喜喜打电话叫米拉。米拉都推说手头在写东西,不想打断。其实她不愿小姑的美食勾销她的减肥成果。每次电话里都能听出她过得心满意足。三个月前,梁多从北京看画展刚回来,米拉被她紧急叫过去。你务必来一下。到了真巧家,见到梁多、小韩、志杰,形同三个叫花子,坐在客厅冰冷的花砖地板上,因为真巧连地毯都不让他们上。梁多的披头士长发打绺,从头发绺的间隙里看米拉,很反文明的样子。真巧给的五百元他头一个星期就花光了,买了几本画册,买美术馆门票。一行三人开始在美院教室里打通铺,直到把美院熟人的好客热情完全耗尽,又去睡西直门车站。真巧叫他们每个人脱下外衣,只穿衬裤汗衫。三个人哼唧抱怨,但最后还是从命。真巧用火钳子夹起他们的外衣,扔到洗衣机里。米拉进门就被小姑支派去烧洗澡水。等米拉回到客厅,见三个半赤裸的瘦人各自捧一大碗红油拌面,面上堆一堆下市的老苋菜。三个人吃得山响,活像坐在门板房前面大口抽送面条的街娃儿。米拉小声问真巧,你咋忍心光给他们吃街娃儿面?(这不是真巧的风格,真巧是卖血也要款待客人四盘八碟的)真巧说,面是我妹娃儿下的,她是正宗街娃儿汕,吃街娃儿面长大的。米拉走近梁多,见他小腿上套着蟒皮状蕾丝,灰黑白相间,蛇鳞的纹斑十分完整,她好生奇怪，用食指尖去触碰，碰到的竟然是梁多的真皮。梁多缩一下腿，干啥子，小女娃子？！米拉说，没有穿蕾丝袜是哦？真巧哈哈笑道，看嘛，几个礼拜不换袜子，灰都长到肉上了。米拉想起来，梁多常穿一双黑色半筒尼龙袜，袜筒带镂空花样。米拉这才发现，镂空尼龙袜的洞眼和着尘土在梁多小腿上印刷出的蟒皮鳞斑，真是精致绝伦。就在那次，她问过真巧，小吴叔叔最近可好。真巧回答，好得很！去年写的那个剧，又有人搞大批判哦。不过呢，也有人帮他批回去。我就找过两个川大学生，帮他放了几枪。米拉丝毫没看出，她和吴可断了来往了。

那天米拉还看出来，梁多确实对真巧长着贼心。真巧在洗衣房躬身拾掇湿衣服时，脖子和腰以及屁股，线条像工艺品，梁多用双手把线条勾出的凸凹，从上至下地捋，给我画几张吗，梁多求她。真巧回身在他手背上抽一巴掌，我贵得很，付得起钱不？米拉看得出来，真巧对刚才的揩油也不无欢迎。

吴可把摩托骑到离真巧家十多个门户就停车了。他怕真巧听见摩托声音躲避开。是李芳元开的门。一进院子就听见客厅里骨牌稀里哗啦响。进了客厅门，真巧一见吴可，脸色一惨。客厅里六七个客人，大多数穿蓝工作服，胸口都印着"安全生产"。真巧厂里的工会主任、车间主任，还有些给她通风报信、领取免费福利物资的工友，真巧隔段时间都会请到家里来打牌吃饭。厂里换了书记，一旦中央下来新文件，他就要下车间巡视，看看各个车间学文件的情况。工友姐妹就会给真巧打电话，通报她下一天学几号文件，要她好歹到车间来打一头，晃一两圈，万一书记要搞文件表态，落实到人头，翻查花名册，真巧的二十五块零三分的病休月薪和避暑费、烤火费都"莫搞了"。二十五块零三分现在已经涨到三十一块五毛了，在厂子食堂买菜票，天天吃得起粉蒸肉。对新到来的一老一少两个客人，真巧也不介绍，因此没人跟米拉和吴可招呼。吴可在这里很安全，行为放肆了也没关系，因为真巧的麻将搭子都不看话剧，你要跟他们说，这位是大名鼎鼎的剧作家吴可，他们肯定大咧咧说：吴可是哪个哟，认不到。尽管吴可的照片不时出现在文学、戏剧、电影杂志上，但这是一群连杂志都不看的人。真巧大声叫，元元，来一下！妹妹芳元出现在厨房和客厅之间的门口。真巧叫妹娃儿代她打几圈。说着她站起身，领头向第一卧室走。吴可回过头：米拉，你也来。他像马上要挨揍的孩子，拉一个人，到时能替他求情。他们都在卧室里站定，真巧说，坐嘛。一共一张椅子，在梳妆台前。真巧坐床沿，吴可双手插在皮夹克兜里，立定门口，真像预备挨揍，站那里跑得赢。米拉把梳妆椅调个面，坐下来，像个判官老爷。此刻听吴可说，李真巧，你到底想干嘛？真巧说，问你自己。我哪点得罪你了？真巧看着他，又来看米拉，似乎他怎样得罪她，米拉顶有数。谈话有点卡，真巧消极对抗。三人闷了一会儿，真巧说，你把我当啥子人了哟。吴可说，米拉，你说我把她当什么人？米拉不吱声。当什么人？米拉？！你自己晓得，莫去为难小女娃子。你自己说，你把我当什么人？吴可张开双手，嘴巴也张着，但一句话没说出来。他在大学里写的剧本，遭大家攻击，说他是伙同右倾反党团伙向党猖狂进攻,他一定这副样子,冤死了。宣布所有右倾反党分子处理决定,决定十九岁的他加入改造大队到山区农场,他一定也是这副模样,冤死人啦。几十年,吴可这副悲剧脸成百上千次使用,有一部分永久性留在他的平常表情里。那天你接老崔电话,我觉得自己在场不方便,就走了。不是给你行方便吗?有这么大罪过吗?!至于你这样对我……?!咋样对你了?吴可看看米拉,天下着大雨,就是不给我开门!过份吧?真巧也看看米拉,笑笑,好像说,小孩子气吧?冒雨站在门口,演苦肉计,也归我负责?吴可又说,米拉知道,写作最要劲儿的时候,就怕心乱,我以为你真巧懂事,要闹,等我写完,有力气了,陪你慢慢闹。真巧一直含笑带嗔地看着他。现在她两个胳膊肘撑着向后仰的上半身,二郎腿晃荡晃荡,鼓励他喊冤。喊吧,苦水一肚皮哟,苦死喽。吴可冤屈地说,一个多月了,我写出来就撕,当年葛丽亚闹离婚,我心都没这么乱!米拉站起来,伸了个大懒腰,说,那小姑就原谅小吴叔叔一次嘛。他都不晓得他错在哪,我原谅啥子?那你告诉我,错在哪。这种事,要口把口告诉,还有啥意思呢?

米拉往门外走,我要回去了,晚上还有事。

米拉你评评理,小吴叔叔哪点不对。米拉说,你们这么大的人了,问我怎么谈恋爱,好笑人哦。真巧说,啥子恋爱嘛,就是想做那一件事。说完她站起来,蹭蹭蹭就走了。吴可个高,伸手一拉,真巧向后一趔趄,一只软底鞋掉了。你就是想要我娶你,是吧?真巧脚尖勾回鞋,转脸看着他,突然一巴掌抽过去。米拉傻了,吴可也傻了。真巧打完之后，非但不走，还那么称心地看着他，说：你们这种人，活该劳教。你以为你们吃了冤枉苦头就是英雄了？吴可摸着脸。真巧说，我要出去打牌了，米拉你带他走。吴可再次拉住她。米拉担心他要打回去，但他一手揪住真巧的胳膊，另一只手艰难地垂着。米拉不希望自己对大才子吴可丧失尊重，不希望她的小吴叔叔就此搞坏他在她心目中的印象，退到走廊上，并稍微替他们掩上点门。她发现小小姑李芳元从客厅探头，朝此地张望。她打了个手势，向小小姑表示她大姐的安危没有问题。吴可的安危倒是堪忧。她站在门口，假如真要闹出人命，她冲进去还来得及。

真巧挣扎着，至少听上去是挣扎。吴可咬牙切齿：你到底想要我干嘛？……回复是继续挣扎。说呀！……挣扎挣扎挣扎……我给你跪下？挣扎轻了……停了。过了一会儿，真巧急匆匆出来，一面抻平衣服。又过一会，吴可也出来了，对米拉一挥手：走。不知道"跪下"实施没有。小姑已经钻进卫生间，扑粉去了。等他两人走到大门旁，真巧赶上来，往米拉帆布挎包里塞了一个油纸包，香喷喷，热乎乎。她一面塞一面装凶地对吴可说，我外甥女坐你的车啊，慢点儿开，跌死你就算了，把她跌出好歹，你也活不成。吴可飞了一个吻给她。

从真巧家出来，天黑透。俩人往摩托停靠地方走。米拉说，好吓人，我小姑还会打人哎。这意思是代小姑向小吴叔叔致歉。吴可听出歉意了，手掌在米拉头顶轻轻摁一下。要是小姑真跟崔老板脱了手，你娶她吗？吴可看她一眼，马上挪开视线。米拉知道答案了。小姑那么能干，那么漂亮性感，你看他照顾老崔，贤惠死了，要是我，这会儿就扎起花轿娶她去。米拉给小姑扯皮条呢，吴可笑道。扯皮条又不都是居委会的事，米拉说。吴可笑笑，他无心俏皮。典故是成都混混根据朝鲜电影《看不见的战线》主题歌重新填词而成，在那个超级高亢抒情的"啊……，我们有党领导"之前的一句，填的词是"居委会为我来扯皮条"。结婚每个人一生只有一次，最多两次，要特别吝啬这一次两次的机会，吴可两眼看着远方说。米拉问：三次呢？吴可一愣，什么？米拉说：葛丽亚不就三次。葛丽亚最近又嫁了，男方是个比利时来的客座教授。显然三十九岁的葛丽亚还是有资本，拿当给男人上。吴可说，世上事就怕你去钻，爱迪生钻，电灯就发明出来了；诺贝尔钻，炸弹就造出来了——他钻那么深，差点把自己炸死；居里夫人钻，全世界就有了X光透视机和原子弹，把人类救治出来，再毁灭。葛丽亚这点妒，也是个钻得厉害的人，死心眼，一根筋，钻进什么事，什么事就是牛角尖，一定钻到那犄角的犄角里，不把犄角钻出洞来，绝不半途退出。她好多年前就要嫁出国，几十年如一日，就朝这个方向钻，你看，钻出结果来了吧？你小姑也是要钻的，钻的风格不同，看起来漫不经意，但心眼子里很认真。米拉不以为然，问道：小姑她要钻什么？也是要嫁出国。那是她说着玩玩的。以后看嘛。你的意思，是她看不上你，因为你在国内，所以她不跟你结婚？米拉觉得他把问题搞拐了，或者打算堕落成猪八戒，倒打一钉耙。吴可说，那倒不是。米拉想，当然不是，她给你那个大嘴巴的时候，我可看到了真悲情。对王汉铎的悲愤绝望，攒那么多年，都使在那侧身、回手、抡胳膊、掌心从颧骨到嘴角的一扫中。小吴叔叔大概牙都给打松了，幸亏有夜色当面纱，不然那块高烧的皮肉是藏不住的。你们和解了，对吧？算和解了吧。我在外面才站了几分钟，你们就和解了？怎么和解的？吴可有点羞，笑笑说，你听到了的嘛。我说，未必我跪倒你才开恩？她说，跪倒试下嘛。吴可说到这不说了。米拉见了鬼一样，放轻声音，那你，就……？嗯，我就，跪下了。

米拉惊得吃进一口冷气。但她还是感叹小吴叔叔对她的坦率，那么丑的真相，还是给她看了。为一个美丽的女人下跪，还是一个刚赏了他耳掴子的女人，米拉为吴可的自尊痛心。两人此刻发现，他们已经步行到小街口头上了，把摩托车忘了。忘了摩托车是因为摩托车根本就不在那！这个闪念一出来，米拉就往回飞奔。米拉飞奔到停摩托车的位置，摩托真没了，彻底化在了夜色里。米拉傻了，对着没了摩托车的空地卖呆。这个小街上的某人埋伏这台摩托车许久了，就在等这个月黑风高的今夜。吴可此时已经快步跟来，自问，哎，车咋没了呢？米拉说，真对不起，小吴叔叔！你对不起什么呀？！但米拉还是觉得，对这个糟糕事件，她小姑应该负一部分责；她要不跟吴可那么血淋淋地了断，吴可的剧本不会搁浅；吴可剧本写得顺利，交了稿，在话剧院的演员们对台词的时候，或许会移情到一个美丽的女主角身上。这样的了断是瓜熟蒂落，滴血不见。果真是那样，吴可不会急吼吼地来向真巧讨说法反讨来一巴掌,也不会豁出去男儿含金的双膝为爱和欲下跪,最重要的"不会"——摩托车不会在今夜失窃。受到如此惨重的损失,就因为那么多个"不会"没有发生。吴可和真巧是人,充满油爆爆的欲和爱的一对男人女人,天注定地受人性局限所限。欲和爱及恨,人性局限就这么几条硬性边界。小街上的偷儿,钻的是人性局限的空子。

他们去派出所,做了笔录,半小时后出来,大马路上人稀少了,身边过自行车,都是嗖嗖的。远处有人长啸。马上,附近几个人也加入了啸声,很快啸到吴可和米拉身边,一路啸过去。一群骑自行车的啸者,欲和爱及恨此时没有靶子去发射,就把它啸出来。他们啸到远处,疯狂地大笑起来。夜深人静,自我壮胆或是自我恫吓,将无可施予的欲和爱及恨消耗掉,不妨为一种疗法。憋了多年的狂喜或者大悲,也犹如粪便,必得排泄出来,宽阔的一条夜间大马路,盛得下他们这绞肠蹲肚的憋淤,啸出来,体内可以空一些,能康复、新生或更多地吞咽。那梗阻在内里十年或更长时间的淤积,无论爱还是欲或是怨愤,沤久了都是污物,他们感到是时候了,是时候排泄了。

没了摩托,吴可送米拉到公共汽车站。汽车一分钟就来了。社会好转的风向标,是以公共汽车的行车频率和准时性为衡量的。吴可却把米拉送到了汽车里。他不放心他的丫头夜间独行。他要把米拉交到招待所门口的警卫战士手中。公车几乎是他俩的私家车,所有座位都空着,却有两对男女,挤坐在单人座位上,彼此的手在对方的衣服下面。吴可和米拉也不知怎么默契的,都选择站立。路灯很亮,照进车里。小吴叔叔一身黑,挺拔如松,鬓角银白,目光(从单眼皮下发射的)电流一样,米拉给他看一眼心里都麻。要不是米拉从小与他定了辈分,此刻都免不了动凡心。难怪真巧小姑。真巧自从云南回来,是安了心要好好耍的,可是跟吴可耍着耍着,把自己耍了进去,现在不好耍了。吴可亦然,初衷是无后果的亲亲爱爱,给肉体开开锁,肉体也有权利进入人们不断被解放被复职被昭雪被落实政策的新时代。

没了摩托,你怎么去单位政治学习?米拉调侃吴可,从抓着吊杆的右臂下钻出脸,笑。吴可单位在省话剧院,除了领工资、票证,拿观众来信,参加一次(或两次、三次,取决于单位是否接到最新中央文件)每周一次的政治学习,他从不上班。他笑笑说,那就不学习了嘛。我正在托人搞病假条。小姑可以帮你,她的下三路熟人多,上三路熟人也多。港货送几样,病假条一开三个月。吴可看着她笑。米拉又说,不过摩托车还挺新的。再说…….米拉不说了。再说什么?吴可必须知道那不说的。我小姑爱坐你的摩托。其实是她自己爱坐。吴可说,那简单,再写个破剧本,再买一辆。被窃的那辆就是一个"破剧本"的稿费。吴可刚从劳教农场被释放回来,受聘于电影厂,按厂方意思写了个电影剧本,他自称"破玩意儿",稿费一千四,托关系买了一辆八成新摩托,现在至少还剩五成新。

小吴叔叔打定主意不跟我小姑结婚?主意,倒是没打定。不过我了解自己,多半我是不会跟她结婚的。那是你认为你了解自己,米拉淡淡地说。我找妻子的标准,是年轻时候定的,现在也不想改。什么标准？就是当年假象的葛丽亚。假象的葛丽亚什么样？一股清风，一汪清水，清气袭人。米拉想，文革十年，红卫兵就是审美模特，这种"清"就是有，那也是熊猫，生存在很难生存的地方。那不怪葛丽亚，怪你自己爱虚构，葛丽亚本来也不是假象，纯属你虚构的。你的标准，活人里没有。谁说的？吴可说，米拉就是一个。我？你怎么知道我清？你不是也不相信，我跟阿富汗人去青城山光爬山了？米拉脸红了。吴可知道她脸红了，从她笑的样子就知道了。米拉有一个笑法，是专为掩盖脸红的。不在于一个人干了什么，没干什么，清的人也偶然干浑事儿，但那个清是不会变的。吴可目光穿过车窗，穿过车窗外沿街的房屋，穿过房屋的两堵墙，穿过墙后的院落或巷道，望着遥远的内心深处。

然后，他转过脸，看着米拉。瘦了的米拉，果然在命运里发现了许多未可知，无数暧昧不清的可能性。米拉给看傻了。小吴叔叔再开口，却说，我先下去了，人民公园的菊花展还没闭幕，街上人多，你没事的。

吴可下了车，发现米拉糊里糊涂也下来了。你说好送我到家的，什么叔叔？！吴可笑笑说，你看这满街的人，公园关门，看菊展的人刚出来。还有一站路，丫头不会有事的。米拉能说什么，说，那我走了哦。走吧。小吴叔叔挤起半边脸和一只眼。一站路黑得很，你放心？……我是不放心别人。啊？！怕满大街小伙子受你诱惑啊。米拉跺跺脚。快走吧。那……小吴叔叔再见！走了几步，又听身后喊：路上好好的啊，别杀人越货，也别爱上个人。

梁多被捕

　　事情其实很早就开始败坏。一九八一年那个无辜的上午,阳光嫩透,洒在她青铜般细腻的肌肤上。他没有邀其他人,就小韩和曹志杰跟着。曹志杰毛孩子一个,十九岁都没见过裸体女人,去年考上师大美术系,画过两堂课人体,削了两堂课铅笔。曹志杰画的"川江号子",裸体纤夫很是苍劲,肌肉在皮肤下绷紧,肉丝丝都能看见,梁多却说,"树棍棍嘛!"米拉不懂画,拿着梁多和曹志杰发表在杂志上的画作给父亲老米看,老米说,这个人(指曹志杰)才气是有一点的,训练不正规,肯定没画过人体。他一看梁多的画,穿着衣服的一个女孩,又说,衣服都挡不住身体的温度,光是用风,用光线,就能展现女孩身体的活泼,发育程度,含羞带嗔,梁多才三十岁,将来是要朝维米尔的方向去的,但绝不是维米尔,是梁多。梁多听米拉转达这番话后,心想,不亏交了老米潇这个忘年交。所以,梁多终于说服了李真巧当裸模,就把曹志杰和小韩也叫了来。真巧很巧妙地掩饰了最私密的地方,用的是一块丝手帕。乳房是极品,她给了个百分之七十五的侧面,一个半乳房可以入画。那半个是全侧,二分之一的半圆,一粒椭圆乳头翘首以待,顶在半圆的顶峰上,便是一点点也不会漏出画外的。小韩严峻地看,画,看,笔走得流畅,那双通常荒淫的眼睛,此刻半点淫荡也没有。难得一个最美的女人把她最美的酮体奉献出来,气氛几乎是庄严的。真巧出场前，梁多就命令曹志杰，狗日你今天再削铅笔，老子一脚把你踹到楼下去。这是梁多的画室，是在画院楼顶平台上搭建的棚子，一面墙是落地玻璃窗。棚子里生两个火盆，但梁多还是看清了真巧大腿上的鸡皮疙瘩。何止奉献，简直是放在祭坛上的牺牲，梁多心里更是一丝轻浮都没有。

李真巧在休息的时候，披上她的缎面蜀绣丝棉袍子，和尚领对掖，比平日穿得还严谨。那天画了五个小时，中间休息了两次，三个男人没一句放荡话，玩笑都没有人开，似乎男人和女人少了一层衣服，事态重大，不当心就会变味，越过正经刻度。也似乎人家把自己赤裸裸交给你们，全盘不设防，随你看，随你描摹，描摹的留在你的纸上，也随你处置，那是怎样的一份珍贵信赖，对这样的信赖，除了庄重接受，还容得半点轻浮心思吗？梁多阴森森嘱咐参与此场活动的三个人，弟兄们，这个是秘密哦，狗日哪一个泄露，其他两人就是刀斧手，剁了他。

画完，李真巧穿上毛衣牛仔裤，用发刷刷着长波浪，跑到梁多画架后面站了很长一段时间，最后说，等我老了，胸前两个老葫瓜，夏天下面长痱子，要一个一个撩起来吹风扇，我就把这张画拿出来看，给人家看，不然人家不相信，老娘也有这种风华呢；老娘不是生来就老，生来就胸口一对老葫瓜的。梁多一面用铅笔刷刷刷地刻划细部，一面说，我证明。真巧说，到时候都不晓得你狗日在哪儿，还证明呢。小韩画架收起了，说，真真姐，你到哪我到哪。真巧笑说，哼，今天吃了我乞头了，嘴巴甜！只有曹志杰木呆呆的，动作，眼神都还在美色的震慑中。此刻梁多的庄严消散了，笑着看一眼男娃娃，说，小曹，去药房买牛黄解毒丸嘛。小曹说，嗯？！梁多说，青勾子娃娃（四川方言：勾子，指屁股；新生儿屁股上带一块青），一下补狠了，谨防流鼻血。大家笑。

梁多坐在拘留所的洋灰地上想，事情就是从那天开始败坏。那天之后，梁多等三人又秘密集结，再次画了裸体李真巧。气氛同样庄重，李真巧在快结束的时候说，累死了。

梁多说，颈项累，跟落枕一样，是吧？真巧说，你咋晓得？梁多说，我们美院有个女模特老说，颈项硬起，好几个钟头，都要落枕了。真巧说，颈项倒不累，肉皮子累，给你们六只眼睛盯累了，盯瘦了。那天结束后，真巧建议，四个人一块去吃火锅。点菜真巧当家，最贵的半肥瘦牛肉点了两大盘，剩下的蹄筋鱼肚鸡枞菌，都不便宜。吃了两个小时，真巧的口红吃到下巴上，一条手帕给汗湿透。吃完了，三个男子汉肚子大了一圈，只能仰坐在竹椅上。那姿态很是习惯，等着真巧结账。真巧一心一意涂口红，抿了抿嘴唇，笑嘻嘻看他们，问，你们等啥子嘛等？三个男人相互看，预感到真巧的作弄人意思。真巧说，未必还等我来掏钱啊？六只眼睛嫖了我十几个钟头，嫖资不跟你们要，请一顿火锅总是应该的讪！三人死，掏出各自口袋里的钱，零的整的凑起，不过才十六块多钱，还差二十五块多。真巧看着梁多，把你钢笔拿出来。梁多以为她要给饭庄写借条，愣怔着想，饭庄会那么傻不？真巧已经自己动手，摘下梁多上衣口袋上别着的派克钢笔，放在桌上喊"结账！"服务员跑过来，真巧对他说，这是抵押品哦，值钱得很。梁多说，啊？！你拿我钢笔抵押？！都知道那支著名的钢笔，是梁多父亲的礼物，纯金笔尖被改造过，是梁多找的金匠改的，改过后的笔尖可两用，正着下笔，出来的是粗线条，侧起笔，线条又极细，画钢笔素描好用得很。服务员是个四十来岁的汉子，看着这个漂亮女子，傻笑。真巧说，这支笔一千多块，这儿、这儿、这儿，她尖尖的红指甲在笔上指点，都是真金子，不信你拿给牙医看，足够给你镶一排大金牙。这支笔今晚抵押给你们，等他，她指指梁多，明天把二十五块六毛五送过来，赎回钢笔。公正得很嘛，对不对？梁多没法，眼睁睁看着钢笔被服务员拿走。一会服务员回来了，说总经理怕钢笔有诈，还要搭上身份证件，学生证、工作证都行，户口本本儿更好。真巧对服务员说，莫把我看到起，我是无业游民，莫得证件的。梁多已经从美院拿到了博士学位，分配到画院，学生证早不知丢哪去了。曹芯杰把胸前的校徽摘下，小韩浑身摸，摸出一个购物本。早上出来，他妈叫他买洗衣肥皂回去。

　　过了一礼拜，真巧找到梁多，眼睛里全是嫌弃怜悯加鄙夷，一个礼拜都没凑出二十五块六毛五？！她大声道，混啥子人哟你？！她从大草包里掏出那支派克金笔，往他旁边的油画箱上一拍。梁多才晓得，小韩妈发难了，购物本质押在火锅店，买不成肥皂，脏被单在盆里泡臭了。小韩一早找到崔府，真巧跟老崔春眠不觉晓，听了小韩诉状，才知道梁多的宝贝钢笔还在餐厅。真巧似乎真怕金笔给服务员镶成一排大金牙，急得窜出被窝就奔火锅店。梁多嘿嘿笑,说他知道他不去赎,自然有人会去赎。自然是我这个前世欠债的,是吧?真巧又气又笑。梁多独自在画室里画,从下午画到傍晚,真巧一直静静地坐在他身后看。两人彼此忘了另一个人的存在。梁多收工的时候,真巧叹口气说,才华这么不值钱!画这么好,有什么用?好吃的好穿的好用的,都归老崔那种人。你都混成这样,你老婆女儿还不喝西北风吗?梁多说他老婆和女儿归他岳父养,反正从插队第一天就开始养起了。有时他也归岳父养,实在赎不回钢笔,他就打算找岳父去借钱。

梁多得奖在八二年年底。"放鸭人"得了二等奖。米拉写了一篇短文,诠释她的理解。文章在晚报上登出,梁多成了成都名人。米拉文章大致意思如是:画中的十二三岁小姑娘,褴褛的衣服过长过宽,(从姐姐或妈妈那里捡来),裤腿下漏出纤细的腿和健壮的赤足,脚趾头显然在挨冻,一个个半透明地通红。她同样红通通的手上,拿一根嫩毛竹枝条,一侧是刚返青的芦苇。可想而知,不远处即是水滩。她的脚边,走着两只刚出蛋壳没几天的小鸭,淡黄的绒毛就要虚化在春天的晨光里。那是从芦苇丛里透过来的七八点钟的阳光,跟小鸭一样柔嫩。小姑娘一共就这点拥有,却那么煞有介事地充当起放鸭人来。小鸭假如活过春天,就会在夏天真正成为小姑娘一笔财产。假如小鸭活过夏天,小姑娘就能在秋天收捡鸭蛋。假如小鸭活到明年此时,就会带出一群小小鸭。那么小姑娘就成了真正的放鸭人。那么小姑娘就可以买块布,做身新衣裳,穿起棉袜和塑料雨鞋,把眼下这十个冻红的脚趾暖起来。这两只小鸭就是小姑娘翻身的希望，但一切都取决于小鸭是否能活下来，活几季。

米拉慢吞吞把这段小文读出来。梁多笑笑，不置可否。米拉读着读着，眼泪汪汪。她不断在朗读中抬头去看梁多，梁多只是微笑，宽容、鼓励的微笑，似乎在听一个孩子唱歌。其实梁多在想，世界上的好画，好在无以言说，一代代的评论者把它们都评论傻了。正因为那不能诉诸文字的部分，才会有画，画才是奥妙的，含义无限的。看看那么多评论梵高的文字，多笨，多强词夺理。画是画家的梦，解说是说梦，梦是真的，说梦就假了。梦的道理自成逻辑，梦的话语自成语言，局外者没法进入那个逻辑，没法听懂那种话语，用他们自己的逻辑和话语来解说，生硬而武断，画家会疑惑，我画的原来就是这么个简单东西？这么几句语言，就讲完了画的故事？可画不是故事，是故事的话，也是更迭纠纷、首尾叠撂、千头万绪、星星点点的故事碎片。米拉这种线性解说，怎么可能兜揽全部？

无论如何，他的好运使得事情向更加败坏的方向大进一步。这也是梁多在拘留所的闷罐子监室里想到的。想到他得奖后那个晚上，在老米家，米拉解说他的"放鸭人"，老米潇扫过来的那一瞥目光。目光从老米微微凹陷的眼窝里探出，带点歉意的笑，好像觉得女儿造次梁多了。那时候，好多个杂志用"放鸭人"做封底，一家美国的画廊给梁多来信，邀请他参加一个亚裔画家组织的画展。梁多的稿费和奖金加起来，总算摘掉贫困帽子，他想到这几年吃请吃太多，该回请一次。他求助李真巧，说预算只有几十块，客人却有八九个。真巧说,到"芙蓉"包个雅座,就不烦神了。梁多说,那我这点奖金不就要给你们吃完了?真巧说,哪个要你掏钱?吃我的就是了。梁多说,不能老吃你的。真巧说,龟儿你吃我的还少了?!再说,也不是吃我的,大家打伙吃老崔,吃乞头(占便宜)。梁多说,你从老崔那挣钱,也不易。他鬼笑一下,话里有话。真巧脸一板,狗日的,她一脚跺在梁多的皮鞋上,你穿的就是老子从老崔那儿挣的!这双鞋,我给老崔嫖好几夜才买得来!你给老子把孩子(鞋子)脱了!梁多只能赖皮赖脸地笑,告饶。这么一来,她收起慷慨,伸出一个空空的巴掌。李真巧好笑地看着梁多一张张往自己手上数票子,"大团结"数到第四张,开始出现二元的、一元的。梁多说,五十块,够不够?真巧说,够个屁。手掌还等在那里。梁多说,就五十块吧,整成啥样是啥样。

结果真巧办出一大桌菜。她是个被错过了的好主妇,一分钱都不花错地方。她主厨,炖的蒸的都是异想天开的怪菜:臭豆腐蒸扁豆、清蒸鱼肉裹千张、甲鱼炖嫩姜、猪蹄煨虎皮鹌鹑蛋。老米画龙点睛地做了个火炝蛙腿,最后一个登台。他的锅下火焰高到天花板,把斜对过的大舌头吓得越发口舌不清:"要不得,要不得!"舌尖夹在门齿中,听上去是"要不贼,要不贼!"小韩在一边打下手,看了大舌头一眼,跑回来跟梁多说,那个邻居婆娘风韵犹存哦。梁多赶紧探头,大舌头正帮老米忙呢,老米双手端着五六斤重的大铁锅,她拿锅铲帮着从锅里往放在地面上的铝盆扒拉菜肴。梁多一看,这女人背朝他,弓着腰,毛衣抽缩上去,裤腰又往下塌一截,之间一圈白肉。大舌头转过脸,朝梁多和小韩一笑,一缕鬓发粘在嘴角。小韩跟梁多说,巴洛克风格的女人人体。梁多笑道,伦布朗和鲁本斯见到她,肯定要高兴死了。小韩说,我们见到她,就不能高兴死了?我们也试一把鲁本斯,让伙食好起来的中国人民看看,中国也有"口腹之欲之女神"!梁多哈哈大笑。

喝了两杯酒,梁多出去上公厕。大舌头坐在门口摘菜,一个小圆凳,根本搁不下丰腴的她,两条肉滚滚的腿叉得很开,对梁多又是笑。不说话,她有这么好看的笑脸。从厕所回来,他跟曹志杰说,那个夹舌子是又一种理想人体,去看看嘛。小曹刚拉开门,下一大跳,大舌头偏着的脑袋差不多贴在米潇家门上。过一会小伙子回来,跟梁多汇报说,他差点撞进大舌头怀里。大舌头听壁脚给小曹这个毛头男娃撞见,脸血红,也知道听壁脚是该脸红的。大舌头给自己打圆场,说,看看你们菜够吃不,不够我们屋头从食堂打了肉包子来。小曹说,我们说的恐怕她都听见了。我们说什么了?吴可想知道。啥都说了,小韩把毛主席叫毛大爷,纪念堂毛大爷脑壳里塞药棉啥子的,她肯定都听见了。那就干掉她,米潇笑着嚷。一屋子人喝了酒,嗓门大,话也都是浑说,活着的死了的领导人,都给浑说进去。米潇在没有小甄的日子里活跃多了;小甄到重庆搬家,他缺乏管教。

曹志杰当晚被梁多支出去,跟大舌头谈判。谈判内容是,假如大舌头愿意做模特,可以得到一小时四元钱的报酬。梁多警告小曹,不论谈得多艰苦,一定要谈下来,价钱可以一毛钱一毛钱地涨，五元封顶。曹志杰五分钟就回来了。梁多小声说，没用的东西，给撅回来了？小曹说，谈好啦，刚说到三块，她就满口答应！你跟她说的是三块钱一小时？嗯，我想多留点涨价空间。三块钱不错了，能买三斤猪肉！那你跟她说，是什么模特吗？说了，裸体。跟她说什么时候开始了吗？说了，下周一。梁多瞪着两只眼，晕在这么好的运气里。他跟小韩、曹志杰商量，三块钱他出两块，他们俩一人出五毛。

到了周一，梁多、曹志杰、小韩来到画室门口，大舌头已经提前上班了，在楼顶平台上散步。进了画室，梁多指着布帘，说，你去准备一下嘛。意思是，帘子是供她变戏法的，她要在那后面从良家妇女摇身一变而成为裸体模特。等三个人准备好纸笔，叫她，她撩开帘子出来，穿着打补丁的无袖布衫，大花裤头的裤腿卷皱到腿根上面，完全一副从贫下中农被窝里刚爬出来的中年喜儿。梁多胃口顿时倒尽，差点呕吐。小韩说，不是说好要脱衣服的吗？大舌头理直气壮，说，这不脱啦？小韩愣了一下，看看梁多忍着反胃的脸，咯咯咯地笑翻，曹志杰一脸纳闷，事儿怎么给他办成这样了？！

梁多说，小曹，你没跟大嫂说清楚，是裸体。曹志杰说，我说了裸体了！大嫂，我是跟你怎么说的？大舌头说，裸体是啥子意思？梁多把画笔一扔，瞪着眼：大嫂你也太急到挣票子了嘛，没搞清楚裸体是啥子，咋就答应了呢？他知道自己态度恶劣；自从得了奖，他涨了不少脾气。大舌头可怜巴巴地看看梁多，又看看曹志杰。小韩站起来说，裸体的意思，就是打光咚咚。大舌头愣着，能看出那经过翻译的裸体定义正在慢慢渗入她的知觉、理解、道德判断。最后她说，就是洗澡是哦？小韩说：就是没得水的洗澡。大舌头对于"洗旱澡"的概念又是一番理解，然后说，三块钱不得行哦。梁多瞪了曹志杰一眼。小曹反而瞪回来，窄脸大嘴笑得得意，意思是，我英明吧？多亏预留了两块钱的涨价空间。那，四块五，咋样？小曹说，继续他谈判代表的身份，还是留了余地。四块五？大舌头眼睛一亮，但没有接话。两个漆黑如算盘珠的眼球定在那里，脑子里刷刷走数字：小葱一分钱一把，四季豆八分钱一斤，食堂的清蒸狮子头两毛钱一份，街上卖的龙眼小包子，一毛二一笼，一笼六个，那是滚滚而来的好大一堆龙眼包子啊！但她一开口，还是"不得行"。你要好多嘛？曹志杰问。大舌头说，我要跟小钢（她小儿子）她爸商量一下。小韩说，五块，行不行？不行就算喽。他开始把画笔往箱子里装，摔摔打打，收摊子收得挺坚决。大舌头说，五块五，不行就算喽。因为舌头的原因，听上去是，不行就"散了"。比封顶价格高了五毛钱，小韩和小曹看看梁多。梁多咬一咬牙，好嘛，五块五。大舌头两手拎着补丁摞补丁的布衫边角，就要从身上往下剥，滚圆的两个乳房底座露出来。梁多叫停：等一下！大舌头赶紧把布衫拉下来，一秒钟都不要给他们免费看肉。梁多指指布帘子，到那后头去脱。等大舌头消失在布帘子后面，梁多已经气息奄奄，美感荡然无存。他狠狠地用气声说，曹志杰，你搞啥子名堂？！裸体、模特、脱衣服规矩，你都没有跟她说

149

清楚，什么细节都没谈；她差点当众脱衣服！这儿当真是澡堂子哦？！曹志杰干笑，说，所以才三块钱讪。

一个月后，大舌头在锅炉房碰到米潇，问他，那个野人头还画不画了。哪个野人头？大舌头比划梁多的发式：头发到这儿，个子自到这儿（在锅炉上比一个高度），一身鸡骨头那个。米潇明白了，她指的是梁多。大舌头又说，五块钱也可以，多画几个钟头讪。梁多听了米潇的转达，跟小韩和曹志杰说，要画你们画，我胃口败光了。小韩约了他的几个老年绘画班学生，一人出八毛钱，把大舌头请回来。小韩让梁多出让画室，梁多哼哼唧唧答应了。到开画那天，梁多发现小韩的老年学生又带了一些人，说是要进一步降低成本。结果梁多二十平米的画室挤满了腿；人两条腿，画架子三条腿，椅子四条腿。梁多一把揪住小韩的夹克领口，这么多人，万一单位有人到平台上，说我提供色情场合！小韩笑道，那你在外头给我们放哨，来人吹口哨，我们就赶紧把大舌头藏起。梁多从没有拉严实的窗帘往里看，大舌头像个女皇，披一条丝绸被面，从帘子后面出来，跟所有人挥手致意。目光一点数人头，买卖腔马上出来了，宣布她今天不按原先的钟点计费，优惠价是一人一小时一块。协议马上达成，大舌头的收入从一小时五块涨到一小时十五。老年绘画学生带来的人都是画家扮演者，绘画工具是借来的，图的是看光咚咚女人。此前小韩给他的朋友谢宏谢连副打电话，约他来见识一下裸体模特素描课。谢连副平时也能画两笔，带着画具来的时候，大家已经开始十分钟了，只有最靠近"舞台"右边的角落，有块插足之地，于是就插了个帆布折叠小凳进去。谢连副那么大个头，费力地折叠起胳膊腿，坐在了折叠小凳上。一个小时之后，他又背着画具跑出来。哨岗上的梁多在抽烟看画册，见谢连副皱眉掩鼻，问他出啥事了。谢宏说，那个女的，还跑我身边看我画，身上味道好大——平常恐怕啥子都不洗！梁多大笑，说，你是爱卫会的？

从此这群男人里多了个绰号叫"爱卫会的"。那是十一月初。梁多假如不出让他的画室给那帮老年学生跟小韩学画人体，事情不会坏到惊动警察。其实梁多在米潇家请客那晚，米拉就说到她们杂志社学习学得紧，谁都不让请假，原来要发的稿，都退了。杂志社原先每周团组织活动，就跟晚报社的人合租场子，跳交际舞，上周正跳着，进来一伙居委会太婆，红袖章戴起，吼他们搞流氓活动。米潇说，风声是不对劲哦，人道主义又成坏话了。吴可接茬，中央开会，领导人在操心大家精神文明哦。梁多接着吴可的话：你们这么大人了，还老让领导不省心！那时大家都当作是贫一贫嘴。

但到了十一月中旬，夜里到处跑警车。报上出现了批判吴可新剧的大篇文章。卖座火爆的戏停演了，吴可在米潇家碰到梁多，说，吴某又成了狗不理，现在理我的人，都在这间屋里。米潇本来要分到处级干部的房子，也停下了。他笑嘻嘻告诉大家，文化局书记跟他谈，听说你常常跟吴可一块混？吴可恐怕又要出事哦。吴可也笑，说，我反正是运动的老枣树，运动一来，有枣没枣打我两杆子。米潇说，听说劳教农场这两年亏空，干活的都释放了，司法厅准备关掉几个场，幸亏没关，关了，你吴可这样的，还真没地方去。吴可说，去农场我要申请带上老米，一帮子对劲的人在哪都一样，我们农场田沟里泥鳅肥得很，老米有食材了。梁多跟着他们笑，但他明白，他们心里都是怕的：连正经房子还没住上，还在过渡期，过度回农场也是可能的。

到了十二月，拘留所的空间一下缩小，每天都有几个人给推搡进来。人们相互交头接耳，打听彼此犯的事。梁多左边那个难友是转录毛片，又去散发。右边那个是穿喇叭裤，被工厂纠察队剪了裤腿，操刀砍伤两人。对面的家伙有五十来岁，自称舞蹈教练，看守对梁多说，你信他鬼话；他私自开交际训练班，把女学员都教到床上去了，祸害了我们的女同志不计其数，不管怎样，你是眼睛流氓，光咚咚画在纸上，没有上手，将来判起来，肯定比教练轻得多。八四年春节前，看守要大家挣表现，积极检举的，奖赏是放回家过年。春节过后，梁多左边右边的都出去过年，不再回来。又过几天，"舞蹈教练"也出去继续祸害女同志了。说是运动搞完了，枪毙的枪毙，打残的打残，逃出去当盲流躲案子的，现在躲过了，也陆续现身。梁多却一直是悬案。一月底，拘留所空了，梁多被判了一年劳教。他给押往劳教地点，路上看到收割过的秃田，土里留着枯黑的稻桩，一滩滩灰白的水上倒映出灰白的天空，他满心灰白，想着无论妻子、女儿，还是真巧、米拉，都是幻梦的一章，翻过去了。

第一个探亲日，他接到通知，有个女人来看他。他想，妻子还是放不下他的。一看那个低着头的女人一头长波浪，他停了脚步。李真巧抬起头，绽开一个俏皮的笑：我又不咬人，不敢过来？他赶紧走拢，她的笑像怀抱一样迎着他张开。他突然感到，自己和这个女人之间，原来是这么无邪。女人伸出她喷香的手，撩开耷拉到他眼睛上的头发。看守吼，不准动！真巧对看守笑一下。她跟他说过，她的笑收在几十个小口袋里，见什么人，遇什么事，拿出什么笑。看守往后退了退。她小声跟他说，是不是小韩那些老年学生里头出了叛徒，把梁多举报上去的？梁多眼睛闭一下，代替点头，不肯定的点头。真巧小声说，有没有可能，那个大舌头丈夫举报的？听我三哥哥说，她是瞒着她丈夫去给你们画，挣私房钱，给她丈夫打了一顿。梁多又闭一下下眼睛，这回显得疲惫极了，头点不动，用眼皮代替。狗日小韩先遭举报的，判十年八年都可能，幸亏跑得快。狗日他跑咋不通知你一块儿跑呢？梁多嘴角推出一个笑，头耷拉下来，累死了似的。真巧凑近他说，吴可也遭了……看守凑过来。真巧回头，娇声道，小伙子结婚了没得？看守确实是个年轻小伙子，摇摇头。真巧说，你要是结了婚了呢，我们说话不妨备你，没有结婚，这些话你听不得的哦。小伙子退后了，脸红红的，为没听到的话羞红了脸。真巧又把声音压低一个调，小声通报梁多，吴可又要被发配了，这回恐怕要去马尔康劳改牧场。梁多看着真巧，眉心结起来。老崔这阵在成都，他答应我，多给点儿这个（她食指和拇指在两座高耸的乳峰间的谷底快速捻动，动作之微妙、细小，又是在深深的谷底，哪怕坐在她旁边的人都看不见）给办案的。她眼睛说得更多，眼睛让他不要自暴自弃，要他能吃则吃，要他暂时蛰伏，出了大墙又是一条好汉。当天她留下两筒麦乳精，两条登喜路过滤嘴，两斤台湾肉脯，是老崔从香港买了给她吃的。

三月头一天，梁多就"因为突出的优秀表现"，功过两抵，告别了刚睡暖的地铺和一个月的监狱生活。显然真巧手指尖捻动的玩意儿是不菲的。

梁多出狱那天，妻子来接他。晚上女儿从幼儿园回来，闷声不响看着父亲，眼泪静静地流下来。他把女儿搂进怀抱，女儿马上从他胳肢窝下钻出去。他打圆场地笑笑：瑶瑶跟爸爸认生了。跟妻子女儿一别四个多月，他用生人的眼睛打量自己的小家。他老丈人疼女儿，用自己一套三卧室大房跟别人换成两套一卧室小房，妻子把拼凑的家具盖上同样的抽纱细麻布，一眼看是统一的，小资格调的。岳父1949年前就是教授，文革初期预感乱世到来，开始设法办长期病休，耍了巨大一个滑头而免遭批判抄家。岳母是过日子好手，几十年的物品匮乏，她一点点消蚀家底，坚持小资日子，连在重庆大学学冶炼的儿子死在武斗混战中，都没影响她经营日子的志趣。妻子继承了母亲对生活经营的乐此不疲精神头儿，给家里添一盆植物，购置几个瓷盘，都是她短时期的奋斗目标。她和梁多是插队时的伴侣，是梁多最苦的日子里的小妈，她喜欢梁多病快快的样子，跟公社领导说，这个梁多是小时脑膜炎小儿麻痹症猩红热残害剩下的渣渣，做不得重活路，不然累死球你们要遭；中央文件，哪儿死了知青领导都要遭。梁多在小妈的呵护下完成了最后的发育成长，也完成了他报考美院的那批油画。梁多对李真巧的迷恋，永远及不上他对妻子丰富深厚的感情。这天晚上吃过五菜一汤一瓶酒的晚餐，妻子收拾了桌子，不声不响地给女儿穿上出门的衣服，把一个大皮箱拎到门厅。梁多惊异，这母女俩要赶火车？！妻子说，我实在受够你了，我爸妈也受够了你。房子你先住，我和瑶瑶先跟我爸妈挤一阵，等你找到住处，我们再搬回来。梁多才意识到，女儿见到刚释放的他，泪水不是因久别重逢的激动而流，是早知全家开除他的决定而痛惜他。

　　当夜十二点后，梁多去邮局给身在北京的父亲打减价长途。刚接通，父亲张口便骂：你这个狗东西！妻子把他的案子及时告诉了梁老爷子，一点没省略。梁老爷子是五九年给赶回老家绵阳的著名右派，七九年才平反调回北京，现在还没落实户籍和住房，和梁老太太在单位招待所里过度。梁多肃静地听老爷子骂完，然后说了自己遭丈人丈母老婆女儿开除的经过，现在承蒙丈人恩典没有去睡大街，但他想尽快把恩典扔回去。梁老爷子大喊，报应！报应！喊完，梁老爷子令他挂上电话，自己马上给他打回。还是怜惜这个才子败类儿子花长途电话钱。过一会，梁多听电报柜台叫他到5号亭接听北京长途。梁老爷子换成了梁老太太，告诉他当时在成都等北京落实政策的时候，租了一间地震棚暂住，现在梁家的破烂还堆在里面，假如梁多把破烂归置一下，栖身毫无问题；北京的地震棚都在改造成住房了，住了多少等着落实政策的人家呢！梁老太太交代儿子到谁家拿钥匙，水表电表的费用怎么付，蜂窝煤到哪个煤球站买，然后很鼓励地说，儿子啊，哪里摔倒，哪里爬起来，没什么大不了的！

梁多退还了老丈人的房子，一个礼拜后搬家，入住进门需低头的地震棚。画院把他画室关了，他在地震棚的棚顶上开了个大天窗，采光绝佳。五月份棚子里热得锅炉一样，梁多基本裸体作画。这天门给敲响，他披挂一件从梁家破烂里打捞出的破浴袍，打开门。逆光就见一大堆头发。小韩结束了逃亡，回来了。不少人逃亡躲藏，半年前死刑、无期的案子，几个月一过，逃也就逃了，躲也就躲了，不逃的，毙了也就毙了。小韩在逃亡途中听说梁多光荣被抓，想到梁多要替自己挨枪子，哭了一鼻子，并下决心，假如这么个绘画天才梁多光荣被毙，他就直接逃过国境线，永不还乡。梁多笑骂一句，狗日的！但他心里发酸，赶紧转身从塑料桶里拿出井水镇的啤酒。两人闷头喝一阵，梁多说，说老实话，你日了大舌头没得？小韩诚恳点头。哪晓得她男人盯梢呢？她男人过去干啥的你晓得不？梁多不晓得。警察叔叔。真的？！犯了错误的警察叔叔，给撵到农村，跟他犯错误的女人撵着他到农村，嫁给他了。狗日的！小韩深深感叹。

吴可的新剧《排队》
（为了方便领导了解从而指导批判该剧，王xx缩写的简本）

　　观众入场时发现，舞台上没有大幕。

　　灯光幽暗，依稀可辨在靠近天幕的地方，有一支队伍的剪影。队伍的首与尾都消失在侧幕内。再细看，队伍在异常缓慢地向前移动。等观众大致坐定，咳嗽声，打招呼声渐渐落定，队伍的剪影里出现了驼了背的老人，也出现了踢毽子、跳绳的孩子，还出现了板凳、砖头，等等替人占位的物事。队伍向前蠕动，有个别急性子从队伍里出来，朝前方张望，更甚者干脆跑到前面去闹明白，究竟什么让队伍移动得这么慢，但很快被人揪住，扭送回到队伍最后。队伍的尾部是不存在的，因为几十年中，一个人把一个队伍排到头，就发现自己又排到另一个队伍的末尾了，如此往复，从而得到所有的生存必需。

　　此刻观众已经对天幕下蠢蠢欲动的剪影队伍好奇起来，这些人排队买什么呀？

　　灯光在人的不知觉中亮起来。排队的人应该是从夜里排队排到了早晨。队伍不知不觉中已经从天幕下移动到了台前，蜿蜒到了台侧的楼梯上，队伍尾部应该在第一道太平门外面，人源源不断地从那里沿着台侧楼梯向舞台上伸延。队伍里的石块、砖头、破脸盆、散架的木头马桶，都成为人头的替代物，向前移动，慢得像一辈子。

……突然一个年轻女子"被"拽出队伍，是被一条无形的胳膊抻出来的，女子在那个不可视的大手里挣扎，叫喊（此处台词略去），叫喊的大意是，她没有插队，昨天晚上就把这张手帕放在地上了，她同时摇动一块手帕。无形的大手把她推倒在地，她一面哭喊，一面往起爬，台词大意是：凭什么不让她排队报名？！她家庭跟她何相关，她爸逃台湾她就不能报名为志愿军献血，血不是一样的血？队伍七嘴八舌回答，（台词略去）大意为：血当然是不一样的血，资本家小姐的血，是吸血鬼吸来的血。资本家制造的药品绷带带毒，把志愿军伤员治死了，资本家小姐的血，谁能证明不带毒？……此刻一个排在她后面的人问，大家这是排队捐献什么。人们哄笑，不知道捐献什么你瞎排什么队呀？那人说，不管捐献什么他都捐献，不是听说豫剧女皇常香玉捐献了行头给志愿军买飞机，唱戏的戏装都捐献，咱还有啥不能捐献的。年轻女子告诉他，街道动员为志愿军捐献人血，她天不亮就来排队了。她忘掉自己刚刚受的辱，开始歌颂志愿军，打的一场场胜仗，英雄们流血牺牲，都快流到最后一滴血了，还不让她报名参加献血她就拼了……姑娘走到队伍最前面，一头扎下去——拼了。

排在最前头的人对身后的队伍说，志愿军早就回乡搞合作社了，这姑娘显然拼错了。

前面侧幕条里有人吆喝，绿豆汤多的是，大家排好队，不要挤，不要挤翻了绿豆汤……原来大家在排队领纺织厂工会的绿豆汤。队伍里出现骚乱，因为三伏酷暑排了一下午队，领到的绿豆汤只是汤，不见绿豆，而且味道也不对，是放糖精的，那白砂糖呢？！最不济也该是红糖、黄糖、麦芽糖，难道工人阶级领导阶级就配吃糖精，要工人阶级生癌吗？！一个老者出来劝大家，台词大意是：纺织厂公私合营了，老工会会长是个工贼，随着厂里股东回家吃定息去了，所以消暑绿豆汤的配方有所改良，现在请大家惜福，排队领到糖精片的绿豆汤已经很好了。一个年轻女工问，是真正的绿豆熬的绿豆汤？她兴高采烈排进队伍，她前面的人悄悄问，你啥意思？还有绿豆汤不是真正的绿豆汤？她意味深长地向后张望一眼，说你很快会知道的。那人追问，你看到什么了？

此刻队伍里的人都转身，队伍的尾巴变成了头。女子说她看见了队伍最前面。那人问，最前面绿豆汤还剩多少，女子说，队伍最前面已经进入了伟大的三面红旗新时代。队伍中间，一对男女开始眉目传情，手脚不老实了，你勾我搭，你扭我掐，最终男人张开衣襟把女人裹进去，舞台出现了一个放大的棉袍的里子，像一顶小帐篷，上面补丁摞补丁，处处破洞漏出棉花絮。（以下对话和动作都在棉袍的帐篷里进行）。女人诉说自己的苦（台词是用川剧高腔唱出，此地略去，排队人都合唱帮腔）唱词大意为：她的家，苦如黄莲里面熬黄莲，孩子多，丈夫残，老人老而不死多刁难……终于，棉袍帐篷里的男人的动作越来越过火，队伍里的人看着这座小小的帐篷一耸一耸，都看傻了。有的孩子藏到自己的手帕、毛巾后面。棉袍帐篷里，男人跟女人许愿，队伍一旦排到大食堂窗口前，一定把自己的高粱饭匀半碗给女人。队伍最前面开始大乱,有人打架从侧幕打出来,粗口骂得队伍里的人都喝彩。打架渐渐延续到整个队伍,原因是谁都发现别人的馍馍比自己的大,比自己的白,同时发现自己的馍馍里掺的观音土比别人的要多,简直就是假馍馍。跟棉袍帐篷里的男人情爱之后女人招呼"小栓!"她十五岁的儿子从队伍末尾跑上来,女人让他排在自己位置上,嘱咐他说自己姓她娘家的姓,这样她家可以领两份馍馍……女人自己跑到侧幕条边,跟侧幕里的人悄悄话,并把自己的上衣解开,胸部探进幕条里,让里头的人(里头是谁,可以任观众竭尽想象)她的要求是给几个真馍馍。(缩写作者王xx此处加了红杠,并以红墨水批注:何其恶毒!!!何其污秽!!!

队伍渐渐没了人,只剩板凳、石块、砖头、草帽、手绢……,(真人可以趁此刻休息一下,并且舞美组要设法制作一个舞台机关,可以让这一队物件朝前慢慢移动)。背景噪音是火车呼啸,哭丧,风雨,暗示原先排队的人,有的离乡逃荒,有的死于饥馑。

一个人出现在舞台上,是那个承诺给女人匀半碗高粱米饭的男人。他走到一顶草帽边,拿起草帽,刚要戴,三两个人吼叫,打出去,加塞儿的!呼啦啦上来一大帮人,所有替身排队的物件都有了主。(此地写上几段台词,作为样品)

男人:这队伍排着买啥呢?

排队人(异口同声):都不知道买啥你瞎排啥?!

男人:告你们一个讨老婆喜的诀窍;上了街见到排队就马上排

到末尾去，排上了再到前面打听，卖的是啥，排队卖的不管啥都是好东西，就是老婆不需要，一倒手卖出去，还能挣两个。

排队人：（七嘴八舌）：这孙子！怎么把我家秘诀学去了？

排队人甲：哎，孙子哎，你老婆是叫你出来买肥皂吗？

男人：不是啊，她让我出来买豆腐。豆腐卖完了，买条不要票的肥皂也行啊。

排队人乙：（他站在接近队伍尾部）哎呀我没带钱！

排队人：（异口同声）：操，你没带钱排个屁啊？

排队人乙（把一张人民日报放在地上）（缩写作者在此以红笔批注：蔑视国家最权威的报纸！）：回家取（此地念述）去，回来还赶趟！（剧作者注明：一定要用五湖四海的口音来出演排队人，象征几十年的排队历史，是全国各地人民的共同生存方式）。

排队人乙：（灵机一动，向他身后喊——他身后是幕条里面）要不我把这位置卖给你们谁？

幕后排队人喊：（七嘴八舌）你卖多少钱？

排队人乙：（一个手指一个手指数起，最后竖起五根手指）五毛钱！

幕后排队人：去你大爷的，一块豆腐才八分钱！一块肥皂才两毛五！你这一个破位置敢要五毛钱！

一块碎砖头从幕条内部砸上来——当然是看不见的砖头，这意味着对演员的小品基本功的高要求。接着碎砖连续从四面八方向他砸来，包括从观众席，他抱头乱窜下场，但很快被打得头破血流，

161

此处用川剧变脸特技，排队大众开始用高腔助威。

排队人甲：（扯嗓子向队伍前面喊）等我排到了东西还有没有？

排队人：（七嘴八舌）：那要看是什么东西——避孕套就会有啊！肉包子就没了！

排队人甲：能剩到最后的都不是好东西。

排队人（异口同声）放屁！（七嘴八舌）毛主席赠送给工宣队的芒果，全国人民大排长龙参观，敢说不是好东西？！

排队人甲被众排队人拳打脚踢。最后人们发现他不动了，队伍大乱，都涌上来观看尸体。两个戴红袖子的人从队伍前面的幕条里出来，对人们喊：要看的排好队！

人们自己也跟着喊：排队！排队！排队！

人们在"尸体"前面排起队伍，遮住了"尸体"，都向里侧身观望。队伍尾部延伸进侧幕，排在幕布内的人不断伸头，探身，伸手，踢脚，幕布狂动……

幕后排队人甲：哎，请问，咱这是排队买什么呀？

幕后排队人乙：管他呢，排上再说！

幕后排队人丙：让我看一眼！……

幕后排队人丁：你姥姥的，踩我脚啦！

队伍移动缓慢，沉重，像是送葬，从"尸体"侧畔经过他，每个路过他的人，都侧头看他。隔着队伍，能看见四个人抬起"尸体"，高高举起，逆着队伍行进的方向下场。

幕后排队人此刻已经移动到了台中央,跟被抬着的"尸体"错过。

幕后排队人甲:操,看死人还得排队!

幕后排队人乙:因为他活着的时候没人看。

排队人丙此刻已经到了舞台下场口。

排队人丙:就怕没排上东西就卖完了。

排队人乙:但愿等我排到还有东西。

排队人丁:肯定有!毛主席赠送的芒果,咱报喜给请回来一个多月了,一个月前就开始排队参观,现在芒果还在呢,原封不动。那么多眼睛瞪着它,跟啃它似的,啃一个多月,还那么大,那么新鲜,一点儿不带坏的!

队伍此刻又掉头,头变成了尾。现在排队上场的是年轻小伙子和姑娘,他们背着背包,挑着扁担,扁担两头拴着箩筐或纸箱。他们搁下行李,坐的坐,躺的躺。一个人问,火车到底还有谱没有,误点这么久。回答说火车在昆明站被卧轨的截下了。卧轨的是哪个兵团哪个师的?反正都是闹回城的。一人说,重庆知青和成都知青最能闹。另一人说,谁说的,北京知青最能闹。又有人反驳,人家上海知青根本不用闹,早走了。你们睁眼看看身边还有几个上海的,几年前就开始在兵团上层走门路,现在全跑光了。兵团干部最喜欢上海女知青,跟她们握手时间最长,一边握手一边偷偷挠她们手心儿,这个男知青一面揭露一面喜剧性模仿抠手心小动作。(红笔批注:污蔑建设兵团干部!)一人喊,火车来了,大家把队排好，不要把行李忘在站台上，更不要把吃奶的孩子忘在站台上。小伙子大姑娘们排队往前走。一个箩筐、两个纸箱被落下了，其中一个纸箱有一米高。一个拿苕帚扫地人逆着队伍扫地，伸头往箩筐里看，大吃一惊，从箩筐里抱出一个裹在襁褓里哇哇大哭的新生儿，扫地人又哄又拍，新生儿安静了，扫地人把她（或他）轻轻放回到箩筐里。（剧作者建议：此处表演最好用哑剧）忽然扫地人发现那个大纸箱挪动起来，他吓得拔腿便跑，纸箱却跟着他，他见鬼似的满场乱转，但纸箱跟着他加速。（剧作者建议：用十岁以下的小演员扮演，假如能借到杂技团著名小丑演员孙争光同志，那就最好。（红笔注释：孙争光同志是个侏儒）。最后扫地人打开纸箱，发现里面躺着一个大婴儿——一个婴儿知青。（剧作者建议：舞台处理方式是把纸箱立起来，从打开厢盖间，观众看到的是"躺"着，但其实是立着的婴儿知青。"躺"在箱底的婴儿知青穿放大的襁褓、戴虎头帽。）

（以下是扫地人和大婴儿之间大致的对话）。

扫地人：你是谁？

婴儿知青：我是婴儿知青，是两个知青的孩子。他们把我扔到火车站，自己走了。

扫地人：你胡说，谁忍心把自己的亲骨肉扔在火车站？

婴儿知青：他们也不忍心，扔我的那个女的哭得死去活来。我听那男的说，你不扔了他，回到城里你怎么找对象？

扫地人：那男的不就是那女人的对象？

婴儿知青：这你都不懂？他们没法搞对象，因为那男的是昆明知情，那女的是北京知青，昆明知青进不了北京，北京知青不愿意留昆明，他们只能分手。

扫地人：你多大了？

婴儿知青：我刚满月。

扫地人：那你以后咋办呢？

婴儿知青：（指着襁褓的胸前）这里头有一封信。看完你就知道咋办了。

扫地人从襁褓里掏出一个信封，抽出信纸。

扫地人：（念信）敬爱的恩人，不管您是谁，我求求你，把我的孩子抚养成人吧。孩子生于1977年10月1日，他的父母都是可怜的身不由己的知青，但他们聪明健康好学，孩子应该继承了他们的良好基因，将来长大一定能孝敬您照顾您。万一他考上大学，学而有成，那就是对您善心的善报。我永远在遥远的地方为您和孩子祝福。留下的钱和粮票微不足道，但是我和孩子爸爸的全部所有，跪请您收下。记住，世上永远有两颗感恩之心在默默为您和孩子祈福。孩子的生母。

扫地人黯然神伤。婴儿知青充满希望地看着扫地人；他宁愿做扫大街的后代。但扫地人看了看信封内，折叠起信纸，塞回信封，然后把信封重新放进襁褓内。婴儿知青沮丧。

扫地人：（抚摸婴儿知青的脑门）孩子，我自己的孩子都养不活，要是把你抱回家，我老婆准得连我带你一块扔出门。

与他俩对话同时,他们身后的队伍渐渐加速往前移动,渐渐成了小跑。

　　扫地人:(对婴儿知青)火车误点了,你的母亲还在站台上排队呢,我带你去找她,她扔下你,现在说不定悔青了肠子呢!

　　他找来一个背篓,把婴儿知青放进去,背到自己背上。

　　他沿着排队的人们边走边喊。

　　扫地人:谁把孩子忘在车站了?!(抓住一个女知青):这是你忘掉的娃儿吗?

　　女知青挣开他。他又抓住另一个女知青。

　　扫地人:这是你落在车站的娃儿吗?

　　女知青摇头。

　　火车开进站的声音。蒸汽机头冒出大量白色蒸汽。知青们混乱噪杂的背景声音彼此重叠,此起彼伏——"这儿!……行李先扔上车!……推一把!推一把就上去了!……你踩着我了!……来,拉着我的手,从窗口进来!……。我的手提包没了!……"

　　扫地人背着装婴儿的背篓原地奔跑,一边叫喊——

　　扫地人:谁落了一件大行李在候车室?

　　男知青甲:我!

　　扫地人:你是昆明人?

　　男知青甲:是!

　　扫地人:(把背篓摘下来,向他举起)这是你落下的!

　　男知青扭头就跟着小跑的队伍离去。

扫地人：（绝望了）：你们的心怎么这么狠啊！

坐在背篼里的大婴儿面朝观众，伤心欲绝。

扫地人：（拉住一个女知青）你认识这孩子吗？

女知青：（狠狠甩开他）神经病！

扫地人被甩得摔倒在地。

扫地人：（开始嚎哭）：狠心的人，你们想到没有，万一没有人捡起这条生命，怎么办？让孩子孤苦伶仃地饿死，冻死？！

扫地人的大嗓门吵醒了另一个纸箱里的生命，从箱子里传出新生儿嘹亮的哭声。

男知青乙：操，他不是有伴儿吗？怎么会孤苦伶仃？！

扫地人拿起扁担，一头挑起纸箱，一头挑起箩筐，背上背着大婴儿，蹒跚沿着队伍向前走去，一边走一边喊——

扫地人：谁把亲骨肉弄丢了？你们谁忘性这么大，把孩子忘了？……。

白色蒸汽越来越浓，火车呼啸的声音淹没了一切……

白色蒸汽渐渐消散，后台隐约传来锣齐鼓不齐的锣鼓声，口号稀稀拉拉。天幕上显露出一条横幅"热烈欢迎计划生育指导小组进驻我村指导工作！"

蒸汽散尽同时，横幅下出现一个队伍。从舞台右边的侧幕条里，伸出一块白色牌子，上面红字为"优生优育，自觉结扎"。观众此刻看清，排队人的步伐不同寻常，个个脚后跟领路，倒退着行进，像是一队被无形线绳牵动的木偶。队伍里有男有女，但没有

167

孩子和老人。一个男人步子退大了，踩到他身后排队的女人脚面上，女人给踩疼了，叫骂起来哪个骡子踩这么狠，男人急忙"对不起"，女人接着发泄，意思是他那么着急干嘛？早是挨一刀，晚也是挨一刀，挨了刀就成了绝后的骡子，着哪门子急？！她越说越气，使劲推一把那个老实巴交的男人。男人向前栽倒，一支队伍成了多米诺骨牌，一个接一个栽倒。（剧作者建议，此地要使用戏剧技巧，使每个人的栽倒动作确实像是骨牌。）队伍里一个女子哭泣，说自己生了三个孩子，都是丫头，公公婆婆背着她把二丫头，三丫头都扔掉了，等着她生第四个，结扎了以后，公公婆婆更不拿她当人，丈夫更要张口骂，抬手打了。她前面一个年轻姑娘说，结扎了好，如今女孩也能上大学，上了大学的女儿将来会接当妈的到城里过好日子。再说生娃多痛苦，旧社会百分之三十的女人死亡率是死于生娃，新社会至少也有百分之二十五的女性死亡率由生育构成。结扎之后，女性就彻底从生育之痛、生育之死的阴影中走出来了。女子停止哭泣，似乎在消化年轻姑娘话中的意义。她突然问，你生了几个？年轻姑娘说，还没有结婚。女子说哪你咋知道生娃痛苦。年轻姑娘说，书里说的。女子说她生娃一点不痛苦，就像厕泡硬屎。女子又问姑娘，没结婚的大姑娘，跑到这个队伍里凑啥热闹。年轻姑娘说她提前响应号召，戴环上大学。她得意地悄悄告诉女子，趁计划生育工作组集中做手术，上环免费，提前上了划得来。

　　侧幕条里传出喇叭扩音的喊话：结扎了的社员同志，可以到隔壁窗口领取半斤红糖，四个鸡蛋！人们转过身，结束了倒退行进，而成了争先恐后、异常欢快的队伍。接近侧幕条的一个男人招呼不远处的熟人：李二狗，快点来结扎！国家发红糖、鸡蛋哦！一个四五十岁的插队进来，年轻姑娘问她多大岁数了，女人说她四十九岁，姑娘说那你排队干什么？女人说她娃娃生了六个，留着零件没得球用的，把它结扎了，还能得半斤红糖，四个鸡蛋。姑娘前面的女子说，那你帮我结扎嘛，我把我那份红糖鸡蛋给你。四十九岁的女人问，咋个帮你结扎呢？女子说，顶替我的名字嘛。你叫啥名字？女子说，我叫王欢欢。女人答应了。王欢欢退下，稍顷，台上的灯光转暗。王欢欢拎着包袱，拉着十来岁的女儿趁夜色逃去。

　　夜色渐退，稀薄曙光，观众们又能看见一个排队的剪影，慢慢向前移动，坚定，永恒……。

　　（以下是经过缩写的台词）

　　幕布里面的队伍首部有个嗓音喊着：刘耀明！

　　排在队伍最后的一个男青年应声——

　　男青年甲：在这儿！

　　幕布里面的人：快快快，到前头来！

　　队伍里的人都羡慕地看着他欢快地跑进幕布。

　　男青年乙：哎，我看见他们把几本书给他了！

　　女青年甲：肯定是复习材料！

　　女青年乙：排队排最后，凭什么先让他领到复习材料啊？！

　　男青年乙：我都排了六个多小时了，见好多个排在后面的给叫到前头去了。

女青年乙：（冲前面喊起来）走后门！特殊化！

男青年丙：人家的爹是县委刘副书记，打电话过来交代了呗。

女青年丁：我听说是他名字给认出来了，下边的人主动讨好副书记！

女青年乙：（举起拳头高喊）坚决反对开后门！

男青年乙：（哀声叫喊）讲点良心吧，我二十七岁才从插队的地方回来，考大学整整晚了十年！等了十年，总算等到现在，能跟所有人站在同一条起跑线上……

女青年甲：就是嘛！我等了这么多年，今年都二十八了，才等到大学公开招考，国家总算给所有人一次公平竞争的机会。现在才晓得，复习材料那么难搞，暗地里各种见不得人的交易又在进行了！

男青年丙：（小声地）哎，你们要喊到远点儿喊去，要不发材料的分不清谁喊的，连我一块给小鞋穿。

此刻这几个人已经行进到幕条边，也就是接近了队伍之首，幕条内一个声音喊话：请后面的同学不要排了，今天的复习材料已经发完了。

男青年乙：明天还会再来复习材料吗？

幕后声音：那你明天再来问吧。

女青年丁：那我们今天就不走了，接着排明天的队。

女青年乙：你们要是不从后门把材料递出去，所有排队的人都应该有份的！（她举起拳头）打倒开后门！

所有人跟着喊口号。

男青年丙突然窜进幕条内，立刻传出厮打的声音。所有人抻长脖子张望，有人点评打斗局势，有人指点打斗技巧。

男青年丙：这小子练过几天的，倒挂金钩见功夫！……，好哦！大背跨漂亮！

男青年丁：……抱住狗日的腿！再蹲低点儿！……呕！

男青年戊：（拍拍男青年丁）哎我说，你给谁喝彩呢？！喝错了，我们的人给揍趴下了！

女青年丁见男青年戊：哎，你排在后面的，怎么跑前头来了？！回去！别趁机插队！大家排好队！今天不排好，明天更乱套了！永远也别想领到复习材料了！

男青年乙被幕条里的人推得跟跟跄跄，退回舞台上，满脸是血，倒在地上。

女青年乙上前拉他，他血迹斑斑的脸绽开一个扭曲的笑颜，一面从怀里掏出一本染血的书本。

男青年乙：什么发完了？！狗日的把复习材料都藏起来了，打算开后门给亲戚朋友领导的孩子送去！看我，偷到一本！

女青年乙：你用完能借我用吗？

男青年乙：这是用我的鲜血和生命换来的！

女青年乙：我就借用一晚上……

男青年乙：一晚上，你就能复习完了？

女青年乙：不，只要有一晚上，我就能用照相机把每一页都拍下来，洗印几十份儿，分发给大家。假如十个人在一起复习，能有一份儿材料，这十个人就有希望了，虽然离考上大学的希望还遥不可及，但毕竟是一点幽暗的希望……，

男青年被感动，看着她；由于有了那点幽暗的希望，她显得那么美。她走出了队伍，向他伸出手，他把书本递出去，但最后一刹那，又缩回来。

男青年乙：（对观众独白）每个人都有了一点儿希望，是啊，很美，可是我的希望就被拆分了，想想看，他们每人都用这本材料复习，复习完了都去参加考试，我就多了这么多的竞争对手！我疯啦？刚才命都差点搭上，就为了给自己找一大群竞争者？我的希望是干渴者的一口水，把这一口活命的水分给一大群干渴者，我活不了，也救不了他们。与其大家都死在共同起跑线上，不如活下我一个……

那个向他伸出手的女青年仍然向他伸着手。整个一支队伍的人，都向他伸出手，都是干渴濒死的模样。

男青年乙（对女青年乙）：对不起，我不能借给你。

人们眼巴巴地看着他逆着排队人的朝向急匆匆走去，但他走到队伍末尾处，刚要跨进侧幕条，就被幕条里边的排队人突然伸出的脚绊倒子，他栽了个大马趴，手里的书甩出去，被幕后的人抢到手。另一个排在幕条内的人把使绊子的人扭住，两人扭打着来到台上。

男青年乙：狗日的，把我的复习材料抢跑了！

两个排在队里的男青年本来上去拉架，但一听材料被抢跑，也开始对男青年乙拳打脚踢。更多的人加入打架抢夺，打架的动作变慢，成为电影的高速摄影。队伍自本剧开始，头一次大乱。

只有女青年丁在枉然高喊：排好队！排好队！……

——全剧终——

（红笔批注：虽然在全剧结束前，剧作者表现了一点积极因素：我们的国家开始拨乱反正，生活正在走向正轨。知识青年返城后，年轻人看到了希望，但最终还是以揭露人性的自私阴暗从而熄灭这颗希望之火。由于缩写，很多石破天惊的台词无法原文摘录，可以想象演出的第一周，剧终后观众为何迟迟不退场，鼓掌呐喊十多分钟，直到剧作者上台谢幕。由此可见剧作者哗众取宠，欲以此剧煽动在历次运动中人民群众积压的牢骚和不满情绪。请各位领导同志审阅，并指示。缩写作者；王xx）

马斯洛娃

米拉在崔宅住了一夜，夜里听见小姑和代理小姑父崔鑫馨吵架。两张嘴里出来的两个腔调的广东话，斯文的广东话是崔老板的。米拉不太懂广东话，但小姑说的"丢你老母"她是懂的。人们学一种语言，往往从脏话开始。第二天早晨，老崔还在睡，小姑披着丝绸起居袍在厨房煮咖啡，皮泡眼肿。夜里哭闹挂相，小姑也有难看的时候。米拉没提昨夜听到的争吵。小姑没事人一样，一边等咖啡过滤，一边招呼米拉自己烤面包。然后她把糖缸、奶缸、小勺、餐巾（都是小小姑李芳元洗涤熨烫的）放到托盘上，把咖啡倒入两个杯子，一一在托盘上摆造型，摆得可以给梁多去画静物。她踩着一双狸猫皮面的拖鞋，颠着日本女人的无声小步向卧室快步走去，还是个贤惠尽职的小老婆。米拉听见崔先生咳嗽的声音，好难听。人上了岁数，早晨总有很多不雅响动，发自呼吸系统，发自消化系统，这些都是真巧必须接纳忍受的，是她锦衣玉食的代价。

米拉自己照顾自己吃了早餐。真巧回到厨房，开始煎蛋，煎火腿，火腿是香港货，老崔宁愿拎重大行李，也要把原装香港早餐搬到此地。真巧离不开成都，去了上海、北京都呆不长，回到成都满嘴上海北京的坏话。真巧看看米拉，很刁地一笑：夜里都听到了？米拉说，隔壁子都听见了，怕他们又要来打门呢。真巧说，你也不问为什么。别人打翻天，只要不主动跟米拉说，米拉从不多事过问。米拉觉得人世间无聊人和事太多，问不过来。假如人家把无聊事告诉她，她也听得很被动，好像分担一下你们的无聊事是给你们莫大面子。米拉自学英文三年多，现在在读弗吉尼亚.沃尔夫的原文，这个疯女人也是从不操心别人的无聊事的，久而久之，别人的事在她眼里越来越无聊，最后只能自绝于他们。不知道她是先不参与他们的无聊，还是先疯，或者她疯就是因为参与别人的无聊太少，亦或许她对别人家长里短无兴趣就是疯的症状之一。她过分纯净无菌，连自家佣人都害怕，一个人可以自爱到那个绝对程度，一座灯塔只装着一个孩子的一个愿景，在自己书写的故事里她为自己的生命安排了结局。米拉对真巧笑笑，说，为啥子嘛？真巧说，劳你大驾总算问了。老崔是个王八蛋。米拉看着她，这又不是她刚刚发现的，老崔做的许多事都很王八蛋。比如他在成都重庆收购的古董字画，都挂在这座房子里，各屋都给打扮得很有文化。有一次真巧摘下一幅去复制，想把真品贪污，但赝品专家告诉她：这个就是复制品，高级复制品罢了。她想，那么真品一定在上海的老洋房里，趁老崔在香港当好老公的几个月，她飞了一趟上海。上海老洋房里的每一幅画，居然也都是赝品，真品给他拿回胖老婆那去了。真巧说，觉只跟我睡，宝贝只让胖老婆守着，你说他有多王八蛋？！米拉问，你昨天才跟崔姑父挑明？真巧说，早挑明了。米拉问，什么时候挑明的？真巧说，前年。米拉奇怪了：吵架滞后了两年？吵架是老崔的新罪恶引起的。真巧说，他那个胖婆娘跟女儿、外孙子到成都来，他狗日瞒到我！我妹娃儿昨天回家住，我给他洗衬衫,看到一张锦江宾馆的信用卡单据。包了个大套房,中央首长住的,我想他日我一个人都搞不赢,外头还包起房来了啊?我跑到锦江宾馆,手里拎一件我的新旗袍。我说129房间的客人订做的旗袍,叫我送到房间去。服务员说客人出去了。我说我晓得,客人让我把衣服挂在柜子里。服务员小伙子把我带上楼,开了门,我进到睡房里,开了衣柜,头一眼就看到那件套装;就是宝蓝带条条的、老崔特制的那块乔其纱,给我、给他姐姐、他老婆一块儿定做的那套!哦,他包了大套房把老婆当外室养,我能饶得了他?!昨天晚上我一脚把王八蛋踢床下头去了。米拉笑起来:你都跟人家老婆穿妻妾装了,还在乎这个?我在乎他瞒到我!你跟小吴叔叔,不也瞒着他?她"嘘"了一下,跑到走廊,朝第一卧室方向看看。回来愤愤不平,说她跟吴可又怎样?人家吴可是旷世的大才子,王八蛋也配跟人家为伍?人家用剩的,给他用用就不错了!除了有几个臭钱,他还有什么呀?!米拉突然为崔先生难过。是啊,老崔有什么呀?其貌不扬,无才无德,钱是他的唯一拥有,但显然他舍得与真巧共享的这唯一的拥有。米拉还想到,世道变了,老崔唯一的价值,当今社会上绝大多数人都梦寐以求地想拥有。真巧越说越火,充满劫富济贫的正义力量。刚才那个为老崔煮咖啡的贤惠日本女人,影子都没了。米拉白了她一眼,那你屁颠屁颠给他送咖啡,做早饭。他也没犯死罪,咖啡总要给他喝。她安静下来。崔先生从卧室出来,一股幽香。澡洗过,脸刮过,谁都没福气见到狼狈的崔先生。他对真巧说,去把报纸拿回来吧。说话轻声轻气,但就是真巧的老爷。昨夜被踢下床？米拉深表怀疑。真巧拿回报纸，点一根烟，说，鑫馨（崔先生大名）啊，你们几个大人带着孩子玩不好的，米拉可以帮着带你那两个外孙，你们大人就自由多了。她跟崔先生说话一般以普通话为主。讲普通话的真巧多了点规矩，少了点鲜活。米拉说，什么外孙？真巧对老崔笑一下，崔姑父付工资的，对不对？崔姑父马上认账：付！付！付！我那两个外孙调皮，他们的妈妈累，一个八岁，一个十一岁。崔先生一口古怪普通话。他的皮夹已经在手里，对折的柔软皮囊里，露出红红的一搭。米拉可不想当幼教老师，脑子里紧急找借口，崔姑父在这当口，已抽出了一摞红色钞票，一百元一张的港币，说，这是两千块港币，小朋友的吃喝，晚上你跟我另算。假如他们要买玩具买书本，米拉先垫，之后找我报销。崔姑父把钱往金丝楠木茶几上轻轻一放。米拉被这么大一笔钱吓死了，这个数额她一天就挣下来，简直是犯罪！她嗫嚅：我单位里政治学习，不能缺席的。她发现自己的口音被崔姑父传染了，出现一些古怪滑音。 小姑拿起茶几上一听万宝路，那，给领导拿起去，还没拆封，看他准不准你缺席。学习个屁啊，我们车间的女工说她们喜欢学习，不然到哪儿去打毛线、算柴米油盐账、写情书？米拉没接话，脸是作难的，其实她今天打算去一个作者家组稿，时间倒是灵活。主编给米拉做主，随她安排上班时间，说只要小米同志组稿，没有组不来的。现在很多编辑部豢养花瓶式年轻女编辑，约稿事半功倍，米拉自知领导也在她身上倾榨花瓶的功效。米拉对此无所谓，窃喜能越来越多地掌控时间，肥了自留地的写作。米拉应承下临时幼教工作，但对崔姑父说，工资太高了，等于她一月薪金的二十倍，她拿不下手。米拉话没说完，感到小姑的脚上来，软底鞋踩一下她的小脚趾。崔先生说米拉到了晚上就会明白，工资是不高的啦，管这两个孩子非常吃力的啦，在香港必须是两个佣人带这两个捣蛋虫啦。崔姑父让司机把两个孩子送到小街口，米拉在那里接他们。两个孩子很腼腆，不但不顽皮，反而是略微胆小的。大男孩叫李昂，英文Leo，小男孩叫李铂，英文Brian。弟弟想牵哥哥的手，哥哥猛一躲，米拉赶紧伸手过去，男孩抓救命稻草一样抓住她。不久两人就开始姐姐、姐姐地叫米拉。没有弟妹的米拉，心里一煲热粥似的。她按崔先生的要求，上午带他们在春熙路逛街，中午回到宾馆吃午饭，饭后午睡，起床读书一小时，游泳一小时。但两人下了池子就不上来，泳池上方的大钟指到五点半了，二人兴头还在高涨。米拉游得不好，蛙泳像狗刨，哥哥学一下样，弟弟笑了一阵，这是一整天里他们唯一的不敬行为。哥哥Leo个子大，身体也壮，在香港每天下课都有体育训练，身材已然是个小伙子。他给米拉纠仰泳动作，托着米拉的腰，要她尽量把身体放平，才能有速度。米拉找不着范儿，咯咯笑，一根杆子横空就伸出，把男孩手拨开：你们上来。米拉抬头一看，池边一个花胡子下巴，一双穿夹脚拖鞋的大脚，竹竿的主人是个跟居委会监督风化的太婆平行存在的大爷，也在此防范风化污染。米拉一紧张，喝了一大口水，手脚乱了。Leo赶紧拉住她一条胳膊，竹竿此刻朝男孩一劈：公开耍流氓是哦？！男孩疼得惨叫。米拉叫道，敢打娃娃哦？！竹竿又啪地一下，打向米拉，米拉往后仰去，顺势游仰泳急撤，刚刚被大男孩教练的姿势立刻得了要领。

大爷怒吼，都给老子上来！吼叫声把在池子另一边的几个来回泅渡的美国人和在池边的一对金发男女吓到了，都停下动作向这边看。他们到中国来或是留学，或是指导某种机器安装，或是旅行，带着一肚子对中国的疑虑：中国人在以前几十年发生的事，他们是当非洲某食人族的传奇来听的，因此他们对中国也好中国人也好，总是保持一定程度的警醒和惊悚，准备随时应对不测。米拉跟李昂说，上去吧。弟弟李铂已经吓傻，眼泪在眼睛里鼓大泡，就是不敢落。香港人也搜集了许多有关野蛮大陆人的轶事，七十年代后期，香港街上出现一种粗陋布娃娃叫"表叔"，出处是《红灯记》唱腔，"我家的表叔数不清"。男孩们看着这个花白胡的"表叔"，想到传说中，三年饥荒饿死人，文革十年打死人，眼前"表叔"这张脸，立刻落实了他们妖魔化的认识。Brian缩起瘦小的身子，看着拿竹竿的"表叔"用绳子把哥哥的双手绑住。米拉抓紧时间拿了一条干燥松软的大毛巾，裹在李昂肩上，一边插身大爷和他的俘虏之间：凭啥子抓人？！凭上级规定。上级啥子规定？男女不准在游泳池里搂抱。米拉看一眼李昂，肉眼都能看出，他的内心在打颤，从灵魂深处抖到表皮。她说，李昂不怕，姐姐在这！她回头看一眼灵魂出窍、两眼空空的小男孩Brian，鼻子酸了：小弟不怕，有姐姐呢！乖，把浴衣穿上。米拉头一次当姐姐，就碰上了这么大事，需要她顶天立地做主撑腰，从未有过的英勇感让她喝了三两白酒似的，胆子乍起，晕晕然地豪壮。米拉说：学游泳跟搂抱都分不清，你这么大岁数白活了！大爷说，我看就是搂抱！米拉指着池子里的金发男女，他们才是搂抱，你咋不抓？！大爷说：人家是外国人！米拉面对大爷，用自己的血肉筑起一道新的长城：他们是港澳同胞！大爷愣了一下，说：冒充的。米拉说，你去查，让宾馆证明，他们是不是冒充的。大爷又愣了愣，说：查也是我们领导的事，我只管抓人。大爷隔着米拉，一扽绳子，Leo栽到米拉身上。米拉撒野了，抱住男孩：我就搂抱他了，你敢咋样？！大爷掂掂手里的竹竿说，我这根杆子专打流氓，打得男流氓，也打得女流氓。米拉说，那你就把我打死！我死都不会让你带走他！大爷说话算话，抡杆子就抽，米拉感到胳膊上着了一道火，Brian大声哭起来。米拉侧脸看，竹竿把自己的痕迹留在了皮肤上，一条红色正在凸出皮肉表层，形成一条肉棱。金发男子冲上来，一把抓住大爷的胳膊，一个美国汉子几乎同时赶到，夺过竹竿，往脑后一扔，杆子落进泳池。金发男子的眼冒蓝火，用口音很重的英文对大爷说， how can you beat a little girl like that ?！非英文母语的人说英文比较好懂，米拉自学了两年的英文听力马上在脑子里把那句话翻译成汉语。几个美国人都过来了，其中一个瘦小个会说中文，问到底发生了什么事。金发女子披着毛巾站在池子边，不敢过来，大概是她的男朋友警告了她，中国大爷什么都干得出。大爷的胳膊还在金发男子手里握着，喊道，你放手！小个子美国人说，let go of him。金发男子说，No, he'll hit the little girl again！小个子美国人对大爷说：你保证，不会再打这个小姑娘，就放你。大爷说：不打了。金发女子在远处说：don't let him go; take him to the police！一个高胖美国人说，it's the police who backs up people like this old fart。米拉的听力突飞猛涨，大致懂了洋人们的立场观点。大爷被放开了，后会有期地扫了米拉和大男孩一眼，急匆匆走了。洋人们把米拉当little girl，隔着种族的年龄欺骗性看来今天救了场。米拉正在给小男孩李铂安慰拥抱，大爷又回来了，身后还跟着一个穿宾馆制服的男人。大爷得胜地对洋人们说，你们有啥子跟保卫科同志说！洋人们立刻想起他们来中国前听到的种种警告，灰溜溜散了。大爷指认米拉，就是这个超妹儿！穿制服的看看米拉，又看看两个男孩，说，情况我都了解了。顶风作案，嗯？他上下打量着米拉，目光存心走得极慢，米拉感到自己从泳装里露出的身体面积太过大，简直等于裸体，而裸露的部分给这目光涂一层污。走嘛，到办公室谈一下。米拉的血呼的一下涌到脑子里，对Leo说出一串英义电话号码，又说，快去打电话！Leo转身要走，被大爷一把捉住，你一块儿来哟。逆境让小男孩李铂迅速成长成熟，已经十分镇静，扭头就往电梯口走，一边走一边大声背诵刚才听到的英文电话号码，背的一字不差。米拉拖拖拉拉地找来拖鞋，浴巾，披好穿好，用英文对李昂说，They 'll pay for it．她的发音不准，李昂说，"beg your pardon?"大爷大声警告，狗日放洋屁哦？给老子闭嘴！

刚刚在保卫科办公室的人造革沙发上坐下，一个女人和她的一身香味轰然闯入。米拉一看，女人是李真巧。李真巧穿的还是早上在厨房里煎火腿荷包蛋的绸袍子,脚上一双球鞋,都没来得及拔起后跟。她直奔在窗口背身吸烟的大爷而去,把大爷一把扯转过来,面对她,呸的一声,口水已经挂在大爷的花胡子上。大爷条件反射地给了真巧一拳头,真巧马上跟大爷扭作一团。李昂吓得直后退,退路给墙挡住,背脊紧贴墙壁。保卫科同志拉开真巧,五根带鲜红蔻丹的指甲在大爷脸上开出五道血槽,老脸成了花瓜。她在保卫科同志的抓握中跳脚,米拉看见保卫科同志裤腿上出现了她球鞋底上的花纹。被拉开的李真巧叫喊:你个老怪物,敢打人?!我叫你打——她给保卫科同志限制了动作,但脚底下还有自由度,一脚就把趿拉着的球鞋给踢起,直击大爷胸口。脸上火辣辣疼痛的大爷见过浑女人,没见过这么浑的女人,还是这么个漂亮喷香的浑女人,简直傻了。真巧说,狗日的!在我们云南兵团,你这种怪物,老娘见多了,狗日看上哪个女娃儿,就找她茬子……保卫科同志说,行了行了,慢慢说,慢慢说……,好不容易把真巧摁到另一张仿皮沙发上,她两眼一刻不离地瞪着大爷,手从包里摸出烟盒,掏出两根烟,一根隔空抛给保卫科同志,另一根在鲜红的拇指指甲上哒哒哒地敲,与其说是为了把烟丝敲紧致,不如说是向大爷发出霍霍磨刀的威胁。保卫科同志点上自己的烟,将就同一根火柴来给真巧点,人凑得过分近,目光顺着她抽耳光抽松了的袍子领口溜下去。真巧眼睛宽谅地一笑,意思是:不是你一个人眼睛欠,男人都这么欠。等保卫科同志从俯身点烟的姿势还原,自感从这个性感的泼辣女人身上得到远超过一根烟的礼物,扭头对大爷说,打人是不对,啊,尤其跟女娃娃,尽量讲道理。大爷也知道刚进来的这个泼辣骚货已经腐蚀了保卫科同志,花瓜一般的脸阴沉着,不开腔。保卫科同志又说,你们也忙,我也还有事要处理,有则改之,无则加勉,啊?这就要送客,两只胳膊松松地张开,赶几只小猪猡似的。米拉看一眼小姑,她可真行,马到成功。米拉说,Leo,我们走。她怕 Leo 问起真巧何人,那可经不起解释。真巧说,走?!有那么便宜?!小姑把烟头往烟灰缸沿上一摁。她拉起米拉和李昂的胳膊,两条胳膊上都凸着红艳艳的肉棱,棱子上一串细微的破皮,就像女人透明丝袜的脱线,渗出一串血珠。真巧说,这个咋算?我们娃娃才十一岁,是港澳儿童,未成年的港澳同胞哦!这个女娃娃,我侄女,退伍军人,三等功臣奖章别起一大排!她在自己骄傲高耸的胸上一比划,(米拉获得过一次三等军功,因为编排舞剧里的歌词在军报上发表),我侄女从小到大,她父母一句重话都没有舍得说她的,慢说跟她动粗,(这是实情),部队领导都捧到她、呎到她的(这是谎话)!你们今天算打对人了,回头到公检法说嘛。保卫科同志马上说,误会,误会了,老刘有点儿老眼昏花,没看清这个娃娃还是个娃娃,把他当流氓打了……真巧打断他,没看清就敢打,看清了还不给他打死哦!你说嘛,两个娃娃受这么重的伤,咋算?算误会嘛,保卫科同志替对方慷慨就像一笔勾销全国几百万右派二十年受辱受罪那样,慷慨地给受害人平了反。算误会?!真巧不像几百万右派们那么好讲话。我跟这个男娃娃他外公莫法交代。保卫科同志说:他外公是成都人是哦?真巧说,他外公是香港有名的爱国人士,现在正在计划投资四川,建工厂!他个狗日这两杆子,就把投资打跑了哦。哎呀,保卫科同志难坏了,苦脸笑笑,这个、这个情况我们不了解……这样子好不好,我跟领导汇报一下……也不能完全怪我们,上级抓精神污染抓得紧,有明文规定的,男女不得在游泳池里头发生……真巧大眼一瞪,发生啥子?!这个,不好说的,就是身体不准许接触。反正尺度呢,各个单位掌握。这个老同志,尺度卡地严了点儿,就算他好心办坏事。大家都要配合一下,支持上级把清除精神污染运动顺利收尾。真巧说,你说的那些,我们都服从,不过就是这两个娃娃受了这么重的伤,跟港澳爱国人士咋交代?米拉看着好笑,保卫科同志实在头疼这个女人,不吱声,心里在混乱谋划。真巧小姑追一句:你说嘛,咋个理抹。保卫科同志说,那你说嘛,你说咋理抹,就咋理抹。我说啊,赔钱赔礼。赔礼,我这儿就跟你陪。保卫科同志把大爷推到真巧跟前,花瓜脸大爷苦痛而屈辱,深深低下了花白的头,一鞠躬。然后大爷转身,对着米拉和她身边的李昂,再次低下花白的头,二鞠躬。没了后台的大爷矮了,驼了,声音蚊子嗡嗡:对不起哈,误会了。米拉掉过脸,不忍看大爷,对真巧说,我们走吧。真巧说,等保卫科同志给我们写了字据,再走不迟。保卫科同志说,写啥子字据哦?真巧说,我写你签名也行。她走到写字台边上,拿过桌角上的公文便笺,写下两行字:本人答应陪偿米拉蒂、李昂二人的伤痛损失费和心理损伤费及名誉损伤费,共计两千元。保卫科同志一看,快要哭了,我砸锅卖铁也掏不出两千块!真巧开始拔一直趿拉着的球鞋,一面说，够划得来喽，不然港澳爱国人士出来登报纸，告你到公检法，饭碗都给你打稀烂。签字。真巧为保卫科同志蘸饱钢笔水，后者往后躲：这是上级指示，我们就是个执行部门……那行，我找你上级。她把便笺仔细放入她的草包，对米拉和男孩挥手，走。

李真巧在第二天上午找到了宾馆总经理，马上搞定：全免崔先生的房费，一个大套房和一个小套房，白送七天的住宿，七个上午的自助餐，七天的洗衣熨衣费。崔太太听两个外孙热捧从中斡旋的女人，说她像好莱坞性感女星，跟崔先生说非要面谢她不可。崔先生找来米拉，他金屋藏娇是公开的秘密，但仍是秘密，彻底公开，崔太太在女儿外孙面前颜面扫地，他就得把成都的"金屋"放弃掉。能不能把你的吴叔叔一块请来吗？米拉明白，这样就把真巧赖到小吴叔叔名分下，让小吴叔叔当米拉的B角姑父。米拉说，小吴叔叔大作家，忙得不得了。她言下之意，你们这种男盗女娼的事，也配请吴可。崔姑父说，请请看啦。米拉见不得老头儿作难，不情不愿地用宾馆电话挂到吴宅。她听着电话铃在那间大屋里空响，猛然一悟到：可是有好多天没见小吴叔叔了，平常他隔两天就要到米潇家打秋风，吃"乞头"。这一想米拉不安起来，四十出头的光棍，病死在家都没人知道。

米拉找到吴宅楼下，一个在院子里晒豆豉的纯银发太婆说，走学习班去了。米拉问，啥时候去的？去了一个礼拜喽。米拉问什么学习班。太婆答非所问，说，有问题才到学习班哦。米拉想，这么老个老太太还挺有观察力。太婆又说，头两年学习班都下课了，今年子又开张了。米拉问，他背起铺盖走的呀？太婆说，拎起包包走的。现在学习班高级了汕，在招待所里头，有干净铺盖。

离开吴宅，米拉分析，关押吴可的学习班，可能会在哪个招待所。她决定先去父亲刚回城住的那个文化部门的招待所。果然在那里找到了她的小吴叔叔。但管理人员说，学习班学员不得会客。米拉隔窗看到吴可烟熏火燎的背影，坐在一张书桌前，对一本书在抠脚趾。

她在街上找了个僻静的传呼电话，通知真巧小姑，吴可被软性拘捕的实情。真巧一声不响地听着，然后让米拉到人民商场门口等她，陪她买东西。米拉心想，这么个事变都不耽误她的购物狂热，这女人很可能又是一个葛丽亚。不对，还不如葛丽亚，葛丽亚是被劳教农场吓破胆的，吴可这才刚进学习班，李真巧已经闻风丧胆。米拉到达人民商场的时候，李真巧已经等在大门口。看到米拉，她扭头就往人群里拱，米拉几乎跟不上她。她先到民族柜台，那里卖的纯羊毛毯子和纯羊毛绒线，在普通柜台上不见影子，但要凭少数民族证件购买。也不知道她的证件哪里来的。反正她现在没什么正经事做，有的是时间精力开展外交，崔先生带来的港货，以及从崔先生那里搜刮的港币，都为她的外交路线铺路，一听万宝路换一次证件借用，在成都这种内地省份，简直抛玉引砖。她抱着一大包东西，从柜台边挤出来，说，不晓得够不够给他织一身毛衣毛裤。米拉心想，崔姑父才看得起这种大陆货呢，这里叫纯毛绒线，放在老崔的身上就是麻袋片，非把他六十岁的细嫩皮子打磨出毛刺来。真巧从不让米拉干重活，拎重物，总说有我们兵团战士，轮不到你的。每次米拉都要抗议，但这天她由着小姑逗能。她原以为真巧心里对吴可是存着爱的。真巧问米拉，颜色合不合适他？米拉不语。真巧说，学习班办完，肯定就要送到马尔康去了。别看他外头光整，里头衣服都是烂的。写一个剧本，不够葛丽亚搜刮。我给他做了一件英国呢大衣，是老崔给他自己买的好料子。他听说成都有几个好裁缝，又便宜。这么多钱，哪个牌子他穿不起？还贪便宜！我糊弄他，说裁缝搬家了。估计他早就忘了料子的事。米拉糊涂了，问真巧她做大衣织毛衣，是给哪个发配马尔康的人？！真巧答道，学习班结业，吴可他不就要去劳教牧场了吗？

米拉明白了，这都是在为小吴叔叔置办流放马尔康的行头。真巧说，他前脚先走，我把老崔屋头的东西处理一下，跟老崔做个了断，后脚就到马尔康去找他。真巧头发散了，腆肚子歪胯抱着两个大包。

米拉伸手拽毛毯那个包。真巧说哎呀，你拿不动的！米拉说，你拿那么多东西过马路，难看死了！真巧说，难看不是给你看的，马路上这些人，也就配看看难看的李真巧。两人过了马路，一家抄手店门口蹲着许多人，都是埋头吃抄手的。这家抄手不错，真巧有蹲进吃抄手队伍的意思，米拉吓得就跑。

她们在路口找了一辆三轮车，真巧先跨上去，又伸手拉米拉。她在米拉面前，永远做吃尽苦头的粗人，永远护着米拉，省着米拉。崔先生不在的日子里，她做一桌好菜总叫上米拉。但米拉过几天再去，发现小姑什么都不舍得扔，米拉几天前吃剩的，小姑放在冰箱里一点一滴慢慢吃光。小姑吃过苦中苦，万一二茬苦再回来，她照样能吃得很好，这就是她陪伴吴可流放的本钱。三轮车夫的瘦屁股在她们两张面孔前左右扭，吃力吃苦的人，满眼都是。真巧掏出手绢擦汗，妆容没了，她显出苦力的模样。她说，毛衣毛裤要赶紧打，在他走前把活路赶完。米拉问，你真会离开老崔，跟小吴叔叔走？真巧表示只要吴可被发配，她就跟他结婚。到了那种地步，哪个女人还跟他，他就没得啥挑拣了。她笑笑，鼓鼓的额上一抹苍凉。米拉问她的崔姑父怎么办？真巧说他好办，有那么多钱，三条腿的蛤蟆不好找，两条腿的女人多得很。不是个个女人都像你哦，小姑，就你的性感，成都头一份吧？我何止性感，我还结实，弄不坏的。老崔补品几十种，四季换到吃，跟他睡一夜，不结实的早就废了。米拉恶心地笑。不过老崔也可怜，他在不在家，家里没人在意，钱在家就行了。家里这么多口子，没一个是真疼他的，真巧一声叹息。米拉说，你看，还是舍不得的。舍得，跟吴可走，我什么都舍得。你那么爱小吴叔叔？不是爱……米拉想知道，那究竟是什么。是……比爱更大、大得多的东西。聂赫留朵夫跟着马丝洛娃去西伯利亚，不单单为爱，对吧？米拉说，因为悔过，赎他在马丝洛娃身上犯的罪过，那罪过间接把马斯洛娃变成了杀人嫌疑犯。真巧说，也不单单是为了悔过……米拉等着。她小时读这本书就感到不止爱和悔过。真巧说，假如我陪吴可去西伯利亚，有种接近伟大的东西在里面，跟它比，爱什么的，都是小孩子的事。她微微昂着头，西伯利亚在召唤。米拉提醒，吴可要去的是马尔康哦。真巧说，马尔康就是我的西伯利亚。

孙霖露的新房

两卧室的单元朝南，冬天亮得很，也不咋潮湿。妈跟女儿夸耀。两个卧室很小，放了席梦思大床进去，屁股大点转弯都难，妈说。到底是两卧室的单元哦，妈强调。孙霖露一直瞒着女儿单位分新房的事，直到她完成了所有布置。她想给米拉一脚跨到国外的感觉。小客厅里摆着浅粉浅灰花格平绒沙发，是她请工艺美术公司的合同家具厂卡着平面图尺寸订做的，布料是她的亲手设计，在量产前试染了几米样品。去年夏天工艺美术公司的同事弄到新房子平面图，让她用复写纸复写了一份。楼是1982年年初开始盖的，83年春天竣工。一年里孙霖露天天骑车去工地看，守望着一点点长高的楼，完全是个庄稼人守望出苗抽茎长叶结穗的麦子地，终于守望到了收割的日子。但传闻说分房代表处将推迟考虑已有住所的单身汉（女），新房先尽夫妻双全，儿女半大，或者三世同堂的人家入住。孙霖露发现她原来是替别人苦苦守望了一季庄稼，大丰收全没自己的份儿。辗转失眠了一夜，她第二天坐进了分房管理处的大办公室。她带个饭盒，你们吃饭她也吃，你们干你们的工作，她画她的设计图，就当她是一件没噪音、不碍事、随时可移动的物事。但她那个脸子可是摆给你们看的，一旦分房没她份儿，她会很碍事，噪音很大，绝对别想把她从此地移动出去。我就差把铺盖搬到那里了，她跟女儿笑道。你爸把我变成了个女单身汉，害得我差点受歧视，失去了几十年轮到一回的分房机会；早晓得单位盖新房的计划，我死都不在离婚协议书上签字，怎么也要拖到新房子到手！孙霖露的脸狠狠的，但马上又是一笑。任何人的脸，哪儿都老了，嘴巴形状老在最后，孙霖露自知自己年轻的笑容唯在嘴上弥留，照镜子时，还看到曾经令米潇迷失的下唇两边的嘴窝窝。米拉无力地说，真拖到住进这新房子，老米同志的恋爱激情就给拖过去了，也不必搞啥子离婚协议咯。妈苦笑一下，说，还是离了好。

孙霖露的新房最终分到手了，小是小点，但五脏俱全。四十六平米，装着两间卧室一间客厅，还饶了个门厅。母亲带着女儿参观，厕所三平米，勉强在厕池上架一个椭圆塑料盆，米拉可以洗盆浴。厨房也是三平米，妈在里面炒菜，米拉只能在门外学厨艺。门厅五平米，孙霖露变戏法地眨眼间把它变成了餐厅，打开折叠桌椅，铺上内部处理的次品绣花台布和椅垫，西餐厅雅座档次。能坐六个人呢！妈说。不过门开不开了，米拉提醒母亲。母亲遗憾地说，是哦，靠门坐的那位就要请他站起来一下，才能开门。女单身汉孙霖露在落单后焕发出了强大的生活能力。她知道米拉会悄悄告诉父亲米潇，妈活得如何。她希望米潇知道，惨遭抛弃并不是她孙霖露的生命终点，或许是新起点。也让米潇知道，那些年他在生活情趣方面对孙霖露的教化，丁点儿都没有浪费，眼前这个奶油小资的新家，就是她让女儿转交给前夫的成绩单。这儿比不上美国、法国，比香港、上海是富富有余的嘛，对不对？她热烈地邀请女儿认同。米拉微笑，认同了。妈很知足，知道不久女儿就会把这里所有细节传话给老米，最好也让那个姓甄的女主播听到。米拉眼看母亲再次变戏法，飞快折起椅子桌子靠墙一放，罩上一个塑料仿木架子，上面摆一盆繁茂的盆景松树，素雅、简洁，满是迎客意味。大卧室有十平米，外带一个小阳台，摆了一对扶手藤椅和竹子高几，装了可收可放的遮阳棚，小雨天放出带荷叶边的棚子，也能闲坐，喝茶，听雨。一共四十六平米的房子，家具没一件凑合的，都是罗马尼亚进口。工艺美术公司就这点好，总有样品内部处理，谁兜里有现成的钱，处理品就归谁。妈本来被自己母亲教养得十分节俭，文革十年的苦日子更是让她节俭成精，每月定存一半工资，雷打不动，剩的钱是电费水费房费，再剩的钱也还要排主次花销，单位里买饭票是主次中的主要花费：菜票不能省，午餐跟同事一块吃，顿顿要吃两毛钱以上的肉菜，不能让人可怜米潇的弃妇：造孽哦，就吃个八分钱的炝炒莲花白（或者，就吃个六分钱的个蒜瓣炒苋菜，或者：就吃得起五分一碗的番茄蛋花汤），一个女人过日子，真难哦。穿着也是主要开销，不能让同事朋友背地戳脊梁，到底是给丈夫抛弃的女人，破罐子破摔，混吃等死了。

  1979年开始的夜市，在82年拓展成三条街。尤其夏天夜里，孙霖露总是逛不够，港澳同胞扔到大陆来的服装垃圾，五颜六色，千奇百怪，处处启发她的设计灵感。她不在乎服装垃圾特有的垃圾气味，乐于在五彩垃圾里开矿，两手刨得比年轻人还得劲，有一次跟一个女孩为一件风衣拉扯起来，两人各扯着一只袖子。女孩说，阿姨，你这么粗的腰，进不去的！女孩的同伴也说，阿姨，要裹粽子的！她用行动反驳，马上把风衣往身上套，吸紧肚子，对襟和对襟恰巧合上。地摊主一看拍卖局面形成，趁机开高价：三十元！女孩还价：二十！阿姨说，三十就三十。于是酒红色的大下摆风衣成交，归了这位阿姨。但在回家的路上她就后悔了，三十元给米拉买陈皮梅，能买好几十袋，小笼蒸牛肉，能买几百笼，洞子口凉粉八分一碗，能让米拉吃多少碗？米拉明年的凉粉都给当妈的穿到身上了。但孙霖露是有原则的，定存的钱她绝对不碰，到分到新房之时，才见出她手面之阔：一对沙发内部价格八十元，一套内部处理的罗马尼亚家具样品，五百多，一个十二寸彩电，一千挂个零头，四年定存一朝挥霍，花得豪迈极了。凡是公司里内销的东西，只要她看得上，新房子用得着，她统统吃进，多少钱都是现成。刚离婚那时她一身虚肉，现在消退了大半，米拉都说，妈又漂亮起来了。这是过日子提劲头提起来的范儿。孙霖露明白自己的德行，你要我不得过，我就过给你看。这劲头的提起，必需有假想敌，甄茵莉做头号假想敌，这是没错的；单位里所有年龄相仿的女同事，都是她的二号假想敌，她们拿孙霖露当底线——我再差比孙霖露总好些，不至于四十多岁独守空帐。连米潇都是她的假想敌；米潇没分到新房子，没有贴银灰底色带银色腰果花壁纸的卧室睡，没有银灰浅粉格子的沙发坐，这就败给她孙霖露了。

这个银灰透粉的小窝，米拉是喜欢的。女儿漫不经意地四下里看，眼睛里都是满意。过去一个女儿，孙霖露和米潇各分一半，从今以后，孙霖露为自己多挣得了一部分女儿。一对沙发也不是俗套式样，比单人沙发略宽，可以舒适坐下一个半人，叫情侣沙发，成了情侣的男女，半边是融入彼此的。母女在情侣沙发上对坐，隔着一个玻璃茶几和两杯茶。母亲问，你爸还好吧？这次运动没遭吧？米拉懒懒地说，咋叫遭？母亲说，吴可就遭了嘛，我们单位都晓得了，蹲学习班蹲了六个月，还没出来。米拉说，老米的书稿都给退回来了，但没有公开遭批判。那个人呢？米拉知道母亲口中的"那个人"是谁。总是这样的，米潇和孙霖露通过米拉，搞对方情报。小甄回重庆搬家，去了五个多月了吧？嗯。五个多月，哼！米拉看一眼母亲，想知道她"哼！"什么。妈说，在看风向嘛，运动风向又到你爸头上，她就留在重庆，不来了。米拉不做声。甄茵莉就是在风向对父亲不利的时候艳遇米潇的；她在米潇将功折过帮电影厂做美工顾问的时候，跟米潇搞起了腐化。女儿的沉默对母亲是个否定。拐带有妇之夫的女人，无疑都是狐狸精，但狐狸精不完全都归坏。母亲说，她对你还好吧？米拉说，还不错，这条丝巾是她在北京出差的时候给我买的。橘红、姜黄配蓝紫色的抽象图案，米拉扎在黑色针织外套和洁白的脖子之间。妈认真看一眼说，颜色还不错，这叫对比色，以为会犯忌，倒是另一种和谐。妈不失时机给人亮亮自己的专业知识。不过呢，你更适合冷色，弱色。米拉不置可否，人往沙发里一横，嘴里含的陈皮梅从一边腮帮换到另一边腮帮。孙霖露骄傲地想，女儿只有回到自己身边才是最恣意的，重温儿童时代，一会吃出一堆陈皮梅核。妈说，她对你好，妈就放心了。妈就怕你不接受她，让你爸从中作难。你是你爸的命，你晓得的。你过去犟着不肯跟她见面，后来是怎么想通的？米拉的头和脚都支棱在沙发扶手外，说，她跟我谈了一次。妈说，哦。小甄阿姨很可怜，十二岁就当孤儿，父母和哥哥都死在火灾里。她没给烧死，是因为她在姨妈家帮着带刚出生的双胞胎小表弟。妈看着女儿，对女儿未来的继母产生了真实兴趣。米拉继续告诉母亲，甄茵莉那时叫小颖，姨夫是个科级干部，她父母在世时，姨妈姨夫都对她不错，名字是四个字"小颖乖乖"，那时家里人叫她小颖。全家葬身大火，她无家可归，只能寄住在姨夫家。他们就开始当她免费小保姆了，名字成了五个字"小颖死丫头"，衣服一洗一大盆，尿布来不及洗，她蹲在茅坑上，面前都放个盆，一边解手一边搓尿布。甄茵莉现在做的噩梦，都是一边在火盆上烘尿布，一边在水盆里洗尿布，到处在喊"小颖死丫头，快点！快点！"永远都来不及供应尿布，手上的冻疮永远不好，到现在关节上的疤都红红的。妈说，是真的吗？妈的意思是，这么惨的身世，是不是编了来软化你心的？米拉说，她边说边哭，我也跟着哭。妈说，你心眼好，在外婆家住的时候，你拿大碗舀米给逃荒的。米拉说，心眼好又不是真假不分。再说，女人自己揭自己最丑的疮疤，不可能就为了骗取一点同情心。最丑的疮疤，什么意思？妈预感故事高潮还未到达。米拉停顿着，似乎话太丑，她吐不出口。米拉开讲甄茵莉的童年噩梦时，一眼都不往妈脸上看。她们母女间，沾到性的话都羞答答的。甄茵莉原名叫尹颖，甄是她祖母的姓，十四岁从姨妈家搬到祖母家，转户口的时候，她把姓名改了，取父亲宗姓的音，茵从尹而来，取母亲的名中一字"莉"。更名改姓，为了她将来万一出人头地，姨夫姨妈不知道那就是家里曾经的小颖死丫头。在十四岁之前，小颖是姨夫的秘密开心果，只要周围没人，姨夫的手就顺着她的衣领进来了：小颖让姨夫开开心，姨夫心里好苦，没有小颖，姨夫苦死了。这些话是那个下流男人常说的。一次姨妈两口子晚上出去跳舞，姨夫先回家，小毛头表弟已经睡熟，小颖也睡了，姨夫自己邀请自己：小颖想让姨夫给暖被窝是吧？他把小颖按住，还说等死我啦，等得我想杀人了，先杀了那个肥婆。姨妈月子里补大发了，一身白膘始终不掉。姨夫兴头上还咬小颖，说国民党的丫头味道就是不一样。甄茵莉的生父是投诚军官，重庆解放后做过五年牢。那时小颖每天记日记，姨妈总偷看，把她秘密记下的这段也偷看到了。姨妈说小颖死丫头故意让她偷看日记，为了把他们恩爱夫妇挑散。她十四岁给祖母带到老家，十八岁考上大学，从此川大校园里有了个叫甄茵莉的著名广播员。甄茵莉结过一次婚，洞房夜把秘密告诉了丈夫，当时丈夫为她心碎，发誓要找到那个两足兽骟掉他。但后来夫妻一拌嘴，丈夫就骂"十二岁就勾引姨夫，能是什么好东西"，骂着拳头就上来。他发现妻子怀孕，丈夫的骂改词了："十二岁就勾引姨夫，我能相信孩子是我的？"拳头不够力，锅铲、汤勺、煎锅，什么顺手抄什么，胎儿就这么被打掉了。米拉亲睹了小甄阿姨前夫的暴虐证据：拨开那奇厚的五四短发，一道三寸长的疤。在碰到米潇之前，甄茵莉不相信绅士这个称呼；米潇是她心目中头一个、唯一的绅士。孙霖露此刻插嘴：他装的！但那笑近乎甜蜜：首先识货的是她孙霖露，首先把他当个宝的也是她孙霖露，现在来了个鉴宝的，证明当年才二十出头的孙霖露通灵的眼光！米拉说，甄茵莉最爱爸爸的一点，是爸爸对他自己感情的坦白。她照搬甄茵莉的话"你爸爸从来不掩饰自己，他爱上哪个，多少人在场跟没人在场一样，眼睛一刻不离开人家的脸，爱得眉毛丝开出花来，在场的人再迟钝，都能一眼看出，他爱晕了，人家提醒他，爱不得的，要犯错误的。他耸耸肩，我知道，不过我没法子，一爱上我就这球样，日子不过了。"孙霖露又是那样笑笑，近乎甜蜜，当年他不也对自己爱晕过？他的爱真好受啊，她好受了那么多年。这么个男人，这么会爱，是太丰富了，一个女人爱不完他，另一个女人分走一点，她孙霖露不在乎，还窃喜。

米拉当晚睡在崭新的席梦思大床上，母亲换上睡衣推门进来。妈的睡衣是爸曾经的秋裤秋衣，一条袖子浅蓝，一条袖子驼色。爸爸的秋衣秋裤都是破烂，妈让它们自相残杀，杀出一堆残肢，她在残肢里挑出完整袖子，完整裤腿，不论颜色，再把它们重新组装。米拉说，妈，你穿这样的睡衣睡这个床，不知谁讽刺谁。妈说，我一个人，谁看？米拉说，我不是人？人家甄茵莉的睡衣，就是一件艺术品。怎么个艺术品？妈想知道。米拉说，蕾丝就跟要融化一样，丝质地好柔嫩哦，挂在衣架上，没风都飘。妈叹口气，男人都喜欢穿那种睡衣的女人。她熄了罗马尼亚床头柜上的罗马尼亚台灯，又叹一口气，在黑暗里说：不过，肯穿男人烂衣服睡觉的女人，才是真爱那男人。

关了灯后，母女俩似乎都没什么睡意。下午那场谈话的凝重感还在，她们情绪都沉沉的。摸着黑，妈抚弄着女儿的发梢。没有灯光照亮，她们的辈分和身份似乎不那么明确了，说话也大胆了。女儿说，妈，那个周伯伯，又来了没有？妈说，来了啊，上礼拜还来的，我给他剪了个头。米拉好像吓一跳，妈给一个叔叔剪头，最初步的肌肤之亲发生了。妈对着天花板说，你放心，在我心里，没人能代替你爸爸。母亲读了女儿脑子里的词句，转过身，一只胳膊松松揽着女儿的腰部。你爸爱多少个女人，我都不恨他，因为他每次都是真的。恋爱这个迷局，他一辈子没搞清过。米拉你幸亏不像他，爱一次，自己死一次。米拉说，妈，我也爱一次，死一次。妈跟饮了一大壶咖啡似的，清醒兴奋：胡说八道，你都爱上过谁？多了！米拉说着笑起来。又吓唬妈！妈给了女儿的胳膊轻轻的一拧。真的，我就不是人啦？二十三岁，还没爱过，一定心智有问题。那你说给妈听听。我爱上谁，从来不会说的，就像不吭声忍受一场病。那你讲给妈听，你是怎么不吭声忍受的。我爱过我们团里的一个男孩子，那才是个真正的男孩子。什么意思呀——真正的男孩子？妈，你觉得从男孩子到男人，是变好了还是变坏了？妈认真考虑，然后说，是变坏了。那你明白我的意思了吧？他就是个真正的男孩子，永远都是。不过，妈说，女人不会嫁给男孩子，只会嫁给男人。所以我不会嫁给他呀，他就是让我爱一爱，碰一碰手，盼望下一次见他。碰一碰手，就觉得没白来世上一趟。有这么严重？妈质疑。不严重啊，女儿说，爱就是心里的事，心里没有，其他都白搭，到头是白来世上一趟。我那时候每天心里装了好多好多，见了他，不见他，心里都满满的，一举一动，都丑不得，都是在跳舞给他看，他的眼睛就像在天上，在空气里头。那男孩子是做什么的？妈想套我话，我不会告诉你的，因为妈差不多记得我们团里每一个人。他晓得吗？他肯定晓得。我跟爸一样，眼睛看着他的时候，话就在眼睛里，他会看不懂？你以为男孩子个个是贾宝玉啊？他们比女孩子开窍晚多了。那后来呢米拉？没后来呀，我爱他，他看懂了，又不来应和，我还能怎样？那妈去跟他说！妈自告奋勇，当大龄红娘。人家调走了，调到北海舰队去了，给北海舰队副司令倒插门了。母亲深深叹口气，你就这样死了一次？米拉也叹口气，首长家女儿总是霸占我们平民百姓女儿的心头肉。其实也没死一次，哪儿那么矫情，偶然会梦到他，梦得不想醒过来，而已。女儿打了个哈欠。

　　母女俩静了一会，都以为对方困了，都不再说话。米拉轻轻起身，母亲问，怎么了？米拉说她要到隔壁房间去。隔壁房间被美称为书房，堆着米潇和孙霖露曾经那个家的所有书籍，因为没有合适书柜，只能让书们挤在纸板箱里。所有纸板箱码齐，码得像北方人的炕，上面铺了一层海绵和棉絮，睡是睡得，不安逸。母亲说，你到隔壁干啥子？米拉说她睡不着，怕影响妈休息。妈怕的是同样的事。既然都睡不着，妈起身到厨房鼓捣一阵，端来两盏醪糟。你爸做啥都比我好，就是醪糟做不过我。人说酿酒、做醪糟、做腌菜跟那个人的手气和身体气场有关，跟她（他）的心也有关，心单纯，良心好，做出来味道不一样。我就比你爸良心好。米拉说，那是自然的。妈和女儿今夜都很不讲卫生，坐在罗马尼亚席梦思床上吃又黏糊又甜腻的醪糟。醪糟是真好，撒的桂花跟甜腻酒香相互强调。米拉忽然说，晕了，什么爱来换这碗醪糟都不换。妈哈哈大笑，什么爱来换这个女儿都不换。

　　妈，我跟你说个事嘛。原来是有事的，妈想。前年夏天我在街上碰到一个阿富汗留学生。妈一下静了，手中的碗和勺子都在听。他跟着我走了两站多路，跟着我到餐厅，真巧小姑叫我买熟菜，他一直陪到的。出了餐厅，他又跟了两站路多路，一直跟我进到巷巷里。妈说，这种人中国多得很哦，北京叫拍婆子。外国男娃儿来中国也学坏！米拉笑笑，他不坏，至少对我没犯坏。他请我在春熙路那家西餐厅吃午饭，还喝了葡萄酒，下午我们到杜甫草堂一块散步。后来呢？妈怕鬼似的口吻。米拉说，后来他就回北京了。他在北京语言学院上学。他喜欢你。这还用问，米拉说，他说安拉悄悄安排了一个最美的目的在他的中国旅程里，就是我。他说一见到我就觉得，他在北京的两年里，对成都之行的渴望都有了解释。这种话你也信？我不信，我爱听。我那时候特怕没人爱我，忘了，那时候我一百一十四斤哦！妈说，米拉，男人爱你，肯定不是因为你的样子。当然也因为样子，你有什么内心，都会作用你的样子。像李真巧那种女人，样子再好，男人是不会娶来给自己妈当媳妇，给自己妹妹当嫂子的。男人犯了糊涂，才跟她在一起，要不就是，跟她在一起就犯糊涂。我说的在一起你懂吧？就是床上。妈很不情愿地注释。似乎这件事挑明，都损失了女儿一份纯洁。米拉说，那爸爸是不是老犯糊涂？妈不确定地说，也不是吧，你爸爱上甄茵莉，不完全是以貌取人，甄茵莉是有质量的。妈说出这句话，心痛如扎，承认头号敌人的优越、强大，也就是承认自己老、胖、默默无闻，不胜任米潇妻子，不配米潇的爱，这承认让她痛。前夫是人往高处走，她这里便是低处，她是低敌人一头的，这些她刚才的承认都包括了。做一个大气明理的女人，首先要把过去那个好强、虚荣、喜欢假象胜过真实的孙霖露杀死，往这颗挚爱米潇的心上捅刀子。米拉说，妈，你成熟了。妈的眼睛一热，鼓起一包泪，醪糟显出酸和辣来。米拉说，妈，我什么都跟你说，你知道吧？妈是我的小棉袄。妈说，没大没小！其实她明白，女儿什么也都跟爸说，说的更深，更没大没小。阿富汗人说他暑假还要到四川来，上次没去乐山看大佛，一直惦记。他是冲你来的，米拉。当然冲我来的，我比大佛好看啊！

吴可结业

都是四月初那篇豆腐干文章带的头。文章叫《排队的艺术》，在省报刊登出来，一共不到五百字。粗看是回忆去年的一次观剧印象，细看是为吴可的新剧《排队》说好话。文章小如豆腐干，不无鬼祟地挤在第三版角落里，排字用的是瘦金体。让人想到胆子小却不甘心的不满分子，你要是跟他单挑，他孙子一样服帖，但躲在人堆里，他会偷偷喊一声"锤子——日你先人板板！"小文章出来，人们私下里互问，"看到没有？"立刻发现没人漏过它，都读了，都为它蔫蔫地躁动，是那种等着某件事（但又甚不明确什么事）的发生的躁动。因为吴可的案子有名，他关在学习班里学习了六个月的消息，以及结业后会被流放马尔康的巨大可能性，都使得这篇文章意义非凡。批判吴可的时候，其实也有人写过挺吴文章，米潇就写过两篇，但报刊不登，也不解释不登的理由。所以这篇小文多小多角落都不耽误它深水炸弹的效应。四月一个月，炸弹引爆一批文章，那些小文章有的拿《排队》比较《等待戈多》，紧跟的一篇，就跟前一个作者抬杠，说吴可怎么可能跟荒诞喜剧大师塞谬尔·贝克特相提并论，戈多是不存在的，是无限的象征，是希望或者失望，是虚无和无尽，吴可剧中排队的人，是等着获得具体实惠。还有一篇小文章，把吴可跟田纳西.威廉姆斯对比，说《排队》里的排队等待的，是《玻璃动物园》的罗拉.温菲尔德等待的叩门声。

小文隔壁就刊出另一篇小文，说《排队》里没一个好人，而《玻璃动物园》里都是好人。吴可于是想到，田纳西.威廉姆斯的住宅前，永远聚集着两拨人，一拨是由导游领去膜拜戏剧大师的，另一拨是拿石头砸鸡奸犯玻璃窗的，神仰和诛灭，可以共存在在田纳西房前那片如茵草坪上。有时，一拨人砸烂了玻璃，由另一拨人去补，两拨人互为彼此存在的必要性。省报上也出现了补和砸的两拨人，但无论砸还是补，小文章都像是编辑凑不足篇幅，临时找来填窟窿堵天窗的，只想引起你的忽略。随着四月天气渐热，文章篇幅跟着树上的叶子长大，从五六百字长到八九百字，砸的人少了，补的人显得自说自话。终于在五月底，另一篇文章出现了，又大又显著，还登出了1983年9月10日《排队》首场演出的照片。一张照片是宣传部副部长和女主角之一握手，另一张照片很大，能看清站在演员前面的吴可经化妆师吹风的头发和露齿的笑容；正接受满坑满谷观众欢呼。文章的题目叫"讽刺的悲哀"，说《排队》的深刻讽刺被当成正剧，因此是一次重大误读，误读之人误导民众，把本来不具备讽刺精神的大众引入理解的歧途，造成了一批开不起玩笑的大众的反感。作者总结，缺乏对荒诞的认识、缺乏讽刺意识的民族是思辨能力孱弱、自信力脆弱的民族。鲁迅的小说之好，正因为它们都是形象化的Satires。这篇文章的作者叫"含朵"，一看就是化名，或者笔名。不知是个男人还是个女人躲在这样美妙的名字后面。吴可心想，自己真是要不得，还关在学习班，那部分心思已经活了。要是个女人，他倒想见见。要不得要不得，他对自己的德行毫无办法。六月一号,儿童放假,吴可也被学习班放出来。那时他已经在学习班住舒服了,饭菜也吃顺口了。刚进入四月那时,学习班的伙食就直追会议伙食,四菜一汤,晚上还有啤酒。他收拾了一堆脏衣服,发现来时装衣服的人造革旅行包没了,也许当真皮革包被清洁员贪污了。他拽下枕套,把脏衣服塞进去。学习班学了六个半月,他一件衣服没洗过,每次从脏衣服里挑出轻度肮脏的继续穿,这种回收式换衣使内衣有了种人皮的肉质感。他背着枕套走出房间,发现左右房间都空着。一路沿着廊檐,他看见的是一个个空房间。人是什么时候都走完的?原来厨房就为他一人开着,难怪厨师们有功夫搞厨艺大赛。他走到招待所门口,见两列戴大围兜和穿白制服的人站在大门两边,见了他就拍巴掌。这是伺候他们(最后伺候他一人)学习的全体员工、清洁员、服务员、厨师、门岗。招待所所长上来说祝贺吴老师光荣结业。厨师长代表全体厨师,也上来握手。厨师长的手干爽微凉,健康者的手,没有所长那么重的心火。他向敞开的大门走去,站成甬道的人个个伸出手,见他扛着枕套不方便,所长把枕套接过去,这下印在枕套上呈弧形的一排红字就大白天下。跟那个偷他手提包的人比,他活抢了招待所的枕套。所长跟着他走出大门,对他说,学习班结业后,这个招待所就要给推平,造新楼了。门外停了一辆吉普,招待所的车,所长说,上级通知他,要他把吴可同志保送回家。

吴可扛着一枕套衣服杂物来到自家楼下,院子里一个人也没有,那个常常在院子里晒豆豉、糊纸盒、磨水磨粉、总结以往、预言未来的哲学家太婆呢？他怎么从来没有注意到，围墙角落有一口井？青苔葱绿，墙上黑色枯藤如同烂渔网，几点夕阳溅落，藤子上的枯叶小小地扑腾，他眼睛怎么会错过这段犹如前世的小景？他东张西望，楼和院子像是陌生地方。也许院子和楼看着他也陌生，他是加缪小说中的陌生人，永远在异乡的他乡人，整个世界总在对他不断辨认。他终于找到曾经生活抛下的锚，露台上那盆勿忘我。花是他刚从劳教农场回来栽的，现在爆发出不近情理的生命力，张牙舞爪地茂盛，无数新枝挥舞，露台上独霸一方，虽然花期过了，却还残存星点蔚蓝，向他张着千手观音的臂膀，多情却被无情恼。

　　进了家门，他从锁孔慢慢拔下钥匙，不能相信自己曾在这里住过。实际上他曾在这里度过整个少年时代。深色木地板枯了，家具阴森森，他再次体验被母亲从河北农村接来此地的感受，每件家具都睨视他这个生人。接下去呢？该是弟弟妹妹出场；多年前就在这里，被弟弟和穿着白色蓬蓬袖衣裙的妹妹瞪视，陌生的目光里，他确认自己是个陌生人，没有任何证明，弟妹和他来自同一个子宫。他一步步向前走，向里走，接受每件家具对他的审查、验收。1979年秋天，他回到这楼里三个月后，父亲存放在一个库房里的家具被卡车运来，他一件件审查，签字，验收。不知为什么母亲谢绝这些家具。父亲和母亲之间有个故事是他不知道的。也许他自己对女人超常的兴趣，是父亲遗传密码安放在他身心里的。也许母亲和父亲作为领导同志只能由死亡来批准分手。父亲死后，母亲终于自由，住进她自己职位允许的住所，一件家具都别跟着来，她够了。

有那么一次，仅有的一次，母亲差点把她和父亲间的秘密故事告诉他。那次是他的一个应景剧目上演。他刚满二十，从劳改农场出来学乖，写了个重庆钢铁工人的浪漫喜剧。剧终后，他跟着散场观众往剧场大门外走，见母亲一人站在大门一边。他挤过去，问妈怎么在这儿。母亲的车抛锚了，司机在修，让她在这里等。他说要下雨了，他可以骑摩托车送妈回家。（对的，摩托车，他从年轻时就钟爱摩托车，他什么都可以没有，但不能没有摩托车。摩托车是驮着他在都市里流浪的骏马）。母亲开恩，答应驾临他的摩托车后座，但命令他必须慢行。他到存车处取车时，暗暗希望母亲已经给她的司机接走了，接下去母子亲情的摩托车造型不会发生。但他脚步又那么急，明明是在跟那位司机抢时间，要赶在他修好车之前接走母亲。等他推车来到大门边，母亲还站在原地，他即释然又遗憾，母子亲情的一幕注定要拉开了。摩托上了马路，她感到母亲的双手紧紧搂住他。从小到大从来没搂过他的母亲，此刻搂他搂得那么紧，脸不时贴在他背上。摩托挂的是最抵挡，走在马路最边上，但一有车辆近距离擦过，母亲就搂得更紧。他还算宽阔的肩背是母亲挡风的墙，也挡住了母亲柔弱而羞怯的脸，她为自己也会有如此柔弱的时刻而羞怯。柔弱的母亲让他动心，铁女人也会如此小鸟依人。母亲在他印象里，永远一身铁灰，早先铁灰西服套裙，后来铁灰卡其布套装，发式无论乌黑还是花白都是妇救会员的，可她在十八岁生下了一个儿子，供自己老去时搂抱，依靠，供她藏匿自己柔弱时的羞愧。半路上下起毛毛雨，他停了车，从口袋里掏出不太干净的手帕，给母亲擦掉脸上头上的水，又从车座下拿出塑料雨披，披在母亲身上。母亲任他百般照应，那晚真是个乖妈妈。到了母亲家的楼下，一棵大槐树承接了所有的雨珠，树下一片干爽。母亲的手握在他扶着车把的手背上，他熄了摩托车的火。母亲有话，他等着。母亲说，你十六岁就住校，（吴可十六岁就考上了大学）妈很少跟你谈话。妈也忙，你是知道的。他点头，她当首长一样当母亲，他理解她的无奈。母亲低一个调：其实你挨整的时候，妈哭过……不是妈不想帮你，是你父亲不让我插手。你父亲走了，我不想住那房子，是怕老想到一些不愉快的事。妈知道你要强，大学里从不提你父母是谁，连你的教授和党委书记都不知道你是我们的孩子。你写的戏出名，是你自己的，打成右派学生，也是你自己的，妈喜欢你的硬气。你们大学反右，指标高，学生老师，整出五十几个，当时你父亲要是插手，你是不可能给凑到指标里去的。后来他给我逼得没法了，给你们学校的书记写了一封信，书记才知道你父母是谁，把你从农场弄回来。不过我还是不能原谅你爸。你爸他也没办法，他上头有人抓着他的小辫子，生活作风方面的小辫子……有空妈跟你细谈。握在他手背上的母亲的手心，竟然那么柔嫩，那手心抽搐一下，松开了。他眼看着母亲走进门洞，已经出现了老态，假如母亲不是个大干部，她不会那么老，不会难看的。

妈和他之间的"细谈"至今没有发生，也许永远不会发生了。母亲退休后非常世俗，偶然跟他谈的，都是弟弟妹妹和他们的子女，在母亲家白吃白住所生发的琐屑不愉快：天天跟刘姨（保姆兼厨子）点菜，要吃宫爆肉丁，（弟弟可以一年吃三百六十顿宫爆肉丁）九个人吃饭，天天吃宫爆肉丁我养得起？！洗衣粉、卫生纸总该自己买吧？连月经纸都让刘姨买菜的时候捎！真是小市民！（上海小市民弟媳的恶行）退休后，母亲的敌人不再是资产阶级，帝国主义，而是小市民。

　　此刻他看见那个造型奇特的角柜上，竖着的一面穿衣镜。镜子不知是哪个殷实人家的老物事，解放不久后给搬到这所房子里。玫瑰木的木质，细腻的肌理，平实而低调的豪华。从它残存的雍容，还能追回到它法国十九世纪爵爷家族的出身。上一任主人中意欧洲古典时尚。那一家人究竟怎样了呢？是逃亡了，还是给镇压了？那镜子一定摄入了那位主人逃离或被捕前的最后容貌；即将做刀下鬼或丧家犬，魂魄正飞出躯壳，眼睛首先空洞了，那双空空的眼，扫了自己最后一瞥，自己与自己生死诀别。没有魂的活人，那样貌，给镜子深深收藏下来，沉入最底部，而底部无底，如同黑洞。镜子是忠贞的吗？他想是的，不是常言：物是人非吗？这藏有前任主子罹难前一瞥的镜子，会怎样凝视当年的母亲和父亲？这一对新主，由一条杀路而来，变更了一切主仆关系，不知惜爱任何一件物事，让镜子和柜子过早老去，经过百余年而风韵不减的物事，在新主手中十多年便斑驳龟裂，镜面也长出鱼尾纹和老人斑，也患有老花眼，映出的人形老旧如陈年相片。但镜子深处一定也留有母亲当年的风华，它能见证二十七八的母亲，一定润泽，好看，是父亲心仪女人的模样。父亲母亲当年的俊逸神姿，来自替天行道的圣念，他们的神圣消灭了前主人私产权的神圣。镜子捕捉了父亲母亲那时音容笑貌，天经地义的年轻，天经地义的霸气，那满怀圣念的神采什么时候起变、异化的，镜子一路见证，人和圣念如何出现嫌隙，男主人女主人如何同床异梦从而分床而寝，男女二人又如何自己与自己同床异梦。镜子秘而不宣，于是镜面不再清澈。万物皆有灵。镜子有灵，便自毁其容，早早垂老而不死。

他想到那个小雨之夜，母亲居然瞒着他去做一个普通观众，观看儿子的新作，（现在让他不敢相认的作品之一），还有多少事母亲瞒着他？他十九岁被划为右派时，母亲恨过他没有？后悔不该把他从乡下养母家接回来吗？那个使他出名又使他栽倒的独幕剧《请客》让母亲失眠了吗？（他偶然看到母亲床头的安眠药瓶），母亲还是个好母亲，职务使她不像母亲，不像妻子，不像女人，这能不怪她。母亲看到他十九岁的剧作《请客》，有没有冒出过一股难耐的好奇：谁给了这个孩子如此的脑筋，里面装着如此不同的内容，从而产出如此的奇思妙想？说她好母亲，是对比田纳西.威廉姆斯的母亲，那个生长在保守的美国南方的母亲，在发现女儿涉猎淫秽读物，和女同学相互猥亵，便带她去一个脑外科医生诊所，请求大夫拯救她沦丧的女儿，给她打开颅腔，去除那部分储存污秽记忆和淫邪想象的大脑。大夫跟母亲一样，担负起坚守女孩纯洁的使命，把女孩那部分脏脑筋切除了。手术恢复后，母亲给童年的田纳西带回一个白绷带替代了金头发的姐姐，一个永远孩童永远十二岁的少女。大夫成全了母亲，女儿的心智成功地被保留在十二岁之前，固化了那种完美的呆萌，呆萌到不知男女如何行为会结出生命这颗后果。这个母亲也成全了一个戏剧天才；如果没有逆成长的姐姐，田纳西或许不会成为剧作家，至少不会成为那么伟大的剧作家。姐姐是他的《玻璃动物园》中的女主角，他先有了女主角才有全剧，先有了戏剧，才有了剧作家田纳西。或许他隐秘感觉亏欠了姐姐；姐姐那个永远没有叩响门扉的爱人和爱情，以及由那派生出的家庭和儿女，姐姐向着一个幸福主妇成长的路径被斩断，从而使弟弟田纳西在什么也没有的空白里，先有了一个女主角，为此他一生供养姐姐，宠着姐姐，为姐姐在布鲁明戴尔（百货公司）买来昂贵的皮草，煞费苦心为姐姐的圣诞节和生日准备不可思议的礼品。他吴可也该感到亏欠，亏欠父母把他遗弃在陌生农家，再带回陌生的自家，在自家被弟妹当成陌生的临时短工，一生都是家里的陌生人。

　　他回过头，看见自己的足迹在破开一层尘封。先要把这个家从灰尘里挖掘出来。他给清洁工徐婶打电话，那头像是听见了阴间的召唤，问：……吴同志？！是我，他说。你在哪儿哦？（不是马尔康长途吧？）他答，在家。你真的回来了是哦？！简直就像他吴可穿越了骨灰盒。他不耐烦地"嗯"了一声。徐婶为这院子，这楼，这一件件家具代言，表白了她（它）们对他透彻的陌生感。她显然对他六个半月前匆忙离开的"此去不返"抱定了信念。十年运动结束，运动中"遭"的人数众多，是大多数正派群众对不小的一部分反派群众的运动，（一个干校能关几千人，一个劳教农场能装上万人，那么大的人数，也自成一众，反派群众而已）。徐婶们当然相信，反派群众因为人多势众，最终会法不治众，总会得到社会的忍受，得到正派群众们稀里糊涂的认同，于是他们也就角色转换，变成不三不四的正派。吴可1977年从劳教农场回来，徐婶们认为他从反派转为正派，社会和他之间稀里糊涂的妥协已经完成。但去年的运动，是十年运动平息后，人民群众终于安定并深信不会再有运动后的运动，这就不再是大多数正派对不小的一部分反派的运动，而是绝大多数正派对一小撮反派的运动，吴可成了一小撮之一，转换角色的希望就渺茫了。于是听说吴同志从学习班直接被押送马尔康，不会再回到这房子里，徐婶们认为这回她失业失定了，吴同志这回是真的一去不复返了。

吴可第二个电话，拨给了米潇。米潇就像昨天还跟他一块喝酒扯淡一样，说，今晚搞一顿不？总算有个之于他吴可不陌生的人。他问，李真巧怎样？妈的，见色忘友，老米笑骂，放心，今晚我给你请过来。吴可说，小甄还好？老米说，小甄是哪个？劳你还记得？吴可说，操，老米早晚你跟小甄脱手。米潇笑了，大声说，小吴，小甄想跟你说两句。吴可毫无防备，也听得见小甄在不远处嗔怨，她也是毫无防备。甄茵莉的声音报告气象一样，工作化的：小吴你回来了，老米念叨你好几天了，说也不知哪天出来。两人从来无话可说，哼哈两个回合就挂了。

他从柜子里拿了一套汗衫短裤，抓在手里感觉是半干的，发黏。这屋子的桌面椅子面都有薄汗出来，褥子总像有人夜里遗尿。他从床下找出一双皮鞋，按说是黑的，现在一层绿毛下难辨原色。

空关了六个多月的房子,霉菌在阴暗角落开出霉花,床下一个霉花园。他打算好好洗个澡,万一今晚跟真巧有机会呢。要不得,要不得,刚翻身女人瘾就上来了。可又想,不过女色的瘾,翻身又有什么图头?打开大门,才觉得六月确实来了,外面的热潮气跟屋里的凉潮气相碰,浑身的不洁才觉出来,自己都想把自己团一个团,扔了。他留个埋在厚尘里的空房子给徐婶去开掘,但愿他洗澡回来整个屋和家具都出土了。走到大门口,一只黑猫窜出来。他停了脚步。西方人的迷信:假如一只黑猫横穿过你前面的路,你必有大灾。他想看清黑猫的走向,再移步。黑猫却突然一躺,两眼金黄地看着他,四肢向相反的两个方向拉抻,身体拉得细长,横挡在门槛下,他要出去必须从它身上跨过。他马上笑自己,你自己就是灾星,你的存在就是你自己最大的灾,谁还能带给你比你自身存在更大的灾呢?他抬起发霉的皮鞋,黑猫如一支黑箭,射向他左侧的竹林。谁怕谁呀?黑猫怕他给它带来灾祸。

他步行。一个透彻的汤浴洗掉了他一些体重,步行得飘忽。他想到米拉。米拉是唯一一个去学习班探监的人。她不知怎么就让看管的人坏了规矩,放吴可到学习班后面的小花园受访。那天正月十五,也许看管的人看得疲倦了,也许他们的上级运动得疲倦了,也许他们上级的上级对这个运动疲倦,分心到别的运动里去了,比如第三产业、乡镇企业、下海——下海是个绝新的概念,听着就凶险刺激。运动也像人类的文明进化;古埃及文明和古罗马文明的消失,不为什么,最主要原因,是它们自己消耗自己。哪一种运动,所兴起的文化，都像是病毒，经历产生、进化、消耗、灭亡——都逃脱不了由生至亡，其中绝少的一部分，沉淀下去，成为永恒。也就是，文化中进化到永恒的那一丁点，与天地长存的，才是文明。

　　一到花园吴可就看见一个傻乎乎冲他笑的米拉，浑身挎着背着大包小包，像匹小骡子。他第一句话是：傻样，还不快把包袱卸下来！她刚想起似的，一下子让所有包裹落在几乎被荒草淹没的石头桌子上。荒草是去年秋天枯死的，现在一片枯白。搞运动是精神时间，因此一搞运动人就疏忽物质世界的事物，忽略田里该收的庄稼，果林该摘的果实，庭院里该剪的野草。荒草早就超过石头凳子的高度，一坐上去飞起一朵蚊虫的云。两人赶紧撤退，来到篮球场上。米拉蹲在地上，把一个个包打开，先拎出一件深灰色长款呢大衣，再拎出细绒线毛衣毛裤，接下去是长围脖，牛肉干，麦乳精，进口烟。吴可说，你一个人驼这么多东西？！米拉说，我小姑跟我一块来的，到了这里，等那个人去找你的时候，她忽然就不想等了。原来是真巧搞女色统战，吴可才得以受访。他四处望：她走了？走了。为什么？！她说她不想看到你的样子。我什么样子？在又昏暗又潮湿的禁闭室沤得白白的，浑身淡淡发臭的样子。吴可哈哈大笑，他可不就是李真巧不想见的样子吗？他拎起那件大衣，往身上一批，自我感觉像个尼克松。米拉注解，这叫英国呢。吴可说，我在这里面穿这个？他笑笑，罪加一等。小姑是给你去西伯利亚准备的。嗯？！她说马尔康是这里的西伯利亚；你要是给发配"西伯利亚"，她一定当十二月党人的妻子，跟你去。吴可看着向来没什么表情的米拉,想等她自己承认,故事是她自编的,不幸他发现米拉非常认真。梁多还关着呢?嗯。小韩还在逃亡?嗯。没有消息?嗯。(梁多和小韩的下落,在米拉探望吴可的一刻还悬而未决)。你爸怎么样?我爸活着;或者说,他正忍受着活着这件事。我爸昨天说,中国的事,忍一忍总会过去的。吴可说,应该说,是中国人,对什么事都能忍一忍。所以现在时髦,是把一个"忍"字写得很大,挂在墙上。死也能忍过去,那十年里忍过死的人不少。傅雷夫妇、老舍忍不了,死了,曹禺、白桦、我,不知多少次让死给诱惑得呀,想着死的种种美处,打了吗啡似的,但我们都忍着,最后把死给忍过去了。用咱们丫头的说法,把"丑"给忍过去了。傅雷夫妇太怕"丑",自己被斗,那样让人给揪住头发,撅起屁股,胳膊比屁股高,实在太丑。而且,批斗他们的人,也丑得要死,个个脸红脖子粗,一双双甲亢眼睛,嘴张得比茶杯口大,黄牙龅齿,都没刷过的就奔会场的,口号带着口臭,实在不堪入目的一个人群,太丑。于是老两口"丑"得吃不消了,结束吧。我们这些忍过了死,忍过了"丑",现在都腆着脸活得好着呢。小韩逃走了,枪毙这件事就搁了浅,现在不知道他正在哪个黑暗角落忍着。只要不死,忍一忍,都能过去。所以,小吴叔叔,你千万别想不开。我?全世界我是最后一个想不开的。所有人都想不开,走了,腾出光光的一个世界给我,多好。连我也走了?腾出的世界上,还剩一个女孩,叫米拉蒂。米拉说,我小姑对你这么好,放下崔老板给的好日子不过,要跟你去西伯利亚,你那光光的世界,都没有她呀？吴可说，对了，她也是对"想不开"这病免疫了的人。不算上我爸？你不了解你爸，你爸心里可想不开了，他能忍过那十年，我真没想到。你不是真了解他，（这是他第二次武断地宣称米拉不了解她亲老子），你别生气。你爸像孩子一样，对什么都太认真，男女，是非，自由不自由，真民主假民主，较真得很。吴可觉得跟米拉那场对话很好玩，尤其在他忍了三个月不说真话之后。

到了纺织学院大门口，吴可看见甄茵莉背着皮包急匆匆走进去。一个撅着屁股冲锋的侧影。甄茵莉所有姿态都有两套，一套在人们注视下，一套她自认为没人注视之时。撅屁股疾走的甄茵莉，简直像在拉一辆无形的架子车。她以为没人看到她此刻的急吼吼德行，没想到吴可这只黄雀在后。她急吼吼是想捉双，老米一直不跟她结婚，她把大舌头都策反成哨兵，一月给她买一双尼龙袜，或送她一管云南走私的变色口红。小甄问过李真巧，米潇是不是有别的女人。李真巧说，他们这批小老头子，现在俏得很哦，我们那个崔老汉儿，上海就藏着一个小小老婆。真巧教她一手，在大床左边（小甄睡的那一边），放点烟灰，下班回来看，烟灰没了就要当心点。过了几天，甄茵莉给李真巧打电话：烟灰真没了！真巧回答说，我三哥哥爱整洁，扫床扫了也可能嘛。也许今晚她把天气预告推给男主播，赶回来堵老米的被窝。

走进大门，两排桉树下，筑有水泥方台，吴可老远看见米潇在水泥台子边跟人下棋，屁股下一个帆布折叠凳。帆布凳子是米拉从部队转业带走的唯一家具，坐在那凳子上的米拉，从十二岁长到二十岁,看了几百场操场电影,把《地道战》看了五十多遍,《英雄儿女》看了三十多篇,《列宁在十月》看了二十多遍,团里一百多号人,坐在完全相同的小凳上,第一次看《齐普里安.布隆贝斯特》的接吻场面,每个人都被波隆贝斯库吻闭了气,差点憋死。散了操场电影,男男女女都不回宿舍,都找黑暗角落操练:鼻子的角度,下巴的摆置,嘴开合的尺度,人家那是标准,都比着那标准练。米拉这样告诉她的小吴叔叔。吴可当时听完笑道,看了几百场电影才看到一次接吻,咱们中国那么多人,吻没接对,也稀里糊涂生了那么多孩子,光是四川,一个月就能生出一个罗马尼亚。此刻吴可来到帆布小凳旁边,站着观局,红子黑子正难解难分。吴可一声不吭,刚才甄茵莉经过这里,看到了下棋的米潇,脚步从此处放慢,优雅的主播仪态也是从此处复原。老米感觉到什么,侧头,抬脸,看到了吴可,却像不认识,马上回到白刃战中。对方走棋慢,老米的两个手指头把两只吃进的棋子———马一炮米回捣腾,咔哒咔哒,咔哒咔哒,不耐烦、急躁都在垮塌的汗衫领口露出的一大片通红胸脯上。

不看那片红胸脯,米潇够格绅士。米潇暴露他性格的认真,是在他认为不值得掩饰他认真性格的事物上,比如下棋,比如做菜,比如闲谈。闲谈的米潇最容易暴露他长期认真思考的问题,比如爱情、婚姻,比如自由,再比如古罗马之后,五百多年的黑暗时期(Dark Ages)。跟老米闲聊很有趣。当聊到人类从古希腊古罗马的文明高度,退化到五百三十多年之久的黑暗时期,米潇会不可思议地瞪着他铁灰色的大眼。老米想不通，古罗马已经初步实行民主议会制，并创作出那样审美高度的阿波罗、雅典娜、维纳斯、宙斯雕像，以及筑起罗马万神庙、弗拉维圆形剧场、君士坦丁凯旋门的人类，居然会在黑暗时期发生了那样的大退化，退回住草庵棚、泥屋的人类初期。大退化还包括，从阿波罗那种对人自身的解剖式理解，退化到绝对平面、粗浅、幼稚，几乎原始拜物时期的偶像绘制。老米认为，把古罗马最盛期作为折叠点，将几千年对折起来，能让黑暗时期的图绘，重叠在人类初始的岩画上。假如人类进化史、文明史是一条不可倒流的河，但横空出世的野蛮，以及它对于以当时古罗马为代表的辉煌文明的干涉，却使这种倒流发生了。米潇的唯一解释是，野蛮的生命力和冲撞力太巨大了。重归野蛮，米潇归咎于匈族人。英文的Huns，拉丁文的Hunnvs，混奴斯。混奴斯，匈奴斯，老米认为就是匈奴氏族。混奴斯（匈奴氏）从亚洲杀到欧洲，杀遍巴尔干半岛，杀遍欧陆，直杀到波罗的海和大西洋岸。若没有大西洋和波罗的海阻挡，他们还会杀下去。公历起始时杀到中国西域的匈族人，被西汉的李广们、霍去病们、班超们杀得败逃，折转方向，一路向西杀去，杀亡了强盛的阿兰国，应该驻足养息，婚配阿兰人，软化一点由于策马骑射，挥刀劈砍而长成的茁实得不成比例肩颈肌肉。（外族人在恐惧中谈论"那没有脖子的人""间于人与猿之间的动物"）。他们也该在此退掉一些野蛮力道，养出些许温柔，来注视鲜血渗透之后，可以开花结果的土地，从而生出些许对热土的留连之情，将血脉在这块土地上续下去。但此氏族注定是不能稳定一地,建筑些什么的。匈人仅在顿河流域逗留几年,就又拔旗起帐,重上马背,继续向西杀路。杀败东哥特之后,匈人在欧洲和中亚从此无敌手。匈人所向披靡的野蛮力量,使进入初期文明的欧洲部族闻风丧胆,从此,再无人思量花费几十年、上百年、几百年,来建造神庙与剧场,更无人敢于和愿意投资可能瞬间被铁蹄踏碎的精美宫殿和民间楼宇。古希腊人和古罗马人对生活,对艺术,对诗歌,对哲学的考究,更与匈族人杀来飙去的生态文不对题。此后,人们退化成了牲畜和禽兽,只求能避风雨霜雪的栖穴,宫殿、神庙、剧场、琼楼玉宇,再无人惦记。不读书也没有书写文字的匈族人,毫无文化文明的负担,也毫无建树民族遗产的抱负,因此是人类史上头一个"赤脚的不怕穿鞋的"族类,无可建树,无可保留,所有的能量力道,便可集中于毁坏。他记得,老米不止一次惊叹:野蛮,太有力量了!哪一种文明能跟野蛮的生命力抗衡?任何一种文明,跟这样的野蛮之力相比,不显得太矫情柔弱?匈族人最引以为傲的统帅阿提拉,以毁灭为己任,以杀戮为荣耀,到处狂言:"被匈人铁蹄践踏过的土地,将寸草不生!"阿提拉对自己氏族荣耀的度量,就是血的流域多么广阔,寸草不生、生命全无的土地,有多辽远。有一次,在这类闲聊中,吴克对野蛮产生了定义:何为野蛮?就是毁坏力远超过建设力。老米听了后,认真点头,然后他补充道:野蛮是只毁坏,不建设;野蛮的功能,就是摧毁别人的建设。老米说,假如埃提乌斯指挥的罗马军团没有在沙隆大决战中险胜阿提拉,基督教文明必将不复存在,以基督教文化建立的文明也将随之灭亡。五百多年的黑暗时期，人类几乎从头来过，米潇说到此，总是后怕地笑笑。吴可看着此刻在棋盘上杀戮的米潇，想到既然他俩那样定义了"野蛮"，那么中国人经历的十年，便也是一种"倒折"，历史、文明从那个折点，打了一个大大的倒行的褶皱。

吴可掏出烟，点着一根，给老米搁在嘴唇上。他又给自己点上烟，溜达到一边。他很享受跟米潇的这类闲聊，有一次老米说到但丁的《神曲》，对于地狱第七层中，沸腾血浆中漂浮的阿提拉，那份描述，米潇叹绝。他说，那样的诗意，是必须由信仰催生，信仰包括对地狱存在的深信。米潇真是一个矛盾体，幼年的基督教学校的教养，那么坚实纯粹，后来却彻底背叛。也许他感到基督自身献祭对人类的启示太间接，奏效太缓慢，于是投奔共产主义。

不知刚才甄茵莉看到老米在下棋，捉双计划落空，是否失望，或者释然？小甄怀疑米潇身边的任何一个女人。吴可现在可不能上三楼，米潇家现在只有一个怨妇，对他来说，那是最恐怖的场面。甄茵莉跟他抱怨过，她跟米潇住了三年筒子楼，说是分到房子就结婚，可文化局重新安排住房都安排好几拨了，怎么就虐待她家老米，把老米遗忘在昏暗漫长的筒子楼里！老米的房子一到手就结婚；不结婚她甄茵莉算个什么名堂？免费陪宿，还是带工资保姆？每天播报天气预报，让全省人民看她没名没份的臊脸。小甄言下之意，她甄大主播跟李真巧这种香港佬的小老婆平头并肩了。他跟真巧笑谈过怨妇小甄，真巧听的时候，几乎入睡，咕哝一句，连高潮都没有的女人，可不就是活一张脸。吴可能想象，此刻他单人误闯了米潇家，被甄茵莉满腹苦水兜头灌来，弄不好还要违心符合，讲两句他米哥儿们的不是，那他宁愿学习班晚几天释放他。那边和棋了，米潇一副窝囊姿势，慢慢从小凳上站起，似乎肚里有根肠子打结，想抻直它但是妄想。他朝吴可转过脸，拎起凳子，打手势"开路"。

路一共只有两百多米，话却是长话。米潇想知道吴可在学习班都学了什么好，学了什么坏。吴可说，同学习班的一个学友，教他怎么把血压弄上去：嘴里嚼块姜，坐在血压器旁边两脚尖点地，腿上肌肉使劲绷，绷到抽筋边缘最为理想，坚持此姿势直到血压测量完毕。结果灵不灵？血压器一点变化也没有。我看也是，要是真灵验，他自己干嘛还呆在里头？血压想多高多高，不就能保外就医了嘛？吴可笑。此刻米潇站下来，仔细看了吴可一眼：这种运动越多，人就越来越玩忸不恭。我刚认识你的时候，你十八岁吧？静若处子啊。两人来到筒子楼前面，三楼某家的窗口耷拉着拖把，水珠滴滴答答，二楼垂直的那个人家支出几根竹竿，挂了几件晒黄霉的秋冬衣服。米潇说，你看，这个人家一晒衣服，楼上那家就晾拖把，就那操行！吴可问，为什么？因为二楼那家的男主人被抓了，三楼的欺负他们也白欺负。以后我再有什么事，小甄也得这么受人欺。这个民间，污糟得很。吴可问，就为这你不跟她结婚？米潇不愿马上回答。两人走了十多步，米潇说单位重新调整的房子他已经看了，小，暗，画画条件差。吴可问，多大？六十八平米，妈的，分成四间房,当鸡笼关我们呀?摆上画架,人往哪儿退?鼻尖怼着画布,能画?那就写文章吧,吴可建议。写什么?不写那十年的事儿,我没得可写,写了又要被阉割,不让阉割,不给你发。画画好点儿,懂的人一看就懂,不懂的人,看不出毛病。小吴说,你把墙拆了,房间就大了。我父亲的房子原来也隔成好多小间,后来幼儿园搬进来,把墙拆了,空间才成现在的样儿。六十六平米,不错啦。米潇摇摇头。过一会他说,搬进去了,就算是定局了,占房额度算给你完成了,以后再调整房,就没份儿了。活这么大,明白了,什么都有额度,不能早早用超。我住筒子楼,好像前面总有希望,过度期长一点,念想也就长,搬到那房子里,跟小甄结婚过日子,那就是定局。万一我让人家失望,要不她让我失望,婚姻的份额又用一次。再从婚姻里撤出来吗?撤不动了。刚从农场回来的时候,感觉多好,解放了,自由了,住在筒子楼里过度,好像自由就是无数可能性,有可能往任何一个地方搬,有可能搬出国,有可能搬上一条船,飘流到哪是哪。结果分到一套又小又暗的房子,告诉我那就是我的定局,我怎么可能甘心?现在那房子呢?吴可问。房子让我推给下一个亟待定局的人。你是不想跟甄茵莉结婚,是吧?也不是。也是。自由得来不易,马上把缰绳又交给一个女人,不甘心。不过假如这次你不进学习班,我可能就会搬进那个六十六平米了。跟我进学习班有什么关系?有关系。两人此刻站在楼梯口,身边一大群灰垢老厚的自行车,像是刚出土,可以给著名的兵马俑骑。米潇说,你别跟小甄说,我把分到的房让出去了,啊?吴可说，我连"嫂子好，吃了吗"都懒得跟她说。你他妈的小吴，人家小甄惹过你吗？她那类的女人惹过我。你怎么知道她是惹过你的那类女人？走着瞧。说完吴可马上苦求，咱不谈嫂子，成吗？省得株连到你。米潇瞪着他。吴可说，接着谈你刚才说的搬出国，搬上船，漂流到哪是哪。米潇又把吴可带到楼门外，被三楼拖把祸害的秋冬衣服已经缩回窗口里了，惹不起躲得起。米潇说，我两个妹妹在美国，两个姐姐在澳洲，她们现在每封信都是催我去团聚的。我母亲去世前，要求过她们，只要可能，一定把阿鲁（米潇原名米渝鲁，纪念山东人母亲，祖籍重庆的父亲）接出去。你知道我怎么想的？我想，如果你真给押送马尔康了，我就走了，不回来了。米潇抬起头，目光从微凹的眼眶里射出，巨大额头里的脑容量，让那目光充满张力。我们俩是那种为了 Pont Du Gard 加尔桥坍塌一块捶胸顿足……吴可插嘴，加尔桥没有坍塌。米潇说，我的意思是，如果它坍塌的话，我们俩会为之捶胸顿足，我们也会为 Chartres 失火仰天泣血……，吴可又插嘴，十一世纪它就烧过了。米潇在吴可二十岁时，就跟他讲过巴黎郊外了不起的 Chartres。别打岔，老米说，我是说我们会，would have，这在英语里是假设句式，假设我们前世也是好朋友，一块欣赏那些人像柱子，膜拜 Chartres 的圣母，一块为 Chartres 的建筑和它内外陈放的艺术品感叹不可思议，因为隔过那么漫长的黑暗时期，它居然跟早已消亡的古希腊古罗马艺术暗暗衔接上，如果我们生在那时，if we had heard 假设我们听说了 Chartres 最辉煌的西厅被烧成灰烬，we would have wept in each other's arms. 吴可看着老米,整个是疯了,一双狂人的眼睛,老头衫领口垮得更低,露出的胸脯血红。夏天看老米,就是个老头了,尤其穿这种洗糟了的老头衫,赖唧唧粘着皮肉的糟布料,使肩头耸出的两块翅骨格外锋利,大臂小臂肌肉退化,皮下脂肪也囊了,又惨不忍睹地鼓凸起那不该长的乳头和肚腩。吴可想,哪个女人爱当下的他,都是真心爱的,甄茵莉有这份真心,爱的是他巨大额头后面、那层颅骨后面的玩意儿。

当晚李真巧没有来,放了她三哥哥鸽子。也没来电话说明原因。晚餐后米拉给她的小吴叔叔治疗蚊子叮咬后溃烂的小腿。学习班人走空了后,蚊子却不走,吸五六十个学员的血吸大了的胃口,全部由吴可一枚肉身一腔热血招呼。米拉一面给小吴叔叔擦掉那溃处流出的发黄积液,一面好生奇怪:闹蚊子的季节还没到呢,学习班怎么就被咬倒一片?米潇说,这你都不知道?三楼那家为什么专门在二楼那家晾出好衣服的时候洗拖把,一个道理,蚊子发现一帮倒霉蛋儿,咬他们咬死不偿命,不咬白不咬。吴可说,那个招待所反正要拆了,荒草尽它长,一个学员吃五十多颗安眠药,死在草里面,第三天才发现。甄茵莉在水池上洗碗,回头问,为什么自杀?吴可说,不知道,什么话都没留下。米潇说,他以为又要文革了,吓死的。吴可说,其实他也知道,学习班他蹲不久了,很快会出去。甄茵莉笑笑说,忍一忍就好了,曙光就在前面一点点了,看看小吴,三次不都忍过来了,不然今晚的白兰地,也喝不上了。米潇说,茨维格和老婆,已经成功逃到南美了,安全了,还是自杀了。

他们看得太多，生命这么贱，这么弱，这么不由你做主，只有死由你做主，就最后做一次主吧。

大家同时没了话。老米的宝贝立体声机器上，卡带转着，转出肖斯塔科维奇的圆舞曲，优美里藏着深深的哀伤。所有人沉默，空间都是肖斯塔科维奇的。吴可喝着米潇的轩尼诗白兰地（应该说是李真巧的轩尼诗），漫漫地想，那人走了十五天了，跟吴可喝白兰地的此刻，只窄窄地差错了十五天。十五天，天上、人间。小甄问说，多大岁数？吴可说，三十三。用不着问"谁多大岁数"，大家都明白他俩指的是谁。沉默的那一会儿，让肖斯塔科维奇占据空间的那一会儿，所有人在想这同一件事。小甄说，是做什么工作的？吴可说，川剧学校的老师。小甄说，就死了他一个？吴可狞笑，你还嫌不够？小甄答非所问地说，斜对门的大舌头也差点死。吴可吃了一惊，自杀？小甄说，梁多被抓起来之后，她丈夫经常揍她，她婆婆堵着门不让她跑，孩子们把收音机开到最大声，邻居们听不见她喊救命。就在她家搬出筒子楼之前，一天夜里，她跑到水房，往窗棂上挂一根绳子，但一直站在小凳子上等，等有人去打开水才往套里伸脖子。米拉说，怎么没听小甄阿姨说过？小甄接着自己刚才的话，正好就碰到我去打开水，赶紧抱住她两条腿。你想嘛，我这么瘦，她那么大块头，真想做绝，能连我带凳子一块踢了。我把她从凳子上劝下来，她脱下裤子，让我看她丈夫留在她屁股上的鞋底印，那么个大肥屁股，没剩啥好肉！狗x养的，小甄学大舌头说话，倒骑着我，拿他皮鞋底子抽，疼得我尿那一大泡！小甄模仿谁就是谁，大舌头顿时在人们听觉里回归。小甄等大家笑完说，你们以为她是给打得活不了？吴可说，总不会因为检举了梁多团伙，良心发现活不了了吧？小甄说，还真跟梁多有关系。她黑算盘珠眼睛在每人脸上轱辘一遍，说，大舌头怕她丈夫使坏，撺掇公安局把梁多给毙了。那阵正在毙人风头上，毙了也就毙了。我觉得她喜欢上梁多了。大家都惊得一声不响，过了至少三十秒，米拉带头大笑：梁多整个找了个妈！

芙苑之死

阿富汗人阿布杜在信中说,他的家在喀布尔,每次到坎大哈去看望祖父母,同学们都说他离开了喀布尔去了阿富汗。喀布尔和其余阿富汗国土的差异巨大,其他地方在战争,喀布尔和平。所以他更应该被称为喀布尔人。

阿布杜这次眼睛有点不够用,春熙路上,满街牛仔裤裹着的腿。还要匀出目光来给米拉。这长着普什图母语舌头的小伙子,现在的北京话在舌头上滚车轱辘。米拉说他可以到胡同里去叫卖糖葫芦。是吗?他说。光是一个"是吗",就是天福号师傅的味儿,曾经说中文词句的所有棱角都磨圆了。过分圆了,是米拉的看法。米拉决定当他的旅游向导,先带他去文殊院,然后去鹤鸣茶馆喝茶听金钱板,再就近到黄晶苹唱歌的餐厅晚餐。晶苹有一次来找米拉,要借她小姑的裙子当样板,找裁缝照着做。她说自己的裙子上台不够妖。晶苹已经转业,跟一个歌舞厅签了一年的合同,跟鹤鸣茶馆也签了一年的合同,一周唱七夜,在两个场子之间串场。旧社会名角成名前都这么干,米拉笑着说。黄晶苹一愣,她已经录了三盘磁带,难道在米拉眼里还是"成名前"?封套上的黄晶苹漂亮得要死,晶苹自己说,风尘得很哦。米拉也发现她风尘多了,但一多半是扮演出来的风尘。扮演歌女的黄晶苹张口闭口"上床":形容哪个小伙子形象好,身材性感,"上得床的",形容那个男人有脑筋，学问好，挣票子多，便是"嫁得了"。歌舞厅老板对她存邪念，但她还是签了合同，说自己"上了贼船"，但又说"上贼船不要紧，就怕上贼床。"

米拉陪喀布尔人在文殊院到此一游，游到只剩他们两个游客。阿富汗人搂住她的肩膀，她闻到一丝狐臭。早晨淋浴后涂在腋下的除嗅霜挥发了一天，已挥发完了，此刻冒上来的是他的原味，从他那个人种的原汁里冒上来。假如爱上一个人，是不会嫌弃他的原味的。因而米拉深知自己离爱上他还远。喀布尔人瘦了一圈，皮面上原先那层油光没了。消瘦就像冰川溶解后重塑，他五官中的欧罗巴基因耸立出来，帕米尔基因塌陷下去，每个角度都具雕塑感。跟父亲米潇一样，米拉喜欢好看的外形，因此她秘密地发现自己"女色鬼"的潜质，对此她毫无办法。因为她的"好色"，瘦了的阿富汗人在追求她的路途上缩短了距离。她想到自己的一个童年伙伴考上北京航空大学，说学生们暴动的口号是"要吃纯肉"。想必是语言学院的伙食也差，牛肉羊肉供不应求，即便食肉日，也是片儿、丝儿，甚至末儿。阿卜杜对瘦了八分之一的米拉不满，为什么要瘦？减肥是无聊的西方人干的。他问米拉最近做的蜀锦怎样，米拉一呆，但及时想起他们第一次交往她谎称自己是蜀锦厂的绣工。那时她刚开始发表小说，以后能不能以写小说换饭吃，她还没数，而且她认为对小说家最万恶的提问就是，"你的小说是关于什么的"，但百分之九十九的人都那么提问。那次他们去草堂，公共汽车上正好瞥见一家蜀锦社，她就胡扯自己是绣工。那时她想，她说自己掏大粪也没关系，反正这是一次性的关系，他想求证也没机会。没想到他把一次性关系发展成了书信关系，又顺着这关系兑现友情来了。总不能一直骗下去。米拉说，阿卜杜，我有件事要跟你解释。阿卜杜一下子立定，看着她。你紧张什么？我就想跟你说明，上次我说我是绣工，是开玩笑的，其实我长这么大，针都没拿过几次。我写的几篇小说发表之后，我就辞工了，辞了杂志社的编辑工作。其实是杂志社书记找她谈话，说她发表在北京一个文学刊物上的小说，存在的意识形态问题比较严重。阿卜杜一点没松懈，还那么看着她，大黑眼睛真大呀。你怎么了？米拉推他一把。他说，你是个写小说的？他一只大手揉揉胸口，表示那下面的脏器刚才工作不甚正常。米拉想，要不隔着一层衬衫，那胸口上浓密的黑色卷毛一定被揉得沙沙响。八月三伏，他衬衫下还穿着一层"皮草"，难怪他冒出原味儿。他衬衫的纽扣一直扣到嗓子眼，三年前米拉玩笑说他"自带羽绒服"，他在意了。就是说，你是一个作家？他还没从惊吓里出来。见习的，米拉笑笑。他研究了米拉一会，好像不懂，笑笑，你怎么会是作家？米拉知道，他们种族的作家都是男的，女人读字的都少见，慢说写字。她们专管生孩子，做饭，为孩子和丈夫营造一个家。可你说你是绣工。他笑得颇为委屈。他爱的是绣工米拉。米拉说，I am sorry。她的道歉是恳切的。她没想到这对他是个打击。她忽然好想保住他对她的迷恋；假如他是在迷恋她的话。他往前走了两步，转过身，重新度量她那样打量。或许作家米拉在他的大黑眼睛里，每秒都在流失女性，眨眼间已不再是百分之百的女人，三年书信，千里迢迢重访，揭晓出一个女性含量不够的女子，他似乎上了个当。两人沿着落日中的林荫道往前走，他默默，她也默默。

　　成都夏天落日很迟，七点多天还大亮，他们在红照壁碰到了黄晶苹，她是来接米拉的。晶苹的眼睛往喀布尔人脸上一浪，轻轻推一把米拉：没想到还接来一个外国友人。晶苹为了陪米拉吃饭，跟另外一个歌手调了班，今晚不唱，专门做东。她来借裙子那天告诉米拉和真巧，她一月能唱出七八千块，全凭嘴一张。她的眼睛在暗下去的天光中那么多汁水，米拉发现喀布尔人看她的目光多了几点火星。晶苹穿着真巧连衣裙的复制品，料子是上乘湖绉，黑底子上豌豆大的红玫瑰，领口似乎为所有馋痨眼睛挖下一大块，洁白的胸脯上，一根细极的白金项链，坠一颗小小的红珊瑚。米拉不记得小姑那件原版如此垂死地暴露。不知为什么，刻意仿冒的港味却显出省份气来。晶苹的漂亮是没出川的，锁在三峡、秦岭之内，锁在成都少城里的，别有一番滋味。穿着大高跟的晶苹，挽着米拉的胳膊往餐厅走，耳语说，你要不得哦。米拉说，咋个咯？这么帅一个外国男朋友，弄来馋我们！米拉马上申明，喀布尔人只是男的朋友，好比五六十岁的刘团长，也可以是她黄晶苹的男的朋友。喀布尔人跟在她俩后面，米拉回过头，见他脸上浮着微笑，那种尽她们做小女人的宽容微笑。米拉上身黑T恤，扎在磨得极狠的石磨蓝牛仔裤里，束一根宽宽的编织羊皮带。她从崔姑父带来的香港杂志上看到的"落拓帅"，觉得合意得很，还特为拆毛了裤脚底边，给她穿平底凉鞋的脚面来一圈流苏。喇叭裤渐渐谢幕，牛仔裤从十九世纪开发美国西部开始流行，现在迎来了牛仔裤的大时代。

餐厅里，五彩旋转灯已经忙上了，外面的五彩黄昏被厚帘子遮住。空气带着陈味的咸、辣、酸，很多天的酒菜气味一层层积淀，被关在这里久了，都哈喇了。黄晶苹领着他们俩往里走，个个女服务员都是她的"妹儿"。八点钟，桌椅都还空着，懂门道的客人都十点以后来。十点钟歌手换成重磅的，活人乐队，到十二点，歌都不一样了，疯的狂的都留给那时候。晶苹告诉米拉，去年"严打"，这个餐厅给关了门，因为十二点后的歌声太疯，台上四五个歌手一块吼，被抓了两个，老板也进去了几天，不过老板一大帮地头蛇朋友，把他和歌手都捞出来了。以后你要想到拘留所捞谁，说一声，我让老板帮忙。米拉说，那你不光上错船，还要上错床。黄晶苹说，有了外国友人，米拉不一样了，开荤了！说着两人就冲着阿卜杜的侧面大笑。阿卜杜兴奋地到处看，在北京上海也没见过这阵势。北京上海人玩的东西，舶来成都就加重口味，最后上海北京人都不敢相认。此刻一个女服务员揭下一块绒布，露出一个巨大的电视机，十点前的歌手只有电视机伴奏。喀布尔人转向电视机，眼睛是孩子的，惊得上下两排浓密超长的睫毛怒放。他那个打得稀烂的国家，从没见过这么大的电视机！旋转彩灯把色彩泼在他身上，他一霎是红的，一霎是绿的，乍暖还寒。晶苹订的桌离舞台比较远，桌子右侧有一口窗，万一失火逃路方便。坐下之后，晶苹从自己红色小皮包里（也是夜市来的港澳垃圾）掏出一搭大团结，叫过一个妹儿来。餐厅里吵,米拉听不清她跟妹儿说了什么,妹儿拿了钱便小跑着走了。你让他买什么?酒。隔壁的宾馆有好酒卖。米拉奇怪了,这里没酒?晶苹说,有,都是假酒。米拉赶紧说,外国友人不喝酒,他是伊斯兰。晶苹说,还有不喝酒的外国友人?米拉说,伊斯兰教规很严。电视打开了,出现了董文华。一个龙套歌手在舞台边上换鞋;她的皮鞋舍不得穿,包了报纸放在网兜里拎着,上台前才换。晶苹问,伊斯兰是啥子?米拉答,就是穆斯林。黄晶苹还懵着。米拉说,哎呀,就是回教。成都的多数女娃对所有高鼻子深眼窝的外国人一视同仁,都是外国友人。晶苹突然明白了:就是个回回嘛!他不喝,我们喝!晶苹说,喝多了调戏他!她笑着乜斜眼,看正在研究菜单的阿卜杜。他的忌口多,研究的态度严肃冷峻。米拉的肩膀给人拍了一下,一回头,见是真巧和一个瘦高男人,白衬衫、蓝裤子、板寸头。瘦高男人开口叫她,她才认出此人是梁多。米拉的心一抖,小吴叔叔那晚白等一晚,现在有解释了。剃掉长头发穿着简单服装的梁多,看上去就是"自新"这词的看图说话。米拉说,梁多,你现在应该叫梁夕——剃了头,剪掉了喇叭裤,少了一半,梁不多,夕恰巧。大家想了一刻,真巧先笑了;剪掉梁多多出部分的那只手,是她真巧的,真巧把吴可的发型复制到梁多头上,巧制出自新的画家。大家逐步悟过来,也都会意一笑。喀布尔人糊涂地跟着笑笑。晶苹对米拉说,我留了一手,没告诉你,我也请了小姑。她笑着拉真巧坐,米拉的小姑反正早就是全文工团的小姑了。真巧双手抹平裙子的臀部,慢慢坐下,目光在喀布尔人身上来回刮。那是老娘式的目光，刺探他把她深闺中的女儿怎样了。她转过来看米拉，眼睛也带质疑和轻度苛责，这么大个外国小伙子，米拉居然藏着，居然背着她跟他来混夜生活。酒买来了，预先启开了瓶塞，妹儿往每个人面前的小茶盅里倒酒。餐厅里人多了一倍，龙套歌手已经唱了一轮，大家一直在吼着谈笑。此刻台上换了个歌手，一个瘦小的男孩子，大热天穿了件豹皮背心。晶苹介绍，这孩子才十七岁，都叫他小崔健。小崔健一条莽嗓子，破口一唱，就把台下的谈笑盖住。他的《一无所有》一股生坯子冲劲，吉他背在身上如同一把冲锋枪，后面乐队总算醒了，跟着他发作。

  一个年轻男人走过来，对黄晶苹说，你咋不唱？黄晶苹笑笑，不想唱。男人说，唱嘛！晶苹说，今晚不该我唱。男人说，我们都是冲你来的哦！晶苹还是同一副笑脸，我又没叫你们来。他拉起晶苹的小臂：不唱到我们那桌去喝！梁多说，干啥子？！喀布尔人也把手里的筷子重重一放。晶苹对大家说，没关系，我去打个招呼。她站起来，小臂还给年轻男人抓着，基本是被拖走的。阿卜杜的腿把椅子往后一推，跟在黄晶苹身边。米拉想，阿富汗男子特有的骁勇出来了。这个桌的所有人都拧着脑袋看十米之遥的那张桌，四个年轻男人围坐，只有四只脚搁在地上，另外四只穿过桌肚，翘在对面的空椅子上。来叫晶苹的人脸上发横，跟那四个比，他就算慈眉善目了。黄晶苹和阿卜杜到达了那桌，一个人从椅子上拿下脚，站直，递给晶苹一盅酒，晶苹把酒盅在每个男人面前掠一下，干了，亮出干掉的杯底，然后往桌上一放。阿卜杜拉起她就走。回到这桌，大家松口气。真巧凑到米拉耳边说，到底是你的，还是她的？米拉不懂。外国人是你的男朋友，还是晶苹的？米拉虎起脸，就跟你似的，谁都能来！说完她站起来，走了。阿卜杜屁股刚落座，见米拉往大门口走，拿起自己的包就追。

在大门口，米拉说，跟着我干嘛？跟黄晶苹去！她马上听出自己的醋味，大吃一惊。自己是个什么玩意儿？对这个国家给打得稀烂的小伙子怀着占有欲？米拉爱他吗？米拉是有点儿爱他了？……此刻他俩已在大门外，阿卜杜说，you should be more considerate of your friend！ She was kind enough to invite us, and yet you are hurting her feelings．原来他急了也会忘词儿；忘了中文的词儿。真巧也追出来，笑着说，喝不得酒，喝了闯祸哟。一边拉了米拉就往里走。米拉觉得阿卜杜说得很在理，黄晶苹的好心好意，怎么也不该去伤的。进了大门，真巧在米拉耳边说，今晚你给我住到我那去。为啥子？你说为啥子；你晓得那个啥子是啥子。她的大眼睛寒光闪闪。你是你爸的命，你晓得的。米拉见喀布尔人跟得近，忍了。给他听见了算什么？

路过那伙人一桌，四个人都半躺在罗圈椅里，用白眼球看着他们走过去。小崔健在唱《花房姑娘》，所有人都像被音乐唤醒的蛇，在椅子上扭着舞着。小崔健是重口味的崔健，加麻加辣，原版崔健肯定吃不消。唱完，人们吹哨鼓掌。那四个人站起来暴吼，黄晶苹！黄晶苹！……

黄晶苹看他们一眼，坐着不动。五个人继续喊，乐队的鼓手跑到台前，拿起麦克风说，黄小姐今晚休息，赵丽丽赵小姐接下去给诸位献几支歌……他的话被那四个人打断，他们边喊边敲桌子。真巧对黄晶苹说，那你就唱一个吧？晶苹说，我就不唱。他们要我唱我就唱？！他们要我喝我就喝？！以后还不晓得要我干啥子呢！四个人吼喊着就包抄过来，在黄晶苹身后围成半圆。喀布尔人蹭一下站起，真巧一把拉住他，并拿起自己的酒盅，对四个男人笑得酒窝深深：敬你们一杯嘛。一看这女人，知道老江湖在此，四个人身段软了，说大姐贵姓。大姐姓李，真巧说，叫一声大姐，大姐不能白白应承，教你们两下子，哈，哪一个人，他的熟人后头是哪个，最多是熟人的熟人，他们后头有啥子人，不要多了，熟人后头那个熟人，肯定就有认得到你，晓得你底细的。做事做人呢，都要留到点后手。四个人中的两个说，是是是。真巧比起一个大拇指，向自己秀丽的肩膀后面戳两下，你们晓得我后头是哪个，不晓得；我们这个美国朋友，是哪个请来的，你们也弄不清，对不对？他后头有哪个，后头的后头又有哪个，你们都不晓得，对不对？梁多略带恶心地白了真巧一眼。米拉认同梁多这一眼；这个时候的真巧，暴露了她跟四个地转转出处接近。餐厅老板此刻带着几个汉子来了。老板瘦瘦矮矮，一个烟鬼，几个汉子高壮，横着行走，目光也是横的。四个年轻男人退回自己那一桌，汉子们仍不答应，直接把他们往门外请。其中一个人哭腔，我们酒还没喝完！汉子们听不见似的，微张着大手，懒洋洋把他们继续往大门口撵。细看老板不过三十多岁，跟坐在椅子上的黄晶苹微哈着腰，说，我在邻居家打麻将，我儿子跑来叫我接电话，接了电话我就飞叉叉赶过来了。黄晶苹点下头，表示情领了。老板说，那我回去了，三个人还在牌桌上等到起。晶苹拿足被追求女人的微微怠慢，对老板说，走嘛。米拉认为这个男人的床，黄晶苹迟早是要错上的。

米拉一伙人是一点半走出餐厅的。餐厅里的歌声开始瞌睡朦胧，乐手们不断翘课到台下喝酒，跑厕所，李真巧说，走了。她和梁多并肩走到大门外，一招手，一辆车开过来。客人中有车的渐渐多了，餐厅启动代客停车服务。米拉知道，崔先生五月份离开成都前，买进一辆旧三菱，找了个退休司机给真巧当驾驶教练，真巧练了两天就开上了大马路。她每次开车前，都跟有车有摩托的熟人打电话，说她要开车出门，他们千万在家呆着，别到街上来跟她撞。住在少城三年，她认识半城的人，骑摩托的熟人、半熟人有几十个。梁多打开副驾驶座的门，钻进车内。真巧拉开后面的门，跟米拉说，上去。米拉说，我们坐黄晶苹的车。真巧瞥一眼喀布尔人说，你和哪个"我们"哦？米拉说，你管呢。她拖了米拉一把，米拉愤然甩开。真巧扭头就走，绕到车左面，拉开驾驶座的门大声说，我告诉你爸去。米拉大声说，要不要我妈的电话号码？门砰地摔上，三菱醉醺醺地冲上路。

黄晶苹看了米拉一眼。米拉狞笑一下。阿卜杜丈二和尚的一张脸。晶苹说，我的车停在餐厅停车场，你们在这等我，我去开。阿卜杜说，我们一起去。他拉起米拉的手。米拉装着理头发把手抽开。晶苹是想留点空间给米拉和阿卜杜，私房话私房动作，就在上车前完成。晶苹说，你们等着嘛，停车场脏得很。阿卜杜说，美国电影里多少惊险情节都发生在停车场。晶苹说，没事，说着跺着大高跟跑步，眨眼拐进停车场，不见了。阿卜杜带几分感叹，很好的一个女孩子，到这种乱七八糟的地方来。话没落音，他踩在什么滑腻东西上，身体向后栽倒，脚搓着小碎步，欲扳回平衡，但以他的头部划出的下栽弧线已不可逆转地接近完成，就在一个仰八叉接近完整的刹那，米拉伸手捞起他来。一个不太妙蔓的双人舞，米拉反串托举者。阿卜杜看着米拉，喘粗气，笑出一口奇白的牙：看不出你臂力这么大，反应这么快！米拉说，前舞蹈演员的反应嘛，臂力是七八岁拿大顶的童子功打底。阿卜杜说，真的？让我看看！米拉攥起拳头，把胳膊折成九十度，大臂内侧挤出一个小小的突起，阿卜杜伸手一捏，说，挺棒。两人细看地上，几片被踩成泥的香蕉皮。阿卜杜拎起香蕉皮，扭转着脸找垃圾箱，却从停车场里爆出一声女人的尖叫。那叫声之凄厉，米拉一把抓住阿卜杜的手。阿卜杜抱住米拉，再听，叫声被呻吟替代了。米拉说，黄晶苹！阿卜杜拉着米拉就跑，跌跌撞撞顺着呻吟声寻去。一辆吉普车前面的地上——躺着一具蠕动的身形。车场没什么车了，不远处是一堵墙，墙下一座臭烘烘的的小山坡，垃圾堆成的。米拉叫起来，晶苹！此刻听到至少是两个人的脚步声从停车场出入口飞奔出去，阿卜杜在追杀他们和急救伤者之间撕裂一刹那，立刻决定救命。他抱起地上纤细的身体，糖稀一样的软，似乎一部分固体的黄晶苹已经被稀释。米拉又叫了一声"晶苹"，晶苹哼了一声。阿卜杜抽出一只手，发现满手掌的血。刀子是从她背后捅进她胸膛的。米拉，快把车钥匙找出来！阿卜杜声音严重打颤。米拉摸到了摔出去两米远的小皮包，手也抖得动作不准确，哆哆嗦嗦穿过一堆零食和化妆品，摸到包底的钥匙。阿卜杜打开吉普的车门，把黄晶苹抱进去，平放在后座上。米拉看见他的淡蓝衬衫前襟已经完全成了深色。此刻她的视力已经调整过来，能看见黑暗中物体是由不同深度的黑色组成，柏油地面是浅黑，血泊深黑；那么一大片深黑啊！米拉选择坐在后排，把侧卧的黄晶苹的脸放在自己膝盖上。她不知道自己什么时候开始哭的。人造革座位上，全是温热的血。吉普车开出去，晶苹又发出一声呻吟，比先前弱多了。不怕，晶苹，米拉在这儿……我们马上到医院。米拉给阿卜杜导航，到达三医院的时候，晶苹似乎睡着了。

阿卜杜停了车，打开门，把晶苹抱起就跑。米拉跟在后面，也是飞奔。急诊室的走廊好长，米拉觉得是原地踏步，噩梦中的步伐。两个男护士迎头跑来，接过阿卜杜怀里的垂死姑娘，接力赛一样跑进急救室。一分钟之后，一个女护士出来，让他俩进去一个，签字。她说没什么希望了，刀尖擦过心脏边缘，不过医生还是决定手术。米拉签了字出来，跟米拉和阿卜杜各坐一条长椅，隔着走廊相望，从对方眼里找旁证：刚发生的确实发生了，流血凶杀不仅发生在那个打得稀烂的国土上，逃亡到哪里都没用，太平世界，同样的，眼一眨一个花样年华就凋零了。就像所有电影此类场面一样，两人窒息地等待，等来一个中年女护士，轻声通报他们预知的结局。阿卜杜没想到，逃到战争之外来的他，为一个中国姑娘送行她生命的最后一程。米拉紧紧拉着阿卜杜的手，浑身发凉。两人被带进急救室，护士说，这么漂亮个女娃儿，幸好，还没来得及开刀就走了，留了个完整身子。

黄晶苹的脸从白单子下露出，那为当东道主而涂抹的脂粉似乎漂离了表皮，青青的尸体肤色从下面渗出来。米拉迅猛流泪，一边想，死去的是自己的同龄人，同年出生，一块长大，从少年进入青年。四年前，她们俩在食堂的大铝盆边上捞夜餐面条，那是演出后接待单位的款待，精细的挂面，绸子一样滑溜，面卤有四样，榨菜肉丝，辣椒豆干丁，西红柿鸡蛋，木耳牛肉片，黄晶苹最后一批卸妆，米拉提前替她拿好碗。黄晶苹说，我的碗你用开水帮我烫过没得？米拉回答，没有啊。她说，哎，我叫你烫一下的。米拉说她忘了。晶苹拉拉她耳朵，跟你说啥子都忘！米拉端了面坐一边吃去了。吃完碰到晶苹，她居然任任哭，问咋了，晶苹说，我把你气到了。米拉解释说她一点气没有，因为她心不在焉，晶苹嘱咐她烫碗的事她掉头就忘了，活该受责怪。晶苹却流泪不止，问怎么还哭，她呜呜咽咽，说你吓死我了，我当你生我气了；我最怕惹人生气。她那么美，又那么软弱，多么罕见的组合。

医院给派出所打了电话，警察来的时候，米拉躺在急诊室走廊的长椅上睡着了。是阿卜杜跟警察的轻声谈话惊醒了她。看看表，四点多了。警察检查了尸体，拍了照片，要求米拉和阿卜杜带他们去现场。到了现场，两人把当时情形说了三遍，警察再拍照，然后一个警察在灰色晨光里到处看，似乎在找那把凶器。另一个警察从警车后面拎出一桶石灰，洒在血迹上，又用塑料绳子，把出入口围上，然后要求米拉阿卜杜两人留下电话和地址。米拉掏出吉普车钥匙，跟那个小皮包一块交给了警察。一个警察开始翻小皮包里的东西，翻出一本袖珍通讯录，一面问米拉，你通知了她家没有？米拉摇头。你有她家联系方式吗？米拉没有。黄晶苹家在内江。另一个警察说，这个老外中文真好，是你什么人？米拉说，他是我和黄晶苹的朋友。黄晶苹是谁？就是……米拉的手指指地上的石灰，就是她，我战友，我们十二岁就在一块……米拉的泪水又掉下来。警察同志，阿卜杜说，一定要抓住凶手，她还不到二十四岁。警察不说话，没有表情，是那种见得多了的无情。两人答应下午三点到警察局做笔录。个高的警察说，走嘛，我开车送你们回去休息。两个警察先把米拉送到招待所，跟警卫战士说，我们负责把人送到屋头。警卫战士为警车拉开路障，警车一路畅行，开到米拉住的楼门口。个矮的年轻警察又亲自送米拉上楼，米拉推辞不用了，警察说，走嘛走嘛，经历这一场，我们一般都送到家。走到楼梯口，警察又说，你一身的血，我不送你，万一碰到个人，人家给你吓到。

　　米拉进了房间，脱下被血浆得坚硬的牛仔裤。外面下雨了，窗台上落了两只鸽子，叽叽咕咕地聊着。一个跟往常毫无区别的早晨。这个早晨知道吗，它少了一个美丽的姑娘，她活着的最后印记，留在米拉的牛仔裤上。米拉又是一阵痛心的后悔，为什么要接受黄晶苹的晚饭邀请，为什么喀布尔人没有提出一个新节目，从而米拉可以谢绝晶苹的邀请。为什么阿卜杜这个时候要来？阿卜杜为晶苹挺身而出，使四个痞子受了刺激，激出为本民族男性集体竞争一个美丽姑娘的血性？如果李真巧没有在阿卜杜的国籍上撒谎，那刺激的力度也会大大减低。痞子再愚昧，也知道阿富汗给打得稀烂，那么阿富汗小伙子阿卜杜也就是个难民，痞子虽低贱，到底有一片太平故土可立足，何至于跟一个难民争夺姑娘。李真巧哪怕把阿卜杜的国籍改成比利时或者荷兰那样的小国也好，偏偏把阿卜杜提拔成美国公民，自从中国开放，有国外亲戚的人家，出国的幸运儿，大多数是去了美国。所有人印象里，美国不是富得流油，也是富得流奶；二九年美国著名的经济大萧条，还把奶往海里倒。李真巧可恨啊！米拉躺在床上，看着天花板的石膏上，有条裂缝。自己也不是完全无辜，为一个并没有发生的争风吃醋事件，跟晶苹暗中生了嫌隙。假如她不跟真巧小姑语言冲撞起来，她也许会上三菱，而把阿卜杜单独留给晶苹。阿卜杜绝不会让晶苹一个人走进漆黑的停车场，会挽着她、搂着她，让埋伏的凶手放弃谋杀。毕竟阿卜杜高大健壮，杀起来要费点事，杀完了费的事肯定更大，一个"美国人"被杀了，全省警察还不大扫荡？！现在的严打还剩点余温，顺带着就把他们都毙了。那么多转机可以让事件转向，而使这个鸽子嘀咕的早晨，仍然拥有那个美丽的姑娘。

　　米拉翻了个身，一个手掌隔着蚊帐，贴在阴凉的墙壁上。最后一次上高原巡演，那天轮上女舞蹈队和乐队七八个男兵押服装道具车。卡车是解放战争的战利品，美国四零年代出产的大道奇，上了山顶就抛锚了。山顶上的雪一尺多厚,他们在熄火的卡车上等过路车去山下报信,等了十几小时,又冻又饿,大家开始精神聚餐,上海兵说排骨年糕、鸡鸭血汤、凯瑟琳惯奶油和热巧克力,北京人讲全聚德烤鸭酥脆肥嫩,头一口咬下去是锣锅子卧轨,死也值(直);天津人说狗不理,咬一口满嘴跑汁儿。成都人重庆人都说什么也没有火锅好,要能打一只獐子,砍一棵松树,浇上汽油烧点上火,再用司机的水桶舀一桶雪吊起烧,烧开雪水涮獐子肉,辣子花椒盐巴丢一把,保证马上吃出一身汗!只有黄晶苹一人不吱声,不动弹,坐在她身边的人推推她,发现她躲在双层冻硬的口罩后面哭,问她哭什么,她抽泣得说不成句:好想……,好想……,好想……,大家认为她好想的一定是烤鸭,或者排骨年糕,等她终于倒出起来,人们听见她"好想……喝一口白糖开水!"

从乱梦中醒来,米拉一下子从床上跳起。她的胳膊上爬行着一条巨大的百脚,还有一寸就到她赤裸的胸口了。米拉听见一声惨叫,简直就是黄晶苹惨叫的录制,然后她发现自己站在楼廊里,两排客房门口都站着人,绝大多数是男人。一个年轻男人从对面房间冲过来,脚下一使劲,再抬起脚,百脚成了三寸长一滩尸水。她瞪着地面,死了的,都是一滩,她联想到今晨,警察撒石灰的那一滩,哆嗦着向对门的男人道谢。男人皱眉笑道,还不快回去,都看你呢!她回到自己房间,才发现,走廊上的人"都看你呢"是如何引起的:她全身只有三点藏在内衣下,还是真巧小姑为她从崔先生那儿讹来的港式三点式内衣,镂花加蕾丝,用料抠得不能再抠,真正只盖住三个致命点。米拉把海外某个沙滩浴场搬到这条走廊上来了，让军人房客们刹那间领略一道香艳风景。

她坐在床上，看着血染的牛仔裤，也像是一个被杀死的生命。她的心狂跳，脑子里回放刚才一系列画面：自己怎样裸着百分之九十五的身体冲出门去，怎样把一整条走廊的人招引出来……她一定用胳膊载着那条百脚，冲到门外，要么是巨大爬虫由于自身重量和地心引力法则掉落到地上，要么是她到了门外使劲甩臂甩下去的，要么是对门的年轻军人帮她扫了一掌。那个年轻军人对她皱眉微笑的样子，令她无地自容。他也是出差此地的外地军人？或者是调来此地，但还没有分配到住房的军队过度人？一整条走廊的军人，都看见了她百分之九十五的裸体，被遮住的三点，反而让蕾丝强调出了它们的隐秘功效，不可饶恕地激发雄性想象，难怪他皱起眉头笑她，"都在看你！"言下之意，一颗颗心都被你拖下了水，腐蚀了。这是一个灾难叠加的日子。她捡起地上的牛仔裤，又险些爆出惨叫，血迹最浓处，两只小百脚蠕动。原来是她身上血的气味引虫出洞，把一个肃穆静谧的祭奠黄晶苹的日子搅得乱七八糟。

她将牛仔裤叠起，把两只小虫严实地包在里面，然后上去踩。踩了五六分钟，裤子包着的肯定已是两滩虫泥，被裤子包成了馅儿。她拿出一条蓝军裙和军用白衬衫，穿戴整齐，才尖起手指把裤子连皮带馅儿拣起，快步下楼，扔进大堂里的垃圾箱。回到房间，她拿起脸盆毛巾，跑到女浴室。米拉在淋浴下站了足有半小时，才彻底洗掉了为黄晶苹流的泪和黄晶苹最后的生命气味。她走出浴室，感到黄晶苹的死，是一件事实，是一件她开始接受的事实。

在警察局门口见到的阿卜杜，有点走样了。胡子像是黑色爬墙虎，爬了半张脸，俊美的五官阴影密布。他一身浓香，也是为驱逐黄晶苹的血味而狂喷乱撒的。他低低地"嗨"了一声，再就没抬眼睛。按照警察的要求，他俩并排坐下，面对办公桌后面的中年汉子警察，以及站在一边的小个子年轻警察，米拉把事情发生的经过讲了一遍。中年警察用蘸水笔在纸上刷啦啦地划拉，只有在蘸墨水的时候，才抬头扫一眼米拉。她讲完了，他记下一页半纸，烟头上结出小指长的烟灰，像顶着一节脆弱的微型雕塑，总算落在纸上粉碎。一场死亡就值得那么些句子来记录。米拉发现自己在讲述时已不再鼻酸，情感自愈能力如此之强，居然已经长上了伤口。中年警察看了一下记录，让阿卜杜再讲一遍。在究竟是听到呼救才踩上香蕉皮，还是踩了香蕉皮后听到尖叫，两个证人的说法打架了。阿卜杜说他听到了惨叫，因而慌不择路，因而踩在了香蕉皮上，差点儿摔个倒栽葱。米拉说怎么可能呢？假如先听到呼救，谁还有心思去计较，地上究竟是什么使的坏？！你不记得了吗？我在你快要倒地的时候拉住了你。警察做了个"慢着"的手势，问你拉住了他？意思是，他一米八六的大个，凭你这细瘦无力的小样儿？我就这样……米拉重复了一遍当时的动作，女排后卫抢险，救起阿卜杜这个一米八六的"球"。两个警察对视一眼，四只昏暗的眼睛来了电：两人分别讲述，破绽就出来了。米拉觉得这俩的对视于他们不利，严打尾声徐徐，把他俩严打进去，可以算在运动难以避免的冤假错案里。她对阿卜杜来脾气了，说，bullshit！（阿卜杜教她的美国粗话）。你当时还夸我反应快，臂力大！"Bullshit"击打了阿卜杜一下，他一个哆嗦，（他当时教米拉粗话时，绝没料到自己会成为粗话的第一个受害者），接下去就那么平静疏离地看着她；一双帕坦族的大黑眼，两个漆黑的空白。这喀布尔人怎么了？昨夜的惨案所造成心灵震荡还在扩散，刚扩散到他的外形。丢在他身后的那片被打得稀烂的故土上，每天发生无数惨案，无数人死在自己的血泊里，但都不像昨夜他怀里那具汩汩流逝的年轻生命真实，切肤的真实。我不记得了，他喃喃道。你怎么可能不记得了？！米拉快要哭出来了，是为自己哭，为那两个前跨国友人哭，三年热络的书信往来，若干次牵手和窃吻，最终处成生人。她冒出英文：You Traitor！喀布尔人把自己挪出米拉的视野，挪出Traitor的位置，站起来大声说，我不记得了！中年警察的手往下按了按，这倒是肢体语言的国际语，坐下，冷静。警察们这下成了看门道的，静等他俩对掐，掐出真相来。米拉改用柔软的语气，启发阿卜杜，你不记得我跟你说，我七岁开始拿大顶，练出了好臂力？你还伸手在我胳膊上捏了一下。她把胳膊折成九十度，侧过身….阿卜杜突然抬起头，半张开嘴，大黑眼透进了亮光。然后我们仔细在地上看，看见了香蕉皮，被你踩烂了……她的语气可以去催眠。阿卜杜说，哦，我想起来了。他的大黑眼珠渐渐被泪水淹没，透过自己的泪水，他看着记忆里的黄晶苹的脸，脂粉下渗出的死亡肤色。"我想起来了"，这句话分界了他的个人史，史前：生死遥远而抽象，之后，生与死就是肌肤贴着肌肤，尽管他的祖国每天发生那么多死亡，却唯有这次，那热的、动弹的生命，是他紧抱着、紧抱着、抱没了的。米拉看着他，涌进那大黑眼的痛苦越来越浓重，终于，他朝警察看去。是的，她拉住了我，要不我可能摔成轻度脑震荡了，他微微一笑，悲苦到极致，才笑得出来，我们还说笑了两句，然后听到了尖叫。米拉感到有点瘫软，原先的坐姿下沉了一些。

死者是你的战友？中年汉子警察问道。黄晶苹已经不是黄晶苹，是死者。米拉已经开始接受黄晶苹的新称呼，死者，好吧。她回答道，是的，我们都是舞蹈二分队的，每个集体舞她都在我旁边，每个领舞和独舞，我们都是A、B角。我们朝夕相处，就是有个姐姐，也不会一块相处这么多时间。年轻的小个子警察先前的疲沓回来了。这个美国人跟死者认识了多久？中年警察用蘸水笔尾巴朝阿卜杜的方向戳了戳。米拉回答，三年前认识的，她觉得这话有点虚，但不算谎，她的确在阿卜杜初次搭讪她的同一时间，把黄晶苹介绍给他的，当时心存转嫁危机的不良动机。我不是美国人，阿卜杜说。中年警察说，餐厅老板说你是美国人。阿卜杜说，那是餐厅老板的误会。中年警察说，老板亲耳听人说的！警察被顶撞是不经常发生的事，这事令他不快，他想让阿卜杜知道。阿卜杜说，那就是说的那个人误会了！你应该怪那个人无知，以为中国之外就是美国，别的国都不存在，都被他浩瀚深沉的无知愚昧淹没了！阿卜杜似乎用起书本语言来，像是事先背下了演讲稿。强行让他当美国人，令他不快，不快来自他对自己穷困多灾的祖国的疼爱和护短，这不快他也想让警察知道。小个子以川味普通话插嘴：事实上，说你是美国人的，不是别人，是这位女士的小姑。米拉想，原来他们得到了所有人的供词，最后来审他俩。阿卜杜说，那就是她小姑无知愚昧！中年警察说，也可能是故意撒谎。阿卜杜说，你指控我故意撒谎？！中年警察不答话，意味深长地盯着他，意思是，你，或者那位小姑。阿卜杜的民族自尊心进一步被刺痛，大声说，好像只有美国人才配全世界到处跑，只有美国人才配来中国，来成都，跟中国姑娘交朋友？！米拉轻喝，行了。惹了警察，他拍拍屁股回北京或伊朗，她米拉没有可跑的地方。两个警察反而安静下来，又是一个对视；这俩受审者不吃讹，收工吧。

中年警察低头读了一会笔录，抬起头，看着米拉：死者生前跟你关系怎样？很好，从部队转业下来，我没有跟其他战友经常联系，黄晶苹和我，我们经常联系。你们十二岁就在一起？嗯。死者有什么癖好？没什么癖好，就是爱吃零食。我们女兵生活枯燥，很多不允许，吃零食是允许的，我们都有这个癖好。还有呢？我们俩是舞蹈队唯一早起练私功的人，有时候说点悄悄话。悄悄话都说些什么？什么都说，那时候追她的人多，她要我参谋，哪一个好些。死者有男朋友吗？一个司令员的儿子追了黄晶苹好几年，不过她还是选择独立。出来唱歌就是她独立的方式，她一个月能挣八千到一万，挣的钱一半寄回家。米拉发现自己一面在说死者黄晶苹的好话，一面在暗示阿卜杜，黄晶苹在他所认定的"乱七八糟的地方"当歌女，独立致富，尊重独立精神的米拉尊重她。

从警察局出来，米拉和阿卜杜淡淡道别，都不想给予和索取安慰，各自朝不同路线的公共汽车站走去。当天晚上，米拉收到招待所传达室带的话；阿卜杜的话，他乘当夜的车回北京，一周后回伊朗。

新郎老米

米潇夜里一点从画室出来,散步回家,走到人民南路的巨型主席塑像前,听见有人欢叫,毛主席洗澡喽!回头一看,果然,两个消防龙头对着塑像在喷水。那个人欢天喜地,在地面上逐渐蓄起的小水洼里跳,边跳边喊,洗澡喽!毛主席洗澡喽!喷水的人喊,狗日喊你妈啥子?!男人照喊不误:毛主席他老人家也要洗澡哦!日你先人,喊啥子嘛喊?!男人回嘴道:日你先人,毛主席是在洗澡讪!另一个举着消防龙头的人站在一个折叠消防梯子上,举着管子在给雕像洗头,大声呵斥,你狗日洗得,毛主席他老人家未必就洗不得是哦?米潇觉得景象和对话在半夜一点进行,很有意思,便停下来,隔着宽阔的马路观看。 那个男人转脸对他喊,看啥子看?毛主席洗澡不准看!米潇回喊:为啥子不准看?男人喊:不准看就是不准看!架子上那个人回答米潇:不要理他,他有病!米潇此刻看清这男人的模样,四十岁出头,中等个,前额和半个头顶亮光光,他忽然想起他是谁了。此人在文革中被捕,罪状是模仿毛泽东发式。1967年秋天,成都闹市出现一个发式奇特的男青年,前额和前半个头顶的头发被剃得精光,见了戴红袖章的中学生便伸出手缓缓挥动,用低沉浑厚的声音喊道"人民万岁!"缺乏喜剧的年代,街上人终于找到一个笑星,他周围总是一大群捧场的孩子。有人说,还是有点像毛主席哦!也有人说,小号毛主席。不过更多的人不同意：毛主席哪儿是他那个死样子？像彭真还差不多！彭真那时已被打倒，糟蹋彭真比较安全，于是大家看见他就"彭真头、彭真头"地叫。不久，一群红卫兵把他打翻在地，五花大绑地交给了公检法。在到处张贴的判刑告示上，人们看到彭真头的大照片，罪行"丑化领袖，在广大群众中造成极其恶劣的影响"。那时的告示就像广告，使他的知名度进一步攀升，简直就是一个反派明星。后来民间传说，彭真头在公检法那里拒不认罪，光荣被毙。看来当年他被毙的消息是误传，公检法里也不尽是阎王小鬼，牛头马面，也不乏仁慈之士，或者他们觉得，为一个荒唐发式，浪费一颗子弹，去毙掉一条无用也无害的性命，不值得。居然彭真头在此地重现，可见社会真是解放了，开明了。米潇掏出烟盒，朝他喊一声：过来嘛。彭真头疑疑惑惑地朝他走来。人民南路在夜里真是宽阔，两排白亮的路灯，一个个小月亮似的。彭真头走到了跟前，米潇发现他竟不见老，脑门上倒映一个小月亮路灯，没一丝皱纹。米潇把自己的烟递给他。他欣然接过，马上是哥们儿的表情，诡秘地指着对面喷水的两个消防员对老米说：龟儿只敢在半夜给毛主席洗澡哦。米潇问，为啥子？他不直接回答，转过身仰起头，打量湿淋淋的主席那不知疲倦地向前挥手的巨型身影，说，毛主席洗安逸喽。米潇也点一根烟，打量着他，他穿一件呢子中山装，旧了，后脖领上仔细补了半圈补丁。不知是他自己的针线活，还是他家里人的。不管谁的手艺，活儿做得认真，看来他家里人尊重他的选择：遵照领袖的精神，可以；遵照领袖的外表，也未尝不可。米潇问，他们把你关到哪里这么多年？彭真头一愣，呛了一口烟，咳嗽几声。米潇重复了一遍他的提问。彭真头以悲苦的神色看了老米一眼，反问，你认得到我是哦？米潇笑笑：你有名讪。彭真头说，他们把我关起了。关在哪儿嘛？医院。医院在哪儿？重庆歌乐山医院，晓得不？米潇点点头，笑笑。里头咋样？还可以。家里头人去看你没得？看了的，一年去看一次。里头伙食咋样？一般病号伙食讪；一个礼拜吃一餐麻婆豆腐，一个月吃一餐回锅肉。他凑近米潇：跟你说嘛，里头尽是些神经病。我跟他们莫得共同语言的。米潇看着他，他的眼睛小而亮，非常单纯。米潇问，里头有打人的没得？有哦！打你没有？我不跟他们一般见识，都是神经病，可怜嘛。米潇看看他的衣服和鞋子，穿这么周正，你妈打整的啊？我妈早就走了，我老婆打整的。米潇差点乐出声，他还有老婆。你老婆做啥子的？电影院查票的。我年轻的时候，最喜欢看电影，就跟她耍朋友了讪。米潇心算了一番他的年龄，他和影院查票员热忩那阵，电影院没别的电影放，只有主席接见红卫兵的纪录片，连轴转放映，他大概就是那个时候迷上了主席的形象和发式。家里还有哪个？两个哥哥，嫂子，五个侄子侄女。哥哥嫂子对你还可以？还可以，大哥刻图章，这几年不晓得咋喽，刻公章的那么多，活路做不完，我帮到他刻，天天都要开夜车。原来彭真头也是有事业有吃饭家伙可以养家的丈夫。大哥你说，为啥有那么多人要刻公章？米潇想，这倒是对社会的一个刁钻切入点，很多单位搞第三产业，各种小餐馆小商店在开张。他把这些分析跟彭真头说了，彭真头被他的观察力和分析力折服，又问，大哥你是做啥子的嘛？米潇笑笑，你看呢？彭真头认真盯着他看，眼睛那么使劲，像是在脑子里把他刻成图章，然后认真地说，肯定不是警察，也不是当官的。米潇说，你肯定？彭真头追问，大哥你到底是做啥子的？米潇说，我啥都做不好。

这倒是他心里话，在他和另外两个人共同创作的那幅巨幅油画获奖之后，他深知自己此生什么也做不好了。巨幅油画是巴山起义组画之一，"巴州章怀寺起义"。作品完成后，米潇发现，起义的女领袖，石尼姑的脸似曾相识。这张脸的原型是从"四川画报"上找到的，那是一个山区的"背兜商店"售货员，尽管十分秀丽，却带有女山民的刚毅。米潇通过画报社找到了这个乐山地区的姑娘，给她拍了所有角度的照片，又在乐山找了一间中学教室，给她画了七八幅素描，直到他感觉对这个山里姑娘的神情姿态大体掌握。以这个背篓女售货员为模特，米潇创作了一百多年前的起义女领袖形象。许多天他陶醉在这个面孔前面，认为他给绘画史长廊上的一系列著名面孔增添了一个全新的形象，直到突然间陶醉退了，他清醒在一个可怕的念头中，这张脸怎么这么眼熟？！等到作品获得了国家级的奖，他顿悟，并不是女主人公的面孔和五官眼熟，是她神态气质眼熟；太熟了！他画出的是她的皮肉形象，而皮肉下的精神形象是他的灵魂孕育分娩的，坏就坏在他的灵魂枯燥单调，几十年如一日，耳濡目染，都是李铁梅、方海珍、阿庆嫂、江水英、柯湘……那些脸孔之下的脸孔、五官之下的五官支配了她们表层的面目；这潜于深层的面目枯燥单调，提纯成了符号。他跳不出正面形象的教育和自我审查，审查支配了米潇的画笔，荒疏了他作为真正创作者的能力，这能力就是发现每个个体人的唯一性。这是多么不可或缺的特殊能力啊，赋予创作者淘洗掉芸芸众生的千分相似、百分相同，淘出独属于"他（她）"的差异。多年来，正面形象不知多少次恶心了他，伤害了他对人这族类天然的好奇和欣赏，现在他发现，在他撕掉的正面人物面谱之下，并没有任何面目，什么也没有，一片空白。他的画笔只能分娩戴着面谱出娘胎的人物。假如说，他的脑是他精神的子宫，他的画笔是产道，产道出产千篇一律的胎儿，那是怪不得产道的，得先去追究子宫是怎样孕育的，谁的精子导致了这场孕育，孕育期进补了什么营养。说到底也不能怪子宫，要追溯到那个装载子宫的全身，作用于子宫和胎儿的全套脏器，全套代谢循环，全部营养摄入，假如整套生命系统加营养摄入都被净化到如此单调、单一程度，使其只能排出同一种卵子，只能接受同一种精子，那子宫、产道又有什么神功，分娩出不同的生命？他米潇的整个精神生命被净化了几十年，净化得如此单一纯粹，只能孕育同一种胎儿，分娩出一个个精神面目雷同的胎儿，就如这个自以为惊天之作的《章怀寺起义》中的女主人公。石尼姑被分娩出来，米潇绝望地发现，他认为可以排列在达芬奇的蒙娜丽莎、伦布朗的亨德丽娅、鲁本斯的抢夺柳吉伯斯的女儿等著名面孔之后的起义女领袖，跟李铁梅、喜儿、吴清华源于同样的父精母血，只不过借腹怀胎，在他的精神子宫里成型，又从他画笔的产道诞生。这是一场阴谋！他整个精神生命被偷换过，几十年的这场偷换过程润物细无声！作为画作，那幅画无懈可击，布局、色调都无可挑剔，什么都好就是空缺了生命。生命，首先是一个唯一性的独立灵魂。他听着彭真头漫漫地聊他的哥哥嫂子，他的妻子；一个很独特的家庭，米潇一半的思绪仍在那幅画上萦绕，作为画作，允许对原始事件进行场地调整，因此他把石尼姑母亲自尽的场景，从她家里搬到了太子岩下。这位母亲为了不拖累女儿，让女儿义无反顾地领导起义，自尽在女儿面前。母亲为女儿的使命而自尽，有着虞姬为大王轻装突围而自刎的悲壮意味。画面中女儿跪地，抱起奄奄一息的母亲，悬在她们后上方的，是那块著名的蘑菇形巨岩——太子岩。石尼姑的神色，在出家的超脱和揭竿而起的大义之间，炸裂出的一个纯粹的女儿态：震惊、不舍、对自己将沦为孤儿现实的恐惧，这应是她刹那的还俗、被俗世的生死之痛突袭的一瞬，眼里迸发的，是对一切教人超脱的经典的诅咒。背景中的巨岩上，肥厚的苔藓黑绿森森，那是一个被赐死的唐朝太子多年读书露宿的地方，是千年前另一个自尽者的精神归宿，预示着反抗者殊途同归的悲剧结局。被母后贬为庶人的太子李贤，得到亲生母亲武则天赐死诏书后，没有逃逸，恭恭敬敬把自己祭献在岩石上，帮助母后平息了那最后一丝不安，使母亲的权力合法性归于完整。三十一岁的太子亡灵荡漾千年，化入山中雨云，笼罩着反叛的女领袖。那亡灵最终是恭顺的，退化为一个君要臣死臣不得不死的奴隶。原本是好的构思和构图，因为女主角的面孔而全盘皆输。别人不懂的惨败，米潇自己是懂的。梁多也是懂的。梁多在这幅画前站了很久很久，米潇为此得意，认为梁多终于对他这个同行加以承认了，但事后意识到，那是梁多在拖延转过身、面对米潇的时间。但梁多不可能对着画一直站下去，站在那里过年。他终究要转过身来，面对他，褒贬会在他的面部表情和肢体动作上，那将是对老米的判决。终于梁多转过身来，对他笑笑，说老米真是了不起哦；such a great project。了不起可以当宏大解说，宏大的项目，而不是了不起的作品。米潇当时把它当好话听，后来越想越难受，梁多不忍宣判他真正的判词，耍了个好心眼的滑头，躲在可有多种译意的英文后面，脱了身。项目是宏大的，也可以说是了不起的，但只是项目，上级分派给你，你完美交卷，宏大地完成，而已。就在所有人认为米潇大器晚成，终于众望所归的时候，米潇几乎自杀。他每天在那间省领导为这组绘画专门拨款改建的画室里待很久，看着高三米宽两米半的画幅，苦寻自己接下去的活路。他找出早年当海员时画的小品，那种生机和灵动，属于另一个灵魂。 所有人都被他蒙在鼓里，只有梁多例外，而世界上只要有梁多这样的识货者，他米潇就没有活路。所有人，包括甄茵莉。在他的《章怀寺起义》得了两个大奖之后，小甄对他说，立业是立下了，该考虑成家了吧？她的身体从来没有像那一会儿那样温存，她身体对他身体的胃口，从未像那一会儿那么大。他伤痛地想，自己都不想要自己了，却还有这么个女人，这么饥渴地要他。当即，他对她说，明天、一早、就去、领证。第二天，五十二岁的米潇做了新郎。这夜他在画室里待到脚趾头冷得微微作痛，因为他有了个重大发现：女配角石尼姑母亲的脸孔来自何处。画母亲的是米潇的合作者，一个四十多岁的美院讲师，得过若干省级绘画奖，但他画出的母亲，深层面目跟米潇画出的女儿一模一样，在差异的表层下，其实是与女儿一样单调枯燥的正面人物面目：眼睛不近情理地聚光，嘴唇不近情理地决绝，虽然奄奄一息，这面孔完全可以放在李奶奶的身上，对孙女铁梅唱：要挺得住，你要坚强，学你爹心红胆壮志如钢……米潇站在巨幅得奖作品前面，听到了内心闷雷般的死刑判决。本来他怀疑这判决有可能降临，现在怀疑被移除了，终于能正眼看自己的末日了。抽完第三根烟，米潇听见一个人轻叹：洗完喽。叹息者是彭真头。米潇想，自己半夜不回家，跟一个疯子聊天，真是死得了。

他把剩下的烟连烟盒一块给了彭真头，告辞了。洋烟哦，彭真头在他身后惊喜，然后提高音量对着他的背影喊，毛主席一个月洗一次澡，二天大哥又来看嘛。米潇背着身，像领袖那样挥挥手。一路上，彭真头的那双眼睛一直在他脑子里亮着，那么单纯，那么满足。人畜无害的一份存在，曾经也遭受那么长久的磨难，可他依然任性，依然做他那独一份的自己，半夜出来看他崇拜的领袖"洗澡"。米潇能看出，彭真头的生活环境是有爱的，兄长嫂子应该是把他当孩子养的，老婆一边缝补着他穿了十几年的中山装，一边看着他灵巧纤细的手指掌着刻刀，在一块鸡血石上走动……不对，刻公章的人用不起鸡血石，一块油茶木就妥了。各种非公非私的产业（比如第三产业）正在流行，艺不压身的彭真头稳端饭碗，一个月来一次此地，看看主席洗澡，娱乐工作生活，方向条例都清晰。彭真头比米潇幸运。

米潇只想这样走下去，不用面对明天。街道非常静，偶然几辆架子车擦身而过。送菜的郊区农民已经进城了，鲜菜带着微微的尿素气味，混入清晨的风。甄茵莉会在沉睡中醒一刹，摸摸半边空床，迷糊着想，老米还没睡，然后再一头栽进梦乡。最近小甄睡眠质量提高很多，归功半个月前领回的结婚证。米拉听说爸爸又当新郎，沉默一下，笑笑说，爸爸有人管，我就放心了。米潇默默地撸了一下女儿的马尾辫。女儿的大额头，特别适合这发式。三天之后，米拉告诉他，孙霖露听到米潇做新郎的消息，大哭了一场。米潇在过渡房里当过渡人，过渡在两个女人两场婚姻之间，孙霖露总是心不死。现在米潇结束了婚姻过渡期，她呜呜地哭，心死了，必须考虑玩下一盘了。米潇在女儿二十四岁生日那天，瞒着小甄在芙蓉餐厅订了个包间，让曾经的一家三口重逢。孙霖露点的菜都是米拉和米潇爱吃的，米潇点的菜都是孙霖露爱吃的。服务员端菜进来，对米拉说，你好福气哟，爸妈舍得花这么多钱给你操办生日，一看就是模范家庭讪。服务员退出去，老米一脸难为情，孙霖露拍拍他肩膀说，哎，以后我们每年办一次模范家庭。米拉看看母亲，看看父亲。孙霖露笑道，你这个龟儿子啥都没给我，就给我这件无价宝，她甜蜜的眼睛转向米拉。米拉像所有无价宝那样矜持。米潇说，当年要是给你两件三件无价宝，该多好！都怪你妈不愿意带外孙女！老米贫嘴，笑眯了。他在米拉的生日晚宴上发现年轻时追求孙霖露的原因，她身上有米拉那种清气；消瘦下来的孙霖露，二十岁的碧清模样又隐隐浮现。但他知道，两份"清"很不同，米拉的"清"是浓后之淡的清。二十四岁的女儿从二十岁开始发表小说，从她小说里，你发现她的"清"不是不谙知人间世故的清，是撤去人间世故油腻之后的清。她对人性的洞悉，是她神童天性的一部分。米潇获奖之后，孙霖露托米拉奖赏前夫一瓶五粮液，表示自己很乐意当大奖得主的前夫人。吴可见到酒，打开瓶塞就对着瓶口喝，老米要阻止他，吴可跟他抢酒瓶，悄声说，原先的嫂子才舍得给我喝呢！眼睛瞟一下门外的走廊厨房，新嫂子小甄在那里当新媳妇。老米得了奖，甄茵莉认真做起了大画家的主妇，天天照着菜谱操练烹饪，好让老米腾出时间精力，继续创作得奖作品。得奖让失去联系多年的地下党组织的朋友都写信来道贺，为有米潇这样的早年战友骄傲。米潇的成就证明了一个真理，不是所有参加地下党组织的人，都是无才艺无特长光知道混政治饭的白丁。三个前地下党战友在重庆为他遥遥举杯，一醉方休。所有人都因为老米得奖而改善了生活，只有米潇过得苦不堪言，因为他知道那作品多糟泊，而自己必须为欢欣鼓舞的亲朋好友作为谎言活着。梁多是不忍心拆穿他的谎言的，但他的"放鸭少女"就是梁多对老米谎言的拆穿，在谎言被撒出之前，拆穿已经等在那里。难怪李真巧弃吴可而去，投奔了梁多。真巧和米潇之间，祖上那根渊源流淌到他们，已经细得快断了，但在某些事物上知好歹识货的天资，留在他们最后一滴共同的血液里。并不是真巧不识吴可的真货；吴可的《排队》重新上演，全省全国，都是他的观众，又成了大众红人，又夺回大龄女子们潜在情人的地位，真巧对他那份爱惜，之于吴可，锦上添花，可有可无，而之于梁多便是柴米油盐。梁多被老婆孩子抛弃，被画院除名，住地震棚，若无真巧疼爱，饿死在棚里都无人知。有一次她问老米一个奇怪问题，三哥哥穿的短裤，是啥子尺码？老米回答，是啥子啥子尺码。真巧都要哭了，说三哥哥你就不胖了，比梁多还大两号，梁多那么大个子，咋瘦成这样呢？！他的远房表妹是所有落难才子的情人。他假装无意地问过真巧，梁多背地咋个评价他的《章怀寺起义》，她笑笑，表示打死她她也不会说。

　　快走到筒子楼门口，一张白亮的脸从楼门的黑暗浮现出来。米潇一路胡思乱想，对着自己的想法过份出神，此刻吓得一软。对面的脸出声了，这么早你去哪里？是甄茵莉。从画室刚回来。你把我吓死了！她手指尖尖在自己小巧的胸部轻拍。米潇想，她还被吓死了呢！他扶住她的胳膊问：这么早起来干什么？起来？！我昨天早上就起来了，到现在还没睡过！他的待遇真是改善了，过去她是不会等他的，只要侦察到他在哪，跟谁在一块，没有比她年轻漂亮的女人同在，她一个人看看电视就睡了。得了国家大奖，米潇从小名人变成了大名人，家里就有了等门的。她小小地光火：我给你画室打了好多次电话！米潇赔不是：对不起对不起，我听到铃声了，没接。你为什么不接？我在思考。她窄窄的鹅蛋脸上，上半部都在清晨晦暗中闪亮；她的眼睛不瞪就巨大，此时瞪到极限，米潇不敢看。明显她是质疑他夜不归宿的说辞。你是打算出门找我？他问。我打算报警！说完她扭头进了楼门，这个过渡楼里的过渡人搬走了不少，剩下的都是贼，偷公共电灯泡，偷别人家泡菜，有的人家把脸盆架放在门外，架子上放了漱口杯和牙膏，结果发现牙膏夜夜被偷挤。两人摸黑回到家，他一头倒在床上。一会她过来，把他鞋袜脱掉，用热毛巾给他擦脚，这也是新近提升的待遇。她手一边在他脚趾上按摩，一边问，思考什么呀？他的瞌睡如山倒，但努力咬字回答：思考下面怎么办。什么怎么办？小甄揉得他软成一团发酵的面。局领导要我再接再厉，画一幅红军渡金沙江的大幅油画，参加明年全国美展……。小甄说，真的呀？一秒钟之后，小甄喷香地贴上来。深秋的女人身体，真好，软软一个汤婆子。你已经开始了？我已经拒绝了。为什么拒绝？！因为我画的是一坨屎。她轻轻打他的腮帮，胡扯！不敢胡扯，是真的，真的是一坨屎。他翻了个身，拉开和小甄的距离，女人肉体在深秋好得很，温软的汤婆子，但会说话的汤婆子他此刻最怕。

  米潇醒来时，窗子玻璃上泪水涟涟。他一动不动，不想知道几点了。走廊上的声音是上午九、十点的，人们早就开始了相互麻烦的新的一天。小雨天很配他的心情，忽然他特别想念女儿。米拉是他的谈伴，他没想到，自己二十五年前，在孙霖露的子宫里为自己造出一个理想的谈伴。在米拉五六岁的时候，他就把她当谈伴儿，跟她谈，免得自言自语。女儿的聆听很专注，尽管她手上可能在缝一个布娃娃，或者用方凳子当小桌，在上面摆玩具杯盘。她很少搭话，但偶然开口都在点子上，比如有一次他请了几个客人到家里吃饭，人走了后，孙霖露刷洗，他拎着垃圾桶出门，米拉不声不响跟他往公共垃圾箱走。他问女儿，米拉是贾宝玉还是林黛玉？那时米拉已读过《红楼梦》连环画，但她没回答父亲。父亲半自语：贾宝玉喜聚，喜欢好多朋友在一块，宴席永远不散。林黛玉喜散，因为她知道再长的宴席都是要散的，与其最终是散，不如不聚。米拉是喜欢和好多人在一起呢，还是喜欢自己一个人呆着？米拉此刻开口了，问，好多人是什么人？米潇说，就像刚才那些叔叔阿姨。米拉说，那我就是林黛玉。意思很明确，宁可一个人冷清着，也不跟那样的人凑热闹。其实那也是米潇的意思，他害怕冷清，一身好厨艺，就为随时招人来驱散冷清，但热闹起来又觉得心里更空。米拉说中了实质：散或聚，贾宝玉或林黛玉，取决聚的人。原先邻居的老婆，是省歌舞团的舞蹈教员，看中米拉的身体条件，主动给米拉上舞蹈课。米拉学了一年求爸爸给她换老师。米潇想知道原因，米拉说，她就像老来我们家吃饭的叔叔阿姨。米潇一下子就明白了她的意思：庸俗，攀比，别人家添一项重要购置——自行车、缝纫机、无线电，都是他们坏心情或好心情的按钮。孙霖露给小米拉梳各种各样的辫子，扎各色的蝴蝶结，但米拉缺乏表情的小脸怎么也打扮不成洋娃娃，相反，她看起来很僵，也不自在。有天米潇早上就把女儿独揽过来，用一条淡蓝手绢把她一头过分厚重的头发在脑后潦草一捆，小脸两边漏出的碎发也随它们漏去，小女孩的模样一下子就属于她自己了。米拉喜欢父亲对她的形象设计，以这样的形象去跟外部世界唱反调。文革初期街上的野蛮少年拿着大剪子，见了留长头发的女人、女孩，摁住就剪，却让米拉的头发漏了网。那么好看的头发，不忍对其野蛮，让那不合时宜的小姑娘形象幸存了下来。后来米潇被贴了许多大字报，不停搬家，房子越搬越小，有一天他拉着女儿的两只手说，郑伯伯、程阿姨都死了。米拉知道，他们是父亲的领导。米拉，爸爸也不想活了。女儿不声响。父亲问，没了爸爸，米拉怎么办？女儿还是不声响。父亲又说，因为爸爸，你妈在单位受人家气，米拉在学校也受气，还不如没有爸爸。米拉此刻开口了，说，爸爸怕丑。刚一听米潇很懵，但不久反应过来：郑伯伯用绳子把两百多斤的身体吊起来，人家都说"老郑脖子都勒黑了"，程阿姨割开手腕子，血流完了，人都流得发绿，听着就丑。爸爸也怕疼，米拉又说。他笑出声。女儿深知父亲的德行；米潇连打青霉素的疼都受不得，死的疼是多少倍的疼，他又如何受。明白了七岁的女儿的话，米潇笑得不亦乐乎。他的软弱、窝囊废、好死不如赖活的本性，女儿看得多么透。

　　从呼吸的轻重判断，甄茵莉也是醒着的。还在想今天清晨的事？果然她翻过身，薄薄的胸脯贴在他背上，一只手轻抚他的大臂。试探。他不动，还想冷清得长一些。小甄说，装什么装？知道你早就醒了。然后她咯咯咯地笑起来，不看人，小甄是个少女。几点了？他问。你没闻到味道啊？都在做午饭了，小甄回答。这条走廊上永远有人做饭，吃饭，都是过渡户，吃饭为活着，活着为吃饭。甄茵莉说，睡着之前你说了什么，还记得吗？他说的"一坨屎"，成了豌豆公主小甄床垫下的那粒豌豆，硌得她一夜睡不安生。他谎称不记得了。你说领导让你再画一张大作品。他说，哦。

你说你拒绝了。我是那么说的？嗯，你就那么说的。哦。问你为什么拒绝，你说了一句胡话。哦。还记得你说了什么吗？不记得。你说你画的是一坨狗屎，所以你对领导不太客气，拒绝画那张金沙江。哦。哦什么呀？嗯？你不想回答就是"哦""嗯"！困呐。困你不回家？你肯定在思考特别严重的问题。嗯。你真认为你画的是一坨狗屎，还是说的胡话？你觉得呢？甄茵莉重重地挪开了她薄薄的胸口，对着帐子顶部的印花说：我又不懂。他叹口气：不懂就对了，懂才痛苦。你的意思是，你画了一件得大奖的作品……他打断他，不是我一个人画的。言下之意：不是我一个人造出的那坨屎，屎的最后呈现，三个人都有责任。主要是你画的，你的选材，你的构思，你的整体设想！小甄都急了，屎的主要出产功劳，可不能多算给别人。他想，赖还赖不掉呢，米潇是这坨屎的主要出产者，板上钉钉，人人知道，别想赖。这些年得奖的绘画真不少，绝大多数很屎。真正的屎一泡一个样，状态生动迥异，具有艺术的绝不可重复性，比那些画还原创些。就像电影里的男女主角，开口就是诗朗诵，哪还会说人话。他们不会扮演人，只会扮演英雄。他没学会画人，先学会画英雄，（以电影厂徽上那猎猎红旗下抱着麦穗举着大榔头端着冲锋枪跨着大弓箭步的工人农民士兵英雄为模版）最后想画人都画不了了。甄茵莉摸到他的手，无力地握住。你真的拒绝了？嗯。真的觉得一坨屎？他咬咬牙，那是胡话。我想也是胡话，困糊涂了。他当作谎言活着，能让小甄幸福，为什么不？几个人是梁多，能识破他？奖金可是硬碰硬，能给小甄买一套李真巧那样一触即化的睡裙，能给米拉撑腰：找什么单位？专心写作，爸爸养得起你！当谎言活着无耻，但为妻女谋幸福高尚，以无耻达到高尚，中间找齐了。这一想，他呼的一下睡过去，再醒来，雨停了，西窗上一片阳光。秋天的阳光好看，成熟的颜色。

重演

听到这个人的名字，吴可的心突地一窜。似乎这些年来，他一直在寻找和伏击这个名字。再来看这个人，窄肩膀，长脖子上顶个小圆脸，一个卡通圆鼻头，眼镜跨在扁平的鼻梁上，蹲却蹲不住，不断往圆鼻头上降落，于是他的手就有事干了，每隔几秒钟推一下眼镜。他注意到他有一双大手，粗大的腕关节，微微发红，长而不直的手指，又大又方的指甲，推眼镜用的是右手的拇指和中指，一推眼镜，整个大手掌把他的小脸盘盖住一刹那。也许这个盖住是假象，是给自己一刹那，从指缝里观察对面的人。他说他受上面的嘱托，来跟吴老师探讨一下《排队》剧本里能调整的地方。当然，请赐教，吴老师说，平易近人，和蔼可亲的微笑逆着惯常满心谩骂的下斜肌理。我看过一个缩写的《排队》剧本，为整人搞运动提供材料的，文笔相当不错。我猜那是王同志你的手笔吧？对面的脸愣了一下，大手上来推眼镜，大手下去了，笑道：吴老师别怪罪，我那是佛头着粪，太岁头上动土，真对不起。不过吴老师也知道，运动来了，都这样……他年轻光滑的脸出现一丝玩世不恭。缩写的文字相当可以哦，吴可说，你是哪个大学毕业的？王同志说，哦，我基本是自学成才，后来上了三年函大。在哪里自学的？吴可在把他带入埋伏圈。当时我在云南建设兵团，自学了高三所有文科理科课本，也自己给自己测验过。推眼镜。哦，云南建设兵团？哪一个师？我是三师的。吴老师对云南建设兵团很熟？你们兵团的知青闹事,全国都知道,成都重庆的知青野得很哦！过境帮人家缅甸解放军解放全人类,越境越南嫁人,好家伙,你们可没让党中央领导少操心！吴可哈哈大笑,大人物的笑,不需要快乐,体现一种气魄。王同志附和道,是的是的,闹回城那阵,死了人的嘛,所以中央才开始考虑知青的回城问题。你没闹回城？我没闹；闹回了城,又啷个样？屁的本事没得,工作都找不到。那大部分知青回城了,你留下来,一个人上山割胶,下山采茶？兵团的橡胶园遗留给农场,上级提拔我,当了农场的宣传科长,当时我是农场最年轻的科级干部。王同志掩饰不住得意。后来呢？吴可想知道。后来我就给调回到重庆了。在重庆学完函授,再给选拔到省委宣传部当部长秘书。你是重庆人？他说,重庆沙坪坝。我口音重,哈？吴可接着问,那三师的成都知青,你熟不熟？王同志说,不太熟。吴可说,云南的女知青,美人不少吧？王同志一愣,嘿嘿笑。吴可又说,我有个好朋友,也在云南当了十年知青,跟我讲过不少你们兵团的操蛋事。有个连长,现役军人,一个连的女知青都给他办掉了。好在她不在那个连,她是师部宣传队的。推眼镜。推眼镜的手盖在脸上,一秒钟过去了。这个女知青就是个大美人,家在成都,不晓得你认不认得。又是推眼镜。吴可想自己在他指缝里的模样,一定是渣滓洞集中营刑讯者的。吴老师,我们还是抓紧时间谈剧本,晚上我还有事。谈吧。剧本里让上面最不舒服的几点,一是饥荒,二是芒果,三是计划生育。相对来说,计划生育更让领导恼火,因为这是正在实施的国策。吴可说，我是不会改的，你见过那个亲妈给自己孩子断胳膊切腿？亲妈也不会给她儿女作整容术，因为亲妈眼里无丑孩儿。要改，你们找别人改去，话剧院有的是提二把刀的。他们改你放心？生出的孩子长大，出了家门外面人是打是骂是骗，当娘的有什么法子？你们兵团的女知青被强奸，他们的亲妈除了无奈，更疼她们，还能干啥？王同志说，如果吴老师不介意，我们还是回到剧本讨论上，谈话经过咋样，部长那儿，我是要交差的。吴可说，哦，对不起，我又去说兵团那些操蛋事儿了。吴可想，你进了我的埋伏圈，想突围，可没那么轻巧。他笑眯眯地看着埋伏圈里瞎打转的王同志，说，缩写本是哪个拿给我看的，你晓得不？王同志摇摇头，他还真嫩，对每次运动都要被运动一番的吴可，太嫩了。吴可说，是我母亲。推眼镜。我母亲被你们统战，来跟我谈话，让我放明白点，现在不是文革期间，打翻在地永远可能翻不了身。不过老太太还留了点私心，把这份缩写的剧本搞到手，给我看了。再操蛋的儿子终究是儿子，那句烂俗话说，血浓于水，啊呸。

说着，吴可站起身，打开通往露台的那扇门，走出去。才入三月，勿忘我给一个雨夜孵化出暗蓝的米米，再有一个礼拜，就会全面绽开。雨水积在收拢的遮阳篷上，向内鼓出个孕妇大腹，重量坠折了伸出去的撑杆，害得棚子能伸不能缩。吴可走过去，斥骂着某人：懒蛋一个！该修理的一直不修，孖孖都要生出来了！他知道自己在门内那双眼镜后面的眼睛追光中举动。吴可朝门内叫一声，王同志，帮个忙嘛。王同志跑出来，短而圆的脸是巴儿狗的。吴可说，我俩一块把这个花盆搬到那一边，自己的双手已经抓住了盆沿。王同志跑上来，一边说，我一个人来就行了。你细得跟个秧子似的，我只要你搭把手。王同志便来搭把手。两人合力搬起最大的那一盆勿忘我。勿忘我娇贵，可是吴可的勿忘我跟主人一样命贱，好养活，分多少盆繁衍多少盆。阳台朝南，一到三月底，花期最盛时，三面水泥栏杆上都蓝了。王同志细长腿，腰比一般人高两寸不止，屁股得撅老高才能与吴可搭得上手，于是卖力巴结都在姿势里。王同志，你在缩写剧本上落款怎么只单落一个姓，名字画了两个叉叉呢？吴老师，我们这是帮领导速读，弄的缩写本，还敢落款？快要走到遮阳篷的一大兜雨水下面了。吴可心里喊口令，准备了——他脚下绊到什么，趔趄一步，花盆重量全落在王同志手上，让细秧子王同志险些折腰。吴可趁他狼狈，伸手一捅遮阳篷那个孕育着坏主意的大腹，哗啦啦，积累一春的雨水给王同志来了个通透浇灌。王同志顿时成了落水小公鸡，乳毛脱光，新毛还没完全长齐那种。李真巧的形容很准确，他确实丑乖丑乖的。吴可一叠声地道歉，冲进房里，拿了条毛巾。等他回到阳台上，王同志已经脱下了蓝卡其学生装，弯着腰，把学生装浸透的水往栏杆外面拧。他身上只穿一件旧衬衫，布料洗薄了，透明地贴在一身排骨上。开始伏击吧。吴可拿着毛巾走过去。你这孩子！要着凉了！他当起隔壁叔叔来，用毛巾劈头盖脸头地给他擦，把他整个包在毛巾里胡乱揉搓，擦到他胸口，毛巾似乎无意地往下一拖，衬衫上第二颗纽扣被拖开，揭开毛巾，小公鸡被彻底拔了毛。那窄窄的胸口上是什么？曾经加害人而反过来被加害的四道手指抓痕。吴可忽然意识到，手指短而有力的真巧，为什么永远蓄着长指甲，长指甲永远修得尖尖。哪一身皮肉在这几根指甲下能全身而退？吴可得逞了，妖魔的笑容浮现到他隔壁叔叔的表层上。我那个大美人朋友，也是云南兵团三师的，你肯定认识，那么美一个女娃，谁会不认识？王同志擦着自己的眼镜，没了眼镜，他就光丑不乖了。你怎么不问我他叫什么。王同志把眼镜架在塌鼻梁上，看着他，被伏击打得溃不成军。她叫李真巧。真是多余，还用报那名字吗？王同志深知多年前的夜里，他犯下的是什么罪行，用法律概念解释，是蓄谋已久的强奸。吴可看着王同志，好称心。王同志埋下头，假装扣那个被拧开的纽扣，假装摆弄湿透衣服上的扣眼。他是否脸红吴可看不清，但那四道伤疤的突然绯红，吴可全看在眼里。此刻的吴可非常残忍，但对所有落水狗痛打、对可欺者往死里作贱的人，都比他残忍，吴可曾经多次做可欺者。真巧曾经一度也是可欺者，由着所有男人作贱，包括眼前这个披着丑乖的男孩皮的男人。

　　王同志低着头进了门，吴可乘胜追击。屋里暗，王同志感到安全了些，抬起了头，慢慢穿上蓝卡其外衣，否则一身排骨对比浑身肌肉运力的吴可，太可笑了。你就是王汉铎，我对名字的记忆最不好，好人的名字都记不住，坏人听一次就记住。我专门问了李真巧你叫什么。我相信我能找到你。王汉铎厚颜地笑笑，问，她都跟你讲了我啥子嘛？我俩好得很，差点谈朋友的。他想偷换事件的性质。是的，她是跟我讲过，一开始她挺喜欢你，在你真面目暴露之前。啥子真面目哦？你说啥子真面目？我不晓得。那我晓得。你晓得啥子？吴可狰狞地翘起一个嘴角；他在打算把对手掐死的刹那，就会这样可怕地笑。男人之间，坦率点嘛，你看那些兵团干部天天把她打来吃，你不吃白不吃，对不对？对呀！他突然愤怒，眼镜悬挂在圆鼻头上也不管了：她是啥货色你肯定晓得，对不对？贱皮贱肉，千人骑万人压，她裤儿一提，照吃照睡……一个大拳头砸在丑乖的脸上。眼镜飞了，落在一米之外，居然没碎。圆鼻头还没反应过来。但肉体的反应很快，两行热血喷出来，微翘的嘴唇立刻被盖在猩红小瀑布后面。吴可的右手完全失去了知觉。他再次出击只能换手，左拳锤在对面两排排骨中间的凹荡里。力道到底差些，披着男孩皮的男人向后退去，身子向前窝，慢慢蹲下去，鼻血满地滴滴答答。假如是右手，他此刻一定背过气去了。别人干她是她默许的，你干她是强奸，晓得不？不晓得的话，找个刑警问一下！告诉你，现在她要到你老板（老板这称呼随着个体户、下海、第三产业等等新生事物的出现，以及港澳同胞越来频繁的到访大陆流行开来）那儿去告你，一告一个准，四道伤疤就在你狗日胸口上长到起，你咋个给自己辩护？吴可讲起他的河北川话，王汉铎不做声，蹲在原地耍死狗。他走到他身边，一脚踢上去。蹲着的身躯成了躺着的，滚在自己的血里。日你先人，他哭起来。吴可的脚抽回，本来已经准备好再次射门，见他哭，把脚落到原地。哭，是吴可见不得的。假如真巧哭，他会爱她，答应娶她，他不知拿一个从来不哭的女人如何办。起来吧，吴可说，他浑身发抖，但他不知他自己抖什么。他在养母的河北乡村学会打架，打得一手好架，打不还手的男人不是男人。他在内心骟了这个对手，再打就没劲了。王汉铎一只手撑着地板，一点点往起爬，另一只手始终捂在胃部。他就这幅德行慢慢挪，挪到眼镜飞落的地方，捡起眼镜，又挪到沙发边，拿起搁在扶手上的帆布包，往楼梯口走去，背影很伤残，很老态。吴可对着那背影不减残忍，说：回去告诉派你来的人，是我吴可打的，让他们带警察来理抹我。

王汉铎一步步下楼去，一声不吭，任鼻血滴在木质楼梯上。吴可跑到露台上等着，等了很久不见王汉铎从楼门里出来。过了十多分钟，人出来了，步态跟来时一样，要不看他那身湿透变深的蓝学生装，一点异常也不显。小子在一楼门洞里止住了鼻血，擦净了脸，很好地打整了自己一番。还是要点脸的。

从那天起，一直到满露台勿忘我绽放，吴可没怎么出门。他在家写新剧，同时等着找上门来秋后算账的王汉铎爪牙或王汉铎上级。王汉铎有心算账的话，只要跟他老板说吴可对修改剧本如何负隅顽抗，他的《排队》就会停演。可是十多天过去，谁也没来跟他算账。《排队》每晚上演，有时还要加日场，下午三点开演，由第一批文革后分到话剧院的戏剧学院毕业生出演。一个勿忘我盛开的下午，吴可写得头昏脑胀，晃悠到剧场。下午场已经开演。毕业生们的表演甚至比资深演员们更好，他们在表演中享受、游玩。一台喜剧真正获得了痛苦疯狂的喜感，获得了全新的气质。让他惊异的是，本来要他改动的那些敏感段落，被他拒绝之后，他原以为会被剧院内的二把刀编剧砍杀，结果他发现所有段落都保持了原样，一个字都没变。他对自己的每个字都认得，记得，哪个演员说错台词他都一肚子不乐意。他的剧全须全尾，居然没被动手脚！他简直欣喜若狂，靠着墙就观起剧来。演到某处，他看得哈哈大笑，坐在最边上的观众侧过脸，朝他骂一声："有病！"他对那观众说，该笑的地方不笑，才有病！又到了一个可乐处，那女毕业生演绝了，用四川说的台词有盐有味，他又是破口大笑。此次不是一个观众骂人，好几个观众都骂："狗日疯了是哦？！"他骂回去，不笑才疯了！"狗日混票的，还闹场子！""打出去！"说着第一个骂他的人就上来了。吴可说，戏是我写的，我混啥子票嘛？一面说着，他就觉得自己无耻。你写的？！狗日老街娃，打胡乱说！那几个骂他的人此刻组成援军，凑上来，开始对他小推小搡。你再推一下试试？他的背死抵住墙，肌肉都成了石头，让推搡的人手疼。一个查票员开着电筒猫腰跑来，小声呵斥：看戏去，吵你妈啥子吵！来的正好，把这个老街娃儿弄出去！另一个说，你们啥子工作态度，让这种人混进来，还闹场！查票员挡住一双推搡的手，一面说，好不容易买的票，不好好看戏，可惜了讪。第一个骂人的说，看了好几遍了！吴可看一眼电筒光圈里那人的面孔，一个年轻男人，五官俊朗。此刻一个女观众说，他说这个剧是他写的——骗子！查票员说，是他写的讪！女观众说，他是吴可？！查票员说：是讪！女观众立刻不见了。两三个男观众道歉：对不起，吴老师，对不起……，吴可摆摆手，不存在，不存在。女观众重新出现，手里拿着一个纸包。她对吴可说，坐我的位子嘛，站这儿好累哦！吴可赶紧往门口撤，女观众竟出手拉他：客气啥子哦，我都看了五遍咯！吴可被拉到她座位上，第十排四十五号。吴可刚落座，纸包落在他膝盖上：瓜子，你吃嘛！等吴可再回头，那女观众代替他靠在墙上了。

散戏之后，吴可坐在原地不动。他怕再遇上那几个观众，大家不好意思。等到四个清洁工入场清扫烟头、瓜子壳，灰天土地中，他赶紧从侧门出去。走到街沿上，那几个观众居然等在那里。女观众很年轻，一身牛仔装，牛仔短裙下套着厚丝袜，腿长绝了。给我们说说戏嘛，吴大师。女观众说，太巧了，又太不巧，差点跟吴老师打起来，大水淹了龙王庙。吴可一问，才知道他们都是戏剧学院毕业生，B组演员，在台下观摩，琢磨戏。他对年轻人一挥手，走，请你们吃饭，边吃边聊。剧院旁边就是一家餐厅，不大，但全鱼宴是绝活。这时五点多，十几张方的圆的桌子，都坐满了人，只有一张桌上坐着一个吃客。四个毕业生请那吃客到旁边跟人拼桌。吃客倒也老实，见他们人多势众，端着面前的鱼头砂锅走到一张圆桌边，挤进那一桌谁也不认谁的吃客中。女毕业生吆喝服务员来擦桌子。服务员用一把竹刷子在桌面上糊撸几下，把鱼头上拆出的一片片鱼骨扫进一个小桶。女毕业生手指在桌面上一抹，把油黑的指尖亮给服务员：打一盆热水，加点碱面来擦。服务员老油条地笑笑：西哈努克亲王来了是哦？眉目俊朗的男毕业生说，西哈努克算啥子？高级叫花子。这位是吴老师！此刻来了个小年轻，问，哪个学校的老师哦？女毕业生说，吴可，吴老师，晓得不？吴老师多得很嘛……，女毕业生打断他：之有么孤陋寡闻——吴老师是写话剧的，《排队》，晓得不？小年轻马上说，晓得晓得！转身就给吴可鞠一大躬：多有怠慢，吴老师见谅哈。吴可一幅混江湖的笑脸：不存在，不存在。中年服务员介绍小年轻：这是我们杜老板。另一个服务员已经把热碱水端来，拧出一块漆黑的抹布，双手把抹布在桌上一推一拉，一推一拉，一陇一陇地耙田，桌面被耙出一条条杉木原色。杜老板笑嘻嘻给自己解围，人太多喽，整不赢，这桌人还没有走，那桌人又来了。吴可说，老板生意兴隆嘛。还可以，还可以。他跟中年服务员说，带吴老师去点鱼。吴可说，啥意思？中年服务员解释，鱼养在那边，看中哪条，自己点。吴可拉一把女毕业生，你去吧。结果四个毕业生兴高采烈，一块去判决鱼的死刑去了。

吴可掏出烟盒，突然愣住。他出门时心里没有目的地，晃悠到剧场纯属偶然，所以一分钱没带。这些毕业生对他如此热宠，他给宠晕了，脑子一热请他们吃馆子，总不见得吃完让他们结账吧？毕业生都是实习演员，一月三十多块工资，这一桌全鱼宴至少五六十块要吃掉两个人全月工资。吴可前年给关进学习班之前，他做东请客，李真巧包揽账单，去年从学习班释放，吴可已经记不得什么时候自己吃饭结过账。《排队》重新上演，一个热门话题纵跨政治、文化、艺术、学术、娱乐多界，他出门钱包都可以不带，总被人拽到这儿拉到那儿，只要他到场就是对那餐饭的最大奉献；不论谁做东，招待其他客人最名贵一道菜就是吴可的到场。他坐不住了，从椅子上站起，浑身摸，希望有几块遗漏在衣兜角落的钞票。但他再次确认，浑身上下，不名一文。杜老板回来，问吴老师哪里不好。别人看他不是浑身长了风疹就是衣服爬满虱子。他陪笑一下，赶紧又坐下，说杜老板生意太红火了，不容易。杜老板的思路轻易就被转了向，说是不容易，尤其我们这种劳改释放犯。吴可问他犯什么事进去的。杜老板说，说来话长喽。以后有空，把我的故事告诉吴老师，又是一出好戏。吴可笑道，那我俩是难兄难弟了，我也几进几出！中年服务员跑来，跟杜老板嘀咕一句，杜老板又对吴可说，有啥子不好，你千万要跟我说哈。说着他微张着《茶馆》里王掌柜的手，匆匆离开了。吴可看见几个挑鱼的青年人一直不归，想着是不是自己就此逃跑。此刻餐馆里，所有桌子的吃客后面都围着一圈人，那是下一拨吃客在等座。坐在餐桌边的吃客一副幸运儿表情，不紧不慢地享受麻辣鱼肚杂、鱼头豆腐砂锅、怪味鱼鳞……毕业生们终于回来，女毕业生告诉吴可，他们为了点鱼差点打架，最后落实到两条草鱼上，一条八斤，一条九斤。按照餐馆菜谱，八斤以上的鱼能做出十二盘菜，那么两条鱼加一块，厨师的技术极限就达到了，他们今晚就可以把全鱼宴吃全。吴可夸他们会点菜，心里慌，这二十四道菜的全鱼宴如何结得了账。女毕业生坐在吴可旁边，吴可掏出香烟，给每个人让，除了女毕业生，都抽起烟来。吴可听男毕业生们叫女毕业生可可。可可是甘肃人，跟小苏谈恋爱，跟学校闹死闹活，才跟男朋友一块分配到四川。小苏就是眉目俊朗、头一个骂吴可"有病"的男毕业生。吴可说，今天的戏，每个演员都发挥得很理想，看来受过荒诞剧正统教育的年轻人更理解《排队》。可可说，那些老家伙们还是压着我们，就不让我们演夜场。吴可问，不是听说有的省委领导对戏里有些段落反感吗？小苏说，是听说要删改，后来不了了之了。吴可请客的真正目的达到了；他就是想探听，那些本来要挨刀的段落和台词，怎么就被放生了。看来他们也不清楚到底是谁宽大了他吴可。我听说，叫小徐的毕业生说，夜场的剧本改了一些地方。吴可说，真的？！小苏说，我也听说了。不过没有仔细对比。可可说，领导看的都是夜场。大家对视一眼，突然大笑。吴可顿时喜欢上这群毕业生，今晚真想惯着他们吃个够，吃过瘾，可是身无分文，怎么收场。他看见小杜老板自己端着托盘上来，一碟一碟地摆在桌上，摆一碟，唱一碟：鱼肉红油抄手、爆鱼肝、炝鱼肠、干煎鱼籽……，前菜就有八碟。中年服务员拿着一瓶五粮液过来，吴可急了，饭钱都没有，还敢沾酒？！尤其那么贵的酒！但他不知道怎样叫服务员把酒拿回去，已经开了瓶。杜老板说，酒是我请吴老师和大家喝的。吴可一阵心松，几乎偏瘫。可可扶住他，咯咯咯笑。

大家干了第一杯，吴可站起来，告诉大家他去打个电话——为了跟你们这些孩子聚会，他要去推掉另一个聚会。他从餐馆跑出，跑过一个书报亭，杂志旁边放着一部传呼电话，便急转弯跑过去，一边摘下胸口兜里插的金星钢笔。看店的是个十六七岁的男孩，他举着钢笔对他说，我打个电话，身上没带钱，这杆笔抵押给你，晚一点我拿钱来赎。男孩看他一眼,这么大岁数,打电话的五分钱都没有,什么人?他懒洋洋接过笔,摘下笔帽,在小账本封皮上划拉几下;笔是真笔。吴可说,笔尖是真金子哦。男孩说,我要问我爸。你爸呢?回家吃晚饭去了。吴可说,那咋来得及?我事情急得很。男孩看着他,你急他不急;我爸一会就来换我回家吃饭。吴可指着马路对面剧场门口贴的《排队》大广告,夜场的入场观众,已经开始排队。他对男孩说,小弟弟晓得吴可不?男孩摇摇头。吴可好有名哦,就是写那个戏的作家。男孩向马路对面张望一眼,说,天天晚上排队,意思是,天天晚上发生的事,有什么稀奇?我,他指着自己鼻子,就是吴可。事关重大的声音把他自己都吓一跳,钢笔卖不出去,又卖自己名字。男孩又看他一眼,并不是加深印象的意思,而是觉得他文不对题。我这么大个作家,咋会说话不算话嘛,吴可把自己都说恶心了。钢笔在男孩的手指头上杂耍,从拇指和食指间转到食指和中指间,再转到中指和无名指间,依次转回来,回到拇指和食指间,接着往下转,每个手指都能耍金咕噜棒。小弟弟,帮下忙嘛。小弟弟一失手,金星钢笔飞到他脑后的三合板墙壁上。他稍露羞怯和歉意,咕噜一声对不起,捡起笔来说,还是要问下我爸。他说,算了,拿过钢笔来就去穿马路。马路上这一会都是乌压压的自行车,自动的,手动的,车铃震天。他硬着头皮闯进车流,骂声暴起,一条不知谁的腿从某一辆自行车上伸出,在他腿上踢了一下,他简直进了疯牛阵。闯过疯狂的自行车阵,就是交通主流,公共汽车、轿车、卡车可是闯不得的,他一个人站成了孤岛，进退不能……红灯在他右边的路口亮了，他总算穿过机动车行车线，来到剧场旁边的话剧院行政区大门口。传达室的电话免费，只要值班的人认识他就行。传达室的窗口开着，从外面能看到搁在办公桌上的电话。他一伸胳膊把机座拎出来，搁在窗台上。他头一个拨的号是葛丽亚家门外的传呼。跑来接传呼的是儿子，他急吼吼地说，小隽，快给爸爸送一百块钱来……什么？！爸爸急需一百块！儿子完全哑然，疑惑自己听错了。你跟你妈说，我要借一百块钱，今晚晚些时候就还给你们！儿子说，这么多钱，我到哪儿去弄哦？找你妈妈……我妈去川大了。意思是，葛丽亚跟外国老头过夫妻生活去了。吴隽十七岁，狗嫌人怕的岁数，外国继父是他的头号敌人，亲爹是他二号敌人，葛丽亚几头跑，几头受气。他想自己是急昏了，跟前妻的金钱走向永远是单向的，只能往那里进，进得越多越好，进多少都被无声无息吞没，想从那儿抠回来哪怕一分钱，绝无可能，正如锦江里没有一滴逆流的水珠。曾经的葛丽亚简直就是小两号的米拉（她身材一米五六，背后看永远是个抽条小女孩）现在才知道原来让他献出处子爱情的对象是只貔貅，只进不出，天生没长出口。他挂了电话，赶紧又拨一通电话。李真巧金丝笼的电话，他是烂熟于心的。接电话的正是真巧，清脆年少地"喂"了一声。他说：'是我……"他背后的衣襟被一只手猛力揪住，回头一看，是个端巨大一碗红油素面的胖大爷。胖大爷声气如钟："这个单位不准老百姓进来，你狗日咋跑这儿来打电话呢？！"吴可说他就是这个单位的。大爷认为他公然挑衅他的记忆："你演啥子的嘛？"他说他不是演员。大爷把吴可手里的话筒夺回，挂在机座上，又把机座放回窗内。大爷说这个单位的他人都认得到，从来没见过吴可。吴可说确实挣的是这单位的钱，不过从来不来上班。大爷绝对信奉不劳而不获，看几小时大门才挣来一碗素面，于是一个劲把他往外推："出去！五分钱打传呼都舍不得，到这儿来给老子编故事！"吴可站起桩来，大爷推打不动，大爷要是舍得那一大碗红油面，早就连大碗一快砍过来了。吴可肌肉开始运力，但一想，大爷跟他同一单位，打不得。打自己单位的看门老头，很糗的一件事，尤其现在他在运势上，对基层人员态度很重要，不能落个"狂"的评价。运动一来，基层人就会大清算，所有跟他们"狂"过的人，都要利滚利偿还。突然，电话铃在传达室里响了，大爷冲进传达室，不一会从传达室伸出头：你姓啥子？吴。编剧本的啊？是。接电话嘛。大爷退到房间的最黑暗角落去了，知道惹错了人。在胖大爷山呼海啸地吃面声中，吴可听到真巧滴溜溜脆的嗓音：我都听到了。晓得了吧，身上没钱，狗都欺。吴可说，我在杜记鱼庄请客，忘了带钱。真巧说，马上来。电话挂断。一刹那间，吴可想死了这个女人。他晕晕的往回走，清脆嗓音把那个香艳美人嘴巴里一向的气味通过电话线送过来。现在他一路行走在空气里。那种抽薄荷烟、嚼留兰香口香糖的口腔气味，让他浑身打颤。谁说精神和心灵是他爱女人的根本，肉体是解饥解渴煞馋的，可又饥又渴又馋的肉体，有他妈什么心灵。他回到餐桌边，这桌也被等座的下一拨吃客围得固若金汤。包围者里有个中年妇女，大声斥责自己三岁的孙辈：人家吃饭，你紧到看！不准看！吴可好不容易挤进包围圈，坐下来。毕业生们很会照顾自己，全鱼宴的每一盆都吃得半空。杜老板在原先的小圆桌上架了一块长方木板，总算把二十四道菜都搁下了。他高兴地拍拍小苏的头，周正标致的男孩满脸油光。可可拆了两个大鱼头，面前堆了一座鱼骨头山。还以为你走了呢，可可已是酒后的口舌。我们都开始商量，咋个凑钱会账呢，哈哈哈。可可放肆了不少，酒的错。小苏说，可可。可可又是笑，口红吃到嘴唇外，四环素牙上都有红渍。他已经没心吃喝，真巧随时会到达。真巧那个高档尤物，（近年来高级改称高档）一定要给这帮孩子显摆一下。可可给吴老师斟酒，吴老师一饮而尽，再斟，又是一饮而尽。大家拍手。吴可呵呵笑道，自罚三杯，让孩子们受惊了。

一个二十三四岁的女青年出现在大包围之外，手里拿着一摞十元钞票：我姐姐叫我送来的。她突破包围，一头汗，把钞票放在他面前的桌面上；那是一块未被鱼骨头、烧鱼佐料入侵唯一的清白桌面。他仔细一看来人，是芳元啊？嗯，我姐姐走不开，接了吴老师电话就拿钱叫我送来了。他说，谢了谢了，失望得血压都低下去。他想起了，芳元给真巧当管家。所有戏剧学院毕业生都看着他；吴老师刚才跑出去处理了一场何等危机，他们现在知道了。芳元说，那我走了，姐姐叫我快去快回。吴可从未经历过如此惨重的失望，连他在学习班被宣布学期延长，他都没这么失望过。他把芳元送到餐厅门口，问道，姐姐啥子事走不开嘛？他的语气牢骚很重。有客人在。啥子客人？芳元笑笑，不答腔。不好说的客人。崔先生回来了？崔老板在上海,芳元赶紧伸出小小柔软的手,搁在脸边挠了挠:吴老师再见。吴可还未及回礼,她一溜烟逃了。

他回到餐馆,直接去柜上结账。再回到餐桌上,闷闷地喝酒。可可看出来了,用手轻抚一下他的胳膊肘,他过火地一抽,然后对她笑笑,知道自己羞辱了女孩子。可可委屈地看着他,他用目光抚慰她一下,手在桌下找到了她的手,再给一点安抚。这些过往,只有他俩知觉。他告诉毕业生们,刚才已经付过账,他们尽管放心大胆慢慢吃,他有急事,先走一步。

出了餐厅,全鱼宴的浓厚辛辣气味已被穿在他身上,二十四道菜的油烟成了他头发的发胶,无论如何不能这么油爆爆的去见真巧。他打了一辆出租,回到家里,从暖壶里倒出热水,迅速洗头,又擦了擦身,换上一套真巧送到学习班里还没来得及拆封的新衬衫。衬衫新得冰冷,激出一串冷噤。老房子吸了多少年的阴冷,四月初的夜晚丝丝释放。新衬衫上套了一件开司米,极薄极柔,也是真巧的礼物。然后他喷了点真巧的香水,穿上真巧的皮鞋,内外都是真巧的,于是成了真巧的男人。他打开抽屉,拿出一个真巧从北京友谊商店给他买的柔软皮夹,里面是去年真巧给他放的钞票,说:一个大男人,出门一定要记得带钱。一个彻头彻尾真巧的男人出门了。走到楼下,他看见邮箱的投递口倒栽葱插着一个印刷品大信封。他拔出信封,戏剧杂志社发表的《排队》剧本,一个字没准许修改的原版。信封里一共三本,他拿了一本,放进屁股后面的裤兜。

在真巧家院门口,他碰到出来倒垃圾的芳元。芳元吓一大跳,但马上大声说，吴大哥来啦？餐馆里的吴老师在这里变成了吴大哥。好兆头。他说，你姐在家？刚才出去！头一个念头是，谁让你回家瞎捣持，把真巧错过了。但他马上否定了那个念头。她一定在家，并且和一个男人在家。他疯了，对着门内大喊：李真巧，你出来！芳元这回是真吓死了，不锈钢垃圾桶（崔老板从香港带来的）咣当一声落在地上，厨房的垃圾撒了一地。吴大哥，我姐真不在。吴可两手拢住嘴巴：李真巧，你在不在？芳元抱住他的胳膊，那是条打人的胳膊。他更提高一个调门：李真巧！斜对门站出来一个小伙子，抱着两条小臂，闲看好戏。隔壁也出来一个中年女人，端着茶杯，边喝边看。芳元吓哭了，小声说，吴大哥，邻居又要告警察了。他推开芳元，闯入院子。站在院子里接着喊，更加蛮横：李真巧，到底在不在？喊着他就推开客厅的门，李真巧正好从厨房出来，细腰上扎着白色围裙，飞着荷叶边。喊你妈啥子嘛，喊！他一把将她进怀里，同时嘴唇就压下去。真巧轻微挣扎，发出小狗撒娇和抗议的唧哝声。她挣扎不出去，给他一身铁蛋肌肉箍得动弹不得。这么个肉体，填进他空了太久的胃口。他把她推进厨房，她的背顶在冰箱门上。身后有人来了，芳元吗？好像不是，真巧用她云南兵团挑河泥的力道，推开了他。来的人是梁多。

李真巧站在两个男人之间，似乎她发一句话，其中一个就在决斗中中弹，倒毙。她说，到客厅坐嘛。吴可垂下头，直奔大门。

他走到话剧院单身宿舍楼下，雾气中的月光长了毛，树影婆娑。九点多钟，楼上还有一个男生在独唱，高不成低不就的嗓音。

树影里，一个女生背朝着世界，面对树干自说自话，手舞足蹈。吴可轻手轻脚凑过去听，听出那是《排队》里的台词。一个两手拎着暖壶女孩走过来，他大声问，可可住哪？女孩还没来得及回答，面朝树干的女生转过身说，可可在这儿！顿时就是四目相对，餐桌下间断的戏衔接上了。他站在原地，由可可自己上来。打开水的女孩看着他们，但可可毫无畏惧，上来握住吴老师的手，脚碎步小跳：吴老师怎么光顾我们难民营来啦！打开水的女孩自己下台阶，说找到可可就对了嘛，转身走去，在进楼门之前，又回过头来，正见吴老师把一本杂志递给可可。杂志本来是准备给真巧的。可可不可思议地看着他，翻开书，脖子、身子扭了扭，小女孩的样子出来了：不给我们签个名啊。吴可说，忘了。真巧的男人浑身悠香，挺括高档，可可以为那都是冲着她来的。吴可心里厌恶自己：你要一个二十三岁的女孩如何以为呢？这里太暗，他说，我们找个亮的地方，给你签名。两人一块往街上走，吴可稍微落后可可一点，很是骑士。不远处有个茶馆，两人默契地往那儿走。

　　茶馆闹得很，坐满五六十岁的茶客，绝大部分是男人，个个男人手里一杆烟。谈笑声很脏，灯光都是脏的。吴可领着可可往里走，一张空桌也没有，烟辣得眼睛疼。一个双手提两把大茶壶的汉子引二人到一张竹编高几前，请他们等待，他去找椅子。吴可知道来错了地方，但再走出去就会更错。错是早已出在进入话剧院单身宿舍大门、寻找可可的时候。不，错出得更早，其实在他靠着墙壁看戏时，就已经不对了。狂妄和虚荣酿出的错，还有久经压抑，一旦看到自己果真躲过一宰，他的剧躲过一宰，那窃喜催化的轻狂。没错，就是轻狂。可田纳西·威廉姆斯不比他更轻狂？有一次他坐在头排看《欲望号街车》，大声喝彩，后面的人要他闭嘴，他回头说，你们知道我是谁吗？我是田纳西！后排的人低声斥责，田纳西也没有权力骚扰他们花大价钱看的戏。田纳西说，我是这个剧的父亲！惹火了更多观众。田纳西对人性弱点了解够透彻了吧，却对自己人性中的轻狂虚华那么无知。吴可的酒劲已经全部退去，发现自己已经错出这么老远，错得他出汗，这鬼地方炼狱似的。他解开薄羊绒衫对襟的纽扣，掏出手帕擦汗。可可说，吴老师还没签名呢！他一愣，看着年轻的可可。可可从他衬衫胸前的口袋抽出三小时前没卖出去的笔，说，签！他翻开杂志，在扉页上签下三小时前没卖出去的名字。他接着翻到剧本开始的那页，在《排队》的大标题下，又签下"可可、小苏闲翻"，再一次签下"吴可"，潦草得几乎不可辨认，一边说，刚收到的刊物，这是最原装的版本，想让你看看，跟你们演的舞台版本差多少。可可眼睛大胆地看着他，心明眼亮，他绝不是为此专程来找她的。两个椅子被搬过来。可可坐上去，下巴刚够到高几边沿，她笑起来。日子真变了，到处都是好生意。茶盏里倒上了茶，两人就不着高几，将茶盏端在手里，太烫，又搁回去。一切都错得滑稽。

等吴可带着可可走出茶馆，大钟正敲响十点。可可跟在他身后，伸手从他羊绒衫后脖领里抽出一个小纸牌：这是什么？但她马上就回答了自己：两千三百三十六元！他想，该死的，太猴急见真巧，价码牌没来得及拆。可可惊呼，这么贵呀？！是……港币，他说。那就更贵了，对吧？我也不知道，别人送的礼物，说是名牌。什么牌？吴可指着胸前的名牌标志，可可凑近了看，头发几乎抵到他鼻孔上，那是吃饱了全鱼宴的二十四道菜的头发，刺鼻的辛辣浓醇。她看清了，说：是一架小马车。在街沿上走着，习习春风，散漫着最后的杨花。可可叹了一声：我的妈哟——两千三百三十六元港币！在我们甘肃，能买一架真马车了！他心里想，她记得有零有整，一个数码不差。

他把可可送到宿舍楼下，跟她握握手，感到可可的手很不甘、很不舍。在书报亭男孩那里卖不出去的名字，在可可这里还是有重大价值的。他头也不回地走了，收尾收得还算体面。真巧留下的空洞由谁来填？可可是没那质量、密度来填的。吴可心里好笑，什么命？非得"发配西伯利亚"（马尔康）才配得到她罗伦托斯卡娅般的忠贞。当年二十岁的你，公爵夫人罗伦托次卡娅，怀抱你新生的儿子，舍弃你的公馆和庄园，追随公爵夫君到西伯利亚时，怎么会知道，你在何为爱情理想、何为高尚浪漫的认知上，为一百年后的一个中国女人李真巧立定了标杆？你更不会想到，因为那理想，一个叫吴可的中国剧作家今夜只能耍光棍。美丽高贵的罗伦托茨卡娅，你怎么会知道，在你到达西伯利亚那座露天矿场，来到身戴重镣开矿的公爵面前，跪吻公爵镣铐的一瞬，注定了一百多年后我的今夜？今夜无伴，只能回家洗洗，睡我的素瞌睡。公爵夫人罗伦托茨卡娅，对我吴可而言，你带了个很不好的头。

暗恋你

战友们为了这么个可悲的主题聚集，谁都没有料到，虽然大家似乎都没耽误吃水果、嗑瓜子、喝茶、聊天。米拉走进排练厅，一眼看到黄晶苹的大幅照片挂在练功大镜子上。按说本来是张生活照，可就有着一遗像的眼睛；对什么都想开了，撒手了的目光。这双眼睛看着进门来的每一个人。米拉一看到那双美丽温柔的眼睛，眼眶便潮热起来。一个小伙子走上来，跟她握手，说谢谢她在晶苹生命的最后一刻，营救晶苹。米拉看着他，他说自己是晶苹的男朋友。没想到黄晶苹生前是有男朋友的。一个十分英俊的小伙子，自己介绍是出租车司机，已经跟晶苹秘密同居一年多，出事那天晚上他送一家人到绵阳，当夜没能回成都。米拉很快就听到女战友窃窃私语：开出租车一月能挣五六百呢。黄晶苹跟出租车车夫谈朋友，也是她籍以明志：靠自己能力辛苦挣钱，钱分分厘厘都硬气，花起来也硬气，尽早享受财富带来的独立自尊，享受得也硬气。穷人的女儿黄晶苹性格其实是很硬气的。假如十九岁时她接受了副司令儿子的追求，过到这一年，大概也散伙了。她多次对米拉说，到那个首长楼里，只有老头子对我好，兄弟姐妹都是鼻孔看人，老太太的口气是我高攀，沾了他们高门地的光，抬高了我自己家的社会地位。

追思会开始，米拉讲述她和黄晶苹最后那一夜的经过。她眼睛始终潮热，但已不足以酿成眼泪。因为在黄晶苹被杀之后，米拉多次被警察叫去指认嫌疑犯，十几遍讲到这段经过。黄晶苹只死了一次，米拉的讲述让她死了十多次，她已经习以为常。对于警察来说，黄晶苹从来不是黄晶苹，一开始就是死者。他们一口一个死者，米拉的心给他们叫硬了，叫木了。回到北京的阿卜杜，给米拉写过一封信，说他对黄晶苹的死多么多么内疚。送急救室的路上，他居然把车停在红灯路口等绿灯，所有等绿灯的时间相加，大概就造成了生死擦边而过。他痛悔，居然在人迹全无的凌晨马路上，在分秒都会决定生死的时刻，让红绿灯支配他的行止，多荒唐啊，从少年时期学车时种下教条种子，在他跟死亡赛跑的时分，居然毒害了他和黄晶苹的生命。米拉知道他自责得过分了，他们送黄晶苹去医院的路上，并没有遇到多少红灯，他最多也就停了两次车。她把这想法写信告诉了他。半年后，他从伊朗回信，感谢米拉好意，但他绝不为自己开脱。米拉觉得，最后那个晚上，阿卜杜爱上了黄晶苹，那是米拉记忆中最美的晶苹。今年初，米拉收到一张婚礼请柬。阿卜杜结婚了，婚后移民到法国。米拉拿着由金色和粉色印刷的邀请，不由黯然神伤。一个生命变成了死者，似乎死的不只是二十四岁的黄晶苹。

排练厅的墙壁上，挂出黄晶苹在各个舞蹈中的剧照，从她十五六岁到二十一二岁的舞姿。剧照都是战友们从各自影集中挑出，又从集体照里翻印出晶苹个人的，再请电影队广告组做了专业放大。出租司机小伙儿从没见过如此多姿多彩的黄晶苹，每一张都看很久，看呆了。米拉轻轻走过去。他错失的是一个多美的女孩，他本来可以跟这么美的女孩白头偕老，他看得满脸泪水。米拉对嫌疑犯若干次指认，凶手逐步归案，最后只剩一个亡命天涯。亡命的那个，被其他三人共同供认是行凶的刀手。但三人赶上了"严打"余热，二十一二岁的小伙子们在一个初秋的早晨被押赴刑场。 开出租的小伙子看了看米拉，狠狠擦掉泪，埋头走出排练厅。他爱人的毁灭，不是这些人欢聚的借口。正如他爱人的美丽，不是罪犯们毁灭她的理由。没人注意到年轻车夫的离开，他和这个集体的缘分就那么一点。

退了休的刘团长也来了，发言追思黄晶苹，就像多年前巡回演出完成后的总结，小黄同志一路表演优秀，一路好人好事做尽。黄晶苹的演出完成了，那么短，那么美，又那么不近情理地无价值。像春天里枉然绽放的花，并不知道那绚烂绽放的无谓，因为并没有那个因子，等她落花后去结成果实。

米拉又想到阿卜杜的信，也许他的自责有一点道理，假如他少停两个红灯，假如她提醒他此刻街上鬼都没有一个，谁管你闯红灯，晶苹会被救活。他俩当时都被血淋淋的突发事件震慑傻了，行动在前，意识在后。米拉又想到枪毙三个凶犯那天早上，行刑的卡车通过盐市口时，放慢速度。米拉央求母亲孙霖露陪她去看；看，是为晶苹吐一口冤气，告慰二十四岁的美妙亡灵。三个小伙子站在卡车最前面，被后面的警察用手推着，所以还站得住。三张面孔灰白，像已经被毙之后的人脸。妈说，已经不是人脸了，魂已经飞走了。街两边挤满人，那阵毙的人多，大家隔三差五有热闹看。文革结束好几年，此类热闹长远没得看，人们过节一样。过去父亲老米和小吴叔叔都在此地示过众，戴纸帽子，胸前挂白牌子。米潇就是在给人当把戏看的时候，被他的七孃认出来，七孃身边的少女真巧，就站在米拉现在的位置上。后来七孃想念三三了，就跑到这个街口等，手里拿着纱线和毛衣针，要不拿着纳到一半的鞋底，边等边做活，总会等来游街的米潇。米拉亲眼看着三个手里沾满晶苹鲜血的小伙子从她视野的一边入画，缓慢地移向她视野的另一边。她紧跟了两步，站在卡车最右边的小伙子，就是最开始来动员晶苹唱歌的瘦小个，此刻剃了光头，显得更年轻。他也看到了米拉，眼珠转向眼眶的斜下角，定在米拉脸上，好像米拉还能为他做点什么，好像米拉能劝劝司机，让卡车掉头。在刀尖插入晶苹后背时，他在干什么？劝阻过刀手吗？他看着那么美一个姑娘背后冒出血的喷泉，恐惧了吗？后悔了吗？他想过要抱起美丽的姑娘，为她包扎一下吗？米拉跟着卡车，小伙子的眼睛牵着她，她解脱不了。再过一小时，也许更快，他们就会跟黄晶苹一样，成为死者。好快啊，这些年人变得多快，年头不知怎么就飙过去，先是人们羞羞答答听起了邓丽君，再是懵里懵懂地开始华尔兹，突然一夜，歌舞生平，红男绿女恶补那沉闷肃杀年代所有的亏欠。他们闷够了，束缚够了，野性反弹起来，情欲、肉欲、嗜血，生机活力大反扑，那么大的生猛活力，一个世界都装不下，过剩的力非得以罪过宣泄出去。正如发了过度的电，以火灾宣泄。生命活力的饱和程度，便是犯罪。他们四个人在摧残毁灭一个美丽如晶苹的生命时，感到罪恶是过瘾的，非得罪恶才能达到那样的满足。血喷射而出，过度的电量终于爆破，随那汩汩鲜血疏导出去。然后呢，恐惧来了，悔恨来了，此刻他看着米拉，米拉感到眼泪就在眼眶里。她怎么可能为黄晶苹的仇敌饱含热泪？也许黄晶苹的亡灵正在为小伙子含泪，透过米拉眼睛，让泪流下来。米拉站住脚，最后一程送完了，心跳得她作呕。小伙子回过头，还在看米拉，妈轻轻拍一下她的肩，说，走吧。妈总是接受米拉所有的感情，接受，不求懂得。

　　排练厅的聚会老早已经跑题，与黄晶苹无关。大家热议的是某某声乐演员全国走穴，几天走下来，一个万元户。文工团式的演出，已经没啥人看了，关起门来能看黄色录像，谁还看兵哥哥兵妹妹歌颂老山英雄？大家谈论最多的是挣钱。演出越来越少，舞蹈演员给歌舞厅的歌手们伴舞，挣些零食钱。乐队的还不错，教孩子们乐器挺能挣。米拉正想离开聚会，被舞蹈队副分队长拉住，米拉这条裙子，恐怕要一两百吧？米拉一身黑色，薄羊绒裙，袖口宽宽的一圈镂空提花。真巧小姑穿厌了，米拉捡的狗剩儿，胸部无货，瘪踏踏的显得过分宽松。这是她为晶苹穿的丧服。副分队长还是看出裙子的高档，大家顺着她们的女领导眼力惊艳，都伸手来摸，都叹：好软和哟！啥子毛嘛？米拉正给大家摸着，进来一个人，穿海军军服。头一年裁军，裁下去上百万军人，没被裁下去的阔了，全部换毛料新军装，头一眼米拉没认出此人是谁。他倒是开口就说，傻看什么呀？米拉蒂！米拉的脸顿时起火，都不知道怎么跟他握了手。北海舰队的女婿走向其他战友，跟大家拍肩打背，米拉意识到自己脸上一直挂着笑，傻透了的笑。过去她一直觉得，这是个长不成男人的男孩子，结果人家不仅长成了男人，还长成了个虎背熊腰略微双下巴的年轻爸爸；米拉听说他结婚第二年就得了个儿子，之后从舰队文工团调到俱乐部当干事去了，反正他唱歌也是滥竽充数。米拉看着他肩章上的少校军阶，看着大檐帽下的鬓角渐渐在腮帮上形成的浓重阴影，没有完全刮净的络腮胡，阳刚得很，坐办公室"一张报纸看半天"，烂干事易轫一副崭新的帅法，男人的帅。易轫虎虎的两只眼完全没变，童稚闪烁，让人提防他马上会跟你捣蛋。声乐队的人把他抬起来，看他那人缘！米拉此刻听声乐队的人欢叫：狗日易轫，计划生育超标了讪！米拉竖起耳朵，听出原委：易轫去年又得了个女儿，看来是司令员公主爱肉身的易轫爱得紧。易轫从跟他亲热的人群脱了身，来到黄晶苹的大幅遗像前，摘下军帽，深深垂下头。厅里顿时鸦雀无声。这个追思会最必须的动作，居然被所有人忽略了。于是大家纷纷站在易轫身后，乱七八糟，队不成形，但都像易轫那样垂下头。假如开出租的小伙子此刻在场，大概会有所慰籍，认为这群唱唱跳跳的男女是有情的，也是可以非常庄重的。米拉多年前的暗恋刹那间复燃。

易轫直起身，戴好帽子，又到那些剧照前面浏览，走到黄晶苹的一张练功照前面，他略带惆怅地笑笑，瞧那小嘴，还歪着呢。所有人于是都缅怀起来，晶苹那与众不同的笑，一边嘴角高于另一边。这让那完美的脸破了点相，但有了个特点。米拉觉得易轫此刻对晶苹是真情而深情的，她恨不得跟遗像中的故人对调位置。刘团长此刻大声招呼大家，晚餐大家都到食堂吃斋。退休的团长给了司务长三十块钱，司务长在日常晚餐上额外添了两个菜，大家凑合吃一顿斋饭。人们情绪立刻升温，向食堂涌去。米拉心想，就此别过吧。她走到易轫身边：哎，易轫，见到你太好了，她心里骂自己，这么干巴巴的！手还在两个孩儿的年轻爸爸手里，她感到那手的留恋。她看着他孩子气的圆眼睛说，我不去吃了，晚上还有事。易轫就着握手把她往自己身边一拉：不行，一块去吃，吃也是祭奠小黄。米拉一下想到十几年前，他们同在新兵连训练，大家就这么小黄小黄地叫晶苹，那时的易轫是小易，捣蛋得出圈。此刻两人已经落后于人群。易轫低声叹道：遗像换成我的，这帮人也就是瓜子糖果一顿饭，真没劲。米拉吃了一惊，他竟然这么愤世嫉俗，真是长成男人了。她庆幸自己没走，当上了易轫心里话的聆听者。

斋饭是四盘豆腐菜：素麻婆豆腐、红烧笋片、香菇豆筋、酸辣粉豆面丸子、豆花面。酒有三样：红苕酒、广柑酒、青稞酒，青稞酒是炊事员们自酿的。米拉挨着易轫坐，他吃得虎虎生风，头一波恶吃平息下去，跟米拉慨叹，还是我们四川菜好吃。明明一个济南人，跟米拉"我们四川"。米拉问，你专门回来参加小黄的追思会？我来出差，听说了小黄的事。你们海军到陆军这里出什么差？米拉深表怀疑。易轫说，外调啊。海上走私的黄色录像，成都有个地下批发窝点。你改行当保卫干事了？比俱乐部干事总好些吧？整天卖电影票、发球票，给首长家办红白喜事，你知道的，那些破事，娘娘腔干的。不过以米拉的价值观，机关里的干事参谋没几个是有出息的，俱乐部的人倒还会画画广告，放放电影，红白喜事写几个美术字。易轫连那些初浅才艺都不具备，可仍然不妨碍她的暗恋。

一餐斋饭吃到最后，完全失去了追思祭奠的意思，一桌一桌的划拳哄笑，刘团长自己也忘了捐献三十块钱为了什么，喝酒喝出了河南话，唱起马金凤的穆桂英来，首席小提琴拉板胡伴奏。易轫朝米拉丢了个眼色，站起身。米拉明白了，拿了自己的包，悄悄溜出食堂。易轫在大门口站住了，下巴朝身后一挑：这帮人，离开了文工团，都活不了。米拉笑笑。易轫问，你住哪儿？米拉指了指左边：招待所。她跟易轫向来讲普通话。易轫用略带济南口音的普通话表示吃惊：你怎么到现在还住招待所？米拉不免自卑，文革动乱结束好几年了，自己还是过渡人。但她嘴硬：招待所怎么了？现成的饭吃，现成的澡堂，还有人站岗。易轫说，那帮人说，米拉现在是作家了，从来不跟我们走动。招待所人员流动那么大，你住里面，安全吗？米拉笑笑，心里说，我又没有舰队副司令的首长楼住，住招待所还靠吴可的面子呢。招待所教导员很文化，喜欢吴可的戏剧，一天晚上他在招待所大门口视察板报，见米拉被一个中年男人送回来。几天后他在食堂碰到米拉，问那天送她的是不是大剧作家吴可，米拉说正是。从此再也没人催促米拉搬家。原先一家一家的人住在招待所里，等待落实政策，陆陆续续都结束了过渡期，搬走了，招待所修理粉刷后，换了新家具，床位按夜卖，房费涨上去两倍。到处搞第三产业，招待所也把一些房子租给军队第三产业当办公室，还在靠大门口的平房里开服装商店、体育用品商店。招待所每平方寸土地都被榨取价值，仅因为教导员崇拜吴可，吴可间接地罩住了米拉，招待所也就认了由米拉的不合理占房造成的营业损失。

到了招待所门口，米拉末日来了；跟易初这一别可能就是天各一方，生离死别，以后再也见不到这个长成了大男人的易初。她看着他，鞋底抹了万能胶水，搓不动步子。他说，还早吧？一块走走。米拉想，早什么，招待所的大钟长短针明明指着九点二十一。米拉问，你住哪个招待所？我住姨妈家。你姨妈在成都啊？嗯，过去在成都。现在呢？现在不在了，去年去世了。她是我妈大姐，去世的时候七十二岁。那你姨夫呢？还好？姨夫比姨妈大二十八岁，早就去世了，现在一套房子就我一人住，比招待所舒服多了。那他们没孩子？姨夫跟前妻有两个孩子，现在都在国外。

米拉的脚趾头自己认路，它们把米拉和易初领到通往李真巧家的路途上。路边的树丛茂密，一对对黑影子交缠。米拉朝那些影子投去目光，易初一条臂膀力道极大，把她拉到自己左边，嗔道，人家搞点事不容易，搁在去年就给抓起来了！米拉笑笑，发现自己的手臂留在了他臂弯里。几个骑车青年从他们身边飙过去，都回头来看，然后打一声呼哨，其中一个喊道，跟军哥有啥搞头嘛？找个博士扪！米拉和易初对看一眼，哈哈大笑。米拉借着一分醉意说：不管怎样，在他们眼里，我们俩跟树后面那些人是一样的。不一样，我们要搞事跑树后面干嘛？你有招待所，我有姨妈家。米拉做了个恶心的神情，从他身边逃开，到底是有俩孩子的男人。他这才想起来问，我们这是去哪？吃夜宵。他开心了，在新兵连就是抢饭抢菜的小土匪，现在一听吃又笑掉了十几年的岁数。离真巧家的巷子口还有一百多米，易轫忽然问，你有男朋友了吗？没有。为什么？米拉也二十五了吧？米拉不吱声。再走就要进巷子了。易轫说，米拉，那时候我知道……米拉说，知道就行了。易轫说，我后来挺后悔的。米拉紧张得气短。他说，不说了，现在说有屁用。他拉起米拉的手。米拉继续带路。

巷子里暗，米拉轻声问，你过得还好吧？他鼻子哼哼，我这么没本事的人，首长会看得起？老爹看不起，女儿就更骄横，最后我也就剩了一个用项。他停了，米拉在昏黄的路灯下看着他，问，什么用项？易轫说，二十五了，不带这么冒傻气。她忽然悟出来，埋头便走。床上伺候的用项，造孩子都超标了。一匹英俊的种马，这就是他仅剩的用项。他追上来，看你给臊的！他用两只手指头的背面，在米拉脸颊上轻轻掸了掸。两只爱怜的手指，舍不得弄脏她：米拉，那时候你怎么不说呢？米拉有点悲愤。她笑笑：我一个女孩子，怎么开得了口？易轫说，我们那时候都好傻，好老实。米拉明白，那时他不那么爱她，爱没炙热到脱口即出的程度。或者，他顾虑到她父亲；米潇很长一段时间政治面貌是晦暗的，敌我之间的一种面貌。米拉，他轻轻搂住她，你跟别的女孩不太一样，有时候我觉得你比谁都天真，有时候又觉得你城府很深。我是怕掌控不了你。米拉问,那你能掌控司令的小姐?基本能掌控,她大脑其实很简单,优越感强的女孩,觉得人都宠她,她也不需要琢磨别人,揣摩别人的感受,有时候她那样挺可爱,有时真让人受不了,妈的。米拉说,两口子之间,都有彼此受不了的时候。易轫说,你看你,这会就显得老成得不得了。米拉笑笑,心想,那我能说什么?纵着你多说点她的坏话?易轫说,你知道吗?我们男生背后说你太聪明,长了两个脑壳。米拉笑笑,问他:一个脑壳装着多余的聪明,是吧?他们已经到了李真巧家的门口,可正题刚被扯出。米拉轻声说,聪明对你们男人是多余的。他说,嗯,是有一点受挑战受威胁的感觉。米拉觉得,这正是他的可爱之处,诚实、坦白、傻气,哪个男人愿意承认,自己被一个女孩超常的聪明挑战和威胁呢?承认了,就等于承认,不相对应的那份聪明便是多余,给予他便是活浪费,于是,它便等于女孩的负资产。那现在咱俩怎么办?他看着米拉。米拉哭的心都有。他一去五年,没一个字的消息,回来已是两个孩儿的爸,米拉还能怎么办。

　　米拉穿过狭窄的街道,在大黑门右边的电铃上摁了一下,她还爱他吗?她不知道。心魔还在,心魔属于更动物更本能的那部分米拉。易轫跟过来,问她这是谁家,口气像是被做了局。李芳元开了门,说哟,是米拉!多久都不来耍了!米拉轻拽一下海军少校的军装袖子,怕他一转身跑了。芳元对里面喊,姐姐,米拉来喽!还带了个人民海军哦!易轫在米拉身后噗嗤一声笑起来。进了门厅,米拉发现客厅的布置变了,过去的赝品古董山水画和赝品鸡血红插瓶都不见了，被油画替代。一幅油画是许多一尺见方的小格，每小格里一张脸孔，侧脸，半侧脸，正面，笔触粗重，三分人样，七分鬼魅。另一边，挂着梁多给真巧画的肖像，形似，神更似，身上一袭曼妙薄纱，一帘水般落在更曼妙的女体上。客厅里坐着几个人，只有曹志杰是米拉认识的。躲运动风头的人陆续归来，小曹不知去哪里过度了两年，死了一样声息全无，这一会儿现了身。米拉费了一点劲才认出他来，原先的小曹不再，可爱的日本男孩头变成个很平庸的偏分头，有利于他在平庸的芸芸众生里隐藏，小脸大了一圈，有点虚肿，眼神多了一分鬼祟。一个高个年轻女子迎着米拉的目光站起，芳元给介绍说她名叫可可，话剧院的演员，旁边眉目俊朗的小伙子叫小苏，是可可的男朋友。米拉介绍了老战友易轫，正寒暄着，吴可从厨房冒出来，端着一个西餐馆才有的大圆托盘，盘中摆了四碟冷菜。紧跟着出来的是真巧，嘴上叼一根极细的香烟，身上拖一件起居绸袍，长波浪被一个巨大发夹夹在脑后。吴可一看易轫，就跟米拉做了个鬼脸。托盘被搁在一个木架上，凑合成一个矮腿圆桌，真巧请大家在草编的地毯上席地而坐。米拉这才发现，原先的丝毛混织地毯不见了，换成这种朴素、当代感很强的草编艺术。是否是梁多的设计，不得而知。真巧站在一边倒酒，然后把酒杯放在茶几上，请客人们自取。海军少校左右看看，米拉从沙发上拿了个蒲团，放在他身后的地上，拉他坐下。吴可又是一个鬼脸，说，米拉优待解放军哦。米拉笑笑。小吴叔叔坐在她对面，笑眯眯说，米拉跟军方又接上关系了，军种还升级了，啊？米拉对易轫说,别理小吴叔叔,他没正经。米拉替自己和易轫取了两杯香槟,再次坐下。易轫对她耳朵说,小吴叔叔对你有意思吧?胡说!米拉真的挺动气。那为什么你一举一动他都盯着?替我爸盯着我。不是那个盯法!你才讨厌哦,米拉光火了,四川话冒出来,这个心魔之人突然好无聊。吴可在圆桌对面说,课堂上不准交头接耳。可可看了米拉一眼,又转向吴可,圆圆的脸简直是一朵向阳花,吴可是太阳:吴老师,您刚才说《毛猿》的批判精神,象征意义,在奥尼尔的剧作里,超过所有作品,那么《漫漫长夜路迢迢》,属于他回归写实主义……米拉觉得她有些卖弄,但在海军少校这种纯粹门外汉面前,卖也白卖,她说的对易轫来说等于外语。

  吴可打断了她:这不能算回归,是升华之后的返璞归真,意识流在他中期创作的戏剧里显得实验性很强,甚至显出对传统戏剧的刻意叛逆,减低了可看性。当然,《奇异的插曲》是个例外,可看性很强。但他晚期的创作,意识流和人物潜意识活动,多自然无痕啊!在外部语言动作和内心活动之间,根本是无痕穿梭,让人物的肉身活动和精神潜流平行流淌。《漫漫长夜路迢迢》是非常超前的,这儿我默诵一句埃德蒙的台词:"对于生活,我永远只是个不需要人也不被人需要的陌生人"。人类社会一直就处在这种异化中,有人能意识到,而大多数人完全没有意识。奥尼尔临终前请求他的经纪人,二十五年之后再公开发表这部作品,他预见了这部剧在二十五年后仍然具有当代现实感。可是他妻子在他去世之后,很快勾结经纪人,把这部伟大的作品卖出去了。正常人总是打不过瘾君子，毒瘾主宰的奥尼尔夫人，在剧作家最后的日子里，没少折磨他。哈哈，剧作家总是缺一个好妻子。

小苏说，所以吴老师一直不娶老婆。可可笑了。海军少校如坐针毡，一杯酒喝完，自己又站起来够酒瓶。真巧坐在沙发上抽烟，也是局外人一个，见人民海军伸长胳膊，赶紧拎起酒瓶，隔着好几个脑袋给他倒酒。米拉后悔把他带到这里来，他和这屋里的人毫不搭界。好在他不装蒜，没兴趣就是没兴趣。吴可说，海军同志怎么跟陆军同志成战友了呢？易轫一愣，似乎没想到，今晚还有人会搭理他。米拉说，他原先是我们团里的声乐演员，五年前调到北海舰队去了。吴可说，男高音？易轫问，吴老师怎么知道？你进门说了两句话，我就听出来了。易轫转脸向米拉：我进门说话了吗？米拉摇摇头。她不记得，也没留神。吴可说，我在厨房听见的，你说，哟，好漂亮的房子！谁家呀，这么阔气！小吴叔叔确实在看守着米拉，替真巧小姑看守，而真巧小姑是为她二哥哥米潇看守。黄晶苹遇害的夜里，小姑看得太紧，米拉差点就停止走她这门亲戚。真巧叫米拉跟他到厨房端汤，易轫大声说，我去端。米拉想，他可逃脱了。米拉想到，真巧可能会盘问易轫，便追着进了厨房。在厨房门口，米拉跟易轫相撞，他端着一摞细瓷汤碗和瓷勺出来，脚步五分醉，米拉没什么货色的胸口碰到他的手背，触电似的。易轫显然也知道刚才他的手碰到的是哪一部分的米拉，两人羞愧对羞愧。米拉从他身边绕进厨房，真巧的笑容似乎说，我等的就是你。米拉问，梁多呢？去上海了。干啥子？看一处房子，做画展用的。在上海办画展？他画那么好，不出川咋行。米拉问，崔姑父出钱？我跟狗日姓崔的脱手了。真巧淡淡的，一面搅动着刚倒进锅里的芡粉汁。咋脱手了呢？米拉惊讶，难怪房子陈设气氛都变了。但小姑一只手摆摆，表示暂不想谈。我看这个海军男娃还差不多，她对着渐渐浓稠的汤说。啥子差不多？那个美国人，差太多了嘛。阿卜杜是阿富汗人，跟你讲了好多遍。除了老挝越南柬埔寨，外国人都一样。这个男娃娃讨喜得很哦，正派人我一眼就能看出来。米拉半张着嘴，但什么也没说。假如跟真巧小姑说，这可是北海舰队的姑爷，小姑又会立刻重返岗哨，把米拉当贼看。老实说，他是不是你跟我说过的那个男娃娃？米拉点点头。她忽然眼睛一热；多年爱的是那个男娃娃易轫，她永远不可能停止对那个男娃娃易轫的爱，此刻，她不过是苟延那时的心魔。易轫从客厅回来，一身热情，端起细瓷汤钵。在司令小楼里伺候司令一家，米拉此刻略见一斑。平民家的孩子不白吃首长家的饭，态度是好的。

　　十二点刚过，易轫不见了。米拉在客人卧房的浴室里发现了他，他坐在浴盆边上，两手搭着盆沿儿，一边腮帮压在两只手背上。一身挺括的毛料少校军装，一副娃娃睡相。米拉想到1974年的巡回演出，她和他同乘一辆卡车，他坐在她对面被包垒砌的座位上，他的睡相跟现在一模一样。那年他十六，她十四。米拉蹲下来，细细看他，一线口水从他嘴角流到深蓝毛料军装的袖子上，深蓝上洇出更深一片蓝。十六岁的憨态奶气，回到两个孩儿爸爸的身上。真巧出现在她身后，她刚要开口，小姑食指竖起，放在嘴唇上。她轻轻走上来,一手伸进他的胳肢窝。他蹭地一下坐直,接着蹭地一下站起来,嘴角一片湿渍。米拉的爱火复燃。他走到客厅里,步子高一脚低一脚,拿起衣架上的大盖帽,戴上,给所有不搭理他的人说,再见喽。真巧说,行不行?不行就住一夜,明天早上再走讪。米拉说,末班车都收了。叫出租,一个人说,米拉一看,吴可坐在长沙发背后,面前一架小电视机在放录像,音量压到最低。真巧此刻抱着一条厚毛毯过来,说,这个时间,出租也不好找,睡沙发上嘛,午觉我都睡沙发,舒服得很。她手很快,几个靠背被她抽掉,沙发加宽了。米拉,你睡客房。吴可关了电视,伸个懒腰,说,米拉跟我走,我骑车送你回去。真巧说,胡说八道,招待所十二点锁门。米拉说,我不走了,困死了!吴可看着她,笑笑,说,那就分男女宿舍,米拉跟小姑、小小姑睡, 我睡客房。说完他晃进客人卧室,很响地关上门。

小小姑芳兀累了一天,在大床下扯开一张行军床,倒卜去就打呼。真巧交代了易轫洗漱,回到自己浴室。米拉晕晕的,却又不困,看见真巧,发梦一样笑,梦游着过去,搂住小姑脖子。真巧说,跟你爸一样,爱哪个人一副花痴样。她找出米拉的牙刷漱口杯,在牙刷上挤了点牙膏。没了崔姑父,她逮着谁伺候谁,现在往米拉身上浪费她的贤惠。趁着米拉嘴巴给牙膏占住,她说,跟梁多的事,我告诉老崔了。她跟米拉提过,老崔在上海养了个二十多岁的小小老婆,所以她认为大家能平账,各过一套,聚在一起还能做一家人,但上个月房东突然上门,说姓崔的退租了。米拉问,那现在这房子……？真巧说，这几年我总还存了点儿汕，先撑到起嘛，看啥时再找个付房租的。她坦荡一笑，趁着我还有这个，她拍了拍雕塑般的胸，过不了多久，还会给你找个临时姑父。米拉恶心：你非得住在这房子里？那我住哪儿去？搬回我妈的板板房？不要说我，我妹娃儿都回不去了；翻了身的街娃儿汕！她诚实坦荡的厚颜，让米拉痛快。

两人躺到床上，快两点了。米拉说，你还爱小吴叔叔吗？她说，好烦哦，我又不是你这个岁数。再说，他跟那个女演员已经好了。就那个可可？嗯。她今晚不是把男朋友带来了吗？脚踩两只船，你没见过啊？我要是你这个岁数，脚踩八只船。小吴叔叔爱她吗？你问他去。吴可要是愿意娶她，她马上跟那个小男生脱手。吴可这种人，大灾大难的时候，可爱得很，现在你看他那样子，我看了就烦，一帮年轻女娃子男娃子崇拜他，他好受得很汕。米拉说，你怎么知道小吴叔叔和可可的事？他俩借我这地方，好多次了。米拉问，吴可有房子，为什么借你的地盘。真巧说，他不想带她回自己家，怕她认了门常去找他。他说那房子他留给自己写剧本，是他最后的退路，最后的根据地。真巧说着，舌头就大了。不一会米拉听见她鼻子吹出熟睡的小哨子。她轻轻起身，摸到卧室门口，耳朵贴着门缝，听客厅的动静。什么声音也没有，整条巷子都静极了。秋凉后的地砖冰冷，她冰冷步伐一步步延向走廊，延向客厅。她站在客厅门口，自己这是在干什么，她想知道。不干什么，她只想听听他的睡眠。

怎么了？黑暗里出来了悄语，睡不着？原来易轫也没睡，米拉后悔了，想往回跑，但易轫说，来，坐这儿。米拉轻轻走，绕过茶几，绕过单人沙发，来到长沙发前面。他已经坐起来。米拉坐在他脚头，也不能算坐，只是屁股尖搭在沙发边沿上。不敢坐到这儿来？他拍拍自己身边。米拉向他移动一点。他能够着她了，只要他想，她就到他怀里去了。两人僵持会，似乎要在现有的位置上适应一下，一下子变成零距离是吃不消的。终于，那只胳膊来了，零距离了。他的怀抱有一股睡眠气息，他的络腮胡在夜里疯长。你也没睡着？睡着了，你开门的时候，我又醒了。那么轻？要是你在等，多轻都能惊醒你。米拉想到，在此之前的十几年，他们从孩子长成大人，唯一的一次身体接触是在1975年的夏天。那天演出前，米拉临时顶替一个崴了脚的男演员翻一串"后桥"（后软翻），开演前在舞台上走场子，舞蹈队女分队长叫住路过的易轫，要他跟她手拉手，给米拉后腰兜一把。米拉每翻一个跟头，她后腰都会触碰到两只拉在一块的手上。女分队长嫌米拉的跟头太肉，必须提速。米拉一遍遍翻，累得气绝，天旋地转倒在地上，易轫手快腿快，将她抱起来，对女分队长喊叫：有你这样的吗？半中间撒手？！看把米拉蒂摔死了！……那年他十九，米拉十七。现在抱住米拉的胳膊比十九岁时要粗壮蛮横多了。络腮胡贴上来，嘴唇分开了米拉的嘴唇。两个孩儿的爸是接吻老手。

你在抖哎，他说。冷啊，米拉说。当然，不完全因为冷。他的手探到沙发下，抓住米拉的赤脚，把他冰得一个激灵。他把她拢进毛毯，自己坐起来，把两只冰冻的脚掌放进他衬衫下。滚烫的赤裸，米拉一双脚跳了多少年的艰辛舞蹈，最识冷暖。那次我翻跟头，你还记得吗？当然记得，那时你是个小傻子，让你翻多少，你就翻多少。那时，我在你眼里，除了是个小傻子，还是什么？嗯……小太婆。嗯？！我怎么是小太婆？你有时说话老三老四。现在呢？现在，你是个小姑娘。络腮胡的耳语，也毛茸茸的。脚被宝贝着，很暖很暖，跳了万千舞步，头一次被如此宝贝。然后，他抱着她，躺下去。他们两个身体只需一个身体的空间，躺得如同套剪下来的对称剪纸，米拉的背部线条，嵌入他的胸腹，腿和腿，环环相扣。他两手从她身后摸过来，轻轻握住她胸前小小的两团，她抽一口冷气，又叹出来。怕吗？他问。嗯，有点。我不会的，他说，你还要嫁人。她臀部感觉到他身体的变化，他不好意思，玩命躲开紧密触碰。米拉。嗯。米拉，你第一次知道男和女之间，到底怎么一回事，是什么时候？米拉说，十三岁。这么早？！他简直要把她扔到沙发下去。她认为有立刻解释的必要。那年春节，年初一，我们杨分队长带我去她家过年，还有李丹红。李丹红是部队医院调来的，几个月后又调走了，记得不？她感觉他在摇头。我们三个人乘公共汽车，车上挤得要死，我觉得有个人在我身后动，贴太紧了，但人那么挤，我连头都回不了。一直到下车，杨分队长叫起来，说米拉屁股上给人抹了鼻涕了。李丹红说哪是鼻涕，她一眼就看出是什么。我扭过身往后看，看不见，正要伸手摸，李丹红一把把我手抓住，说摸不得，脏死了，幸好米拉穿的是棉裤，死流氓，弄我们兵娃娃。她从地上捡了个香烟盒，撕开，使劲给我擦，擦完扔到垃圾桶里去了。杨分队长在一边偷笑，我不知她笑什么。晚上回宿舍，李丹红跟我说，你这个瓜娃子，流氓咋个要了你，你晓得不？我当然不晓得。她说，那一把"鼻涕"弄到你肚里，你就怀娃娃了。然后她就把男人女人怎样怎样，简单告诉我了。她还教我一手：二天有人贴到你，在你身上拱虫子，你就这样——李丹红往身后猛抓一把：一把就把他那根虫捏到，给大家示众，他来不及收回去，你就喊，要你妈流氓耍到解放军老娘身上来喽！晓得不？易轫听到这里，抱紧米拉，笑得发抖。

米拉听见易轫呼吸加深，加长，慢慢脱离了他的怀抱。他又醒来，说，不要走嘛。我怕在这里睡着了。她的一双赤脚踩在地面上，更加冰冷。

走过客人卧室，米拉看见一个人影站在门口。吴可。米拉顿了一下：小吴叔叔……。他说，赶紧去睡，明天再说！

第二天早上，米拉起来时已经十一点。身边一个人也没有，空气是香的，咖啡和奶精揉混，比喝在嘴里更美味。她走进浴室，站在镜子前发呆。一个人说话了：你朋友一早就走了。她回头，见说话的人在大浴盆里。小小姑芳元蹲在大浴盆里擦洗，跟米拉打地道战。小吴叔叔呢？他跟我姐姐出去吃酸辣粉了。米拉洗漱罢，感觉那个昨夜拥着她的身体，仍然拥着她，她又是发呆。掉进爱里的女人，这么无力，只能发呆。她坐到餐桌边，芳元端着托盘过来，把咖啡器具一样样摆开。崔先生不在，崔先生的精致生活留在这房子里了，只是培根蛋换成了巷子口的酸辣粉。芳元从围裙的口袋里掏出一张字条：你朋友留给你的。字条上仅一个街名和门牌号，一个电话号码。正喝咖啡，电话铃响起来。芳元接听后马上叫：米拉，找你的。话筒里传出困倦的声音，你醒啦？她笑了，是易轫。我到家补了一小觉，想着跟你打电话，只好起来。你有事就打电话给我，我再回去睡一会，妈哟，那一夜！现在眼睛睁着闭着都是你。她什么也说不出。放下电话，就站在电话机旁边，动不了。爱了吗？那两个孩儿怎么办？她和他再到一起会干什么？那个"什么"会种下后果吗？……。不管怎样，她得马上离开这里，在吴可盘问她之前。

　　回到招待所房间里，她拿起盆和毛巾，打算到浴室去洗澡。出了房门，见一大群穿红色运动服的巨人从楼梯涌上来。她听教导员说过，这个楼要进驻一批排球队员，从军区各部队抽调的，在这里集训三个月。米拉步下楼梯，每一个台阶上都站着一个或两个巨人，给米拉让路、行注目礼。细看巨人们都长着极其年轻的脸，十七八岁，十八九岁。米拉走到他们站立的那阶楼梯，他们就赶紧垂下眼帘。米拉洗澡回来，巨人们聚在走廊抽烟谈笑，一见她又沉默了，开始行注目礼。她的房门刚刚关上，走廊里粗野的笑声轰然暴起。她刚梳好头发，听见有人轻轻敲门。米拉打开门，三个巨人站在门外，问，能不能借一支笔。米拉说她没有多余的笔。又说，听说你们五十多人参训，居然没有一支笔？三个巨人之一说，我们没文化。他那个二米高的同伙说，听说你是作家，作家应该笔最多。没有，对不起，米拉说着要关门。三个巨人就要往里进，我们参观一下作家的房间，看看书是怎样被写成的。米拉说，作家要是让人参观书怎样被写成，世界上就没有书了。三人被挡在门外。她听见一条走廊上所有的门都打开，大声讥笑三个借笔失败、借口更失败的同伙。

米拉铺了稿纸，坐在桌前，几次抬笔，笔尖一个字落不下来。翻回已完成的十几页阅读，读完还是写不出一个字，想好的句子，没等笔尖抓牢，就不知溜到哪里去了。等她侧脸来看闹钟，一个小时过去了。心里塞的都是昨夜，挤出的字十分干瘪，昨夜是丢了魂。门又被敲响，她嘶喊：干什么？！门外人怯生生的回答：电话！招待所与时俱进，在每一层楼装了个分号电话。米拉心里笑，呸，一群巨型儿童，以为换了个借口就能让她上当。她扭头向门外喊：我不在家！巨型孩子说：是真的！她喊回去：我是真的不在家！门外的巨型脚步迟疑着远去。十分钟之后，同一个人又来喊：你叫米拉对不对？电话是找米拉的！米拉这回干脆不做声。敲门声温柔至极，那么大个巨型手掌，攒起巨型手指头，敲出这样的叩门声，真不容易。又过了一会儿，米拉确实听到放在一楼二楼之间的电话响起铃声。这次没人接听，铃声倔强地响着，在静下来的楼中溅起回声。终于，电话那头的人放弃了。铃声再响起的时候，米拉听见一个离电话机最近的房门咣当一声打开，带着气呢。一双巨型脚丫咚咚！咚咚！咚咚！砸着每一级木头楼梯。米拉竖起耳朵听，接电话的人叫喊：找谁？！……。等着！然后巨型脚丫便一路向米拉门口砸来：大门口门岗的电话，你接不接？！一个中午都是你的电话！我们还睡不睡午觉了？！下午还有三小时集训呢！米拉赶紧拉开门，看见一个金刚似的巨童一脸火气。他只穿一条运动裤叉，一件跨栏背心，因为惊人地高大而显得露出的肌肤块面大得惊心动魄，那一双大脚丫果真如她听觉判断的那样，赤裸裸连袜子都没穿。米拉道了声"对不起"，绕过闹下床气的巨童，向楼梯口跑去。

电话那头也上火，说：总机都给吵死了！一中午好几个电话找你！米拉说，对不起，对不起。你明明在家为什么不接电话？！米拉说：对不起，对不起。现在门口有个海军同志等你接电话，等半天了！米拉一惊，易轫找到门上来了。门岗现在的口气，似乎是谴责米拉破坏了跟友军的关系；四川八千万人民都没得眼福见到的海军少校，她居然让人家站在大门口喝秋风。米拉赶紧说说，那请他进来吧。人家不进，人家让你接电话！米拉没来得及搭腔，易轫的声音就插进来：你怎么了？米拉说，是你打了一中午电话呀？我打了三次，接电话的人说，你病了，爬不到电话机边上。米拉噗嗤一乐，不知那帮巨童好心帮她找借口呢，还是存心害她。易轫说，所以我就赶紧跑过来了。是不是冻着了？他一定想到夜间那一对如冰似雪的脚，如何在他胸口融化。你进来吧，米拉对易轫说，你把话筒给执勤排长，我让他放你进来。我不进来了，你没生病吧？米拉笑道，那帮打排球的家伙胡编排我。你快把话筒给执勤。你没生病我就回家了。为什么？我一个人住⋯⋯他说，就是因为你一个人住啊。米拉悟到他的道理，赶紧说，那好，我马上出来，等着，啊？她放下话筒，发呆，这么多眷顾怜爱一猛子来了，她都受不住了。她冲回房间，用暖壶里快凉透的水洗了把脸，往脸上揉了两把友谊柠檬霜，把头发扎紧，犹豫一下，又把头发打开。昨天穿的黑羊绒裙完成了使命，却一直没脱。她打开衣橱，横杆上挂着一排衣服裙子，她手指飞快在上面弹音阶，走过去，再走回，一件都不称心。约会前的打扮是件麻烦事，不能太露骨地"为悦己者容"，更不能存引诱之嫌，但又要绝对独一份，绝对过目不忘。这一件件旧衣服，都是真巧从八零年代初到现在对香港时髦的复制，小姑还活蹦乱跳，米拉已经继承了她的遗产。米拉最后选中一条灰色牛仔裤，一件白衬衫，黑色半高跟牛仔靴。在外套上，她费了一番琢磨：开始套了件深红皮衣，又觉得出挑过火了，再换上粗线黑色针织衫，搭灰牛仔裤，又太粗旷，易轫是军人，跟个女牛仔并肩不般配。最后她挑定了一件：弹力仿丝绒质料外套，"蓝衣男孩"的贵族监色，也是接的真巧小姑的下家。她真庆幸，跟小姑的身材只差一个号码（胸部差三个号码），所以米拉的时尚跟香港只差一两年，最多两三年。米拉刚拉开房门，又想到什么，回到屋里翻箱倒柜。她找出了那本刊载了她小说的杂志，又对镜瞄了两条极细的眼线。她刚出门就知道坏了：正是那帮巨童午睡起床时间。一个哨子在楼下吹，所有房门打开，好了，这楼成了巨人国。所有巨童飞快跑出房间，走廊里顿时一股热腾腾的臭脚丫味。每个人都仔细绕过米拉，井水不犯河水的，但等跑出去一两米，又回头一瞥。米拉明白在他们眼里,她是美的,绝对独一份,绝对过目不忘。

等米拉走过操场,巨童们正在排队,先是她的一侧身体、然后是她的后背,被那一百多只眼睛几千瓦目光照得滚烫。米拉想,是时候搬出招待所了。

易轫看见她,嘴巴一张。这个模样的米拉他没见过,也没料到他此生会见到。米拉喜欢他半张着嘴的模样。在新兵连,连长喊:某某,出列,给大家操演一个(正步,或预备用——枪,亦或突刺——刺!)!他就这样,嘴一张,双唇成个O;什么都能让他好奇成这样。随着他岁数增上去,令他好奇的事物递减,嘴唇的O越来越少,渐渐罕见他对什么好奇了。现在他O字嘴很快裂成笑,对自己的女人满意之极,自豪之极。米拉全忘了之前的疑虑,两只牛仔靴踏着快步,恨不得一头扎进他着毛料军装的怀里。他先转身往前走,米拉说,哎,等等我啊!他说,都在看我们!走到门岗看不见的距离,他才悄悄伸出手,在她手背上捏了捏。急死我了,他说,以为你给吓病了呢。我给什么吓病了?他脸有点红,害羞、惭愧:夜里我对你那样,你给吓着了呀。米拉想说,你以为我那么雏呢?我也不是那么无人问津的嘛。阿卜杜也没有跟我来纯素的。但她什么也不想说,高高兴兴跟着他在深秋的下午瞎走,不时给他悄悄捏一下手,或多情地凝视一番。要是知道你脱了军装能捯饬这么美,我当年就该先下手了。下手干嘛?打来吃了。他出来一句山东味的成都话。两人都笑了。他叹口气说,那时候要像现在就好了。好什么了。现在的人多自由,什么都敢说,什么都敢玩儿。米拉听出，他有点后悔了，那时太年轻，就给倒插了门，什么也没来得及玩儿，就当了俩孩儿的爸。听团里人说，易韧是让副司令的女儿追上的。79年他去济南休探亲假，假期快结束时祖父发脑梗，家里一共三个人，父母加上易韧，排日夜三班倒，在病房守候。易韧被排了大小夜班，加起来十二小时。第二天上午，他出了医院到邮局去打长途，跟团里续假。在邮局里，他遇到一个年轻的女空军，也在排队打长途。空军女兵打听他是哪个部队的，他如实回答。女空军挺能聊，说自己是山大的工农兵学员，带着北京空军医院副连级薪水上大学。她排在易韧前面，主动让易韧先打，说她的事不急。等易韧打完长途，她还在排队，并让易韧等她，打了电话给她带路，领她去只有济南本地人才知道的本地小馆，由她做东请吃午餐。易韧那时已经感到女孩的主动，但吃一餐最好的济南老字号他何乐不为。餐间女空军貌似无意地提到父亲家教太严，不准子女到当地部队蹭军线电话打长途。易韧好奇，问令尊是哪位首长，对方答道，父亲也不让子女随便报出父亲官职。那餐午饭易韧坚持由他结账，女空军后来承认，她提出做东是考验他的。他在长途电话上已经得到续假一周的允许，而续出的那个礼拜成了他一生中最累的七天：夜班陪祖父，白班陪副司令的小姐。

　　米拉和易韧在人民公园逛到天黑，逛到两人都想起，这天他们少吃了一顿饭。于是就往青羊宫逛。沿街摆出了各种小吃摊，雾气晕染一条马路。米拉建议他们一路吃过去。一个酸辣粉的摊子周围都是人，每人端个大碗，吸溜声震耳。他俩也排进队伍，先排买筹子的队，再排端粉的队。易轫付了两块钱，找回几个硬币，两人便端着大碗寻觅，想找个稍微清净点的地方吃。易轫看到一片残竹，院墙内的竹林从墙根下发到了墙外，形成稍微私密浪漫的一隅。他叫米拉跟他去那，但买筹子的女人喊起来：解放军同志，咋个把我们碗端起走了来？易轫扭头用山东川话回她：解放军未必偷你的破碗！女人一个高腔：破碗？！押金拿来，五角钱！易轫又回去，掏出五角钞票，往她小桌上一拍，同时说，这个碗八分一个，羊市街多的是！女人不理他。他回到米拉身边，摇着头笑：拥军爱民的年代过去喽。两人在几棵斜竹后站定，对着碗里冒尖的碧绿豌豆尖和苕粉，正要吸溜，天开始下小雨。易轫见硕大的一碗汤水米拉端得摇摇欲坠，一把接过来，替她端着，让她吸溜苕粉省点力。米拉伸过头，从易轫左手的碗里把溜滑的粉条往嘴里连扒拉带吸溜，易轫也不闲着，从自己右手端的碗里喝汤。秋夜热辣的粉，人间美味。最没吃相的米拉，给易轫看见了，看得他哈哈笑。等米拉的碗减掉足够分量，易轫把碗还给她，开始吃他自己的粉，吃相更恶，红油老醋，酸辣得活受罪，他不断停下来吸冷气，嘴又成了个O。吃完雨大了，沿街吃的打算只好作罢。易轫把两个碗还回去，女人急着帮男人拉蓬，顾不上退他押金。他牢骚哄哄地等着，深蓝毛料军装肩膀上一层晶亮的雨珠。米拉想劝他放弃押金，但看他铁了心等，只好陪着淋雨。一个会过日子的男人，入赘豪门，不改简朴。米拉今夜爱这样一个易轫。

两人乘坐机动三轮车到了一片住宅区。易轫介绍，此地乃省政协宿舍。他领着米拉穿过一院平房，进到一座老楼里。易轫告诉米拉，姨妈家在一楼。楼道很宽，但很干净冷清，顶棚上的裸体灯泡在铮亮的地面上反光。一路走过去，没见谁家搞走廊炊事。最后一扇门打开，刹时灯亮。米拉眼前一间大屋，朝外的玻璃门，透出藤蔓影子。大屋两边有两间小屋，一间做卧室，另一间是厕所，堆满杂物。大屋的水泥地裂了很宽的口子，漏出下面的泥土。没有几件家具，倒是有两个很高的书架，百分之八十的空荡。易轫随便指了指，坐吧。一个大太师椅，是唯一可坐的地方。米拉走过去，坐到太师椅上，脚尖刚够着地。太师椅放在一张公家办公桌前，莫名其妙的杂凑。易轫打开朝外的玻璃门，走出去，进来时手里拿着几朵喇叭花，一个电炉。他把电炉放在墙角，插上电，灯泡一闪，瓦数减低十分之一。他从一个塑料桶里舀出水，倒进一把灰头垢面的小铁壶，坐到电炉上。他告诉米拉，楼里有人查偷烧电炉的，所以电炉必须藏在外面。然后他走到米拉面前，做了个敬献动作，喇叭花归了米拉。易轫说，不肯死的喇叭花，开到现在。他看着她，她觉得他在酝酿一个大动作，赶紧跳下太师椅。一进屋就搞大动作，米拉跟自己说不过去。她给自己突然逃脱的理由是"看看院子什么样！"院子不小，荒得惊悚，草齐腰，两棵榆树蛀满了虫，树枝罩在虫结的白网里，像个巨大的茧，茧未完成，却已破烂。这里别说藏一个电炉，就是一个逃犯（严打期间的小韩和曹志杰），也能藏得住。易轫不知何时已在米拉身后，一只手搁在米拉肩上，手指拈弄着披散在那里的头发。米拉说，多好的院子，弄得跟闹鬼似的。

易轫说，你该看看我姨夫原来的房子，也在这院子里，是个小楼。姨夫是投诚的川军高官，去世前是省政协委员。我姨妈是他的续弦。文革中他们原来的小楼被占，搬到这来。易轫的嘴巴对着米拉的头发，米拉希望洗发精香气没给酸辣粉的气味替代。易轫说，姨妈去世前，跟她小妹妹——就是我妈叮嘱，千万别放弃这间房，凭了它就能把原来的小楼要回来。这不吗，听说我们处长派人来成都出差，我就把机会要过来了。现在想，命里是有安排的。米拉明知故问，什么安排？安排了你，在这儿等我。米拉说，假如黄晶苹没被杀害，团里人不心血来潮，一年之后想到给晶苹开追思会……他插嘴说，那我可能就碰不到你。那帮人告诉我，米拉蒂现在架子可大了，当了作家，只跟美国人耍朋友。米拉蹭的一下回过头，看着他：哪来的美国人？他们听黄晶苹说的。哎哟，晶苹也搞不清他是哪儿人？！是个阿富汗人！你男朋友是阿富汗人？不是我男朋友，就是朋友，也是晶苹的朋友，晶苹被杀那天夜里，他开车跟我一块送她去急救的！他看着她，笑笑。她觉得他没有完全信服。她讲的本来也不全是实话。阿卜杜跟她是有一点缠绵行为的，两人间是有一点依依恋恋，不清不白的。她说，一场死亡把你带到我身边，最无价值的死亡。易轫惨惨的看着她。她笑笑，说，虽然不至于倾城、倾国，倾的也是一条青春性命，一条性命殒落，让一场恋爱发生。他完全不懂了，呃摸一会，笑了，拍拍她的脑袋，小太婆。

当夜米拉留下了。两人一直醒到天明，谈的都是曾经，那咫尺天涯的紧密相处，他们一块长大，一块发育，一块装着谁也没注意到彼此的发育。多少细节啊，你记得什么，我记得什么，十几年的曾经，一次次的错过。谈着，便也是一场追思。一小觉之后，她和他又醒来，陨落的一个风华绝代的生命，才成全了他们这一场幽会，他们怎么舍得睡着。天亮了，他们开始谈以后。以后米拉搬出招待所，搬进这里。既然占领这房才能过渡到原先的小楼里，何不好好占领？这样易轫到成都，就能有个安乐窝。易轫今后会常来成都。什么借口呢？借口全无，两人沉默了。米拉说，我比你自由，我可以去看你，我反正到哪儿，带着一支笔都能写。他紧抱住她，她感到他在一点一点释放出一个长叹。

第二天米拉发现院子里有个自来水龙头，生着红绣，但有把手劲儿还是能拧开它。两人便用它洗冷水澡，冻得抱作一团。

米拉在易轫那里呆了五天。五天内两人没怎么出过门，也很少起床，吃的都在电炉上煮。煮一大锅白萝卜，一吃一天，煮软的萝卜，蘸着易轫做的血红的蘸料，端到床上，两人拥着被子吃。易轫把几点红油滴在淡蓝被子上，米拉说，哎呀好邋遢，不好洗的。易轫坏笑，说又不是他一个人在被子留下了"不好洗的"。小妇人米拉羞得脸发高烧。他们有什么吃什么，充饥便好，最后两人把挂面、粉条、奶粉都吃得精光，只剩下半袋生了虫的米，也淘洗几遍煮来吃了。米拉从小爱吃，这五天她发现吃最不重要。他们白天黑夜过颠倒，困极了才睡，睡也像睡在战壕里，几分钟的沉睡，立刻惊醒，看身边缺少了谁。一次她惊醒，发现他背对着她，用手电在看她登在杂志上的小说。五天里，米拉几乎什么也没穿，只穿着易轫重重叠叠的吻。

　　五天过得像一个梦。易轫不准米拉到火车站送他。米拉知道他的班次,悄悄地去了,远远看着他上了车。火车动了,他的那个窗口一闪而过。这没有归期的走,米拉感到泪水在脸上,很凉。

老米和小米

那人开口就叫,老米!不熟的人从不这么叫米潇。但叫他"老米"的人百分之百是个生人。秘书叫他等新上任的副处长。老米在副处长办公室外面踱着困兽之步,等来这个套着护袖、拎着簸箕、老三老四叫自己"老米"的人。秘书一会出来说,哎,米老师,王副处长不是刚跟你打了招呼?你怎么还在这儿等?米潇说,王副处长,鬼影子都没得一个,哪个跟我打的招呼?他动作很大地抬起手腕,看了一下表。这个动作就是牢骚,是角儿脾气。好歹米潇现在在全省也是个角儿了,让他在这里来回走,一里路都走掉了,没等来个鬼影子。得了几个大奖之后,米潇在绝大部分人眼里成了名角儿,大画家,只有他自己(还有梁多,以及跟梁多一样有着厉害眼光的行内人士)知道,他非但不是大画家而且已经完蛋了。但在有些人面前,他要做大画家,耍一耍角儿脾气。比如在这个迟到的新领导面前。刚才拎着簸箕进屋的人又出现了。他说,哎,老米,咋不进来呢?秘书说,我是说,听见王副处长跟米老师打了招呼的嘛。米潇看着面前这个小圆脸,大眼镜,一共有三十岁没有?秘书倒是五十岁的老秘书,打了大半辈子圆场,圆场打得好,说,王副处长后生相,米老师没认得到哦。王副处长笑笑,伸出手给老米握。秘书接着说,还丁点儿架子莫得,办公室都是他自己打扫。王副处长张开另一只手,对老米晃:进来坐进来坐。老米灰溜溜地走进领导办公室。坐下后，王副处长拿出一张汇款单，说是香港一家杂志发表了老米的大作《章怀寺起义》，稿酬寄到文艺处来了，他自报奋勇替老米保管，转交。米潇更正，不是我的大作，是三人的合作。汇款单上的大写数字：叁拾壹圆整，每人可得拾圆叁角叁分叁厘叁毫叁，他可是一厘一毫都不想多占，要他独自承担三人共同的败笔（一坨屎！），门儿都莫得！老米嘴上说，我可以把另外两个作者的稿酬分寄给他们。王副处长说，那幅画我看了，大师之作，可以说，这是我们中国的《最后的晚餐》。老米想，你也就知道《最后的晚餐》？不过被无知的你们当大师供，一点儿也不难受。他微微笑着，志得意满，还有多少过火恭维？统统笑纳。王副处长又说，听说下面的作品题材已经定了？米潇说，有好几个题材，我在斟酌。哪几个题材，处里能不能参与一下意见？米潇认真想了想，说，处里不能参与意见。王副处长一傻，推了推眼镜。米潇站起来，扬扬手里的汇款单，谢谢王副处长，请替我们谢谢杂志主编，好歹我们也算名声出国，挣到点国际声望了。

　　他走到走廊，秘书从老花镜上看他一眼，点个头，屁股在椅子上欠一欠。王副处长追到走廊上。老米，听说你要画四方面军撤离巴中的题材……老米说，那是选题之一。王副处长接着追：我看那个选题不错。米潇说：处长留步。王副处长还是送客送到楼梯口，看着角儿脾气不小的米潇下楼梯，拐弯，在他视野里走没了。

　　米潇走到了冬日的太阳里。此地冬天太阳出在十一二点，预兆就是大雾。现在雾气还没散完，街上人就在树上牵拉起绳子，被子褥子晒了满街。米潇推着自行车慢慢走，不急于回家，也不急于去画室。上个月米拉失踪五天，谁都不知道她去哪了。冒出来之后，米潇问她到底去了哪，她慢吞吞说，人就不能失踪一下吗？说得好，人有时需要失踪一下。从所有熟人、整个社会失踪，从自己的社会身份、家庭责任、日常生活运行轨迹、公转自转、地心引力失踪。即是失踪，就不必对任何人谎称去了哪哪哪，干了啥啥啥，一句话，我失踪了。米拉有这胆子承认，就是堂堂正正的失踪，别追问了，失踪不懂吗？上字典上查查吧。这种失踪是彻底的自由，只要这期间关联人物没有发生凶杀，贴打倒某某领袖的标语，这失踪不需要证人证明几点几分在哪，和谁在一起，在干什么。好个米拉，看着老爹不甘的脸，审查就此打住，我失踪，怎么啦？不废话了吧。以为解放了，平反了，自由了，其实是给关进了更大的牢笼，人人都是看守，这个大牢笼里，大家都是无期。米拉的失踪，就是在无期中挣扎出一个口子，释放自己几天。回米告诉你，我就失踪了，我有失踪的权力。米拉不肯撒谎，让自己的失踪合理，撒谎的时候，人脸表皮和下面的肌肉是走向不一的，那种皮肉不和，米拉认为"丑"。所以，只宣称"我失踪了"。

米潇获大奖，多了一点自由，多了不参加每周政治学习的自由。但他发现其实他少了更多自由，首先失去了爱画什么就画什么的自由，爱怎么画就怎么画的自由。他对自己得奖作品那么绝望，但他连表达绝望的自由都没有。去年他企图失踪一夜，甄茵莉就觉得这一夜在他们短短的婚姻史中，成为了大疑团。失踪的一夜，他评价自己得奖作品是一坨屎，不行，甄茵莉对这评价绝不答应，所有为他骄傲以他为荣拿他谋利的人都绝不答应。本来他想好，就让《章怀寺起义》作为他告别这行当的大礼，从此收起画笔画盘。米潇是大杂家，吃饭的家伙他可不缺，可以设计家具，还可以写美术评论，小说也有好几部在进行过程中。但他打开未改完的小说稿，一样绝望，那种行文，那种似曾相识的腔调，就像他的起义女英雄，跟李铁梅阿庆嫂吴清华柯湘一个遗传基因，一个爹，只是借腹怀胎，借他米潇笔的产道呱呱坠地。他面对这两年一直为之与责编、主编抗争的书稿，忽然笑了，抗争什么？你跟他们完全一路货，精神生命的遗传密码来自同样的父精母血，他的心灵子宫早就出卖了，只能给买主怀胎，写作之笔也是被借用的产道，分娩连体儿，多胞胎，猛一看表层各异，但眼光毒的人，一眼就能看出那深层面目的雷同。遗憾的是，他自己就具备这样一双毒眼。独创之作被吴可写了，他写不过吴可，甚至也写不过米拉。

不过他获奖的甜头确实大，钱包厚起来，买下了梁多的两幅画。梁多羞答答开价，一幅才三百。老崔跑了，真巧那里不再是取之不尽的金库。尽管真巧经常说，等我找到我亲爸留下的八十两黄金，大家翻身。米潇做了一阵自由人，画室成了他的别宫，国家给他改建的画室一百多平米，他除了用来画画，什么都干。他让人搬进一个大工具台，刀、斧、锯、刨都是最好的。他做了个巨型博古架，上面搁着他亲手仿的三星堆祭器和面具，门的左侧右侧，立着他按比例缩小的三星堆铜像和神树。三星堆是他的图腾，那种无法无天的想象力,很给他的精神壮阳。他在四周摆放着民间老家具,都是他家具设计的灵感。要不是他急需买一批罕见的金丝楠木,他是不会应领导召唤的。领导要他再接再厉,再搞一幅巨幅油画,仍是大巴山英雄儿女系列,但必须跟巴山红区根据地有关。本来他已婉拒了领导们,但一看到那几段好楠木,心又活了。这幅油画将由他一人创作,局里先付给他五百元,完成后先参加全国美展,之后由省展览馆作永久展品馆藏。他在收藏楠木的人家转悠,那块极品实在让他挪不动步。这块木头上大小瘿拥挤叠摞,正是行内人称的"满面葡萄",切开一定是人兽山水尽有,加上金丝绚烂,镶长榻椅背,或者柜面,能想象有多么华美。但价钱谈不下来。他算了一下,存折都得掏个底掉,才够一半价钱。第一次他两眼馋巴巴地离开了卖主的仓库,出了门直奔吴可家。吴可闭门写作时间,谁敲门也不开。他在院子里等到黄昏,吴可出来放风,他才被允许进门。总是在吴可需要别人的时候,别人才能见到他。听说老米借钱,吴可拿出几张十元钞票,打发了他。出了吴可的院子,他想再找个倒霉蛋借贷,这就想到了李真巧。正是晚餐时间,他肚子咕噜得很吵,但他还是一路飞骑,到达真巧家时满头大汗。梁多和真巧在吃晚饭,品小酒,真巧笑道,收藏家来了,一面指着沙发边靠着的一幅小画。米潇拿起那幅画,放在沙发靠背上细觑。画是真好,画面就是一面老墙,苔藓浅绿深绿,一缕斜阳照在一把小凳上,凳子下摆着一小筐鲜橙,筐边插着一把淡紫雏菊,凳面上放着一根钩针,弯曲白纱线是从半只手套上拆出的,被钩针钩成一截花边——卖橙子的女孩临时离开的刹那。这是多么独立又多么多情的心灵所摄取的刹那：缺席的人物，灵魂却在场。米潇格外坚定了自己的判断，好画都被梁多画了，好作品都被吴可写了，自己去做木匠，才是最诚实的。梁多不知什么时候已经站在他背后，从他的角度审视自己的作品。画得好极了，老米哑声说。梁多就那么站着，陪伴感动中的老米。从监狱出来后的梁多，默默的，忧伤的，难怪真巧把他收在自己翅下。这幅画我买不起，因为它太好了。梁多一听就知道他多么由衷。真巧给她三哥哥拿来了筷子和碗，精致的餐具现在装着精致但随意的菜肴，真巧知道梁多其实对画之外的东西心不在焉。真巧告诉米潇，梁多在上海岳阳路租了个大屋，正在布置画展。米潇知道梁多下个月在上海开展。他又听真巧在说，老崔送她的钻戒，两万港币买进，卖出才一千八。接下去她又说，画展要办就要像样，冷餐酒会至少要开七天。记者请了几十个，都要塞点车马费讪。米潇吃了两口菜，喝了一杯尖桩，明白他此趟白跑了，非但开不了口借钱，还应该给点支援，意思意思。他问，画展钱够不？真巧咯咯咯笑，说，狗日老崔莫得了，天天缺钱；姓崔的还是管点儿用的哦。米潇掏出刚从吴可那里得到的五十元，放在餐桌上。梁多笑笑，把钱塞回米潇口袋：还不至于当叫花子。米潇还想坚持支援，梁多一手按在那个口袋上说，留到买烟抽。真巧又笑，说，狗日老崔莫得了，才晓得烟是要掏钱买的。

米潇第二次去那个楠木掮客家，掮客说已经有个北京客户相中那块"满面葡萄"了，假如不是收了米潇那点定金，今天宝贝就给人搬走了。米潇熟知这种推销说辞，但心仍是有些慌，赶紧出去找传呼电话，打给书记办公室。书记布置的任务，书记许诺的赞助金，别变卦了。书记一接电话，米潇这边马上说，巴山儿女系列组画，他已经想好怎么画了。书记高兴，说，老米，你他妈的！……他感到书记真是高兴啊，唾沫星都溅到他贴紧听筒的耳朵上了。老米毫无激情，但会为他们的高兴去画。为别人的高兴去干某事，很低贱。世上有两种人，专干让别人高兴的事，婊子和小丑。

去局里领赞助费又碰到了王副处长。他正要上一部旧雪弗莱，大老远就说，老米，听说你担纲领衔了？米潇要干的，也是让王副处长高兴的事，他也是真的高兴，大眼镜下的嘴咧得跟河蚌似的。为了他们高兴，米潇就得忍着点儿，当小丑、婊子，卖力去干，干来的钱可以买好木料，做出好东西，最终也让他自己高兴一下。他到了书记办公室，书记打电话叫来会计，把赞助的五百块交给老米。我们这个文化局，一夜之间全国都知道了，就因为有你老米。书记要老米把想好的构思讲给他听听。老米说等小稿出来他马上送给书记指示。其实他已经打好腹稿。他从童年的米拉照片里挑出两幅，以米拉做模特，画一个跟随大部队撤退的红军小女兵。他脑子里构图是这样的：一个十岁左右的小女兵，拉着一匹大黑马的尾巴，马鞍的脚蹬上，踏着一只穿草鞋的大脚，以及道劲的男人长腿，露出驳壳枪的下半节，暗示一个高大的红军将领骑在马上。焦点聚于小女兵，一张曚昧的脸，一对深明大义的眼睛，过大的破军装，褶皱和补丁的质感将是最见工匠功夫的，但难不住米潇，米潇缺的仅仅是灵魂，不缺工匠技法。陪衬人是几个巴山老乡，正往她带破洞军装衣兜里塞鸡蛋和花生。作品名字都想好了，就叫《女儿》；巴山的女儿、红军的女儿、中国的女儿。

老米好不容易摆脱意犹未尽的书记，走到停车处。衣兜揣着五百块的十元钞，叠起来厚厚一摞，本来嫌小的皮夹克都胀歪了。他突然想到，小甄在骡马市看中一件海狸皮短大衣。小甄过去很少跟他要东西，自打他得了奖，常常貌似无意地提到哪哪卖什么：金器店做的项链不像前些年那么粗，现在细细的一根，戴在脖子上隐隐约约，看着不俗；人民商场来了真丝料，印花比前几年好看多了。最近她提到骡马市开的几家私人服装店，东西都不是大路货，海狸皮说了三四次，他装聋是混不过去了。他骑车到了罗马市，找到那家店。店面很小，苏芮在里面大声歌唱。他还没进门就看见那件短大衣，样子是还说得过去的。隔着玻璃门，他看见一个化着晚妆、穿着黑丝绒晚礼服的女店主在苏芮的歌声中静默站立，严阵以待随时可能进门的顾客。跨进门他发现，还有一个十几岁的女孩在柜台边上做作业，听见门响立刻抬头，朝他射出灿然笑容。米潇已经懊悔，感觉进了埋伏圈，但退出去又太。他请女店主先给苏芮罢唱，然后请她把那件短大衣拿到柜台上。面料是炒米色薄呢，他伸手摸了摸里面的海狸皮里，成色好极。一问价，五百块。小甄简直是预先惦记上他这笔钱的！老米的手离不开那柔软的皮毛了；这皮毛将替代他的手去抚摸小甄苗条的腰身；小甄现在更情愿这皮毛抚摸她，而非他的手。他问店主能不能便宜点。店主说，客户寄卖的，不敢随便改价。米潇说，样子有点儿土哦。他知道"土"在哪里，土在胸前两排有机玻璃大纽扣上，纽扣是褐色，闪着塑料光亮，换一套木头纽扣来就会大加改善。店主强调一句：客户是香港人哦。米潇心想，你奶奶的香港。他砍价道：最多四百，不行就拉倒。店主说她要跟客户通个电话，看对方答应不答应。米潇想，甄茵莉今晚肯定高兴死了。店主进到里间打电话，职责暂由女孩顶替。女孩走过来，笑眯眯的，爷爷还想看啥子嘛？米潇头一次被人称爷爷，就像给打了一棒，半天缓不过来。再一想，成了爷爷了还是一生无成，还在干让别人高兴的事，他比挨了一棒还痛。女店主出来时，手里拿着一张牛皮纸，把折叠起的大衣往里包，一边说：四百哈。老米跑也来不及了，货已经是他的了，口袋里还没揣热的票子必须数给人家了。不然他踏出这门女店主就会咒他。给她女儿叫成了爷爷，再给当妈的咒，老米死得了。在米潇往外数票子的时候，想到自己也就是一个钞票中转站，票子十里迢迢十曲八折来了，歇一歇脚，急急忙忙又上路了。他看着店主喜洋洋地给牛皮纸包上捆扎纸绳，知道她进到里屋根本不是给客户打电话；她需要去按耐一下狂喜的心。里屋应该是个小工坊，缝纫机上搁着等待下一个上当者的"香港货"。

　　米潇把牛皮纸包的大衣放在自行车把上，他怕放在货架上万一滑落。前轮每转一圈，就在牛皮纸上刮一下，刮得"呼哧哧、呼哧哧"地响。他就这样呼哧哧、呼哧哧地骑着车，在马路上漫游，一点不想家。脑子粥似的，想不出怎么去搞来下一笔钱，把他付了定金的几段楠木买到手。他在路边停车，一脚踏在街沿上，一个念头闪电一样照亮了他眼前的黄昏黑暗：找米拉借钱！他立刻有了方向，在马路上乘风破浪地调了个头，牛皮纸包呼哧哧、呼哧哧，声音跟偷笑一样。

去米拉住的招待所，途径一片建筑工地。得奖后领导们奖赏米潇一套新住房，就在这片工地上渐成胚胎。平面图米潇看过，分给他的顶层的大套一百二十平米，有一间二十六米的客厅。假如他亲自设计，亲自监督制作的镶有"满面葡萄"的长榻和柜子进入那里，肯定精彩绝伦，巴蜀头一份，中国也头一份。这件事至少他是为自己高兴做的。文革十年，人们都忘了怎么建设住房，现在摸摸索索开始建造，速度慢得令他捶胸顿足。地基是夏天挖的，秋天里面积满雨水，蛤蟆在里面产出蝌蚪。米潇推着自行车走进泥泞，见一部抽水机正在抽水。就这乌龟速度，那个展示金丝楠的客厅暂时还是领导们给他画的饼。米潇见几个戴柳条帽的人站在一边抽烟，观赏着抽水机喷出的泥汤。这个建筑速度，他即便筹到钱，做好长榻和柜子，屋顶估计都还上不了。他想到楠木掮客说，假如他买下木料，可以送他三块零头。他已经设计了几个食盒。有个帮澳门藏家在内地收购的中间商说，澳门湿热，但金丝楠木食盒能保鲜，一块生牛肉放在盒内，三天色不变，味不变，比冰箱冷藏的肉口感好。米潇的设计彩图给他过目，他欢喜极了，愿意付三千元收下食盒，再转手给澳门藏家。但首先要有木料，否则老米再本事，还陷在蛋和鸡的古老悖谬中。

米潇到了女儿住的二号楼前面，见一辆三轮拖卡停在楼下，车厢上红油漆鬼画符的几个字"招待所食堂"，拖斗上一个红黑格子软箱，米潇很眼熟，似乎是崔先生给李真巧从香港运衣服来常用的。他正在求解，听到米拉叫他，老米爸！米拉这种奇怪独特的叫法，最近特别暖心。似乎米拉是了解老米苦衷的，但不忍点穿，跟着所有庆贺他成功、分享他奖金的人们瞎起哄的。有时候她看着老米迷失的脸，会心一笑，拍拍他的背，"老米爸"，就是这种时候喊出来的，有一种共谋感。米潇问，你这是要去哪？搬家讪。米拉把手里的纸板箱放进拖斗，纸箱关不严，露出里面各色鞋子。他见女儿脸色粉红，眼睛亮闪闪，嘴唇也血色充足，他不记得女儿这么青春过。搬哪儿去？搬出去。晓得你搬出去；问你搬出去住哪儿。米拉含混地说，朋友家。你不是不愿意跟人住吗？你妈让你去陪她住，你都不肯，说写作怕烦。我一个人住，朋友的房子空到起的。男朋友女朋友？刁啰嗦哟，问那么多。搬家这么大的事，也不跟爸妈说一声，你看，你老米爸差点扑个空。两个小当兵的搬着米拉的竹子书架出来，另一个小当兵的一手拎一捆书跟着。终于给招待所腾出房子，所长乐得差遣了半个警卫班来帮米拉搬家。米潇觉得女儿的突然搬家其中有诈，也太闪电了嘛。他看她小跑着回到楼里，消失了几年的舞者轻盈乍然再现。她是恋爱了。老米顷刻间释然，女儿有了爱情，多好啊，这么多年父亲一直为她揪着心，为父的自己恋爱谈不完，女儿修女一样清度年华，现在都好了。等米拉再出来，他拉拉她的马尾辫，小丫头，瞒着我这么大的事。米拉鬼脸一下,她明白父亲指的是比搬家更大的事。

老米跟驾驶员挤坐驾驶室,米拉坐在拖斗上。几个警卫战士骑自行车跟在车后。车阵开出少城,米潇伸出头朝拖斗里喊,冷吧?米拉喊回来,不冷!当然不冷,恋爱的人跟发情的牲畜一样,荷尔蒙烧得慌。到了地方,米潇见米拉路线谙熟,心里明白,一定是来这里幽会过了。开了门,拉开灯,女儿请父亲先进屋。趁米拉指挥小当兵的摆放东西,米潇到处溜达参观。他没想到女儿的居住条件这么好,大屋门窗朝南,冬天亮堂暖和,小屋和厨房没窗,是个遗憾。他明白这原先是一大间巨大房屋隔出的三间房,全一个朝向。地上铺了一张草编地毯,为了遮盖龟裂的地面。写字桌上放了一个小镜框,镜框里两张照片,一张是个英俊却憨态的男孩,穿老式绿军装,一张是米拉十二岁的新兵照。此男孩必是米拉幽会的对象。等所有人退了,只剩下米拉在擦擦抹抹,老米爸说,这个男孩我是不是见过?嗯。他是你们那儿干嘛的?声乐队的。好在不是乐队的,米潇笑嘻嘻地说。他把米拉团里的乐队叫"大减价吹鼓手",奏出的噪音只配给旧社会的商家鼓吹大减价。米潇当海员的几年,可是听过真正的交响乐、协奏曲,连他们靠岸时听到的音乐瘪三卖艺,到这里都能撑起独奏晚会。人家的音乐在集体潜意识里,在骨髓里,中国人搞西洋乐,猴子学样,只是样儿。什么时候带来认亲啊?米拉不说话。过一会,她走过来,看着那张照片,淡淡地说,爸,照照片那时候,我心里已经有他了。十二岁?嗯。这次的"嗯"有劲道。父亲就那么含笑沉默。女儿头一犟,怎么了,林黛玉第一次见到贾宝玉，才十一岁。父亲说，这么多年他才把你追上？米拉不语。什么时候带给你妈看看。你妈跟我不联系，一联系就问，米拉在谈朋友没有？每次都提到李真巧，说那种给人做小的女人，别带坏了我米拉。米拉说，什么叫做小，多难听！她口气冲得吓死人。米拉跟爸妈顶嘴，就改普通话，表示自己是国家水平。米潇偷瞥女儿一眼，她受了多大委屈似的，两只眼都红了。你小姑心是不坏，不过你能说她这种过法是正经人？三十几了，不好好嫁个男人……。米拉打断他，怪她呀？小吴叔叔不想娶她，就是玩她！跟云南农场那些男人，有什么区别？米潇笑笑，还不知谁玩谁呢。米拉说，自由大时代，先玩着呗。你后悔了？把自己玩到甄茵莉手里，脱不到手了。米潇笑笑。米拉可以很刻薄的。

米拉见父亲手里老抱着那个牛皮纸包，脸色缓和了，爸给我带啥子来了？她手快，在他应答前就把纸包抓过去。一侧牛皮纸给自行车轮子磨烂，炒米色毛料蹭了一点车轮上的土。米拉心疼地说，人家还没看，就给你弄脏了。她抖开衣服就往身上套，正好一身。爸你看！她往父亲面前一蹦，面若桃花。谢老米爸！米潇想，坏了，现在解释太迟了。女儿和年轻的继母永远是竞争者，谁家都一样。米拉再大度，再脱俗，到底心难平。到了她身上的新衣，再剥下来，去孝敬她美貌的继母，女儿口上一定不屑，内里会痛心，老米怎么舍得让女儿心痛。他指指自己的眼，爸爸眼睛就是一把尺，你看，多合身。女儿把通向院子的玻璃门当镜子照，脊梁上流淌着笑意。谈恋爱的姑娘，新衣多少都不嫌多。老米想，从这里出去，直奔那商店，让女店主再觅一件相同的"港货"，反正她里屋就是这类"港货"的发源地和集散地。米潇把借钱的事说了，米拉一口答应，还说，老米跟小米，还说啥子借嘛。她答应第二天就去银行取款，然后直接送到他的画室。她的几笔稿费都没舍得花呢。米拉留父亲吃饭，米潇不好意思拒绝。厨房里有个小冰箱，里面搁着半斤切面和一把豌豆尖。米拉自己一人的时候，过得淡泊，到底是孙霖露的女儿。过去母女俩省下的钱，常常在米潇手里撒出去。现在不能盘剥前妻，米拉只能一个顶俩。米拉的援手，让老米从"先有鸡还是先有蛋"的迷局里出来了。

他骑车回到骡马市，女店主见了他就说，马上关门了。她以为他来退货。他说明了真实来意，女店主说，我再帮你问下嘛，港货不是那么好弄到手。米潇心里笑，三千公里之外的香港，就在你隔壁。他说，我晓得不好弄，弄到手你打个电话。他把自己的名片递给她。自从得了奖，小甄给他印了名片，中英文对照，拼写全是错误。小甄说，好歹有点名气了，名片都没得一张，不体面嘛。之后每天检查他口袋，给出去几张名片，她会续装几张。

三天过去，米潇没接到女店主的电话。"港货"还在"长途运输"中。米拉却穿着新大衣来了。米潇心里一抽；小甄下班回来，看见她心心念念惦记的衣服，穿在了女儿身上，不知要沤多久的气。甄茵莉怄气的耐力极好，可以一两个礼拜当米潇是空气，她迎头走上来时，米潇要是让路不及时，准准的就能撞断鼻梁。老米得奖后，局里还奖赏他一部电话，在纺织学院总机上接了条支线。

小甄怄气期间电话特别多,她在电话上跟所有人嬉笑怒骂,米潇睡下她都不停歇。米拉刚收到的八十六元稿费,从邮局取了钱,直接给老米送来了。米潇不忍叫她趁甄茵莉还没下班赶紧走。他跟女儿说,把大衣脱了吧,我给你挂到橱里。米拉不脱,说房里比外面还冷。米潇赶紧找出一个小炭炉,是他在农场的手工,用一个炮弹壳做的。他把炭炉拎到楼顶上去生火,等他端着烟散尽的炭炉下楼,正听见甄茵莉唱着歌上楼。小甄平时从不唱歌,一到楼梯上歌就来了,真是个好毛病,万一米潇在家偷情,小甄自己给他发警报。他端着火盆下到二楼,正见小甄进屋。火盆差点跌到地上。小甄半个身子还在门外,就看见米拉穿着她梦中的大衣。她像吃了一闷棍,下一秒就会倒在门与门框之间。

米潇在走廊里拨弄炭炉,盼望急中能生智,但脑子飞速空转。他只好端炭炉进去,小甄狠狠瞪了他一眼。这女人这么些年强压下去的俗,此刻疯狂反弹。但她一转脸向米拉,就是另一个人,和蔼可亲,通达大方,笑盈盈地说,我正夸米拉这件大衣呢,她跟我说是海狸皮,海狸皮是什么皮呀,我第一次听到。就是水獭,米拉解释,还想说什么,当爸的切断她的话,说,米拉挣了点稿费,舍不得吃,舍不得喝,都穿身上啦。他使劲看一眼米拉,要她攻守同盟,女儿皱起眉头。米拉一定难过,难道爸爸给女儿买点好东西,还要跟老婆撒谎,这个女儿是堂堂正正的女儿,又不是偷生在外的私娃子!小甄一听,开心起来,问米拉你在哪里买的?米拉闷声闷气说,人民商场。她又皱起眉头,看了一眼父亲,意思是,你要对我的随口撒谎负责。甄茵莉说，我也看见这件大衣了，在一个私人小店里，老板娘说是香港货，人家寄卖的，看来是胡说八道，真是香港货的话，人民商场咋会进货？她转脸对老米说，幸亏我没上当，花五百块买个假港货，我前脚出店门，老板娘后头就会笑我，哪儿来的瓜娃子。她马上意识到，自己暗示米拉"瓜娃子"，赶紧说，不是说你啊，米拉，人民商场还是值得信赖的嘛。女儿不吱声，父亲知道她心里窝囊，父爱都要在这个屋子里当偷情，父亲送女儿一份礼，也要靠走私偷渡。此刻小甄看到柜子上的八张十元钞票，问丈夫，钱怎么放这儿？米潇说，米拉刚收到的稿费，送来支援她老米爸的。米拉，小甄笑着说，你爸又揩你油了？米拉说，爸爸要买几块金丝楠，手头钱不够，你家存的钱他不敢动。米拉这话够狠，把父亲跟女儿间的私房话给翻出来了；他跟米拉借钱那晚，谈到小甄需要安全感，家里存折他都不知道给她藏哪儿去了。米拉说着便向门口走，米潇赶紧挽留，说他烧了一只大兔子，做的怪味兔丁还在冰箱里。米拉说，不吃了，再见。米潇知道，今晚两股气都要呕他的，他迟疑一下，说，米拉我送你一下。不用送，女儿已经开了门，他忙乱地往身上套皮衣，得奖后体重增加，皮衣几次套不上，一只手臂在滑溜的皮面上捅了又捅，好不容易捅进袖筒。小甄斜着眼看他乱乎，送女儿至于这么屁颠屁颠的吗？还不是追去讲几句不让我听的话。反正甄茵莉这一头的气他注定要饱受，那么女儿那边，兴许还能替她撒撒气。他走到楼梯口，又想到兔丁，再折回，翻出一个铝饭盒，把兔丁倒进去。小甄始终一个背影，跟电话上的人笑得直打挺。

　　追到楼下，天已经黑尽。米拉在前面急匆匆地走，米潇在后面追。路面被树根拱开，天一黑到处是绊子，米潇被绊得趔趄加踉跄，好容易跟女儿走成一并排。他把饭盒往米拉手里塞，遇到轻微抵触，但还是收下了。米拉跟父亲相同之处是，从来不让别人难堪，最怕伤人心。拒绝兔丁，米潇会伤心，女儿从小不愿父母伤心。父亲开口了，说米拉，谢谢你哦，这次爸爸没有你的援助，真过不了关呢。这是实话，除非他改变从小养成恶习——见心仪物事非买不可——否则女儿就得暗中帮他财政周转。现在市面上好东西多起来了，米潇老是入不敷出。米潇对女儿说，假如那几个食盒卖出好价，爸爸马上还你钱。米拉不语。俩人默然走到公共汽车站。米拉说，结婚前她不是这个样子。她还在小甄的表现上绕不开。老米笑笑道，婚前女人都是小白兔，结了婚都是河东母狮。米拉结婚以后会不会变成小母狮子？米拉甩出一句话，谁说我要结婚？米潇还在嬉皮笑脸逗女儿高兴，哦，你要跟你小姑学，乱爱呀？米拉垂下头，不搭话。公共汽车来了，米潇目送女儿尾随等车的人上车，卓尔不群，与世无争，最后一个把自己塞在人群和车门之间。等车开走，米潇想到，必须马上叫停那个女店主，别再费力寻觅"港货"大衣了，需求不存在了。他小跑着过马路，回到纺织学院大门口。传达室老爹也搞起第三产业来，零售香烟。他敲了敲窗子，浑浊玻璃内冒出老爹的秃脑壳，一看是老米，玻璃马上被拉开。老米买烟常常不要找零。老米得奖，小甄也告诉了他；小甄不愧是专业播音员。他掏出女店主的电话号码，拨号时想好台词：第一件买回家给老婆一顿臭骂，冒牌的港货，扣子就是破绽，那些有机玻璃纽扣子人民商场就有卖，一模一样……接电话的是小女孩，她说她妈提前打烊，为了去给客户送一件大衣。什么大衣？香港货。该死的名片，上面的英文拼写错误百出，他家地址倒是印得清清楚楚。他放下电话，买了一包烟，剩的零头比烟钱还多。他跟老爹说，一会有个女的来给我家送衣服，千万别让她进。老爹说，那衣服你不要了？你说这院子里没这个人，地址印错了。老爹犹豫，恐怕不得行，进进出出那么多人，随便找哪个问一下，就晓得你米老师住哪儿喽。米老师现在名声在外哦！老爹真情真意，拖出金钱板的腔。

只有一个办法，就是他米潇自己在门口堵截。他站在门口，眼睛盯着十多米之外的公共汽车站，虽然无风，但阴冷往骨头缝钻。或说是从骨头缝钻出来的阴冷。一辆公共汽车到站，下来一群人，没有那个女店主。他继续等。一辆一辆公共汽车到站，开走，米潇看看表，已经八点半了。他想这女人难道是推着独轮车来的，怎么一个半小时还没到？！脚趾头冻得刺痛，一个骑自行车的女人在他眼前骗腿下车。正是她。米潇假装没认出她，往马路对面走。女店主叫起来，米老师！米潇再假装眼拙，凑很近才"哦"一声，是你啊！女人一踢自行车支架，车立住，她蹲下身，解货架上的纸包，仰望米潇的脸上，满是笑容和路灯灰白的光：米老师，你运气好哦，我找了好几个熟人，总算又给你找到一件！她抖开纸包，取出大衣：看嘛，一模一样的！米潇背好的台词怎么也说不出口。大衣已经塞在他手里：米老师摸一下皮子嘛，比那一件还要软和！米潇很听话地就伸手去摸皮子。是这样啊……，米潇把先前想好的理由说了一遍。女店主愣了，就像骗子把她骗得人财两空，眼里汪起泪光。米潇顿时打住。女人说，米老师你不买就算了嘛，还说我们是假货。米潇立刻觉得自己确实很刁滑顽劣，忙说，没说你假货，说不定是你货源的上家有问题，骗了你。女人说，是嘛，我一个离了婚的女人，带个娃娃开店，骗我的人是多得很讪。米潇顿时觉得自己也站在骗她的人群里，位居第一。女人又是个心碎表情，说，米老师，米大哥，你是名人，未必这么不守信用。货假不假，这纯毛面子不假嘛，海狸皮里子不假嘛，对不对？米潇脑子里马上跑画面：夜深人静，一个女人身后睡着个娃娃，在二十瓦灯泡下踩缝纫机，踩出第二天的切面、豌豆尖、女儿上学的午餐钱，踩出下月的店租，电费，水费……，米潇不忍心再往下想，伸出手去，你说的对，君子一言，驷马难追。我现在身边没钱……女人说，不要紧，我跟你到屋头拿。米潇一惊，心想，就是屋头去不得。他对她说，你先回去，我明后天带钱去你店里头取货，行不行？女人可怜巴巴地说，好嘛。米潇说，你叫我一声老师，我就要说话算话。女人这才想起拿出手绢擦脸上的汗。本来不晓得米老师是哪个，我侄儿也画画，跟我说，米老师是得头等奖的大画家。我就想嘛，碰到贵人喽，你这两笔生意做下来，半年都不愁店租了讪。女人当个体户，好难哦。他道了别，心里发酸。刚走进大门，女人又叫：米老师！他想，她反悔了。女人说，大衣你先拿到嘛，过两天把钱给我送来就是咯。那不好意思,还是一手交钱一手交货。啥不好意思嘛,未必我还怕你跑了呀?名片上单位住址都有讪。她把纸包潦草包好,交到他手里,说,天冷了哦,米大嫂早点儿穿起,暖和。

米潇在楼梯上就把牛皮纸包拆开,取出大衣。进了门,见"米大嫂"一人已经吃罢了饭,在水池上洗一个碗一双筷一个盘。在婚姻里玩单身,这气沤得。米潇低声下气说,小甄,你看我给你拿什么来了?她似乎很他给面子地抬起眼,看到米潇手里拿的衣服,明知故问,什么呀?米潇陪她装蒜,你不知道是什么呀?那穿上看看吧。他很献宝地把大衣搭到她肩上,她扭了扭说,干嘛呀,人家在洗碗。他知道,她隔着毛衣的身子都能感到皮毛的滑软,骨头都酥了。米潇抓了块毛巾,快擦擦手,穿上照照镜子。她说,搁床上吧,生了炭盆,屋里这么热,还不捂上火了。米潇把大衣搁在床沿上,说,我刚才欠传达室一包烟钱,现在去还。他有意躲出去,知道他前脚一出门,她后脚就会欣喜若狂地试穿新衣,镜子都要让她照爆。他走到楼梯口,又踮着脚尖走回,出去时故意把门留了条缝,现在他悄悄把门缝拨弄大,看见她穿着新衣在镜子前面,侧转后转,腰和脖子都拧到极限,然后她拿出床下一双半高跟矮靴(真巧叫它们"香奈儿",崔先生买小了一码)蹬上,朝着镜子走过去,窄窄的胯左右横里扭,头一批国内时装模特儿出现,就迈着这种滑稽步伐。他再退回楼梯口,很响地走回来,小甄已经以备战速度脱下了新衣,但"香奈儿"还在脚上,脸上狂喜的红晕还未能及时退去,眼睛里的得意之光还在继续燃烧。他问,试了吗?她脸上淡淡的，试什么？新衣服啊。哦，既然是送给我的，什么时候试不行。说着她淡淡地把大衣挂到衣架上，背影对着他说，你还没吃饭吧？我来给你下面，兔丁的卤水拌面，香得很。

米潇知道，这一晚他的日子是不会坏了。他坐在大锅改制的罗圈转椅里，拿起吴可最新写的剧本。他总是小吴的第一个读者，意见小吴也听得进。提意见时甄茵莉若在场，事后会说他"眼高手低"，米潇骄傲地说，这世上真正眼高的没几个。他把这话学给小吴听，吴可很同意，说查理曼大帝眼最高，但自己是个文盲，一辈子没学会写字。不久米潇闻到酒香，看见甄茵莉正在往一个水晶杯里倒人头马路易十三。小甄接管家庭财务是徐徐渐进的，徐徐到你感觉不到任何她渐进的进度。最早是从管酒开始。真巧跟崔先生火热时，崔先生总是从香港给米潇带最好的洋酒来。即便老崔本人不来，也托付熟人朋友，把他们带酒免税份额给米潇带满。加上崔先生怀揣各种信用卡，在上海北京兑换外汇侨汇，友谊商店、侨汇商店里也有些够格当贵重礼物送给米潇的威士忌和白兰地，因为老崔知道，讨好米潇比讨好真巧还重要。崔先生送给米潇的人头马路易十三，总共就有四瓶。小甄的酒管制明面上是为了他好，多喝折寿，也为了他的好酒能细水长流。她不会依着老米的性子，什么朋友来都给予同样的酒待遇。老米的领导来了，不用老米招呼，她会摆出水晶杯，倒上人头马路易十三，并以抱怨炫耀，我也喝不出什么好来，还要一两万一瓶！小吴来了，米潇大声吆喝，小甄，好酒拿出来！甄茵莉欢天喜地答应，来啦！往桌上放的，往往就是一瓶剑南春，好一点是泸州大曲，最了不起就是轩尼诗。米潇用眼色斥她，逼她，她都装看不见，笑盈盈说，别人来了，老米才舍不得拿轩尼诗呢（或者泸州大曲），小吴来了，连我都沾光，说着她会端起老米的酒杯，自己抿一口。若是梁多来，甄茵莉就只有尖桩了。小韩或者小曹来，老米喊，拿点好酒来喝！小甄会白他一眼，然后说，哪还有酒，不都让你喝完了吗？从酒管制到烟管制，再到存折管制，有一天，米潇发现，没被管制的就只有他赤条条的肉身。现在他能独享路易十三，全凭她管制得好，不然早被老米的狐朋狗友喝进肚，尿出去了。不仅有面条，小甄还拌了个折耳根，炸了一碟花生米。看看吧，一件四百块的礼物换来了什么！

米潇边吃边喝，酒干了小甄自会再给他续。他笑眯眯地看着自己美丽的管家婆，心里想的，是去哪找那笔余款。木料掮客不会一直给他留着货，澳门藏家也不会一直容他拖延交货期。但他所有可动产，都变成了两件莫名其妙的大衣——明天他要守诺，把欠女店主的四百块送给她。米拉给他的支援眨眼间没了。里外里一算，女儿米拉自费享用了一件父亲的贵重礼物，还蚀了两百元的本；米拉给他的钱总数是六百元。微醺的目光里，甄茵莉完美无缺，但是他老米要到哪里才能凑够买金丝楠的钱呢？

李真巧上海行

她不同意降价。绝对不行。梁多的作品你说不值那个价，你是瞎了眼。那是最后一个问价的人了，离现在已经七天过去。七天，无人问津。梁多从画展开幕后的第三天就不来展室，盯在这里的就只有真巧和芳元。过去她一直瞧不上家里这个老小，嫌她丑，钝，但丑和钝的副产品是安分。芳元从不考虑，衷心耿耿忙姐姐的事物，可姐姐也这么浪打浪，她将来如何过。来看展的人每一天递减，前一天也只来了三个人，这天已经开门四小时了，一个人没来。梁多不来是对的，他心太娇，也骄，这种冷清让他更娇，更骄。那个犹太裔美国老太太说她回到美国就会跟他们联系，但一个多月音信全无。老太太八十多岁，拄着拐杖，身边跟了个三十多岁的中国女人。中国女人介绍，老太太年轻时在上海犹太难民区住过几年，此次来看她的中国朋友。两人一共来过画展两次，每次来老太太都看得非常专注，一句话不说，梁多一上去用英文攀谈，老太太眼里顿生防御。第二次她来，梁多不在，真巧让芳元倒两杯绿茶，用小推车推到她们面前，赶紧就离开。老太太和中国女人是展厅唯一的参观者，她们偶然用英文交谈一两句，其余时间都在看画。临走前中国女人过来问真巧，能否拍照。得到应允后，老太太来到梁多画的"放鸭者"、"中国木匠"两幅画前，留了影。"中国木匠"是梁多给米潇画的肖像。画中的米潇身穿黑色高领毛衣，戴着他绘画用的围裙，蓬乱的头发上粘着锯末，手里拿着一块刚刨光的椅子背，眼睛凝视着手里的木料。木匠身后是他的木工工作台，上面摆放着木匠工具和一摞稿纸，一瓶墨水，一支蘸水钢笔插在瓶中。画的介绍说："十年文革完成了一个艺术家的改造，现在他是完美的木匠"。那中国女人对真巧说，夫人明天回美国，回去之后会尽快跟你们联系。四川北路租下的展室两百五十平米，后面隔出一间小室做办公室。真巧原先长租了申江饭店的小套房，卖画不顺利，一礼拜前她退了饭店的套房。梁多搬到他在上海大学美术系教书的同学那里暂住，等真巧租到一套合适的民房再搬回来。真巧夜里睡小办公室的沙发，芳元就只能打地铺。但真巧很快发现，人类的睡眠气味极大，跟其他动物、野兽差不多，睡一个地方，熏一个地方，第二天一上午，小办公室闻上去就是车马大店。这天真巧在小办公室吃芳元从摊子上买的生煎包，忽听芳元在展室大声说，崔先生，你怎么来了？真巧赶紧把生煎包连纸包带盘子全部塞进抽屉，又对镜理了理头发。下面崔先生的话她听不清了，老崔一向蚊子哼哼。她不必急着出面，还来得及从小包里掏出唇膏，涂涂嘴唇。她想他一定在套芳元的话，看看李真巧没他老崔这两年是怎么活过来的。真巧还有点时间可以喷点香水，加工一下眼睫毛。她用钳子夹住睫毛使劲往上卷，瞪着镜中一只眼睁一只眼闭的自己，心里飞快地想，一展室的好画对老崔全是枉费，他只晓得什么会保值、升值。芳元终于开始唤她：姐姐！出来看下嘛，哪个来喽！她扬起最是脆甜的南方普通话：是梁多来了？梁多白天从来不来此地，他买了一辆旧货自行车，到处转悠，动物园、菜市场他可以画一整天写生。图书馆对他也是好地方，借几本画册，泡十来个小时，展室打烊后，他会来看看姐妹俩，但一句不问展室的经营。真巧和芳元出去吃饭他安静地跟着，姐妹俩挑什么摊子，什么街边小店，吃什么，他都跟着吃，从来没有反对意见，也没有多大胃口。蹲了半年冤狱的梁多，那么宁静，真巧疼不够。老崔这就被芳元领了过来，还假模假样在半开的门上轻叩两下。真巧一转身，看见一个跟原先一模一样的老少爷，原样的细皮嫩肉，连老人斑都褪了。她"哎"了一声道：芳元儿，这是哪个？芳元老实，错愕地说：崔老板啊！真巧头一摆：认不到！憋了近半年的麻辣腔，这下辣坏了老崔，笑得那么羞。李真巧抱着双臂走过来，下巴一挑：外头说嘛。崔先生赶紧转身往外走，背衬梁多一幅大画站住。那幅画叫《隔壁人家》，背景是火车站广场，六个人站在空旷的广场中央，一对老夫妇，一对中年夫妇，以及十八九岁和二十出头的儿女。儿女头戴草帽，脚下都放着背包。每个人都直视前方，神色非喜非悲，但也绝非木然，似乎刚想到了什么又突然忘却。这是梁多作品中最古怪最难解的一幅作品，令真巧想到去云南那十年，母亲和弟妹到火车站送她接她，他们的脸，那些挣扎在各种表情之间的表情，其实是表情的真空。老崔在这幅画形成的墙壁前，显得那么生动，一脸白里透粉的微笑，那被他贪污掉的两年寿数谁都妄想搜寻出来。真真还是那么漂亮，老崔说。真巧一步也不朝他靠近，下巴又是一挑：我说了，外头说。芳元紧张了，看看崔先生，又看看姐姐。

两人走到展室大门外，芳元跟到大门口，站住了。外面下雨了，几个年轻人嘻嘻哈哈跑过来，站在屋檐下，跟老崔和真巧站成一条线。真巧说，里头的画那么好，我骂人的话弄脏了它们，你个老狗日的。崔先生宽容地笑笑。几个年轻人发现这个门内是个展室，都跑进去。老崔说，还是进去吧，两个人站在这里怪怪的。进去？进去老娘要打人哦，大街上我不敢打。崔先生不自禁地往旁边挪了一下，她是真打人的。问你，为啥子贼惑惑跑了？老崔认为是她的错，在他的房子里养梁多，他不撤出去成什么体统。真巧惊异，老狗日在乎体统了！她跟他一开始就是体统之外的乱爱，大家图的就是自己想图的那一点。老崔说，开始是那样想的，后来离开了，才发现没人像她李真巧，床上灶头厅堂，忙哪样像哪样。那老狗日在上海的小小老婆呢？姓崔的倒也老实，说换了好几任小小老婆，都是不经宠，一宠就坏，害得他丢了一套房子。因为那个小小老婆给打发出去后，小小岳母领着女儿打上门，最后请老女婿赔偿青春损耗费，那费用正好值一套房。后来他勾搭上的小小老婆一律养在租来的房里，宠坏就停房租。几个奶声奶气的小小老婆流水落花去也，他意识到，李真巧，天下只有一个。就她那一身哪里都长对的肉，便是天下尤物之最，娘胎里出来就绝了版。李真巧斜他一眼，狗日才晓得是哦？她问他如何知道她和梁多在上海。他说上海的香港人有个小圈子，高雅点的都知道哪里看芭蕾，哪里听小乐队，哪里的画廊值得看，那圈子里传看梁多画展的小册子。老崔早想来，但怕碰到梁多尴尬，便派了个朋友来打探。朋友发现梁多几乎不来展室，所以老崔决定露面。真巧问老崔，他哪来的把握，来了不挨揍。老崔承认，一点把握没有，因为她有一次差点把他手指头咬断，还踢下了床。她叫他废话少讲，先收藏一幅画，让她相信他回心转意有几分真。他跟她回到展室内，年轻人中的一个姑娘劈头就问，外面雨停了吧？原来他们躲雨来了，踩了满地泥脚印。崔先生问真巧，她认为他该收藏哪一幅画。真巧哼哼冷笑，说，买哪一幅对你有啥区别嘛？跟菜场买菜一样，捡最大的拿。于是老崔就来到刚才给他当墙壁的"隔壁人家"前面。真巧说，梁多正在成名，美国收藏家已经瞄准他了。她心想，这个老狗日的，回来找我，就是伸出头挨宰，不宰他天理不容。她又说，将来成了梁大师，画就要是按寸卖，越大升值越多。就跟你收藏那些古画古董一样，图的不就是升值？老崔看了看价钱，皱起眉头，能不能便宜点？叫你捡大的拿，你还真当是菜市场啊？个头滚蛋。她抱起双臂。

老崔当然不想滚蛋。他当场决定，带芳元到银行去，开了一张现金支票。芳元回来后，老崔约真巧出去喝咖啡。他要了一辆出租，请司机开到九江路口。他先下车，从车后绕到右边为真巧开了门，做个邀请手势。真巧虽然身无华服，给他这一弄也就矜持高贵起来；一只手弱弱地交给老崔，脚尖点地，再把份量移到老崔手上。他领着她步行到东亚饭店。大堂咖啡座人不多，他请她自己点东西，他去去洗手间。她想，这老狗日的，肯定到柜上拿钥匙去了,这么等不及。等他回来,咖啡上来的时候,真巧问老崔,这个饭店的房间怎样。老崔说大套间很便宜,旧是旧一点,不过当年他爹来上海就爱住此地。当年此地是华洋杂居地带,妓院多,好吃的小馆多,书店多。有多少钱他都图便宜,原来他爹就那样,真巧笑笑。咖啡喝完,她说她也要去去卫生间。大堂里,她一个急转弯,跑出了饭店。必须给老狗日的一点儿苦头吃,不能让他得手那么容易。她回到展室里,梁多还没来。天色难看,人觉得身上脏。还没让老狗日的上手,就脏了。她拿了换洗衣服走到公共澡堂,泡了一小时盆浴,出浴时身心爽了。腾腾雾气中,她见三个赤裸女人抢着同一面镜子梳头吹风,看看也是挤不进去的,决定就披着湿头发回家。老崔当然不会吃她这一记亏,很快会找回来,她是逃不掉的。她站在马路上,泪水辣眼。是为梁多贞洁起来了吗?不是。她甚至不爱梁多。她爱吴可吗?回答也是"不"。她只是疼吴可;在他受足冤枉气用才情并茂的笔去写检查时最疼他。对于梁多,她也只能疼一疼,一块金子在瞎了眼的世界闪光,真巧倾其所有来疼爱。能说得上一点爱恋的,只有她的三哥哥米潇。十六岁她替落难的三哥哥托起挂在他胸前的游街木牌时,生出的那一点爱意,至今犹在。这三哥哥却是爱不得的,这无法施予的爱,便转换成另一种情愫,倾注到米拉身上。其实梁多和吴可都是可爱之人,但她却爱不起来;她被男人辜负、错待得太狠,被他们败坏了。她知道,自己被败坏得多彻底。那个貌似永远发育不足的男体,被她厉鬼般的指甲抠出血槽来的一瞬,败坏的毒素流遍了她全身。

第二天，芳元告急，说崔先生开的那张现金支票被取消了。老狗日的厉害。她穿上外套往外走，时间还早，老狗日的一定在饭店吃早午餐，来得及堵住他。刚叫到一辆车，路口走来一个细条条女娃：米拉！她放走了出租，觉得走拢的这个远房侄女有点儿走样。米拉说她前天刚到上海，是被电影制片厂调来改电影剧本的，住在永福路的编剧楼里。米拉脸色黄白，脸瘦了显得眼睛很大，像极了三哥哥米潇的两只眼。真巧劈头就问，咋个喽你？！米拉笑笑：咋个咋个喽？脸色不对讪。写了一夜，累死了。她说她自己最不喜欢的一篇小说让电影厂看中，要改编成电影剧本，厂里派了个年轻编剧跟她一块改，算是合作。合作的编剧，是一位相信大作必须熬夜熬出来的胖青年，昨夜折磨米拉一夜，还陪他吃了两顿夜餐，喝了两瓶啤酒。米拉见她一身出门打扮，问她去哪。她说她本来要去东亚饭店，既然米拉来了，计划也就改了。她把细条条的女娃一搂：走，带你吃好吃的去。米拉瘦得风摆柳，似乎是她真巧不尽责。两人乘出租车到了衡山宾馆。她告诉米拉，刚到上海的时候，她和梁多还有点钱，常来吃这个宾馆的菜。现在她吃江浙菜吃顺了口，要当川菜的叛徒了。此刻是白天，她选了个小厅，六人坐的圆桌坐她俩，真巧用上海话说"老暇意"。米拉对真巧的模仿能力很服的，"暇意"的"暇"发音好嗲。两人喝着热茶点菜，真巧一边点，米拉一边抗议，说吃不下的！真巧嗔怒，你看小姑现在是穷光蛋了是吧？不是的，我是真吃不下！米拉解释。真巧觉得，这个远房又远房的表侄女，哪里不对劲。等冷盘上来，她一看，是点得有点多，便起身去给梁多打电话,假如他碰巧还在朋友家,没出门,就叫他一块来吃。

梁多竟然接了电话。他说昨晚跟朋友喝酒,聊到天亮,所以刚起床不久。他欣然答应来凑局。真巧回到小厅,见米拉蹲在痰盂前干呕。她明白了。她慢慢坐回椅子上,米拉转过身,脸赤红,是呕的,也是惊的。真巧把她拉到自己旁边的座位上。米拉说,这么大的桌子,挤到坐干啥子嘛?真巧说,方便我给你拣菜讪。米拉拿起餐巾擦嘴。真巧问,好久没来了?米拉又是一惊。问你,几个月不来了?瓜女娃子!好像……有两个多月了。在成都咋不去找医生呢?米拉看着她,脸上的红色退潮,那种难看的黄白回来了。米拉照常慢条斯理:找医生干啥子?远房又远房的表哥,他那种以消极表现的固执,在这姑娘脸上身上完全复活。那你要这个娃娃?米拉笑笑:我还在考虑,人家都二十六了。我妈生我的时候,才二十二。你妈是结了婚的!她看了小姑一眼,那一眼似乎说,你是真的还是装的?在乎起婚不婚来了。她那倔强的独立感,文静纤弱假象下的狂野,哪一点不是三哥哥米潇那儿来的?小姑你也不问问,娃娃的爸爸是哪个。真巧泄气的球一样,人在椅子上一矮:还问个屁呀,怀的是个小海军,他爸爸是那个大海军!他不是海军了。真巧冷笑,遭人民海军开除了是哦?活该!这种事,男娃娃安逸过了,都是女娃娃吃亏。米拉笑笑,没遭开除,跟我好了以后,他就申请转业,部队批准了。他这种人,离开部队咋个过?咋养活你哦?我养活他,她做了个鬼脸。打胡乱说!嗯,是乱说的,米拉笑笑，改口说起普通话：易轫下海了。做生意？是真下海。真巧急了，搡了米拉一下：啥子意思嘛？米拉跟老米一样，话是给人挤出来的，挤他一下，出来半句，表情好像说，你还不明白？米拉说，跟你讲好累哟。过了一会，真巧听懂了，易轫去年在山东石岛承包了几条大渔船，做渔业生意。易轫认为，这才是真海军，不是坐在办公室里的假海军。真巧想，这也是个异想天开的小子。那他晓得你怀孕吗？米拉摇摇头。你为什么不跟他说？他没离婚。真巧大惊：他有老婆？！米拉说，还有两个娃娃。真巧挨了晴天霹雳，一动不动，看着她。米拉懒懒地说，那你呢？意思是，你不也尽是乱爱有妇之夫？梁多有家庭，只不过老婆跟他分居，老崔更是妻妾成群。米拉，你这个瓜女娃子，你跟我不一样！就这样莫名其妙怀着孕，远房侄女还这么"清"，刚从清水里捞上来的，清凌凌的。米拉不做声。真巧又问，那你父母知道吗？她立刻摆脱了孕妇特有的懒惰，厉声说，你不准告诉他们！那你想咋个嘛？！糊涂！小姑的长辈面孔拿出来，还是封建专制的长辈。我跟你说了讪，人家在想嘛！等你想好，三个月早就过去了，来不及了！来不及干啥子？真巧盯着她。她二十六岁多了，不会不懂三个月孕期是人流最后的时机吧。过了三个月，做人流有危险。你咋晓得我要做人流呢？那你要养私生子啊？你跟我说，你自己就是私生的。真巧闷了。其实她也不能断定自己是母亲私生的。两人慢慢吃着冷菜，真巧都不知道塞到嘴里的是什么，也不知道给米拉拣到碟子里的是什么。

梁多和热菜一块来了。梁多见了米拉，脸上咧出一个大大的傻笑：米米来啦！他伸出一只手。米拉一眼瞥见那食指和中指被烟熏出老黄色，握完了手，她在他手背上轻轻一打：抽那么多烟！他嬉笑着说，戒了。真巧瞥见，他门齿尖也发黄。戒了个屁，烟鬼样！真巧说。戒了过滤嘴，梁多抖包袱。他筷子尖上挑着一大堆金瓜海蜇丝，像挑着一个微型草垛，颤颤悠悠往嘴里送，说，好久不吃人饭了，大学食堂里都是学生饲料。他咽下海蜇金瓜，又说，不过好日子又要回来了，昨天有个傻瓜走眼，到展室来买走了最贵一幅画。他指的是老崔。他转向真巧，所以你小姑今天就带我们过幸福生活，吃我们的衡山老食堂了。每天都是在灯光下见他，现在从窗子照进来的天光把梁多照老了，皮肤有些松懈，眼角无数细纹。他才三十四岁呀，真巧不疼他疼谁。梁多跟米拉有很多话说，说起老米，小曹，小韩，说到米拉的新作。然后他话锋一转，说晓得不，我在上大美术系都沾你老米爸的光；那些讲师和学生知道我跟老米忘年交，都给我到食堂打饭打菜，坚决不收我饭菜票！说完，他露着微黄的牙尖呵呵笑，似乎真认为他沾了老米的光。真巧知道，梁多是看不起米潇的画和文字的，他跟真巧说过，老米的画和文字里充满了他自己最讨厌的腔和调，老米只剩下艺术鉴赏家和批评家的价值了。梁多还说，老米比谁都清楚他自己的无可救药，但他还在一张张画下去，社会上的成功，腐蚀性特大。米拉突然说，梁多，我知道，我爸的画，你根本看不上眼。梁多吓一跳，直眨眼，然后看一眼真巧，谁告诉她的？真巧摇摇头。刚获奖的《女儿》你也看不上眼，米拉进一步揭露。梁多说，我没有啊！米拉冷笑一下。梁多说，杂志上登在封面的那张，色彩还原有问题，画面偏红。我也觉得我爸应该停下来了，米拉忽然叹口气。他只能那么画，画出的东西他自己最讨厌。《女儿》他以为用我小时候的照片做小红军的模特，就能救他了。画完我一看，他把完全不属于我的东西画在我神情里。那种被灌输到他灵魂里的东西，那东西……，等于是一种八股，几十年艺术创作的八股，不知道怎么就从他的手溜进了我的形象，样子是我的，灵魂是那个八股的。他以为照着我的照片画，还能画出那种八股来？画出来一看，哪儿是米拉，是个十岁的革命家。……没办法。米拉眼帘低垂，又说，没有办法。梁多看看真巧，转向米拉，拉了拉她的手。真巧很吃惊，米拉会这么说自己父亲，会这么长篇大论地剖析。她说话很少长过两个句子。米拉笑笑，老米爸给弄坏掉了。真巧听了全身一乍，怎么像在说她李真巧。米拉又说，自己讨厌自己的作品，没有比这更痛苦的。我爸心里，非常痛苦。没人懂他这种苦。甄囡利到处跟人炫耀，我家老米是中国维米尔。她连维米尔的画都没看过几张，懂个屁。这种女人越炫耀，老米越痛苦。米拉站起身，说去一下卫生间。梁多小声问，你没跟这个丫头说，我说老米的那些话吧？真巧白他一眼，我吃多了胀饱了。她知道米拉是到厕所好好呕吐去了。梁多大口吃菜，点了一根烟，得意舒适，说，又要戒烟了。真巧看看他。戒不带过滤嘴的烟。他认为自己又抖了一个包袱，自己笑。那个藏家怎么眼力那么好，选中一张我的变法之作？真巧笑笑，不吱声。梁多又说，跟他建立一个长久联系，以后我再画这种"怪画"，可以跟他探讨。真巧又是笑笑。要想找人探讨这画，世上人死绝了也不能找老崔。真巧想跟梁多说实话，姓崔的要嫖她，买画费用是变相嫖资。但一看梁多那么安逸，仿佛终于安全度到彼岸，惊魂渐定，她不忍毁掉他这一刻的安全感。

米拉回来，脸色又黄一成。她在真巧身边坐下，真巧注意到她侧边脖子上一层鸡皮疙瘩。呕得太厉害，翻肠倒胃。她起身给远房又远房的侄女倒一杯开水。梁多问，米拉你发烧啊？米拉不吱声地看他一眼。梁多说，真真，你看她在发抖。真巧拉起米拉的手，把她手掌贴在滚热的茶杯上。老鸭汤上来，真巧撇开油珠，给米拉舀了一碗清汤，再看她慢慢喝下去，女娃的脸渐渐粉红。远房又远房的小姑，心落回原处。

米拉讲起米潇的领导给他办的那场"庆功宴"。一桌人听米潇妙语连珠，看他妙趣横生，逗得客人们两分钟一场大笑。回家是领导的车送的。下车的完全是另一个老米，清醒，痛苦，哀伤。到了家，他逼甄茵莉拿出最好的洋酒，自斟自饮，喝得泪流满面。小甄一觉醒来，在地上发现了他，他嘴里嘟囔着：婊子，婊子。小甄说，胡说什么呢？他回答没胡说，他说的是他自己，又卖一次，让别人又高兴了一次。类似场面真巧和米拉见过。前年崔先生到成都，真巧在家里办小型聚会，请了米潇两口子和吴可、米拉。那时米潇的《章怀寺起义》参赛获奖的消息刚得到，真巧举杯为三哥哥庆贺。那晚米潇喝多了，到客人卫生间吐了两次，第二次就把自己留在卫生间里。不久人们听见一声异响，除了崔先生之外，全都起身去看。卫生间的镜子碎了，米潇的额头也碎了，镜子上和地上都是血。小甄和吴可抱住他往外走，他小声说，镜子里那个婊子，头撞破了。怎么是婊子了？吴可问他。他嘟哝，卖嘛，自己不要，还要干，人家要，就干，干就是让人家高兴，婊子、小丑……

真巧请服务员送一瓶洋河大曲进来。米拉说，小姑，白天喝啥子酒嘛。梁多说，我不喝，昨晚喝太多了，酒又烂。真巧说，不喝点没劲。其实她是心里做了个决定。饭后真巧带梁多去看有意租住的房子，米拉自己乘公车回永福路的编剧楼。真巧等米拉一上车，就说，这个女娃子，闯祸了。梁多问，闯啥子祸？烦得很，不想说。她带梁多来到淮海路一个弄堂里，中介已经等在那里。出租的是底层一间，楼上住一个老太太和一个保姆。假如需要，保姆可以帮他们打扫，中介说。打开门，梁多和真巧刚跨进去，就见一只大老鼠横窜过去。梁多一声叫喊"老鼠！"这一声把楼上保姆给喊下来了，站在楼梯口说，我们这里从来没有老鼠！梁多拉起真巧就走，中介在身后"哎哎哎"，梁多说，房子我们不租了！中介还"哎"着，真巧已经给拉出了弄堂。真巧甩开他：你那个地震棚头耗子少是哦？！梁多说，好像我是专门住老鼠窝的命？真巧说，你啥子命嘛？饭都要吃不起了！梁多看着她，悲惨地笑一下，转身走去。真巧一直看着他消瘦的背影，背怎么驼得那么厉害。中介过来和稀泥，灭一下老鼠很容易的。真巧心情坏透，淡淡地说，算了，不租了。她独自回到展室，心里那个决定好重。芳元告诉她，今天一共来了三个参观者。真巧没理她，径自进了小办公室。她的衣橱就是一根铁丝和一块塑料台布，台布算衣橱的门，拉开后就是铁丝上挂得整整齐齐的十几件衣裙，她的全部家当。她挑了一条玫瑰红紧摆低胸连衣裙。崔先生当年送给她时色眯眯的，说她穿这件裙等于给某物戴套，粗一毫一厘，都进不去。她的身体打钻一样进入衣裙，又在脖子上戴一根极细白金项链，链子上每隔一厘米镶一颗极小的红宝石，每一粒宝石色泽、形状、大小，都不相同。当年崔先生专门关照过，此是欧洲名牌里的名牌。她看镜子里的自己，脖子上像刚摘掉一圈荆棘，刺出点点血珠。这美是残忍的，危险的，带有绝命一搏的意味。她穿上一双深红香奈儿，后跟镶着水钻，鞋尖如刀。芳元见她这个样，吓一大跳。姐姐你去哪？去杀人。芳元完全无声，她转脸一看，妹娃儿眼睛里两圈泪。她笑笑，瓜女娃子，说起耍的。她要妹妹去外头给她叫出租；她是为路人好；穿成这样，怕把路人吓着。她在玫瑰红裙装上加了一件银灰小腰风衣，是芳元照着崔先生早先从香港带来的《Vogue》杂志上的广告做的，至少过时六年了。

晚上五点，她来到东亚饭店大堂，用内部电话打总机，请求把线接到崔先生房间。总机请她报崔先生全名。她说英文名是Jimmy。过一会总机说崔先生不在，她可以代为记下客人姓名和简短留言。真巧说，不必了，谢谢。她走到咖啡座，脱下风衣，交给一个服务员去挂。她坐在能看见大门口的位置，点了一杯咖啡。等咖啡来了，她一喝，抬头便喊：服务员。服务员无精打采地过来，问：做啥？真巧说：这是什么咖啡？！服务员说，进口咖啡。真巧说，这是剩的冷咖啡，又热热给我喝是吧？一个女服务员走过来说，对不起，小姐，马上给你现煮。这份穿戴，饭店里服侍阔佬惯了的人才买账。她坐在这里，不怕等不来姓崔的。这副模样的她，不怕姓崔的还逃得了，逃得动。一杯真正的咖啡来了，她被笼罩在浓香氛围里。一个中年男人走过来，递上一张名片，完全是英文。她侧脸看了男人一眼，男人很会鞠躬。男人说，坐在那边的是英国的爵爷克拉克先生。顺着他的手势，真巧看到一个白发洋人，在六十和八十岁之间。老洋人冲真巧微微一低头。克拉克爵爷问，能不能请小姐赏光，坐到他身边去。真巧犹豫一下，站起身，往老洋人跟前走。老洋人起身，似乎站在红地毯那一头迎接。她走拢，伸出手：很高兴遇见您，她用英文说。老洋人说了一句金丝绒般轻柔的英文。中年男人翻译，克拉克爵爷说，认识您是他的荣幸。吉妮，她报出自己英文名字。（Janny崔给她起的）她一共会说三个句子，英文就清了仓。爵爷握住她的手，往他薄薄的嘴唇上凑，嘴唇一抿，深吻了她手背和他嘴唇之间的空气。爵爷请她坐，中年男人把椅子搬动一下。真巧现在做的是吉妮的动作，把狭窄带弹力的裙摆臀部抹平，坐在中年男人为她拉开的椅子上。老洋人又说了一句话。中年男人翻译说：不知是否有荣幸请小姐用晚餐。真巧用吉妮的声调姿态说，不巧，今晚有约了。您是在这里等约您的人？老洋人通过翻译打听。是的。老洋人忽然一笑，又是一句轻轻的话，翻译过来是：哪有这样的傻瓜，让这么美丽高贵的女士等这么久。看来她一进来，老头就盯上了。真巧马上说，这个人从不失约，今天一定有什么急事耽搁了。高贵？她连下礼拜的饭钱都没了。展室的租金已经欠了一个月，还好房主是个老男人，眼睛、手指略微吃吃她的豆腐，就答应她租金拖延了。女服务员把她的咖啡和老洋人刚给的名片拿过来。老洋人通过翻译说，看来吉妮对咖啡的要求很高。吉妮笑出真巧的笑来，哈哈哈，中国人总是不好好服务中国人，我修理他！老洋人看着她的露齿大笑，一点也不掩饰地惊艳。那么吉妮小姐，明天晚上方便吗？真巧说，我回去问问秘书，明天的日程安排，再给您打电话吧。老头说，OK。吉妮问翻译，你们也在等人吗？不，在等饭店开门。老头非要吃福州路一家小馆子，人家六点才开门，我们来早了。小姐是真美，难怪老头坐不住了。他眼睛朝吉妮放了一道电光。跟她说中国话，他就塞了点私货进来。老洋人还想知道，吉妮小姐是做什么的。真巧想，大概听说了她的"秘书"，把她当职业交际花了。吉妮回答，她是画廊老板，正在开一个大天才画家的展览。老洋人表示大大地另眼相看，然后与翻译对视一眼，说，我知道上海出现了一些私人画廊，但好像要秘密地图才找得到。吉妮听了翻译，立刻领略到老头的幽默，又笑出了真巧的笑来。咖啡喝了大半，她搁下杯子，跟老洋人告别。这种时候要断然离开，不能让他泡。老洋人笑笑说，你肯定出了门就把我的名片扔掉。翻译翻了这句话，又添私货，明天一定来，至少让我们再饱一次眼福。真巧笑笑，点头，走到门口，拿起风衣，快步向大门口走去。她一点都不敢松懈，老爵爷眼里，她的背影还担负着演出任务，还不能谢幕。

真巧离开东亚饭店，正是这一带最热闹的时分。她跟一个年轻女郎交错，女郎羡慕地瞥她一眼。其实她们属于同一种女人，无处可去又心怀目的。从上上个世纪起，这一带就游荡着同样的女人，两百多年的狩猎，猎物要么意志薄弱，要么心眼太软。这两年福州路一带的百年娼业传统有所恢复。马路对面的树下，一个女人和一个男人成交了，两人成对离开。对无心此道的人，这里悄悄进行的皮肉交易都不存在，必是崔先生那样一双老眼，能看出这里暗藏的香艳繁华。吉妮\真巧，她是别人的猎物，老崔的，老洋人的，不知与这些单干的女猎人相比，谁更不幸。

回到展室已经八点。她居然穿着一双寸步难行的鞋步行了两公里。芳元见她就说，梁哥在里面。芳元贴心，马上拿了她的绒布拖鞋过来给她换。她的脚跟脚侧都痛木了。她叫芳元拿个小锅去街上买鸡鸭血汤，自己朝里面走。梁多拿着个五节电池大手电，用一支小号画笔在《隔壁人家》上修补什么。听到她走近，他告诉她，还想修补一两个细节。画卖出去了，以后不知道什么时候还能再见到它，也许再见它的时候，人都老了，那时肯定会发现年轻时的画不够尽善尽美。现在只要画还在他手里，他就要不断完美它。这位是个呆子。她问他晚饭吃了没有，他"嗯"一声。她进了办公室就看到梁多的破箱子。她大声问，你搬回来了？没声音。她想这还用问。他以为画出手了，钱进来了，接下去就是跟她住宾馆，吃馆子。

第二天真巧来到米拉的作者楼。米拉见了她手上拿的浅绿皮面首饰盒就问：小姑你干啥子。她打开盒子，里面盛着的红宝石白金项链吓坏了米拉。表姑告诉表侄女，这可是欧洲名牌里的名牌。米拉问：你要干啥子嘛。抵押给你，你借点钱给我。米拉赶紧拉开写字桌抽屉，把里面三十多块钱统统给了她，一面说，装疯迷窍的，哪个要你抵押。真巧告诉米拉，梁多昨夜跟她睡一张沙发，可那沙发睡她一人都挤，睡不着，只能make love，早起沙发要散架，她也要散架。米拉笑，不爱跟她小姑make love的肯定不是男人。真巧悲戚戚地发呆，喃喃说，梁多饿痨饿呷的，就像寄养到人家家里的娃娃，人家米汤当奶骗他，现在回来又喝上了真娘奶，再也不肯离开我。她把老崔怎么挂失支票的事讲给米拉听。梁多以为真卖了六万，大转运来了，马上要搬回宾馆了。她跺跺高跟鞋，我哪来的钱给他住宾馆？死老崔！米拉说，不行你们搬到我这来。你呢？真巧问。跟我合作的那个胖子这阵子不来，等我写出这一稿再来。意思是，她可以住胖青年房间。真巧眼里亮起希望，说，是个办法。转念又说，趁我在这里，你抓紧时间把人流做了，正好有人伺候你小月子。不做，米拉还是文绉绉的顽固。真巧说，娃娃现在一天一个样，长得快得很，肚子马上要出来了。一面劝着，她一面就把那简易小书架底层的一摞信封吞进眼里。所有信封一模一样，排在最里头几个毛了边。米拉爱昏了头，易轫的所有情书都带来了。

她到邮局给信封上的地址发了个电报：明晚八点整与53891—305室通话——米。那个时候，她和梁多已是305室暂时房主。

回到画廊她直奔浴池。泡了澡，吹了头发，又到小办公室里化妆、更衣。她应该穿得古典，略偏保守，不能像昨天那么交际花。她唯一一套香奈儿，是崔先生认识她那年送给她的。黑白小格套装，腰卡到窒息，裙摆在膝盖上一寸。她突然发现胳肢窝破了个洞，是腰部太紧的过错。见到老洋人千万记住，不能高抬左臂，漏出破洞。换好衣服出来，梁多还是背对世界，在精修"隔壁人家"的细节。她没有惊动他，走到前厅，轻轻摇了摇昏昏欲睡的芳元，让她拿一本画展小册子放在她最体面一个皮包里。崔先生跑路三年，所有皮包都旧了。趁她自己还没旧之前，她必须倾榨出自身所有价值。

芳元叫了一辆出租车到画廊门口。真巧坐在后座上，看着自己投在窗玻璃上的侧影，是美的。外面，深秋的夜上海开始得早，已是灯火奔流。

人流

　　米拉躺在床上，小腹深部，隐痛，隐痛。还有一种冷，是她从未经受过的，冷从她体内一个洞穴里来，直抵双脚，直抵她那不可视的根。易轸在外面走廊等待，小姑陪着他。她坚持说，要一个人在这里躺一躺。人流手术室外，走廊像闹市，所有的女人，等不及杀害自己刚成型或未成形的亲骨肉。男人们陪伴着，热热闹闹地聊，把凶手的罪责忘却得干干净净。只有这样一个安静角落，两张床，供那种没亲人马上来接的女人躺，暂时休养生息，让血的激流涌尽，好从血泊里站起，带着隐痛和那股自产的冷出去。米拉没想到易轸会同意这场谋杀。他哭了，但还是同意。在可视的未来，他还离不了婚，米拉怎么过，怎么做人？道理都是对的，米拉痛的是道理之外的。他说，我们将来会有个健康快乐，不是偷着养、被人戳脊梁长大的孩子。真巧在她表侄女哭得发晕的时候高呼一声，扯淡！然后说出她的方案：娃娃生下来，我来养，我名声还能坏到哪儿去。最终米拉跟易轸妥协了；在不可视的未来，生养那个不被人戳脊梁的健康快乐孩子。真巧小姑和梁多搬到作者楼305室后干的第一件事，就是当家长跟易轸交涉，让他负责。那天晚上米拉搬到了作者楼207号，听见楼梯上有人喊：305，电话！她跑到电话放置的一楼，却见真巧在接听。真巧看着从楼梯上下来的米拉，用眼神叫她回去。她退到楼梯拐弯，听接电话的小姑说话很诡秘，并且每句话都简短。很快，小姑上楼来，一点不意外地发现米拉偷听。她只有一句话：你的大海军要来了。米拉心里明白，小姑处理得正确。胎儿已近百日，基本成型，手术会有一定困难和风险，胎儿的父系缔造者必须在场，共同承担这场谋杀的后果。谋杀失败，也必须共同收拾残局。所谓失败，就是所有可能发生在米拉身上的风险的最大值。所以，在真巧向易轫出卖了她怀孕的秘密之后，米拉并没有像自己预期的那样，与她翻脸。甚至她油然一阵喜悦，又要见到易轫了！石岛到上海路线曲里拐弯，海上走反倒直接一些，但也是慢。怎么走都得三天。

在等待易轫的三天中，米拉陪真巧去跟一个叫克拉克的英国爵爷约会，充当两人亲密谈话的翻译。真巧说，原先克拉克的翻译是个男人，肯定不适合翻译谈情说爱语言。老爵爷住锦江饭店主楼的顶层大套房，跟他从英国带来的助理瑞查同住。他们会面在二楼的咖啡厅，钢琴为他们的甜蜜低语伴奏。克拉克说真巧是他见过的最美一位东方女人，真巧连说过奖过奖，不过得到这么高贵英俊的男士赞扬当然荣幸。

接下去的节目是看画廊，老先生的助理瑞查也参加。车是锦江宾馆的加长礼车，克拉克和真巧坐在后排，米拉坐在中间一排座位，助手瑞查坐副驾驶位置。米拉途中无意间回头，见老爵士一条手臂环过真巧的腰，另一只手把真巧的手握住，搁在自己膝盖上。老男人见了小姑都是着急上火的。在画廊里，克拉克始终拉着真巧的手，但对每一幅画，他都看得极其严肃认真。来到《隔壁人家》

大画幅前面，老爵爷大大提起一口气，但当他看到价签上的红色圆形贴标，说真遗憾，已经卖出去了。那是梁多贴的。真巧说，买这幅画的人，就是那天我在东亚饭店等的人。听了米拉翻译，老爵爷点点头，转向一系列篇幅不大的静物。叫做"缺席的卖橙子少女"的画，米拉第一次见到，简直傻了。半晌她说：多么优美的心，才能画出它来。老爵爷看看米拉，问道，你说什么？米拉自己翻译了自己的刚才的赞美。爵爷说：不带任何功利心和目的性，才能这么美。米拉大致听懂了老爵爷的意思，但翻不出来。老爵爷看了一眼标价：五千元。芳元站在一边，气都不敢喘，下礼拜的饭就在这位爷手里。老头看看手里握的这只女人的手，垂下头吻了一下，又轻轻拍拍：你很有趣味，很有眼光。米拉如实翻译。真巧笑笑，很少看到泼辣皮厚的小姑这样腼腆。这是一位可能会诞生的天才，克拉克在完成参观后说。真巧听了米拉的翻译后说，还没诞生？老爵爷说，梵高就是没见到自己诞生的天才，布朗库切三十多岁还在游荡，天才还在超期孕育中。米拉翻译不出这样的语言，对小姑笑笑，总结说：反正他是拿世界上的大画家跟梁多比较吧。

当天克拉克买下了那幅小画"缺席的卖橙子少女"。米拉凑到真巧耳边说，英国人都抠得要死。克拉克又说，假如买那张画（他指"隔壁人家"）的家伙黄牛了，让我知道一下。晚餐过后，老爵士想跟真巧单独散步，米拉就回作者楼了，让他俩演哑剧。

电影厂编辑部在一座老楼里，跟作者楼隔一个花园。米拉瞥见梁多在花园里，和几个男作者一块，与五六个年轻姑娘跳舞。常有电影里的女龙套来此，试图打动编剧或编辑，混成女配角或女主角。第二天，真巧说她要回请克拉克，在东亚饭店吃西餐。傍晚米拉在福州路给自己买了一点文具，又给克拉克买了个莫是龙草书扇面赝品，到餐厅时已经七点过头。真巧和克拉克已经入座，助理瑞查正在跟穿着硬梆梆白制服的厨师长交代什么，正是讲不清的时候，米拉到了。米拉告诉厨师长，爵爷不吃姜，不吃青葱，不吃大蒜，不吃酱油，不吃味精，假如吃了以上忌口，就会发生各种过敏。她把手里的礼物塞给真巧，轻声说，给他准备了一份雅礼，莫是龙的扇面。真巧说，怎么，侄女给小姑办陪嫁？米拉看着她。他昨晚散步跟我说，他爱我，幸亏我会这句英文。米拉说，哂，老头逢场作戏。

菜已经点好了，是四道菜的套餐，主菜牛排。刚坐下，就听见寂静寂寞的餐厅门口响起一声广东话，东道主很神秘哦！米拉回过头，还能是谁？前临时姑父老崔。老崔一见克拉克爵爷，先是一惊，然后惊艳，香港人对英国贵族，鼻子闻都闻得出来。老崔刮目相看地看一眼真巧，然后向爵爷自报家门，Jimmy崔。米拉补充：香港大实业家，现在中国投资工厂、酒店、锅炉，没什么他不投资的。克拉克伸出手，崔先生站得挺括，接过老爵爷的手，微微垂头，米拉以为他要去吻那老人斑密布的手，但他的头就定在那个造型：Lord克拉克，见到您是我的巨大荣幸。爵爷拿出贵族们惯常的虚伪谦恭：荣幸属于我。然后他眼里闪出调皮，转向真巧：is this the gentleman who stood you up? 这就是放你鸽子的家伙？米拉

359

的翻译有所篡改。老崔听了爵爷的英文，脸上浮出半个傻笑。真巧说，克拉克先生要买你看中的那张画，我说已经有主了，不过那位主呢，说到这她一笑，改口川语：自家屙了屎，自家又吃回去了。米拉笑得差点喷出嘴里面包渣。老崔细嫩老脸一下红透。爵爷和助理都看出戏来，问米拉，吉妮小姐刚说了什么。崔先生赶紧抢过话头，吉妮爱开玩笑，也开得起玩笑。真巧急着问米拉，狗日说我啥子？米拉认真说，他给你开了支票，回家就给小小老婆打了一顿，屁股都打烂，只能去挂失。真巧这回笑得放浪之极，崔先生也跟着笑。老爵爷知道这戏他没看懂，也没指望懂了。

　　此刻的米拉，迷糊了一会，感到身上被盖上了一件大衣。易轫的海军呢大衣。她把脸钻进带着他体温体嗅的毛料里，大衣整个地拥抱着她。给她盖大衣的护士用沪味普通话说：你爱人不大放心，要我问问你，感觉好不啦。米拉说她感觉还好，要"爱人"放心，她就是想多躺一会。易轫到上海的第二天，米拉在他挎包里发现一本俞平伯编的"宋词精选"，扉页上写着"给亲爱的米拉，易轫购予烟台，1986年11月15号"。就是说，书是他第二次去成都途中买的。书已经给他翻了近一年，很多页码卷了边，本意是投其所好送米拉的雅礼，但在长途火车上实在无事可干，便瞎翻瞎看，竟也翻出点兴趣，并看出米拉之所以成其米拉的缘故，成其"小太婆"的缘故。她深知，易轫与她不仅存在区别，而根本就是两种人。有一次他从烟台打长途给米拉，急火火的，说烟台路边有卖高价《金瓶梅》，摊主声称一个字没删，不过书被封了塑料套，不让拆开看，所以他想跟米拉讨个意见。米拉问他,那么激动干嘛。他说好不容易碰到没被删字的,想买下又怕上当,一百四十七一套呢。米拉没好气地说,一百四十七,你就买删掉的那些字?他笑了,咯咯咯的,说还不知道删没删呢,要是被删过的就白花一百四十七了。米拉说她在忙,再见。挂下电话她不敢相信,自己从十二岁爱的,就这么个人,花一笔长途电话费,专门讨论删不删节的"金瓶梅"。那个长途之后,她觉得自己对他冷了些,甚至想到,她可以为他省些事,断掉这个不清不楚的关系。但此刻她躺在他的大衣里,想到他千差万错地想懂得她,心生一股温柔,她不曾对任何一个男人生出过同样的温柔。她对他的爱,容错性特别大,他的文学盲、戏剧盲,都不耽误她爱他。

在等待易韧到达上海的日子里,梁多干了件要紧事。真巧小姑说她到各种大小医院都打听过,任何人做人工流产都需要在登记时出示结婚证。梁多到上大美术系的朋友那里,借来一个结婚证,但把照片换成米拉和易韧之后,发现卡在真伉俪胸口的钢印也被搬走了。他找来个一坨铅,花半天时间把"人事部"三个字刻上去,又按着小半个玻璃杯沿刻下圆形印章的底边。这样盖在假伉俪照片上,滚圆的钢印就完整了:"上海大学人事部"。梁多比完成了哪一幅画都得意,嘴角斜叼烟头,眯着眼打量结婚证上的假夫妻,笑道:个狗日的,便宜他了,纸上娶我们米拉都不配。梁多公开看不起百分之九十九点九的人类,把易韧之流缺乏看家本领的男人叫"狗屎做的鞭子,闻也(文)不得,舞也(武)不得。"米拉却爱这条"狗屎鞭子";她的爱不仅瞎眼,而且鼻塞。她想到十四岁那年,她用玻璃丝编小金鱼,被十六岁的易轫抢走,他把小金鱼放在手心,逗她去抓,他却一把反抓住她的手,久久不放开。十六岁男孩的手心,热哄哄,因不洁而微微发粘,至今还令她心悸。为了那手心留在她手上的热和粘,她沉默谢绝了另一个人的沉默追求,谢绝了他那把小钥匙,谢绝了钥匙能打开的箱子里,为她贮藏的一季季甜橙。平行于她对易轫的默然表白,是那份长长的追求和长长的谢绝。

  护士又回来了,端着一个大茶缸:你的小孃孃让你喝下去。真巧本事大,不知在哪里弄到一碗红糖醪糟。米拉背靠着墙壁坐起来,接过茶缸,觉得自己所剩的气力只够端这只茶缸。真巧小姑让老爵爷陷入不可自拔的迷恋,人在上海,天天约会,却还要写信表白。米拉翻译这位老花痴的信,翻得真是吃力,那古老的手写体,古老的行文,她查了中英对照字典又去查牛津英文字典,最后也不敢说自己百分之百懂得了意义。倒是通过翻译克拉克的信,米拉收获了好几百个新词汇。她想到多年前对老米爸的斥责:"你还提爱情呢?爱情是我的事了!"看看老爵爷,恋爱是可以玩到棺材里的。从信里,米拉了解到,克拉克已经七十四岁,夫人去年去世后,他得了轻度抑郁症,医生建议他到人口密集的地方住一阵,他选择了香港。在香港住了几个月,他到上海旅行,发现上海更适合他养病,因为不仅人多,而且人人都爱管闲事。过去他根本不容忍管别人闲事的人,但他现在认为管别人闲事,至少是一种粗俗的关注，虽是毛病却也不无人情味。比如打扫卫生的两个女工每早在走廊碰到他便问：先生去吃早饭啊？当助理瑞查把一大袋需要洗涤的衣服交给她们时，她们会有意见，说昨天刚洗过，今天又要洗？衣服不能老洗的，要洗坏掉的！机器洗衣服多少结棍？要洗我们帮你用手洗好了。于是她们每天增加一项服务，为克拉克手洗换洗内衣。老先生难为情，每次让瑞查给她们塞十元钞小费。克拉克的名贵衣服标有很严格的洗涤方法，瑞查就一句句交代，女工们笑道，太讲究了，这样洗一次的钱够我们买几件衣服啦！再处得熟一点，女工们问洗衣费都这么昂贵的衣服，到底花多少钱买来的。瑞查只是笑，不回答，女工们便去问老爵爷。老爵爷说，都是我亲爱的太太在专门的裁缝那里定制的，自从她去世，我一件新衬衫都还没有做过，因为我从来不知道怎么跟裁缝讲价钱。女工们说，上海的裁缝全世界第一，我们帮你去讲价钱。两个女工还真把一位苏州裁缝领到爵爷的套房。老爵爷很配合地让苏州裁缝给他浑身量尺寸，但后来做出衬衫爵爷并不满意，却感到花了很少的布料钱和手工费，深入中国人的民间玩儿了一趟。老爵爷把这些都写在给真巧的信里，感叹川流过往的管闲事之人给予他的人情温暖。他在英国庄园里，有几十个人伺候，却没一个人管他的闲事，有时他觉得自己的孤独是固体的，坚固冰冷，自己出不去，别人进不来。老爵爷信里还交代了他在伦敦和乡下的房产，乡下有座几十平方英里的庄园，庄园里静悄悄穿梭着四十多个工作人员，他恐惧回到那里；夫人留下的空缺太大，简直无垠。他的心和肉体都惧怕的空缺，吉妮或许可填补。真巧读了米拉的翻译，叹口气，用普通话说，不是爱，是填补。她微仰起脸，眼神迷茫。米拉想她大概在心里说：我去给他填补了，梁多这里，谁来填补我？小姑跟米拉多次讲到她的情感绝症：爱冷感。性亢奋，而爱冷感，你看你小姑活得，她会这样颓然一笑。

米拉喝完红糖醪糟，浑身热起来，也有点醉，还想再躺一会。米拉怀孕后最贪恋的是睡眠。编剧楼的人都是夜猫子，夜里听音乐，跳舞，放录像，各种声音进入米拉的睡梦，因此睡着的只是半个米拉，另外半个米拉被迫过着那个楼里的夜生活。那座五层的编剧楼等于临时和尚庙，全部住户都是男性。米拉第一次出现在一楼开水房里，三个聊得热火朝天的男作者顿时哑掉，只听见开水进入米拉的暖壶瓶口哨声。其中一个四十多岁的东北人问，你是谁家的？米拉抬起头反问：嗯？另一个年轻男作者笑，说别吓唬人家小姑娘，啊。第三个男作者说，待会儿人家回去找爸爸来骂你。米拉笑笑，不语，拎着暖壶走了。当晚在食堂吃晚餐，厂里派来跟米拉合作的胖青年小郑跟所有作者介绍：这是编辑部请来的米拉蒂，编剧楼自建造以来，迄今为止最年轻一个作者。男作者们都认识胖青年，管他叫小胖修理师，常被电影厂编辑部派来帮着作者们找剧本里的毛病，找出来修理。据说全世界的电影他都看过，所有剧本拆开就那么几个零件，窍门在于怎么安装。那天晚餐后米拉回不了屋，因为钥匙落在屋里了。米拉从小就有丢钥匙的毛病，童年家门钥匙给穿在银链条上当项链戴。东北作者自报奋勇，从米拉隔壁的阳台飞跃天险，舍命取钥匙。所有男作者站在楼下，仰头看东北人撕开东北大汉的长腿长臂，在305阳台和307阳台间形成一只巨大壁虎，飞渡过去，替米拉打开了通向室内的门。那个在开水房与米拉有过一面之交的年轻男作者凑过来说，我排第二。米拉问他什么"第二"，他要预订下次为米小姐爬阳台的机会。另一个男作者说，假如米拉每天都把钥匙忘在屋里，这楼的楼梯可以废了，大家都爬阳台。还有一个男作者说，回头爬成熟门熟路，夜里梦游就爬过去了。接下去的日子，只要来电话找305，所有男作者都争当传呼，每次都不远万里跑到米拉房门口呼叫。直到易轫拖着旅行车出现在传达室门口，打听去米拉蒂的房间怎么走。一个男作者正和门房老丁聊天，盘问易轫是米拉什么人，易轫说是男朋友。一小时不到，全楼都知道米拉名花有主。当夜易轫去住海运局招待所，给米拉打来电话，一个男作者接听之后就大声抱怨，有的人电话也太多了，十点之后还要给她叫电话！米拉知道，她最好长记性，别再犯"钥匙落屋里"那种错误，从此再也没人为她冒死取钥匙了。

　　易轫的形象，固然也是编剧楼跟米拉集体反目的原因之一。易轫披着深蓝毛料海军大衣，原先白皙的皮肤现在微黑，海风吹红的腮帮上，一层铅灰络腮胡茬，再往上，漆黑的眼睛和眉毛，浓厚黑发就像顶了一块长绒毛黑地毯，但还保持行伍男性的式样。上海缺的就是如此男人气的男人。米拉都吃惊，他下海几个月，成了这么个虎虎生威的渔老大。她上前轻唤：哎，鱼王。四个月前与他成都一别，他还带那么点机关干事的慵懒、闲散，而现在的易轫，实足的武将。米拉往他跟前一扎，他双臂一展，团团圆圆一个拥抱。他们抱得那么结实，编剧楼所有在阳台上观礼的男作者都起哄：呕！在编剧楼所有男作者眼前，米拉久久偎在鱼王怀里，嗅着似有若无的海水腥气。米拉挽着他的手臂往楼里走；他没有编剧楼里男人们的本事，但米拉爱他，此一刻完全拥有他，这就足够她向阳台上的人们炫示。

三个月前易轫到成都办理房子的事，（其实是借口，尤其是给他妻子的借口）只住了四天。米拉从所有亲人熟人的视野里，消失了四天。老米现在识时局了，只要米拉形影全无，音信全无，他就告诉所有找她的人，她消失到完全彻底的自由中去了。老米把这句话学给米拉听，用搞怪的腔调，米拉只会默然一笑，拥有那么多自由幸福的她，不跟父亲一般见识，不跟世上一切人一般见识。她还心怀一点怜悯：你们一辈子不知道那样的自由，以及在那样的自由里发生的爱的活动，多可怜。那样饱和的自由，饱和的爱，否定日和夜，否定主体客体，否定肌肤与肌肤的界限，连道德、荣辱都是空缺。米拉身体中最开始的拘谨不存在了，最初的伤痛褪去了，她才知道，这件事是这么好，好到她可以为之一死。事后易轫汗津津地躺在她身边，做梦一样说：那时看你跳舞的身体，那么好看，没想到会有一天，它全是我的，这里、这里、这里……都是我的……，你在舞台上，穿着绸子服装，灯光照上去，透出那么一点裸体的意思，从来没想到，没有衣服，会这么美。米拉知道，她的身体只适合去跳舞，裸露着，可圈可点处很少。易轫如此为之销魂，显然是爱她的。每到这时，米拉总会黯然神伤：他早干嘛去了。

易轫把米拉背起来，走出医院，安放在出租车后座上。他那么小心翼翼，捧着的是薄瓷米拉，蛋壳米拉。他放好她，替她关上门，自己绕到另一边上车。真巧小姑坐在司机身边，看到易轫的举动，眼里漏出艳羡；从没人这样捧着她。车启动的时候，易轫把米拉的脑袋放在自己大腿上，过一会，米拉感到热乎乎的液体滴在她太阳穴上。鱼王的流泪，为米拉，为他们被谋杀的没名分的孩子。

米拉被易轫背上楼梯时，正遇上所有男作者们下楼吃晚饭。所有眼睛都在这两人身上，想看透剧情。年轻男作者吆喝一声：哎，米拉这是怎么了？跟在旁边的真巧说，生病了。生的什么病？他旁边的大个子东北人说，女人的病，你管那么多。

当天晚上易轫决定留下陪米拉。这天夜里很静，看录像的，听音乐的，蹦迪的，喝酒神聊的，都改善了作息习惯，按时就寝了。到了十点半，传达室老丁在楼下叫喊，这楼上有访客没有啊，访客请离开了啊！米拉推推躺在他身边的易轫说，快走吧，有人打小报告了。易轫不动，一伸腿，用脚摁下墙上开关，灯熄了。米拉说，你干嘛？他抱住她，轻声说，睡觉。半小时过去，楼梯上有了脚步声。一会儿，楼道里响起脚步声，直响到米拉门口。易轫把米拉抱得格外紧。开始敲门了。易轫嗓门很大：谁呀？！外面人嗓门更大：这个房间谁住？易轫大声回答：一个叫米拉蒂的女生住在这。不是郑文涛的房吗？易轫跳起来，打开门。门外站着传达室老丁。走廊上所有门都打开了，人们开着门听壁脚。易轫披着海军呢大衣，说，小郑的房间让给米拉蒂住了。老丁说，那你呢？易轫说，我？我今晚在这值夜班，看护米拉蒂养病。老丁说，门口贴的规定你没看嘛？什么规定？不准访客留宿的规定。易轫笑笑，谁说我要宿啊？我只不过留下来照顾病人，规定上有没有说，楼里住户生重病，不准人陪夜看护？老丁不说话了。易轫大声说，别把人尽往那不干净的地方想，想要干点啥还非得在你们眼皮子下？他掏出一个带木牌的钥匙往地上一扔：这是我的住处，远洋航运公司招待所。老丁说，我是听到这楼上住户的反应……让他们上我这儿来反映，我今天一夜就坐在这屋里等人来反映。说完他进屋，甩上门。米拉咯咯笑，什么鱼王？简直是海盗，这么凶。易轫从单人床下拖出米拉的箱子，从铁丝上抽下晾在上面的洗脸巾，还有床头那条带血迹的内裤，统统扔进她箱子里。米拉问他干什么，他说，搬我那儿去。米拉愣着，看他把她的小箱子往胳膊下一夹，说，你穿暖点，我先出去叫车。米拉发了好一阵呆，换了老米都不敢这么当她的家。十多分钟后，易轫回来，米拉正要穿鞋，他说，鞋就不用穿了。他两个胳膊往米拉腰和腿下一插，把她妥妥抱在怀里。米拉全由着他，闭上眼睛，做海盗抢来的女人，感觉好得很。

坐到了出租车上，米拉把手伸进他的怀，摸着他又烫又光润的皮肉，那颗心在下面突突地跳。那颗心不是才子的，不是学者的，不是梁多和父亲看得上的那类男人的，但是一个地道男人的。是米拉的男人的。

夜里两人一直轻轻说话，说他们那十几年的曾经。你还记得那天，我在门诊部走廊上碰到你，你说，又骗假条逃避练功，我说，还笑呢，牙齿上粑了块海椒皮皮……，我怎么不记得了？你怎么忘了呢？后来你用自行车带我回去的。骑车带你我记得，我就带过你那么一次。你还记得路上出什么事了？嘿嘿，我作弄你；门诊部在院子里栓了好多根铁丝，晾病床被单，有一根铁丝栓得特别低，我叫你低头，抱紧！……，对呀，你身体都趴在车把上，我不知道你要干嘛，抱是抱紧你了，但身体没趴那么低，结果你骑车从铁丝下钻过去，我给刮下来了。你都要哭了，我使劲抽自己嘴巴子。你假抽。那还能真抽？把我摔那么惨，还不该打？他拿起米拉的手，拍打他的脸：现在补！那年我十五岁，你十七。你心里已经有我了？嗯。那时侯，我天天盼着早上出操，能看见你，要是下雨不出操，就盼着吃早饭，食堂里你老喊"饿疯啦！"嗯，你还给过我肥肉片。那时候我想，他样样好，就是吃女兵的肥肉片不好。他笑起来，何止肥肉片，连猪奶头都吃，那些带奶头的肉片，我们男兵都抢来吃了！米拉把脸搁在他胸口：你哭过一次，你还记得吗？他笑道，我何止哭一次？我看见的就一次。是74年冬天野营拉练吧？嗯，那时我们四十多人住一间教室，男兵住一边，女兵住一边，中间隔着课桌椅子，对吧？嗯。乐队的人趁你睡觉把水泼你铺上，你醒了以为自己尿床，不敢起来。后来有人跟你揭发了他们，你大哭。她叹口气说，我是看着你长大的。少来，我是看着你长大的！真的，我眼看你在出操的队伍里越长越高。我眼看你胸口一点一点鼓起来。

他们的岁月似乎对折回去，容他们与曾经的一年年，一天天平行，赏析曾经。他们十几年后用十几年前发生的琐屑细节恋爱，加固和深化那爱。发生在彼时的一桩桩小事，都是为现在埋的扣。他们俩就是一场长剧，在前场出现的每一句不起眼的台词，每一个无心的动作，每一件布景、道具，都会在终场点题，揭示全剧暗中的连贯，以及全盘的终极的设计。

他们唯独不谈将来。将来包括是否离婚，是否结婚，是否生下健康快乐有名分的独属于他们的孩子。那孩子将填充她腹中被掏出的洞穴，那洞穴曾经住着一个没有名分因而可能不快乐不健康的孩子。那样的将来好不好，她不知道，不过是要穿过无比现实的无数俗物去抵达。那个"穿过"是可怕的，是没有自由的。

上午十一点，米拉醒来，见易韧靠着床头看报。她这一侧的床头柜上，一个玻璃杯里放了小半杯炼乳。他们从不谈论的将来，她看到了：阳光铺洒的卧室，身边一个读报的男人。对了，昨夜陷入睡眠之前，她是有一个清晰记忆的：他摘下手表，上了上弦，放在床头柜上。这也是一掠而过的将来，他要重复一生的动作，入睡前解开时间的束缚。

易韧意识到她醒了，附下脸亲吻她，一句话没有地起身，拿起两个扶手椅之间的暖壶，走过来，只是眼睛在跟她笑，一直笑。她闻到一股乳香，炼乳变成了稠稠的奶。他们从来不谈的，还包括易韧的妻子和孩子。那个钱包里放着的男孩女孩照片，她瞥过一眼，两个健康快乐有名分的孩子的标准形象。米拉喝着牛奶，为易轳想遍全天下的借口，如何向两个孩子的母亲合理化他的此行，以及此刻的失踪。现在没人知道他们在这里，连真巧小姑都不知道。她和梁多会在早晨发现米拉没了，行李随着她没了，去处没人知道，何时结束失踪也没人知道，在失踪的时日里干些什么，全然的谜团。失踪是真好，给人间与他俩的关系上开了个天窗。两个脱离了自己身份和责任的人，只剩下一件事，就是相爱。

易轳那么会干活，显然是当了司令女婿后的进步。一会儿功夫他替米拉把所有染血的内衣洗干净了。曾经他每次洗了衣服，都会站在院子里大喊，哪位行行好帮我缝被子。总是那些有家室的老女兵帮他，她们只能通过这特有的方式爱他。她那时多嫉妒那些老女兵，有那么一个地下通道，走私夹带她们对他的喜爱。此刻的他，动作夹带一股风，把洗出的衣服拿到水房去清，回来时给米拉带了两个滚热的茶叶蛋。街上有个老太太在卖，说是祖传秘方。现在所有东西都是祖传秘方，米拉说。他看着米拉剥蛋壳，用微湿的手摸摸她的头。有了两个孩子的易轳，自己还是孩子，而杀死他一个孩子，他刹那间成了男人。

她离开床，坐到扶手椅上，拿起电话。他正要铺被，回头问，给谁打电话？我小姑。不打，他说。找不到我，她会急的。她不会；因为我也跟着一块找不见。他笑笑。米拉放下电话。好，这样的失踪才圆满。他做事手脚很快，床理得像军营。她想象他怎样给他的孩子们换尿布，怎样给孩子刮苹果泥，怎样拿着一根拖把，在独属于他们自己一小角落的司令楼里,把地板抹成台面,又怎样让拖把绕过妻子悠闲晃荡的双脚,以免打搅她看日本连续剧。你在家是不是老干活?嗯。他笑笑,无奈,但诚实:不然怎么过?米拉也笑笑,有点问多了。他也会给她洗染血的内衣吗?想着,她心里飘来一片乌云,本以为自己对俗情是免疫的呢。他嗅到她情绪里的酸苦,来到她跟前。霎时,他的脸跟她一般高,相对,无言,他半跪半蹲。米拉,这些日子,你不能不高兴,我只告诉你,什么都不是你想象的那样。她点点头,眼泪要咬紧。你小时候,我不敢招惹你,就因为你太懂事,其实比那些岁数大的人都懂得多。可现在看看,你好小,小得我再也不放心你回到那个男人的楼上。拿你怎么办?一半那么小,一半那么老。

俩人从世界失踪的第五天,米拉身体硬扎了,易轫提出和她逛大世界。逛大世界的都是没见过世面的外地人,上海人看他们把眼皮耷拉得很低,只露一线眼光验收门票。他们这天也做上海人一线目光中的外地人,并是合格的外地人,少见多怪,大声吆喝,高兴得一头汗。他们俩还是孩子的时候就生活在一起,可从来没像孩子一样,一同尽兴玩耍过。就如易轫说的米拉,一半老一半小,小的那一半米拉现在活了,什么傻气的把戏都能把她笑死。晚上他们逛南京路,到南京东路上的一个小面摊吃面,吃完进入黄浦江边上海恋人的传统节目,荡马路。他和她话少了,米拉知道,他这是在慢慢离开她。每次他离开她之前的两天,越来越静,给她以淡出渐弱的感觉。她当然知道,他是很不舍很不舍的,怕话多了表露出来,大家收不了场。十二月的天,月色可怜,江水粥一样。江上的风很不新鲜,一对对恋人连体婴似的,茫茫地走,像已经越过了死亡尚未安息的幽灵。多少人像他们这样,失踪到这里来了,逃遁既定身份和责任。明天我们去哪?米拉问,她的脸被他海军大衣的毛呢略微磨砺,微微刺痒刺痛,这一刻的质感多么实在。你说呢?我是第一次来上海。我也是。那次你让我帮你抄五线谱,谱纸最下面印着"上海歌剧舞剧院"。你说,上海什么都好,看这谱纸多高级。嗯,我记得。你为什么会找到我抄谱呢?是谁告诉我的,你会抄。你怎么学会抄五线谱的?我小时候抄过,学了一年提琴,对学琴没兴趣,但喜欢上了抄谱。我爸爸不知从哪里弄来的破烂谱本,都是些小提琴名曲,萨拉萨特的《流浪者之歌》,马斯奈的《沉思》。爸爸很伤心地跟我说,米拉,文革这样革下去,这些曲谱都要失传了。我就帮爸爸抄,让他保存起来。你爸爸不会喜欢我的;我懂的东西太少了。米拉沉默了。易忉也沉默了。两人走成了连体婴。易忉。嗯。我们错过的十几年,白糟蹋了。不说那。嗯。米拉。嗯。冷吗?有点。大衣换了肩。

她知道他们现在的自由在渐弱、淡出,已经到了尾声。自由短暂,而它的存在却是纯的,绝对的,质感那么立体,可触。她宁愿一生就这么几个段落,绝对提纯的相属,心和身体贴紧得针也插不进来。如此排外的契合,她可以不看见他不尽如她意的方面:生意场上的狡诈,入赘姑爷的可怜相,无一技之长的后半生,仅仅他们在一起的片段,这些片段的质感足以让她感到完美,感到至死无悔。从她搬到远洋招待所之后的第三天，她恢复了写作。每天她很早起身，在床对面的写字桌上，铺开稿纸。台灯蒙上她的蓝白花丝巾，椭圆的光在稿纸上如一泊水，身后，爱人轻鼾。她从来没有感到过，自身如此强大和勇敢。

在易轫离开上海那天，先送米拉回到编剧楼。近景：老丁坐在传达室门口晒太阳，挖耳朵，远景：一群男作者在围绕一个女明星献殷情。米拉知道此刻她是不被看见的，顺利地潜越进了她的住房。还像以往一样，他走，她背对着门。她来到阳台上，看着他孤零零拖着铁制镀铬行李车，走出大门，连老丁都没被惊动。他现在沿着围墙走，一曲会行走的流浪者之歌。她看不见他了；他直走到上海也看不见他。为了她，他从自己完满的家庭流亡，为她吃苦。他们一同吃苦，一种相思，两处闲愁。她刚搁好行李，用脚把小行李箱踢到床下，就有人来敲门。打开门，梁多一脸秋风，头发冒出连日抽的烟。听人说你回来了。还是有人注意到她的归来。嗯，回来了，你怎么了？梁多走进门，眼色示意米拉关门。门关上，他已经坐在写字台上了。背对窗外来的光，他看上去灰暗。你小姑被公安局带走了。米拉傻了。什么原因也不知道，你爸明天到上海。什么时候的事？大前天夜里。我们在等美国的长途，所以都没睡。米拉接着傻。公安局来了三个警察，一个守在楼下，两个来破门。其实有什么可破的？我们的灯都开着呢。故意要弄出破门的动静。楼上楼下都惊动了，一会功夫全都站在305门外，挤得跟电影散场似的。警察什么都没说？傻了的米拉在几分钟之后问。警察只说，你干了什么，自己清楚。真巧说，我当然清楚，我什么犯法的事情都没干。警察说，你犯不犯法，要我们说了算。后来呢？后来一个警察说，你要给我们的工作行方便，不然事体会得老难看的。梁多混上海一年多，川味上海话会说两句，现在说出了上海人的阴狠。再后来呢？再后来，真巧看见我拿起凳子，跟我说，不要做傻事，不值得。梁多沉默了，垂下头，一头微卷的头发像个翻毛鸡做的掸子。后来呢？米拉还是"后来"，存侥幸心理，"后来"也许有转机。警察说，跟我们走一趟吧，到时候你就明白犯没犯法。米拉心想，她失踪的七天，世界翻个了。那我们怎么办？米拉问。等吧，梁多的"等"在整个形象上。没睡，没吃，没洗，刻画出这个"等"。等老米来吧，他认识一些上层的人，梁多说，眼睛有了点活人的光。你说等美国电话，跟这件事有莫得关系？米拉渐渐从"傻"里出来，脑子逻辑起来。梁多说，有一点关系；几个月前，有个犹太商美国老太太，来画廊看我的画，电话就是这个老太太打来的。克拉克爵士你知道吧？米拉知道，但有点心虚地转开目光；真巧小姑跟老爵亲密到什么程度，梁多是不知道的。梁多接着说，克拉克和那个姓哈默的老太太认识，两人一通气，觉得梁多的画可以收藏一些，赌他的将来。于是哈默老太太给梁多打来电话，问他要不要去美国开一个画展，假如效果好，她进一步为他申请讲学签证。那么，米拉想知道，真巧小姑知道老太太的电话内容吗？不知道，那个时候她已经被警察带走了。事情顺序是这样，晚上十点，看守画廊的芳元打电话来，说有个讲古怪中文的人从美国打电话来,找梁多,她请那人把电话打到编剧楼。真巧预感好事来了,跟梁多开了一瓶樱桃白兰地。米拉知道这种国产白兰地,老米叫它咳嗽糖浆。他们喝到夜里十二点半,没等来电话,等来了警察。

米拉和梁多一坐一站,都没了话。梁多跳下写字桌,推开门,到了阳台上。米拉看着他瘦高的背影,背驼得更难看了。除了画画,他是个很无能的人,真巧疼他,也为此。多年前在崔先生为真巧租的宅院里,他那么疯,以为他的时代来了,到手的自由再也不会脱手。坐牢近一年,他丢了公职,又在此地看到,真巧那么个美人这世界都容不得,他的脊背弯了,扛着无形的压迫。米拉也开始疼他,一无所长的易轫,跟此刻的梁多比,比出那惊人的强悍。米拉曾经心里是喜欢梁多的,似乎是有一点爱的,但现在你看他这个人,拿什么支撑起他的脊梁?她走出去,与他并肩,身体依靠在阳台的扶手上。难道她怕他跳下去?她侧脸看看他色败的容貌,那根鼻梁,多俊俏,略微往里窝的小嘴,使得下巴的线条更佳。还有那下巴正中的一道竖纹,把本来小巧的下巴一劈为二,成了米拉最爱看的一个局部的梁多。谁说女人不可以色呢?米拉看男人的时候,那种主体感,可以跟男人一样色。梁多让她想起父亲的年轻版本,老米在不老的时候,应该跟梁多有那么一点相像。她说不出安慰他的话,应该是他来安慰她,回到一座没了热乎乎的小姑的楼里,除了嫉恨易轫的男人们,这楼等于空的。梁多终于开口:不早不晚,偏偏是现在;我现在这么需要她……原来他的垂死之相是为了他自己;他出国或不出,大量事物要办理,没有真巧张罗,他浑身充满无能。米拉说，你不爱我小姑。梁多一抖，转过身，这事好像他第一次面对。他爱吗？他眨着眼迅速反省。你爱她吗？嗯……，他含糊答复。米拉现在知道什么是真的爱，知道爱不是梁多魂飞魄散的眼睛。爱是易轫定定的双瞳，那么深，你可以信赖地一直往里走，在最深处，抛下你性命的锚链。对了对了，爱是哑的，易轫和米拉都嘴上无字，嘴不用来说"爱"的。梁多又转向阳台外：真巧不在，好多事我都不晓得咋个往下接。米拉提醒他，芳元应该知道。她也不完全清楚。米拉想，芳元知道的半个真巧，和米拉知道的半个真巧，加一块，才是完整的真巧。梁多面前的真巧，是单面的。

到了锦江宾馆，米拉见瑞查在院子里看一张英文报纸。瑞查是老爵爷为了来中国专门从几十个家庭佣工里挑选的，挑选条件是略懂中文，然后又给老爵爷送到一个中文教授那里，强化训练半年。她上去打招呼，瑞查摘下老花镜，说，我的上帝，你可来了。米拉说她刚知道真巧的情况。瑞查紧张地笑笑，说老爵爷逼他去找米拉，他找不到，也不敢在他身边呆着，老头一刻不让他安宁。为什么吉妮突然就中断和老爵爷的联系，画廊里她的秘书也不肯说。跑了几次画廊，秘书干脆躲起来不见了。老爵爷一生骄傲，没受过女人这样的折磨。米拉反应过来，克拉克并不知道真巧涉案，中断联系是迫不得已。有关真巧被抓的实情，芳元完全瞒着老爵爷。但是芳元知道梁多住哪儿，应该告诉梁多，克拉克急得要出老命。接着一个念头在她脑子里闪过；只有一个可能，梁多自始至终是知道真巧跟老爵爷的亲密关系的！再进一步猜测，梁多是用真巧当糖衣炮弹，放手真巧跟老男人暧昧，男女间的暧昧期，能开展多少事情，能达到多少目的啊。这一想，米拉可怜自己的小姑，爱的是所有才人的才，从不明白才人们自私起来都是两岁孩子：我的糖是我的，你的糖也是我的，你再累也要抱着我，宝贝我，你为我牺牲了？活该。

在楼上见到克拉克时，米拉真给吓着了。他比梁多变得还厉害，一身竖条睡衣，白色驼色相间，头发胡子长成一团，像一堆白茅草。听瑞查说，老头穿着睡衣睡，穿着睡衣吃，整整三天了。米拉奇怪，是否是头一个设计睡衣的人也同时设计了囚服，让世世代代的西方男人上床就入了牢房。房间拉着厚窗帘，隔夜气味熏鼻。再看看眼前这位老人家，自己囚禁自己，肤色已经是囚徒的，死白无光。房间到处开酒吧，酒杯处处，酒瓶东倒西歪，袜子和餐巾并排扔在茶几上。瑞查说，老爵爷的房间已经有三四天没人来打扫了，他日夜在门上挂着免打扰牌子。老爵爷上来就拉着米拉的手，嘴里喃喃：我的小姑娘，这是个玩笑吗？一点都不好玩！米拉一个劲"sorry"，把老头发烧的手反握住。听我说，吉妮很好，四川家里出了点急事，赶回去之前，她要我来跟你打招呼，可是我不巧也出了一趟门，嗯……为我写的剧本收集资料去了，米拉且编且说，编到哪是哪。老人的脸看着松弛了，嘴角松弛地挂耷下来，出来了真切的老相。是真的吗？他的眼睛淡蓝，似乎在说，即便是假的，你就骗骗我吧。是真的。米拉把他扶到沙发上，安置他坐下。我再也经不起这些了，老头喃喃的。她突然就不见了，你知道吗，她最开始的出现，就是为了现在来杀我。我感到我的抑郁症像雨云一样，乌黑的，大片大片往这里赶。马上要到达我头顶了，他翻起眼睛，看看他的上空。宾馆的豪华套间天花板上，飘来黑色雨云。他也是怕自己复发病症，而不是怕真巧发生了什么灾难。

　　到了吃晚饭的时候，他情绪稳定了，告诉瑞查他要洗澡，在他洗澡的同时，房间最好打扫清爽，餐饮也被送达。他在浴室门口转身指着米拉，不要逃，陪这位可怜的老王（old king）进餐。他看穿了米拉要趁他洗澡逃走的打算。米拉在斟酌，是不是要在老头洗澡出来之后告诉他实情。这么沉的实情不应该只由米拉、芳元承担。梁多是没有真正承担的，他一副比真巧本人受难更重的模样，把噩耗告诉米拉，就是转嫁重量。瑞查请来的清洁女工们很快给套房换了人间，打开了门窗，把关在里面好几个夜晚的气味放出去。浴室门开了，老爵爷带一股蒸汽出来，白发向脑后吹干，露出老王者的额头。实情上了米拉的舌尖，又被她咬住，还是等老头吃完晚餐再说吧。你看他胡子刮的精光的脸，又是平素粉红气色。此一刻，他也把心头的重量抛给了米拉。送餐的车来了，瑞查为克拉克点了炸鱼配薯条，很对他的胃口，他一看便乐了。瑞查跟米拉说，人在坏情绪中，小时候吃惯的食品最安慰。老爵爷自己坐下，一边给餐品做广告：这是难吃的英国食品里唯一可口的东西，其实是劳动者的街边餐。瑞查为米拉点的是一份上海炒面，他自己吃一碗虾仁馄饨。刚才飘来的乌黑雨云被一阵风刮跑，老爵爷从抑郁症边缘康复。看着他盘子里的炸鱼渐渐消失，酒瓶里的白葡萄酒一点点浅下去，米拉催促自己，说吧。老爵爷问：吉妮家里出了什么急事？不太清楚。米拉眼睛看着面条。她母亲好吧？米拉说，好。那我想象不出还会有什么事把她从我身边带走，带走得那么突然。老头说着，叉起一块鱼，木木地咀嚼。米拉对自己说，再等等，等他和瑞查把这瓶酒喝下去，再说。败兴的话总可以晚一点说，老爵爷总可以晚一点惊恐沮丧。老爵爷看着米拉：会是什么事呢？她的弟弟大概出了事。米拉发现新的谎言已从自己嘴里出去。老爵爷说，是出了车祸吗？米拉摇摇头。她想，又不是在英国，年轻人性命大祸都跟车有关。我不知道她还有个弟弟，她告诉我她是个私生女，父亲非常富有，留给她八十两黄金之后，流亡国外。啊，老故事，新听众，米拉心里苦笑。瑞查拿来一个长形塑料盒，一共分七个小格，每小格上印有数字。克拉克打开一个印有3的小格，取出几粒药片和胶囊，喃喃道，也不能不管这个可怜的心脏啊。哦，老爵爷有心脏病。米拉庆幸没告诉他实情，实情万一导致他心脏闹事，可就是国际问题了。

　　走出宾馆，米拉突然想念易轫，想念他那种安安静静的强悍。她在路边拦下一辆出租车，叫司机开往远洋公司招待所。招待所门房看她眼熟，没有拦她。她来到那间房间门口，看着白色的门上，标有红色房号。门内，那个她跟易轫短暂的家，七天，比一辈子还要好。易轫进出这个门，为她到水房清洗染血的内衣，为她打来早餐，她写作，他一声不响地在她身后做这做那。走廊上一个房门开了，她扭头便走，似乎最激情的一刻被人窥见，心咚咚跳。易轫现在在哪？在路上，离她越来越远。跑下一段楼梯，突然感到一股热流从她体内涌出。她站住了。不仅热流，似乎有溃坝夹带的泥石沙土，涌流不畅，相互挤压抵挡。她一步步挨，总算到了女厕。裤子内侧全湿透，她哪来的这么多血？！她一点措施也没有，可总不能在厕所里过夜啊。一直站到她身体冷透，血流得缓了，才提起冰凉发硬的裤子。她不知道该去哪；急诊室，还是编剧楼。她一路滴血，上了公车，下车步行，回到52号院内。小楼已入夜，音乐声、谈笑声、麻将声，正是风花雪夜好时候，米拉一步一停，撑上楼梯。这楼里已经没了时时护着她的小姑，米拉再次意识到。

小胖修理师的字条在门里等她。字条说：上级指示，请你立刻搬回305房间，并请现在住在那里的人立刻搬出此楼。冥冥之中，她觉得这事和真巧小姑有关。她脱下裤子一看，简直像是从战场下来的遗物，吃透她的血。没人告诉她手术痊愈后会流血，如此可怕地流血。她往衬裤里垫了一块毛巾，下腹结冰一样。也没有一个小姑跟她解释，或者担保她死不了。她平躺在床上，看着低低的天花板，不知道死神和胖青年哪个会先到。

楼梯上有条不耐烦的嗓门在喊：207电话！她现在是207，但她起不动床，接不动电话。她一动不动，听那嗓门发脾气，207，有人没人啊？！大概打断他的麻将了，或者他等的是他情人的电话，却为207跑了一趟腿。隔壁房间门开了，一个男人嗓音说，207，到底在不在？吵死人了，还要不要人家写了？！对过一个门也开了，跟隔壁那位说，估计也让警察抓走了。不会吧，灯还亮着。警察抓得急，没来得及关灯。抖了个大包袱似的，一个走廊的笑声。305那个，今天晚上搬走了，大概就是怕警察再来。又是笑声。整个楼的男人（包括胖青年小郑）与米拉翻了脸。一只手敲起207的门，嘿，有人没人？电话！米拉死了一样瞪着惨白的天花板。对门住的男作者说，算了，告诉打电话的人她英勇被俘。米拉一骨碌爬起，披上大衣，拉开门。刚敲门的男作者一点都不难为情，笑笑：嘿嘿，就知道你在家，所以大伙说笑话呢。米拉知道自己死白一张脸，表情都随着血流出去了。她冲下楼梯，抓起搁在高凳子上的话筒。竟然是易轫！米拉哇的一声哭起来。不哭，他轻轻地说，似乎知道她哭的理由。米拉委屈悲痛恐惧的第一个浪潮被易轫的几个轻轻的"不哭"压了下去，她又在他宽宽的怀里了，脸蹭着他海军呢大衣的细微毛糙，那怀抱和靠山的质感。他那么有耐心，等着她完全平静，开口说，他现在在济南。这么快？米拉说。他说，走前他改变了行程，退掉了船票，改乘飞机直飞济南，再转乘火车去石岛。这样快，但路费很贵，米拉知道。他认为跟米拉相守的日子最贵，多花了钱，但多了两天的相互陪伴。她听着，感到血色回到了自己脸上。他打电话是想证实自己的预感是错的。他预感到什么了，米拉想知道。预感到米拉病了。米拉嘿嘿一笑，瓜娃子。那么真的是他吓唬自己？你这个瓜娃子，米拉的眼泪又流出来。她让他停止胡思乱想，这样又是飞机票，又是长途电话费，刚独立下海几个月，架不住他那么败家。挂下电话，米拉上楼梯时哼起了歌。难怪男人们脾气大，听出了声音属于谁；属于那个背着米拉上楼，又抱着她离去的齐鲁汉子。

　　一夜酣睡，米拉是被胖青年叫醒的。她披上大衣，扎起头发，又给自己倒了几乎冰冷的开水，喝了一杯，又洗了把脸，这才打开门。小胖修理师拎着人造革旅行袋和人造革公文包，一副接管此地的来势。米拉说，我马上搬回305，梁多昨天已经自觉搬走，我们不用你们撵。虽然米拉笑嘻嘻，对方胖胖的脸露出些轻微尴尬，说他没有撵她的意思，撵人的是老乔。老乔是他们剧本的责任编辑。米拉拎着小旅行箱正要出门，胖青年说，305已经住上新来的作者了。米拉愣了。小胖修理师告诉她，编辑部认为这个楼的风化出了问题，与米拉蒂有关，所以必须请米拉蒂住出去。米拉知道自己此刻半张嘴，一副傻相。你的小姑涉了大案，据说上至英国贵族，一流名作家，名画家，美国富孀，香港富豪，下至古董走私犯，盗墓贼。米拉对他的话渐渐失去听觉。你不会不知道吧，你小姑是个上流娼妓。放你的屁！先于米拉的知觉，话已经如同一口痰，被淬出。

老米沪上行

米潇乘飞机时就在心里开出名单，找哪些人帮李真巧。同在重庆地下党学生组织里的人，有两个在上海任职，一个任粮食部门的职，一个在交通大学当副书记。吴可有几个熟人可帮忙，有一个是他的铁杆戏迷，在司法厅当宣传干事。吴可的新剧又被停演，全国上千家报刊，找不到一块巴掌大的版面刊登他的喊冤或辩解文章。十九岁就当上老枣树的吴可，最近被打枣打得有点变态，说话说半句，以嘿嘿冷笑结束句子。米潇又是得奖，又是受提拔，弄得他见了吴可就心虚，偷了他的好运和名望似的。跟他闹结婚的可可，忽然就不闹了，有一天早晨醒来，吴可发现可可不见了，满满一橱她的衣服也不见了。男人背时与否，看看他身边的女人就知道了。米潇记得三年前吴可被学习班拘禁，自己想到背井离乡，去投奔澳洲的姐姐或美国的妹妹。现在这股悲情又在心里拱，一不当心它就冒出来，尤其在甄茵莉跟楼下铺路的小工们发脾气的时候。中国建筑常常反着来，先起楼，后铺路：所有的人家欢天喜地踏着散沙稀泥搬进新宅，建筑者才想起该铺一条像样的路，接着又发现，一条路不够，于是楼房周围开来了铺路局的卡车。每天中午，老米吃了午饭总是在他宝贝金丝楠榻上眯盹，甄茵莉会拿一条毛毯给他盖上，嘴里还要念叨，这么大个人，不知道冷暖，（老米存心把扮演贤妻的机会给她）。有时贤妻扮演完，她还会到阳台上去对楼下铺路小工们叫喊：你们就不能停一会吗？他在休息！这个他，她认为人家该知道是谁，是米主席，美协的主席（刚提拔的民间组织闲职，不领工资奖金，没一张办公桌，多余的就像一个手上的第六根手指头。并且是副的）。就像那些年说到的"他老人家"，没人那么孤陋寡闻地问，"哪个老人家？"，自然是"主席他老人家"。米潇又一次闭着眯盹的眼大喊，你给我先闭嘴；你就不能停一会吗？当然，他很快为他真悲情的爆发付出了沉重代价：小甄把卧室的门关了一天一夜，不吃不喝，上厕所用痰盂，直到他买了一篮子鲜花，在紧闭的门前登上小板凳，把花篮举上去，让甄茵莉透过门框顶上的玻璃窗看见满满一篮子争妍斗丽的米潇的悔改诚意。

自从他跟居住美国和澳洲的姐妹们书信来往趋于热络，姐姐妹妹们常问米潇，能吃得饱饭吗？还强制吃红薯吗？她们还处在对于那三年祖国大陆饿死人消息的震惊中。米潇一一回答她们，买大米要搭配一些杂粮，不过吃杂粮身体棒。大姐问，听说买肉要肉票，喝奶要奶票，需要托人带奶粉肉干吗？至于她们要不要回祖国来亲眼看看，她们都说，再等等看吧，回来万一又碰上斗地主，她们现在可都是有超过两处房产的地主。米潇替祖国做公关，劝她们说，祖国在越变越好，吃的越来越丰富，虽然吃肉还不能敞开肚皮吃，但每一年的供肉量都在往上涨，她们回来就眼见为实。对此姐姐妹妹都不反应，好像米潇在放诱饵，往太平洋上放长线钓她们回来。米潇还告诉姐妹们，即便肉和油不够吃，现在有自由市场，就是过去叫黑市的地方。所以他让姐妹们放心，他的工资顾得上吃，稿费奖金罩得住他的败家嗜好,什么也不缺。自从米潇的新家安装了电话,两个妹妹开始往米潇家打电话。她俩住得近,每次打电话都凑到一起。大妹说几句,流泪了,小妹接着说,小妹说哭了,再轮回大妹。两个妹妹追问,三哥哥的宝贝女儿米拉蒂肯定需要东西,米潇随口说,女孩子吗,也就是稀罕几件新衣裳。不久两个妹妹托人带来了一箱裙子,裙裾拖到脚面,粉红淡绿雪白,都像是刚兴起的婚纱照里新娘穿的,米拉这辈子结五次婚都穿不重样。小甄见到长榻上纱裙堆的小山,一件件拿起比划,然后就逼着老米跟她补照婚纱照。他怯生生地纠错,你这个岁数,这些颜色样式合适吗?这都是我妹妹买给米拉的。小甄面无表情地把裙子往地上一扔。米潇知道犯错了,赶紧说,你和米拉一人一半。老米写信给妹妹,变相埋冤,穿扮成那样是门都出不了的,上了大街人家还不把眼珠子瞪出来。妹妹们回电说,谁说要穿出门上大街?穿了就要坐进车里,开到大 party去呀;年轻姑娘总有人邀请了去跳舞啊,听音乐会、看歌剧芭蕾啊。米拉心里哀叹,姐妹们对祖国的认识存在严重障碍,把饥荒、斗地主、吃不上肉喝不上奶跟豪华大party,以及交响乐歌剧芭蕾夯不浪荡统统焊接一块。

　　有关婚纱照,老米抗争到最后,达成了妥协:"新娘"小甄一人入画,"新郎"太老,入画太滑稽,就在画外陪伴。抗争的第二点,是新娘小甄的穿戴。老米不赞成她穿那件白裙,说小甄虽然看上去依然二十九,但给白裙一衬,脸就显黄,还是粉红色喜庆,也给她气色加分。其实老米的实话不敢说,他想把白裙留给米拉,让她成为真正新娘那天穿。四十好几并二婚的甄茵莉，穿得处女一样，比较无耻。到了预约那天，他陪甄茵莉到婚纱照相馆。一进门看到一大帮年轻新娘新郎在排队，老米心想，幸亏自己对做画中新郎进行了拼死抵抗。小甄让化妆师给化了抹杀皱纹、抹煞晒斑却也抹煞真相的大白脸妆，穿上粉红纱裙，站到了她少女时就梦想的位置——塑料玫瑰花拱门下的一条纸剪的白蕾丝"地毯"上。照相师夸她的裙子美，说不记得本店有这件衣裙。甄茵莉真成了少女，莞尔一笑，说这就是她自己的婚纱裙，不是租用店里的，而是刚从美国寄来的。

老米坐在飞机上还想，自己帮甄茵莉盗窃了妹妹们送给米拉的礼物，将来妹妹们真回来了，跟米拉一核对，为父的老脸只能搁兜里。米潇近两年常常觉得老脸要搁兜里。在人们祝贺他的绘画得奖的时候，在接到美协通知他被选举为副主席的时候，在吴可说他"狗日老米，你现在，啊……"的时候。这种时候吴可只说半句，下面不说了，嘿嘿嘿，笑得不怀好意。他知道自己此生假如只有一个人能称哥们儿，就是吴可，吴可的"嘿嘿嘿"是没有嫉妒的，也没有任何恶意，有一点类似"老哥们儿你怎么误打误撞，歪打正着了呢？"的潜语，还有类似"老哥们儿你闭着眼撞了大运，可别言声，偷着乐吧"的意味。但越是看吴可磨难，他就越是觉得老脸挂不住。他认为，世上英才比比皆是，而世上好东西却极其有限，好东西进了他口袋，自然有的人就没得进，甚至本该进吴可口袋的，却被一只无形的手给偷了过来，装进了他老米的口袋。这就是为什么，吴可来跟他诉苦，他总要先灌自己两杯，需五分醉才能使脸皮增厚，面对磨难中的吴可。

搬到新房子里，甄茵莉就像占领了总统府，颁布新政：进门脱鞋，也要脱外衣外裤，杜绝外面的灰尘细菌进家。老米每天只能穿着软塌塌的秋衣秋裤在家里进行各种活动，包括接见崇拜者。秋衣突出他小炒锅的肚子和两个不知怎么就微突起来的乳房，秋裤鼓起一对大膝盖，看上去老米总是骑马蹲裆。连得两届美展大奖的米潇，现在崇拜者多得很，美术系老师和学生常来，都穿着带破洞和脚臭的袜子坐在甄茵莉的家里，（自从搬到新房里，老米基本不认这个家）聆听老米讲乔托和乔凡尼.帕西诺和但丁。能讲一口粗坯子海员英文的米潇，经常用洋泾浜意大利发音，拽出几百年前的现代写实主义绘画鼻祖的名字"Giotto和Giovani Pasino"有时候他会突然住嘴，因为他意识到自己在"拽"，他非常讨厌一个爱"拽"的自己。小甄新政还包括，不许吃炒菜，只能吃炖菜和蒸菜，一定要炒的菜，也不能把炒菜锅烧到火候，因为火候太好会把整个房子的气味变成厨房。新政残酷啊，连进入铺着假羊毛地毯的卧室，都必须把拖鞋留在门外。有次老米坐在盖着假缎面床罩的床沿上穿袜子，被小甄一把扯将起来：屁股在上头乱揉，一下就揉皱了讪！米拉来甄茵莉的家做过一次客，进门脱下鞋，小甄马上把她的鞋靠墙摆整齐；米拉用完厕所后，前脚刚出来，小甄后脚就进去擦洗脸台上的水迹。吃饭时米拉有意见了，说爸爸你过去做菜不是这样做，这菜是闷熟的。

老米有天给孙霖露打了个电话，说他需要见她。孙霖露问他有事吗？他说有大事。两人约好下午五点在孙霖露单位的大门口见。米潇买了一斤猪肉，一把水芹，两斤田螺，外加青蒜、海椒、五个鸡蛋。孙霖露见了他一脸紧张，问他出了什么大事。他说最大的事莫过于吃，他要撒开了炒几个菜。孙霖露说，你专门跑一趟给我炒菜？米潇说，我给我自己炒菜。在孙霖露的厨房里，他戴上孙霖露镶荷叶边的圆角小兜肚，恶狠狠地颠炒锅，翻炒勺，弄得孙霖露家狼烟动地。那晚上他跟孙霖露一块吃了晚饭，席间他说他吃了几个月闷熟的菜，窝囊死了。孙霖露趁机说，二天想炒菜了，又到这儿来嘛。

吴可有天约他出去吃饭，米潇说他新近发现了个绝好的吃饭去处。吴可问，西餐中餐？米潇说，你想吃什么餐就有什么餐。吴可说他想吃火锅。米潇说，那就火锅。两人商定涮食由吴可准备，锅底和蘸料由米潇配。米潇马上给孙霖露打电话，前妻说热烈欢迎。晚上六点，吴可现身，带的所有涮食都是黄喉毛肚羊腰血旺脑花之类，重口味并致老年病的东西，似乎也是憋得慌，要恶狠狠涮一场。自从搬进了小甄的家，米潇常常希望给人约出去吃饭，说话不受小甄台面上眼色，台面下脚踢，也可以尽兴抽烟。他在小甄家抽烟是配额制，一天五根，来客人若抽烟，小甄就假装咳嗽，咳得捶胸顿足，表示她是让客人给加害的。米潇跟孙霖露秘密复交后，他每星期至少两次在前妻家给米拉做菜，至少两个晚上，他们成了地下一家人。吃饱回到小甄的家，被问到晚上又在哪里应酬，谁的东道,他就随口诌一个餐馆和一个人名。不由得小甄不怀疑,终于打探起来,说她碰到某某了,替米潇答谢他做东请客,某某一头雾水。米潇说,哦,那就是我张冠李戴了,可能掏腰包的是另一个人。他知道甄茵莉根本不信,她停止揭露,是为了留时间给她自己;她的侦破需要进一步搜集证据。

那晚孙霖露化了个淡妆,在家门口迎米潇和吴可。似乎地下组织又恢复活动了,米潇再度体验了学生时代的刺激,老态荡然无存。两人来到孙霖露的小家碧玉客厅,孙霖露把一个铜火锅端到餐桌上,又在桌子上放了两瓶冰镇啤酒,并招呼酒不够说一声,她到对门子小店去买。说罢她笑微微退出去,还像过去一样懂得,什么时候她的在场是不被需要的。牛油红汤沸腾的时候,吴可跟他说起一个叫王汉铎的人。吴可不情愿娶米潇的表妹,是因为他承认老米最开始的警告是英明的,她确实有点给搞坏了。老米问,恨那个时代吧。不是,吴可说,我恨那个最开始爱她、后来作践她的人。那人叫王汉铎。老米一激灵,想起来了,文化局王副处长是有个名字的,好像就叫王什么铎。真正毁了李真巧的,就是此人。那小吴你想干嘛?我已经干了;几年前就干了。干了什么?老米让火锅熏的大喷嚏连发,正在擤鼻涕的时候,听吴可说,我差点把他的屎揍出来,差点把他的塌鼻梁捶成无鼻梁。老米以为听错了。吴可说,你没听错,我这身肌肉没当成脱星,终于还是派上了正经用场;在我家杂物间揍得他满地爬。老米知道这个写戏的哥们儿记忆都是戏剧夸张的,王副处长虽然看着细弱,但个头不矮,趴地上老长一条,吴可家的杂物间他进去过,可是不够王副处长满地爬的。你干嘛要到杂物间揍他,地方那么小,他爬不开,老米叼着烟,打趣小吴。杂物间没窗子,他喊救命楼下的人听不见,万一揍死了,就让收破烂的直接拉走。吴可也笑。两人闷头吃了一会,茶杯里漂满了烟头。还是你好啊,小吴,想怎么活就怎么活。不过,没人给我洗衣服烫衣服哦,老米自从娶了"真阴险",人都长个了。老米问,好几十岁的人怎么会长个?因为她把过去那个皱巴巴的老米熨平了。妈的小吴,我现在连皱巴巴的自由都没了,我宁可皱巴巴,但是很自由。可可给你洗衣服吗?她?我给她洗!老米说,那还是应该欢送她走。孙霖露进来给火锅添汤,吴可随口请"嫂子"坐下一块吃。孙霖露嗔他一句:哪个是你嫂子哦?你嫂子在他(下巴朝老米一抬)屋头。老米说,那屋头不姓米,姓甄。等孙霖露出去,吴可说,我看老米你还是在她跟前舒服,像个当爷的。老米说,不准说出去,传到小甄耳朵里我就没命了。两人埋头在锅里捞,让辣得合不拢的嘴闲一会,进几口凉气。接下去,吴可把约老米出来谈话的关键说了出来。这个姓王的,还阴得很,懂得小人报仇十年不晚。刚被我打,他让话剧院的毕业生班底演出日场,按原剧本演,夜场被删掉的台词,日场都添回去。他这样做为什么你知道吗?老米摇摇头,从嘴里扯出一根嚼不动的黄喉。为了麻痹我,让我相信,他没有因为挨我的揍而报复到我作品上。现在好几年过去,他报复可以不沾报复嫌疑了。不过在我眼里,他永远是第一大嫌疑。老米拿起啤酒瓶,直接对着瓶嘴喝;他在报复甄茵莉在新家里设的斯文新家规。剧团不归他管吧，老米强压住一个啤酒嗝说。他可以拉拢管剧团的人啊；他是局长、书记的红人，局长宝座的储君！老米说，日他先人，储君个锤子。你咋晓得锤子储君害你？吴可说，我看到了对我调查的文件。谁给你看的文件？别忘了，我老妈曾经蝉联文化局党书记二十年，她还能没几个爪牙？文件上说什么了？说我协助国外走私犯走私古董古画，跟地下倒腾国宝的人勾结。这次停演我的新剧，找出的由头不是政治的。嘿，有史以来第一次，吴可成了走私犯合伙人了。米潇脑子一闪，看出吴可的祸事跟真巧的被捕有所关联。几年前，老崔托真巧在重庆、成都搜寻古字画，常常找米潇鉴别，吴可也常常凑热闹，其实他并不内行。当时老崔告诉真巧，他要在上海北京买老房子改造，这些古字画将来就是那些老洋房老四合院的装饰。米潇当时想，按说这个案他涉入远比吴可深，却至今没有发生麻烦。

老米很快就想明白了，没人找他的麻烦，是因为他米潇没有王汉铎这个伺机偷袭的仇家。吴可在杂物间把人家屎都揍出来了，人家的复仇心就像火锅涮了两小时的汤，粘稠厚实，阴阴地冒泡，一层肥油下温度惊人。

米潇坐在飞机上，有充分的时间和孤独思考。吴可不愿娶真巧，但他是真爱真巧的。他那么爱，也许自己都不知道。也许知道，不好意思对自己承认。

飞机开始下降，女乘务员开始发巧克力口香糖。米潇瞥见女乘务员年轻的脸，那脸上的笑容比纸还薄。甄茵莉把他爱年少女的病治好了。今年一月,一场运动又悄悄来了。每次运动自上而下,在它下行的途中,每一层级的执行者都往里添加自己的私心和恶意,添加愚蠢、狭隘、嫉恨,每一个执行者都会动一点手脚,最终完成的都是公报私仇。

飞机在虹桥机场降落,米潇向窗外看去:黑透的天空,云飘得如同疾逃。刚才广播员说,上海今晚下小雨,会有些颠簸。那么这飞跑的就该是乌云,只是天太黑,它们看上去竟是白的。飞机几乎被驾驶员扔在了跑道上,米潇嚼口香糖险些咬到舌头。据说这几年民航生意多起来,开飞机的都是转业空军,意识不到满舱装的不再是救灾物资。

几乎变了个人的米拉等在舱口。他边走近她边想,是什么改变了她那么多。她脸色白得可怕,嘴唇发灰,原先的乌黑头发也失去了光泽。他心疼地跺脚,叫你别来接!米拉慢慢走上来,伸手要替他拿包,他愤愤把包换到另一只手。米拉和父亲往外走,父亲存心落后几步,看着她的身影。她腰里缺一口中气顶住,上身是塌着的,几乎老了。真巧的事把她折磨成这样?老米问,你小姑被抓走那天晚上,你在哪里?梁多说他到处找你。米拉不吭气。他明白了,那个姓易的小子追到上海来了,两人又搞了一场失踪。到了米潇预定的东湖宾馆,父女俩穿过花园,进了三号楼。三号楼都是套房,米潇的房在二楼。套房客厅巨大,米潇叫前台拉来一张折叠床,放在客厅里,给米拉睡。前台拉床来的车上,放着米拉的小行李箱。父亲问,你什么时候把行李拿过来的?米拉说,上午。你知道我住东湖？梁多跟我说的。米拉见了老米爸，怎么这么无精打采？米潇看着女儿。女儿笑笑，很勉强。那你把电影厂编剧楼的房间退掉了？米拉犹豫一会说，是编辑部叫我搬出来的。剧本改完了？父亲听出蹊跷来。没有。那为什么要你搬出来？米拉又沉默了。女儿沉默的本事很大，并且她沉默的时候，谁都妄想撬出她嘴里的话。

沉默的米拉走进浴室，一会儿，老米听见淋浴哗啦啦地喷水。女儿有了说心里话的人，对父亲的话就少了。老米心有些酸，但转念一想，若不是这样，反而不正常。孙霖露听说米拉谈了男朋友，手拍拍胸脯：米潇啊，我们女儿总算正常讪。接下去听见吹风机轰轰响，米拉的一头头发很难吹干。米潇还记得那头发五岁时在自己手里的感觉，世界上最好的丝。米拉走出来气色好了些，对父亲笑一下。轮到老米用浴室了。老米看到地上有几滴血迹，马上放心了，女儿闹得是周期性脾气。但眼睛又瞥到马桶边的厕纸篓，心又提起来：里面扔了一条完全被血泡透的毛巾，隐约可见电影厂编剧楼字迹。她是紧急中扯下了编剧楼的枕巾。他疑惑着洗了澡，出来看见米拉已经睡下。她平躺着，白枕头上一个白白的鼓额，黑发环绕奇白的小脸，身体那么削薄，棉被几乎没有任何起伏，他忽然觉得躺着的是个女烈士。她都献出了什么？让她那削薄清秀的身体流失了那么多血。他把卧室的门留了条缝；他甚至有点害怕，这个随着血流走一部分固体感的女儿会睡着睡着死了。

夜里米潇听见女儿起来好几次，去厕所。早晨他看见厕纸楼里又多一大团染血的药棉，滴在瓷砖上的血，留下被匆匆擦拭的痕迹。他站在浴室里发呆，发冷，感到一定是某种可怕的事正发生在女儿身上。他想直接问她，但又想到米拉十三岁那年，来了例假，从部队回家找妈妈。孙霖露把消息喜洋洋地告诉了米潇。老米拍拍小米的头，说米拉真的长大了，一个月要做一回大姑娘了。米拉羞得掉下眼泪，指控母亲出卖了她。他怕直接去问，又要羞得女儿流泪。趁米拉去餐厅拿早餐，他给孙霖露单位打电话。孙霖露刚上班，听说后马上说，你去看看有没有血块。老米飞奔进厕所，捡起早晨被米拉丢进厕纸篓的药棉。然后顾不上洗手，飞奔到电话边：有！孙霖露哑了一秒钟，说，那就对了。什么对了？他一手捂在太阳穴上，一着急那里的血管直跳。孙霖露说，你记得我二十八岁那年怀孕，你不想要。老米急了，打断她，这不是你控诉我的时候！听我说完，孙霖露怒吼，你带我去医院做了手术，术后一直流血，三四个月都不好，你记得不？米潇说他不记得了。孙霖露的声音掺入哭腔，你个龟儿子，王八蛋，我受的苦你都记不得！那是娃娃没有刮干净，所以流血讪！龟儿子，我现在要是多一个娃娃，也不得这么孤单！米潇想把话筒挂了，但又想到没有米拉的母亲，女儿真的病重了，谁来照料，因此还是咬着牙听。孙霖露稍微平复，说，我们女儿要是大出血，出了人命，我非杀了你！米潇一听，人软了。

米拉端着一盘包子进来，见父亲呆头呆脑拿着电话，说，爸爸咋个喽？米潇指着话筒，你妈。米拉接过话筒，很累地说，婚都离了，吵啥子嘛吵。见惯父母吵闹的米拉一看父亲的脸，就知道刚才发生了长途吵架。米潇跨进卧室，拿起卧室电话，听孙霖露在那头说，你这样流血要流死的，晓得不？米拉比石头还静。那个男娃娃咋这么不负责任呢？！米拉继续静。这种人，二天他肯定跟你爸爸一样，不会疼你的。妈，米拉插话，他一直陪到我的。那你现在出血这么凶，他咋个不在呢？昨天才开始的。米潇替女儿补充：开始流血的。他听出女儿的消沉。母亲说，那你还不赶紧到医院去！女儿又静了。你要是不回来，我就去了哦！母亲威胁要追到上海来。米拉说，妈你不要闹了……，你爸那个死人，身边都是些妖精，李真巧头一个妖精……米拉奄奄一息地说，妈，我挂了。米潇脑子是个空钵子，脸上凉凉的，一看，话筒贴在腮上，面皮和话筒间，走过一道泪。抬起头，见米拉站在门口，吃惊地看着他。她似乎刚知道父亲会为她痛，痛出老泪。

　　原来的日程计划都打乱，父女俩放着满盘包子来不及吃，就要了宾馆的车送米拉去医院。急诊室的护士做登记，问米拉在哪个医院做的人流。米拉说在华山医院。那你还是回华山医院吧。老米抢白一句，你们见死不救是吧？！护士看一眼半老老头，眼珠在口罩上白他一眼。人流在这个我们医院，要单位介绍信，要不然就要结婚证书，你们有吗？米拉低着头，在找地缝钻进去；这个二五眼护士，把小米当成老米的忘年情人。你先救我女儿，我这就去开介绍信，行不行？护士把这对男女迅速一打量，发现他们的父女关系确实挂相，接下去的态度就有所改善。她请他们稍等，她去请示一下。过了一会儿，护士出来说，你去开介绍信吧。然后小声嘟哝，人流出血算什么大事情……

米拉让父亲赶紧去找梁多，他知道怎么办。米潇在上大一个美术系讲师家里找到了梁多。梁多穿着满是油彩的大褂，在一个壁橱改建的"画室"里画画。有没有李真巧，梁多过的是自己的老日子。壁橱里点一个一百支光灯泡，勉强是能画的。墙壁上端，有一圈木架，上面放着梁多的杂物和准备绷画框的木条。梁多听明白老米此行的诉求后，惊呼，哎呀，结婚证已经还给人家了。老米听出他是懒得伸出援手的。那赶紧再去借啊，老米提高嗓音，不由分说。梁多有点惧怕一向随和但突然厉害起来的老米，弓腰退出最多四平米的"画室"，在客厅跟房主小声嘀咕。老米看到墙角堆着一卷旧被褥，看来四平米还是多用，到晚上是"卧室"，此刻是"客厅"。这么个狗窝地方，画架上刚起始的画，却是大手笔。此刻他听到外面客厅里，房主扬起嗓门：哦，这位就是米潇啊？那你不早说！显然梁多把米潇的大奖得主身份给供了。老米没心情到外面客厅接受房主的致敬，就坐在梁多的铺盖卷上，跟烟瘾搏斗。四平米里抽烟，自己会被熏成腊肉。梁多回来了，说房主听说是米潇的女儿需要帮忙，积极性冲天，立刻出门去借结婚证。老米没好气地说，这下都要晓得米拉的丑闻了。梁多笑笑，这种事当今还算丑闻？大学的下水道有一次给堵了，原来是扔的避孕套太多！要是同学里传哪个女娃还是处女，那才是丑闻。二十几的处女，不是有病，就是太丑。还有，弄大了肚子找哪几家借结婚证，大家都有数,因为不是每一家的结婚证都好篡改,比如房主这两口子,他们结婚证上的照片,就很难调换,因为钢印整整盖在两人脸上,换照片就要伪造整个钢印,工程浩大,而易篡改的结婚证,是钻钢印的空子,专找那种钢印盖得偏颇,只有小小一个边沿卡在新人合影上的那种。

房主很快拿着借来的结婚证回来了。接下去的工作还不少,因为米拉的男朋友缺席,只能暂借梁多当米拉的"新郎"。老米这方面比梁多更有才艺,借用美术系暗室,把梁多和米拉的两张单人照洗印成了一张"结婚证标准合影"。伪造钢印更是老米拿手戏,跟彭真头结交上,知道了很多伪造印章的妙招。仅用一小时,米拉就跟梁多结成"纸上伉俪"。

为了伪造更加逼真,米潇拖着梁多来到急诊室。米拉的诊断已经出来:不彻底的人流造成的大量出血,先服用止血药,假如止不住,就要重复一次手术。护士看看梁多,看看米拉,对同事用上海话小声嘀咕,这个女小人长得蛮好看,啥人不好嫁,嫁这只瘪三。梁多听懂了,哧哧直乐。他的破洞百出的牛仔裤,上面色斑点点,头发脏得打缕,皮鞋侧边开线。梁多的生活质量生活方式以李真巧分为史前、史后,现在他又复辟到了史前。

老米把米拉带回宾馆,看着她把云南白药喝下去。下午他哪里也不敢去,什么都没心思做,一直守在米拉床边,看着女烈士的雪花石脸渐渐还原了活人血色。下午六点多,米潇正打算去餐厅给米拉点个汤菜,前台打来电话,说有人找。不速之客被接到线上,孙霖露的声音出来了；早上她搁下电话就直奔机场，赶上了当天唯一一班直达上海的班机，现在已经在宾馆前台。米潇不知悲喜；让自己活生生拆散的一家三口，到几千里外来团圆，要是甄茵莉知道了，老米不给她闹死也脱层皮。

当晚，米拉开心得像个小朋友，坐在被窝里跟父母吃"团圆饭"。孙霖露很沉闷，一直微皱眉头。米拉乖巧，说妈妈不生气了，米拉认错，还不行吗？母亲轻轻叹息。米拉抱住妈妈的肩膀，撒娇求饶地摇动。母亲哭起来，说，你这个瓜女娃子，以后跟你妈一样瓜；男人专门欺负你这种瓜女娃子。她伸手指着旁边的米潇，看他怎么欺负你妈的？你妈当时爱他，跟你现在一样，瓜兮兮的，又轻信，又忘我，完全不顾自己。米潇不敢说话。让女儿的母亲出出气，忍就忍一会儿吧。米拉看了父亲一眼，对妈说，易轫才不像老米爸呢；老米爸有才，缺一点仁慈。爱，是有仁慈在里头的。米潇一惊，女儿真是深明大义的。妈你放心，易轫对我特别好，假如晓得我现在这个情况，再忙都会丢下手头事情跑来。所以，我不许你们说他。米拉对于父母有一种权威，从小她就会适时拿出来行使。这种时候，父母都明白，女儿已经做了结论，没有探讨余地。

有孙霖露照顾米拉，米潇出门去张罗李真巧的案子。老米没想到，一个散了的家，现在反而能和平宁静地相处，因为他们在一起是自由的，各自的意志都不受委屈。他哀伤地想，当时跟甄茵莉恋爱，味道多好，怎么就一点点失去了自由，一点点失去了领土完整；那个他老鸟衔草般建起的家，就那么被曾经的依人小鸟给占领了。难怪吴可在尝到自由之后，那么惧怕失去。难怪真巧从来就不信赖婚姻，米潇简直钦佩这个远房表妹的先见之明。在找人、请客、送礼的几天里，他心里大致描摹出一张网。案子始发在老崔身上。老崔跟所有人谎说，收藏古董字画，是为装帧他在北京和上海的宅子，但在他把真品假冒成赝品带出国这类事干多之后，被他收买的人物一个个败露，最终咬出老崔来。老崔接着咬出李真巧和吴可，（当然，他对吴可和真巧的私情了解之后，妒火中烧，这也是报复的时机）。于是上海方面的缉私部门跟成都联了手，然后收网。米潇还知道，这张网并非漏掉了自己，对于他很可能是延缓收网，因为米潇这几年连着得奖，名声飞窜，攒下了点老本，还够他花销一阵。但老本有蚀尽的一天。老米送的礼越来越厚，他自己管辖内的所有钱财已经耗尽。米拉建议去找梁多。

梁多在画廊点查打包的用料。绝大部分作品他要打包海运，目的地是美国纽约。米潇看到梁多在上海创作的那部分新作，震撼之余，心如遭虫咬，刺疼刺痒。眼高是很痛苦的，老米意识到。他的手并不低，但手服务于那个干巴的灵魂。他深知自己作品《女儿》为什么又得大奖，因为评委们有着与他一样干巴的灵魂。记得米拉看了那幅以童年的她为模特的巨幅油画后轻轻一笑，说老米爸有点八股哦。他从来没想到这个形容，但难道它不是最准确的形容吗？八股，八个样板戏，工农商学兵。米拉十岁的那张照片是画报社记者抓拍的，捕捉的是她从葵花上捏取一颗瓜子抬起脸的刹那，那小脸多天真浑然，不知自己进入了镜头。天真是因为那小脸的无意识无目的，而在《女儿》中的小红军，相似的五官是有目的有意识的，可以想象她成长的目的恋爱的目的仇恨的目的奋斗的目的，长大变老，最终的目的是个马列主义老太太。八股，两个字带锋利的刃，有这样的女儿幸运，可也痛苦。他几乎忘了来此地干嘛，全身心都充满由梁多的画引起的苦涩诗意。那幅《隔壁人家》多好啊，只有孩子才有梁多这样天真敏感的观察角度，这么不拘一格的构图，这么大胆的光影运用，充满性情，自由恣意，却又丝毫不放纵。在这些作品中，能看到所有大师的影响，但看不到任何影响的痕迹。他感觉到女儿在和梁多交换眼色或神情，两人默契地缄默，都小心翼翼不触碰老米的软肋。最后米潇停留在以他为模特的《中国木匠》前面，转过身轻描淡写地说，这一幅，我不管你在美国能卖多好的价钱，都不准卖，必须送给我妹妹。梁多和米拉明显松了一口气；老米自找台阶下，他们不需直面一个被后浪彻底打翻在沙滩的前浪。

　　芳元端了四碗馄饨过来，大家坐在打包的海绵木条上吃。米拉貌似无心地告诉大家，芳元平时就用小煤油炉在办公室里煮面，一天两餐素面。芳元笑笑，说她从小就爱吃面。老米没有想到，真巧这个不起眼的妹妹，能把自己省下的所有钱都拿出来，支撑着画廊。直到昨天，画廊才关门，因为打包材料运到，到处堆。米拉事先跟父亲说，崔先生付了买画的六万块钱，但没来得及把画取走，就被抓起来了。米拉的意思是，梁多有责任有义务也有财力为营救李真巧贡献一些钱财。

老米端着馄饨大碗,眼睛离不开墙上的画。他忽然问,梁多,哪几幅画你不打算运到美国去?梁多指了几张小画。老米笑笑,说那好,我全包了,给个批发价吧。米拉立刻抢白:爸你哪还有钱?!老米转向梁多,你怕不怕我赖账?梁多脸红了,说,这咋行呢?老米说,会看行市的,是看潜力。他假装看不见女儿跟他瞪眼;现在救真巧最需要现金,谁会刚吃饱饭就撑得难受去买画?米拉自己那点储蓄,都奉献出来,让老米去买进口香烟和洋酒做礼物,活动真巧小姑的事。女儿还知道,为了凑钱,米潇预售了自己:美术电影厂的副厂长找到他,想请他设计一个动画片里主角们的形象,因为老米这几年在全国赢得的名望有助于那部动画片的发行宣传。米潇已经让副厂长先预支他一半设计稿酬。米拉看父亲不理睬她左一眼、右一眼地瞪他,开口道,梁多,你莫听老米的,他没钱。老米最怕人揭他"没钱"的短,对女儿发脾气地说,我有没有钱,你怎么知道?才怪了!米拉不示弱:好嘛,你有钱,那你先把我给你的两百块还给我,你有钱干啥子要预支美影厂的稿费?你自己都晓得,动画跟绘画是两回事,万一你设计搞不出来,钱不是还要退给人家?寅吃卯粮,还充财主!梁多看着父女俩吵,很难为情似的:老米,画你不急着买吧,我又不死,他微弱地呵呵。米拉说,我爸把钱都糟蹋完了,我小姑就要把牢底坐穿了。米潇觉得这句话音量不大的话,让空气抖了一下。梁多似乎这才意识到,米拉道破了极可能发生的未来。米拉又说,老崔买画的六万块,梁多你不能拿出一点来吗?梁多似乎头一次意识到李真巧的援救队伍,也该包括他。你们落难,都是我真巧小姑在救援,她那时有一点钱,都花在你们身上……梁多插嘴:我们?对,就是你们,你、吴可、小韩和曹志杰,你们谁没有得过我小姑的好,你们谁念她好?!米拉成了愤怒天使,近来养圆润的脸蛋,又是白得吓人,只有眼眶两圈红,让眼泪烧的。梁多看看老米,意思是,原来你们父女打上门是来要钱的。老米轻声说,米拉。米拉的回答,是站起身往远处迈了一大步。梁多近乎自语,那六万怎么动?我到美国就那点钱,异国他乡,生死两茫茫,混不下去的话,我至少还有张回程票的钱。米拉说,事情总有轻重缓急吧?你的回程票钱,大家可以再想办法周转,先救人要紧啊!我爸说,熟人打听到,这几天就要开审,我小姑也就这几天的希望了,梁多!米潇很吃惊,与世无争,漫不经意的米拉,护卫真巧时这么强硬。他知道真巧从十六岁就隐约寄情于他,她从云南身心破碎地回来,眼泪哗哗的跟他说,三哥哥,你救我太晚了,要是十六岁那年,我就上了你的游街卡车,跟你走了,那我就真得救了。她十六岁可能燃爆的爱,不能给老米,便给了小米,米拉能感觉到。梁多说,就是李真巧在这儿,她也不会允许任何人动那六万块的。你废话,米拉说,李真巧现在要是在这儿,我还跟你讨论救李真巧的事?你就这么打算的?屁股拍拍去美国了,把我小姑扔在牢里把牢底坐穿?!梁多干瞪着眼。没有我小姑, 你早就做瘪三了。米拉的脸恶毒起来。米潇又轻轻说,米拉。他从来没见到米拉这么猛烈恶毒过。梁多垂着头走开了。米拉怨怨的眼睛给梁多的驼背打追光。芳元动作尽量小尽量轻,收拾着地上的碗筷,用抹布擦去地板上点滴汤水。她在米拉脚边抬起头,低声说,不说了吧,哦,小小姑替我姐谢你。她本来就有点红的鼻头大红,嘴唇哆嗦着站起,走了。米拉给芳元那忠犬般的神色软化了。一拖父亲,爸,我们走。

五天之后,熟人打电话到宾馆,说"判了"。老米赶紧放下电话,撇了一眼正在看电视剧的前妻,从壁橱里拿了条万宝路,跑到楼下院子里。熟人等在那儿,跺脚取暖。他告诉老米,李真巧被判了十八个月劳教。米潇不甘心地看着来人,他送了那么多礼呢。熟人知道他没说出口的话,笑笑道,这是最好的结果了,走私文物是重罪哦。米潇说,李真巧是被骗的,她不知道姓崔的走私啊。熟人说,要不是人托人帮忙活动,又送了礼,可能会判十年八年。米潇把刚才塞在袖筒里的最后一条"万宝路"抽出来,交给来人,垂着头踱到一颗秃树下算账。太阳光蛮好,透过精瘦的枝条洒在他身上。可能是十年八年的刑期。就算八年。他托人和自己亲手送出去的"万宝路"有二十条,"登喜路"十六条,雀巢咖啡和咖啡伴侣三十六瓶,人头马白兰地十一瓶,人头马XO二十三瓶。假如说,每四条烟、四瓶酒、四罐咖啡(回回都用侨汇商店的纸袋包成礼包),减掉真巧刑期一年,不能说吃亏,还是划得来的。一年半的劳教基本是争取来的,赢得的。一年半,也就是老米画两幅大画的时间。只是,老米落得个一贫如洗的身家。不算甄茵莉纳入她管家婆手心的家庭财产,老米身上只有几个坐公车的硬币。他忽然想起,他不只是一贫如洗;他还有两大笔负资产:首先,他拿了美影厂预支的昂贵的设计费，而设计还不知在哪，其次，他随口说的包圆梁多画展残余的画，梁多很认真，第三天就全部运到他宾馆来了。米拉摇头笑笑，笑天下可笑之人的宽泛笑容；梁多可笑，老米更可笑。

美影厂来个编辑催稿，顺便帮米潇家分担一些家务，以求米潇能全副精力投入画稿创作。编辑姓魏，四十多岁一个早期谢顶的斯文男人，美术中专学历，老婆病逝，自己带两个孩子，所以女人男人的事他都做得来。他一两天来宾馆一趟，问孙霖露有没有需要他帮忙处理的事，比如出门购物，洗衣熨烫，或者跑邮局投寄包裹挂号信之类的杂事，他都能做。有一次孙霖露把毛线圈盘在自己两个膝盖上绕，他居然接过去就绕，活儿麻利轻巧。孙霖露说不好意思，这种婆婆妈妈的事让大编辑做，他笑笑，说能让米老师专心设计，帮着做点活应该的。一家三口其实是赊账在宾馆吃住，只要他们不退房，账就可以不清算，就一直可以赊账吃住下去。老米到宾馆的小卖部买烟买酒买瓶装雀巢咖啡，都是气派很大地说，结到我房账上吧。然后他大笔一挥，帅气地签名，具体款数都不敢看，只知道糊涂账日日激增。魏编辑来了，孙霖露没事给他做，老米就请他喝咖啡，一边让他看画台上的老米如何繁忙。两张写字台拼成的画台，上面摆几十瓶颜料，老米戴着老花镜，说你们让我设计出饱满独特的动画人物形象，可你这剧本的人物形象就不独特并且太单薄。魏编辑说，那也请米老师在剧本上顺手斧正。老米说，好的，剧本修改费呢，你们不用付了，最后把我宾馆的房账结了就行。魏编辑一走，老米就去麻烦小米，让女儿帮着改台词，改细节。他画了一串人物，又不断推翻，但新起的画稿更让他讨厌。孙霖露专业花布设计，顺手替老米修改了几笔，动画人物立刻开始传神。老米从老花镜上，觑他曾经的糟糠，这点内秀和灵气当年他怎么瞎了眼没看见？于是设计动画人物就此分了工，米潇出名字，孙霖露当枪手。美影厂副厂长居然很欣赏新出的人物设计稿，同时认为剧本也得到了强化。他让魏编辑到会计科拿一张支票，押到宾馆，退房时该多少房账，就填多大额数。然后副厂长跟老米说，不才几个月的房钱嘛，我们付得起！米老师想住多久住多久，现在住避寒，到了夏天，欢迎来避暑！一月底，小学校开始放寒假，魏编辑每天来，还带着他十四岁的儿子和十岁的女儿一块来。就像上班打工卡，魏编辑老小三人每天九点准时到房间，自己动手冲咖啡。有天米拉悄悄跟那小姑娘说，你爸爸每天带你们来，路上换几趟车？小姑娘说，三趟。米拉说，哎呀，好辛苦。小姑娘说，家里太冷了。米拉告诉父亲，爸你别着急了，他们不是来催稿的，是拿这里当避寒胜地的。孙霖露也跟米潇嘀咕，刚买的一大罐雀巢咖啡和伴侣，怎么几天就见底。她留了个心眼，看电视时目光漏一点在魏编辑身上，只见他往玻璃杯里恶狠狠舀上三大勺咖啡，开水一冲，液体黑的简直成了一杯墨汁！全中国人民都还在稀罕进口饮料，魏编辑到老米这儿好好奢侈。魏编辑一家不仅来避寒，喝进口饮品，还必须解决午饭问题。米家三口人吃午饭，不能饿着编辑的一大二小三个人，于是米潇就要宾馆餐厅每天多发三份餐券，反正是赊账，到时掏美影厂的腰包。

米潇跟收发室打了招呼,凡是落款"甄缄"的信,一律不要送到楼上他的房间,等他自己来取。小甄的信就这样被堵在破镜重圆的一家之外。老米这天从收发室路过,收发员告诉他,昨天夜里来了封电报,他没敢送上去。电报是甄茵莉发来的,说她春节放一周假,要来陪米家父女俩过节,并让米潇明天接xx次航班。米潇遭突袭一般,天旋地转地站在那里。他知道小甄一千个心眼子,至少有六百个心眼已猜到他在搞婚外情。荒唐的是,自己"婚外情"的对象是前妻。一个多月来,他和孙霖露连手都不曾碰一下,是多么素净纯洁的"情"。回房间的路上,他逼自己在两个方案里选一个。方案一,在附近找一家廉价旅店,让小甄住,自己两头跑;方案二,干脆玩灯下黑,就在同一个宾馆另租一间房,两头跑也跑得赢。方案二最吸引人的地方是,反正老米所有的账最后由美影厂结,一个房是结,两个房也是结。两个方案的优劣马上呈现,方案二入选。他赶紧掉头,跑到订房部,说是一套房不够住,因为他们一家三口都在房里各自做自己的活儿,相互干扰,所以他需要再租一个套房。灯下黑就黑到底,三号楼三楼一套,二楼一套,只要他腿还不老,上下跑两头都能瞒严实。杜月笙当年造这座大宅楼,也是为养女人。现在老米内室外室同住一幢楼,算是一种和睦兴旺吧?他回到房间里,外室孙霖露在浴室里听立体声播放张学友的歌,一边替老米洗内裤、袜子。要是小甄知道外室是四十九岁的孙霖露,都会为老米抱屈,浪费了一个养外室的名额。这套房目前的就寝格局是这样：米拉和孙霖露住卧室大床，母女合用一个卧室的卫生间，米潇睡客厅的折叠床，用客人卫生间。他内室外室两不误，也凭借母女俩的作息习惯；母女俩都爱开夜车，夜里一个写一个画，替老米挣美影厂的钱，早晨母女俩贪睡，常常是编辑一家点卯很久了，才听见卧室里有动静。往往在老米带着编辑一家去吃午饭的时候，母女俩才洗漱完毕。试想他夜里在棉被里塞上填充物，用浴衣或大衣塑出一个卧姿的老米，再关上灯，即便母亲或女儿谁到客厅来倒水或拿冰箱里的牛奶水果之类，也不会发现老米的空城计。但灯下黑不是没有弊端，万一两个女人碰上，老米一定是活不了的。

　　孙霖露把清洗干净的内衣搭在暖气管上，一面说，米拉身上还没干净。意思是，出血还在继续。老米愁苦，问那怎么办？孙霖露说，娃娃气色又不对了，还要熬夜帮你改剧本。米潇听出前妻嗓子眼发堵，看她一眼，亲妈具备绝对唯一性，是装不出来的。小甄常常说，你见过哪个女人跟我一样，对她前夫的孩子像我对米拉这么好？态度悲壮，暗示她是米拉的后妈，不是米家童养媳。孙霖露说，哩哩啦啦的，血就是不断，都两个半月了，好急人哦。米潇说，那再带她去医院看一下。去看说不定又做一次手术，娃娃咋受得了嘛。亲妈眼泪掉下来，老米心作痛，为女儿和女儿的亲妈痛，不知怎的，女儿的亲妈已经在自己怀里。他的手臂怎样伸出去，把前妻揽进怀里，他想不起来，似乎是肌肉筋骨自己的事，它们有自己记忆和本能。跟一个女人生了个孩子，跟她一块养大她，这孩子就是藕断丝连之丝，一生撕扯不断。慢说他和孙霖露生养的，是米拉这样的孩子，从小就胜任掌上明珠。老米觉得现在的三口之家，在宾馆房间临时过度的日子像个梦，不错的梦。

米拉总坐在卧室床上写着什么，靠着床头，膝盖上一条毛毯和一个硬壳大本子，沉默而充实，心思相当辽远。他从熟人那里了解到，米拉是被编辑部从电影厂编剧楼赶出来的，因为那楼上的男作者告了恶状。她走后，恶毒的编剧楼住户们说，那个上流娼妓和她的侄女都被扫地出门了。米拉一句抱怨也没有，不屑而淡远笑笑，怎么可能跟他们一般见识，这就是她笑的意味。她是从小看迫害看大的，惯了。

傍晚孙霖露从外面回来就问米潇，为什么在这个宾馆订了两个套房。米潇吓得灵魂出窍，但嘴还是老辣，说他又不疯，订两个套房干嘛，就算揩美影厂的油，也不可以穷凶极恶地揩油嘛。人家明明把两个有米潇签名的订房单给她看了；她当时的想法跟米潇一模一样：揩点油可以但不能活抢。所以一定是会计出错啦。孙霖露拉他去会计科改正，不改的话，就成了宾馆跟老米一块活抢美影厂；即便宾馆生意清淡，空房率百分之八十，那也不能这么做土匪。米潇木头人一样被孙霖露拉出门，在走廊上他问，孙霖露好端端跑到会计科查账干嘛？孙霖露把经过告诉米潇：因为魏编辑的咖啡消耗量惊人，她看茶几上那罐又不够他一顿了，所以去小卖部买。她学前夫的样要单子签，"把钱记到房账"上，营业员说，她的上级打了招呼，不能继续接受米潇的签单，因为累积的赊账太高，小卖部拖不起。营业员叫孙霖露先去会计科,把累计的购买账单先结清,再开始下一阶段的签单。孙霖露跑到会计科,跟会计要米潇在小卖部采买的账单。会计问她,是3号楼310房间还是210。她不明白。会计说,米老师有两个套房啊。听到此,米潇人矮了一截,把前妻拉回房间,嘴里说,你听我慢慢给你解释啊。

此刻米拉从房间出来,米潇看看女儿说,这里住三个人还可以,但编辑一家天天来避寒,我脑子都给塞住了,什么思考都做不了。米拉看着他,看出其中有诈。孙霖露指控,明明是米潇说的,笨蛋会计出的错。米潇说,他怕俭省惯了的她阻挠他。孙霖露拔高一个调,那你就骗我?!你还跟过去一样,芝麻大的事也要骗我?!米潇想,实际的骗局远比这大,大多了,揭穿了的话,两个女人合起伙来跟他掐……米拉说,爸爸,你到底有什么难处嘛。米潇看看女儿,那个该死的轻蔑眉头的笑容又出来了;就是嫌他"丑"的笑容。在女儿眼里,米潇在撒谎抵赖时,有一种独特的"丑"。

晚饭时,米潇要了三两洋河大曲。在喝酒等级上,老米跟他在政治生涯上一样,起伏跌宕惯了,能上能下能伸能缩,没了崔先生,加上小甄在烟酒上给他搞限额制,要想多喝就必须以数量胜质量,他很快就恢复了农场的口味,畅饮板车夫的红苕酒。半醉多好,他胆子奇大,诚实度上升,另外,在餐厅这种公共场合,孙霖露听了实话也不好闹。他向孙霖露转过脸,舌头有点大,说,你听好啊,刚才我跟你说的不是真话。孙霖露哼哼一下,问他哪一句是实话。看起来她是要"阴闹"，以低调冷调的尖酸刻薄为主。订另一个房，不是他想躲清净，而是因为甄茵莉要来了。孙霖露看他一下，搁下餐巾，起身走了。米拉说，我就知道。他想酒可真好，居然他毫不畏惧。他一生最怕的事，不是世界大战，不是被贬到农场；他最怕女人的闹。现在他不挺好？明闹也好，阴闹也好，你们有本事都给我闹来。他向女儿挤挤眼。女儿笑了。隔着酒精的迷雾，女儿嫌他"丑"的笑，也是雾里看花。爸，其实你心特别好，事情才给你弄糟的。这时女儿不笑了，深彻的怜悯，就在她白得不近情理的脸上。

　　回到房间，他一点不意外地发现，孙霖露在收拾行李。一切都碍她的事，她必须摔打踢蹬，才能过往于两间房之间、椅子和桌子之间、落地灯和纸篓之间、父亲和女儿之间。米拉不出声，看着母亲飙去飙来。米潇很为前妻难过，委屈，她大半辈子受了混账的他多少欺骗，多少伤害？他终于哑声劝阻，霖露，不走了嘛。孙霖露没听见一样，拿两只鞋面对面拍打，用的是抽他板子的力气和火气。她来了这里，哪里都没逛，一手照顾女儿，一手帮他设计。为了米拉，你也不能走，米拉是吧？孙霖露抢白，米拉跟我走！我娃娃在这儿，病死都没人照顾；那个女人会照顾她？米拉不语。米潇说，那你也说过头了。孙霖露一下转过身，眼睛血红，腮帮抖动，米潇看到她两腮松懈得比较明显。啥子过头？！她根本容不得米拉！你给米拉买件大衣，还吓得要死，赶紧给她买件同样的。这是他闲聊时告诉她的，拿自己糗事逗她开心的，活该呀活该。我一听娃娃病了，马上查航班，到储蓄所拿钱，多贵的机票我都不在乎，大不了吃几个月泡菜稀饭……你至于吃泡菜稀饭吗？别又搞苦肉计那一套！这是孙霖露比较烦人的地方，一闹气就偏头痛，心口痛，胃气痛，肝区痛，胆囊痛，五脏六腑，没一处没痛过，苦肉计从年轻时上演到现在，他每次戳穿，她丝毫不学得高明点。她曾经说，米潇气她一次，她就死一回，死到现在还超重。米拉你自己收拾行李，还是妈帮你收拾？米拉还是不说话，回到卧室去了。在那里，她翻开大笔记本，拿起笔。只要有笔和纸，米拉是世界上最宁静一个人。米潇听着前妻的控诉，自从你搬进新房子，你老朋友里头，有几个上门的？甄茵莉又是要人家脱鞋，又是不准炒菜……米潇想，孙霖露也不简单，诱他带米拉吴可去她家恶补被甄茵莉禁止的炒菜，背着当任妻子到前任妻子家里，跟女儿和朋友聚会，表现出超常的贤良懂事，原来深入敌后，悄悄策反，为的是她此刻的杀手锏。现在她闹着离开，其实是为了更稳固的驻扎。果然，等她的东西都入了旅行箱，拉链拉上，只差叫车去飞机场了。米潇听见"哧啦"一声，拉链又给拉开。她往沙发上一坐，说，哼，莫得那么便宜——凭啥子是我走嘛？你给我出去，这儿我跟女儿住，你跟那个女人滚到楼下去。米潇笑嘻嘻地说，哎，君子一言，驷马难追哦，说好了走，咋能不走呢？你一天到晚跟女儿说，爸爸说话不算数，妈妈更要给女儿做榜样哦。说着他上去替她拉旅行箱。爪爪缩回去，不准碰我东西！米潇就当听不见，拉好拉链，拎起箱子说，你拎不动，我给你拎到楼下去，顺便叫宾馆车子送你去机场。孙霖露扑上来，跟前夫夺箱子，年轻时的悍劲儿出来了。也不管我有莫得机票，有莫得航班就把我往外头撵是哦？你说要去机场的。外头那么黑，那么冷，都要结冰了，你撵我出去，狼心狗肺，良心屙屎屙出去了……，你不讲道理了吧？是你自己要走，劝不到，米拉，来给你爸作证。米拉一声不吭。我女儿跟着你，病成那样，我才把她将息好点儿，又帮你改狗屁的剧本，现在累倒了，你撵走了我，她死活哪个管？！说着，她眼泪鼻涕一块下来了。过了一会，她眼睛下两个黑圈圈。米潇想，什么意思？眼睛会融化？原来她是偷偷涂了眼睫毛膏的。米潇的心软了。她是在晚饭前悄悄化了淡妆，穿了新毛衣，因为她听米潇说，西方人很注重晚餐，都要专门更衣化妆，然后跟鲜花蜡烛一块出现在晚餐桌上。四十九岁的前妻，是下了功夫，让自己在前夫面前好看一些，随岁月败色的眉目能清晰一些。可怜啊。她见他沉默了，但自己还没闹尽兴，跳起来打开门，你撵我啊！撵啊！她把旅行箱推到门口，推到走廊上，箱子倒地的声音，在生意清淡的宾馆走廊上显得很吵。她弓着腰推箱子的时候，新毛衣缩到腰上部，露出一圈多余的皮肉，他马上调开目光。她那么精心小心，想让她在他面前漂亮一点，现在前功尽弃，他对她的同情到了极点，简直要为她落泪。他伤害别人时，往往为被他伤害人暗自心碎，甚至落泪。跟孙霖露的马拉松离婚从开始到结束，他为她暗自心碎了多少次，数都数不清。他把她往回拉，她一个劲往外挣扎，他听到卧室有轻微声响，回过头，米拉白森森站在卧室门口，白毛衣上一张白脸，手里拿着那个大笔记本。前妻前夫都觉得女儿一向很白的脸，现在白得令人毛骨悚然，一时间都静下来。女儿说，你们不晓得丑啊？米潇想，又是"丑"。以为走廊没住人，没人看见你们丑；我不是人？！你们这么"丑"，我看不下去！一些被撕烂的纸从她怀里的大本子里飘落下来。米潇觉得坏了，她别是把剧本草稿撕了吧？他问，米拉你把什么撕了？米拉打开大本子的硬壳封面，所有被撕烂的稿纸落在地上。我管不了你们，我只能惩罚我自己。米拉直着眼睛，走到门口，走了出去。

孙霖露这才醒了，拿起自己的大衣和米拉的大衣，发疯一样喊，米拉！同时追踪而去。米潇看着孙霖露的背影，难怪米拉嫌"丑"。米潇捡起地上的烂纸，她帮他修改的动画片剧本，狗屁剧本，统统被撕烂了。这种自毁的脾气，米拉从小到大只发过三次，都发在父母吵闹互害的时候。外面人的欺负迫害，她想得通，也想得开，冷淡傲慢地沉默以对，但一家人关起门来自相残杀，她对其无力也无奈，她只能以内伤发作。也许米拉奇怪的审美原则和奇怪的是非裁判机制都认为，自相残杀最为不齿，也就最为丑陋，自己最好不参与，即便以斥责和劝阻形式的参与，也进入了"丑"，而她已恨透这世上太多的"丑"。

米潇想到多年前的夏天，米拉放暑假，孙霖露事先不通知米潇，就带着女儿到他劳动改造的地方。那天下午，母女俩从公路上下来，正遇上监督改造的军代表在训斥劳动改造分子。米潇站在被训斥者的队伍里，手里捧着地里偷摘的红苕嫩叶，低头认罪。当时偷摘蔬菜瓜果的劳动改造分子很多，那天被抓的就十五个，全部捧着"赃物",站在烈日下示众,听训斥。米潇因为自己最不堪的形象给女儿看见,而怀恨孙霖露,怨怪她不该不事先通报他,就带米拉下乡。那次孙霖露给他带了七　送来的香烟和酒,还有她自己做的腊肉和咸蛋。为了一家三口能背着人吃点私食,他们在山包后面的林子里席地开晚餐。米潇抱怨地问她,这样带着女儿突然袭击,是啥意思?未必要捉双?!几十个男人睡大通铺,捉到了吧?孙霖露说给他背这么多吃的喝的,几十斤重她一副肩膀,路途几百里,他还一句好话没有。他脱口而出,谁让你背的?!谁让你跑几百里?!孙霖露一听,把一篮子蒸好的腊肉咸蛋全倒在地上,咸蛋顺着下坡滚,米潇跟着咸蛋撵。孙霖露追上去,用脚踢咸蛋,喊着几百里路来喂猪,猪都晓得哼两声。两人闹到最激烈时,米拉一声不吭,用手背捂着自己的嘴,直咬到血顺着她下巴流出来,父母才发现她在默默自残。

此刻他看着烂纸上一行行隽永的行书,女儿近两个月的心血。他跪在地毯上,一张张捡起烂纸。自己太不像样,米拉配有一对更好的父母。

孙霖露搂着女儿的肩膀进来,用眼色示意前夫什么也别说,把女儿搂进了卧室。过一会孙霖露出来,悄悄对他说,女儿本来准备离开宾馆,到文工团转业的一个女战友家去借宿,是被母亲哄回来的。娃娃身体那么差,还闹她,唉,孙霖露的神色,也是内疚的,也是自愧不配做米拉母亲的。米潇说,怪还是怪我,都怪我。孙霖露看着他,不知道他是泛指,还是特指。明天小甄来,我跟她解释一下。孙霖露说，怎么解释得清楚，越抹越黑。米拉答应跟我一块走，回去看中医。你们什么时候走？还没定，反正不是后天，就是大后天。明天一天，我和米拉要把那些撕烂的稿纸拼起来，用胶水粘起。不然，你还想让美影厂给你结房账？她笑一下，退进卧室。米潇也悄悄走进卧室，见苍白的枕头上，搁着米拉苍白的小脸，已经睡着，让她父母的"丑"给累的。

米潇回到客厅，想到他带米拉到交通大学那次。大学副书记跟米潇是很老的关系，学生时代地下党组织的战友。副书记后来走的是另一条路，一直当官员，米潇跟他便渐疏渐冷。进了副书记家，老米便大声渲染，老战友、老战友地叫，一口一个弟妹地称书记夫人，火焰高而缺热度的哈哈大笑不时爆发。他看见米拉对他侧目而视，明白自己戏过了。副书记两口子留他们父女用便饭，米拉轻轻拉了父亲一把，米潇只好说既然跟老战友又联系上，吃饭的机会有的是，把一瓶"人头马"，两条"万宝路"，一对"雀巢咖啡"放在茶几上，跟着米拉告辞。副书记亲自送到楼梯口，轻声交代有什么难处，尽管打电话来。礼物的效应显然大过米潇外热内空的套近乎；老战友晓得米潇和女儿不是因为想念他而登门的。从那次之后，他再求米拉跟他登某人的门，米拉都皱眉笑笑，拒绝。他从她消极的笑和坚决的拒绝里，读出那个"丑"字。大概把她换到真巧位置，她宁愿把牢底坐穿，也不要父亲那么"丑"地四处奔走。

梁多出国

只有两个人来给他送行，老米和小米。小米不大开心，也不大开口，自然还是因为上次，让他贡献钱救赎李真巧，遭到了他的拒绝。机票是哈默老太太从纽约寄来的。行程分两段，先飞香港，再飞纽约。收到机票后，芳元给了他一只气味奇特的羊皮口袋，说她姐姐早就为梁多出国做准备了。打开口袋，发现里面装了一百个麝香。曾经他是无意中提到，麝香能在香港黑市卖很好的价钱。真卖出好价钱的话，能凑到他的盘缠里，穷家富路，芳元转达真巧的意思。他问芳元，真巧到哪里收集到这么多麝香。芳元笑笑，说他就别打听了。梁多知道真巧一只脚登入上三流，一只脚踏进下九流，在成都少城是李半城，来打麻将的都是地头蛇、滚地龙，黑白两道的人，都能面对面坐在她牌桌上。她烧的一手好菜，加上那时崔先生存的好酒，滚地龙、地头蛇养肥，现在是他们卖力的时候。芳元只说，麝香是慢慢收集积攒的，在梁多拿到了美领馆签证后，她才让人专门从成都送过来。

米潇在机场餐厅为梁多送别，点了四个菜，两瓶啤酒。父女俩和梁多坐下来，老米倒了两杯酒，不无伤感：此一别不晓得哪天再见面。梁多笑笑，说，假如到了香港，发现铜臭扑鼻，立马打道回来。米拉看着他，想说什么，又改了主意。他想，米拉也许想说，谁都不想念的话，总会想念真巧的吧？梁多意识到，有真巧的疼爱和缺失那疼爱，是完全不同的两个世界。他寄居在上大美术讲师家，住壁橱，也没少受讲师夫人的白眼。老米喝下一瓶啤酒，从口袋里掏出一个信封，放在桌上说，装好，已经都给你换成美元了。他问，什么钱？米拉脸上掠过一丝笑，大概是笑他装蒜，心里肯定愁死急疯；老米买的画，早就给他送到宾馆前台了，怎么一直不见他把钱送来。虽然老米电话上说，在他走之前，画钱一定会筹齐；梁多远行粮草不足，老米也于心不安。老米玩笑，梁多好歹做了几年老米的表妹夫，哪能让亲戚出国当瘪三。梁多眼睛一热，说，等真巧出来，我会回来看她的。米拉又是一笑。谁都有一两个那样朋友：夫妻中一个为出国的另一个守候国内的家，但守着守着，就听说出了国的那个，不再需要这份守候了。慢说梁多和真巧连家都没有建立，一直在过渡，很难说朝什么方向过度，聚合还是离散。米拉也许笑的是这个。米潇给梁多写下几个电话号码，他米家在香港有些阔亲戚，表示愿意赞助天才，让梁多画几张肖像，他们付高价。米潇最后拿出一张画，是《女儿》的小稿，已经事先拆掉了画框，仅用塑料薄膜包住。他笑笑说，我知道你看不上眼……见梁多脸红，否认，米拉又是一笑。米潇接着说，不管怎样，这是我一生画的最好的一张画，而且你看到这张画，就看到了我们父女俩。米潇在这张小稿里，把他自己塞进了为红军送别的大巴山农民群像中。梁多打开装得肥肥的大箱子，把画放进去，可是再也关不上箱盖。锁松动了。老米跟米拉要来发卡，把螺丝拧紧。金属行李车是米潇的，是他在外逃婚和各处过度的最重要器具，现在换了主人。

米潇和梁多把箱子在行李车上绑牢,广播响了,去香港的飞机在召集旅客。

进海关之前,老米、小米站在送行的人群里。梁多后悔,没给米拉画张肖像,他多年前就发现,米拉的脸和神情都很独特。他掏出护照,正要迈进海关,却突然又向米家父女跑回来,松开拉行李车的手,握在米拉手上:米拉,你要好好保护自己哦!老米嘿嘿一乐,放心走吧,米拉的母亲到上海了,老母鸡张开了翅膀,别说米拉,连我都给她护在翅膀下呢。梁多感到鼻腔抽搐,知道一定是个红鼻头,赶紧转身往关口走去。

托运行李的时候,梁多想到李真巧。每次旅行,她风似的轻而快,到他身边轻轻一挤,行李就到了她手里。她做所有事,都那么不露痕迹,包括爱他,疼他,照料他。真巧被捕后,梁多有次去锦江宾馆,看望老爵爷克拉克,自我介绍他就是画廊里所有作品的创作者。克拉克问他是不是吉妮的哥哥,梁多笑着反问"Why",老爵爷开玩笑说,因为我不希望你是吉妮的男朋友;我绝对不希望吉妮有一个才华横溢并且不难看的男朋友!梁多英文刚够他跟老头逗哏,说,我只是不难看吗?老头说,因为你知道自己绝不止不难看,我才不说真话的;我要帮助你限制自我膨胀。克拉克的心情好转,跟米拉假冒的"吉妮来信"大有关系。米拉拿着易轫给她的情书,配上几段她的手写译文,拿到那间大套房里,给老爵爷朗读。后来"原文"也免了,米拉直接编撰"吉妮来信"的英译,说到吉妮的弟弟病情不稳定,母亲岁数太大,只能由姐姐床边照应。老爵爷也根据"吉妮来信"的内容，进行回复，说他打算追求美人到成都。米拉在下一封"吉妮来信"中，婉拒爵爷造访，说其实弟弟不在成都，在老家；老家是个山村，挨着一个军事重地，外国人慢说造访，靠近一点都会抓起来。老爵爷对"军事重地"望而生畏，被娇生惯养到七十四岁的他，住宾馆的豪华套间都天天抱怨"primitive（原始）"。米拉在养病期间两头忙，一头帮父亲改剧本，另一头忙着伪造"吉妮来信"。被伪造的信先被她送到宾馆前台，由梁多去取，然后再送给克拉克。克拉克终于从抑郁症边缘回归，在回英国之前，请米拉和梁多到锦江饭店的中餐厅吃饭。他诚挚地感谢米拉，在吉妮和他的书信往来间当翻译，并求她好人做到底，继续把这项艰苦的"活儿"（这里他用的是Job）干下去。老头在两杯香槟之后，指着瑞查说，他了解我；我在认识吉妮前后的变化，他都见证了。吉妮那么温暖！真的，美人分为两种，一种是温暖的，一种是冰冷的。再进一杯酒，老头坐着就做起梦来：有吉妮的人生和没有她，完全两回事。哪怕就是她的一封信来了，也都让我的生活温暖许多。梁多在桌下踢踢米拉。米拉转过脸，看他一眼。米拉在易轫的信上盖上口红唇印，老头当着梁多的面，就把自己嘴唇贴上去。易轫的信落款总是，你的轫。老头问，这是吉妮的签名？梁多说是的，她说她是属于你的。他当时费了很大劲，才把自己眼睛定在老爵爷那双淡蓝的眼睛上。饭局结束前，老爵爷摘下自己右手上一个戒指，请米拉转送给吉妮。戒指硕大，深蓝法郎上，几粒大小不一的钻石。老爵爷跟米拉交代，让吉妮把这个戒指穿在一根项链上，戴到胸口，当护身符。米拉推脱，这任务过分重大，还是老爵爷自己见到吉妮的时候，亲手交给她。克拉克又转过来求梁多，说，你知道，它是代替我守护她。梁多接过来，觉得米拉的目光凉凉地在他脸上扫一下。果然一出宾馆门，米拉就说，这是上海滩的老把戏。梁多问什么把戏。米拉说，仙人跳。你跟我小姑，把老头的老命玩掉，看怎么收场。他急了，说怎么谈得上仙人跳，只不过没向老头承认，真巧和他梁多的真实关系，因为没必要承认。米拉不说话了，只是笑笑。梁多把米拉送到车站，车来的时候，米拉伸出巴掌，给我吧。他问给她什么。戒指。梁多掏出戒指，放在她手心。她又是那样，凉凉的目光一扫。梁多心里抖了抖，她看穿他了；给自己前途茫茫的出国集资，他什么都干得出来，包括贪污爵爷的戒指，再去变卖。

飞机突然兜了个很陡的圈，他的心忽悠一下。也许再也落不了地了，他在晕眩中想着。父母和真巧都在地上，也许再见不到他们。每一个起飞，都会把一些人和物永远丢在地上。他想到真巧到监狱看他的样儿，暖色的皮肤和肉体，隔着一张桌子，烘烤他冷了的心。是个颠倒众生的女人，却只是用皮肉爱他。他明白多要一点点，她都是给不出的。他也并非爱她，只是他的情欲爱她。两人最亲的时候，也都保留着自己的心。他的心给了妻子和女儿，尽管她们都不想要，没有他的日子，她们过得有多好；总算没他了。还有还有，他将见不到的，还有米潇、米拉，这是两个他略感不舍的人。不，不是不舍，而是遗憾：故国故乡最好的一部分，不能携带随行的遗憾。整日笑呵呵的老米，是世上最痛苦的人，因为他知道什么是好，人的好，文章的好，画作的好，但他好不了。米潇太识好，对任何好的东西都病一般的敏感。还有一种人，懂得好，也能够好，就是统一和谐，比如他梁多，不好的那部分梁多，是他不在意的，无所谓的。无论谁都知道梁多做人不够好，他自己也知道，但他无所谓，他可以做大多数人眼里的坏人，但大多数人对天才都是带一点忍受的，给他们留有很大的容坏的余地。米拉的不幸，在于她看出一个痛苦的真米潇和一个乐呵呵的假米潇，不和谐地合在一起，相互撕扯，她却爱莫能助。飞机兜圈子的终点竟然是降落，一个藏在山和海中的机场，璀璨浮现，他的知觉里，地壳突变了一次，浮出了这个珠宝般的机场。

老远看见一个穿黑套装裙的女人，手举接人的牌子。牌子上的名字他都看清了，"Mr. Wentao Liu"。（刘文涛先生？）他醒悟：这是个说不同语言的地方。方块字变成了字母。谁是这个幸运的刘先生，让摩登女郎翘首以待。他走在旅客最后面。没有必要向所有人那样争先恐后往前赶，因为没有人为他翘首以待。被芳元清理修饰过的梁多，带着芳元的手艺和趣味，走在来讨此地生活的"大陆表叔"群落里。他索性再走慢些，当人群的尾巴尖，就会有幸看到，幸运的Mr. Liu 进入摩登女郎望穿秋水的视野。他身后已经没人了，前面还有一家子，穿着礼服的夫妇拉着他们洋娃娃打扮的儿女。香港同胞一定看惯了错乱穿衣的大陆同胞，这一家把晚会服装错穿到了飞机上。他假装蹲下系鞋带，眼睛偷窥摩登女郎，她长得可真够难看，上半段身材还不错，腿却是秧田里的，带着苦力肌肉。他站起身，跟女郎仅隔一米距离。女郎的唇膏艳红欲滴，眼睛充满期待。他可以是幸运的刘先生，被接到城里再说清。女郎笑脸花一样盛开，问了句粤语。他微笑耸肩作，动作是从老爵爷身上照搬，希望够正宗、洋派。女郎改用英文。

Are you Mr. Liu ?

I 'm one of Mr. Lius.

Glad to meet you.

And so am I.

Do you have any checked luggage?

Yes.

Let's go get them then.

Please lead the way.

他跟着免费向导往前走，无问西东，眼睛都可以闭上。女郎步子很急，香港人都这样抢路。等她意识到把他丢得太远，回头歉意一笑，慢下来，再说几句小话。

How was the flight?

Fine.

How is the weather in Shanghai?

Ok.

他落后一步，在看她丝袜上进行时的脱线。一会儿会有免费私家车开他进城，接下去还有免费的什么，他不免好奇，也神往。

423

女郎不漂亮，但免费的东西不能太挑剔。他的坏在陌生的土地上迅速恣意横流，因为他是陌生人刘先生。女郎又说起话来。他懒得搜肠刮肚讲英文，便用一句"understand very little"打发了。行李已经到了，香港效率。他拎起自己肥壮的大箱子和行李车。女郎的苦力腿果然好用，用膝盖一顶，帮他把箱子放到折叠小车上。他拖着箱子，跟在女郎身后，看着她苦力的小腿肚，两坨过分鼓胀的腱子肉，丝袜上一指宽的脱线，形成一道细密的"云梯"，从裙子深处延伸出来。女人最狼狈莫过于丝袜上挂云梯。不过顺着云梯爬上去，久违的好事就等在那里。真巧缺席，素净多日的梁多脑筋很荤，这不能怪他。

　　在停车场，女郎用广东国语说，Sorry啦，我叫Wendy。Wendy开一辆老旧丰田皇冠，车厢一股热臭，前面一个乘客是狗。Wendy说她也来自大陆，老家在广东。她普通话一塌糊涂，梁多一边听，一边在心里给自己翻译。你养的什么狗？梁多问。狗？对，狗。她懵了一会说，哦，我给别人接送一条狗，很大的，上狗狗学校。她笑起来，略带雷公嘴的唇部够抢眼，还要用鲜红唇膏强调。你什么时候来香港的？梁多话出口又后悔，逃过来的"大陆表婶"，一目了然，而且九个"表婶"中，十个没实话。还有，攀谈熟了，到时候想免费，比较麻缠。Wendy倒是话不断，说自己的哥哥多年前到香港做工，搬出贫民窟后就把她们一家弄过来了。哥哥还是情哥哥，梁多心里笑。梁多还想问，怎么"弄"过来的，也是撬开船底板躺到夹层里？

进入闹市，车在车灯的河流里缓慢地漂。到了一个公寓门前，Wendy说"到了"。他想，从这里再搭计程车，到他预定的廉价旅店，一定不会很贵了。十点多的夜香港，横七竖八的广告，灯光摞灯光，满马路的人，也许能问出一路公车去旅店，就最实惠。Wendy附身在驾驶盘上写着什么，然后把写好的那页从小本上撕下来。三百八十元，Wendy说。他一急，脱口道，我不是刘先生！Wendy愣了，说她收到的订车单说客人姓刘。梁多说，那你接错人了！Wendy不高兴了，说，丢，是你上错车了！他说，刚发现我上错车了，那我这就下车！他转身开门，门却打不开。丢，锁啦！Wendy说。你打开锁呀！梁多叫唤。打开锁你就跑了！给钱我，我就开锁。将近四百元港币？四百元港币在黑市等于五六百元人民币，够他吃半年饭了，就因为他在上大讲师家吃不花钱的一口饭才遭讲师夫人白眼。后面来了一辆高贵的黑车，喇叭催这辆狗臭破车快让开，它好停到大堂门口。Wendy把车往前移动一点，一面喊，快给钱我！不然我叫那个公寓里的守门了！梁多想，不给钱她不行，公寓守门人会帮她把刚登陆的"大陆表叔"送给警察的。你以为我一个女人混，容易吗？梁多想，当然不容易。她丝袜上那一道手指头宽的"云梯"，从脚后跟直上丰臀，在肌肉饱胀的小腿肚上被撑出个窟窿，露出她插秧能手光滑黝黑的皮肉。她拿到他这笔钱，该首先去买双丝袜。五六百块人民币呀，刚降落资本主义土地的他想讨个大便宜，却被资本主义咬了一大口。他磨蹭着往外掏皮夹子，磨蹭着从厚厚一摞港币里往外抽……难道就没有转机了？这一摞钞票就不可逆转地要薄下去了？梁多活到三十六岁都不知道钱好，与真巧过活的几年最不知道钱好，现在才知道，钱是真好。梁多想，此时那个真刘先生不知在哪，他梁多在此替他挨坑。

他站在人行道上，突然意识到车都是反着开的。他也刚从反向行驶的车上下来。空气发粘，湿冷的空气被很多女人的光腿搅动，好看的，难看的，都被允许光着，这是一块允许很多事物的土地，允许坑人，允许被坑。他反向朝前走，香港一副不欢迎他的样子，又来了个大陆"表叔"。朝前和朝后有什么区别？反正他不知宿处在哪里。在机场他顺手拿了一张地图，还揣在兜里。他掏出地图，抠门的地图上，所有街道要用显微镜看。他拖着行李车来到一个橱窗边，借橱窗里的灯光看地图。街道纷乱如麻，离开了真巧，才发现真巧的万能。若是真巧在身边，摄魂一笑，方向便打听出来了。最终他还是向资本主义香港投降，在路边招了一辆出租车。皮夹里那摞钞票在不可逆转地薄下去。

旅店简直是资本主义香港第二个坑人之坑。房间不比讲师家的壁橱大多少，同样没有窗。厕所在走廊里，门口挂个木牌，一面写"男"，另一面是"女"，两性是可以随时变换的。他在前台拿钥匙的时候，掌柜的就跟他说明了双性厕所。他内急已经很久，在飞机上他坐在靠窗位置，要去厕所必须从两个男人膝盖前挤过，他懒得挤。下了飞机又碰上女拆白党Wendy，再次憋回。此刻木牌"女"面朝上，他觉得自己的膀胱此刻胀得明晃晃，硬邦邦，即刻会炸。他扭着两腿回到房间，瞥见门后有个塑料桶，想必是供客人在同样情势下应急的。他站在门后,回肠荡气地释放自己,极大的水压使得喷射哒哒哒乍响,欲将桶底打成筛子。昏暗中,有人说起话来:那是给你冲凉用的,不是马桶!墙原来菲薄如纸,他机关枪扫射般的小解声居然穿透墙壁,让隔壁听去了!有人哈哈大笑。隔壁住着好几个男人。他轻轻搁下半满的塑料桶,男人们的鼾声也穿透了墙壁。跟一伙男人住在同一个听觉空间内,分享所有不雅声响,今夜别想入眠。

他来到楼下,掏出米潇给他留的电话号码。第一个电话打通,他就松下一口气。米潇的堂伯接了电话就告诉他,已经准备好了他的房间,欢迎他随时入住。他厚起脸皮问,此刻入住是否方便。堂伯说,欢迎。堂伯问了旅店地址,他要派车来接,让他带上行李在大堂等候。幸好他行李还原封未动,不一会他就收拾妥当从崎岖的楼梯上下来,站在杂货铺般的"大堂"里等候。"大堂"左边一个小柜台,后面站着接待员,接待员身后,玻璃柜里摆着香烟和酒,右边一个条几,上面放着咖啡壶、茶壶和一托盘茶杯。正中放着一尊关老爷,金光闪闪,身前摆满贡品水果。快要熟烂而酿成酒的菠萝气味,熏得那个接待员昏昏欲睡,甚至不过问刚住进店的梁多,怎么又大包小包下来了。反正店家押金已到手,亏由梁多吃。坐进堂伯的大奔驰,他才想到,塑料桶里还盛着他的尿液,像犬类一样留下"到此一游"的证明。

米潇的堂伯跟米潇五官身材都非常相似,就是按比例缩小了两号。最不同的是风貌,老头的头发梳得跟上漆一样,不苟言笑,这点使得堂伯和米潇看起来一点血缘关系都没有。堂伯母慈眉善目，脸上皮肤雪糕似的，只是开始融化的雪糕，五官线条虚掉了。堂伯家房子很大，建在半山腰。前厅供奉一个巨大的弥勒佛，四个大花盆里的发财树油汪汪地绿。老少两个保姆同样地瘦小精干，比影子还安静，无声无息地布上水果，茶水。刚才开车接他来的男人是外勤，也兼作司机，三个人都罕见的静悄悄，瘦小干练，动作脚步贼快，像三只人形老鼠。堂伯的四个孩子全在照片上，堂伯母一一介绍、律师、医生、会计师，最差一个，也是投资公司职员。他们求学世界各地，也就职在世界各地，只有圣诞节或旧历年回来。

第二天上午，堂伯和伯母带梁多饮茶，同请的还有两对中年夫妇，女人的手腕上，手指上，都是碧绿翡翠。堂伯母指着左边一对：张生张太；又指右边：胡生胡太。堂伯说，他们都想请你画像。梁多赶紧欠身行礼，这可是怠慢不得，都是他未来的印钞机。梁多从帆布大包里拿出画册，呈给堂伯。堂伯像翻旧八卦杂志那样随意翻过，然后递给张生。张生翻过，转给胡生。胡太和张太一直在小声聊她们自己的。胡生翻完画册，往桌面上轻轻一扔。堂伯指着封面那张"放鸭少女"，对两对男女说，这一幅，是得了奖的。张生和胡生点点头。梁多翻到"中国木匠"，把画面对着堂伯堂伯母：这是我画的您们的堂侄。堂伯说，他本人跟这张画像不像？梁多想，问得文不对题呀。然后他把展开的画在两对中年夫妇眼前缓缓移动，感觉此刻的他是个上门示范某种工具的推销员，销路如何，还有待于他示范的工具功能。堂伯母笑嘻嘻地说，价钱呢，都好说的，不过你要先给我们老两口画哦。梁多笑笑，对自己说，你看，来了吧？老两口豁出去拿自身给梁多做功能示范。他突然有点怨老米，不知道他跟他堂伯怎么猴急地推销他，以至于闹出这么个展销场面来。胡太说，过去有人给我们画过全家福的，画完一看，不大像的，不过我们还是按照先讲好的价钱付的。梁多又笑笑，对于绘画，他们的好坏评价，就是像与不像。他翻到真巧那张肖像，画展上他没有展出，但它属于他比较满意的作品。大家都问这个女人是谁，好靓啊。他们才不管画是怎样的画，构图意境用光色调，统统不管，只管画中人靓与否。米潇对这幅画的评价是，在人体质感和织物质感的呈现上，细腻和诗意，都可与考特的名画《暴风雨》中的克洛伊相比，但对比考特的刻意和戏剧感，梁多手笔却自由松弛得多，用心全在于看上去无心。胡太说，要是能给她画一张一样的，胡生一定要吃醋了。胡生说，我吃什么醋，挂在卧房里，我自己看。张太说，挂在你们浴室的天花板上，你们的浴室大。张生说，洋人的天花板上都是有画的。胡太说，挂这样一幅画在天花板上，胡生会赖在浴盆里不起来的，说着她笑起来，露出白得可疑的牙齿。大家的情绪都加了点辣料，得到了刺激，最初的倦意消失了。张太又说，胡太那么靓，画出来一定会让胡生瘫在浴盆里起不来。梁多看了一眼胡太，脸蛋还算好看，身材却过早垮塌，穿上薄纱一定看不得。

梁多觉得崔先生和这些香港男女有相似之处，就是他们皮肤的特有质感，他一直捉摸不出，直到第二天在胡太的餐桌上看到花胶。胡太回请堂伯老两口,由张家两口子作陪。梁多似乎是不便单独留在家的一只宠物,也就被带来了。胡家的阳台能看到海,在香港已经看腻了近距离人与物的梁多,一人站在阳台上极目。过一会,胡太出来问,冻不冻啊?梁多摇摇头。你给我画,我背后就要海,什么也不要。梁多不吭声,心在猛力反抗。构图取景都替他决定了,非狠敲他们一大笔不可。胡家比堂伯更阔绰,房子里挂了不少有名的中国字画,徐悲鸿的马,李可染的牛,黄冑的驴,都有。有太阳的时候,海水蛮蓝的,胡太太说,对了,一定给我加上两只海鸥!她头发被风吹乱,样子生动了一点。梁多懒得开口,他与胡太,好比海欧和鱼,是两种动物。听堂伯母说,胡太是从内地嫁到香港来的。她七五年从湖南电影厂给一个香港导演选来跑龙套,给导演做了一阵无名分的小妾,认识了胡生。他又瞥了她一眼,没错,花胶般的皮肤;被完美泡发,又经过透彻清洗,再被某种秘方漂白,小火细炖,最后成就这种凝膏冻脂的感觉。吃什么像什么,久吃花胶,也就吃成了这种肥鱼般的胡太。胡太,你的侧面很美哦,梁多说,好听话又不要钱。胡太说,叫我艾米好啦。这里放个贵妃榻,我可以半躺,背后就是海和两只海鸥。假如梁多不愁将来在美国的生存大计,他肯定拔腿走人。命题作文,梁多穷死不沾;他在这方面比米潇硬气。第一晚就被资本主义香港坑走五百元,他服软了。朝着大海叹口气,他想,就把身边这个半老徐娘当银行吧,你来是为取钱,跟银行置什么气。依照老米的故事,没有银行家美第奇就没有吉奥拓(Giotto),没有吉奥拓就没有绘画的透视手法，就没有吉奥凡尼、乔尔乔尼、达芬奇、米开朗基罗、提香、就没有文艺复兴。要是七百年前的吉奥拓反抗了美第奇的命题作文，现在还在艺术的中世纪。

当晚，他请示堂伯母，能否用他家电话打个美国长途，堂伯母稍微迟疑，做了个请便的手势。纽约的哈默太太接通电话，梁多告诉她，海运画作需要一个半月之后才能到纽约港，因此他想延长在香港的逗留，将于一个月后启程去纽约。老太太希望他能有足够的时间调整时差，布置展厅，预热媒体。他给她打保票，半个月时间肯定够了。老太太被他说服。假如他一天画十二小时，应该能完成三幅大尺寸肖像。接下去，他用了两周时间，完成了堂伯夫妇的肖像。每天是十四小时的工作。第一张画等于撬开第一个银行，一点失误都不能有，百分之百让胡太、张太信服，她们都将成弗朗索瓦·布歇笔下的德.彭帕杜尔夫人那样永垂不朽的画中人。堂伯母看了画之后，问堂伯，我有这么老啊？堂伯看了一会，说为什么皮肤这么黄？梁多解释，他有意选择浅茶、暗金作为画的色调，营造一种古典气韵，使被画的人物介于写实和写意之间。可是，看起来我们不大健康啊，堂伯母说，你看这张照片，她指着全家福，香港顶好的照相师照的，我面色是这样的。他又解释，照片是再现，绘画是表现；表现，是升华，升华后的形象更加神似，更加体现总体格调，假如摄影式的再现人物，大可不必花那么多钱，那么多时间，那么多创作力来表现了。堂伯说，小梁就再改改吧，否则，他笑着指自己太太，她要不开心的。他苦笑，回到他自己房间。先是直着眼睛站在门口，突然冲过去，抓起床上的枕头往墙上扔，枕头砸不出声响，窝窝囊囊落在地毯上。他感到自己满心屈辱就像这只窝囊的枕头。于是他又抓起床头柜上的台灯，举过头，又感到无力，连砸的力气都没了。他栽到床上，不知怎么睡着了。他醒来已是午后，慢慢抹掉嘴边口水，来到地下室。他的画架支在乒乓球桌旁边，下午的阳光照进来，有一种手术麻醉醒来后的祥和。按照堂伯和堂伯母的要求，他开始给人物的肤色刷白，等于涂脂抹粉。化好妆的画在下午四点出现在客厅，老两口勉强表示了满意。他原先的设想遭到彻底破坏，但"银行"向他敞开了大门。老堂伯不声响地进了客厅旁边的书房，一会功夫出来，把先前讲好的费用放在茶几上。美钞旧旧的绿，是铜锈颜色，百元面值，一共二十张。他在自己卧室里点了三遍。十四天，每天工作十四小时，画到奄奄一息，他一百九十六个小时的生命卖出的价钱。床头柜上放着堂伯家另一个时期的全家福，堂伯和伯母大约四十岁左右，两个儿子应该在十四五岁，女儿一个十八九，一个十一二。四个儿女中，或许有一个喜爱上了绘画，但被告知，功课之余玩玩是可以的，不能耽误正经事，不然将来你就会像纽约、巴黎街上的瘪三，靠拉路边客人画像挣三明治。梁多眼里汪起泪，这些年真巧用她妖娆的身体为他筑起象牙塔，他尽管任性去画，去脱俗去纯粹，人间烟火由她一面独挡。他也不能想象，米潇和这一对老人，居然源自同一血统。再一想，他冷冷一笑，门德尔松家族，大多都开钱庄。正如门德尔松和她的姐姐，米潇也是米家基因的偶然变异。

张家夫妇、胡家夫妇都来参加米家的挂画仪式。梁多冷嗖嗖站在一边,手揣在裤兜里,"此事与我何干"的消极微笑铺在脸上。胡太说,给我和胡生画一张,再单独给我画一张,可以吧?Why not?他回复一句英文。对着"银行们"都是"Why not?"胡生笑笑说,我免了,给艾米画一张就好了。张太说,画一张大大的仕女图,将来梁生国际上出名,行情涨了,画可以按尺寸升值。"银行们"张口闭口,自然都是行情。他想,其实大可不必像为堂伯和伯母画像那样认真,山猪吃不来细糠,我居然包饺子饲养,活该。现在看来,画得像不像都不重要,美化就好,把他们的真相大胆朝美的方向篡改。主意定了,他觉得前一阵的憋屈真是憋得冤枉。给堂伯老两口改画时,他觉得自己剥了衣服给人强奸,有一刹那简直想轻生。怎么会那么想不开?把什么构思、原始冲动、创作激情之类的概念抛干净,剩一手技巧完全够了。技巧,他在十几岁就玩似的过了关。

紧接着画的是胡太。她一再请他更正,叫她艾米。他觉得她是典型的某太,艾米像借来的名字,号码不对,搁在她身上嫌太小。艾米真的在阳台上放了张贵妃榻,穿着浅黄纱裙,一层薄纱下,松泡泡的肉体一动就颤。别有一番令人作呕的性感。艾米一只手支撑着一侧脑袋,让几缕头发耷拉在手臂上。他看了一会,觉得令人作呕的性感也很勾胃口。人家就是胖一点,松垮一点,不代表不骚。他手中的笔,闪电般落在画布上,女人的形状大致勾勒出来。再定睛,发现艾米开始搔首弄姿,他笑笑说,放松点,不然我们俩都要累死。艾米干脆坐直，娇声说，已经累死了。他说那就请佣人把相机拿来，拍下照片，他只需按照片画，大家省力。艾米叫了一声"阿葵"（或者阿桂），没人应声。她光着脚跑进门里，又叫两声，仍然没人应声。"死人，跑哪去了！"她嘟哝着往楼梯口跑，伸脖子朝楼下大叫，仍无果，骂骂咧咧回来，走到阳台门口，不知怎么一来，裙摆和腰部断开，正面咧了个大口，一段白生生的裸肉乍现在梁多眼前。跟她脸比，那段肉更是完美的冻脂凝膏，他眼睛里简直伸出舌头，舔上去了。要死了，裙子给我撕坏了！那一步她跨得过大，踩在长裙裾底边上，加上小跑的惯性和身体可观的重量，裙子上下两半被她踩得几乎分家。她两手提着裙摆，问梁多怎么办；佣人都不知跑到哪去了。梁多叫她原样摆姿势，不去画裙子上的裂口便是。她坐回去，梁多摁耐住狂跳的心，重拾画笔，发现手指微抖。她告诉他，为了这张画，她特地到图书馆找来画册，看到考特的《暴风雨》和《春光》，两幅画里的女主角裸露得那么含蓄，清雅，她想像自己的身体，就该在画面中那样呈现。梁多心里茅草疯长，刚才看到的肥嫩身体太惊心动魄，作呕也是一种宣泄，也是一份病态快感。他说，姿势还是有点别扭，她蠕动几下以做调整。他说，我可以帮你吗？她没说话，羞涩地点点头。他走过去，把她搁在裙腰上的手拿开，那一段裸肉又暴露了。她把他的脸按在冻膏凝脂上。真是解馋；他害了那么久的馋痨。

后来艾米告诉他，她看到他的头一眼，就知道跟他干净不了，一定出事。所以她那天做了专门的安排，给家里两个佣人都派了差，所有差事完成，他们的预热试水就应该完成了。当然是不能在胡家胡来的。第二天，艾米把梁多约到中环的文华酒店，一前一后进了电梯，当着几个同乘电梯的人，两人狠狠对视。一进房间，两人狠劲大爆发，各自喉咙里发出兽吼。他感到意外，以为曾经过真巧的身体，便是"除却巫山不是云"，现在他身体下的女人就是一大团棉花，居然也能满足胃口。

那天之后，他们隔一两天就约一次。他夜里赶工，照着艾米的相片画，笔经过所有他触摸过的地方时，就感到不可思议，那么爱人体美的他，居然对这样无形无状的肉体也着迷；那身体上丑的、脱形的段落，勾起他变态癖病的着迷。他对这身体的占有是破坏，要她痛，他的每一个攻击都使那丑陋毁灭一霎。他的猛攻也是报复，让你给我命题作文！让你给我设计构图！让你背靠大海，两只海鸥！让你有钱，收买我的对艺术的贞洁！让你有钱！让你有钱！让你有钱！……她就是不求饶，任凭他怎样冲撞，力度都被她的无限弹力吸收。

在他的画布上渐渐诞生的艾米，事与愿违地美。他以为报复和怨恨会让他画出庸俗市侩的人像来，但他吃惊地发现，这可能会是另一幅杰作。无论他内心怎样抵御，艾米在刹那间流露的痴情，被他的笔捉住，她浪荡人生中残存的最后一星真性情，被他放大了。他恼怒自己，对这样一个女人，也会付诸真情，哪怕真情稀薄得可怜。他是有病的，病在他无法不爱被他描摹的对象。那爱带着浅浅的恶心，如同对霉臭豆腐的恶癖；其他千般鲜香美味无法替代的那一口，给于他的罪恶满足。他跟艾米说，这幅画将开启我另一个绘画纪元。她不懂地看着他。他不想草草完成；他要把它带到纽约去，慢慢琢磨，让它的审美效果达到饱和。艾米还是不懂，但现在他对她有着鞭子般的驱策力，也就懵懂答应了。在床上被征服的女人，都像牲口一样好驱使，艾米的眼睛神采涣散，就像饱受发情之苦而正被交配的母马。艾米请求看一眼未完成的画。他轻蔑地摇摇头。她现在只有性奴的忍气吞声。他说费用必须先付一半。对此艾米认为极其公道。第二天在酒店房间，她把厚厚一个信封交到他手里。

他先画的是张太的肖像。他捏着鼻子，闭着眼，给她在画面上整容。等肖像完成之时，张太便有了放大了的眼睛，缩小的鼻头，加长的眉毛，丰隆的嘴唇和胸，抽了脂的腰和臂膀，削细的手指。张太一厢情愿地相信，画中人就是自己，自己在画家梁多眼里和所有人眼里，都否决了世上所有镜子的功效。张太付了费用之后，还以小动作塞给梁多一小卷钞票：小费，别让张生看见。艾米看了张太的肖像，放心了，动情地对梁多说，真是天才呀。他推掉了为张生张太画合影的大生意，说他近来夜车太多，身体严重亏欠，实在画不动了。艾米悄悄看他一眼，淫荡地一笑，表示他的亏欠如何造成，唯有她知情。

他到机场后，发现艾米等在航空公司柜台边。他可不想搞一场十八相送。他皱着眉说，你怎么来了？艾米嗔道，下了床就不认人了？这个时候的胡太，有点下作。他托运了行李，生着闷气。艾米说，一夜没睡，在想是不是跟你私奔。这正是他最害怕的。看看她一夜的胡思乱想最终归结为胡思乱想，最终妥协于安安稳稳做她的胡太，他冷冷一笑，摸摸她的头发。她脑袋顺势就粘在了他的掌心上，他撒开手，那个全身唯一可称道的部位——鹅蛋形的脸便贴在他肩上。说不定哦，她喃喃地说。他懒得问"说不定什么"。你也不问问，我想说什么。她那么大个身躯，小女儿家的扭捏。你想说什么，梁多敷衍，表示给她面子。说不定我哪天想通了，就去纽约找你。他想，可别，我会喊救命的。但嘴上，他笑笑说，不会的，几圈麻将一打，你就回去做胡太了。她狠狠瞪他一眼，因为未来的现实被他一语道破。她说不管怎样，她会在自己肖像完成的时候去纽约，他没有权利拒绝她。他说欢迎，假如她带着另一半费用来，那就更欢迎了。

《X夫人肖像》展出的时候，米潇正好到纽约。米潇是八零年代的最后一个冬天到美国的。他最终接受了两个妹妹的邀请，到新泽西她们的家里续手足情。她们的三哥哥是在她们少女时代离家出走的。她们的印象中，还是那个多才多艺、满脑子世界大事的十七岁米潇。到了妹妹家，他跟梁多通了电话，得知梁多本周末个展开幕，说他死了也不能错过。从新泽西到纽约，老米乘错了火车，到达画廊，开幕式早已结束，参加开幕式酒会的客人已经散了。梁多给米潇的大妹家打电话，她说她下午三点多就送她三哥哥到了火车站，眼看着他进站的。梁多不敢离开画廊，几番到门口抽烟张望。快九点的时候，见一个缩头缩肩的亚洲小老头在马路对面问路，他大喊一声：老米！小老头转身：狗日梁多！老米夹带着寒风穿过马路，惹得几辆出租车一起尖叫。这就是画廊？老米指着那不大的门脸，一脸狐疑。能在上城有这么个小画廊肯为你办画展，已经非常幸运，梁多想，老米不久就会明白这一点。梁多把老米请进门，为他倒了一杯气泡酒。老米像几年前一样，认真肃穆地看着每一幅画。他来到以胡太艾米为模特的《Madame X》前面，梁多看出他深吸一口气，又是一次对画家的新发现。这幅画一米五x一米，是展出作品中偏大幅的。老米看后一直在沉思中，梁多问他，是不是不喜欢《Madame X》？他说不是不喜欢，他吃惊梁多画出了这女人的复杂性，更吃惊他走出了局限，画出他不喜欢的人物。梁多笑笑，谁说他不喜欢这个女人？老米也笑笑，说，你喜欢的那些，就是你厌恶的；有多喜欢，就有多厌恶。那种腐败的气息，你画的……让我没得话说。老米冒出重庆腔。冷餐火腿已经发硬，老米不知肉味地大咀大嚼。酒全喝完，老米冻青的脸恢复了人色。

梁多和老米在路边截出租。十点多的曼哈顿，所有剧院都在散场，出租司机最好挣钱的时候。梁多在马路边空张手，出租车呼啸过去，都是满载。米潇说，算了，还是走走吧。梁多说，今晚不是省钱的日子。出租终于被招下，梁多把老米塞进车门，自己跟进去，同时把地址告诉了司机。老米说，真巧被提前释放，早出来半年，因为在监狱里表现好，当墙报主编，还带领女狱友搞演出队。她在哪儿都能活，活得还都挺好……梁多打断他，说今晚住我那，话我们慢慢说。老米问，你那儿有地方睡？梁多笑笑，睡啥子哦，那么多话要说。出租车沉默地行驶,梁多问老米,在他妹妹家是否住得惯。今天刚把大妹的炉子弄坏。梁多笑,能工巧匠如老米,怎么可能弄坏东西,坏了的东西老米都能折腾好。老米说那种炉子别说用过,连见都没见过,表面像大理石桌面,关了火之后,以为它恢复成桌面了,就把塑料盆放上去,结果塑料融化成一滩塑料粥!老米拿油画刮刀去刮冷却的塑料,在仿佛大理石的炉面上留下了刮痕。他大妹心疼,一千多美金的炉子呀!祖国的穷亲戚三哥哥,这才是刚到美国第一周,就糟蹋掉一千多。大妹小妹到机场去接米潇,都哭晕了,说三哥哥老得可以给她们做爸爸,可见饥荒日子多毁人。米潇笑道,她们把我当逃荒的。

一个小公寓,一月一千八,米潇听说后,喷一下嘴。梁多说这还是卖画生意不错呢。哈默老太太这两年处处帮忙,十月份带他参加了一个大收藏家的生日晚宴,磨破了老太太的嘴皮,劝他收藏梁多的《Madame X》。梁多说,老米,你也拿几张画给老太太看看,说不定她会收藏。老米笑笑。梁多看出自己的建议对老米是耳边风,已经刮过去。老米对那个画上的Madame有兴趣,问梁多是不是他堂伯介绍的阔太太。梁多点头,起身去放音乐。一支查克.贝克尔(Chuck Baker)的歌贴着你的耳膜,擦着你的心边,吐出来。梁多把客厅的灯光调暗。他问米潇会不会在这里实行音乐管制,因为他知道老米音乐的胃口极古典。米潇笑笑。现在说说真巧吧,梁多说。米潇说,听说公安局也跟你调查她了。嗯。说她是国际上流娼妓?嗯。你觉得呢?梁多耸耸肩。很无奈。两人沉默,让

439

贝克尔凄婉诉说。梁多一口饮尽杯里的红酒，站起身去倒酒，突然转身说，就算真巧是娼妓，那也干净得多。米潇看着他。这句话是有对比参照的，米潇等着他完成对比。梁多说，那个Madame X，虽然嫁了阔佬，身家亿万，人人看她是贵夫人。跟她比，我宁可要娼妓。梁多斩钉截铁地结论，把红酒都倒到杯子外。谁不是娼妓？米潇悲惨地笑笑，我画那些画，得了奖，也不是自由恋爱，没得好幸福的。梁多说，男人就不能给人嫖吗？我给你堂伯画肖像，就是给他嫖。米潇笑笑，太懂得了。居然告诉我，背景要什么，脸色要多白。Madame的背景要大海，道具要海鸥，日他先人，他们有钱，该人家嫖你。她还要到纽约来参加画展开幕式，锤子，还嫖上瘾了？给多少钱，老子都不给嫖了！梁多有点醉，眼睛瞪着面前两尺之外，似乎那里是Madame X。米潇似乎没了谈兴，简单地说，真巧出狱后，开了家服装店，解决温饱。然后他话锋一转，说米拉明年春天也会来美国，得到了洛杉矶一所大学的邀请，开文学会议。米拉会来纽约吗？梁多问。米潇认为她会的，因为她知道，不到纽约，何为到美国。梁多醉话道，Madame X是米潇堂伯好友胡生的太太，要跟我私奔，打算批发价嫖我。米潇一条眉毛挑了一下，表示男女间就那么几个故事。收到你的信，能看出你怨气大，所以我就取道多伦多，不走香港。梁多笑笑，说，我可以很脏，偶然为之，Why not?但不能老脏，他打了个酒嗝，随后是自我厌恶的笑。老米喝着酒，脚尖轻打节拍，查克.贝克尔的节拍真自由，老米的内心能跟得上那节奏。梁多想知道，老米会在他妹妹家住到什么时候。米潇回答，住到明天。梁多吃了一惊，心想，他不会以为他这个小公寓是他久留之地吧。米潇看出了他的担心，笑笑，说他刚到新泽西第一天，就开始在中文报纸上找房，已经看过房了，本来准备下礼拜搬过去，先定定神，过渡一下，再看往哪里去。

真巧出狱

在火车站月台上看，车窗里的真巧小姑没怎么变。也就是瘦了几斤，也就是稍微苍白一点。从车门下来，真巧身后跟着一个白净女子，细看身材和走路姿势，认出此女竟然是李芳元。米拉跑过去，不敢细看芳元的脸，整容术把熟人变成了生人。真巧说，咋个喽，认不到了是哦？介绍一下，李芳元，你小小姑。真巧坏笑。米拉缺乏思想准备，对芳元傻笑一下，自己脸红了呢。真巧又说，到监狱门口来接人，我一看，人好多哟，咋就莫得我妹娃儿呢，一看，人家鼻子尖儿都撞上来喽。那阵比较吓人，眼皮肿那么厚。她手指头一比。她出狱后，头等大事就是把尖尖十指打整出来。芳元给姐姐说得要哭，米拉拽拽小姑的袖子。我坐牢，她跑到苏州，在香港人开的车衣厂做了一年工，工钱全部到鼻子上眼皮上去了，你说她瓜不瓜？芳元眼圈红了，老实的小小姑。不过话说回来呢，真巧把窘出泪的妹妹拉到怀里，我们妹娃儿是好看了讪。米拉也承认，用不知情的人视角看芳元，确实有点唬人，高鼻大眼的，又描眼线又涂睫毛膏，难怪变成了陌生人。真巧反而比入狱前还开朗，抱住妹妹大声笑：哭啥子嘛哭，爹妈能给张脸，医生就给不得啊？芳元那由圆改尖、由宽变窄的鼻子噗的一声，喷出个大鼻涕泡来。

米拉把姐妹俩送到她们最早的出处——板板房老家。米潇的"七孃"，是米拉的七婆婆，在胸前抱起粗壮的胳膊，对小女儿斜着眼：你是哪个？咋没见过呢？芳元扭扭肩，人家给你寄了照片的。母亲说，作怪哟！然后眼睛往真巧方向斜：我们家有一个作怪的了，又来一个，咋招得住。说完她转身进门。米拉只来过此地一次，有点拘束，把老爵爷留下的那个戒指往八仙桌上一放，说，完璧归赵了啊，我走了。七婆婆此刻人已经走到通院子的后门口，大喊一声，敢走！米拉给她喊得一傻。真巧冲她挤眼，轻声说，板板房的婆娘。七婆婆朝后门外喊，凯元，快当点儿！院子里一根男生的细嗓门应道：来了。门从外面给踢开，真巧弟弟凯元端着两大盘菜进来：妈一早就出去买菜！说着凯元把菜摆到八仙桌上，一盘红艳艳的凉拌耳丝，一盘雪白的珍珠肉圆。凯元是个羞怯的人，据真巧说，他小时候看马戏，一个小丑把坐在第一排的凯元抱起来，吓破了他胆子。真巧在端详那只大戒指，七婆婆把一个长板凳放在米拉屁股下，按按她的肩，坐到吃！然后转脸向真巧叫：未必还要我喂是哦？真巧很习惯母亲这种态度，不理她，跑到对着街的门口，把钻石放在眼前细看。她母亲又叫，还不死过来？圆子要冷了！真巧走过来，坐下，把套着戒指的大拇指伸到母亲面前，笑嘻嘻问，咋样嘛？母亲说，拿起走，我这辈子没见过好东西，见了眼要冒血。凯元此刻又摆上来两个盘子，一个盘子里高高摆起七八个小蒸笼，另一盘子里是鱼头蒸菜头。凯元一边摆菜，一边说，妈做的都是蒸菜，早起就忙喽，怕你们火车误点，蒸菜热起容易汕。

七婆婆把连锅汤端上来，真巧突然袭击，把戒指往母亲一墩，说，妈，借点钱来，母亲愣住。真巧说，这个押给你。母亲反应过来，向她伸出巴掌，你借点钱给我哟。你老娘我啥都不缺，就缺钱。真巧说，拿去估一下价嘛，估价多少，借多少。姐姐借钱做啥子？凯元问。钱多了是哦？母亲抢白儿子，夜班费嫌多，拿来给我嘛。我给了你饭钱的，凯元嘀咕。房钱呢？母亲厉声。凯元更小声：大不了搬到厂里头住集体宿舍。你敢！凯元不吭声了，你那两根鸡脚杆都给你打断！翅膀硬了是哦？都跟她学，母亲指真巧，飞出去到处野，野到牢房头去了！三十岁的凯元，立刻像十岁男孩一样乖。真巧说，不借就算了，话那么多，弟娃儿吃饭！母亲反而安静了。米拉看出，这个姐姐在弟弟妹妹心里很有地位。吃了一会，七婆婆说，真当我没见过好东西是哦，拿个屁玩意儿来惑我。米拉，真巧叫道，退伍解放军说，是不是屁玩意儿？米拉后悔在这个板板房里出席家宴。板板房的菜地道，话语是另一个系统。米拉慢条斯理说，戒指是一个英国贵族老爷给小姑的。七婆婆看了米拉一眼，又看了戒指一眼。她对米拉和米潇有几分怕，保持着敬畏的距离。他咋会给你呢？欠你的啊？真巧笑笑，眼睛神秘。米拉说，他想娶小姑。七婆婆这一惊吃的，桌上盘子碗都感觉得到。大家都沉默了，瓷勺子和瓷碗轻轻切磋。那你咋个打算？七婆婆说，侧转头看大女儿，有一点看娘娘的眼神了。是个老头儿，好老哟，芳元补充，颈项下头的皮皮，一拽多长的。你拽它做啥子？！不拽也长，就像颈项小两号，皮皮大两号。米拉给芳元的说法逗乐了。母亲说，不行也找你那个医生嘛。哪个医生？就是那个把你娘胎头带出来的脸整成这个屁样子的医生讪，给他割一刀，颈项上多余的皮皮就割下去了嘛。凯元茅塞顿开,就像割包皮!真巧大笑,母亲用筷子狠敲两下碗边:在吃饭哈,裤裆头的事情拿来说!她拿着戒指走了,上了阁楼,所有人听见楼板在头顶咯吱吱响。等咯吱吱响的脚步回来,七婆婆眼睛横扫所有儿女,你们作证哈,我帮她收起那个戒指了,钱不是借给她的,是给她用的。她先用抹布把自己面前的桌面抹干净,然后把一沓钞票放在上面:三百,多了冇得。为啥子你们晓得不?不管她多作怪,这个家她一直顾到在。弟娃儿你以为冇得姐姐走门路,你能到仪表厂上班是哦?她有钱的时候,每个月都拿一百两百回来给我。妹娃儿帮衬她,一个月也拿两三百工资,还管吃管穿的,她要不是急狠了,不得把这么贵重的东西拿来抵押。大家都看着母亲,把钞票一张张数给大女儿。

第二天米拉还在写作,真巧来了。她心事重,在院子里抽了好几根烟,一边帮米拉栽种玫瑰。米拉把易韧家的过渡房打整一新,墙刷成米色,书架填满她自己的书,添置了两个朴素的布面沙发。院子的死树都被她锯了,除了荒草之后,居然发现一棵玫瑰还活着,隐秘地开着极小的花朵。老米来看女儿时,剪了些玫瑰枝桠,养在玻璃瓶里,等枝桠在瓶里发出小根须,又移栽到土里。头一年种活六棵,这是第二年的移栽。一个小花园已经看到了雏形。易韧第一次看见,说何必浪费力气,也就是在这里过度,说不定很快就搬走。米拉笑笑,不理他。她心想,小姑和父亲都特别爱花,街上买的鲜花,几天就败了,但不能因为它们短命就不让它们美。后来易韧再来,玫瑰开得好,他就跟米拉在院子里吃饭,自称为庭院小餐。米拉结束了写作,问真巧有什么心事。真巧说钱不够,租店面还差一千。米拉说,这么贵?小姑说,要租就租好的。米拉说,我这篇小说的稿费,还没收到….真巧搂了搂她的肩,你有钱我也不能要,看你样子,人都要写干了,我舍得?米拉笑笑。真巧说,你帮我去问问吴可。米拉想,吴可有个戏要被电影厂拍成电影,大概是得了些钱的。真巧又说,我的生意做起来,钱一周转过来,马上还他。米拉答应,好,我帮你开这个口。

两人商量,第二天请吴可来,真巧做菜,米拉买酒。吴可接到米拉的邀请很开心,说,丫头的小说常常引起热议,是香港人形容的当红炸子鸡,还以为把小吴叔叔忘了呢。米拉嘴里说,哪儿敢呀,其实暗笑,那是因为她有了易轫,内心饱足,看看庭院玫瑰开了落了,两地书你来我往,她不知自己还缺什么。易轫一年能来成都三四次,这房子是最有力的借口;谁想要回房产不跑断腿?米拉若有开会出差机会,两人也会异地小聚。真过上了夫妻日子,滋味会有这么好?米拉怀疑。

吴可是拿着一把百合花来的。四月底傍晚,庭院两只鸟对歌,一张小圆桌放在竹架子下。竹架子是等紫罗兰攀爬的。目前藤萝才种下,还太小,爬不动架子,针细的藤给米拉用细铁丝固定住,才攀到人腿高。玫瑰粉的红的白的,被矮小的枝干顶着。吴可大叫,丫头藏了仙境在此!米拉笑笑。听见厨房哗拉作响,香气攻破小院,侵略到邻家。邻家的墙头上,跳上来一只猫。猫咪仰着下巴,鼻子耸动。吴可说,老米在烧菜。米拉笑笑,不做声。吴可在藤椅上坐下，看着米拉笑。米拉也笑，她现在不是小姑娘了，做了女人，小吴叔叔都明白。但她做的是有妇之夫的女人，像曾经的甄茵莉那样被私藏的女人，做的是拾人夫妻生活边角料的女人，他是不知道的。你怎么想到请小吴叔叔来吃饭了？这还用问？米拉说，当然是有事求你啊。我就知道，吴可靠回到藤椅背上，脸朝天。他头发基本全白，磨难磨白的，因此他坚决不染，控诉他磨难的世界。他的新剧去年解禁，允许上演，不过多处给改了，删了。他在被迫改剧时白了的头发，黑不回来了。他闭着眼，不看1988年暮春傍晚的天。什么事？他在天问。借钱，回答如此世俗。他转过脸，刚才听到的语言，想在米拉脸上看到一遍。米拉说，是借钱，我小姑想开服装店，高档的……。吴可挡住她继续的解释，问，借多少？两千。他一下子坐直，然后站起来。丫头，你咋知道我刚得到两千？米拉说，你得到两千，哪儿得到的？一个导演跟我买《红绳》（他那著名的被停演的剧）的电影版权，妈的电影都快拍完了，钱还没付完，我追了大半年账，刚付齐！米拉说，我小姑现在困难……吴可爆破出一句：她活该！米拉被抽了一巴掌似的：小吴叔叔，你怎么这么说话？我怎么说话？她作啊，作到监狱里去了吧？还连累了我！我差点陪着她坐监！米拉看着他，没话了。是她叫你来跟我借钱的？米拉还没话。把我们一圈儿人都拖进去了，你爸也差点倒霉，要不是他近两年得奖多，成了省里的宝贝，省里有领导保他，他说不定也进去了！说我是走私嫌疑，帮着国际古字画走私犯收集国家文物。要不是顶着这些指控，我会写检讨，改剧本？改我的命

447

都行，但不能改我的剧！警察他妈的，训我跟训孙子似的！米拉问，那是什么时候？前年啊。几月？十月初。米拉彻底没了话。案子开始得比真巧被捕时间早了两个月。吴可在那之前已经提供了证词。米拉也站起来，看着吴可，小吴叔叔，没想到你是这样的人。吴可呆了，什么意思啊，丫头？你出卖了我小姑。她连累了我，人家公安来打听情况，我能不照实说？！

  吴可见米拉转过脸，冷着他，拿起桌上的草帽，但一转身，看见扭着小蛮腰的真巧端着两盘冷菜出来，僵住了。米拉看着小姑，她什么都听见了。真巧看一眼吴可，笑笑：太阳下山了，戴啥帽子嘛？真巧有两年没见吴可了，一头白发那么扎眼，她眼圈立刻通红。然后她侧转身，撩起围裙的荷叶边擦了一下眼睛。吴可腮帮搓动，戏剧高潮自己出现了，突破了他的剧情设计。米拉看看他俩，走进门，此刻是双人戏，她连观众都不想当。她站在厨房里，空气都是蒸牛肉的浓香。真巧的蒸牛肉破了传统，她用牛里脊，拿刀背拍几轮，精盐鲜辣椒末腌两个钟点，小米大米花椒预先炒黄，舂成粗粉，再把肉放上去滚。她对米拉说，这么好的肉，放一堆重口味佐料，糟蹋了。

  上次易轫回来，米拉央他在厨房墙壁上打个洞，再把洞扩展成一孔小窗，小蒲扇那么大，但通风和采光都解决了。院子里那对男女说话，小窗里听就是嗡嗡嗡。两人一定是抱头亲一场，洒几滴泪在对方身上的。米拉清理着白瓷洗池，她喜欢保持它洁白如新。这是去年易轫买来安装的。米拉常把热水倒进去，用水瓢舀水洗淋浴。易轫在的时候，两人成了一对孩子，用水瓢舀水相互泼水，相互搓洗，洗着，便缠作一处。易轫总是纳不过闷来，那时在舞台侧面看，那细条条的身体，裹在绸子里，薄纱里，跟仙人似的，现在怎么就在手里、怀里。每一次他纳闷，便把细条条米拉抱到水池边上，那么站立着，端详她，要她，眼里还是纳闷。

真巧进来，看着白色蒸汽中，米拉一脸羞红。真巧说，你不要说他，晓得不？米拉点点头。他也可怜汕。至美的小姑，全身上下，淘洗掉女性无关紧要的质料，提纯所有的精华，多少人里，才堪提纯出这样一个真巧？真巧揭下笼屉盖子，蒸汽升成蘑菇云。她用筷子尖触碰蒸笼里的肉，说，熟了。她取了一只大盘，把五个叠摞的笼屉放在盘上，脸上细密绒毛落了一层细小露珠。一缕光洞穿小窗，光如柱，蒸汽灌进光里，白色云雾般的翻卷。小姑端着盘走出去，头不回地走向满头白发的男人。人间有多少对要不够、聚不拢的冤家？

三人围小圆桌坐，看真巧变戏法。每一笼屉揭开，都是一个菜。她从母亲那里得到了启发，蒸菜便于保温，一桌菜一锅蒸，可以同时上桌，鱼肉蔬菜齐全，个个滚热。清蒸牛蛙腿，配藤椒蒜汁，原味鲜美，蘸料只做强调，不像一般川菜，佐料掩埋了原食材的特色滋味。在上海住的时间，真巧得到粤菜和淮扬菜的启迪，现在另辟一路。米拉为三个人斟酒。她发现吴可一只手按在真巧腿上，看来表面气氛没完全解冻，冰层下面已是阳春。真巧那肉体之美是放射性的，任何男人与她近距离，便被那肉体引力吸过去，小吴叔叔是头一个抵御不住那引力的。客厅里电话铃响，米拉跳起来。晚上至少有十分钟独属易轫和米拉。易轫问：你怎么这么喘？米拉出声地笑。干嘛呢？他还是想知道。没干嘛。院子里那对男女，院子外的所有人，此刻都不相干了，世界就两个人，给一根电话线系在这头与那头。那头说，想念啦，这头说，嗯，Me too。那头笑了，他现在被逼无奈，也学会用英文做暗语。那头说，等一会儿再打给你，刚进来一个电话，公司业务。这么晚还业务呢？这头不满了。那头说，保证五分钟给你打回来，不准跑远！

米拉回到圆桌边，脸上特有的笑抹不去。很快感觉另外两个人瞪着她，她抬起头，小吴叔叔怎么了？眼睛那么凶狠。吴可说，闹半天那人没离婚呀？你怎么跟有家的男人混呢？一个大姑娘给他占便宜？！米拉不说话，看着真巧。叛卖时时处处发生。真巧说，我以为他知道……吴可还没从心碎的震怒中平复，你这丫头，你爸你妈要知道，还不气死，伤心死？！你是他们的心头肉，你也是小吴叔叔……米拉看着他，没说出口的"心头肉"？你从小，我就那么看重你，你现在事业、名声都有了，好男人多的是，你自己倒不看重自己……真巧握了一下他搁在她大腿上的手。米拉笑笑，笑出"不跟你一般见识"来。她一心在等那个电话，其他爱谁谁，爱说什么说什么。吴可说，你还骂我出卖？！小丫头你简直太辜负我了！米拉吊儿郎当地抬起头，眼睛里的"至于吗？"带拖腔，油腔滑调。吴可蹭地站起，走出去了。米拉在身后说，帽子！

她看着小姑。小姑说，怪我；我咋晓得你瞒到你爸你妈，瞒到现在？你也太要不得了，瞒两年。米拉不语。她不瞒怎么办，日子还得安生？一个人，做得出，就要说得出，说不出的事情，都是下贱事。这是李真巧的原则。爱上一个有家的男人，做都做了，有啥子不敢承认嘛？这是李真巧以厚颜为基础的胆识。她接着说，审问我的几个年轻警察，我一看，太嫩了。我问他们，你们哪个没有结婚的，请出去，换结了婚的来审。换了人，问我啥子，我说啥子。是嘛，是跟老崔同时又跟吴可，吴可还没脱手，又跟了梁多，做得，就说得。走私文物，那没有，我都不晓得啥子是文物。跟男人好，犯法呀？我有这个需要，男人也有这个需要，需要对需要，公平，平等。我需要哪个，自己贴钱养哪个。我又不做生意，惹到哪个喽？米拉看着她，替她难为情。我这方面需要大得很，哪个不准我有需要？米拉吃惊，她在这么个不得当的时间，说出了她如此厚颜的呈堂证供。米拉等的电话一直等不来。吴可倒是又回来了，心事重重，不看任何人，闷头喝酒，吃菜。米拉开始慌。易轫的强悍坚定和他的守时守信，就像他无特殊才华、无独特情趣一样，是他最突出的特点。这晚怎么了？五分钟成了五十分钟，而又是多难熬的五十分钟；曾经的小吴叔叔，面目如此可憎。

门外有人用钥匙开门。这房的钥匙只有三个人有，易轫和米拉以及米潇。米拉经过易轫的同意，给老米配了一把钥匙。因为米拉丢钥匙的本事很大，老米那把可以救急。进来的果然是老米。老米的脸跟吴可一模一样，阴得让米拉心里返潮。米拉叫了一声"爸"，他哼了一声，呻吟似的，忍着哪儿的疼。吴可真是负责的叔叔，看着丫头长大，就有这天职。米拉说，做啥子？三堂会审是哦？！她的成都话可以非常泼。米潇说，你怎么这么自轻自贱？！你就这么不值当？！话是抽着冷气说出的，吐出的字，一半被他往里吸。老米是真疼。米拉被爸爸疼哭了。还瞒着我和你妈，整整两年。老米见小米掉泪，自己也哽咽。此刻电话铃响了。米拉的救命稻草飘过来了。她冲进已经是夜晚的客厅，哭着奔向电缆那一头的怀抱。完全的黑暗，她和这部电话能精准相遇。电缆那一头听见米拉的哭，急问，摔坏了吧？他每次来电话，都说，要是你在走廊里听见电话铃，千万别跑，（他知道走廊的灯泡常坏）我会让电话铃多响一阵，要不跑摔了，磕坏了，我不急死吗？他知道她不仅会把自己锁在家门外，还会在烂熟的行动路线上迷途，磕碰在亲手布局的家具上。她忍了一阵，让湍急的抽泣稍微平息，简单告诉他，两个长辈对她的指控。他静静地听完，然后静静地告诉她，指控不成立；他已经离婚了。米拉噎了一口气。上个月离的，他补充。电缆这头出来一个"为什么呀"？电缆那头苦笑：怎么问出这么傻的话来了？我一步一步走，都是为了最后这一步。他的一步、一步：先转业，再到外地承包渔业公司，地理距离先拉开，然后拉开法律距离。你明白了吗？米拉摇摇头。就是为了最后这一步；我不要任何人对你说三道四。电话这一头表示，她才不在乎说三道四。我在乎，电话那一头说。他说，这个消息太突然，你去消化一下吧，再见。

米拉两手抱着电话筒，消化着刚才的惊天消息。那么他就要整天整夜和她在一起了，她喜欢那种"在一起"吗？消息太难消化了。她蹚过黑暗，反而被茶几绊得一个大趔趄，失声"呃"了一声。灯亮了，米潇站在门口，手指还没离开开关绳。没碰疼吧？世上有两个男人把她当贵重瓷器，怕磕怕碰。过去还有个小吴叔叔。现在小吴叔叔心死了，他一直担心的碎裂终于发生，现在就是法国画家葛瑞兹的名作"破壶"。多年前，他送他的"丫头"回招待所，空荡荡的车厢里他说了那么多话。米拉重新回到餐桌上，已是一桌冷菜。四月的月亮小小的，清冷的光周围，一圈水汽。这是个雾从来散不尽的盆地。米拉站在桌前，所有人似乎都期待听到什么。她开口了，声音暗哑：他说，以后谁都不会再对我说三道四；他离婚了。三个坐着的长辈，都像庞贝废墟里挖出的人形。

真巧第一个开口，我头一回就没看错他，小伙子是对米拉有真感情的。说着她站起来，把桌上的蒸笼一个个叠摞，端着进屋，行动袅袅，犹如妖风。米拉听见小吴叔叔对着月亮叹了一口气，遗憾，亦或释然。米潇端了杯中残酒，一口灌下，叫一声，好，有种！她知道父亲从来看不起易轫，他宁可米拉嫁给才艺出众但人狼般自私的才子，比如梁多。他存在严重的人等歧视，才艺全无的易轫，遭受他深刻的歧视。但那是说服不了米拉的；米拉会顶撞他：要才华干嘛？我自己就有。后来她又如是回嘴：人家生意做得好，你以为就不要才华？再后来，她说，别老跟我说什么才华，你有才华，看你活得！这一句可以让老米闭嘴很久。他醉酒后总说自己"卖"，画的是一坨屎，但有人买就卖，跟娼妓有什么区别？人叫脱就脱，你不快活？有什么关系吗？为的是人家快活，你挣的就是让人家快活的钱。他不是个心高的人，但为着女儿，他心特高。本来今天赶过来，借"有妇之夫"罪名，彻底清算他认为欠缺重要素质（才华、品味）的准女婿，却扑了空，"罪名"突然不成立。

真巧端着一大盆汤水，驾着蒸汽到来。她告诉大家，汤叫真巧鱼片汤，酸辣椒麻口味。她轻轻捏一下米拉的手，喜悦那么深。放下盆，她又进屋，再出来，一手一个蜡烛。她给了吴可一根蜡烛，要他点，自己点着另一根。怕你们喝汤烫到，她轻描淡写解释她点蜡烛的用意。其实用意很美，米拉和易轫，终要成眷属。

这晚他们散得晚，后来局搬到了室内。米拉去睡了，但十二点钟又被真巧叫醒。易轫又来电话。他问她，没事吧？他感觉到上一通电话中，她的错愕和懵懂。米拉接电话时，三个长辈都竖着耳朵，他们一定在她进卧室后开会讨论她和易轫的未来。她简短地说，没事，你快睡吧。公司的账有点乱，还要弄一阵，他说，话语穿过一个长长的哈欠。她回到卧室，听见大门响，走了谁？假如走的是老米，那么吴可渴盼的好时光就到来了。

早晨她发现睡在沙发上的真巧。小姑迷蒙地半睁眼，一笑，翻过身。昨夜客人离去的秩序是怎样的，她想问，又作罢。她梳洗之后，热了昨晚剩的汤做早餐，然后坐在写字台前。她喜欢这种感觉，她在写字台前筑起屏障，给安睡在身后的人（易轫、老米、母亲、此刻的真巧）以保护，以守望。十点了，真巧还在睡。她和吴可是最后留下的两位？他们延长了四月最后一个夜晚，直延长到今晨？她换下睡衣浴袍，穿上一件短袖薄毛衣，一条白色牛仔裤。米拉跟母亲一样，什么都省，衣服省着穿，钱省着花，早年小姑打发给她的旧衣服，她都当宝，梅雨天前后挂出去吹风，收回来后仔细包好樟脑丸纸包，收放到衣橱里。自从她消瘦，大部分衣服尺寸不对了，她就把衣服拿回母亲家，让妈帮着改小。打开衣橱，那股药味的樟脑香，让她舒爽，她觉得这点衣服够打扮她一辈子。 出门的时候，真巧小姑面朝沙发背，侧身躺得曲线毕露。她想到小姑的"需要"，以及对这"需要"的坦荡和磊落，难道她自己细弱的身体里没有"需要"吗？可她那么勇敢地正视过"需要"吗？像小姑那样坦荡磊落地宣布过"需要"的正当合法权利吗？ 对这个远房、远房的表姑，米拉心里从来没有多少褒奖和赞美之词，但她喜欢她，现在她知道为什么了，小姑是最不虚伪的人。她是一股来自自然的力，对自己本性从不感到羞臊，这股力是作践她糟蹋她的那伙男人开发出来的，他们阉掉了她爱的能力，开发了她的"需要"。从此，她从男人占有女人还是女人占有男人的古老圈套里解放出来，让她的"需要"去决定，要谁，不要谁。昨晚不知道她的"需要"是否发生，是否与吴可的"需要"相遇，二人各取所需，平等公道。

个人问题

米拉走在五一节日的人群里，槐树上一串串花苞，小风清香扑面。她不知道要去哪里。阳光在十一点时加温，薄毛衣开始刺挠。她喜爱它浅浅的杏红，记得当年它在小姑身上焕发的春色。小姑跟易韧有相似之处，都缺乏具体才情，专职就是显示他们强烈的性别。真巧的专业难道不就是做女人吗？包括她烧菜，伺候人，弄花司草，织毛线，都像她一颦一笑，举手投足，温柔泼辣妖娆歹毒，都为强调她那绝美的女性。而次一等的女人，才非得会个什么，比如米拉，会一个独当一面的行当，要一份与男人相争的才情，其实已经给女性减分了。

她右边出现一条小街，原先在少城城根下。鬼使神差，她拐过弯去。小街长一华里多一点，快到街那端的口头，有个朝南的院门，进去，就是吴可住的小楼。小楼原先属于吴可父亲母亲。1968年，原来的主人被轰出去，楼里办了个幼儿园。70年代初，幼儿园搬走，又被七八家人瓜分。吴可从劳教地回来，重新占领楼上空间。楼下的三户人家十六七口子，把房屋分割得乱七八糟，原先的墙被凿穿，原先的门给堵上，并借着外墙到处搭棚子，想在哪里打洞接水管就在哪里打洞。下水道也随意改道，所以污水横流。吴可告诉老米，那些人简直就是在挖整个楼的墙角，说不定哪天睡着觉楼就塌了。米拉不清楚自己怎么走到了这个楼下。门上有好几个门铃，每个门铃贴着脏极了的字条，上面住户名字被无数手指摁得污秽不堪。只有"吴"字稍微干净；找吴可的人从来不多。吴可公然跟所有人说，来找他若未经事先同意，他在家也会请不速之客吃闭门羹。米拉摁了一下贴有"吴"字的门铃。等了两分钟，一点响动也没有。那辆摩托车明明停靠在门口。米拉绕到楼后，此地正是吴可书房窗下。污水瘟疫般泛滥，流域途经之处，长出漆黑的长绒，这污水已经活了，黑色长绒是污秽形成的藻类。就像米拉曾经去过的毛儿盖草地，看到的沼泽发酵口，当地知情叫它们地眼，也长着这种阴森的黑绒，无论人畜，落进去就给大地消化了。她想象大名鼎鼎的剧作家吴可，住在发臭的沼泽之上，冒着被大地消化的危险，本身就是一部完美的荒诞剧。米拉叫了一声"吴可！"她小时找父亲回家吃饭，就到老米爱下棋的几个点，扬起嗓子叫一声："米潇！"所有人都笑她没大没小，直呼父亲大名。六七岁的她不理不睬，继续呼叫"米潇"，因为她懂得，恰是爸爸经不起别人打趣，很快就能给叫出来。叫到第二声，吴可的头从两片窗帘间冒出来，满脸惊讶。窗户开了，他说，你这丫头怎么回事？我在写作！米拉说，我晓得。晓得你不打招呼就来？开门讪。米拉扭头便走，再次来到门口时，听见木头楼梯上扑通通的脚步声。两三年没来，楼梯给白蚁蛀得更空了。吴可打开门，鼻孔当了一上午烟囱，青烟不散。你干嘛？他写作被打断，也会冒青烟。请你出去吃饭，米拉说。他看着米拉，看她是否正经。米拉一脸正经，真的，我不能请小吴叔叔吃饭呀？他说，你先上来，我换身衣服。米拉进门。楼下住户起了一堵墙，把楼梯间隔出来，但墙薄，满楼梯是他们的炝锅炒菜的气味。吃不到他们饭食的吴可，顿顿吃气味。

她在客厅里等，四顾这个近乎清教的空间。任何享乐痕迹都没有。吴可跟老米在这一点上天差地别。米潇有一颗痛苦的灵魂，但从不放弃外部世界的乐子，也从不停止对周遭环境的美化。吴可是个写剧本的修士，写作是他的修行，写得好或写不好，他都不放自己出门，也不放人进来。他唯一的享乐，就是女人，但女人若撞到他写得好或写不好的枪口上，他宁可放弃最后这一项享乐。因此他没人缘。太平时期人们任由他清高傲慢，不理睬的人在他心里有长长一个名单。每回运动来了，他无不被清算。清算过去，大家想，这狗日的该领教点大众的厉害了吧？从不，每次运动过后，又是一条好汉的吴可会把不加理睬之人的名单大大加长。通往阳台的玻璃门紧闭，外面一片蓝，勿忘我开得好啊。她背后的卧室门开了，吴可的一头白发从昏暗里浮出。走吧，丫头？吴可拉起她的手。刚才在卧室，不仅衣服换过，情绪也换过了。

吴可穿一件浅灰衬衫，蓝牛仔裤，遮去白发，只有三十五岁。他拉着米拉走下楼梯，楼梯更昏暗，不知他是怕米拉摔，还是怕自己摔从而拿米拉当拐杖。到了院子里，他眯着眼，写一早上，给太阳一照，头晕目眩，因此还得拉着米拉的手。米拉好不别扭，从小被他拉着手，进剧院，去后台，他有了儿子，再去剧院，一手拉儿子，一手还是拉米拉。米拉从五岁看他的戏，就一声不吭从头看到尾，这是他为什么爱她的原因，也是他今天没请她吃闭门羹的原因。这爱复杂,两人都不想看清,叔叔的爱为主调,其他就难说了。所以在米拉大起来之后,他仍然拉她的手,米拉就觉得累。捧着大碗吃午饭的邻居们对白发男人拉着个年轻姑娘感到愤愤,但吴可活着就为了让一些人愤愤。吴可给摩托开了锁,示意米拉坐到后座上。米拉说,是我小姑给你买的车吧?他说,嗯。上次被学习释放,真巧买了一辆八成新的摩托做礼送给他。摩托后座坐过多少女人,只有摩托车知道。小姑的可笑理论:世界上最好的吃的用的穿的,骏马美女宝刀,都该吴可梁多这样的天才拥有。梵高生前该拥有的财富美色,给多少又笨又有钱的人置后享用?她真巧活着,就不能看这样的悲剧在她身边发生。他问,哪一家;意思是哪一家餐馆。米拉一愣,她在吴可楼下都不知道自己跑来干什么。随便。你这丫头,你请我,你随便?那就去人民公园吧。湖边水色好,吃什么就都好了。他们很快就坐在了水边,茶馆里的老客还没到,谈生意的(注意,这两年这件新事物开始普及)谈恋爱的也都没到。茶倒上来,米拉请小吴叔叔点东西吃。吴可笑笑,你这摆的什么鸿门宴?米拉笑笑。吴可说,是不是要我跟你爸求情,同意你跟那个小伙子,叫什么来着?米拉提醒:易轫。对,小易。要我说服你爸?我爸不用说服。真的?小吴叔叔严重怀疑。你也不小了,二十几了?二十七。对,二十七,我个人问题早解决了。我的个人不成问题。二十七岁,还不解决,就成问题了。吴可审视她,米拉想起他小时候,那张突然俯冲下来的男人脸。小时的米拉,不知道自己喜不喜欢那个俯冲;俯冲丢下一个吻,像丢下一个炸弹,事后她狠搓腮上被吻上的带烟味的唾沫。米拉看着多年前曾向她俯冲的脸：我想和你谈我小姑。吴可说，哦，昨天晚上我跟真巧都谈开了，肯定是搞侦破的人两边诈。米拉笑笑，说，所以，你确实揭发了我小姑。走私这种事，太低下，太恶心了，我怎么可能被扯到那种勾当里去？！米拉笑笑。狡辩使对面这张成熟的男人脸丑了一刹那。米拉说，小姑在监狱蹲了一年，出来啥子都有得了。她全部钱开了个画廊，梁多出头了，去了美国，给她留下一堆债。吴可不吱声，没表情。服务员端来两碗钟水饺。吴可得了救；可有东西占住嘴，不用说话了。米拉改说普通话，小吴叔叔，你了解李真巧，墙缝里都能开出花来，只要有一点资本，她会把生意做起来的。米拉感到，有一种"丑"慢慢爬上她的脸。逼人家掏钱，笑容极丑。小吴叔叔，我的稿费下月就会寄到，保证还给你。吴可做了个"跟那不相干"的手势。就算我求小吴叔叔哦。米拉想，此刻的她是丑死了。我考虑考虑吧，吴可说。这是他一口气吃了五个水饺、点上一根烟之后说的第一句话。他不看她，大概也嫌此刻的她丑。逼人只能逼到此，米拉埋下头，默默地吃。湖面不干净，近岸边的水面，一堆肮脏泡沫，漂浮着几个花花绿绿的塑料袋，野鸭们游在塑料袋周围，大概袋子里还剩一点食物残渣。隔壁一个大桌被八九个欢天喜地喧闹无比的人占据，口音乡土之极，多日不洗澡的人体气味扑过来。这几年节假，乡下来城里旅行结婚的人越来越多，有时新人把两边老辈都带来逛都市。一大桌乡下游客把他们的故事成功切换。吴可问，你知道真巧在兵团所有的事？嗯。那个姓王的男孩……？

我知道，叫王汉铎。米拉看着自己拿筷子的手，不急于抬起头，与对面的眼睛对上。那可真是一件丑得可怖的事；此曲只应阴间有，人间怎堪偶尔闻。其实他没有大错，是吧？我说那个姓王的男知青。当时他应该只有二十出头一点。他会想，人人能干的事，我为什么不能？她已经被糟蹋成破烂了，不在乎我这一点糟蹋，对不对？我一直想把它写成戏，拷问所有男人，在那种极致境遇中，自己和姓王的男孩换位，会发生什么。假如王汉铎没有走出最后那一步，真巧的命运会不同吗？我想，可能会不同的。我相信，一个人有或没有爱的能力，会导致她的感知力、主观世界、潜意识的改变，我们的幸与不幸，不就是这几种精神层面决定的？吴可看着米拉，其实是看着他未来舞台上所有的角色，挑衅他们，有没有敢反驳他的。他吃了最后一个水饺，掏出手帕，擦了擦嘴角上的红油，然后说：她只能给予，不能爱。我感觉到了。所以她身边围着的，被她吸引的，都是索取者。她甘心乐意被人索取，给予是她生存的需要，她可以超饱和地满足我的需要，因为我的需要倒过去满足她的需要，但她没有爱。我以为我可以跟她长久平等地维持这种双需关系，不过后来我发现，我不满足，我需要爱她；她这样一个女人，不爱都难。问题在于，她觉得多余，麻烦。米拉问，她这么告诉你的？我这种老花公，吴可笑笑，还要她红口白牙来告诉我？米拉侧脸向窗外。下午的太阳在湖面上，成都要阴多少日子，才能挣出这样一个好太阳。怪你自己吧？一直不肯娶她。问题不在这，你小姑很奇怪。比如她说，假如我流放西伯利亚，一定就跟我去了。

她这是病态，许身给落难的男人，只因为落难的男人多倍需要她。还是个需要。我老是想，假如王汉铎没在被所有男人撕烂的身体上，又狠撕了一下，她会不同的。王汉铎的功效，就是最后一粒沙子，最后一根稻草，把楼压垮，把骆驼压趴。所以我差点把那狗日的屎都打出来。吴可揍王汉铎，米潇跟米拉说过；米潇还能跟谁说这种事呢？吴可说，王汉铎是在这世界上，最后一个把真巧当人的男人，她也依仗他，面对整个污浊的男人世界，可是最后这个依仗，比任何一个男人对她糟蹋得都更狠，更彻底。

米拉借口上厕所，去把帐结了。回来她对吴可说，我想起来了，跟我妈约好去春熙路买东西，我走了，账结过了。吴可的谈话让她累，他一人担任控方和辩方，她呢，是陪练。父亲有时也把她放在谈话陪练位置上，但她从小习惯那位置。她看到吴可的不舍；此刻他对任何一个坐在对面的陪练，都会不舍。她拿起皮包，笑笑，走啦，小吴叔叔慢慢吃哦，点了好几种点心呢。他的眼睛越来越不舍，谈话发挥得正到好处，嘎然被截断。但他的手摆了摆，表示，要走快走吧。米拉走了两步回头，说，别忘了，你说要考虑考虑的！赶紧考虑哦。吴可脸空白一下，然后含混地点头。米拉逃一样走得极快。今天当真巧的讨债人，只能当到这。

她散漫地走在人群里，留心一张张男人脸，想着吴可的话，在每一张脸上寻找那个潜伏在他们本性最底层的可能——变成王汉铎的可能。吴可为王汉铎辩护：其实他也没大错；她已经被糟蹋成破烂了，不在乎添上他那点糟蹋。人人能对她干的事，为什么他不

462

能？公园门口人真多。一个年轻父亲抱着两三岁的儿子从她身边超过,她撇了一眼他的侧影,平平的鼻梁,一层汗的太阳穴,再平常不过的男人;他也可能的。在父亲怀抱里的男孩脸冲着她,渐渐远去,他长大之后,也可能吗?吴可和王汉铎换位,当然可能同样在一夜变丑,丑到狰狞。他要以这么丑的一群人物去写一个戏,让他自身需要合理化、正义化的那部分本性,在那些男主角、配角身上合理,正义。她忽然好想易轫,他本性里不具备那种可怕丑恶的可能,哪怕具备也会被他的勇敢和强悍镇压,人人都丑的时刻,要想不丑,必须勇敢强大。易轫会是真巧依仗的男人中,唯一的、最后的依仗。

她来到母亲的楼下,见母亲站在垃圾箱旁边,一个身材精致的男人在清理垃圾桶。那个男人直起身来,成了周叔叔。周叔叔帮母亲打杂,并且母亲陪伴他的打杂,有苗头了。米拉掉转头走开,妈妈的今天,是另一个内容。米拉看出母亲对周叔叔半心半意,为了虚荣心,(单位里和邻居看,她是有人追的)把周叔叔维系住,说起来老周怎么了?不比米潇差,大学副教授呢。

可她不知道下一个目标是哪里。她喜欢这么一个人胡走,喜欢在人群里偷窥面孔们毫不设防的刹那,偷听半句一句讲给家里人的私语。回到家,太阳已经落了,她在走廊里听见真巧跟一个男人说话。家里来了个男人?她在门口站住,嗓子里大声哼哼,表示她不想破门而入。真巧嘹亮地叫起来:回来啦!门开了,真巧眼睛斜看门后,嘴巴朝她远房的表侄女摆一个甜蜜的形状。米拉心跳提速,门后会是谁？跳出的竟然是易轫，米拉已经被他悬空抱起。真巧说，拜拜啦，我走啦，她在外把门轻轻关紧。

　　米拉喘着，看着他发红的眼珠；熬夜喝酒都过度。他说昨晚她哭那么伤心，不来是不行的。米拉眼圈又胀，他都成小老头了。她被他直接抱进卧室，真巧躲的就是这一幕。他乘飞机回来，也是赶着做这个。两人最终在床上躺稳，谁也不愿碰对方汗湿的身体。他说他不能让人欺负她。她说谁会欺负她，她老米爸在呢。他说包括她老米爸，也不能欺负她。她扭头盯着他，连着络腮胡的鬓角真好看，亮晶晶的一层汗珠。这个人跟父亲谁也没见过谁，暗中就杠上了。一下午易轫都在睡觉，米拉轻轻摸着他腮帮，络腮胡长得真快，刚见到他时还没那么刺挠，一下午就雨后春笋似的飞速拔节。米拉起身，到外屋，给老米打电话。甄茵莉接的，正要寒暄，米拉说，我有急事找我爸。她已经有一年多没见这位继母，由于她到达上海，自己亲妈必须被藏娇，最后灰溜溜回了成都。那件事给米拉留了心伤。那头老米拿起话筒，问女儿，什么急事。米拉说，易轫来了。老米静了半秒钟，问怎么这么突然？米拉说，电话里听我在哭，怕你们欺负我，说着，米拉又哽咽起来。有一个可依仗的男人，女人就变得娇滴滴。老米说，那……晚上爸爸请你们吃饭吧。米拉说，他一夜没睡，赶了一架朋友开的军用飞机到天津，又搭火车到北京，再飞成都，累死了，两眼跟兔子一样红。老米说，哦，真当我们欺负你呐？米拉说，明天晚上吧。父女俩商量餐厅，各是各的主意，最后米拉说，让易轫定，他难得来。好哇，我米拉现在偏心啦，还不是正式姑爷呢，心就往他那边偏，说着，米潇哈哈大笑。假如非正式姑爷是梁多，他一定不犯这种酸，梁多做人的缺陷再多，老米都偏袒他。

四个人在锦江宾馆的中餐厅坐下后，易轫从尼龙包里拿出两袋干对虾，送给甄茵莉。他还不知道，米家主厨是老米。他又拿出两条云烟和一块手表送给老米；他也不知道，米夫人觉得送她丈夫好烟的人都很万恶。米潇从盒子里拿出手表，当场戴上，黑面金框的男式浪琴防水表，易轫解释，那是熟人转卖给他的走私货。米拉觉得易轫这些客套举动有点土，皱起眉头，笑了笑。她也觉得收与受的这些人，表情都是淡淡的丑。不过"丑"一闪而逝，大家很快恢复了此种场合必有的拘谨、郑重。米潇问，这两天你们都到哪儿玩了？年轻恋人迅速对视，一笑，米拉说，他在成都呆了十几年，哪儿都玩儿过了。其实他俩这两天就相互粘着。粘着，也说了不少正事：易轫的生意，米拉的小说，易轫大姨夫的房子退还情况。还说到了他的儿子女儿。前丈人家不让他见孩子，他只能到学校去看看孩子，等孩子下课，跟他们过一个课间的十分钟假期，接下去再等，四十五分钟后，父子父女再过一个十分钟假期。孩子们都不知道父母离婚，都求父亲等到他们放学。可这个父亲是不能等到他们放学的，丈人家的轿车每天准时开到校门口接孩子们。他说等他生意做大了，钱多了，就找律师帮他争取，让孩子们寒暑两假期，至少给他做一个假期的父亲。他说到孩子的时候，眼睛看着天花板，米拉枕着他的胸大肌。他说着，一行眼泪流到米拉头顶。那么大的泪珠，她厚厚的头发都让它浸透。他说，以后你会对我孩子好吗？还是对着天花板，他感觉到米拉肯切地点头。米拉看到那个刹那的他，真美。可能等我们俩有了孩子，心就不会那么疼了。他叹息着说。既然那么疼，为什么要离婚？这是米拉的提问。他说，因为他离开上海永福路编剧楼的时候，心更疼。后来听说那些人怎么欺负她，把她撵出去，剧本都没写完就撵人，他后悔，为什么不带她一块走，或者陪她留下来。他拉着行李车走出那个大门的时候，特别冲动，想跑回去，他知道她在阳台上看着，眼睛盯在他背上，没移开过……。他的脸颊贴着她的手背，可我还是狠心走了。你留在那楼里，孤零零的，给他们欺。两痛舍其轻，米拉，这是我没办法的选择。米拉点头，她明白。我们都是受过欺负的人。他又起一个头：你小时被人欺，我注意到了。你总是练得比别人苦，有一次，冬天的清早，我到厨房打开水，那才几点呀？六点？天黑得跟夜里似的，我听见练功房里叮铃咣铛的，跑过去一看，一个女孩在翻跟头，点一个最小的灯。你看清是谁吗？是你。那你怎么不进来找我？我要摸黑进去，咱俩还讲得清？他笑笑，她也笑。可是，主角总轮不上你演，老是B角，你是A角的陪练，陪练一点力气也省不下，但上台轮不上，除非A角生病，要不就是A角施舍给你一个机会。我那时看出来，你上台跳独舞的时候，跳得那么卖力，命都往里搭，因为你就那么一个机会。私下里，大家都知道，因为你爸爸当时的问题，不能让你到第一线，出风头。米拉有点吃惊，他们青梅竹马，小时的他浑头浑脑，调皮捣蛋，心倒是带针鼻儿的，有眼儿呢。他换了个姿势，下巴抵在米拉耳朵上。我呢，虽然开始是被她追求的热乎劲儿感动，但结婚以后，我发现咱这种人家的孩子，在那种家里就是被使唤，也就是受欺。好像是我攀他们的高门槛儿。米拉又是吃惊，她对他在司令小楼里日子，想象得居然与实际那么近似。他又说，可是那么快就有了儿子……要不是在黄晶苹的追思会上碰到你，我不知道会不会下决心。

米拉看老米打量易轫的目光，那笑，都带着外气，都不是他对自己人的样子。他把吴可和梁多，甚至曹志杰、小韩都看成自己人，那种自在，那种恣意，怎么打胡乱说，他认为听的人都是懂的。老米现在甚至拘谨，跟米拉一向没大没小的打趣，都收起来了。当然，这也是他一生中第一次当未来丈人出席首次见面会，装也要装得庄重点。庄重起来的老米，十分无趣，米拉都不敢相认。他旁边坐着的甄茵莉，五四头改成了"罗马假日"的公主发式，一排小刘海，盖住第一批爬上额的皱纹。她比过去更楚楚动人，增添的那一点"老"，使她真实了。老米和小米同看一份菜单，商量点菜，小甄陪易轫聊着小话：今年热得早，四月份有几天都二十八九度了；宾馆里好像已经开空调了。听说石岛夏天凉快；在海上，夜里冷着呢，得穿棉大衣；我看见菜单上有对虾、鱿鱼、扇贝，最近两年，四川人开始吃海鲜了；不过海鲜也麻辣，因为海鲜运到这就不鲜了；跟印度香料作用一样，印度热，肉一两天就出异味，发明上百种香料，就为了盖住异味；嗯，要不是为了到印度去买香料，就不会有哥伦布和麦哲伦的航海，麦哲伦也不会发现，两大洋是能走通的……

他们进来时，米拉就注意到斜对面的桌。那里坐了一家人；一对白胖的年轻夫妇，带一个白胖小男娃；男娃雪白粉嫩，大概一岁多一点，胖成了个小肉墩，两条裸露的腿上，肉乎乎的膝盖，好几个酒窝。他们这一桌点完菜，服务员给胖胖的幸福一家端来三碗面，两碗担担面，一碗西红柿蛋花面，显然为小胖子点的。两个大人先吃起来，易轫胳膊肘碰一下，说，瞧这俩人，先顾自己，孩子哪有大人经饿？胖夫妇吃得山响，这桌都能听见，坏吃相的人一般都有超常的好胃口。米拉侧头，见服务员又给他们端上来两盘菜。他们俩头也不抬，只见两双筷子，快速地出出进进。空间里忽然爆发一声高昂的啼哭，这桌人都向白胖一家看去，原来小男娃饿了，自己扒拉那碗番茄鸡蛋面，碗翻了，滚烫的汤面全扣在带酒窝的小胖腿上。易轫愤怒地低声骂道，这俩猪！白胖夫妇慌了，女人抱起孩子，用手把孩子腿上的面条往下扒拉。易轫大声说，面汤黏糊，贴着孩子的肉烫！孩子的爸向易轫转过全无主意的脸。易轫跑过去，抱过孩子，用餐巾擦掉那裸露的两条小胖腿上的面汤，一面叫喊服务员，赶快拿冰块来。冰块很快来了，易轫抓起两块冰，摁在孩子腿上最红的伤处。这对夫妇傻着，被辞退了父母似的。这一桌的三个人也傻着，被易轫忘却在意识之外。孩子在易轫手中，哭声渐渐减弱。等米家这桌冷菜上完，那女的才醒来，歉意十分、满口感谢地接过孩子。这桌仨人就像迎接出征归来的战士，看着易轫坐回到椅子上。老米说，看来小易是个行动派啊。易轫出不了戏，嘴里轻骂，这他妈什么人，也能当父母！米拉偷窥到他红了的鼻头。他抬起头说，孩子的皮都烫破了；婴儿跟大人不一样，皮肉多嫩啊，七十度就能烫坏。说着，他泪聚在眼眶里。米拉从侧面看他，浓睫毛上沾有细小泪珠；他美得她心颤。她的手在桌下找到了他的，紧紧握住。她知道，那一刻他心里儿子的空缺被这个陌生孩子填上，一下子，陌生烟消云散。他跟她说过，他儿子是他带着睡觉，抱着喂饭，背着去溜冰场溜冰的。后来得了个闺女，司令夫人统一雇了三个小保姆，统一保育楼里的五个孙辈儿。那一晚都谈了什么，似乎不打紧了，易轫和米拉的心谈一直持续，终于，我知道你多爱孩子了，我也知道你离开你的孩子们，走到我身边的代价；米拉你被我丢在那座编剧楼里；你就是个孩子；那座楼里一帮装模作样的编剧，没一个是成年人、男人；真正成熟的男人，在什么情况下都不欺负女人、孩子、弱势的人。他们的心谈，两天前就开始了，在他问她"以后你会对我孩子好吗"的时候，就开始了。米拉爱的，不仅是个男人，也是个父亲。芙蓉鸡茸上来的时候，老米用勺子舀了一勺，放在易轫碗里，易轫刚道谢，裤兜里"滴滴"叫起来。老米和小甄紧张，似乎附近有人在启定时炸弹引信。米拉说，是易轫的Call机。老米说，我们点烤鸡了吗？米拉咯咯咯笑，易轫脸血红，手伸进裤兜，拿出一个小装备，摁键，滴滴声哑了。米拉对老米和米太太说，这就是"烤鸡"。易轫皱着眉，读着小显示屏上的小字。他站起，对大家浅浅一躬，说他去一下就来，以早年出操的小跑，很快不见了。米潇问，这"烤鸡"是个什么玩意儿？

米拉笑笑说，就是随时随地能打搅你的玩意儿。这次易钶身上多了个这个新装备，经常滴滴叫，打搅他们俩的好时光。易钶把它放在床头柜上，它一"滴滴"，即便在最销魂的时刻，也会瞥它一眼。事后，他总会急匆匆去客厅打电话。他一回到成都，就申请了长途电话账户，并告诉米拉，他人在这里，只能遥控公司总部。有一次电话铃响，是米拉接听到，那边一口胶东话："喂，我袭（石）岛海易公司啊，易总在不？"米拉知道，全国刚流行的"某总"新尊称，易钶也落得一个。第二天米拉在院子里晾洗净的窗帘、被单，想让易钶帮一把，朝屋里喊：喂，易总！他不理她。她进屋说，叫你呢，怎么不理人？他笑嘻嘻说，你叫的是易总，接着叫，看谁答应。米拉说，那你是谁？他搂着她说，我是易钶，在你身边，没有易总。米拉两只手上都是凉水，她把水抹在他衬衫背上，凉得他一哆嗦，笑道，你就这么对待易总？米拉也笑，说，感觉易总是个屎巴肚、秃顶、两个金鱼眼袋——那种恶心男人。他说，你当心点儿哈，把我叫成那么个秃顶大肚皮的易总，倒霉的你哦。怎么会我倒霉？米拉笑问。那样的"总"都在外面搞女人，他警告，外面有的是女人，只要是"总"，她们才不在乎秃顶屎巴肚呢。米拉嘻嘻笑，那我就跑啦。他搂紧她，我怕的就是这个。他还真怕，一声不吭，往死里搂她，她细条条一个人都要给他搂断了。你不会走的，半晌他说。你要是成了一个名副其实的"总"，我就走。米拉，我有时候觉得你不属于我，可能到最后，你不会属于我。又来了。他时不时会如此地莫名其妙。米拉拍拍他在每天五点左右变得毛刺刺的脸颊,她最爱手心的质感和他腮帮的质感相碰,性感、诱惑、撩拨。

甄茵莉还在跟老米讨论"烤鸡"。她说电视台好多人都用"烤鸡"。米潇问她怎么不用?小甄笑笑,说她在台里没那么重要。米潇指着易轫消失的方向,不怀好意地说:就是说,他很重要。米拉建议老米爸也买一个,不然他就该变得不重要了。老米问易轫出去干嘛。米拉说大概给公司回电话去了。米潇说,难不成用了"烤鸡",连晚饭都吃不囫囵。周公吃一口饭,吐出来三次,为下达指令,小易快赶上周公了。甄茵莉问,他跑哪儿打长途,不会跑到电话局吧?米拉现在的杂货小店,传呼电话就能打长途,给钱呗。小甄总结性发言,现在只要有钱,想干什么都行。米潇说,想照本演戏就不行,不信问问小吴;今天吴可又接到指示,让他改戏。米拉问是谁让他改的。这个"谁"一般是省略的,老米笑笑,很疲惫。米拉知道被省略的主语,某书不让出了,某事不让提了,某人不让继续就职了。"谁"不让?人们是不必问的,"谁"大得遮天蔽地,包罗万象,不屑于任何具体名字,具体形象。

又吃了一会儿,米拉不断把颈子伸得跟鹤似的,去望易轫跑去的方向。小甄问,老米,你觉得这个男孩子咋样?老米说,我说怎么样有用吗?要米拉说怎么样。小甄说,我觉得他挺好,这门亲事我认了。米拉白她一眼。老米看见了,阴笑。甄茵莉看了老米的笑,推他一下,不是亲妈,就不能认了?米拉,你也不小了,我看就嫁他吧。米拉不作声,笑。有嫁人紧迫感的是她小甄,又不是米拉。小伙子看人家孩子烫伤,眼泪都出来了。老米眼睛一层感伤,心软呀,他说,心软的男人最容易欠风流债,碰到爱他的女人,他就投降。米拉笑了,想到老米毕竟风月老手。她偷瞥小甄,见她刚要怼老米,又咽回去,在米拉面前,她总是个豁达温柔的继母。但她的"怼"的词儿,米拉能猜到:哦,我小甄过去就是你的一笔风流债,跟我结婚,不过是还债。老米说,任何事,任何人,米拉喜欢的,老米爸就喜欢,没话说。然后,他郑重拉起小甄的手,看着女儿,两人重大结盟,坐米拉的靠山。汤上来了,易轫还没回来。父亲看出女儿的不安,说,要不去叫他?他都没吃几口菜,再不来吃,汤也该凉了。

米拉在餐厅门口碰上易轫。他正在结账。老米的东道主权利,被他偷袭篡夺。米拉笑笑,说,你做东可以,把一桌客人丢下不对头吧?易轫一回头,笑容如闪电,亮了一刹又暗。米拉问,公司没事吧?他说,没事我会讲那么久电话?出了点事儿。什么事?没什么,走吧,头一次吃饭就晾着丈人丈母娘,不合适。他右手搭在米拉右肩上,半搂半推她行进。

饭后老米向服务员要账单,米拉和易轫相对一笑。服务员很快回来,告诉老米,有人结过了。老米扬起眉毛,嚯,这么好的事——早知道我点对虾、海参!易轫笑了,说,我是想给您补点来着。米拉说,这餐厅的海参对虾是易轫公司供的货。真的?小甄一张惊喜的脸,朝易轫刮目相看。

再见到老米,是五天之后。早晨米拉刚铺开稿纸,老米突然造访。一开门,见他一张忧愁脸,比平常更打皱。米拉问,爸你咋个了?有点儿吓人哦。米潇没回答,易轫从卧室出来,穿着白色短裤,一见客厅站着老米,赶紧缩回去。等易轫穿上长裤、衬衫出来,米潇已经坐在沙发上,拧开了电视。米拉觉得父亲今天太怪;他是知道米拉早上"戒严"写作,火警匪警都不得打扰。她笑道,爸你专门跑几里路,到这儿来看早间新闻?米潇点起烟,冲着电视抽烟,眨眼睛。米拉知道一个画面都没进入他眼睛。你跟小甄阿姨吵架了?他说,没有,不过会大吵。易轫觉得未来丈人下面要讲的,大概是父女间的私房话,自己最好不在场,便进了厨房。他在厨房给米潇沏了一杯茶,端出来,放在茶几上,轻轻说,叔叔喝茶,然后开了门去院子里。米潇对女儿说,你写你的,我看电视不打搅吧?米拉说,当然打搅。电视被关了。这样不打搅了,你写吧。更打搅,你那一肚子心事,我都能听见吵闹。父亲笑笑,也看不出他在跟谁笑。米拉看着父亲抽烟喝茶,脸皱做一团,说,你说会跟小甄阿姨大吵一架……。米潇打断她,不是我跟她大吵,是她会跟我大吵,假如她发现了的话。发现什么呀?米潇不说话,眼皮眨得更快。易轫做完哑铃操,一头一脖子汗,静悄悄绕着父女俩走,到了卧室门口,米潇叫道,小易,你这房子里的家具好难看,叔叔给你设计两件好家具。米拉看着易轫,他掉进了十里云雾,傻笑。米拉说,爸,过度房要什么好家具?凑合住吧,说不定明天就搬了。你记得爸在筒子楼里过度,在招待所过度,哪一件家具凑合过?一个人活多少日子,有定数的,其实也都是过度,每一天都不能凑合。米拉和易轫在云雾里越坠越深。易轫从米拉口中了解到的米潇，是带点怪异的，他给这个多才多艺的准丈人预留出理解上的宽限。易轫笑笑说，好啊，叔叔给我们设计，将来搬到永久住处，又不耽误咱把好家具带走。米潇又拧开了电视机，下文没了。易轫离开后，他对着电视机屏幕说，小甄要是发现了，我就不得过了。米拉说，发现什么？存折。你把她藏的存折找出来了？女儿对父亲和继母那个家的经济管制权有所了解，爸爸的小金库常常被迫充公。米拉催问，到底咋个喽？米潇不语。其实不必问，一定是他虎口夺肉，取了小甄存折上的钱。米拉直接问，你取了多少？一千。买啥子用了一千？一千只是个零头，我私藏的一万都花进去了。米拉等着他石破天惊的自我揭露。你晓得吧，父亲说，碰到了好木料，等于捡到宝物，机不可失，时不再来。难怪他刚才要给易轫设计家具，米拉疑惑父亲打着什么可怕的主意。

　　一般米拉在上午十一点完成一天的写作。易轫在十点半开始为两人准备早午餐。他今天准备了三人份儿的早午餐，三碗小米粥，配青菜豆干素包子，一碟菜叶豆腐乳，包在豆腐乳外面的菜叶鲜红，滚满辣椒。三人静静地吃饭，米拉看出，进到父亲口中的每一口食物都是蜡。米潇把裹在腐乳外面的菜叶用筷子剥下来，摁进粥里，喝了一口，给辣呆了，两眼直直地看着桌面，嘴巴张开吸气。爸的脸开始丑，他心里乱七八糟的主意在扭搅他。米拉不知该怎么办。老米吸溜着嘴说，小易啊，你帮叔叔周转一下行吗？易轫微笑着等待，等准丈人说周转什么。米拉已经明白了"周转"的具体意义，该来的来了。易轭的微笑表明他别无选择，只能无条件地答应。借我一千块，我急用，下周就能还你。易轭略微迟疑，眼睛瞥一下米拉，然后说，没问题。老米的脸顿时光生舒展，但更是丑得米拉不愿相认。我有一笔稿费下周汇到，一到我马上取了给你送过来，就差这一个礼拜，真是的……老米理屈地解释，嘴里的粥咽下去了，可仍是唏哩呼噜的。易轭没有说什么，去了卧室，一会儿，他把一沓钞票静静地搁在桌上。米拉眼角的余光，看见父亲把钞票快速拿起，装入他进屋时带来的黑皮包。专门带了包来的，没打算空手回去。易轭说，正好我昨天收到八百块的货款，加上我带来的钱，本来打算跟米拉去峨眉山玩一趟的费用。米拉看看他。他随意自在，把大家从　里带了出来。丑在父亲的脸上渐渐淡去。米拉没有送父亲出门，直接回到写字台前去了。一下午，朝着易轭的，就是她的整个脊梁。她没有脸朝他。他的"烤鸡"不断地滴滴叫，他不断地回电话。米拉听见他在电话上说着简短句子："你说。""先侦查呗。""这两天不行，我这儿事没完。""有消息马上告诉我。""明白。""挂了啊。"他说出了点儿事，那"一点儿"是多大一点儿，米拉问了几次，他都笑笑。易轭很经得起事，总说"那也叫事"，或者"多大个事儿"。

晚上，米拉建议出去吃小吃。回来的路上，米拉说，你要带我玩峨眉山？易轭不吱声。米拉又说，你怎么没告诉我呢？他还是不吱声。她又说，那时候我们常在峨眉山下的陆军医院和军分区演出，峨眉上爬了几次，现在爬山的人那么多，有什么玩儿头。路上，易轫一哑到底。进了房间，易轫又去打电话，只是"嗯，嗯"地答应着，话都是对方在讲。十点左右，他到院子里站着，夏虫开始鸣叫了。米拉走到他身边，下巴搁在他肩膀上。那个肩膀，担着她看不见的分量，电话传来的消息让他糟心。她说，你根本没有带我去峨眉山的计划。他不语。你那么说是为了让我爸爸知道，你做了牺牲把钱借给他。易轫转过脸，看着她。她背后是灯光，沙发旁那个落地灯亮着。他的话成了一口叹息。米拉又说，而且另外那笔钱，也不是你要来的货款，对吧？这次他从鼻子里发出一个长叹声。都让她猜对了。未来的女婿就是要让未来的丈人难为情。米拉说，我爸已经很难为情了。易轫终于开口：是吗？你不了解我爸爸。他在门外已经想好，一进门见了你，就开宗明义，说明来由。但他见了你，那句话没有一鼓作气说出来，下面，他越来越泄气，越拖延越说不出那句话，到了吃午饭的时候，再不说就白来一趟了。所以他鼓起勇气，咋咋呼呼把"周转"那句话说出来。一旦他这么咋咋呼呼，我就知道他内心惭愧到了极点。她眼里涌起泪来，转身进屋。你哭什么呀？易轫的口气不太好听。米拉扭头，看着他。他的脸一侧被打上了光，是很好的角度，这个角度和光都让他更加俊气。我不能哭吗？米拉说。钱都借给他了，你还哭什么？他是这么想的。他没法理解她对父亲性格的怜悯。她的父亲，在一场婚姻里，总是以放权给女人开始，放惯了，他基本失去了自由，又开始小偷小摸地暗地造反，直到有一天他受够，彻底起义。母亲过去也错看了他，以为他的忍让和随和就是他的本质，直到他彻底逃之夭夭。父亲留恋他在各处过度的日子，因为他是自由的。但米拉怎么可能向易轫讲清这样一个父亲，一身才艺，内心懦弱敏感，因而常常毫无自主权，并且他最怕的就是与人正面冲突，要他正面去跟小甄较量，他宁可去死。易轫说，我错待你爸了吗？你到底哭什么呀？她觉得他问之有理，可她还是为今早那个走投无路的父亲难过。这是个性格上有重大缺陷的父亲，从小是家里唯一的男孩，慢说父母和祖父母，仅仅姐姐的宠，就够他把缺陷完好保存下来。老米跟女儿说过，两个姐姐自己舍不得花钱，全攒下来给弟弟，弟弟喜爱上搞学生运动，姐姐去父母那里把钱哄骗来，让弟弟拿去做组织活动经费。妹妹长大后，四个姐妹一块偷偷帮米潇，养活一个地下党活动小组。米拉的眼泪易轫最怜惜，而今天她的泪是火上浇油。他光火了，说，我不能说那是我们度假用的钱吗？现在我们这个关系，他就来借钱……米拉的眼泪干了，问，我们现在什么关系？没结婚呢，就开始借钱……米拉发现最好的光也无助了，在易轫说这句话的时候，他脸上有一些陌生的线条出现了。易轫不知道他在米拉眼前迅速变丑，还在继续责难：以后我们成了家，他再偷用了媳妇儿的钱，我们都得担着？他以为做生意容易？得舔着脸给多少人送礼送钱，请多少乌龟王八蛋喝酒吃饭，才干了不到三年，我肝功能都不正常了！米拉说，既然是你的血汗钱，舍不得，那你干嘛要借给他呢？！她被自己如此大的嗓门吓坏了。她还感到，此刻自己的姿态、声音、脸都是丑的。不借行吗？他都堵到门上来了！他说下周就能还，鬼才信！他的嗓门也大得恐怖，但他毫无察觉。米拉恐惧地发现,他嚷嚷的时候,是真丑起来了,脸红得发暗,眼睛圆睁,五点的胡茬使他下半个脸都在阴影中。他告诉过米拉,过去文工团晚上有演出任务,他都要在化妆前再刮一次脸。米拉说,小声点好吗?他刚要说什么,突然下巴往回一掖,打了个响嗝。米拉惊呆了。在小吃摊子上,他在附近小店里买了一瓶啤酒,用牙咬掉盖子,几乎一饮而尽。那时的嗝憋到现在打出来,集中力量出自己的丑。米拉怕的,就是男女两人的此刻,比着赛地丑。真巧小姑和吴可,也有过丑得她不敢看的时候。也许所有的错,都错在紧密相处;没有距离,丑都被推成大近景大特写,让人脸鼻子附近的汗毛孔多粗大都写真,以达到触目惊心的丑!她听自己说,你既然舍不得,干嘛还要买那么贵的表送给他?何必摆阔?让他认为你真阔!天呐,她准备得好好的,要轻轻地说,好好地摆正脸,不要狞笑,可是她现在脸上的,不是狞笑又是什么?哪一张好看的脸,经得住这样的狞笑?这狞笑在易轫眼前被猛然推成大特写,她看见对面的黑而大的瞳仁颤抖,一定是被米拉面孔上一系列细节的大特写给吓着了,但愿她鼻子周围的汗毛孔不像他的那样,粗大喷油,简直是一个个袖珍油井!谁经得住这种零距离的大特写脸部写真?他避开目光,说,第一次见面,手面总要阔绰一点,不对吗?她说,哦,原来这样啊,你可以摆阔,但别拿摆出的阔当慷慨!他大喊,你怎么能这么说……!米拉说,因为这是本质,摆阔。偷袭付账单,也为了摆阔!你以为这在我眼里是很有面子的壮举?其实我看,这是庸俗!

米拉调转过自己丑得无可附加的脸，冲入卧室，打开衣橱，开始从横杆上摘衣架。易轫跟进来，大声问，你还想干什么？米拉此刻用最刺痛的语气说，衣架是我带来的，不是你的，不可以带走吗？他被刺疼，僵立在门口。他眼睁睁看着她的衣服被乱扔进一个箱子，又把衣架稀里哗啦放进一个塑料袋。他再僵下去，她就没了；从这里走出去，可能会是一生的错过。在她拎着箱子，走过他身边时，他抱住了她。放开我！米拉感觉某个陌生人通过她的声带发出这样难听的声音，恶丑的声音。他被她嗓子眼里的陌生人喝退，乖乖站到一边，看着她离去。

她拎着箱子，整个人斜着，蹒跚到大门口。去哪儿呢？她知道，他跟在后面，自行车链条轻轻地响。一辆出租三轮摩的过来，见了这个夜间拎箱子的女人，知道好生意来了，急刹停车。米拉急拉车门，把箱子往里一扔，没等它完全着落，她已经挤上车去。她所有的动作都撒着泼，孙霖露那样的泼。后座上，她和箱子塑料袋们撕扭一阵，最后落定在座位上，回头看，他已经追不上了。后窗如画，路灯如月，一个骑车的人渐渐放弃，停下来，急喘，人都喘老了。米拉再次痛不欲生，想到人的无救，自己的无救，孙霖露在女儿身上的一半基因投资，此刻兑现。在上海东湖宾馆走廊上，她见证了母亲如何丑行发作，父亲也被激发出早年他们互害的丑恶力量，那一场丑剧以女儿撕毁剧本草稿而终止。她事后一次次想到这个家庭丑剧，人真是贱啊，之间距离一旦缩减为零，就开始肢体冲撞，恶形恶状地相互麻缠，你中有我我中有你地丑做一团。她以为她那么爱的男孩子，从小就留心到她的与众不同，缘于她与生俱来的怕丑而养成的恬淡，那样一个叫米拉的姑娘断然不会自剥画皮，把真容竭尽展示给他。对此她毫无办法，刚发生的一切是鬼使神差。不，画皮不是她自己剥掉的，是他捅破的。他太不给她的老米爸留体面，她是被株连的脸面尽失，被连带的尊严扫地。尊严之痛，是人生痛之极致，她是痛而反扑，丑也认了。老米爸，她内心最深的痛，她从小因他尝过多少自尊之痛？连易轫都留心到，因为父亲的政治软当，米拉在军队团体里苦死练死，也只能是B角，舞台上偶然替代A角，那是人家施舍。刚才就那么丑陋不堪的一张脸，留在他记忆里，留给将来，一次次震惊他。

　　三轮摩的开得很慢，一再催问，她要去哪里。父亲那里是不能去的。母亲家呢，万一周叔叔在，让一对老情人多么尴尬。她把真巧的地址告诉了司机。今晚在板板房里落一下脚，明天再说。但车经过吴可那条小街口的时候，她脱口而出，拐进去。车急促拐弯，又按照米拉指令停在院门口。米拉付钱，下车，看见传达室里有灯光。她又是斜着身拎起箱子，推开大门上开的一扇小门，跨进门槛。她敲了敲传达室的窗玻璃，站在箱子边等待。玻璃窗被拉开，里面的老头问，找哪个？米拉说，请大爷给吴可老师打个电话。大爷马上照办，吴可常常塞小钱给这个大爷。电话通了，接听的居然是真巧。米拉愣了一下，告诉小姑，她就在楼下。三四分钟的等待，米拉面前出现了一个穿丝绸起居袍的真巧。她二话不说，拎起箱子就走，绣花拖鞋带两个酒盅形的半高跟，在箱子重压下危险地拧着扭着。她也不问远房表侄女,大半夜拎着行李跑到吴可家来干什么,也不问易轸哪去了;过分谙熟儿女把戏的小姑,心里自有谜底。上了楼,米拉见吴可穿的是老崔的起居袍。多年前,年轻的米拉对"物是人非"的感叹全在眼前。两张扶手椅之间,一个小桌上摆着小菜和酒,空气里是萨克斯管的吹奏。真巧不懂吴可的磨难,但随时陪伴他消磨任何磨难。米拉知道吴可的剧本遭遇非难,看他站在屋子中央,一脸狠劲,就像他刚毙了别人的作品。这时候的吴可,根本顾不上米拉渺小的个人心伤。真巧把箱子拎进书房,米拉跟进去说,跟他吵翻了。还用你告诉我,真巧说。她把箱子放在写字台和书架之间的空隙里,从书架下拖出一个卷起的体操垫子,吴可练腹肌、背肌用的。真巧的半高跟敲木鱼敲出去,又敲进来,把一床褥子抖开,铺在体操垫上,用手摁了摁,说还是有点硬哦。米拉无心绪地说,凑合吧。真巧一边铺床单一边说,肯定后悔了,把招待所的房子退掉了。男的女的在一块多好,都要自己留个窝。小姑漫不经意地说,没了窝,女人就是有得壳壳的螺蛳。米拉不吱声,跟真巧一块抻直床单,掖好边角。吴可伸头往里面张望一眼,说,丫头流落到小吴叔叔这来了?真巧看看米拉,笑笑:小夫妻不吵架,五月天都不得下雨。吴可问,那个小兔崽子欺负你了?嗯,丫头?米拉还是没话。真巧代为答复,人家小易公司里的事儿多,心头烦,两句话冲撞了我们小姑奶奶。米拉突然想,对呀,易轸公司里一定出了事。

第二天早晨米拉醒来,第一个念头就是,海易公司出了什么事？她知道她的小吴叔叔上午是要写作的,她必须及时腾出地盘来。收拾了褥垫,开窗子透气,外面是明媚的五月,楼下人家刷牙声很响。那长了黑毛的污水,形成它曲折复杂的流域,最后也还是通行,流往城市下水道,最后奔流到海。出了书房,看见吴可在客厅的沙发前仰卧起坐,两个赤足蹬在沙发底边上,赤脊梁贴在硬邦邦的木地板上。米拉问她小姑哪去了。吴可一张脸红得发紫,迸出一句"回家了!"米拉到卫生间草草洗漱完毕,出来时,吴可已经穿上了汗衫。他说,有人盯着我呢,真巧不敢在这里过夜。米拉问谁盯着他。吴可说谁都可能盯,随便就能在楼下占房者里征召密探。米拉说一个孤男一个寡女,盯上了又怎样。吴可笑笑,是一个寡女;刚从监狱里放出来的寡女。米拉进了厨房。冰箱里有两个鸡蛋,半袋切片面包,小筐里放着两个苹果。没办法,只能代替小姑伺候她的小吴叔叔一顿早餐。她把苹果削皮切块,鸡蛋也刚好煮得嫩熟。她把面包片放到烘烤器里,站在旁边等。从客厅飘来烟味,吴可在考虑今早要写的段落了。无论如何,易轫应该打电话到老米那了。老米会急死。也许易轫不会先打电话给老米,因为他怀恨老米,整个事端都是由他而发。就是他不怀恨老米,老米问起来,为了什么无聊的缘故,他女儿半夜出走,还是会归咎到事端源头。烘烤的面包发出焦糊味,她凑上去审视,什么原因使烘烤器没有把烤好的面包弹出。手指刚碰到压阀,带小火星的硬物被发射出来,命中她的眉心。吴可叫着跑进来:怎么了丫头?!显然她惨叫了一声。焯烫她的硬物早已不是面包片;是一块焦黑的碳。哎呀,那东西好久没用了！小吴叔叔想掰开她捂在额头上的手，米拉不让掰，眼泪哗哗流。一天到晚健美的小吴叔叔，米拉是犟不过的，两手被吴可一只手抓住，另一只手的食指轻轻触碰她眉心，倒是给砸破了一点儿皮，没事。他笑道，要是给烫出个大泡来，咱这丫头就破相了，还得给镶块红宝石在这儿，学印度姑娘。他意在逗她乐，却越发勾出她眼泪。吴可说，还哭呢？小吴叔叔等着你弄早饭给他吃呢！米拉擦擦眼泪，把鸡蛋和苹果端到客厅小桌上。女人没窝，就是冇得壳壳的螺蛳。

米拉告辞吴可，来到马路上。没壳壳的螺蛳在人行道上爬，上班人的自行车激流在马路的河床里涌动，从她身边奔流而过。她意识到自己在朝母亲家走。公共汽车站的人也是阵阵涌动，靠站的车不停，减速向前开，所有人跟着跑半站路，才陆续爬进车门，司机总在此刻折磨上班的大众。人人汗气蒸腾，米拉被杂烩的体味蒸腾，一天还没开始，就已经败坏。

她满身是别人的气味，来到母亲家门口。被提升为设计室副主任后，孙霖露工作积极，啃着一个夹着榨菜的馒头就踏上了上班征途。妈问女儿，你不晓得我八点半必须到办公室？米拉不说话，伸出一个手掌。孙霖露知道那是跟她讨钥匙；小时米拉丢了钥匙，去母亲单位，第一个动作就是伸出手掌。出啥子事喽？母亲咽下榨菜馒头，觉出蹊跷，但女儿已经走成了背影。米拉打开母亲的家门，好一股香气；风干的薰衣草一大把，插在一个青花大瓶里。多年前，老米对环境美的追求，现在在孙霖露家还能看到痕迹。而老米自己的家，除了珍贵木料家具是随老米心愿布置的，其他都是甄茵莉的甜酸口味，蕾丝窗帘、台布、蕾丝电视机套，茶几上的陶娃娃、瓷卡通动物。连老米自己画的画，也要经过小甄筛选，调子太伤感抑郁的，太灰暗的，都不能入选。只有两幅水果花卉静物，被荣耀选中，占据最为显赫的墙面。

妈是有壳壳的螺蛳，现在在男人面前做人，透着硬气。比爸还硬气。爸隔三差五买些小甄的禁忌食品，来妈家矫枉过正地大炒大炸。现在社会上传说，万元户们在外包小老婆，老米包大老婆，可谓荒诞绝伦。妈跟爸的关系若即若离，因此自由坦诚，爸还给妈的准男友老周打分。米拉倒在母亲床上补觉，昨夜是丧家犬，人家屋檐苟睡一夜，现在乏极了。她睡得好沉，醒来时听见雨打玻璃窗。一扇窗小半掩，飘进五月雨雾，好不舒爽。这是一个生命空白，原来谈恋爱也是争斗，现在觉出累来。连那么爱她、她那么爱的人，得来都那么不容易，都是拿命换。这个空白过去，怎么办？哪个街角藏着转折？还能原路找回原先的爱人吗？易轫之后，她不会再像现在这样爱了。她是淡性子，浓烈起来只够爱一个人。门轻轻响了，她翻个身，傻了，易轫进来，手里端个碗。事情好像就该这样，一觉醒来，一切如初。她问他，什么时候来的？他笑笑，不说话，到她床边坐下。他一定是去了母亲单位，母亲带他来，为他开了门，又回去上班了。米拉带易轫来妈家做了两次客，都是易轫主厨，妈打下手；未来丈母娘总要出些试题，给未来女婿。妈一直是喜爱易轫的，因为他和老米爸那么不同，因为妈对爸那样的男人爱不动，爱怕了。妈的话：小易有一种忠勇气质，会为你挡风雨挡子弹。易轫温热的手放在她脸颊上。失而复得的抚摸，雨天来得及时。她坐起来，看见他碗里吃了一半的面。是妈给你煮的？我自己煮的，昨晚到现在没吃东西，饿昏了。床头柜上的小闹钟说，已经是下午三点四十几分。她掀开薄被，一身昨晚的衣服，昨晚的褶皱，昨晚的丑。他们都不说昨晚，只是轻轻拥抱，轻轻地吻，刚长好的伤，还太嫩，重一点都会触痛。

他居然借了邻居的"趴耳朵车"，（趴耳朵，形容男人惧内。趴耳朵车，为一种丈夫伺候老婆的车；丈夫一人在前面骑，老婆抱孩子坐在简易车斗里）接米拉回家。司马相如接卓文君的八乘马车，也没有这辆车动人。他说，借车是怕你要把箱子带回去。不过，暂时不带箱子回去也行。她看看他，他笑笑，双方都是小心翼翼。她没说箱子在吴可家。一切如初，好像暂时不尽然。到了家一看，窗明几净，小院也剪了草。雨后，草闪亮，个个雨珠里都是夕阳。邻家猫咪又跳上了围墙，当着猫面，易轫把米拉放在自己膝盖上，抱着他的孩子那样。米拉说，对不起……他"嘘"了一声，说，都不说了。她换了一件干净衣服，是他的一件旧T恤，被搂坐在他腿上，领子松垮到肩膀下，一个肩头沐浴雨后的清风。此刻他说，米拉，是我不对，这几天公司出的事，把我心里搅得乱七八糟，我跟你道歉，嗯？公司出了什么事？本来不想告诉你，怕影响你写作的心情。现在告诉你吧：新进口的冷冻设备，没到货就被倒卖出去了。米拉听他说过，岛上渔业昌盛，外汇难批，设备一倒手能卖出两三倍价钱。易轫又说，倒卖的人已经逃跑，警方说，他们跑到日本去打黑工了，什么都是预谋好的，偷走一笔钱，打黑工同时还能跟国内做走私贸易。米拉问，损失很大吗？易轫说，嗯，还是贷款。米拉看着他，他笑笑。他真能扛，她什么也没看出来，这几天他除了电话上阴沉的简短问答，除了夜里翻身次数多，一切照常地跟米拉过活。那你怎么办呢？只能再想法贷款；只要能贷到款，做得苦一点，总会缓过来。我才二十九岁，输得起。米拉说，我陪你苦。他心不在焉地在她裸露的肩上吻了一下。

晚饭趁易轫出去倒垃圾，米拉给吴可打了个电话。她有一笔稿费，希望能寄到小吴叔叔家。丫头又搞什么鬼？以后再跟小吴叔叔从实招供。第二天她去邮局，给北京一个文学季刊打长途，请求主编尽快预支她稿酬。这刊物定于第三期发表她的中篇小说。电话那一头是副主编，勉强答应，但条件是米拉的下一部作品必须先给他过目，他保留预先选择权。米拉痛快答应，但她强调稿费一定走电汇。现在没有比筹措资金更紧急的事物。她知道父亲肯定来不及在下周筹足款项，偿清易轫债务，但她这次绝不能再让父亲丢丑，在易轫面前失信，再一次伤害她老米爸的自尊，连带伤害米拉的自尊。那一场争吵太丑，不堪发生第二次。比争吵可怕的，是不争吵，是易轫一声不响地看低老米，因此也就看低米拉。她打算一取到稿费就还给易轫，假说是老米还的。过了两天，米拉打电话到吴可家，只是简短地问，到了没得？吴可说，没有。又过一天，她再打电话，还是一样的简短问句，吴可有点不耐烦，说她这丫头难道不信任小吴叔叔，到了会不通知，自己把钱花了？！米拉笑道，对，就怕你花了。易轫正拖地板，来回走，米拉捕捉到一瞥他的目光。目光不太好，窥视的，狐疑的。这两天她都穿着易轫的运动短裤、体恤，细瘦的身体像是被罩在小型帐篷里。易轫似乎很爱她这种时尚，忍不住过来抱一抱她，然后上下看，怜爱地笑。第三天，米拉憋不住了，一早就跑到吴可家，坐在客厅里等。电汇三天怎么也该到了。等了四个多小时，吴可上午的写作都完成了，什么也没等来。吴可请传达室大爷的儿子帮忙，骑三轮车把米拉和箱子送回去。米拉让大爷的儿子把车停在院门口，自己提箱子进去。易轫一看她和箱子一块回来，随口问，从你妈那拿回来的？她随口应道，嗯。易轫说，这么重，你怎么不叫我帮你拿呢？她含混地说，拿得动。

到了第四天，挂在墙上的温度计红线升至三十二。成都的三十二度，空气就是蒸汽。米拉吃完早午餐的小米粥，浑身汗透，正冲着澡，听见电话铃响。她立刻关了水管，停住动作，听易轫问来电者，请问您贵姓，然后又听他重复，哦，口天吴。米拉听到此处，马上冲出去，湿淋淋的光脚板在地板上溜旱冰，几乎摔倒。她拿起话筒：小吴叔叔吗？吴可说，到了，你什么时候来拿？米拉说，两点。吴可说，好，等你。米拉挂上电话，才发现自己一丝不挂，只挂满水珠。易轫扔过来一条浴巾，嘟哝一句，当心着凉。离两点还有四十几分钟，米拉匆忙换下易轫的T恤和短裤，换上一条浅绿吊带连衣裙，最早期的港货，那天夜里走时，它还在盆里泡着。她感到易轫的探照灯目光不断扫到自己身上。她把湿头发用易轫的黑鞋带扎成两把，使其快干。不管她往哪个方向转，都发现易轫在看她。走到大院门口，她看手表，一点半。一群飞不起来的蜻蜓在她腿上乱撞，雨又要来了，空气浑稠，湿热成了一层塑料布，黏着皮肤，撕扯不掉。易轫竟然不问她去哪，她编好的借口都省了。她的借口是，去街口书报亭翻翻这月的文艺刊物，看有没有值得买的。

吴可摇着蒲扇在楼下等她。接过汇款单，吴可说，就不请你上去坐了，知道你着急去邮局。米拉笑道，小吴叔叔有贵客，怕我上去。吴可小声说，那个贵客赤身裸体，不过她认识你，你也认识她。米拉知道，真巧小姑对自己的裸体是愿意炫美的。小吴叔叔，你们都多大岁数了？不害臊。这么热，赤身裸体犯法？说你犯法你就犯法。吴可一顿，说，那倒也是。快走吧，天憋着坏，别走在路上遭遇雷鸣电闪。她刚出院门，发现易轫拿着一件雨披、推着自行车站在门外。米拉给吓得一蹾：你怎么在这？易轫说，你怎么在这？我……来拿东西。他看着她。她说，走吧。去哪呀？回家。你还把我那当家？啥意思嘛你？米拉吵嘴必还原成成都姑娘。那天晚上，你以为我放心你一人走？你上了三轮车，我骑车一直跟在后面，一直看你进了这个院子。那又咋个了嘛？我们不在这儿说。易轫推着自行车往街口走，米拉不情愿地跟在三步之外。走出街口，把角是个修自行车的铺子，支出帆布蓬，遮阳也挡雨。一个师傅出来问，修啥子？车闸不好用，师傅给看看吧。雨下来了，雨点扫射在帆布蓬上。易轫把米拉往后拉了一把。谁也不说话，雨声太大。两人各看马路一头，各伸出一条腿稍息。两道闪电接一个炸雷，雨威猛酣畅，马路边的水流成湍急山溪。米拉想，要把话说清楚，就必定牵扯出老米爸。可她宁愿自己被嫌疑，也不愿出卖老米。父亲的自尊就是她的自尊，从小就守护着父亲的自尊，现在长大成人，还有什么不能承受？师傅出来说，进来坐会儿嘛，雨一时半会儿过不去。易轫脱下自己的衬衫，要往她身上搭，她闪开了。他拉住她的手，那就到里面去，衣服穿那么少，手冰凉的。米拉不反抗也不配合，手在他那大手里麻痹着。师傅拿出两个帆布折叠凳，请他们坐。多年前他们坐着类似的帆布折叠凳，看露天电影，米拉想方设法坐到易轫近旁。她总是挑他斜前方的位置，便于回头看银幕照亮他傻笑的脸。《列宁在十月》他们至少看了二十遍，银幕上的人物们一说到大家会背诵的那些台词，他就傻笑。那时她怎么会想到这一刻会发生。雨声弱了，店内漆黑，一盏十瓦的灰蓝日光灯下，摆弄车子的师傅如鬼火里的鬼影。易轫说，你为什么不跟我说实话呢？你在吴可家过夜，箱子也留在他家，跟我说实话有什么呢？米拉想哭，真没希望扯清了。这几天，我看你心神不宁，给吴可打电话，怕我听，说半句，跟打暗号似的，为什么呀？米拉不吱声，看着自己的浅绿裙摆，还是第一次真巧小姑带崔先生到招待所借宿时送她的，洗多了，棉布无比柔顺。他又说，头一次在你小姑家，那天夜里，你偷偷到我睡的沙发边……后来你回去，往你小姑卧房走，他就站在走廊上，说的什么我都听见了。米拉以为他一直是粗枝大叶的男孩子，竟那么多心眼，也难怪呀，他拆了一个家来爱她。她感到他的爱加温的过程，他无回头路可走的决绝。你那个叔叔，他对你有什么歹意？还是你跟他有什么我不知道的事？要不就是文艺界真像我们老百姓说的，乱七八糟？米拉给他逼得退无可退。假如我不这么爱你……我就走了，什么也不问，惹不起，躲得起，躲开你们这些名人才子算了。我一看就知道你那个小吴叔叔，你爸爸，根本看不起我这样的……一般人。米拉看他一眼，那自卑和伤感极为真切。米拉眼里烧灼着泪，仍然看着膝盖上那片浅绿，旧东西真可人，旧人也一样。他那么伤心，她为他的伤心而伤心。她听自己在低声说话。让她听听，自己在说什么：从十二岁，我心里就没有过别的男孩，要是你走了，我以后再也不会像爱你一样，爱别的男人。他提高嗓音：可你为什么要对我撒谎？你取回箱子，那也是一次机会，跟我说实话，可是你又错过了机会，又撒一次谎，谎套着谎，我都替你急，还有指望讲清楚吗你？米拉说，求求你，现在别问我，将来我一定跟你讲实话的。不行！他喊起来，修车师傅回过头，看着他们。易轫把声音调低，但气息更加爆破：你必须现在就跟我讲！在这里？米拉说。她扫一眼周围，黑漆漆的修车铺子里，脚边两团蘸满油泥的棉纱；她就配在这里忏悔，在这里接受坦白从宽的待遇？易轫又说，我一分钟都等不了。这几天我一直在等，过的是什么日子？！公司那边，我必须马上回去收拾烂摊子，可我不甘心啊，一句真话听不到就走？这么走了，我还会回来吗？米拉听得一个寒噤。我等了一天又一天……米拉把手伸出去，拉住他放在膝盖上的大手。这回，大手在小手里瘫痪了。都是因为我爸爸。这个又黑又脏充满机油味的小铺，是她一生头一次忏悔的地方。她要忏悔自己撒的弥天大谎；忏悔她从小就为了护卫父亲而撒谎。那次她六岁？五岁？当游街的父亲被人用砖头砸伤了腿，回到家里，母亲让五岁的米拉去跟隔壁人家借红汞，米拉跟邻居奶奶说，妈妈切菜菜，切到手手了。爸爸在家发牢骚，说自己当年该跟父母姐妹乘上出国的船，不该独自跳船回来。米拉在外面碰到工宣队叔叔，叔叔要她当"可以改造好的小朋友"，揭发爸爸在家的言论，米拉说，爸爸在家教我背主席诗词。后来爸爸住进了牛棚，每天跟"牛友"们站在主席像前"请罪"，幼儿园小朋友们排队路过，指着问，哪一头"牛"，是米拉的爸爸。队伍里的米拉说，我爸爸在家生煤炉呢，要烧掉资产阶级的书。她并不想抵赖自己是"牛"之女，只是怕小朋友看见爸爸"请罪"的脸；爸爸在念叨："我有罪，我该死，我对不起人民，对不起革命群众，"时的样子，好像长了个木头脸，很丑很丑，她最怕的是小朋友们看见米拉的丑爸爸。

　　回去的路，米拉和易轫慢慢溜达。雨后的清凉，慢慢享受。易轫一手推着自行车，一手拉着米拉。自行车货架上，放着刚买的一盆吊兰，是还要把日子长期过下去的样子。两人沉默地走了五六百米，米拉的头略蹭着他的肩，轻声说，实话你听见了，不该把我想那么脏吧？易轫惭愧地笑笑。你给我编排故事，也该给我找个年轻点的，帅气点的，把我跟个小老头编排到一起。好多比你小的姑娘,都不在乎名人才子的岁数。我在乎。为什么你在乎呢?因为我小时候就生活在名人才子圈里,腻了。易轸没被说服:那你在乎男人什么?美,我像男人在乎女人的漂亮一样,在乎男人的美。你在乎男人的长相?美跟长相有时有关,有时无关;男人的美是勇敢,嗯,还有担当;你当着那么多男人,把我从编剧楼里带走,又当着那么多人,把我抱上楼梯的时候,我觉得你美。这回他似乎懂了,搂了搂她。

真时尚

"真时尚"开张那天,克拉克老爵爷正好到成都。这是1988年年末,真巧的上三流、下九流朋友都准备到"真时尚"店里辞岁。吴可到达的时候,见店门两边摆了上百个花篮花环。这个店是两层楼,离盐市口不远,朝街的一面几乎是透明的,玻璃门窗一泻到地。二楼落地窗挂两片薄如蝉翼的乳白纱帘,之间立着个假人模特,奇绝地高挑,完全是背影,向上张开双臂,仰着头,一袭桃红长裙,令人惊艳也惊恐,似乎美人背着身就要从玻璃内栽下楼来。路过的人,都停下张望,不知店内上演哪一出戏剧。吴可心服,真巧这女子是有奇招的。这时他想起真巧的身世,或许真是她自己声称的"私生女",跟米潇那个流散在世界各隅的家族血缘相关。就看她设计这个店的鬼主意,也就是米潇想得出来。

剪彩时间在下午五点半。记者们早就等在横栏在玻璃门外的绸带两边。"李半城"真巧的三教九流熟人朋友,把一整个城的记者都哄来了。拿什么哄的,只有记者们自己知道。吴可挤进人群,真巧的妹妹芳元一身大红套装,头发梳成高髻,加上高跟,人被拉长一大截。不知道她给自己原本面貌动了手脚的人,真当她何方仙女。芳元拿着一把系着红蝴蝶结的大剪子挤到吴可身边,低声说,吴老师,受累了。吴可问,你姐姐呢?芳元抿嘴笑笑:你一会儿就见到她了。吴可想,要是米潇没去美国,剪彩的差事就不会派给他了。客人都到齐,缺席的是真巧本人。鞭炮炸响,真巧还不出现,芳元只是微笑,极是心里有数的样子。鞭炮炸得空气都热了,火药味刺鼻,人群上盖着一层彩色纸屑。芳元拿着唱歌的麦克,对大家说,请我们全国著名的大剧作家吴可先生,为"真时尚"旗舰店剪彩。三教九流的客人们拍巴掌吆喝,看热闹的陌生人起哄呼哨,记者们镁光灯乱闪,吴可歪着一边嘴笑:剪了啊!他是笑自己头一次为他人做嫁衣。刚要落剪刀,门内灯暗了,音乐响起,一束追光打在楼梯上。老爵爷克拉克穿着黑色燕尾服,胳膊上挎着手杖和真巧,从楼梯上缓缓下来。吴可几乎不认识这一位真巧,一身闪光,整个坠地裙装像刚镀了银。这身长裙是弹力面料,紧裹真巧的腰身,低胸到体面和色情的临界点,非常考验身材的服饰,少一分胸围、多一分赘肉都会大大减分。吴可不得不承认,真巧贵气起来,也做得公爵夫人的。他突然有些不适,这贵气的真巧自己就没有得到过。客人们进了店堂,灯光恢复了先前的亮度,一队十六七岁的模特姑娘,穿着长裙短裙,翩翩下楼。她们在人群里目中无人地绕了一圈,尽闪光灯对她们闪够,又掉头往回,一个个屁股在裙子下滚动,尚未发育完整,像十四的月亮。这一队姑娘再次下楼,已换了行头,一款款春装,多是桃柳杏色,人群里又是一阵骚动。这次每个姑娘都手拿托盘,里面盛着糕点,袖珍三明治,扎着牙签的切块水果。每个托盘里一摞纸碟子,一把塑料刀叉,姑娘们走到客人和记者面前,微笑致礼,下凡了人间似的。吴可此时靠近真巧,跟她咬耳朵:哪里搜罗来的小妖精?真巧的回答是一个倩笑。

米拉在夏装表演开场之后才到场。芳元拉着她的手进来，说外面人太多，只好关了大门。米拉穿着红色羽绒服，一鼻子汗珠来不及擦，就站到老爵爷和真巧之间，干起翻译的活来。她把记者们的提问翻译给克拉克，再把克拉克风雅风趣的答复转达给记者们。吴可见她向左侧身听，又向右转脸说，用手绢急促地给自己扇风，不亦乐乎地忙。小时的米拉脸蛋的质感，还留在他的指尖上。那种细腻，那种微湿微涩，他指尖是有记忆的。小时的丫头总是顶不动那一头头发似的，老米似乎放纵头发的凌乱，再给沉重的头发绑一块蓝白格子、或红白格子手绢，像卖火柴的小女孩。那就是他的丫头，撩开她额头两边垂吊的发缕，就是那个饱满光洁的额，他总忍不住把嘴唇贴上去。他的剧首演，他的小贵宾四岁，坐在他膝盖上静静地看戏，看到惨烈处，把小脸藏进他怀里。演完戏，她会长叹一声，偶然问几个老三老四的问题。一九七三年夏天，他在劳教农场收到电报，母亲病重，回到家里，发现母亲其他病没有，仅得了话痨，从早到晚教育他数落他。母亲家门口也贴着大字报、白对联，她口气却还是老领导。他忍无可忍，找到孙霖露。孙霖露让他住她的半个单元，自己睡单位的单身宿舍。一个礼拜日，十二岁的小女兵米拉回来，看见他亲得跟什么一样，冲上来抱紧她的小吴叔叔，眼圈都红了，问，小吴叔叔解放啦？当吴可告诉她，只是回来探亲一周，她红了的眼圈才酿出泪。那晚她的小吴叔叔跟她到马路上散步，跟她谈了一些她该再长十岁才能听的话。他记得自己跟她谈到了死，那年农场自杀的人多，他亲手从树上放下的尸体就有两具，都是两小时前还一根烟掰两半抽的朋友。米拉一点也不惊讶，说，爸爸也这么说过。第二天清早，米拉到火车站送他，说解放军阿姨送小吴叔叔，不用排大队。他挤在两节车厢之间，舍不得离开这个穿军装的小姑娘，又从车上跳下来。她说，小吴叔叔，不想那个字，还有我呢。那个字是"死"。回到农场，米拉给他写信来，写得不多，淡然几句，但他能感到她的不安，还是那个意思：还有我呢。他一直保留着那些信，心有灵犀的忘年知己，难得的。看着此刻的丫头，虽已做了他人妇，看去还是清流一股，难得的。

当晚老爵爷请亲近朋友到锦江宾馆的西餐厅吃饭。长方餐桌，老爵爷左边坐芳元，右边坐真巧，真巧对面是吴可。米拉坐在吴可身边，小声跟他说，我给我小姑仿造了两年情书，老头回信管小姑叫"我的火"，刚才在店里说，真巧两年的书信，是他生命中的火。说到此，她挤眼睛：真巧小姑这团火，是治病的，治好了克拉克的抑郁症。吴可笑笑，从米拉现在的五官中找他亲吻的那个小姑娘，也找那个扑上来抱紧他的小女兵，都找到了。小时候的她安静得惊人，像现在这样的调皮眼神，从来都是一闪即逝。老爵爷席间谈笑，芳元学的那点英文凑合够用，给大家口头翻译，有时她会请老头重复一遍。老头问真巧，你那个助理哪里去了？经翻译过来，真巧一傻，芳元窘坏。哪个助理？真巧问老爵爷。就是上海画廊里的助理，真巧向芳元转脸，芳元对大家赶紧说，我做了手术，老头现在不认识我了，你们不准告诉他哈！吴可爆出大笑，桌上人都东倒西歪地笑。真巧笑着，手伸过来，在吴可大腿上拧了一把。老头给大家笑得莫名其妙，认真问芳元，他们笑什么？芳元脸更红，几乎要恢复几年前的赤红脸了，使劲摇头。老头问米拉，他们到底笑什么？米拉还没回答，芳元又叫：不准说！米拉于是对老人耸耸肩。吴可指着芳元对老爵爷说，这位是真巧的妹妹，漂亮吧？老爵爷说，漂亮死啦！吴可问他，姐姐和妹妹，谁更漂亮？老爵爷认真郑重地给了真巧好一番端详，又去端详芳元，说：两种不同的漂亮，姐姐的漂亮主要在于性感和魅力，但到底长妹妹好几岁。吴可说，看来隔着种族谈恋爱，是有便利的，真假难辨。老爵爷要芳元给他翻译吴可的话，芳元赤红脸被整容医生治好，但现在复发，一直赤红，她说她没听见吴可在说什么。老爵爷又来求米拉。米拉也说没听见。真巧鬼笑：看来老家伙要老马吃嫩草了。吴可说，姐妹易嫁，传统剧目。嫁呢，他是看不上的，真巧说，他要的是陪伴。老爵爷说，姐姐和妹妹都跟我去英国，我就是世界上最幸运的男人。真巧大声说，放他的屁！人们又爆出大笑来。老头东张西望，不能加入大笑行列，很不安全似的。他拉住芳元的手，问他们笑什么？芳元脸又红，用英文说，你可不想知道。老爵爷拉着芳元的手不放，对大家说，现在世界上还能找到一讲话脸就红的女孩子吗？我在这里找到了！真巧说，你个老花痴，碰到的当然是不会脸红的女人，比如本姑娘。老爵爷望着米拉，我知道她说什么；姐姐一定在吃妹妹的醋。吴可在桌下捏住真巧的手，她转脸看他，他给了她一个很色的眼神。

吴可来到走廊里，回头看，真巧出来了。他往楼梯间走，听着身后的高跟鞋得得得相跟，清脆，爽利。楼梯拐弯，灯照不过来，她身体却还银亮亮的，浑身长了鳞片，刚跃出水面的美人鱼。他抱住她银鱼般的身体，问她：老头给你买的衣服？她说是的。他说，他出钱，我享用，凭什么你最高贵的样子归他？真巧舌尖舔着他耳垂，口齿不清地说，不归他。对，归我。也不，我是我自己的。他往死里吻，抬头换口气，又一头扎进吻里。老头说你是他的火。真巧说那是米拉帮她写的情书，英文，她看都看不懂。吴可说，你是我的火，我一个人的。真巧紧抱住他，你到西伯利亚，火好重要哦，马尔康 得火也活不成。他吻着她的脖子，说他可不跟任何人分享同一盆火，他的吐字瘙痒着她，她的鱼身抖动，鳞光闪闪，退到一边，笑着指控他打翻了醋坛子。他说是真男人，心里都有一大坛子陈醋，不过轻易不打翻，一生也就打翻那么几次。她问，现在翻了没有？他反问，你说呢？说着一把将她的低领口扯到肩膀下，牙齿轻轻咬上去。她推他，说他把烟味留在上面，老爵爷闻得出。这一说，他更不放她。她要他放心，她才不会到古堡里陪伴棺材瓢子，除非老爵爷起来革命，被发配西伯利亚。楼梯上响起脚步声，两人分开，真巧迅速拉起褪到肩膀下的领口。一个穿白制服的女人上楼来，不知避讳地盯着两人看。等白衣女人过去，吴可小声但狠狠地说，巧巧，你真是个奇怪的女人。真巧先走一步，怕老爵爷疑心，她让吴可在楼梯上抽两根烟才回到餐厅。吴可点上烟，看着真巧一闪一闪地上楼梯，刚才他说她"奇怪"，其实是褒义，含有"珍奇"、"稀罕"之意。吴可自知，自己对人不宽容，对女人也刻薄，在夸奖女人的用词上，十分吝啬，心里的赞美，舌头都会抠下一道，出了口便大打折扣，于是"珍奇"成了"奇怪"。真巧确实各色另类。初夏时，米拉指控吴可"背叛了我小姑"，真巧不会不知道，尽管他后来跟米拉和真巧都分头澄清了所谓"背叛"。两年前，调查人员突然出现在吴可门外，告诉吴可，李真巧在上海因为跟一个英国贵族的不正当关系受到调查，并说，她供出的同案有一大串名人，吴可居首。当时他的剧目在北京、上海、成都等大城市遭到停演，报纸上连篇累牍的批判文章，也有个别刊物登出他的辩驳文章，以及别人拥护他的辩驳文章，本来是一场思想艺术的辩论，但上海案发，把他牵扯到犯罪嫌疑层面，敢于刊登他辩驳文章的报刊，马上转了风向。真巧表示完全理解吴可当时的自我保护，但米拉只是淡淡一句，你们文人都是运动老油条。吴可知道，文革中背叛米潇的人，后来又到米潇家下棋喝酒，米拉都见惯了。

　　吴可熄了烟头，慢慢往回走。进到餐厅里，见克拉克老爷子两条胳膊搭在俩姐妹肩上，此刻世界上最幸福的老男人，非他莫属。他坐回座位，米拉笑眯眯看他一眼，他轻声说，丫头知道的太多。米拉说，我什么也不知道。吴可说，小易同志最近怎样？米拉比划一只手到太阳穴，贷款快没顶了。吴可说，说做生意能贷来款，就是第一个成功。米拉又笑：放心，小吴叔叔，我不会跟你借钱。吴可说，你借，小吴叔叔得有啊。儿子去美国留学，葛莉娅搜刮得我，他妈快破产了！米拉问，葛丽娅还跟那个法国教授过吗？早不过了，所以她能全副精力折磨我。米拉说，假如那时你在农场碰到十七岁的葛丽娅,致命地爱上她之后,她突然消失了,你会怎样?我会永远爱她。就像毕加索最爱的伊娃,因为芳龄夭折,没有机会长成一个老婆。现在能找到的伊娃的照片,也就一两张,病容的清秀,楚楚动人,好像已经在死亡的过程中,稍纵即逝的美。假如葛丽娅在我出院之后,永远找不到了,那她就会是我一生的相思病。米拉叹了一口气,完全同意:无救的浪漫者,都需要生一场终生不愈的相思病。

吴可看着老贵族站到芳元背后,握着姑娘两只玉手,教她摆弄刀叉,切一块牛肉。芳元的发髻蹭着老头刮得精光的腮帮,老爷子太幸福,烤得老牛皮一样的牛肉越难切,他跟芳元越能腻得长久。文革前,吴可父母的厨师也学过西厨,会做一些简单西菜,比如英国烤牛肉、德国炸猪排、法国煎鸭胸,假如他看到牛肉烤成这样,一定会说,吃不得了。那个厨师常说,厨师好不好,看他掌握的火候。吴可听说,真巧开店的钱是她三教九流朋友们凑的。有人打通了银行关节,帮她贷到一笔款项,买下一家缝纫厂,一百多台机器,两百工人和技术员。果然像米拉说的,她小姑是栽到水泥里都能开放的花,那是什么生命力。米拉碰了碰吴可的胳膊肘,说,小吴叔叔,我爸给你写信了吗?有三个月没收到他信了。

米潇到美国之后,给吴可写过两封信。第一封是他搬出了大妹家之前,告诉他出国前留给吴可地址不作数了,新地址在纽约皇后区。老米还说,他跟梁多聚了一次,那小子把出国前的承诺忘得干干净净。本来梁多承诺,办完第一个画展,就把以米潇做模特的那幅《中国木匠》送给米潇妹妹，但画展上有人收藏，出价不错，他就卖出去了。等米潇提起这事，梁多拍着脑袋想，到底是否有过那样的承诺，那懵懂一点不像装出来的。才子们容易昧良心，不守诺，米潇说，他都谅解。吴可觉得他跟老米这么多年情同手足，多半也因为老米大度。唯有一次，老米差点跟他翻脸。那时他在等着占房户腾出楼上的房间，有两个月在老米过度的招待所暂居。有一次米拉来看爸爸，老米不在，丫头在吴可房里等待，跟吴可谈起斯特林堡的戏剧和他后来的炼金术，又谈到安东.契科夫的戏剧生涯和医学生涯。他一直记得她的话：契科夫人格中有圣人的元素，斯特林堡有神秘主义元素，小吴叔叔，要取得最大成功，你必须二者兼有。那晚上跟老米喝酒，半醉，吴可问，老兄，米拉出生的时候，你二十六对吧？米潇回答，没错。吴可说，那还来得及啊。米潇问他，来得及干嘛。吴可说，来得及多生两个像米拉这样的女儿。米潇说，经过反右，我连米拉差点都没想要，孙霖露坚持，才把她生下来。我们这种人都会给孩子带来厄运。你问问米拉，她小时候为我受过多少委屈。吴可问，丫头小时候那么可爱，你和孙霖露都没想再生一个？流产过两个孩子。你们是凶手，杀死了两个米拉。老米笑道，要是米拉出生前我们能跟她商量，说不定她不同意被生出来。两人又喝一阵，吴可说，太可惜了，老兄要是有三个像米拉这样的丫头，我就能娶一个了。米潇的酒似乎全醒了，大吼，你个龟儿子！混账王八蛋！你敢打米拉的主意，我亲手杀了你！米潇那是真脾气，吓着了吴可，赶紧嬉皮笑脸，假打自己嘴巴，说：

浑话浑话，怪只能怪酒。米潇又说，你在米拉眼里，百分之四十五是坏人，百分之七十五，是才子，其中百分之三十的坏人和百分之三十的才子长在了一块，撕不开，她只能全部接受，忍受。吴可吃惊，问：那你呢？米拉怎么拆你这个人的公式？老米说，不乐观，百分之三十的才子，百分之八十的坏人，坏人和才子的重叠部分只有百分之十，但我不一样啊，我百分之百是她的亲老子！她恶心这老子也好，可怜这老子也好，血浓于水，她没办法。所以小吴你啊，有真巧陪你混混，就不错了，对米拉，你给老子死了这条心，不然老子亲手掐死你。你别以为我干不出来。那一刻招待所地处的城区突然停电，光明后的黑暗非常纯，伸手不见五指。吴可怕老米趁醉趁黑扑过来，掐自己脖子，两只手在前面推挡着。门被敲响，老米坐在门边沙发上，一伸手把门打开，但接下去两人就愣了。进来的是一个拎暖壶的女人，嘟哝着，太黑了嘛，厕所不敢上哦。她的到来，使屋里的浓黑变成浅黑，能看到一些家具的轮廓。当然，这是因为人的眼睛已经在适应黑暗。她摸到放暖壶地方，在俩沙发间放着一个痰盂，她撩起裙子便坐在痰盂上。吴可记得他和老米当时傻了，完全鸦雀无声，听女人坐在痰盂上，尿如暴雨骤降。老米先开的口，问她住几号房。女人还没尿完，"啊？！"了一声，嗓音颇嫩。吴可说，进错房间了吧？女人听到吴可的北方口音。彻底醒了，此刻总算尿完，站起身，问，这不是215吗？一股热尿气息蒸腾起来，此女白天吃了太多蒜苗。吴可说，这是315，我的房间。吴可知道二楼住了一帮拍电影的年轻男女。女人说，对不起对不起，我多上了一层楼！她正要狼狈逃脱，吴可说，对不起就行了？你给我们留着一大盆尿算怎么回事？女人说，天那么黑的嘛。你这是文不对题的扯淡，天黑不黑的，你让谁给你倒尿盆？！吴可从不宽恕的性格彰显力道。女人只好回身端起痰盂。老米说，记得给我们送回来。女人端着尿出了门，黑暗已大大褪色，可见女人一副好身材，一头好头发。吴可在灰黑的光线里说，幸亏走错的房间住的是我们，要是误闯到进城伸冤的劳改释放犯房间里，顺手就给她办了。怪谁？她送上门来，撩裙子脱裤子都是她自己，还糟蹋得一屋子臊气，放她全身退出，太便宜了。老米笑道，我刚才低估了你的坏人比例，你应该是七成的坏人，七成半的才子，你这样的家伙，米拉心里会没数？吴可听见门外一声歌唱：痰盂给你们搁这儿了！然后听见搪瓷和地板相碰的声音。那嗓音可以去民歌比赛。两个醉男人哈哈笑起来。老米说，断电有意思，上天用这个机会，抽查一下，看人类在突至的至暗时分会干出什么来。接下去，他说起农场的一件事。1973年夏天，一次双抢收工晚，回营时二十多人列成队伍，一字排开，走在田埂上。田埂上的泥泞总是不干，很滑，只有押队的人拎一盏马灯。押队的家伙走在队伍中间，个子比队伍里的人都高，平时凶狠无情，罚饭罚站罚重活，是个人人恨的主。走到水田中央，那人脚下一滑，马灯给摔进水田里，灭了。一刹那伸手不见五指，只听他叫了一声，接着是水田"扑通"一响。一字排开的人们什么也看不见，等到有人从营房打着手电赶来，发现押队者已经淹死，而水田里的水，深度未达膝盖。站在田边的二十多个人，全是两腿泥，两手泥水，看起来全部抹黑下水田，参与救生，但那人还是溺了水。第二天农场干部把这二十多个人全部拘禁起来，让他们揭发，队伍里谁紧挨着押队者，但谁也不记得一字排开的队伍，谁先谁后的次序。事后老米推测，马灯熄灭的一刹那，集体杀心即起。押队者后面或前面的一位推了他一把，他掉进水田之后，几个人跟着跳下去，把他脑袋摁在水里，活活在一尺深的水里让他溺水而亡。为了将来没人能脱干系，所有人一块跳进水田，造成人人沾手人人有份的局面。二十多个人被拘禁了三天，躲过了农忙最残酷的时间，集体口供依旧：他自己掉进水田，众人救生失败。吴可问，老米，你在这个小队里吗？老米说，你说呢？吴可说，你肯定在。米潇笑而不答。吴可说，你说不定就是排在那家伙身后或者身前。老米说，隔着一个人。不过你是首批跳进水田的人之一，也就是把那颗装着罚饭罚站罚重活点子和名单的脑瓜摁进泥水的人之一。米潇又沉默了，黑暗里都是他神秘微笑的波纹。过了一会，老米说，你现在相信我会掐死你了吧？只要你敢动我女儿。吴可说，其实这是个很好的切入点，人突然沦陷到彻底的黑暗里，眼前便出现各种机遇，有的男女，在短暂停电后，变成了恋人，或怀上了身孕，有人复了仇，有人夺得了长久惦记的宝物。他想到当年真巧的悲剧，也跟云南农场每晚十点后的停电有关。

此刻他看着餐桌上的真巧，那每一劫都在她身上留下了痕迹，让她更加楚楚动人。他的手又越界，在被熨烫得僵硬的桌布下，碰到真巧的膝盖，银色裙裾，非人的凉滑。他的手失望了，缩回来。

她感觉到了，在桌面上对他暖暖一笑。老牛皮般难以消受的晚餐终于结束。真巧和芳元把醉云里的洋老爷子送回房间，回来已经换了家常衣裳，对大家说，走，好时光还没开始呢！一群人回到"真时尚"，三教九流们打开了店堂的后门，展露出一小片天井，摆了四张方桌，大家背靠背挤着坐下。每个桌上放置一个铜火锅，有人端出各种涮料，鱼肉水族肥嫩，菜蔬滴翠，火升起，汤沸腾，眨眼间，天井已是烟火人间。真巧从汤里夹起一块半透明的甲鱼裙边，大声笑，这才是真肉汕！吴可坐在她身边，她把第一块裙边喂到他嘴里。一阵粗俗大笑。吴可不能相信，刚才的银色美人鱼和眼前的压寨夫人，是同一个真巧。吃了两口，米拉轻轻拽了拽他衣服，小吴叔叔，我走了哦。

吴可一看表，子夜了。他又胡乱塞两口肉在嘴里，灌一大口白酒，跟着他的丫头来到店堂，拿起大衣围巾。米拉说，不用送！吴可笑笑：当然不用送，路上坏人全躲着你这前丘八。新年夜路上还算清净，偶然见吵吵闹闹的年轻人，三五一伙，动作还带着迪厅节奏，嗓音是迪厅里喊哑的。吴可的摩托开得慢，怕风大米拉会冷。到了大院门口，米拉下车，一边说，谢谢小吴叔叔。吴可看不远有油灯，说他今天饿了一晚，烤牛肉嚼不动，都让他悄悄吐在餐巾里，米拉必须陪小吴叔叔吃碗面。却是个卖酸辣粉的，人家正在收摊。还有粉没有？吴可问。粉有，不好了汕，摊主挺老实。豌豆巅儿多给点儿嘛！吴可的北方川语让摊主乐了：师傅这个四川话好椒盐哦。已经折起的桌椅又打开，摊主三十多岁一个瘸腿，但利索精干，踮着崴着两脚已忙了一天，浑身还是劲头。吴可问，生意还可以？可以！一天能卖多少钱？八九十块挣得到，礼拜天一百多不成问题！吴可说，万元户喽！摊主自负，早就是喽！不一会，两个热腾腾的大碗放在桌上。吴可和米拉稀里哗啦吃一阵，米拉说，小吴叔叔，我爸爸走，跟你有关系。吴可说，我知道；从我戏剧改编的电影，不让我的名字上银幕。你爸听了这消息，就答应了你姑姑赴美探亲的邀请。我爸在两个姑姑家也不开心，没住多久，就搬出去了，现在住在地下室里，每天坐地铁，到中央公园给人画素描肖像。因为他画得好，今年一夏天就挣了一万多，冬天他画手绘丝巾在街上摆摊卖，一条丝巾赚十块钱，日子是有上顿没下顿，但他很开心，说从来没这么自由过，也没小甄和我妈管着。吴可忽然想起阿富汗美男子阿卜杜，问米拉与他还有否联系。米拉告诉他，每年她的生日和新年，都能收到阿卜杜亲手做的贺卡。阿卜杜回到伊朗不久，就跟着父母移民法国了。到法国之后，阿卜杜娶了个同胞姑娘。吴可感叹说，流亡异国的人，唯一回乡之途，就是回到一个跟同种族爱人共有的家。所以美男子要是现在在法国碰到米拉，绝对不会像当年那样死追了。

一阵风吹熄了桌上的油灯，街灯的光显得微弱多了。吴可说，要是停电就好了。米拉问，好什么。吴可不讲话，笑笑，掏出钱付给摊主，又放了额外两块钱在一边，作为答谢摊主的报偿。他在大院门口点上一根烟，要透过铁栅栏看着他的丫头，穿越昏暗的前院。他想到她小时说的"好丑哦"。1965年夏天，他把米潇招到家里下棋，强调他必须把女儿带来。那时米拉五岁，跟他走路还不稳的儿子很玩得来。棋局刚开，来了个访客。访客是个县级文化官员，也是业余剧作家。他来求吴可指教他写剧本，但吴可一直以下棋打掩护，支吾几句褒奖，再咕哝两个建议，这些话适用于每一个登门求教的业余剧作家，适用于每一个恭请他指正而他从来不看的作品。那个官员兼业余剧作家若有所得地告辞了，吴可却在他刚坐过的凳子下发现了一个油纸包，打开一看，是一大块烟熏腊肉。他跟当时的保姆说，追出去，把肉还给他！米拉忽然出来一句"好丑哦"。吴可问她"谁好丑"，她说，他刚才坐在那儿……米潇马上为女儿翻译：米拉的意思是，刚才人家那么可怜，那么低三下四，难为情到"丑"的地步，再去追他，拿礼物打人家脸，他不是要"丑"得活不成了嘛。说完，米潇问女儿，爸爸说的对不对。米拉没说话。现在吴可想，小女孩也许是觉得整个场面都丑，以下棋搪塞，以谎言敷衍诚惶诚恐、以腊肉贿赂以及贿赂者的至窘至贱，整个一场戏，都是丑的。也许她直觉到这种人物关系、尊卑地位，会酝酿更大的"丑"：1966年，这个业余剧作家跟县里造反队伍杀到省城，让吴可乘着他自己胳膊架起的"飞机"，从他家一直"飞"到批斗草台子上。业余剧作家在草台子上又喊又叫，胳膊腿无一不忙，宣读了吴可的"十大罪状"，其中一条罪状，就是压迫基层群众的创作剧目，以保障他在剧作界的王者身份不被挑战。他从"飞机"上斗胆侧目仰视，曾被压迫者那扬眉吐气的容颜，那横飞的唾沫，那舞动的短胳膊，之"丑"，不堪之极。1965年夏天，被米拉揭示的"丑",是微小的,小如一粒种子,一年后,长成庞大的"丑",遮天蔽日,无处不在,草台子上下,每一张无端仇恨的脸孔,无端竖起、捶打空气的拳头,都是由米拉最终发现的渺小如草籽的"丑"长起来的。"丑"的一粒小籽,最后成全了"丑"的大丰收。因为他们在1965年夏天,对于那一场戏中每一个角色的小"丑"的无意识,不怕"丑",最终才被大"丑"而丑,在几千人众目睽睽之下,乘驾自己胳膊的"飞机",屁股比脑袋仰得高,还有什么丑过此"丑"?!

他为何从丫头那么小的时候,就喜爱她,就因为她懂"丑",尽量不去"丑",效果就是她做事为人透着的那股清气,有清高,也有精神的清洁。用孙霖露的常话,就是"那丫头多有数",用常识说,就是做人有度。1973年他从农场回城探母亲的病,借居孙霖露的半个单元,米拉告诉小吴叔叔和母亲,部队食堂里,女兵们跟炊事班互以粗话套近乎,就为了多打点菜,多捞到点瘦肉。十二岁的小女兵当时感叹,小吴叔叔,她们不怕丑哦。几年后她又跟他说,我在食堂打到的菜,老是最少的,最差的,因为我老跟他们客客气气,好礼貌的,老说"麻烦你哈",人家反而觉得我外道,拒他们于千里之外。吴可想,丫头宁可少一口菜吃,也不屈服于"丑"。吴可有一次问她,你觉得你没"丑"过吗?她说,当然"丑"过,但事后都很后悔,有时一边"丑"一边后悔,就是控制不住地要"丑",人性就是这样,明知"丑",但刹不住。他那次还问,她认为她自己在什么样的时候,是"丑"的。她认真地想了一会，举了个例子：有一个文学杂志的副主编，是个中年男人，大概正在遭受中年危机，跟她在一次会议上相遇，提到一个跟她年纪相仿的女性作家最近蹿红，因为人长的漂亮。然后副主编跟米拉说，他不认为那个女性作家比米拉漂亮。米拉说漂亮与否不重要，重要的是她写得并不好。副主编接下去约她散步，她立刻答应。在路上，副主编搂了搂米拉，米拉假装不领风情，麻木被动受之，一脸傻笑。随之副主编一把将她拽入了路边的冬青树丛。最后这一拽，米拉反抗了，使劲推开他，狼狈逃走。米拉说她记得那一晚上，都感觉着自己的"丑"，但控制不了，一直让最后那个剧烈的"丑"发生了，傻笑和狼狈逃跑的她，真真是"丑"死了，可以丢掉不要了。

吴可也问过米拉，那你觉得你小姑"丑"吗？她回答说，小姑偶尔也"丑"，在她跟三教九流狐朋狗友瞎咋呼的时候，满嘴"狗日的"，因为那是她为了满足他们的重口味，扮演的另一个女人。但她不经常"丑"，因为她坦荡磊落，做好事坏事，都和谐，不拧不装。

他骑车回到家，在大门口，听见传达室里哗啦哗啦的推麻将声音。辞旧岁什么形式都有。他敲敲窗户，玻璃拉开，他看见大爷是拆了自己的床板当麻将桌的。他从大爷手里接过邮件，互道了新年好，走进大门。楼下的占房户们也都在打麻将，这个城市的人假一切名目进行这项半娱半赌的游戏；是一个没什么高品位大志向的城市。去年一个市级川剧团上演了一个古装剧，叫《曾家坝的寡妇》。剧演到省城,王汉铎在报上和杂志上发表剧评,赞美这个剧是希腊古典史诗级的剧目,深刻的人性剖析和哲学思考,难得一见。接着,此团又闹哄哄地拉出了省,到北京上海演出。闹得吴可心也痒了,想看看他的剧被禁之后,什么人灵验地掌握剧审尺度。但他看完第一场,就确信此剧是偷窃了他的现代话剧《暗恋着》炮制而成的,而他那个剧本送到一家杂志社去发表,被退了稿。《暗恋着》是根据真巧在云南兵团的经历写成,他让每个占有女主角的男人在舞台上展示自己的内心挣扎,公开辩白他们占有她的自我正义化混账逻辑。男主角是女主角的一位年轻的暗恋者,也是她最后的施暴者。他给这个男主角大段的莎翁式独白,道出他和其他男人的人性败坏逻辑和过程,极像一套幽微复杂的司法推演。吴可在两个礼拜内就拉出剧本草稿,写得如幻如仙,简直像有股力道操控他的笔,不竭地涌出妙句,完全超越了他才能的局限。这个叫"集体"的作者把时代回推了几百年,故事的发生时间在明朝万历年间,地点是四川一个山村,女主角是个年轻寡妇,邻居小伙子是她的暗恋者。序幕为一个清早,早起拾粪的一个男村民在寡妇家门口发现了一只男人的鞋,于是村人怀疑寡妇与人通奸。村里长老秘密开会,要将寡妇沉潭。正剧开始,寡妇为自己求情,被她求助的每一个男人,都在夜里偷偷摸上她的家门,摸上她的床。年轻的暗恋者发现她的困境,表白了自己自小就爱她,企图说服她与他一块私奔。但山高水险,寡妇一双三寸金莲难于跋涉,而且,她发现自己被村丁暗中监视。这是个被封闭在大山里的村落,连行牛车的道路都没有，村丁一旦追捕，逃出去几乎不可能。于是寡妇选择留下，她认为男人们总有满足和良心发现的一天，而免于她沉潭的冤狱。最后，她发现，最后一个摸上她床的居然是邻居小伙子，她对爱情和男人的最后理想被毁灭了。她抓花了小伙子的脸，并在天亮时敲起锣，告诉全村"我有罪，请把我沉潭"。吴可观剧后的第二天，就托两个崇拜者打入那个川剧团，探听横空出世的编剧是谁。打听到的结果是，编剧叫"集体创作"。他问集体有哪几人，密探告诉他，除了团里五个有名有姓的人，还有一个化名的人。化名人叫"多寒"。他找到米潇，把事件告诉了他。米潇趿拉着鞋，跟他来到街上，狠狠连抽三根烟，说出的第一句话是：多寒者，汉铎也。小甄在家里彻底实施虎门禁烟之后，发现老米藏在犄角旮旯的烟即扔进垃圾桶，嗅出空气里的烟味，就断绝和老米对话。老米只能把思考都搬到马路上，边抽烟边漫步，一个口袋装着速写本，思考出头绪，就站住脚，掏出速写本和笔，顶着爆日或冒着苦寒，在马路上速记。他点燃第四根烟时，吴可说，他的奸细在剧团里打探到消息，说是"多寒"先生从来没有露过面。老米鼻子喷烟地说，他不用露面，即便非要露也可以找个替身。接下去，是老米自己找关系，通过一位当了重庆市委书记秘书长的地下党战友，联系到剧团领导。剧团领导说，团里五个编剧主要负责写唱词，编曲调，剧情都是那个"多寒"先生写的。"多寒"先生最开始把打印剧本寄到团里，那阵团里正揭不开锅，收到这个剧本后，市文化局马上批了一笔钱，整个团起死回生。领导的言下之意，"多寒"先生救了剧团妇孺几十条命。吴可在得知老米的情报后，给真巧打了个电话，约她中午十二点在芙蓉餐厅见。然后他骑摩托直闯文化局。王汉铎自从挨了吴可那一顿揍，两人没有再见过面，因此吴可突然闪入文艺处处长的办公室，王处长头一个反应是要跑。吴可说，我是来请你吃饭的，你一定要赏脸。完全成了丈二和尚的王处长任由眼镜滑落到鼻尖，就那么一瞬，他额上和鼻子上出的汗，就够润滑那个塌鼻梁了。王处长要了局里的车，跟吴可一块到了芙蓉餐厅。

到餐厅时，吴可看表，十一点四十五。他埋头给王处长领路，带他往自己一贯用餐的小包间走。一路碰到所有跑堂，都哈腰招呼"吴老师来了啊"。王汉铎打着哈哈，吴老师人缘好哦。进了小包间，里面阴暗湿冷，吴可搓搓手说，坐嘛。然后伸头到门口喊：上茶！两分钟之后，喷香的热茶就上来了。小茶童退下，吴可说，你晓得那个剧吗？王汉铎一推眼镜：哪个剧？吴可一看就知道，他在装懵。就是那个《曾家坝寡妇》。听到点儿消息，都说戏不错。你没有看戏？看了两场，两套班子演的，确实还可以。你的剧评我看了，有点儿意思。王汉铎再推眼镜：吴老师多指导。你看了我剧本没有？哪个剧本？《暗恋着》。没有啊，写啥子的哦？写的是发生在云南建设兵团的故事，大概是我剽窃了人家万历年间的故事，要不就是云南兵团的那帮肇事男人和那个暗恋者以现实剽窃了历史。眼镜对于那个塌鼻梁太过超负荷，一次次被推上去，又一次次滑下来：不幸我没有拜读过吴老师的剧本，无从说起。四个凉菜上来了。这家餐厅不用吴可点菜，每次他一个人来吃饭，餐厅给他配一个凉菜,带一个人来吃,餐厅配两个凉菜,今天他订的是三人餐,餐厅做主,上四个凉菜。菜点多了,吴老师破费。难得请到王处长,再说,我们今天还有一位客人。哪一个?一会儿就到。王处长给吴可斟茶,长腿细腰,撅着屁股。门被推开,茶童报告,一位女士找吴老师。随着一阵香风,一个穿墨绿丝绒紧腰小袄的美人进得门来。王汉铎眼镜掉在鼻尖上,屁股和椅子之间差着半尺,就那么看呆了。倒是美人儿像见了鬼,扭头就要走。吴可叫道,李真巧!她在门口驻步,宽肩细腰长脖子上都是恐惧。怎么走了呢?都是熟人哈,老相识了嘛!吴可上前拉真巧,后者垂着头,仿佛犯罪的是她自己。就在吴可拉真巧,真巧轻微挣扎的当口,王汉铎已经调整好了姿态、心态。是巧姐啊,好久不见,风韵胜似当年啊!他居然朝垂头藏脸的真巧伸出手。真巧看他一眼,坐下,痛木了似的。手都不握是哦?还为那时候的荒唐事生我气呢。吴可吃惊,此人皮厚的程度,自我脱罪的本领,都超过他的想象一百倍。事件可以被偷换性质,偷换成"荒唐";荒唐年龄遇到了荒唐年代,于是发生了荒唐事情,大题小作,小事化了,不了了之。当年多少人的罪责,都是这么被"化"掉的,被"了"了的。真巧的心病似乎被王汉铎刚才的话治愈,是啊,不都是荒唐年代造的孽?孽债巨大沉重,任何个体的人都背负不动,也不该背负,不是吗?她抬起眼睛,看着他。吴可气死了:多少年来,几乎所有孽债血债命债,都被王汉铎这样的债主们偷换概念之后,让债权人稀里糊涂勾销了。吴可说,不过,在《曾家坝的寡妇》那个戏里,作者"多寒"先生对事情的性质和概念，显然是看清了的。所以，这个戏的原始编剧，那位"多寒"先生，并不认为这只是一件荒唐事，他拷问的是人心人性。他双眼直视王汉铎：多寒者，汉铎也。王处长哈哈哈地笑起来，打的哈哈很有首长派头。吴老师，我巴心不得有这份儿才气哟，要是有这份儿才气，我就来抢吴老师饭碗了，还当你妈啥子处长哦！是不是，巧姐？真巧莫名其妙，两面扭头看热闹。你是在抢我饭碗，吴可盯着他短小的娃娃脸。热菜上来了，三两五粮液也送到。吴可平素在这里吃饭，只给自己点一两五粮液，今天餐厅以此类推，上了三两酒。真巧给两个男人斟酒，吴可说，你也来一点吧。真巧说，下午要跟人谈生意，不敢喝。她瞟了王汉铎一眼，目光中悲愤恐惧的张力，消失了。看来国人就是这样，一次次从血泊里站起，擦干净身上的血迹，又把他们赖唧唧的日子过下去了。哀其不幸；鲁迅哀之，后人吴可继续哀之，而怒其不争，现在为悲哀之人冲冠一怒的人，都没有了。吴可认为自己在多方面合乎米拉的"丑"的标准，但他的愤怒尚存，愤怒是火，是热和光。他原本想象这场餐会的结局：有人摔碗，有人铲耳光，有人掀桌子，结果是，六个热菜统统被吃光，李真巧和王汉铎谈起了兵团战友下落。吴可晃着脑袋，笑自己愤怒之可笑；人是可以容纳很多的"丑"，很多的脏，赖唧唧把日子过下去。甜品是"三大炮"，王汉铎还吃得动。吴可恶狠狠地看着这个潜藏下来的强奸者，世故官场，再借真巧们的见识短浅、愤怒缺乏，永久地潜藏下去。只有在他的剧中，在剽窃他精神实质的那个古装戏里，王汉铎才能看到对于他自己的终极审判。他剽窃了《暗恋着》，成就了《曾家坝的寡妇》，也可以看成是他在剧中对自己和同类，拉起的道义铡刀。真巧说她下午忙，必须先走一步。王汉铎也想趁机溜号，被吴可叫住。王处长，我请你调查化名多寒的人是谁。王处长笑笑，我不开私家侦探所。那就别怪我不客气了。吴老师请便。

回到家，吴可给老米打了个电话，说他刚从一个重要饭局回来，饭局上有李真巧、王汉铎。老米一听，午觉的瞌睡跑得精光。二十多分钟之后，老米就骑车赶至吴家。一进门，老米说，先等一下，让我抽根烟。点上烟，他贪婪无比地深吸一口，烟卷骤短三分之一。吴可讲完席间三人的"他说、我说"，米潇抽着烟，两只眼珠东转西转。吴可知道，老小子在想点子了。米潇把半寸长的烟蒂摁扁在烟灰缸里，看着他说，不承认他就是剽窃者"多寒"？好办。吴可笑笑，叫他把"好办"的办法说来听。老米说，你明天晚上到成都剧场门口看吧。《曾家坝的寡妇》被川剧学校学下来，在成都剧场上演，此戏捧红几个演主角的学生，一夜间新星升空。第二天晚上，吴可还没走到剧场门口，就听见人群吵闹。走近，看见十几个年轻人举着木牌抗议，木牌上的白纸黑字为"剽窃可耻！""吴可老师的心血不容偷盗！""还吴可老师精神资产！"……有一块很大的木牌上，贴着一张《暗恋着》剧本梗概，作者：吴可。他发现扛这块大木牌的人侧脸很眼熟，仔细看，原来是曹志杰。曹志杰的流窜犯形象被日本演员三浦友和的形象设计替代，浓密的三浦式头发，三普式鬓角。小韩也在抗议队列里，拿个电喇叭，人群里不时爆出他的吼喊："是骡子是马，牵出来遛一下嘛；剽窃毛　，你敢不敢自己站到这儿，公开辩论一下？！"或者"大家看嘛，这个就是著名剧作家吴可的原创剧本梗概！有眼的都能辨认出来，这个剽窃毛贼该不该送他上法庭？！吴老师为啥子被杂志社退稿，因为有人已经剽窃了原创作品！"抗议队列的面孔都不陌生，都是常到米潇家聆听老米说"世界艺术口述史"的年轻人。小曹在大木牌后面看见吴可，偷偷跟他笑，做鬼脸。那场抗议持续了四天，直到剧场决定停演。老米临出国前，吴可接到美国外百老汇一个小剧场的信，说他们收到一个大学戏剧系翻译的《暗恋着》剧本，简直天降惊喜，假如能说服投资人，他们愿意排练此剧，希望能得到吴可的版权授予签字。吴可把载有自己签名的英文版权授予书交给老米，请他带给纽约那位小剧场经理。老米第二封信说，他已跟经理进行了第二次会谈，得知经理的第一笔投资已经融到。

他发现脚趾冻得痛木，已经在前院抽了四支烟。老米走了两年了，这个新年凌晨，出奇地冷。他慢慢走到自己家门口，一个寒噤从内心最深的底部打出来，震得他整个人狂抖，极似淋透寒雨的狗，欲抖掉毛上的水珠。

MILA

这天最重大的消息，是美军和联盟军出征波斯湾。米拉的一个同事主动参军，上战场去了。美国热血青年。米拉在这座中部城市不见经传的大学教中文和中国文学经典，那位热血青年同事教美国南部文学和侦探小说写作。一个二十八岁的新兵，血得超热才能在这个岁数扛枪。米拉到美国后，美国人没有任何困难发音她的名字，连名带姓：Mila，英文叫起来，两个音节，高音的Mi，低音的La，更接近父亲当年为她取名的三个音符，Mi_La_Ti。一个奏鸣曲的开头，或一个咏叹调的转折。暑期的课，米拉都婉拒了，她要乘火车去纽约，一路看美国中西部的田园风光，到达纽约后，跟父亲共度一个长假。

八九年初夏在天安门广场发生的学生运动，以及后来的部队开坦克进城清场，米拉都亲历了。那年初她得到一个进修名额，在北京第二外国语学院的英文强化班进修口语，课程五个月。课上到第三个月，翘课的人比上课的人多。米拉不久也加入了翘课群体。他们各说各的翘课原因，但米拉在天安门广场的学生示威队伍里，"巧遇"了好几个"请病假"同班同学。米拉在绝食的大学生方阵边上，碰到了成都的朋友小韩和谢连副。谢副连长转业后，因为会玩三四种球类，也能画两笔画，在一个银行总分行当上了工会主席。一年前他又升任为北京总行的工会主席。谢主席背了个双肩背，里面装着工会招待费购买的糖果。他走到绝食的学生阵营边，抓起糖果向学生们的上空抛洒。他一面撒糖，一面对学生们说：捡着糖不吃，那就真是傻孩子了！咱们是绝食对吧，没说要绝糖！六月四号上午，米拉接到小韩的电话。小韩说谢主席肚子上挨了一颗子弹，被他用自行车拖到到医院，从肝昏迷直接进入了死亡。米拉想到小个子小韩拖大个子谢主席，人急了真能创造奇迹。第二天，米拉和小韩在二外大门口见面。小韩眼神还是散的，头发被雨浇过，又捂干，馊味刺鼻。他叙述谢主席的牺牲过程，不停地抽烟。米拉听出小韩队谢主席有点怨气，说他自作，对那些军人叫喊：你们是你妈啥子解放军哦？！朝学生娃娃开枪？！来嘛，有种你朝老子开枪！老山前线的炮弹皮皮都没伤老子一根毫毛！谢主席最终真喊来一梭子弹。小韩走后，米拉在学院的花圃里，偷了两朵白蔷薇，叫了一辆出租车来到西长安街上的铁道医院。医院停放了许多尸体，认尸的人们呼吸挥发在空气中的消毒水和防腐剂，呛出的泪汇入哭出的泪。米拉在尸体中寻找那个曾经宽大处理了她小姑的谢连副，但她没有找到。也许谢连副的家人已经把他认走了。她把两朵白蔷薇放在一个十六七岁的男孩身上，匆匆离开了。走出医院的大门，她脸上全是泪，不知是被防腐剂呛出来的，还是为不幸的谢连副亦或为那十六七岁的男孩流淌的。她回到二外，老远就看到大门口站着的易轫。两人都奔跑了几步，扎入对方怀抱。易轫抱紧她，对她耳朵说：我今天一清早开车从济南过来。她被他搂着，搂进一辆小卡车。她坐在副驾驶座上。易轫从北京一个朋友口中得知军队进城的消息后，一直给她宿舍门口的分机打电话，始终没找到她。易轫把她带到西郊的一个小招待所，是山东某水产局在北京设立的据点。两人在招待所住了五天。五天中米拉没有说过一句话。易轫问她什么，她都以点头摇头作答。天气热起来，易轫问米拉，要不要她开车去学校宿舍，给她拿换洗衣服？米拉点头。易轫来到米拉宿舍，在她床上看到一封紧急通知，要强化班所有同学立刻停课，学习整顿，没有医生证明，任何人不得请假。通知下达的日期是六月五日，也就是说，米拉无故缺席学习整顿已经整整四天。易轫写了一张便笺，说米拉重病，病假条随后送到。易轫离开学院，马上找了个邮局打长途电话。电话那端是他北海舰队机关交好的一个朋友。此朋友常在科里订阅的文学杂志上见到米拉蒂的名字，便一口答应让老婆给大作家开假条。易轫在北京一直呆到米拉"病愈"回校。米拉回到强化班，发现全班已经是军事化管理，上课吃饭都排队，三十八个进修生分成四个小组。小组每天在减员，同学们相互间俏语，减员的那个被警察带走了，或者自己知趣，得了风声提前跑了。一天在食堂排队打饭，两个男同学闷头打架，据说先动手的那个确信他打的是个告密者。不久，米拉被告知，有人揭发了她，她被列入了校方的调查名单。当天晚上，米拉悄悄把两个笔记本放进挎包，混在全班同学进军食堂的队伍往里，途中她向带队的执勤小组长告假：她要去趟厕所。她不动声色地拐弯，从学校侧门溜了出去。没人怀疑她多日的逃跑预谋，因为她把被褥和所有衣物都留在了身后，包括那个美国姑姑送她的镶满假珠宝迷你闹钟。

她知道一场巨大的"丑"正在全国弥漫，揭发、告密、互害、对殴，这才刚刚开始，还不知道它终极的规模有多大。米拉回到成都，给洛杉矶一所大学写了封信，表示自己愿意自费出席他们在第二年春天举办的中美文学研讨会。她一直没有答复这封邀请函，首先是舍不得离开易轫，其次是舍不得上千美元的机票钱。米拉以黑市价兑换了买机票所需的七百元，开始构思参加会议上必备的论文。

出国前，母亲把自己所有积蓄取出，托关系换成八百块多元美金，周叔叔也贡献了两百元美金，凑齐一千整数。妈拆开米拉的一条牛仔裤腰部，把十张钞票折叠成条状，一张张都用塑料纸包好，再用烧热的铁丝融化塑料，以此封口，然后把封在塑料袋里的钞票，缝在裤腰里。妈说，就算你忘了，把裤儿拿去洗，钱都不得打湿。不过米拉不会忘的。那是妈妈和老周叔叔给她准备的回程机票，妈嘱咐过许多遍，实在受不得苦，就回到妈身边来，不要学你爸爸，住不起房子，住地下室，也不死回来。米拉不在意地笑笑：爸说了，他在过度。那之前，易轫的公司付不起贷款利息，米拉把自己所有存款都给他凑进去了。米拉是用她被退稿的小说，考取这所名不见经传的大学的。她到洛杉矶开完会后，白天到一个中国餐馆打黑工，夜里把自己那篇叫做《枪伤》的小说翻译成了英文，打印了一百多份，投递给七十五家文学代理公司，剩下的投给设有小说写作系的大学，花费惊人，几乎要动用妈缝进牛仔裤腰里的钞票了。等了三个月，没有一家代理公司接受她的小说，但一个文学杂志表示愿意刊载这篇作品。她当即跑到附近药店，查看所有药店代销的杂志，但没查到这个杂志。她问了几个在药店购物的顾客，是否知晓这个文学杂志。无人知晓。她想，难怪杂志就当没稿费这回事，绝口不提。但她把杂志的刊载通知复印后，寄到她申请的所有大学之后，反应来了：这个杂志圈内人都认账。一所大学甚至告诉她，她可以一面在小说写作系做大龄学生，一面开课讲自己的小说和中国文学经典。这就是她跟上前线的美国热血青年直接做了同事的缘故。

《枪伤》是写老山前线的一个士兵，在一场战斗中腹部受到枪伤的故事。士兵被送到后方医院手术后，血始终从被缝合伤口里流出，怎么都止不住。他在病床上就被任命为特等战斗英雄称号，照片在国家级和省级的大报上登载。出院后他的生活完全改变，升官发财（部队发了他奖金），成了年轻女性的偶像，被姑娘们追得躲进男厕所，老家的土特产不断寄到，进餐馆吃饭主家也谢绝他掏钱。最后他在女追求者里选择了一个大学刚毕业的校花，结婚生子，像庸俗爱情故事的结局一样"从此过上了幸福生活"，一切美好，就是他的伤口一直长不好，并且像刚受伤时那样，不断流出鲜血。他到处求医，但没有一个医生能解释这永不愈合的枪伤。他表面上过着优越的日子，私下里的生活却麻烦百出危机频现，不论他在什么重要场合进行英雄演讲，或接见崇拜者，稍不留心或情绪过于高昂，就会发生严重出血，必须紧急更换绷带，甚至接受输血。孩子一天天长大，对父亲流血不断的伤口开始好奇。有天他趁父亲醉酒，把绷带解开，却见血止住了，伤口就像一张紧抿的嘴。父亲在此刻醒来，儿子问爸爸是否在冲锋的时候受伤的。爸说是突袭的时候，他冲在最前面。正说着，伤口涌出一股鲜血。儿子又问他，妈妈在家，你敢喝酒吗？爸笑了，说当然不敢啦，我天不怕地不怕，就怕你妈不说话；你妈一生气就不说话，搞冷暴力。儿子发现，伤口又成了紧抿的嘴，没有一点血流出。此刻妻子意外回家，问丈夫是不是又喝酒了，丈夫说没有，儿子惊异地发现，伤口大股流血！也就是说，只要爸爸撒谎，伤口就流血。等儿子长成少年，他爸的伤口还在流血。时间飞跃到二零零一年，中国参加了联合国维和部队，到某国参战，儿子报名参军，也成了英雄。他懂得了战场的恐怖，也理解了十几年前父亲何故自伤；父亲的英勇无畏是一场巨大谎言，以及谎言英雄不断被伤口戳穿谎言的寓言。

　　米拉把小说给易轫看。易轫看完后笑着说，好哇你，就这么写我们人民子弟兵的英雄，难怪不给你发表，再说，现在才一九九零年，你怎么写到二零零零年之后去了？米拉只是笑笑。易轫带着儿子来送米拉出国。儿子叫易海，十岁，白皙的面皮，衬得他那双又圆又小的眼睛特别黑，米拉知道眼睛的出处。男孩唯有一头过分浓密的毛发是易轫的，那头发延伸到鬓角，将来会从那里发源络腮胡。易轫的前丈人离休，变成了前副司令，权威缩水，因此前妻的霸气也有所弱化，终于松口，准许孩子们每年跟爸过一个假期。有一天清早，米拉发现男孩在她的写字台前，数稿纸上的格子，米拉窃笑着退回到卧室，让易轫去看。早饭间，易轫问，儿子，你早上数什么呢？儿子说，一张纸，五百个格儿，米阿姨每天写那么多格儿！易轫说，老师让你写一百字儿的作文，你都写不出来，人家米阿姨一天要写两千多格儿。从此儿子对米拉敬畏有加，只要米拉坐在写字台前，他都蹑手蹑脚过往，父亲讲电话，他也会竖起食指放到嘴唇上。有次米拉和易海乘坐"耙耳朵"车，由易轫蹬着去百花潭动物园，易海睡着了，米拉把他的小脑袋放在自己膝盖上。熟睡的孩子是最美的生物。米拉看着他浓黑奇长的睫毛拉开两把小折扇，想到这孩子跟那个一百天寿命的胎儿，一半的骨血是相同的。为了这一半相同的血缘，她低下头，深深吻了一下孩子的眼睛。孩子鼻子皱起，转了转脸，但仍在睡眠深处。易轫曾经流着泪问她，会不会爱他的儿子，她现在知道，会的，一定。

米拉乘了三天火车，到达纽约中央火车站。父亲说好来接她，但站台上不见老米的身影。她不敢离开，等在约定地点。又一趟火车进站，还是不见老米。纽约盛夏的夜晚，开始得晚，但正在开始。米拉有些慌了。她拖着行李车，到一个卖快餐的摊位上，买了个羊角面包，图的是找换硬币。刚刚投下一把硬币，就见老米跑过来。米拉视线被泪水模糊，赶紧在肩头蹭一下。是老米的模样让她心酸。老米真成了个老头，干瘦的身体裹着黑色T恤，黑黢黢的脸，头发黑少白多，也掉了一小半，发质变得如同败絮，无风也乱飘。米拉叫了一声"爸爸"。老米抬头，笑了，笑得像个孩子。他嘿嘿嘿地说，你说你这个爸爸，挣钱挣疯了，接女儿都误点了。女儿说没事，火车早了十分钟到站。她看见爸爸两手粘着炭笔的黑灰，想起这是他一年挣钱的旺季，十二个月衣食住行的花销，主要靠一个夏天挣出来。她跟着老米走到车站大厅，忽然想起，刚才投在公用电话里的那一把硬币。老米一听，转身就逆人流往回跑。米拉想，美国总算治了老米的败家子毛病，四个两毛五硬币都值得他跑步。她跟到那台电话机跟前，见老米在电话机上又拍又打。米拉问他在干什么，老米说，旋钮失灵，退不出硬币，打几下能打下一个来，现在还剩最后一个。米拉说算了，走吧，老米不情愿地停下手，笑着说，可惜了，两毛五给电话局贪污了。走了几步，他又说，你爸爸现在可会过日子了，折扣超市里，两毛五能买一个大面包。他拉起米拉的行李车，飞快往前走，米拉抗议，哪有这么倒置的老辈儿和小辈儿。老米回头，笑嘻嘻的：你妈就这么疼你的，她不来，我替代她。近看老米，米拉发现他眼睛很亮，一种内向的喜悦和轻松是他精神的主调。而且，他的步态也强健许多，黑T恤下露出的胳膊充满肌肉，原先松泡泡的肚皮不见了。白发、皱纹、消瘦、表层的苍老，原来都是假象。

　　老米的车像是一堆能移动的废铁，好几个地方锈穿了车帮。米拉说，你说我姑姑送你的圣诞礼物是一辆车，就是这个呀？老米笑呵呵的，怎么会是这个呢？你俩姑姑合伙送了我一辆崭新的"现代"，让我给卖了，花五百块买了它，其余钱都装兜里了。米拉说，那姑姑不生气？生气。她们把我邀请到这，已经快被我气死了。爸你是可气，好好的车卖掉，开这种破烂。你到了我住的地方，就知道，新车为什么开不得。

老米的家在纽约闹事最多的地方。楼下就有两拨少年在相互推搡，一盏路灯下站着个警察，等两拨孩子推得难解难分的时候，他就插足进去，分开他们。好比橄榄球比赛，两队球员缠斗成团了，只有裁判上去拆分他们。米拉等老米在一个大背篓里找钥匙，顺便当两拨少年的观赛人。路边停了几辆车，都像老米的车一样破烂的车。老米终于找到了钥匙，跟米拉说，新车在这里停一个小时，就可能被偷走。他的钥匙一大串，第一把开大铁栅栏门，第二把开栅栏里的铁门，第三把，开金属信箱。他一边开启信箱，一边问女儿，怕不怕这样的生活环境。米拉笑笑。她的土包子小城永远祥和，似乎全城人都是朋友或邻居。父女俩进了铁栅栏电梯。电梯被大铁链子起吊，叮当叮当地上行，父女俩所在的位置，十年前大概搁着两垛水泥。米拉问父亲，他不是在信中说，他在地下室里过度吗？老米解释道，这是一个画家朋友的loft，工作生活两兼容，朋友拿到欧洲一个基金会一年的基金，去法国一年，他当二房东把loft租给了老米，只收六成房租，算下来比地下室还便宜。所谓loft，就是废弃仓库改成的艺术家贫民窟，住的都是甘心清贫但永不放弃艺术追求的年轻人。除了我，全都很年轻。别小看哦，未来的大师可能就潜伏在这楼里。说到这，老米脸上泛起米拉熟识的自嘲微笑。老米朋友的Loft在三层，也安装了粗大的铁栅栏门。进了门，米拉感到震撼，巨大的空间，赤裸的墙壁，可以用来停车或直升飞机。两个裸体灯泡亮着，但光太无力，渗不透黑暗，黑暗的面积和深度，反而把光吃进去，仅吐出两个晕黄小火团。老米似乎阅读了米拉脑中迅速走过的评论和感慨,解释说,这里白天光线特别好。他把米拉领到一个野外露营的小帐篷前:这是你的卧室,爸爸昨天从跳蚤市场给你买的。他钻进去,帐篷亮了,米拉发现帐篷里的灯光显得又亮又暖,照着一个单人床垫铺成的小床,一个矮矮的三抽橱柜。米拉半弓腰进入"卧室",把旅行包打开,拿出换洗衣服分门别类放进三抽橱,又照了照橱上的镜子。爸爸是能工巧匠,什么都安排得完美。外穿的衣服老米也为她想到了,在帐篷里支起一个单杠式的挂衣杆,供米拉把长些的裙子挂上去。她在床垫上躺下,看着帐篷橘红色的顶,朝空中踢了踢腿,又回到了童年。米拉小时候跟父母到野外写生,父亲总是给她搭一顶红色的小帐篷,是老米用一顶红色降落伞自制的。

　　米拉在帐篷里闻到饭菜的香味,才感到饥饿。她跟着香味,找到厨房———一个用塑料帘子隔断的角落,外墙上带一扇敞开的玻璃窗。老米告诉米拉,他早上出门前就把食材准备好,放在冰箱里,现在只需烧熟。米拉见爸爸在把一块煮熟的牛肉切成薄片,然后用纸抹布包起一把烘焙过的花生米,在擀面杖下擀碎,倒在牛肉上,酱汁也现成,从冰箱里取出来,浇在肉和碎花生上。父亲夹起一块,让女儿尝。米拉感到一股奇香的异国滋味,老米说,酱汁是他受到泰国菜启发,自己调制的。然后父亲解释,朋友的很多作品都存放在此地,虽然盖了帆布,但不能可着劲烹炸煎炒,否则油烟透过帆布,也会毁东西的。他现在尽量用烤箱烤,用锅蒸煮。烤箱像个魔术箱,老米从里面端出烤茄子、烤豆腐、烤鸡肝,这几样东西杂拌，浇上老米特制的酒香卤汁，米拉忍不住，用手指夹起一块茄子，美味醉人。老米最后从烤箱里端出一个瓦罐，说是受印度影响的黄焖鸡。一只肥鸡在陶罐里用低温焖了一天，揭开罐子盖，香气爆炸。米拉吸溜着口水，告诉父亲，火车上吃的饭比牢饭还难吃。老米说他碰到的一个美国男孩，跟家人乘了一次从西部到东部的火车，发誓一辈子不再乘火车，因为那是"移动监牢"。

父女俩在巨大空间里唯一一张小桌边坐下来。父亲问，够吃了吧？女儿说太丰盛了。父亲说，小易来都够吃了。女儿明白，父亲在把话题往易轫那儿引。她告诉老米，易轫和儿子易海一块儿把她送到北京，又把她送上北京飞往纽约的飞机。老米叹了一口气，没话了。米拉又告诉他，易轫太老实，做生意吃亏，不过他很顽强，今年已经把贷款都还了，还有盈余。老米还是闷头吃，闷头喝冰啤酒。这个楼也就是个水泥壳子，白天吸收足够的光热，晚上对内释放。米拉又说，他说等他赚了足够的钱，就到这里来陪我，还要买一座带院子的小房子。老米炸了一样：什么叫赚够？！梁多在纽约赚了一套公寓，又在新泽西海边赚了一个Villa，还没觉得够呢！忙得连我都不见，画画剩下的时间，只够见他全世界各地画廊策展人，富豪，潜在收藏家！米拉笑笑：爸，你不是想要一个梁多那样人当你女婿吗？老米也笑：梁多这种人的存在，对世界文明有利，对女人是灾害。米拉连她自己都不知道，她是否也像梁多一样自私，只是五十步和一百步的区别。那种自私是无辜的，因为那是孩子式的自私，两三岁的孩子都是无辜无邪地自私，因为他们认为，他们天经地义就是世界的中心。梁多忘记了把老米肖像送给姑姑的承诺，以那肖像赚了一大笔，对此米拉深表怀疑。她认为梁多不是忘记了，是故意毁诺，因为在他眼里，生为天才，所有人都要让着他；天才不欠任何人情分，反过来是整个世界都欠着他情分。易轫在争吵中脱口而出：你以为你无私？！你从来都是为你自己考虑。那次争吵是因为米拉不同意结婚。易轫带着儿子到成都，当晚就跟米拉说，希望在她赴美开会之前，去登记结婚。米拉表示，还是该等双方更安顿一些再说。易轫觉得，这是本末倒置；双方长途奔波，怎么可能安顿？米拉还是觉得仓促，赴美前必须完成一万字左右的英文论文。易轫打断她，逛一趟动物园的时间，都比登记结婚耗时更长。米拉理屈，嘟哝说她不知道写一篇英文论文会那么艰难。易轫说她就是想把所有的主动权都留给她自己，到了美国，假如她有机会留下来，她手里掌握所有主动权。米拉问他指的主动权是什么。他说包括你再选择结婚对象的主动权。米拉感到他戳中的正是她的痛点。她也被他点醒，原来她黑暗的潜意识里，沉潜着这一项选择，原来她是想保留所有选择，包括跟易轫分手的选择！她强词夺理，说他不懂第一次在外国学术会议上用英文发言有多难，她心里有多紧张。这就是他指出她"自私"的当口。"我自私"？！她惨叫着反问。其实她明白自己虚张声势，而虚张声势在她身上脸上形成了一种"丑"。后来，她一想到此时的自己，就赶紧调换念头，她不得不逃避回放那时刻极"丑"的自己。在首都机场，进海关之前，她被自己的哭泣摇撼，把十岁的易海都哭羞了，垂下头，跟爸爸说他要去买可乐。易轫把钱给他，嘱咐他记住路线，别走丢了。易轫转过身，催促她，时间不早了，该进去了。她还是哭。他轻轻拉起她的手，把她往关口引。她挣脱开，说，别撵我呀！易轫把她抱进怀里，流下眼泪，轻声对着她耳朵说，要是你不回来了，我就想法去找你，啊？米拉一惊，说：我为什么不回来？！他声音更轻，几乎是以一股股气流喷吐出句子：去年六月在北京，你五天没说一句话，我就知道你会远走高飞。米拉的泪水再次涌出来。不愧是两小无猜的爱人，他看出她自己不敢去看的动机。然后他声音大起来，说：勇敢，啊？去吧。你想想，那时你多勇敢啊，爱我，不管我是否爱你，不管我有家庭，不管别人怎么看，怎么说。你还要勇敢起来，别管人家怎么看，怎么说。我相信你的选择，也会接受你的选择。米拉一路哭进海关，回过头，已经看不见易轫了。但她知道他还没走，一直会等到她起飞。万一她会回心转意，不去参加那个"狗屁会议"了，他可以喜出望外地帮她把两个大箱子拖回去。临近离别的日子，夜里易轫常常会醒来，坐在床上抽烟。他愁人的生意让他抽起烟来。烟味让米拉醒来，默默钻进他胳肢窝下。他会说，咱不去参加那个狗屁会议了，啊？有时她点点头，同意他的"狗屁会议"的称呼。但他问"真的？"她会真的醒来，睁大眼瞪着黑暗。他马上说，还是去吧，我可舍不得为难你。到达机场后，他说，我会等你的飞机起飞再走，万一你在最后一分钟回心转意呢，一个人得拖那么大两个箱子，我可不落忍。飞机起飞了，他彻底失落了。

现在,她坐在父亲身边,想到那次机场送别,一生中她从没哭得那么痛,比七岁时头发被人抹了浆糊又撒了垃圾哭得更痛。她是为易𬘡哭,为易𬘡将来会承受她的背叛而哭,为易𬘡最终受到米拉的伤害而痛断肝肠而哭。她明白自己有背叛的潜力,有背叛需要的那股狠劲。跟她一生最爱的男人度完平顺幸福的一生,不是她所要的全部,那个"全部"在茫茫的未知中,是千万种可能性,她想要的,是尽可能多地打开那些可能性。她的外表有多恬静,内心就有多狂野。虽然一年多以来,她每周都给易𬘡写一封长信,也会收到易𬘡一封更长的信,但她知道,离别已经开始了。其实离别在一年多前就开始了,就开始在那些夜谈中。在机场,难道他说"我相信你的选择,也会接受你的选择",不是他的永诀别语吗?他知道她无数选择里,包含一个伤害他的选择。他把自己袒露给她,由她伤害。他说"别管人家怎么看,怎么说",这个"人家",包括他自己。易𬘡在信里告诉他,他的公司终于越过埋过头顶的债务,在去年底盈利五十多万,等他能带上一笔钱到她身边,在新泽西的海边,给她买一座小房子,能看海,带个小院,院里还种玫瑰和牵牛花。他还说,你走了,家里空了,但小院还是满满的花。讨回他姑父房子的官司还在打,假如赢了,让他搬走他都不搬了,因为米拉走了,米拉的花园还在那,无法搬走。

第二天,米拉在橘红的小帐篷里醒来,不想起床,梦还没散。梦里的易𬘡,十六岁的样子,却说着三十二岁的话:"这是钥匙,我给你买了个小房子,能看到海,带个小院,让你种玫瑰和牵牛花。"

人物们的下落

米拉在母亲的葬礼上见到了真巧小姑。现居香港的真巧美丽依旧，腰身依旧。四十多岁的美人，穿着黑蕾丝毛衣黑色宽腿裤，腰还像黄蜂般细。多年前她吞并的服装厂是个圈套，跟她签买卖合同的人根本不拥有产权。或者说，没产权的签字人跟有产权的后台合谋，狠狠地坑害了她。由于贷款到期还不上，她被法庭传唤，但她的黑白两道三教九流朋友出手相助，帮她及时逃出了国。第二年，给她贷款的银行行长卷款跑路，加上她白道朋友的游说，法院把真巧贷的一百多万全判到被行长窃走的十个亿里，对真巧的提诉于是被撤销。但那时她已经通过妹妹芳元和老爵爷的关系，移民到了香港，在那里开了一家服饰店，一面写时评。米拉大大吃惊：你写时评？！你对时事什么时候有过兴趣？！她笑笑：生活逼的。

孙霖露被检查出肠癌，手术三个月不到，就走了。米拉连母亲的最后一面都没见到。周叔叔告诉她，母亲逼他瞒住米拉和米潇。米拉是在追悼会前一天赶到的，周叔叔把母亲所有钥匙交到米拉手里，说他绝不会碰霖露的东西。米拉打开母亲锁住的柜子，从里面拿出一个锁住的木箱。一道道的锁，锁住的也就是她一辈子爱她的人写的信。米拉十二岁、十三岁每随部队巡回演出，每次野营拉练，写的长长短短的信，母亲都锁着。还有米潇的信；从给她的第一封情书，到最后一张从美国寄来的明信片。米拉静静地看那些磨破边角的信封，眼泪成了泉，与母亲的遗体告别时感到的悲伤，不如此刻更深。她还看到一个陌生人给母亲写的信，有十多封，更是封存得严实，捆扎在塑料袋里，封口贴了小纸片，盖着母亲的私章。这人是谁？米拉此刻无心无力解密，她把木箱子锁起，放进一个大纸板箱，跟母亲的骨灰、生前最爱的衣物，一块托运到她在美国中西部小城的家里。第二天，她来到母亲咽气的病床前。病床上现在躺着另一个垂危病号，一个年轻的乳腺癌患者，床边陪伴的是她年轻的丈夫和三岁的女儿。八月，病房蒸笼一样。她想到母亲最后的时刻是高烧的，内外同时蒸腾她，米拉心里哀嚎一声，苦命的妈妈！眼泪再次溃坝。她走出医院，盲目地沿着林荫道往前走。一个卖电器的小铺，播放着摇滚乐，她无意间侧目，见铺子门口甩卖电风扇，最小一号才二十几元。不知怎的，她买下一个小电扇，拎着它重新回到住院大楼肿瘤科。躺在母亲位置上的那个年轻母亲呼吸着火烫的空气。幼小的女儿还不懂得，母亲正在离开她，而对她的一生，这离开将意味着什么。她把小电扇交给那位已经木了的丈夫。话说的很婉转，这是我给母亲买的，没赶上……给小姑娘的母亲用吧。男人说，这怎么好意思。米拉说，我妈最后几天发高烧……让她舒服一点，她眼睛转向床上的年轻母亲。男人连站立的气力都没有，坐着道了谢，小女儿依偎着床栏，手指含在嘴里，看着米拉。也是一家三口，父母和小女儿。米拉的母亲当年做流产手术，父亲带着米拉看望住院的母亲，也是这个造型吧？

米拉独自来到易轫原来的房子前。那里已经住进了陌生人，晾衣绳上晾晒着丑陋的衣服。院子的花木野生一般，一个陌生男人在花枝上搭晒洗过的尿布。几年前易韧信中说，姑父的老房子终于被讨回，延期的公道终于得以实现。可惜他无法把花园搬走，因为姑父老房子里的花园已被水泥覆盖。那些占房户在动乱年代仓皇度日，连种花的闲暇都没有，连看花的心绪都缺失。对了，那些年，人们不敢"美"，"美"毫无褒义，正如"丑"并非贬义。易韧在她离开的第四年，给她写信，说他爱上了一个姑娘，年纪很轻，二十岁。他给她寄了张照片，他俩在威海海边的合影。米拉愣了，他到哪里又找到一个当年的米拉？细条条的，奇清无比，不爱笑，脸上没有多余表情，比如媚、嗲，总之一切女孩用来讨人喜的神情。米拉简直怀疑父亲或母亲偷偷给米拉生了个妹妹。她没有在回信里点穿这一点。苦头是她自己讨来吃的。她给他写信，让他别等了，她已经回不去了。她一边修博士一边写作，进入了一道无法脱离的自转轨迹，假如把他容纳进来，他会被这种排他的自转甩出去。她认识的中国博士生里，有两个女生带了她们的陪读丈夫来，出门就像聋哑，美国人好意问候一两句，他们都是惊慌傻笑。米拉参加学校教职员聚会，那俩中国男人自己都嫌自己多余，自己都克制不了由衷的自卑，本不难看的模样，面容之下却有了种"丑"。米拉还看到那些陪读先生卑极反骄的时刻，当他身怀六甲的博士妻子要丈夫帮她系鞋带时，丈夫挨了烫似的跳开：你他妈自己不能穿鞋？！"丑"立刻外化到他容貌表层，内虚外悍，太丑了。米拉当时想，我就是死，也不愿易韧被同样的身份、处境变丑。男人，失去雄威，米拉是会厌弃的，最终会跟米潇和孙霖露那样互害，自相残杀，把"丑"进行下去，不离异，便是一"丑"到底。米拉接到易轫那封信之后，有过冲动，想立刻买张机票飞去他身边。母亲缝在她裤腰里的一千元，还好好的封存在那里。她需要母亲给她的最后保障；它可保障她永远走不到绝路，永远不会成赤字，也保障她可以一不高兴就任性地跳上回程的飞机。现在母亲走了，世上再也没有容她任性的人。老米自己就很任性，独自去了法国，他的艺术朝拜漫漫长旅，就是他一生最任性也最自由的壮举。

米拉几乎每分钟都在冲动，要不要给易轫打电话。纵容这冲动，后果会是毁坏性的。米拉会毁了易轫，易轫假如不被毁，反过来会毁米拉，或者两人都幸存，被毁掉的只能是随他们抽条发育、长在心里和身上的爱。她这辈子就爱这么一个人，或说她那样去爱人，只爱得起一次，就像她的生命，不可复制；她太怕毁了它。听战友们玩笑：易轫现在是成功人士咯；人越成功，老婆就越小。她知道不是那么回事。一两个战友看出真相，说易轫找了个小米拉。

在她回学校之前，真巧小姑邀请她去香港走一趟，她自认为还肩负为米拉置装的义务。米拉第一次到香港，父亲嘱咐她一定要拜访一下堂伯公，因为伯公在香港杂志上几次看到米拉的文章，一直想见这个米家后人。米拉来到堂伯公家，看到梁多为老夫妇俩画的肖像，伯公骄傲地告诉她，这张相是他当年买的绩优股，不久前请一个嘉德拍卖会的人来看过，说至少二十万美金起叫。伯公说，我怎么会卖呢，老伴去世后，这张像我是天天要看的，等我也走了，孩子们继承这幅画，他们的晚辈再继承，这幅画就是天价了。可米拉的疑惑是，怎么不太像梁多的作品呢？但她只在心里疑惑罢了。那天傍晚，伯公家来了两对夫妇打牌，伯公说，他们跟着我买绩优股，当年才花几千上万美金就得到一副梁多的肖像，可惜艾米那一幅大篇幅的，画家毁约，艾米没有拿到手，给画家卖给了纽约的藏家。本来胡先生要打官司，艾米不肯。艾米是个奶白色的富态中年女人，三个下巴，当年的她风情万种，有梁多的画为证。米拉在父亲那里看到梁多1989年画展的画册，艾米的肖像是杰作。艾米的丈夫胡先生，头发秃光，只在耳根下有一圈软毛。他一面摸牌一面对米拉说，艾米心太软，依了我就跟他打官司把那幅画要回来，我们付了定金的。艾米白他一眼，一口湖南普通话：你好烦哦，将来我在世界上到处展览，就是蒙娜丽莎。蒙娜丽莎应该属于全世界，不该藏在我们自己家，你格局有吗？所有牌友都用广东普通话说，还是艾米格局大。胡先生说，我们自己就不能拿到全世界去展览吗？私人藏画常常被借出去展览的。他的食指在艾米乳白的鼻子上一刮：小傻瓜！米拉当夜住在伯公家里，第二天搬去真巧小姑家。

真巧住中环附近，一间小公寓布置得十分静雅，情调也好，梁多当年为她画的肖像，以及梁多随手画的静物和写生大大帮了忙。真巧亲手做饭，米拉在一边打杂，两人聊起过去的朋友。五年前吴可到了纽约之后，米拉去看过两场《Fatal Infatuation》（中文名《暗恋着》）小剧场的观众不多，一百人不到，很多票是赠送的。一见米拉，吴可便说，我可活过来了！他还是恨天恨地的样子,说纽约不是人呆的地方,说美国演员把他的戏演傻了,说美国饭是山猪吃的。当晚演出结束,米潇开车过来,请吴大剧作家和米拉吃饭。老米的车升级了,从五百块的丰田升到八百块的沃尔沃,并且车壳上没有破洞,簇新闪亮。老米自我揭发,是他自己动手喷的漆。三人乘坐着老沃尔沃来到下城,在唐人街找到一家夜宵店,因为吴可念叨一路,他想死了中国的粥。夜宵店很热闹,噪音里包含喝粥声。等饭菜的时候,老米说起他的旅欧计划,并拿出一张地图,上面圈了红的蓝的黄的地点,红圈代表他非去不可,蓝圈表明,在经济条件允许的情况下必去,黄圈是他必须住一阵的地方。吴可说,巴黎有一家小剧院也要上演他的戏《排队》。米潇让他一同去巴黎,吴可那种笑了大半辈子的狞笑又出来了:指望这种小剧院?肚子都混不饱。米潇说,有他老米在,还能让小吴饱不了肚子。到了欧洲,他可以领着吴可见证一切他曾经口述的伟大文明史。

真巧让米拉住她的卧室,梳妆台可以兼作书桌,供米拉读读写写。真巧自己睡客厅的长沙发。第二天下午,米拉听见有个男人在客厅里说话,嗓音有些耳熟。她推开卧室门,打算去厨房续茶,发现说话的男人背身坐在单人沙发上,而坐在他侧边长沙发上的真巧,把两只光脚搁在此男人大腿上。只是一瞥,米拉就看见男人头发秃光,只在耳根下有一圈软毛。米拉赶紧退回卧室。难怪男人的话音耳熟,米拉再听,便听出个胡先生来。艾米三个下巴,自然不能集胡先生宠幸于一身。刚才米拉欲出又退,真巧是看见了的。她进到卧室里，问米拉需要什么。米拉说，这个胡先生我认识。真巧笑笑，对米拉耳语：胡先生是这公寓真正的主人。不是崔先生，就是胡先生，反正世界上有的是男人为真巧筑造金丝笼。真巧跟米拉又来了句耳语，更加秘密：今晚胡生会留下来吃晚饭，记到哦，吉妮今年三十四。米拉在那一刹那，看到小姑的"丑"。当晚的餐桌上，米拉装着不认识胡先生，胡先生亦然。三个人吃得多，说得少，饭后米拉说要出去逛逛书店。没人留她，她换下拖鞋便走出门。在电梯门口，真巧追出来，跟她说，铜锣湾有家画廊，她可以顺便看看。她塞给米拉一张画廊名片。乘车到了铜锣湾，天下起雨来，她看到小姑给她的名片上，画廊的门牌号码，正是她躲雨的这条街。再一抬头，见对面的旧楼上打出抢眼的霓虹招牌，正是名片上的地址"方圆画廊"。灯光招牌上，有画廊的营业时间，夜里十点才打烊。反正躲雨，不如看几张画。香港的堂伯公及同类们拿画不当画，当钱，这拿画当钱的都市，画廊里会有什么货色，米拉好奇。画廊在三楼，里面一个人都没有，很像当年真巧给梁多在上海开画廊的局势。所谓画廊，三间大屋而已，明显由民房改建。墙上画挂得嫌满，但画似乎出自同一人之手。色调偏灰，灰蓝或灰绿，或景或人或物，非常主观内向，那种不求理解和赞赏的宁静与自在，使得每幅画面都呈现一种禅意。米拉这才凑近去看画旁的小纸牌，画家名字让她大吃一惊：曹志杰！难道是多年前认识的那个小曹？第一次见小曹，米拉二十岁，曹志杰只有十九岁，大学二年级。她四顾画廊，希望有一个人来介绍。身后传来脚步声，她一扭头，果真是多年前就认识的小曹，不过不再小了。黑而瘦的曹志杰，抬头纹深深，黑框眼镜，头发像鼎盛期的三浦友和。他们最后一次见面，是1985年，小曹避祸流亡两年后。现在他气质神色完全变了，宁静而超然。他点头笑笑，说知道米拉要来。怎么知道的呢？真巧打电话预先通报了。米拉问他什么时候来香港的，小曹回答，他已经在香港呆了四五年了。怎么来的，米拉就不问了，最好别问香港的大陆人这个问题。他在香港当过搬运工，给杂志报纸画过漫画，也画过两本儿童连环画。 后来，他从老米那里知道，李真巧也在香港。曹志杰听说，老米的亲戚都是阔佬，希望老米引荐，让他也能像当年梁多那样，以画阔佬肖像踢开刚出国最难踢的几脚。老米回信中，把真巧的电话告诉了他。第二天他就找到了李真巧，后者说，画傻子肖像？！拉倒吧！画你自己的画，饭有你吃的。她告诉小曹，老米说的"给人嫖"的感觉，梁多也体会过，就在他给阔佬画肖像的时候。

　　米拉回到真巧公寓，胡先生已经走了。真巧问她，对小曹作品的感受，米拉只说一个字"好"。米拉不懂画，见到画只有两个评价，"好"，或"不好"。米拉问小姑，曹志杰跟你是情人关系吧？真巧一呆，说，你怎么知道的？他说到你的时候，眼神我看得出来讪。再说，很早的时候，他看你的眼光就不一样，我注意到了。他那时暗恋你，但轮不上他爱，你当时给什么人爱？老崔，小吴叔叔，梁多，怎么也轮不上他那么个小鬼。比我小十岁，荒唐不荒唐？真巧说着，自己直摇头。那时真巧刚搬进中环的公寓，被胡先生供养。胡先生买通楼下门房，小曹不敢进来，真巧就出去会他。香港雨多，碰到雨，小曹腻着不愿离开，两人就乘公车，起点到终点，终点到起点，反正月票。米拉笑，小姑这岁数了，跟小曹谈高中生恋爱。真巧纠正，是他爱我，我让他爱，而已。将来他站起来了，成名了，我也老了，自己走开就是了。铜锣湾的房，是准公爵夫人李芳元出的首付，她自己典卖几件梁多的小品，贷款供房。她就是中意房的面积大，一大半当画廊，一小半当小曹的居所。

又过一天，米拉接到堂伯公的电话，请她吃晚饭。米拉说，她已经答应了远房小姑，跟她一同晚餐。是米家人？米拉也讲不清，只说大概是米家爷爷辈的一个不肖子弟，在外胡留情，生下了个女娃。因为家规，都避讳讲真相，年代久了，越来越难溯源。伯公说，带来带来，我开通得很，什么私生公生？米家血缘，都错不了的！原本真巧约了曹志杰和米拉，用胡先生给她办的会员证，去马会会所吃晚饭，现在改计划，大家去伯公家。伯公的意思：吃过米家菜，外头的菜还吃得吗？他老伴是一觉睡过世的，过世前半年，老太太似乎有预感，到大陆招了一名做淮扬菜的厨师，人年轻，到香港跟老太太学了三个月，粤菜也做得一流。米家发源江苏，胃口给喂娇了，平素还是淮扬菜为主，粤菜点缀。老太太教出徒弟，一天晚上打麻将赢了一大把钱，睡下去就安详西归了。

真巧听说米家堂伯认亲，表面淡淡的，但从她着装的用心，米拉知道她重视的程度。她穿一条极浓郁的酒红色衣裙，开胸不高不低,绝不给人艳情感,配一根细细的珍珠项链,家常而淡雅,她偏深的肤色被一浓一淡衬托得如同贵金属。衣裙七分袖,肩膀袖子都紧窄,裙摆喷洒而下,直抵脚踝,底边沉重,每迈一步,就被她镶水钻的鞋踢起,有一点宫廷味。她走进伯公的大门时,伯公眼睛就定住了。老人想演掩饰惊艳,但真巧脆甜的一声"伯伯",老人情不自禁张开双臂。真巧在老头臂膀停留了一瞬,退身出来,眼圈红了:谢谢伯伯!米家老辈,伯伯是第一位认真巧的。此刻几位客人跟到门厅,头一位是胡生,米拉见他脸色先红后白,白得发灰,末日的气色。好在大家注意力都在真巧身上,没人流心胡生的脸。胡太艾米娇声说,米阿叔,你不乖哦,在哪里藏了这么个美人亲戚?藏得真紧,米阿婶在世的时候,一面都没露过哟。艾米为了遮肉,一身黑,在真巧如雕如刻的身材对比下,简直是一个发酵过头的大黑面包。假如问米拉,胡生移情真巧,是否情有可原,米拉百分百同意。米拉身边站着曹志杰,大家也就想当然,把他归为米拉带来的男客。米拉看到过梁多画的"X夫人肖像",一幅大师杰作,现实中的胡太比肖像中的"X夫人",大了至少两个尺码。现在再让梁多到她面前,那种略带恶心的审美感,估计只剩了恶心,无美可审。

餐桌上,真巧反宾为主,为伯公布菜,酒倒得真真一点点。艾米又说,来了个护米阿叔的米家人了,你看阿叔给护得多舒服。真巧一笑,瞥胡生一眼。胡生可以作证,真巧是为男人生的,照顾、伺候、呵护,男人到她手里,身心都给盘弄化了。所以胡生不得不隔天挤点时间，找上门，到真巧身边化一化，再凝聚成人，好去生意场行厚黑手段，好回到家对应河东母狮。人人都需要一个秘密休养所，秘密避难所，把自己的社会身份、家庭地位暂时融化掉，化作一滩纯人性之汁，那么几小时，亦或几十分钟，再装回人这皮肉器皿，十分必要。这个避难所休养所便是天工雕刻的李真巧。

米拉跟曹志杰单聊，大半时间都在聊他的画。小曹告诉米拉，小韩现在澳洲，出名得很，画一种概念画，巨大的白底板上，画巨大的黑色灰色图案。或者巨大的黑底板上，画白色抽象人物，所有人都看不懂，但很多人买账，因此挣了不少钱。大家都认为，又一个类似Oscar Schlemmer级别的大师要出现了。米拉看着略微不屑又稍稍失落的小曹说，你的画风也变了，不过是往好处变。小曹说，我画一张画，出多少小稿啊！最后完成的时候，就像大病一场。坐在曹志杰另一侧的艾米，听见了两人的谈话，说我以为米小姐带来的是个港星诶，没想到是画家。曹志杰笑笑，我是通过梁多认识米拉的。艾米脸色一变，被扎了一刀似的：你也认识梁多？上大学之前，我跟他学过画。小曹反问，胡太认识梁多？伯公插嘴道，那是个坏人，把我的信誉都毁坏了。米拉小声把梁多收了胡太定金，但肖像不交货的事，简单告诉了曹志杰。伯公的气还没平息，声音越发大起来：胡太胡生不同他计较，我没有那么好的度量，米拉你到美国见到他，告诉他，这辈子别想来香港开画展，来了让他一张画都拿不出香港。艾米嗲溜溜地说，文人无形嘛，阿叔看艾米面子上，不跟他动气。艾米拿出细长的香烟，自己起身往外走,对曹志杰招招手:小曹陪大姐到外面抽一支。真巧的目光在小曹脸上炸开一道闪电。胡生说,小伙子,你就陪我老婆抽一支吧。米拉心想,自称小曹的大姐,明明可以做人家阿姨。胡生向真巧睇过来,一层会心笑意。伯公装没看见。米拉发现每人的神色都"丑"了一瞬。曹志杰一副尊命的样子,跟在大黑面包后面,消失在餐厅门外。也许艾米要向小曹打听梁多的近况,米拉跟自己笑笑。梁多和艾米的艳情,她是知道的。梁多自己一点不避讳,指着那幅X夫人肖像对米拉说,我给她"嫖"惨了,好在还画出一幅像样的作品来。

  胡生跟米拉攀谈:我们请你父亲给我们画肖像,你父亲说他不是画肖像的画家,请教米小姐,令尊大人主要画山水、花鸟,还是动物?米拉笑笑,他什么都画,就是肖像画不来。说的时候,她心里的话是,就是为了逃避给人"嫖"的境地,我爸才选择到处云游。用老米的话说,还在过度。梁多品行差,不过画是好的,胡生评价道,价钱涨得很快,会一年比一年值钱。还是钱,米拉笑笑。米拉跟老米见到梁多,是去年圣诞,梁多没人请去共度节日,被老米请到家里来。他长起一个小肚子,两个腮帮也显出地心引力的牵拽。老米做了个浙江老鸭煲替代火鸡,又做了四川辣菜,梁多眼神疲惫地喝酒,喝汤,话都说不动。米拉终于问出他疲惫的原因:没有题材可画,签约的画又多,只能画些静物、美女。喝到他彻底诚实,说出完全的真话:我都不晓得我在画啥子, 得一点激情,硬不起来,非要搞,也是给"嫖"了的感觉,不过给谁"嫖"了呢?

米拉完全明白他的痛苦在哪里。喝多了，他哭哭啼啼，说他有时都不想活下去了，一个男人，老二硬不起来，作为男人的生命，也就结束了，但男人还有药吃，我作为画画的，精神上阳痿，世上又没有药给我吃，我是好不起来了，活到做啥子？！米拉当时想，他脱离了生活，不，应该说，他停止了生活。他被画掮客、策展人、收藏家整天包围，都看不到多少天色，也没有早晨，因为他已经过惯朋友、熟人、女伴泡他的日子，每日不泡到凌晨三四点，不甘心睡去。没有早晨，看不到天色的梁多，生活只能停止。圣诞节，陪他泡的人们归家了，他连人们关起门来一家子怎样过节的生活都无法体验，他的生活断在了活人门外。陪他泡的人，都不是他们真人，是梁多希望他们做的人，他们的表达自然也就不是真情。想想看，梁多连真情的表达都看不到，还能用画笔在画布上画出有真情实感的人吗？梁多那晚留在父亲家，一觉睡醒，又是一副忙碌有为的样子，煞有介事，事关重大，匆匆告辞。做了一晚诚实软弱的梁多，又还原成了个名画家梁多，拿起他的名牌大衣，名牌帽子，跟老米说，忘了一个重要约会。老米笑笑，向大门摆摆手，都理解。米拉追到门外，他忘了名牌围巾。米拉逗他，现在很想活下去了吧？他一愣，窘了，就这时他还像多年前的梁多。米拉又来一句，想清楚哦，反正总是可以晚一点自杀的。他笑了，米拉的刻薄幽默，他懂的。

此刻艾米和小曹回到餐桌边。艾米大咧咧往椅子上一坐，手拍拍曹志杰的头，说，好小伙子，说好他要为我画张肖像，梁多缺德赖账，这小伙子不会。她转向小曹，你不会，对吧？胡生说，又能赌一把，看小曹会不会像梁多一样，成当红炸子鸡。还子鸡呢？艾米说，老鸡了！大家的肮脏敏感神经被弹拨，都不安生了，一起脏笑。里外里的故事，大概只有米拉一人知晓。她一点也笑不出，盼他们脏过了瘾，安生下来。

老米去了欧洲之后，米拉的英文小说出版，国际笔会为她在纽约组织了一场舞台上的朗读会。四十二街的小剧场里坐满了观众，一个提问人站起来，米拉一看就笑了，是梁多。散场后，梁多给米拉献了一大把花，又请米拉共进晚餐。晚餐安排在他的公寓里，同时邀请的还有一些中美男女，米拉猜，一定是陪他泡日泡夜的人。公寓面积很大，画架上放着未完成的作品，一个中国美人。类似的画还挂满客厅和餐厅，各种角度的巨大美人，东方的，西方的，手笔细腻至极，炉火纯青的技法，每个美人似乎都有体温，眼波频闪，你怀疑伸手摸上去，她们会咯咯笑着躲痒。但米拉看不出这世上有再增添如此一个巨幅美人的必要。她们有皮有肉，只是没有念头，感情，没有心灵。没有心灵的美人们价钱一直上涨，谁需要她们的心灵？跟老米曾经绘画摆脱不了的"八股"相比，米拉不知道哪个更糟。但老米是有自觉性的，他看到自己的无救，便逃开了无救下去的前途。老米挣断了梁多身上的锁链；他在国内也可以很得意，可以做梁多这样的成功人士，受追捧，大群的人陪着他泡日子。老米选择有上顿没下顿的自由日子，那种日子避免了人终日的神形不和，神形互殴；人的神形互殴时，"丑"得要不得。自己都不想要自己，就是意识到了"丑"，这种心灵的清醒，只发生在梁多烂醉时分。她抬头看去，餐桌对面的真巧，两腮醉红，美艳绝伦。小姑做人外妾，更换一只只金丝笼，应该是不堪的，而她神形一致，从不互殴，自嘲替天行道，劫富济贫，财富由她这身皮肉夺来，再由她的手分散出去，想分散给谁都由着她。比如她劫了餐桌左边的胡生，分散给餐桌右边的曹志杰，实际上实施了财产再分配。胡生知道实情，拿她也无奈。餐桌上现在都在讨论画肖像的事，都要扶持小曹一把，让他给他们画像。听他们口气，似乎他们是给竹杠让小曹敲，以此行善乐施。席散了之后，司机开车送客人们回家。一辆七座奔驰商务车，胡生两口子坐在前面，中间坐张生夫妇，最后是米拉、真巧、小曹。真巧用川语小声威胁：狗日你敢给他们画像！小曹无声。胡家住得最远，真巧要求司机把车停在铜锣湾，她和米拉、小曹都在此下车。

　　车还没开远，真巧便恶声对小曹说，你要敢给他们画，就当不认识我这个人。曹志杰说他不会给他们画的，饭局上谁不逢场作戏？今晚别过，大家就又是陌路人。真巧恶劲还是下不去，一个人踩着高跷般的高跟向前快走。米拉推推小曹，让他速去哄人。只听前面暗影里，真巧叫了一声，高跟被踢断在路沿上。曹志杰追着向下坡滚动的高跟。真巧说，你追它做啥子？假名牌！看来真巧在"财产再分配"时，对自己是苛刻的，只是骗胡生那一双眼睛；本小姐一身名牌，陈生只能富养。曹志杰把真巧背起来，真巧的裙摆在夜风里飘成一面酒红的旗。米拉告别了他们，独自去中环真巧的金丝笼。

　　在米拉即将要离开香港的一天夜里，曹志杰打了个电话到真巧的公寓，与真巧刚讲两句，真巧便开始骂人。米拉在旁边听出因由：小曹经不住金钱诱惑，偷偷开始给胡太胡生画肖像了。风声是伯公走漏的。真巧几次打电话到画廊，小曹都没接，她于是把电话打到伯公家。老头儿脑子不那么灵活，三两句就被她套出了实话。当晚她到画廊伏击，小曹仍然不在，她留了张条，叫他一到家就给她回话。真巧在电话上骂小曹混账王八蛋，不晓得好歹，给他们"嫖"一个就够亏了，为的就是不让你也搭进去。挂断电话，真巧换衣穿鞋，米拉见她一副要冲出去杀人的样子，不敢劝她。等她出门后，米拉悄悄下楼，拦下一辆出租，也赶去铜锣湾。到的正是时候，真巧刚进门，小曹吓得躲在卧室，门闩倒插。真巧听见米拉在外叫门，放人进来，对着卧室紧闭的门就喊，有种你给老娘出来！米拉两只手摁住小姑的肩头，把她固定在墙角，说：他害羞胆小，你这样是要逼他从三楼往下跳啊。她从来没见过这么个青面獠牙的小姑。然后米拉对着门里说，她杀不了你，快出来吧，要逃也要先出来！小曹知道拉架的来了，蔫蔫地打开门。也许真巧被米拉提醒，曹志杰万一狗急跳楼，身子在米拉的摁耐下软了，神情也软了。

　　三个人把和谈地点放在画廊。米拉坐在中间，看着两头，防止有一头说着就动手。曹志杰当着米拉的面，要男子汉的面子，便也凶起来，说一句话在凳子上窜一窜：我哪个都不靠，照样饿不死。

真巧说，你还歪得很呢，提你妈虚劲儿！说着站起来，被米拉及时挡住，送回她的凳子。曹志杰说他吃够了软饭，自己爱的女人，要让人家"嫖"。真巧反而劲头过去了，她指着墙上的一张张画说，小王八蛋你看看，画得这么好，去给那些人画什么屁肖像，我给人家"嫖"，是我除了这一个肉身，啥子屁本事　得，你跟我比啥子？你是"天生我材必有用"！我就晓得你去了一趟伯伯家，眼就红了，眼皮子太浅很了嘛。香港人相信，有钱啥都能买，啥都能赌，他们不是把你当个能画出这种画（她指着一张离得最近的画）的人来买，是把你当一坨货，当跑马地一匹赛马！说着，真巧动起感情，眼睛一红，头一垂。三人都寂静，只听噼里啪啦响，真巧面前的地板上，掉满泪珠。小曹成了一段木头。大家都木头了一阵，曹志杰说，那我底稿都打好了，总不见得白干吧。当然要收底稿的钱。人家不会答应，谁花钱买底稿啊？你放心，有我在，不得让你白干。

　　戏于是就延伸到了第二天。曹志杰打电话给胡府，告诉佣人，他接到美国大学的通知，必须马上报到，很遗憾不能把肖像画下去了。不久胡生火急火燎地打电话来，曹志杰请胡生跟真巧谈。米拉正在卧室收拾行李，听见门急开，进来的是胡生。真巧低声说了几句话，胡生也低声回话，虽是低声，但气流极冲，都在行使语言暴力。过了一阵，没声了。又过一阵，还没声。米拉记得，二十分钟之前，最后一句话的话语权落在她小姑这边。她轻轻敲敲门，客厅没人应，她打开门，顿时傻了。胡生坐在沙发上，脸灰白，身上搭着一条浴巾，真巧跪在地上，为他露在外的一条腿包扎。地上扔着两团血污棉球。好歹这个胡生现在是米拉临时姑父，不管不问说不过去：小姑，胡生怎么了？胡生脸上一阵哆嗦：丢老母，一条母狗！真巧转过脸，笑笑，他晓得是母狗，就是舍不得离开，怪哪个？我要是打电话给他太太，说了实话，他不就可以离开这条母狗了吗？他上来拦，跟我打，抢电话，母狗能不咬他？！胡生难为情地笑笑。看来米拉错过了两人最丑的场面，胡生还是怕丑，腿上肉在真巧嘴里，疼成那样，都一声没出。现在他指着真巧，跟米拉说，你们米家怎么出了这一贴药，早就想戒，戒不掉，现在养虎为患了，活该。他拍了一下自己细腻的老白脸。真巧笑道，养狗为患。胡生还是跟米拉说话：那个小曹，急着去美国大学报到，考上了硕博连读，是真话？真巧莞尔一笑：当然不是真话，真话你们又听不懂。包扎完成了，真巧把裸露的腿轻轻掖到浴巾下，从地毯上站起来，撸了撸胡生肉蛋般的秃头，每个动作都妖娆。她走到小酒吧后面，倒了两杯酒，放在托盘上，又放上洗熨平整的雪白餐巾，端到沙发前，递一杯酒给胡生，顺手把餐巾铺在他膝盖的浴巾上，所有招式都耐看。金丝笼也不是那么好住的，不比米拉小时的舞蹈训练少吃苦。发出美丽招式和动作的女人身体后面，是一个安全港口，蔽护过也正在蔽护包括米拉在内的人，何时何地庇护何人，这个女人有她神秘的选择。这一轮伺候完毕，她在他面前摊开一只手掌：钱。胡生条件反射地往后一撤：什么钱？每礼拜一千五，还不够？！画钱。什么画钱？！又是往后一撤，撤得太急，被腿伤蜇了一下,等于又挨母狗一口,疼得脸歪。真巧说,小曹底稿都打好了,白干了?拿来!胡生说,艾米那张相他才出个影子,浪费了好大的画框,还浪费了艾米五天时间,还要钱?!你老婆的时间,从生下来就是浪费,跟我一样;人家小曹五天时间才值钱,说不定一个大作品的构思死在胎里。再说,他花五天画出的底稿,你随便找个画匠就能填色,反正你们又看不出区别。她的手掌很好看,摊开来指尖向后翘,兰瓣怒放;这个手势在他们之间也是永久性的,不落钞票不合拢。胡生看看那手掌,又看看她的脸,都是难以拒绝的,于是从沙发旁边的皮包里取出支票本,写下一串数字,牢里牢骚地签名。他签名的时候,真巧转过脸对米拉挤眼,得意微笑,表示数字令她满意。胡生大概是怕她真要打上胡府,亲自跟艾米讨要。也许伯公对真巧的认亲,提拔了真巧的地位;真巧有米家这样的娘家人,胡生不敢任意对待。

回到学校后,米拉收到老米的信,说吴可终于坚持不住,回到国内去了。连梁多都要回去了。国内人都在发财,梁多的话:Why not? 他的大幅美人画在国内价格,数倍于国外。再说,国内人发财的脑子好用,一张画就像一块好火腿,可以三吃五吃,开发无数衍生品,一个概念可烹出无数份小鲜,Why not?

唯有米潇享受吃了上顿不想下顿的自由日子。他享受独自驾车在欧陆各国艺术圣地的漫游,走到哪里,支起画架来,就能挣饭钱房钱。他的功底实在好,欧洲人是识货的,从他挂在画摊头上的几幅素描或写生,马上能把这中国老头跟其他街头艺人区别开。他的画摊边总有人排着小队伍，宁可多付十块二十块，拿到手是个好东西，肖像可打扮环境，也可流传后人。他跟当地小画廊也都混熟，有时来了感觉，信手一幅小品，画廊几百块收去，够他吃半个月好饭。冬天他也有室内生计，做一两件胡桃木玫瑰木的另类家具，给个性小店慢悠悠寄卖，或写一段艺术史散文，在中文报纸上刊登，赚取一份菲薄谦卑但绝对诚实的酬劳。他的知识之丰沛，在老米文字中，已不像是知识，信手拈来，自由随意，以其感怀映照他本人的存在。他形成了一个忠实的小读者群，但他不断换用笔名，有时用一个笔名跟另一个笔名对话，唱和，亦或争论。他不愿读者爱他；爱，对于他是一种制约，对于他的自由，是一种干涉。包括甄茵莉的爱。

　　小甄在老米到达纽约的第六个年头，终于动心去到老米身边。她头一次跟老米到街头摆摊画人像，就羞死了，觉得"跟高级乞丐"一样。她吃惊老米这样"计件"画像挣来的钱，怎么还有盈余，每月汇给她。老米给一个个路人、游客认真画相，识货者会带着情人家人回来请他画，画完，还会额外付十元八元的小费。甄茵莉见老米那么老实巴交地点数一把硬币凑成的小费，羞得跑开了。老米带她去过一次梁多的豪华公寓，她也羞死了，为自己丈夫与之不可同日而语的存在而羞愧。梁多像再次投胎的里欧纳多.达芬奇，那种出名出累了、挣钱挣乏了的动作话语，谈着他的一个个展览，一次次的被收藏，买下的一幢幢豪华房产。甄茵莉受不了梁多和米潇地位的高低颠倒，出了梁多家的门，在马路上就哭了。米潇说，但我是自由的，他不自由，我属于自己，他不属于。小甄悲声大放：你就这么自私？！还有我呢！你就不能让我体面点？

甄茵莉沉思了两天，从沉思里浮上来，劝老米跟梁多的经纪人联系，由她出面请客，请客的由头，是老米的电视主播太太来纽约了。老米一看，哟，枷锁又回来了。老米拒绝动用梁多的人情关系，对甄茵莉说，你不觉得那才是有失体面吗？小甄住了三个月，每天就是逼迫老米，走现成的门路，利用现成的关系。她背着老米，跟梁多见了一面，暗示他，没有米潇当年捧他的画评，就不会有今天的梁多。梁多告诉她，早就为米潇联系过经纪人，但老米软顶牛，找所有借口不见。小甄叫梁多尽管安排，这边她会让老米就范。日子时间定好了，老米见小甄打扮完了自己又来打扮他，问什么重要会见，小甄不说，只是逼他穿上中式布衫，戴上贝雷帽，老米任由她把自己扮成一只怪物，心里明白了大半。他把车开到路边，说车出了毛病，他必须打公用电话，叫人来拖车。小甄留在车里等待，他打电话给梁多，让他取消他们背着他搞的会见。打了电话，他回到车里，和盘托出了实情。甄茵莉问他为什么自甘堕落。老米不认为这是自甘堕落，这么活他从里到外舒服，比梁多那样活，舒服得多。他已经这把岁数，有权力怎么舒服怎么活。甄茵莉表示，她不能继续见证他堕落下去，抽身回国了。反正有老米每月寄钱给她，她回去可以继续高人一等地活着。对于小甄，自己比同事邻居手头阔绰些，都是快活的理由。这就是老米动念搬到欧洲的节点。

老米到了巴黎，接应他的是阿卜杜。当年的帅小伙现在已初入中年。五官还是经典的五官，稍微加厚而已。他在巴黎开出租车，收到米拉的信之后，主动提出去机场接应老米。阿卜杜在自己的邻里为老米找好最价廉物美的公寓，连冰箱都给他塞满阿拉伯超市里买的生鲜蔬果。阿卜杜当夜把老米请到家里，把他介绍给自己的夫人和三个孩子。老米信中告诉米拉，阿卜杜一提到自己的祖国，就无比伤感。他的祖国一时是好不起来的，他和夫人以及孩子只能做没有祖国的流亡人。老米劝他们，爱尔兰人说，哪里有面包，哪里就是祖国；爱因斯坦说，哪里有自由，哪里就是祖国；米潇说，哪里有真艺术，哪里就是祖国。

余音……

收到易钫的婚礼请柬后,米拉连信封都没有拆,就撕碎了它。纸质韧性极强,很不容易撕,就像把她自己的生命从他生命里撕开。她望着地上的大小碎片出神了很久。她也有男友,同居几年了,但只要没有这张请柬,似乎米拉和易钫都还在过渡,无论过渡期多长,它的尽头一定会在一个小房子里;小房子能看海,带个小花园,开满玫瑰和牵牛花。无论这小房子在哪,都是他们最终的家。她跟命运要的不多吧?他们都等了那么久,过渡了那么久,急这一会儿吗?他们从十二岁、十四岁就开始过渡,等待对方一点点长大,一点点发育,那么久都过渡过来了,有什么阻碍他们抵达那个小房子?

她任那些碎片白花花撒一地,开车出门,到了密西根湖边,把浩淼的湖水当海看。她知道什么都是阻碍,她和他不仅隔着太平洋,隔着那个酷似小米拉的姑娘。最阻碍米拉和易钫走进那个海边小房子的,正是米拉。米潇设置了她的生命,年纪越大,她越是发现那设置的不可更改。她和父亲一样,无救地向往未知,宁愿过渡,也不要一个凑合的终点。一个人生活最诚实,多一个亲密伴侣,都免不了违心和谎言,违心和谎言多了,心会"丑",会"丑"到样貌上,起初是一闪即逝的,慢慢会固化。我们这族人聚在一块,是习惯违心的,谎言是善意,渐渐成为做人的艺术,因此她逃离开。风凉起来,她似乎轻松了,从似雪的沙上站起。开车到家,天已黑尽。灯光照在请柬的残片上。还是把它们拼接起来吧,看看易轫那笔丑巴巴但她看不够的字:你的轫。还是同样的落款,她的泪流下来,融化了她的"轫"。往回走吧,走到青梅竹马的他俩,那幢小房子,随处都是,心里有海,就能看潮,心田有沃土有雨露,照样种花。

　　Mila这些年忙出十多本书,忙着过自己喜欢的日子:每年暑假写作,教一门夏季班的课,寒假都给了父亲。赖在欧洲不走的父亲,一副闲汉样子,常常叼着一个古董市场上买来的烟斗,跟一两百年前烟斗的前主人同一根管子出气。每次米拉到欧洲看望米潇,父亲就带着女儿逛欧洲。一辆破车,父女俩轮流当司机。车上装着行李和绘画工具,到了有好景或有好气候的小城小镇,父女俩就停下来,在物美价廉的私家旅店住下来,足吃一顿房租附带的早餐后,父女俩出门。太阳下支起摊子,老米画肖像,小米坐在一边写游记,顺便替爸爸收钱。

　　这年女儿先来到巴黎跟父亲集合,然后父亲带着女儿来到巴黎附近的圣丹尼修道院。著名的丹尼教堂是父亲最喜欢游览的地方。米潇在大学时,是修建筑设计的,但头一年他就忙起了学生运动,让校方给开除了。米拉在美国听两个姑姑说过,阿鲁(米潇昵称)连一座房子都没来得及画,就画了几个月摩托车;一年级头几个月,课程是设计摩托车,画了几十辆摩托车和商标,系主任就通知阿鲁"滚出"学校。米拉看着教堂礼拜堂中心耸入蓝天的拱尖,想到她小时候,父亲跟她讲的故事。路易六世时,丹尼修道院的院长姓修热,(Abott Suger),在这里创造了一种著名的建筑"哥特式"。爸爸似乎忘了他在女儿少年时,不止一次地讲过叫修热的高卢人,此刻又絮叨起那个小矮子。此刻米潇眼睛里,亮起早该熄灭的好奇,说那小矮子之所以矮小,因为本该用于催化他身高和体量的热能,都转化成他过人的精力和激情。修热的异想天开,假如不赖于他的激情,假如他的激情没有他的犟驴性格做依托,那么世界建筑史会缺少最精彩的一页,"哥特式"。米拉仰着脖子,天光从陡峭的尖拱投进来,撒在她脸上。看久了,这拱尖令她眩晕。她想到父亲多年前告诉她的轶事:修热召集了最好的工匠,但工匠们一看他的设计草图,都劝他打消这个荒唐念头:那简直是一座空中玻璃塔,必须采用完整的木杆做骨架,而森林里根本不存在那么高的树干。老米在此地重复:这就是修热的犟驴个性派用场的时候;他就不信。他亲自带了几个伐木者,钻进森林,一天就找到了十五根长度足够的大树。Abott Suger 如果不那么"驴",像我们现在人说的,他当时尊重了内行人的发言,那就遗憾了,世界上最伟大的建筑——哥特式就不会出现。修热是"哥特式"建筑之父。米潇说到此,对女儿笑笑,你爸是个庸人,就因为太随和。他又指着玫瑰窗对米拉说,那些彩色玻璃,在修热的时代,也是个大挑战。玻璃彩画,也是修热的创建,那得多倔一个人,才能平息工匠们一次次大声质疑。你爸我,连你小甄阿姨的质疑都平息不了。他嘿嘿地笑,拍拍女儿的肩膀,米拉比爸爸强,米拉对自己认的死理,很有驴劲儿。米拉看父亲一眼，不知父亲对于她的人生小结，是否包含她在感情上对易韧的坚守。

从那个圣丹尼教堂出门，父亲开着车，带女儿直奔查特尔小镇。查特尔教堂的拱顶，在三十多公里之外就能看见。站在教堂里，米拉的神志飘了一下。假如此刻易韧站在同一座尖拱下，脸上也是玻璃圣经画卷的五彩投影，跟修热也就隔着八百多年，那她此生应该无憾……爸爸说对了，她是犟的，甚至不为自己"犟"的悲哀后果后悔。她常常梦见易韧，梦里有他的体味儿。坐在他骑的自行车后座，脸颊感觉他刚发育的身体从一层草绿军装内放射的热度；大男孩总是弄得一身汗，体味儿微酸发甜。

有一次暑假，米拉辞去了夏季的教课，到欧洲继续她和父亲的云游。父亲带着女儿，云游到苏格兰的IONA艾沃纳岛。这个冷僻的小岛，在六世纪是基督教传播的起源地。面对蓝得发紫的海水，粉红色花岗岩山体，雪白的海滩，如茵绿草似乎从山坡上向人脚下滚动而来。父女俩都被这神性的静谧威慑了，一动不动地聆听天地间似有若无的叹息。海和风的一声声长叹，让老米想到沉入海底的一百六十座巨型岩石筑造的十字架，在它们被沉海前，如何在此地矗立了十多个世纪，怎样把凯尔特人从蛮族归化为基督徒。基督教从此地蔓延开来，教化了欧洲陆地上所有蛮族：凯尔特族、日耳曼族，以及斯拉夫族。米拉终于轻声提问，为什么要把那些岩石十字架沉海呢？米潇轻声回答：因为马丁路德在他九十五条论纲的第七十九条里，质疑十字架的形式主义。父女俩轻声问答，生怕打搅这里的静谧，打搅绿草里散漫的白羊。父亲轻声说，那时候，罗马教皇出售"赎罪券"。花钱越多，买的赎罪券越多，就得到越多的免罪。因为赎罪券推销员们到处树十字架，号称所有十字架和耶稣赴难的十字架有同样法力，马丁路德认为这是亵渎，十字架在没有十字架的人心里，才会发生神圣效力。米拉笑了，爸爸怎么什么都懂？这个岛，我来过两次了，老米说，我每次都后怕，假如基督教没有从爱尔兰传到此地，在此地存活四五百年，又传向欧洲，那就不会有文艺复兴了。文艺复兴，才是人类精神的"大跃进"，从拜神跃进到拜人。

米潇告诉女儿，夏天的德国，是最美的。父女俩从爱丁堡乘机，飞到丢勒的家乡纽伦堡。在机场租了一辆车，由米拉开着，去看丢勒故居的老楼房。天气实在热得出奇，从故居出来，米拉建议，在故居附近的树下凉快一会儿。米潇放下随身背的帆布折叠凳，父女俩像流浪汉一样，尽享余下的无所事事的一天。一个参观者把自己的德国牧羊犬拴在丢勒故居门外的自行车停车架上，米潇拿出写生薄，开始给狗画肖像。狗似乎知道自己正在入画，脸上出现一种超脱神色。米拉悄声跟爸爸说，这个长毛的模特比不长毛的，更懂模特之道，表情都是永垂不朽的。狗肖像尚未完成，一个中年男人从故居里出来，解开狗绳，但狗却不肯起来。中年男人顺着狗的目光，看到树荫下的米家父女。他端详着米潇的手松快地走笔，低声说，这位中国先生，画得跟丢勒差不多好啊，又问他可否为"曼弗里德"把肖像购买回去。米拉玩笑道，曼弗里德知道它的像还没完成呢。过了二十分钟，牧羊犬曼弗里德的肖像完成，中年男人握住老米漆黑的手，用英文说，这双手也该被画下来，跟丢勒名作中"祈祷的手"并陈媲美。

米潇把曼弗里德的肖像赠送给了弗德利曼的人类父亲，摸了摸曼弗里德的脑袋，带着米拉向停车场走。等他们的车上了路，曼弗里德的主人开车追上来，请求画家签名。米潇停下车，打开车窗，曼弗里德脑袋伸出来，一脸狗笑容。米潇签了名，曼弗里德嘴里出现了一个纸包，中年男人说，这是曼弗里德的意思。米拉接过纸包，打开来，里面包着三百马克。中年男人挥手，喊道，中国的丢勒，丢勒故乡欢迎你！

米拉在车里问父亲，你觉得狗主人夸你夸得在行吗？米潇答非所问，说，阿尔布莱希特．丢勒要是没碰上丢勒的时代，也就没有丢勒了。时代造人，人造时代；先有蛋，还是先有鸡，永远没结论。你想得通吗？为什么公元三千年前，突然出现了埃及文明吗？还有公元八百年前，突然出现的古希腊文明？最后一次，就是丢勒的时代。没有文艺复兴，就没有那一批巨人：马萨乔，吉奥万尼．贝利尼，唐纳德罗，达芬奇，米凯朗基罗、拉斐尔和提香。可是，假如没有教廷出售赎罪券致富，最后奢靡无度，花那么多金币去雇用达芬奇、米开朗基罗、拉斐尔，又怎么会发生文艺复兴？功罪总是相辅相成。三个伟大时代，跟人类发展进程是脱节的，是突然跃出进展轨迹的，谁能解释这种突兀的、不合逻辑、破了进程的"大跃进"？这就是我为什么来欧洲，为什么住下不走了。我是怎样也成不了丢勒的。我心里,没有他心里的那种自由。我不知道怎么就把自由交出去了。可能在你和你妈到农场里看我,我和十五个同犯捧着从瓜田菜地偷摘的瓜果示众的时候,可能就是那时候,心里的自由就让我给交出去了。很可能更早,我就交出去了。米拉小心地说,爸爸,你说得有点吓人哦。米潇不说话,眼睛直视前方,似乎刚想起,开车需要专注。米拉,父亲在十分钟之后又开口,我捧着偷来的红苕秧子低头认罪的时候,觉得自己实在丑死了。一个人知道自己那么"丑"过,深知自己可以更丑,多丑都会活下去,这种"丑"过的人,是飞翔不起来的。阿尔布莱希特.丢勒是飞翔的,我永远戴着镣铐走路。梁多呢?米拉想知道。梁多没有经过我经过的那些运动,开始是自由的,但是后来他也把自由交出去了,交给了钱。米拉说,他在纽约的大公寓里,被那些掮客、伪画评家、富家子弟,所有有利可图的人泡,侃侃而谈,滔滔不绝,讲他画的美人图蕴含的"意义",我就看出那种"丑"来。不管怎样,爸爸,你还是跟丢勒有很多相像之处。父亲笑笑说,缺一个为弟弟阿尔布莱希特做矿工的哥哥阿尔伯特。米拉知道有关丢勒兄弟的传说。阿尔布莱希特.丢勒有个哥哥,叫阿尔伯特.丢勒,两个男孩相差一岁,(丢勒的母亲生育了十八个儿女,年年肚皮不空)。弟兄俩天资相仿,都痴迷绘画,但父亲要养活一大群孩子,拿不出钱送两兄弟进纽伦堡艺术学院。哥哥和弟弟约定,先送弟弟阿尔布莱希特进去艺术学院,哥哥去矿场做工,给弟弟挣学费。那时采矿是高危作业,只要能撑过苦作,躲过矿难,收入是不坏的。弟弟承诺,四年毕业后，跟哥哥对调位置：弟弟打工挣钱，供奉哥哥求学艺术学院。弟弟阿尔布莱希特学成归乡，却发现哥哥曾经纤细敏感的手，已被矿场苦力生活所毁，手指扭曲变形，剩下的只有抖颤和疼痛，拿餐具都勉为其难，何谈捉笔，去绘描万物微妙至精的细节？哥哥丢勒牺牲了自己，成全了弟弟丢勒。老米说：要是我有个双胞胎哥哥，愿意付出阿尔伯特那样的牺牲，那些年我游街、认罪的时候，他肯跟我合伙，搞一出"狸猫换太子"，顶替我戴高帽子、撅屁股坐"喷气式"，每天早晨顶替我，跟同类反动派们站队，朝着毛泽东画像低头请罪，嘴里还要念经一样念叨"我有罪，罪该万死……"，顶替我站在大太阳下，捧着偷来的几根红苕藤，当着自己老婆和女儿示众，你想后来会是什么结局？恐怕你现在的爸爸就完全不一样了。你想啊，那么一调包，扭歪一张丑脸、摆出各种丑态的，其实不是我，是双胞胎哥哥，他牺牲自己，把我这个弟弟雪藏起来了，雪藏了我的自尊，体面，美感……老米在此嘿嘿一笑：人失去自尊、体面、美感，就没法子不自我嫌恶，自我认丑。一度自我认丑的人，精神的伤残，可是比阿尔伯特伤残的手，要严重得多。

米拉看着父亲凝视前方的侧影，知道他看到的不是前面车子的背影，也不是空中飘舞的毛毛雨，而是他想象的荒诞"双簧"。米拉说，没那么严重吧？ 你的艺术散文和评论也写得像丢勒一样好，而且你像他一样爱到处跑，兴趣广泛，还有，你也爱发明东西，你发明的那些玫瑰木和非洲巴宾卡木头家具……。父亲说，人家发明的可是印刷术,之后圣经印刷才量化起来的。还有木版画和铜版画,那些发明是改变世界的,你爸爸是庸人,搞搞雕虫小技而已。米拉想,父亲终于停止了自己跟自己打架的痛苦,承认"庸人",是获得了自由的表现。

晚上,米拉和父亲在纽伦堡城外的小镇上吃晚餐。老米喝了一大杯啤酒,T恤领口又袒露出米拉熟悉的红胸脯。她眼睛湿了,很想念梁多、真巧小姑、小吴叔叔,还有老米,只不过,想的是那个时代的他们。

父亲看看女儿,看到她湿漉漉的睫毛,也不问什么,似乎还在继续下午的白日梦。他说:其实为了吴可,我是情愿做那个哥哥的。他停顿下来,深深的意味延续着。米拉大致明白他没说出口的话。那些非"丑"才能幸存的年月,假如他顶替了吴可去"丑",吴可的成就也许比现在更大。凭啥子是你顶替他呢?米拉想知道,为啥子不能是小吴叔叔顶替你?米拉说起童年的语言,四川话让她泼辣同时又嗲:在你捧到红苕藤藤,顶到太阳示众的时候,他顶替你,后来你就不会出大成就?老米非常认真地评估了一下,摇摇头。为什么?因为我性格不行。吴可刚强,不怕得罪人,不怕孤立。他也比我恶。要成为伟大的什么家,都要有足够的恶。Lord Acton就是这么认为的,伟大的男人都是坏人。小吴文革中打过人,我是打不出手的。小吴叔叔打过人?!嗯。打了哪个?话剧院院长。文革中,院长是头一批给揪出来的,吴可当时的身份叫"靠边站",他打了院长一个大嘴巴。他自己说,是因为院长常跟他过不去,他是公报私仇。不过我觉得,在他潜意识里,是想用那一巴掌改善自己的社会地位;"靠边站"是灰色人物,一个突变,就"靠"上敌人阵营的"边"了。也可能出现另一种突变,"靠"到人民群众的"边",就看是怎样的突变。吴可打院长一巴掌,是主动催化突变,潜意识里是让群众看到,他是敌人的敌人,那么就该给他腾个落脚之地,让他到人民内部来"靠边站"。

米拉笑笑。老米又说,打那一巴掌,我能想象吴可当时的狰狞,那绝对是丑行,更丑的"丑"。你小吴叔叔的刚强和恶,让他有力气把那丑行自我正义化;他事后强词夺理,跟我说,他妈的他欠揍!当着我母亲面,他做孙子,背地里改我的剧本,还想把名字加在我名字后面。跟好几个女演员搞腐化,其中有一个,我还想发展成自己的情妇呢!那时候葛莉娅跟我过够了,我也把她看透了。米拉对此毫不意外,又说,要是爸爸当时真能顶替小吴叔叔,你会替他打那一巴掌吗?你刚才说,那是更丑的丑行哦。老米笑笑,想了一会儿,说,我会在丑行被弹发出去的一刹那,怂了。米拉笑得咯咯咯的。她知道爸爸怂,那怂跟他的善良是连体婴,跟他那个自省——犯错——自责——再犯错的永恒循环也分不开。

其实何处不见"丑"呢?米拉多少次在电视上观看政客选举,看着竞选者们的套路表演:在孩子群落里随手捞起一个二个,胡亲乱抱一通,无辜无邪的孩子们连吓带懵,却已经成了免费配角,陪衬领导们表演慈爱长者、和平使者、未来和希望护卫使者。那种丑,丑得连米拉都不好意思,替他们臊得发烧,浑身鸡皮疙瘩热一阵、冷一阵。

此刻天边万顷红霞。雨后晚凉,必得多么幸运,才能在晚间九点半看如此瑰丽的日落?沁了雨露的街道花坛,吐纳的都是微腥气的香,是花草们活着的体征气味。腥香的小风摸着父女俩每一丝存在感,多一句话都多余。

回旅店的路,米拉是司机。醉了一半的老米坐在她边上,很乖的老孩子。

第二天早餐时,老米用勺子一下一下敲着嫩煮蛋的壳儿,说道,你知道吗,米拉?你小吴叔叔跟我最大的不同,是什么?米拉看看父亲,这一夜,他脑子里的主题没换过。是我在领袖像前请罪的时候,真认为自己坏,很多的罪过没有实施,不过是有贼心无贼胆而已。面对领袖像,我半辈子的罪恶一闪念,都被我供认了。可是吴可在认罪的时候,从来没觉得自己有罪,他委屈、愤怒,发毒誓要翻过身来,活个好样儿的给那帮人看看。我常常想,真诚认为自己是坏人,是罪犯,时间长了会是什么后果?自己跟自己长期闹不和,一个人格分裂为二,头一个自我刚发生行为或者言语,后头那个自我就挑刺、嫌恶、讥笑,长期嫌恶自己,恶心自己,这人还能好起来吗?现在我知道,是好不起来的。文革十年,不少人都跟我一样,认为自己有罪,坏,行为也就鬼祟起来,猥琐起来,这就把外界强加在你身上的丑,内化了。这么、这么地"丑",丑过,谁还能像人一样活下去?还会恢复这一生名分下应得的全部自由?好比那些被人打怕的狗,见了人就缩头夹尾,自己认定自己是讨打的。所以，尽管打人的人比被打的更丑，但你小吴叔叔有顽强的自我正义化能力，所以他是我俩中的幸存者。我们俩没有传说里丢勒兄弟之约，可实际上呢，我就是那个牺牲了的哥哥。像我这样的一批人，替吴可那样的一批人，牺牲了，再也无法原样还原。米拉的心沉沉的，想，什么人有这样的本事，让她的爸爸这辈子就认下了永恒的"丑"？她说，爸爸，鸡蛋要冷了。父女俩沉默地吃喝一阵，等米拉再来看老米，见他深深的皱纹里，是孩子般好奇的眼睛。他说：文革当中，多少人打人啊？蔫儿了半辈子的人，眨眼都成了打手，打老师，打领导，打自己亲人，打亲近的朋友，尤其是打素不相识的陌生人；奇怪吧？有人在街上看着省市领导挨斗挨打，他也凑上去出拳，不打就是有便宜不占！假如那时候就发明了录像机，像现在的体育赛事，关键镜头一次次回放，动作可以多倍放慢，一丝误差都别想混，大概很多人会不安，会"认丑"。被打的父亲，被打的教授，把这种画面放成慢镜头，回放给儿子、学生看，也许那之后父亲和教授的宽容，才有价值，对吧，米拉？假如你小姑把她在农场受的欺凌，录下像来，一次次给王汉铎回放，看到姓王的认丑，恨不得天雷劈条地缝，把他就此漏下去。然后，真巧对他的宽恕，才是负责任的，才是有分量的。

米拉问，爸爸，你真不知道李真巧去哪了？米潇摇摇头，笑笑。米拉不完全信服。真巧小姑和曹志杰都从香港消失了。消失到世人无知的一隅，畅享自由。2010年，李真巧拿着一块据说是某佛教大师开光的罗莱克斯手表，送给了伯公。伯公戴上那块表，秃了的头上长出不少黑发。伯公觉得可以开发出一门好生意，动员自己四个孩子投资，胡生、张生和其他一串"生"入股，开了间公司，李真巧成了李总。投资达到三千多万港币，请了两个明星做广告，三家专卖店的门面也租了下来。一开张生意就不错，香港生意人都迷信，都希望自己缺德坑人的勾当得到佛的谅解，所以一百多块表很快都卖出去。但有天早上，公司职员上班，发现李总经理迟迟不到。一天不到，两天还不到，伯公派人到胡生给真巧租的公寓去找，发现人去楼空，除了搬不走的大件家具，一切皆空。胡生奔到铜锣湾，那个灯光广告还在，画廊却已经被售出一个月了。除了一堆手表，公司账上的钱，也被清空。九十多岁的伯公气得险些一口气上不来，在医院抢救两天才脱离危险。之后他被大儿子带到温哥华去生活了，留在香港他没脸了。他要脸九十多年，现在他在胡生、张生这样有钱有地位的朋友里，再也没了老脸。对胡生来说，凑股份的那几百万港币不是什么钱，真巧消失，他也消失了一份麻缠，所以他懒得追究。张生提起此事，麻将桌上摇头笑笑，跟他笑所有"大陆表叔"一样，有什么说头呢？先是梁多，然后真巧和小曹，烂都烂得一样，花式也不翻新。她得到这消息，心里笑，真巧小姑又是替天行道，大大劫掠了一笔，和爱她的人隐身了。

吴可回到了国内，两年后，梁多也回国了。在国外梁多还不时看到一些对他画作的差评，但在中国，全是马屁颂歌。听惯颂歌和马屁，谁跟自己过不去找差评听？梁多的美人画在香港澳门以及国内的拍卖会上，都是以千万计。他停止了痛苦、困惑，烂醉时也不再清醒，找自己别扭了。有那么多人欣赏他的巨幅美人，那么多人没完地给他涨价，那么多人啊，几乎整个香港和澳门加大半个中国，那是个什么人口基数，还能都错了？人的眼睛可能错，他们花的钱不会错，钱确定价值，不值那钱，凭中国人几千年的精明，他们一分也不会花。

而吴可不同，多年漂流国外，回到祖国，人们已经跟他生疏，观众群已经散了；观众自古最薄情。有一部戏被一个私人经营的话剧院排练演出，反响很大，但剧评说，此剧属于过分小众的偏爱。他还住在那幢摇摇欲坠的老楼里，楼下占房户早搬进新楼，但他们也把楼下蛀毁了，现在堆放吴可母亲遗留的家具。他仍然每天写，仍然跟让他改剧本的人吵骂，坚持不改，但现在他不改人家就不再上门，这年头谁离了谁活不成？

她记得2009年，在到葡萄牙签名售书期间，里斯本的一个朋友请她到位于喀什卡耶海边的家里吃饭。在朋友家，她意外地看到一幅好画，也是画的美人，但与梁多的价值万金的美人是质的区别。画面是女人跪在自己一双赤脚上，裸身，下体穿一条湿透的长裙，脸侧回，五官一半在光线里，对面是海，回头是岸，海风里飘着她的长发，风里还有薄雾和阳光。女人显得过分丰腴，原始人的大臀如同笃实牢固的底座，整个形象有些变形，但力量和激情，在这些年的画作里实在罕见。那种灰调，她很眼熟。凑近，她看到签名是"Jeff Cao"。曹志杰，对，就是曹式灰调。一个看上去还是孩子的人，内心苦涩灰暗，内外冲撞，搏斗，是他火一般激情的燃料。

那么这个女人，就应该是真巧小姑了。可以看出他多爱真巧，跟梁多曾经画的那幅美艳的真巧完全不同，小曹的真巧是红尘边缘的，绝望中，回头是岸，但岸上飞扬红尘。她问朋友这幅画的由来。朋友回答，是她丈夫从伦敦一个商业画廊买的，不贵，不到一千镑。她想，寻找的线又断了。朋友又介绍，听丈夫说，这位画家近年在欧洲已经小有名气，这是他十年前的作品。十年前，她算了算，那是他们从香港消失之后。看来他们也漂在欧洲，不定哪天跟老米漂到一个海滩上，争起生意来。她求那个朋友帮忙，找到伦敦那家画廊的联络信息。几天后，她收到这位朋友的电子邮件，说找到了画廊的名片。米拉按照名片上的电话号码拨号，电话接通了。画廊经理告诉米拉，这位画家目前正在伦敦，她可以把米拉的联系方式转告画家。回音直到冬天才来。一个低哑的"哈罗"，米拉认出了声音。米拉称赞了他的画，曹志杰听了，谢了她，下一句话就是，真巧跟他分开了。他知道她找他，是为了找真巧。也为了找你，小曹，因为你活过来了，你的画也活过来了。米拉笑笑，鼻子有些酸。他笑了，说刚活过来，真巧就走了。为什么？不知道。年龄？年龄从最初就不是障碍，再说，你见了她就知道了，她不得老的。你知道她去哪了吗？去美国了。哦。她想，茫茫的美国。

　　Mila50岁生日那天，正发烧，接到三封邮件，一封来自父亲。老米年年都会想到初生的米拉，小身体没多重，五磅半，却有一头胡生乱长的浓密黑发，啼哭的声音像音符。另一封邮件来自易轺；他还暗暗地每年为她庆生，1960年3月10号这一天，假如世上没有诞生出一个五磅半的女婴,也就没有那个以致命之爱给他致命之伤的女人。第三封邮件,来自一个叫珍妮的人。她也祝米拉生日快乐。米拉的直觉告诉她,这个珍妮是谁。她马上回邮件,说她正在生病,接到陌生人的生日祝贺,真好。十分钟后,珍妮就回信了,问她生的什么病。流感。你男朋友在身边照顾你吗?他出差去了。再说她生病时特狼狈,从来拒绝男朋友造访。珍妮回复:都相处八年了,还在乎狼狈?米拉乐了,珍妮什么都知道。那你自己要照顾自己啊,多睡觉,少吃饭,不停地喝水。这方子是李真巧的。既然真巧躲在珍妮这名字后面,她也没办法。过了一天,珍妮又来邮件,问她好些没。她说好些了。珍妮马上回复,说,好些也不要起床,再睡几天。水更要多喝,弄个大瓶,插根软管,躺着就能喝,不用坐起身。曾经真巧小姑为发烧的梁多养病,手里捧个杯子,让躺着的梁多用一根粗粗的胶皮软管喝水,喝带颗粒的橙汁,带碎蛋花的牛奶。其实米拉烧得更高了,不过她犯不上让一个陌生人劳神,既然她更名改姓叫珍妮。美国的医生都说,发烧是好事,抵抗力强的人才发烧,高烧三天,身上癌细胞就给烧死得差不多了。随着浑身癌细胞的大面积死亡,米拉也差不多烧死了,她弱弱地等着珍妮的邮件,等她自我揭露,露出她小姑的真面目。但珍妮再也没来邮件。

接到阿卜杜电话,是2012年5月11号中午11点半。这个时日米拉一辈子都不会忘。阿卜杜告诉她,他刚从米潇家回到家里,米潇在教他儿子做木工,突然咳嗽吐血,呼吸困难,阿卜杜开车送他去急诊室，这才得知，一个月前医生就给老米做出了诊断：晚期肺癌。老米自己决定不做任何治疗，好好过他最后的好日子。米拉早已辞掉了教职，专职著书。她立刻在网上找票，眼泪把电脑键盘都泡了。第二天傍晚她登上从芝加哥飞往纽约的飞机。在纽约肯尼迪机场中转时，手机收到一则短信，点开，竟然是易轫发来的。他卖掉了国内的公司，刚到洛杉矶，以后会跟老婆孩子定居橙县。最后四个字依旧："想你的轫"。米拉的眼泪又涌流出来。也许几个月后，她就被父亲剩在这个世界上，横向竖向的血缘都断绝了，可将来不管怎样，她还有个"想你的轫"。她的轫来到同一块大陆上，来的正是时候。她回复道："也想你"，愣了一下，又抹去。手指悬在空中，良久，再写："在候机。去巴黎看父亲。"马上觉得那些字好干，跟易轫的热度和情绪对不上号。都这样了，自己还拿捏什么呢？广播开始召唤去巴黎的旅客登机了。每个从她身边走向登机口的人，都假装没看见她的泪，除了一个被母亲拉着的孩子。孩子已经走入登机口，却一直从慢行的队伍里拧过脑袋，胶皮奶头衔在嘴里，毫不掩饰对她的兴趣——这么大的人，也会这样不害臊地哭？

刚摁响门铃，门就开了。门像父亲一样等她等得心焦。开门的竟是甄茵莉，一双大眼马上红了。米拉觉得该抱抱她，便伸出手臂。小甄阿姨真瘦啊。走进门厅，听见提琴声。老米在某间房里拉马斯涅的"沉思"。甄茵莉哑声说，最近老爱拉琴。心情怎样？米拉问。好着呢。真的？真的。接下去甄茵莉简短讲了一下米潇的近况，拉琴，读书，下棋，（他跟楼里两个法国老头学会国际象棋)。老米的这场病里,人人局内,唯有老米局外,好像有个人在替他生病,他抽身出来干多年没空干的事,拉琴,下棋。

米潇住在巴黎七区,是在一座巴黎典型的奥斯曼式建筑的顶层增搭出来的公寓,大概只有客厅的层高是合法的,三间小屋以及厨房的边缘极矮,人得半蹲才能接近窗子。老米坐在凳子上拉琴,背驼得厉害,脸朝低低的窗,稀疏的假黑发带着小甄的美发设计。老米写信告诉女儿,小提琴是如何一番来历:他在跳蚤市场看到两把三百岁老琴,一把琴身不错,但琴把是后配的,于是他拆了另一把音箱开裂的老琴,合二为一。米拉记得在香港时,看到李真巧仍穿着老崔时代的丝绸起居袍,小姑告诉她,雌雄两件袍子都磨损了一些局部,只有拆开互补,凑成一件,面料好讪!如今找不到第二个崔老板,舍得买那么贵的名牌袍子给她了。看来牺牲两个,成全一个,物事也是相同道理。琴的音色不错,但高音有一点"破"。米拉在爸爸身后站着,等他把曲子拉完。米拉从两个美国姑姑那里了解到米家一些陈事:阿鲁(米潇)因为是五个孩子里唯一的男孩,遭受祖父的过度培养,五岁学琴,开始是极爱的,但他十二岁爱上绘画,对琴就淡了。矮屋里余音不散,老米已经回过头。他从来都能知觉到米拉的到场,曲子下半段是为女儿演奏的专场。米拉叫了声"爸",笑笑。父亲也笑笑,说:把大作家惊动了。米拉差点又哭,低下头。父亲慢慢站起身,头顶跟倾斜的天花板差一寸。是他将就屋势背脊驼出了新角度,还是反正驼得严重,正好顺应矮檐的角度,买下这处房产?每年夏天,米拉跟父亲约好,只逛一个欧洲国度，用国内游客的流行词，叫深度游。这还是她第一次来到父亲自己的房子里。甄茵莉一直施压，逼他买房，说她不会跟他住在纽约那种租来的贫民窟地下室里，于是老米买了离地下室最远的房。老米的精品家具在欧洲承蒙一小众人看上眼，加上近年来搞电子产业富起来的壮年洋人，都流行点儿东方时髦，一两件东方味家具代表主人的开明（liberal）、游历之远、审美趣味之不拘一格，米潇终于积累了第一小桶金，初步实现以工养艺。每年暮春，最美时节的巴黎总是迎来甄茵莉。小甄总是在巴黎住一两个月，购物、休假、刷夫妻关系卡。每次来，她都给老米做一冰箱水饺、抄手，坚持给老米用她自制的自然染料染发，以至于燃料褪色后，老米的头发无法色彩还原，不得不顶着一头非红似黄的头发过没有小甄的日子。小甄每次巴黎行总要给老米的墙壁上或家具上，添置一两件她品味的挂件、摆设。她前脚刚走，老米后脚就把那些小资女生的摆设摘下，直到她下次到达巴黎前，再突击摆放。这次她刚回到成都，就接到老米癌症确诊的消息，时差没倒过来又回到巴黎，所以老米没来得及复原她那十几件品味标志物。

  晚上米拉睡得早，半夜被老米的咳嗽惊醒，再也无法入睡。甄茵莉的软底拖鞋"擦拉擦拉"地走到客厅，然后是倒水声，药瓶子开关声，再"擦拉擦拉"走回卧室。这个顶层房屋是饶出来的，隔音很差，爸爸微带哨音的气喘，以及一场剧咳和下一场剧咳之间的呻吟，米拉都能听得见。快天亮时，米拉又被米潇的咳嗽惊醒，此刻米潇哮喘，夹杂的啸音可怕起来，像是人狼之间的一种声音。

头一天晚餐时，大家都没事人一样，吃喝谈笑，父亲也只咳了一次，还是被红酒激的。米拉窥到的一瞥，是父亲在咳嗽时由口袋里掏出厚厚一叠纸巾，朝里面吐了一口痰，又细看一眼，是在看里面的血丝浓淡。夜色里病人不装了，病的痛苦和恐惧，就抖动在空气里。第二天早晨，米拉见父亲躺在沙发上读书。一本英文书，叫《Awakenings》。父亲把脚缩了缩，意思是邀请女儿坐到长沙发另一边。他掂掂手里的书，说这本书很好看，米拉不妨也看看。米拉知道，父亲一开始就领着她跑题，从夜里病痛的正题跑偏。米拉说她在1990年同名电影刚出来时，就看了电影，两个美国男明星是她最喜欢的演员。确实是难得的演员，父亲认同道，尤其笑星罗宾.威廉姆斯，一生演的正剧不多，但每部都演得那么好。可惜罗宾自杀了，米拉脱口斯道，同时就后悔，父亲想营造无病无痛无死亡阴影的白天，又让她划出裂隙。老米说，罗宾.威廉姆最终的结局，就像他扮演的萨克斯医生救治的主要病号Leonard，最终选择放弃。米拉翻看着书中的照片，其中一幅，是一个年老病人弯腰至九十度，下巴几乎紧贴胸口，图像的解说为："他定格在这个姿态里若干小时"。老米说，他就像在这个活受罪的姿势里睡着了。米拉问，书跟电影很不同吗？当然，这是一本关于病理的书，电影把它诗化了。书的作者奥利弗.萨克斯医生记录的真实人物们，在"Sleepy Disease"中沉睡了几十年，没有语言，没有动作，等于准死亡。1969年春天，一种奇迹药物被研发，萨克斯医生用超大剂量，使这些准死尸们复活过来。这本书像是科学寓言：病人的药物生命持续了两三个月，发现活过来无非还是围绕那么几桩事：食色性也；他们所受的折磨困扰的，也仍旧那几桩事：食色性也。尤其随着药物副作用的显现，使他们对这几桩事的欲望数倍夸张，折磨和困扰数倍加大，于是一部分醒来者，尤其德尼罗扮演的男主角Leonard，放弃了药物生命，又睡回去了。爸爸说到这里，长舒一口气，然后说，我和你小吴叔叔，我们那一帮子家伙，八零年代初，也像醒过来的。米拉想到住在各种过度房里叔叔伯伯们，那时他们比她还年轻得多，但精神气，亢奋度，躁动感，简直就是发育中的少年人，让荷尔蒙闹腾得不得安生。是的，真像一次苏醒。或者，惊醒？对的，惊醒。

甄茵莉从厨房出来，脸黄黄的，身上的嫩藕荷夹粉蓝条的毛巾睡袍更强调那脸色的陈和旧。她问父女俩是到厨房吃早饭，还是她把早餐给他们端到客厅来。老米说，端来端去多麻烦，我们去厨房吧。米拉给爸爸套上拖鞋。米潇的两支胳膊暗暗发力，不想让在场的妻子、女儿看到这个起身动作对于他是如何的高难度。第一个起身失败，老沙发像一滩沼泽，吸噬了老米。米拉赶紧站起，两手插进老米腋下，以此做爸爸的双拐，但老米挣开了。他看看女儿，笑一下，哪能从此就交出行动自由？他一手抓住沙发扶手，另一手再次撑住座下的沙发垫，垫子一点反弹力都没有，第二次起身还是失败。老米陷回到沙发里，压抑着剧喘，顺手拿起那本《Awakenings》。似乎他跌回沙发是为了拿书。小甄和米拉飞快对视一眼，相互讨教，是否要再助他一把力。甄茵莉说，米拉，你来摆餐具，我给你们把麦片粥盛上。又转向米潇，温柔地笑着：麦片粥你想吃甜的，还是淡的？米潇说，随便。随便最难伺候，小甄嗔了一句，走开。

两个女人先后进了厨房。小甄小声说，病成这样了，在老婆孩子面前，还是要面子。米拉知道爸爸不仅仅为面子，他要的是尽量延长他独立自理的生活方式，这是他对自尊、体面、美感的最后守护。一旦失守，一切将不可逆转。两个女人听着老米剧咳，都一动不动，刚才他那番守护自尊、体面的拼搏，此刻在显现恶果。

小甄贴着门缝往客厅里看，低声说，又在看纸巾呢。只要没咳出多少血，他的心情就会好。 米拉小声说，夜里他咳得那么厉害，有没有什么止咳药？止咳药？对他现在的状况，不是小儿科吗？总比什么药都不用要好啊，晚期癌症都要用镇痛镇静药物的嘛。医生说还不到用吗啡的时候。听爸爸这么咳，就像要把一块肺咳下来！可不是吗？咳的那一口口血，等于是他的肺，烂了的肺。小甄阿姨，别说得那么恐怖好不好？是的嘛。你在隔壁就觉得恐怖了？我睡在他身边，给他拍背，一拍一手汗。里头流血，外头出汗，人还不干了？！你不觉得你爸爸一天比一天缩巴？米拉打了个寒战。母亲孙霖露临终前的日子，她没有见证。母亲一直让周叔叔瞒着米拉，等孙霖露想见女儿最后一面时，她过高估计了自己的生命力。米拉还在跨太平洋的飞机上，母亲就咽气了。其实米拉挺感激母亲对她的体恤，疼爱；母亲不舍得米拉看她化疗放疗之痛苦，之毁容。米拉深知自己有多软弱自私，若有选择，她是不情愿见证这种痛苦的消亡过程的。对于痛苦的见证，比受苦的父亲本身，更痛苦。她看着小甄把打好的鸡蛋倒入小锅，锅里的牛奶和暗色的燕麦片已煮过头，如同一锅回收的报纸泡成的稠厚纸浆。似乎一锅"纸浆"还不够败胃，还要倒入黄色黏腻的蛋液，一个人得多饥饿，才能把这么恶心的东西填进嘴里。小甄叫米拉给三人摆餐纸、勺子，把冰箱里的橙汁拿出来。米拉一惊，自己怎么木成这样？眼里一点儿活儿都没有。甄茵莉还在小声说话：米拉，这些年你在他身边的时间比我多，他抽烟你也不管……米拉不说话，人还活着，归咎指责就要开始了。难道老米选择游荡欧洲，当高级难民，她甄茵莉不需要负一点责任？

米潇出现在厨房门口，驼背的角度改善了一些，虽然有点故作挺拔。他笑容暖洋洋的。刚才他如何跟沼泽沙发搏斗挣扎，最终站起，无人见证，他的独立自由又延续一天，他的笑因此略显得意。也许是他刚才咳嗽没见红，心情好转。他认真地迈步，争取每一步都不打晃，来到桌边，仔细把自己搁在椅子上，抬头巡视老婆女儿一眼，俨然一个完成了重大举措的胜利者。

早餐后老米回到床上补觉，甄茵莉和米拉蹑手蹑脚地收拾房子。米拉能看出来，她俩人都对卧室门内的动静竖着耳朵。一上午什么动静也没有，小甄不时踮脚走到门边，耳朵贴在门缝上，听个五六秒钟，神情稍许释然，毫无必要地朝米拉做一个嗫声手势，在紧抿的嘴唇上竖起食指。接近中午，米拉坐在父亲制作的胡桃木中式椅子上写邮件，瞥见小甄失魂落魄站在客厅中央。等米拉关上笔记本电脑,卧室门仍然关闭,小甄的脸打起了皱。米拉知道,老米如此安静令她不解,此刻满心都是胡思乱想。

她受不了这种定时炸弹走针般的气氛,打算下楼到街上走走。电梯在五楼停下,进来一个四十多岁的法国男人,小个子,络腮胡,眉毛上贴了一小块创可贴。电梯门刚关上,他就夸米拉的上衣美,米拉谢了他,心想伤了脸的法国男人照样给女人献殷勤。你这里怎么了?米拉对自己脱口而出的管闲事大吃一惊。男人照了一下电梯墙壁上的镜子,笑笑,文不对题地说,已经快好了。出电梯时男人说,我跟你父亲很熟,你很像你父亲。米拉心想,他很快会成为父亲的生前友好。 分手时,男人请米拉代问"潇"好。幸亏是电梯式外交,不然米拉那点法语早就见底了。

街上太阳亮得晃眼,米拉走入的是另一个季节。几乎隔两三个铺面就是一个花店。巴黎的花比别处好看,花铺主人对花的色彩搭配非常讲究,陈列也都很用心。街面被人挤窄了,米拉想起,这是上班族放午餐假的时分。这个热闹人间,把她可怜病弱的父亲撇下了。女孩们等不及地穿上露体裙子,白的腿,白的肩膀,阳光下白得闪亮,法语和笑声,都是唱一样。露天咖啡店坐得满满,络腮胡子的法国男人肯定也坐在某个类似所在,都在消费阳光和过往的吊带裙姑娘们。米拉无目的地走着,等街上的午餐人群稀薄了,来到一个快餐馆,买了三份蔬菜汤和两份牛肉卷饼。

回到顶层公寓时,卧室门开了,意味着小甄一上午的不祥瞎猜都是瞎猜。米拉把午餐摆在茶几上,推开落地窗。窗外是个假阳台，二尺宽，带一米高的镂花铁护栏，只能栽花，不能站人。月季正红，都长成小树了。小甄在卧室里唠叨着什么，米拉不想知道。人死前，很多难以启齿的话都必须启齿，比如遗产，比如何方入土。很快小甄的声音大起来，米拉知道了她唠叨的原因。她在米潇的抽屉里看到一些电汇单据，收款人是吴可。去年秋天到今年初，老米在按月份汇款给吴可。小甄奇怪，老米何故要养活吴可。老米的回答是，吴可在小剧场排新戏，缺资金。小甄悲愤，她作为米潇明媒正娶的太太，缺资金都忍着不说。米潇想知道，她用于什么的资金出现了缺口。你以为你拿五百块欧元现在在国内还叫钱吗？国内吃的穿的用的一年一个价，就不去说了，总能少吃点，少穿点……老米此刻不禁要打断她，至于少吃点吗？再说，你穿的不都是巴黎货吗？哪次到巴黎，你小甄不是一个箱子来，三个箱子走？好多都是二手货！小甄冤屈大喊。五百欧一个月，你自己回到成都住住看，够不够花？！你自己不是还有退休金吗？老米的嗓音异常，带着裂纹，裂纹里漏出类似哨音的哮声。就像在夜里，咳狠了，发出的人狼之间的声音。小甄说，就想换一套大点的房子，都换不起；不等存够钱，房价就又涨了！老米认为换大房子是非分之想；一个退休女人，住一百二十多平米，已经比他的巴黎寓所宽裕了。你也不看那房子多旧！设备那么差，格局那么土，现在条件好点的人，谁还住八几年盖的房子里？！再过几年，那就是危楼！你未必放心我住在危楼里？父亲静下来。米拉的心也松活一点。此刻她听爸爸静静地说：你放心，就算那个房子明年就成危楼，你也来得及搬出去；成都现代化高层大房，肯定有你一套。什么意思？小甄问。等都等一个月了，也等不了多久了，老米说。更静了。小甄也静下来，一会儿开始抽嗒：…….你、你什么意思嘛？我来好像是等遗产的？你个没良心的老头儿！老米不说什么了。泪汪汪的小甄，就又成米潇的爱妻了；他最吃小甄这一套。

　　米拉站在卧室门外，听老两口吵嘴，心提到喉咙口。老米这要是咳起来，可是要送老命的。她轻轻进了厨房，把两份卷饼和蔬菜汤放在盘子里，用托盘端着，走到卧室门口，食指碰了碰开着的门。小甄一见米拉就起身走出去。米潇脸色暗淡，躺在疲惫不堪的被子下，靠着一叠皱纹累累的枕头，闭眼养神。床边一个纸篓，里面装着几个纸巾团子，两团纸巾透出浅红。米拉默默拆开卷饼外包着的锡箔纸，用餐刀把卷饼切成小段小段。父亲用叉子叉起一段，放进嘴里，嚼蜡一般。他是为女儿吃的，吃了一口，完成了任务，推开盘子，又闭上眼睛。米拉想到爸爸对"Awakenings"书中主人公Leonard的评说：他沉睡几十年，醒来两三个月，发现人世间还是那几桩事，食色性也，就又睡回去了。这是一个很不快乐的白天，米拉不该出门那么久。她用汤勺舀起一勺汤，送到爸爸嘴边。爸爸睁开眼，自己接过勺子，汤却撒了不少在被子上。父亲把一纸杯汤都喝干，拿起餐巾擦嘴，大喘一口气，艰巨的任务总算完成了。

　　等米拉自己喝汤时，她发现汤几乎是冷的。爸爸喝冷汤，一点异议也没有，跟女儿合作，实现她的孝道。

　　在厨房里，小甄仍然沉默垂泪。听见米拉进来，她说，我跟吴可，在他眼里，好像没区别；恐怕我还不如小吴——就跟偷养外室似的，这些年常给他汇钱。不是给小吴叔叔汇钱，是给他的戏剧汇钱。那还有底啊？！小甄此刻的语调跟真巧母亲七孃很像，米拉担心她缺席那两个小时，米潇听到的就是这副嗓音。小甄阿姨，爸爸留下的房产和存款，我都不会要的，都归你。米拉坐在继母对面，看着她。继母成了老女人，但是个美丽的老女人。那怎么行？我不同意！你不同意，我也不要；我什么都不缺，写书的版权费，足够了。米拉的与世无争是真实的，谁都能一眼看出。米拉说到此笑笑：比足够还够，我还资助了两个贫困山区的大学生呢。她原先教书的大学里，三年前来了两个甘肃和青海的留学生，米拉每年各赞助他们五千美元。小甄疑惑地、害怕地看着仅比她小十多岁的继女。她害怕的是，这别是米拉的一时冲动，真到履行法律手续时，就不算数了。在米拉的口袋里，有一张法国出版社的版税支票，她把它掏出来。你看，小甄阿姨，我不骗你，每隔几个月，我就能收到各国的版税。虽然票面款刚够四位数，但小甄可以设想，全世界的"各国"有多少啊。现在有三十多个国家翻译了我的作品。小甄看着支票：一千零八十欧乘以三十，迅速心算出一个惊人的（至少对于小甄很惊人）的数字，并且是每年数次……

米拉把继续心算的小甄留在厨房，来到客厅。父亲穿一件深红毛衣，卡其色裤子笔挺，从卧室出来。米拉，我想出去走走。嗯，我正好也想出去。父亲坐下来换鞋，米拉蹲下身，帮他系鞋带。父亲又说，天太好了，在家窝着，浪费了这么好的太阳。一阵酸楚涌到米拉心里：父亲就要把这样的好太阳留给活着的世界，留给女儿了。街上的女孩都光膀子了呢！父亲嗔怪地笑了。女儿明白，他的意思是，光膀子女孩已经与他文不对题了。

父亲扶着墙，手和膝盖微微发抖。米拉看着眼神坚定、神情专注父亲，只能心里帮着使劲。父亲终于站直，平定了喘息，冲厨房叫道，小甄，你也跟我们出去走走吧？米拉想，都这时候了，还怕老婆多心呢。甄茵莉欢声回道：你们去吧，我还想追剧呢。她专门从厨房出来，想让老米看到，她对父女俩出去散步这事一点都没多心。她又加上一句，带上你的文明棍哦。老米"哦"了一声，从门后拿起一根拐杖。

父女俩在一个温室般的玻璃咖啡店坐下。米潇点了一杯野菊茶，米拉点了一杯越南冰咖啡。米潇很满足地沉默着，手轻轻地拍着女儿的手背。爸爸是最不担心你了。米拉笑笑。你要对小甄阿姨好，她没什么亲人，也不会交朋友。米拉点头。她善待继母的诚意，在老米交代前就已经提前昭告了，老米会因此有个平静的离世前过度。你小吴叔叔的戏，很快到巴黎来上演，大概我赶不上了……那个戏已经在"欧洲剧场奖"的终选名单上，我觉得小吴有这个命。他的命让他吃了很多苦，让他失去很多善良，让他以恶为善，最终在作品上，实现的反而是大善。对了，爸，那个住在五楼的人，叫我代问你好。哦，米歇尔。是个文学教授，吴可的戏剧，翻译成法文，我就是请他润色的。他人不错，在法国人里算不自私的。爸爸你这是什么标准？父女俩笑起来。他眉毛上贴了块胶布，大概受了伤。他前一阵跟老婆分居，分居之后呢，酒喝得厉害了，磕着绊着的事，难免发生。法国人都是多谈恋爱，少结婚，就算结了婚的，也少有过到头的。还是我米拉好。父亲看着女儿，我的米拉明智，恋爱一辈子。女儿用微笑制止了父亲。她这恋爱的一辈子，有多苦，只有易轫和她自己知道。

米潇的病情是在十几天后加重的。六月十号，他跟米拉、小甄出去吃法国菜，晚上他们在路边等出租时，天恶变，起码五六级的大风，雨点横来，三人的衣服瞬间湿透。出租车一辆辆从他们跟前飙过，似乎都想躲过这个湿淋淋的老龄化中国家庭。米拉把两个长辈送回餐馆，打算她一个人在雨中截车。回到餐馆门内的父亲脸色像水泥，体力早已透支，垂挂在小甄和米拉两人的胳膊上。米潇那天夜里咳得翻江倒海，一顿法餐吐得全然不剩。米潇在床上度过两天，自己提出要去医院。入院第五天早上，米拉失去了她一生最好的朋友，米潇。父亲是在她跟甄茵莉换休的那几个小时悄然离去的，时间是清晨四点多。甄茵莉歪在折叠躺椅上睡着了，被输液管停止冒泡的寂静吵醒。

米拉在父亲的枕头下，发现了一个药房的纸袋，空的。也许老米积攒了足够安眠药，好几瓶安眠药被集中倒入这纸袋里，趁妻子和女儿在走廊里交班，把药吞服下去，打算睡个长长远远的好觉。据说服用过量安眠药是会有痛苦挣扎的，也许老米的心肺功能太弱，药物让它们直接进入停止。爸爸还是偏心女儿，把最惊悚的时刻留给了那个心已相远的名分上的妻子。米拉把纸袋团掉，悄悄塞进口袋。这是父亲和她之间的秘密,父亲在跟她谈《Awakenings》就在暗示,就在铺垫这个结局。在小甄阿姨为了吴可跟他闹的时候,他就开始攒药,秘密计划实被他施得十分完美,米拉被动地被他拉入了密谋。现在这个被动共谋者知道,父亲只不过是"睡回去了"。

父亲的葬礼很冷清,除了阿卜杜全家,就只有米歇尔。用在葬礼上的遗照是老米在八十年代照的,米拉挑选它,是因为它一点儿也不像遗照,那是典型的老米神色,笑中有一点逗哏,还有一点自我嫌恶。

葬礼结束后,米拉跟甄茵莉回到老米的公寓,两人都出奇地平静。米潇最后的二十多年,完全按他自己的意愿活,也按他自己的意愿死,米拉觉得他是满足的,没留什么遗憾。欧洲被他逛遍了,还有一处没逛够,就是意大利。他嘱咐米拉一定要替他在意大利深度游,尤其北部,那个乌尔比诺城堡,那低调奢华的建筑,他只是匆匆一游。米拉答应,她一定会去 Urbino Castle,替他享受那低调奢华。至于甄茵莉,米拉猜想,也许继母觉得米潇和米拉还算对得起她,晚景比她原先的同事、熟人都优越,肯定是十倍地优越于孙霖露,她心定了,因此平静。也可能她对米潇的爱正好跟米潇的生命一道耗尽,一个重病人,狼狈、邋遢、难看,有多少爱能化为怜?而怜与嫌是时常互换的,嫌又和弃一步之遥,老米看出她的嫌,就先下手为强,先弃她而去。

米歇尔请米拉有空去他家"喝一杯"。米拉在离开巴黎前,想到这个邀请,给米歇尔打了个电话。米歇尔说他正在家受"作家瓶颈"之苦,米拉应该救救他。米歇尔的公寓比米潇的大一倍,布置得很漂亮,有一点存心的颓唐。老米为他画的肖像,挂在壁炉上方。米歇尔的英文很好,但带严重的法国口音,就像江南人讲北方话,啾啾嘴碎的感觉。于是本来不太阳刚的米歇尔,更加地温婉。据说他和妻子分居,就是因为他被一个男人追上了手。他在写一篇书评,一共两千字,还受"瓶颈"折磨。米拉跟他打趣:巴黎的作家好娇气!米歇尔告诉她,通过"潇",他与吴可的剧作熟了,常跟剧院圈内的人推介吴可的作品。潇告诉他,《停电》的灵感,是1980年夏天吴可与潇聊出来的。潇跟他不止一次地说,那个年代是该出好作品的,因为他们那一帮子家伙就像死而复苏,眼前望不尽的可能性。米拉笑笑说,那几年他们都跟闹荷尔蒙似的,又发育了一次。米歇尔哈哈大笑,酒精作用的阳刚,说他绝对看得出,Libido在这个剧里燃烧;没有Libido的作品,绝对不是好作品。米拉想起老米去世前的那天。那个傍晚,他嗓音已经相当弱,把米拉招到他枕边,几乎像说悄悄话:好消息来了——"欧洲剧场奖"终审意见已经出来,小吴的剧本《停电》获奖了。父亲的声音虽然缺元气,但眼睛年轻极了,汪汪的水灵,大概有泪。米歇尔此刻证实,好消息是他带给"潇"的,在他去医院探望"潇"的那天。米拉心里一算,也就是说,父亲收到了好消息第三天,就"睡回去了"。爸爸"入睡"时是称心的,因为他觉得自己完成了哥哥丢勒的使命,成全了弟弟丢勒。

……袅袅

又是两年过去,突然收到她的小吴叔叔的电邮。他又到了美国,这次欲将他乡作故乡。他落脚西海岸,约米拉去玩,正好圣诞将至,她把男朋友留给了他的女儿,自己抽身去西海岸。男朋友知道,小吴叔叔对于米拉,等于半个父亲,今年就让她去陪叔叔过圣诞。正是全美国归家团聚的时节,临时买机票几乎不可能。她终于买到一张昂贵的机票。看望久违的小吴叔叔,值这个价。西海岸还有她想念的易轫。先是他妻子陪小留学生女儿来美国,几年后他卖掉了公司,跟妻子女儿团聚来了。他们在洛杉矶附近的圣塔莫妮卡买下房子,不久他爱上了钓鱼和组装古董车。易轫用好看的古董汽车壳子装上当代芯子。他把装好的车拍成视频,发给她看,颜色喷成深红、宝蓝、灿黄,漂亮极了,像大型玩具。她先飞到旧金山,小吴叔叔的家,坐落在华人聚集的城区,在城市最西边。房子是两层楼,跻身在式样相仿,比肩而立的小楼间。摁了门铃,她才意识到,这地方离太平洋不远,跟祖国的岸也不过就隔着这个太平洋。太平洋的雾正扑过来,路灯最亮处,可看见雾的迅疾动作,从西往东扑。门开了,小吴叔叔老了。

进到门厅,她嗅到厨房的香气,好熟悉。等她走进客厅,一个小蛮腰上扎着花边围裙的女人进来。她吃惊,却又是落实了预感,早就知道珍妮是她。真巧小姑也老了,但形如旧,神如旧。两个女人抱在一起,小吴叔叔抱住她们俩。小姑你不是说,除非他流放西伯利亚(或者马尔康)你才跟他吗?小姑说,这里不就是他的西伯利亚?

三人坐下来吃永远的真巧美食。小姑不断起身,上菜,倒酒,两只酒窝的倩笑也如旧。谈话有一搭无一搭:他在小剧场的剧被勒令停演后,秘密地把剧转移到更小的剧场去,继续演,幸亏米潇老哥当沉默投资人。小剧场演出每场爆满,黑市票价惊人,可卖到两三千。于是再被罚款。米潇认为,是戏总要演的,此处不让演,去别处继续,他替吴可通过米歇尔联系了法国和比利时的小剧场。米拉想把父亲临终前得到的虚假喜讯告诉吴可,但一犹豫,没说。父亲去世后,米拉回到了美国,收到米歇尔的电邮,说吴可得奖的消息是误传。米拉苦笑,误传让老米如愿以偿地"睡回去了",可能"睡"早了一两个月,不过把最痛苦的一两个月给隔了过去,不无荒诞,也不无美好。

2015年,吴可收到珍妮的邮件,召唤他,劝解他,他便来了。真巧说,我跟他说,就把这里当西伯利亚,多浪漫,你还有我。三人笑。她知道,小吴叔叔一直是爱真巧的,但他不承认;真巧也一直是爱小吴叔叔的,只是她不认识那爱。

第二天晚餐时,她问吴可,你被禁演的戏是叫《停电》吗?是的。我爸很喜欢那个剧本。那个戏有你爸爸一半的贡献。吴可说起八零年代初,他跟老米在省委招待所过度的时候,碰到的事。他从那次停电中发生的奇事得到灵感,发展成了后来这个一幕七场的荒诞喜剧。那晚上他和老米一直在黑暗里谈，仗着黑，看不见对方的反应，谈话更加大胆。此刻真巧熄灭了灯，问他有什么灯下不敢说的话，趁黑说出来。他说那天晚上在黑暗里，他问老米，为什么不多生几个米拉。真巧问，多几个米拉咋个嘛？吴可沉默了，过一会，他说，我刚要回答，电来了。真巧摁亮灯，看着他，神秘地微笑。吴可看着地板，微笑也一样神秘。米拉觉得多年前吴可的答案肯定不同。

圣诞节过后，她告别了小姑和吴姑父，开车沿着海岸线往西。易轫和她约了，两人各走一半路，在十七英里黄金海岸上的美丽小城卡梅尔　碰头。地点卡梅尔是米拉的提议，因为被张大千称为"最可居"的小城，仅有四千居民，并且，卡梅尔以怀旧、守旧为特色，全城没有广告和霓虹灯，没有硬币停车器，也没有快餐店，更没有连锁购物中心，是全国城市里，唯一把旧日生活方式封存起来的精美琥珀。难道他们相见，不就是折回到旧日？她在电话上玩笑，问她是不是需要高举写着"米拉"二字的牌子，以防他认不出她现在的样子。他嘿嘿乐了。两人约见的地点，是海洋大道最西端的卡梅尔海滩。米拉停下车，刚钻出车出，一个嗓门在身后的远处响起："米拉！"她向身后的海洋大道望去。天好极了，大道两边满是游客。又是一声"米拉！"嗓门真熟极。她看了半天，也没找见嗓门的主人。她锁上车门，站在那里。人群里终于出现了她熟悉的身影，迈着几十年前出早操的步子，向她挺近。一阵晕眩，太阳实在太亮了。他笑容依旧，站在五米之外不动了。我早就到了，他说，刚才看到你开车过去。她在车内的侧影，一闪而过，他就辨识出来了。最后的五步，由她来走，走过去，走进他的怀里。久违的体味儿；那个十四岁的男孩，就在这入暮的身躯里。

他们沿着海滩漫步，来到一座能看到海的小餐厅。餐厅前面有小花园，后面临海。可惜没有牵牛花，玫瑰热烈怒放，略微弥补那份缺席。冬天，这么多姹紫嫣红的玫瑰，难得了。不是他们俩的小房子，也是他们俩的小房子。易轫说，你没变。米拉笑笑：怎么可能？他说，要不，我怎么会隔着车窗就认出了？她心想，刚才开车心急，车速很快，他在街边走，她的侧影也就是他眼角边过的一阵风。你就是一阵风，我也能认出来。他读出她心里的字句，就像过去。她问，段薇知道你来见我吗？只是在撕烂的结婚请柬上，扫了一眼新娘名字，那名字便在她心里落地生根。当然知道，我什么都不瞒她。她放心？放心；她知道我很爱她。她笑笑，无话。他也笑笑，眼睛转去看海。她告诉他，接到他的婚礼请柬，她开车到大湖边，没有海，她把湖当海看。他说，他也一样；没有米拉，他把薇薇当米拉爱。看了一阵海，他对着海说，都怪八十年代，我们爱得那么疯，那么死活不顾，回想起来，我当时怎么敢呢？敢什么？为了你，撕破了那个婚姻。她的手伸过去，摸摸他的腮帮。清早刮净的络腮胡，现在已经刺手，并且，青少白多。

你还是一个人？

嗯。

打算一个人到底？

她笑笑：男朋友总可以有吧？说着，她的头就靠在了他肩上。

她二十九岁那年离开他，就为了患上一生不愈的相思病？矫情的年龄啊。现在她后悔吗？

他们一直坐到天暗，风起，才离开看海的小餐厅。他从车的后备箱里，拿出一件旧大衣，给她披上。她的手伸进右边口袋，那里有个破洞，几十年前那个洞就在那里。在黄浦江边，她的手指，曾漏进那个洞。那时她想替他补起来，现在看来，还是不补的好，手指都认识它。

晚上九点，他和她告别。似乎是临时起兴，他让她把那辆老壳装新芯的灿黄色车开走，就算给她补的一份圣诞礼物。他开她租赁的车回家，第二天去租车行替她还掉。

她开着灿黄色的礼物夜行，回到小姑家正值子夜。她这才看到后座上一个纸包，隔着纸摸上去，里面是个小盒。小盒里放着一枚戒指，镶嵌的小钻像颗米粒。小盒上有北京一家首饰店的名字，镶工老气。很多年前，他那么想跟她去领结婚证，实际上，他口袋里就搁着这个小盒。她找各种借口推脱了，他于是羞于拿出这个小盒。再看，纸包里还有两个小包，里面包着种籽，一张便条写着："你的小花园里采来的牵牛花和玫瑰种籽，花园搬不走，但愿花籽能异国发芽。"她下车，在路灯下，灿黄色的车身是子夜的阳光。

她的小吴叔叔是2018年冬天去世的。米拉永远的小吴叔叔。第二年开春，真巧小姑带着两个大箱子来米拉这里走亲戚，散心。怎么带这么多行李呀，小姑？不都是我的。真巧打开一个箱子，里面是一摞摞发黄的稿纸。米拉拿起一摞，看到小吴叔叔十八岁的字迹；《家宴》，作者：吴可。那时世界上还没有一个将要命名为"米拉蒂"的生命。吴可让我把这些都交给你。米拉不语，接着往下翻，小吴叔叔的另一个生命，就在这一摞摞纸张里。小姑到底也老了，扶着箱子盖，坐在地毯上。小吴叔叔怎么突然就走了呢？就是，头天晚上还跟我出去散步，还讲到你。早晨六点多，他下楼倒水喝，我听见楼下一声闷响，叫了他几声，没听见应声……我赶紧起来，鞋都没穿，跑到在楼梯拐弯，就看见他倒在地上……一瓶水还在往外流，人已经没了。小姑说着说着，眼泪掉了一地毯。其实吴可好像是有预感的。他去世前一个月的一个周四，一早就完成了一篇文章，于是破了自己午前不见人的规矩，要真巧跟他出去饮早茶。真巧把车开到唐人街附近，一家中国人在举行盛大出殡。吴可一本正经对真巧说，我死了，你就当我在书房写作，我写作的时候，谁都不见，所以你一个人都别给我请。真巧当时心里一怕，不是他的语言吓人，是他一脸正色吓人。然后吴可又说，他一生的手稿，都送给米拉。真巧说，我看得出来，吴可那一会儿，不是在打胡乱说。

晚上，米拉从一个网上租了个电影，请小姑看。电影叫《Awakenings》。爸爸去世前，刚读完这本书，她向小姑解释。盛年的罗伯特·德尼罗和罗宾·威廉姆斯演得出神入化。不知为什么，真巧在影片结尾哭起来。曾经不哭的小姑，曾经让别人哭的小姑。

真巧在米拉家住了五天，临走时抱怨，米拉故意把男朋友瑞奇藏起来，不给小姑她看。米拉说她的瑞奇知趣，不愿打搅她们难得的相聚。米拉把小姑送到机场，真巧说，米拉，结婚吧，你小吴叔叔走了之后，我最后悔的，就是没跟他结婚。米拉笑笑。你那个人民海军跟你，像你们那么爱，是结不得婚的。不怎么爱，过得去，就该结婚。小姑的哲学还那么古怪。

米拉把小吴叔叔的手稿和爸爸的画稿，以及母亲和易轫的信札都放进了阁楼。阁楼有两扇天窗，还装着古典壁灯，壁纸浅绿，带白色细格，白色的书桌、书柜，这里是米拉家中的家。男友来了，她便搬到阁楼上写作，读书，遐想，她自己也奇怪，哪有这么需要独处的一个人？吴可留给她的剧本手稿有三十五部，有一些从未被出版或演出，页码中还夹着某审阅者的意见。其中一个叫《散戏》的剧本，是个独幕四场短剧，初稿于1981年4月30日，修订于1981年9月30日。小吴叔叔总是这样，先定下作品完成日，拖延一天竣工，他都会生自己气，还会罚自己，不出门，不会客，不吃荤。米拉翻开《散戏》，钻进头一页就出不来了。剧中的儿子在散戏时偶遇自己的母亲，全剧就是儿子送母亲回家一路上的经历。母亲是个高干，因为座驾临时出故障，司机正在修理，儿子提议母亲坐他的自行车后座，由他送回家。这是一对早已疏远的母子。在战争年代，母亲把儿子寄养在一个农村老乡家里，儿子十岁时，母亲才把他接到身边。那时正是全国解放，革命者占领城市，母亲因为她的首长身份和繁忙的工作，几乎从未跟儿子发生过肢体接触，对话从未超过三句,甚至没有过问过他,在农村的寄养的十年是如何度过的。就在"散戏"之后,儿子用破旧的自行车护送母亲回家的路上,他说起农村的养母、姐姐,暗示那时他获得的爱,让他一生受用。按剧本的舞台指示,假如实施了舞台设计,在当时也该是最前卫的:一个舞台套着若干小舞台,时空可以任意穿越,回忆和幻想,可同时出现,不同时代的人物可以对话、接触,甚至拥抱亲吻。在几个平行的小舞台上,童年的儿子,少年的儿子,成年的儿子,可以同时登场,相互间随时对话,也同时跟母亲和养母、农村姐姐对话。人物们还能与剧作者对话,向他恳求,改写剧情里的母亲行为,把她从异化中还原,还她母亲的本性。放下手稿,米拉傻了。吴可的才华在他一生中的展现,原来是打了折扣的,只有父亲米潇对他的评估,才是适度的。她反过来细读那些审阅意见,更傻了,审阅者原来就是吴可的亲生母亲,一个女首长。再回来看剧中的儿子和母亲,米拉的理解就透彻了。儿子不控诉的控诉,母亲非辩驳的辩驳,使全剧充满对峙与和解,又从和解中一次次叛离。戏中的剧作者最后接受了儿子的一条恳求,改写了母亲的言行。比如:母亲退休后,跟儿子讲媳妇、女婿的坏话,说他们啃老,她怎样向他们收伙食费,催他们买厕所纸,禁止他们摘邻居院子长过来的柠檬。儿子觉得剧作者改写的,并不是自己想要的母亲,于是他抱怨:这个母亲怎么像胡同小街上的家庭妇女?剧作者说,胡同小街上充满这样的老年母亲。儿子认为,这种平民化的母亲让他烦恼、疲劳,剧作者说,那只能再把她改回去,改成过去那个女首长。儿子最后妥协，平民化母亲尽管爱唠叨，但唠叨毕竟体现了人情味。这个才华横溢的剧本运气很坏，遭到作者自己的母亲压制。米拉认为，吴可最具想象力的作品就是《散戏》，因为那时他刚从农场回城不久，蓄积了近十年的创造力，能量核爆炸。

那时米潇也刚回到省城，成了招待所的借居者、过度客。米拉总是在爸爸房间里碰上他长聊不散的朋友们，米潇管那些朋友叫"我们那帮子家伙"，其中跟他最亲的，也是"那帮子"里最年轻的，就是吴可。吴可是他们中最后一个"睡回去"的。

米拉在母亲去世二十五周年那天，翻出周叔叔交给她的信札。一直没有准备就绪，来认真替母亲梳理她那不长的一生的爱。那个被母亲封存的牛皮纸包，还从来没有被拆开过。她仔细地剪开封口，看着里面被白色缎带捆扎的信封。她心跳快了，什么样的信值得母亲这样宝贝？打开一个信封，轻轻抽出信笺。信笺上的字迹无比俊美，堪称奇绝。出自谁的手呢？落款为：魏清。她突然记起，多年前的一张面容，平直的额发下，一张南方男子的面孔，四十来岁，算得上清秀；那个到东湖宾馆来催父亲稿子的美影厂编辑，狂喝咖啡，振作他单身带两个孩子的疲倦之身。米拉打开一封封信，按时间早晚排列，找到最早一封。写于1986年2月23号。她记得那是母亲带她从上海回到成都之后。那次春节前，甄茵莉赶到上海陪老米过节，母亲跟父亲大吵之后，跟米拉回到了成都。也因为人流术之后她出血不断，母亲联系了一位成都的著名中医教授，所以离开上海像紧急撤退。魏清称孙霖露为"亲爱的霖露姐姐"，他表示对霖露姐姐的不辞而别感到"失落"。没想到那个常常带着孩子来坐镇催稿,给自己沏一大杯墨汁般黑的浓咖啡的编辑会那么感情充沛!当他侦探到那些动画人物竟然诞生于他的"霖露姐姐"笔下,油然而生出敬佩和仰慕,随着更近的观察,他发现了霖露姐姐的内在美,贤惠在当代中国女人中,已经不再是了不起的美德,但他有一颗只会为贤良女人而融化的心。他近距离观察霖露姐姐的一举一动,仰慕渐渐变成了爱慕。他认为霖露姐姐这样女人,一定是非常会爱人的。他从小就渴望被母亲姐姐爱,但母亲早逝,又没有姐姐。第二封信,显然是他的陈情遭到了霖露姐姐的婉拒,更加热烈坚决地表达,他感情的真实,也暗示了一点:他的儿女都尚未成年,怕自己给孩子们找的继母会虐待他们,而他坚信,只有霖露姐姐会对他的孩子们好。接下去的信,能看出母亲被感动了,接受了他的求爱,他的信变成了真正的情书。在他们互通情书的中期,魏清谈到和霖露姐姐一块儿在复兴公园的一次傍晚散步,他对让霖露姐姐流泪的那个人不解,并且怀恨。米拉想,那是哪一天的傍晚,妈妈居然甩下老米和小米,跟比她一个年轻许多的男人在寒冷萧条的公园散步?那一定是妈受够了老米,委屈心碎的瞬间,让魏清看见了,自然而然地拉了她一把,她也就顺势跟他出去了。魏清的最后一封信,是向母亲表示,永远等待霖露姐姐的最终决定。按次序再看那之前的一封信,距离最后一封相差一年。在那封信里,他说他等不及了,必须立刻到成都,来当面对母亲表白。这或许是让母亲惊醒的一封信,母亲也许采取了某种决绝方式,中断了和他的联系。信都是寄到母亲单位的。她不知道，他是否真的到了成都，是否与母亲见了面，见面之后，还发生了什么。在妈跟魏清书信传情时，妈妈对老周说了什么？完全隐瞒？瞒住了吗？……她真想不到，被父亲抛弃的母亲，居然是一个比她年少多岁的男人的热追对象。她想到易轫对着海说的话，八十年代怎么了？都怪它！让他们爱得那么疯，那么死活不顾。她亲爱的妈妈，竟然在八十年代一段不短的日子里，脚踏两只船。也好，终于扳平了跟她亲爱的爸爸的那一局。

Printed in the USA
CPSIA information can be obtained
at www.ICGtesting.com
CBHW031916260524
9121CB00009B/166